몽환
한
자락

몽환 한 자락

초판 1쇄 찍은 날 | 2014년 11월 10일
초판 1쇄 펴낸 날 | 2014년 11월 17일

지은이 | 밀록
펴낸이 | 서경석

편 집 장 | 권태완
편집책임 | 최고은
편   집 | 나정희

펴낸곳 | 도서출판 청어람
등록번호 | 제387-1999-000006호
등록일자 | 1999. 5. 31
어람번호 | 제5-0391호

주소 | 경기도 부천시 원미구 부일로 483번길 40 서경B/D 3F (우) 420-822
전화 | 032-656-4452 팩스 | 032-656-4453
http://www.chungeoram.com
E-mail | chungeorambook@daum.net

ⓒ 밀록, 2014

ISBN 979-11-316-9272-1 03810

몽환한 자락

밀록 장편소설

도서출판 청어람

목차

1장 미동(微動)

염은 오늘따라 유독 분주한 궐내를 눈치채고 걸음을 멈췄다. 연회라도 열리는가. 저마다 줄줄이 요란한 상차림이며 무언가를 싼 비단보 따위를 손에 든 궁녀들과 내관들이 평소와는 달리 체통 없이 종종걸음을 치는 광경이 그의 시선을 붙잡았다.

"형님!"

등 뒤에서 익숙한 목소리가 날아든다 싶더니 곧 낯익은 얼굴이 염의 시야를 채웠다. 즐거울 일도 없건만 다가온 이복동생은 여느 때처럼 환한 웃음을 지어 보였다.

"형님, 어디를 가십니까. 경축연에 참석지 아니하시려고요?"

경축연이라고? 현양군을 무정히 바라보는 진양군 염의 미간이 구겨졌다. 무에 특별한 날인가 하였더니 금일이었나?

"설마 세자 저하의 탄일을 잊진 않으셨겠지요? 혹여 그러셨다 해도…… 왈패들을 만나러 가시더라도 저와 함께 하례는 드리고 가시면⋯⋯."

오늘이 세자의 생일이건 아니건 기실 그딴 것은 염과 상관이 없었다. 그렇지만 긴장한 이복동생을 외면하기는 어려웠다. 잔칫날이니만큼 간만에 한자리에 모여 있을 다섯 대군을 순해빠진 이복동생이 홀로 버텨내지 못할 것을 알기에.

현양군의 손에 들린 비단에 싸인 궤를 흘끗 내려다본 염이 입을 열었다.

"가자."

"예? 형님, 탄신 선물을 아니 올리실 작정이십니까? 게다가 그 같은 평복 차림으로 대군파를 맞으시려고요?"

"아깝게 그런 것을 어이 올리느냐. 그리고 의관을 정제하면 달리 대접해 준다더냐. 어차피 버려지 취급 받는 첩실 소생인 것을."

까칠하게 말한 염은 딱딱하게 굳은 얼굴로 동궁으로 향했다.

상석에 앉은 진(振)의 세자 수안대군 진유의 손끝에서 궤(櫃)가 해제됐다. 그 안에 들어 있던 물건이 모습을 드러냈다. 휘황찬란하게 빛나는 청화백자는 한눈에도 귀하기 짝이 없어 보였다. 한참이나 매화와 대나무가 그려진 백자를 살핀 세자의 입가에 미소가 떠올랐다.

"현양군, 참으로 고맙구나. 내 너의 안목이 이리 특출한지 이전에는 알지 못하였다."

"황송합니다, 세자 저하. 마음에 드신다니."

"내 이것을 요강으로 쓰면 적격이지 않겠느냐. 커다랗고 튼튼한 것이 넘치거나 깨어지지 않겠어."

"......."

순식간에 붉게 달아오른 얼굴을 숙이는 현양군과 달리 상석에 앉은 세자를 비롯해 그의 좌우 네 명의 대군들은 파안대소를 터뜨렸다. 그 커다란 조소 탓에 얼굴뿐 아니라 뺨이며 목까지 붉히는 현양군을 지나친 염은 털썩 세자의 맞은편에 자리했다. 그가 그리 하자 뚝 웃음을 그치는 대군들이었으나 염의 표정에는 미세한 변화조차 떠오르지 않았다.

하례를 하겠다고 찾아온 아우를 아무리 같은 배에서 난 동생이 아니라 한들 앉으라 권하지도 않을 수는 없었다. 생일을 축하한다고 한껏 공들여 마련한 선물을 두고 저따위로 웃어서는 아니 되었다.

"진양군, 내 네게 앉으라 허락한 기억이 없는데."

"이 아우, 형님께 드릴 선물을 미처 준비하지 못했습니다."

"아우? 형님?"

"언제부터 일개 후궁의 아들이 아바마마의 뒤를 이을 세자 저하께 형님이라 칭하였더냐?"

세자의 바로 옆자리에서 역성을 드는 선영대군에게 눈길 한 번 주지 않은 염이 덤덤히 말했다.

"예, 형님. 폐물 대신 이 아우, 형님께 축하주나 한 잔 올리고자 합니다."

"……그래? 찬물도 위아래가 있는 법. 하면 내 잔부터 받거라."

손안에 쥔 잔에 가득 채워진 독주를 한 번에 삼킨 염은 곧바로 청색 빛깔의 주자를 집어 들었다. 딸깍 하는 소리와 함께 주전자의 부리가 상대의 잔에 부딪쳤다.

"내 탄일을 맞아 무수리 출신 의빈 소생의 아우에게 이리 축하주를 받으니 참으로 기분이……."

이죽거리던 세자의 입이 다물렸다. 콸콸 쏟아지는 폭포수처럼 잔에서 넘쳐흘러 손과 소매를 적시는 술을 내려다보는 그의 표정이 굳어갔다.

"진양군, 이 무슨 무례한 짓이냐?"

"부디 천세(千歲)를 누리십시오, 형님."

그럴 수 있다면 재주껏. 뒷말을 삼킨 염은 미련 없이 일어나 밖으로 향했다. 노기 섞인 대군들의 고함이 왕왕 울렸으매 두 귀를 자르고픈 충동이 솟구쳤다.

"형님! 진양 형님!"

내리 다섯 번을 불러도 대답 한 번 않는 이복형을 겨우 따라잡은 현양군은 염의 앞을 두 팔을 벌려 막아섰다. 다섯 대군은 유일한 후궁 소생인 그 자신과 이복형을 아주 오래전부터 괄시해 왔고, 마주한 이복형은 평소라면 불쾌한 내색을 전혀 내비추지 않았을 터다. 그런 그가 사고를 친 것이 자신 때문인 것을 아는 즉 현양은 너무나 미안했다. 더불어 동궁 밖으로 향하는 염을 향해 대군들이 단단히 이를 가는 모습을 보았기에 걱정이 태산 같았다. 그네들이 염에게 해코지라도 할까 봐.

"형님, 송구합니다. 그래도 그렇지 어찌 그러셨습니까. 잘 참아 오시던 분이."

"비켜서거라."

차갑게 내뱉은 염이 자신을 스쳐 지나가려 하자 그의 팔을 꽉 감싸 안아 매달린 현양은 부러 환하게 웃어 보였다. 그러나 염의 굳은 얼굴은 영 풀릴 기미가 없었다.

"형님, 기분 푸십시오. 대군파가 한두 번 그런 것도 아닌데."

"한두 번이 아니니 문제인 것이다."

"형님……."

십오 년째다. 자그마치 십오 년째. 후궁 소생이라, 무수리 출신인 어미를 가졌다 하여 철이 들 무렵부터 무에 하나 저보다 나은 것이 없는 적통 대군들에게 갖은 멸시와 모욕을 당해온 것이. 짜증스럽기만 한 지난 세월까지 떠오름에 점점 더 역정이 치솟아 염은 날카로이 뒤를 돌아보았다. 빌어먹도록 웅장한 동궁의 합각은 아직까지도 시야를 벗어나지 않아 있었다.

"걱정됩니다. 이 일로 대군파가 형님께 해를 끼치면 어찌합니까."

"상관없다."

비참한 꼴을 당할 날 따위 얼마 남지 않았으니까.

"내 반드시……."

말끝을 흐린 채 한참을 더 동궁과 대전을 주시한 염이 돌아섰다.

고즈넉한 사가의 마당을 가로지른 어린 여종은 여러 집채 중에서도 가장 깊숙한 곳에 위치한 별당에 다다르자 두 발을 멈췄다. 툇마루의 곁에 다가간 아이가 열린 창의 틈새로 보이는 여인에게 속삭였다.

"송우 아가씨, 서나 아가씨께서 곧장 저자로 오시겠다며 그곳에서 만나자 하세요."

"……."

어린 여아를 물끄러미 바라본 송우는 이윽고 나직한 한숨을 내쉬었다. 약속한 시각이 다 되도록 오지 않고 있는 손위 자매라 어렴풋이 예상한 바다. 자리에서 일어선 그녀가 밖으로 향했다.

옅은 도홧빛의 장의를 걸친 채로 여유로운 걸음을 옮기는 송우의 입가에 작은 미소가 서렸다. 사저의 이곳저곳에서 일을 하는 노비들은 하나같이 노랫말을 흥얼거리거나 웃음 띤 낯을 하고 있었다. 너그러운 양친 덕에 집안의 가노들은 다른 사대부가의 그들과 달리 옷차림이며 낯빛이 항시 환하였는데, 그네들의 그 모습이 가히 보기 좋았다.

"아가씨, 어디를 가십니까?"

그녀를 발견한 노비 중 하나가 웃으며 묻자 역시나 마주 웃어 보인 송우는 나긋이 말했다.

"시전에서 서나 언니와 만나기로 하여서."

"큰아씨와요? 다가오는 대감 나리의 탄신 선물을 사러 가시는 것입죠?"

"아버님께는 비밀로 해주어야 해."

"예, 그럼요."

연신 방긋거리며 고개를 숙이는 그이에게 마주 인사한 송우는 다시 걸음을 옮겼다. 자꾸만 제게 손을 흔드는 이들에게 마주 손짓을 해준 그녀가 막 활짝 열린 대문을 빠져나오는 참, 갑작스럽게 불어온 바람이 어깨에 둘러진 장의를 흔들었다. 기어코 땅에 떨어진 옷이 더렵혀질까 재빨리 그것을 향해 손을 뻗은 송우는 손끝에 와 닿은 다른 이의 손에 움찔하여 고개를 들었다.

제 옷을 집어 든 이는 사내였다. 신장이 자못 크고 겉모습이 그럴싸한.

알지도 못하는 사이이거늘, 그럼에도 송우는 사내를 바라보고 있노라니 그가 차가울 것 같다는 못된 편견이 마음속에 그려지는 것을 막을 수 없었다. 아마도 사내의 눈매가 기다랗거니와, 비선(鼻線)과 턱 선이 얇고 날카로워 전체적으로 뾰족하다는 인상을 자아내기 때문이리라. 그의 굳게 닫힌 얇은 입술 또한 그러한 편견이 짙어지도록 일조했다.

"받으십시오."

"아……."

상념에서 빠져나온 송우가 뒤늦게 인사했다.

"도와주시어 감사드립니다."

멀거니 사내를 쳐다본 것이 부끄러워 송우의 양 빰에 붉은 기가 스쳤다. 괜스레 손에 쥔 장의에 묻은 먼지를 털어낸 그녀는 여전히 내리꽂히는 시선을 느끼고 다시 고개를 들어 올렸다. 물끄러미 자신을 주시하는 사내 탓에 절로 면구스러운 마음이 들었다.

"하면…… 이만."

"병판 대감의 여식 되십니까?"

"예. 아버님을 뵈러 오시었나 봅니다. 사랑채에 계실 것이옵니다."

"……."

대답 없이 계속해서 자신을 쳐다보는 사내의 시선이 부담스러워 송우는 재빨리 뒤돌아섰다. 평소답지 않게 유달리 쑥스러운 마음이 드는 까닭은 마치 관찰하듯 자신을 빤히 바라보던 사내의 이상한 태도 때문일 것이다.

＊

"송우야!"

왁자지껄한 시전임에도 카랑카랑한 목소리가 뚜렷했다. 익숙한 음성을 향해 돌아선 송우의 눈에 나긋한 걸음을 옮기는 여인이 비쳤다.

"언니, 주침에 드느라 늦으신 게지요?"

"글쎄, 아이를 가지니 어찌나 잠이 쏟아지는지. 미안해."

새침하게 말한 서나를 바라보는 송우의 미간이 구겨졌다. 회임한 지 한 달째인 언니를 좀 더 생각했어야 하는 것이 아닌지 뒤늦은 걱정이 들었다. 물론 먼저 부친의 탄신 선물을 사러 가자 한 쪽은 언니지만 그녀를 말렸어야 하는 게 아닐까?

"언니, 이리 돌아다니셔도 괜찮은 건가요? 혹여 몸에 무리라도 가면……."

"무리는 개뿔. 집 안에 처박혀 하루 종일 수나 놓는 것이 무리지. 내 오랜만에 저자의 이 싱그러움을 느끼니 온몸에 활력이 돈다."

진정 그렇다는 듯 두 팔을 활짝 벌린 채 빙그르르 돌아 보이는 서나에 그녀를 좇아온 시비며 송우는 기어코 웃음을 터뜨렸다. 활발하다 못해 사내대장부의 성정을 가진 언니가 신방에서 수자(繡刺)나 하고 있을 모습을 상상하자 저리 신나하는 것이 충분히 이해가 되었다.

"그나저나 우리 노처녀께는 여전히 아무런 혼담이 들어오지 않는 건가?"

송우의 양 뺨에 홍조가 돌았다. 혼담이 들어오건 그러지 않건 상관없다가도 언니가 그를 핑계 삼아 놀릴 때면 멋쩍었다.

"짓궂으세요, 언니."

"정말 아버님은 어쩌자고 일을 이리 만들어놓으셨는지. 어여쁘다고 곁에 붙잡아놓는 것도 작작 하셨어야지. 나도 모자라 이제는 너까지……. 어린 계집들이 수두룩한데 스물둘 먹은 노처녀한테 어느 댁에서 혼처를 넣겠냐고. 내가 스물넷에 겨우겨우 혼인을 올린 것을 보시고도 이런 실수를 하시다니. 제정신이신 거야? 설마 노망이 오셨나?"

"혼처가 아니 들어오면 어때요? 평생 아버님, 어머님과 같이 살면 되잖아요."

"그건 네가 사내라는 종자가 얼마나 좋은 것인지 몰라서 하는 소리야. 과부들이 괜히 허벅지를 꼬집는 줄 알아? 사대부가 규수 중에 시집갈 때까지 기다리지 못해 노비 놈과 배꼽 맞아 도망가는 년들이 심심해서 그러게?"

"언니!"

"아가씨!"

기함한 송우와 곁에 선 여종이 동시에 외쳤다. 혹여 지나가는 행인들이 서나의 말을 듣기라도 하였을까 그녀들의 얼굴이 붉게 타올랐다.

"누가 들을까 두렵습니다. 혹여 좋지 못한 소문이라도 시댁에 들어가면 어쩌시려고요."

"들으라지. 난 하나도 안 무서워."

정말이지, 언니의 저 성정은 혼인을 치르고 지아비를 맞이하면 바뀔 줄 알았는데. 한데 이전에 비해 더하면 더하였지 덜하지 않은 모습을 보건대 평생을 가도 난감한 저 성품은 변하지 않을 듯했다.

괜스레 형부 되는 이나 시댁에 관련된 이가 언니의 거침없는 언사를 들었을까 염려되어 안절부절못하는 송우와 달리 민망한 언사를 내뱉은 당사자는 여전히 당당하기 이를 데 없었다.

✳

진양군의 처소인 가궁(嘉宮) 앞에 한 사내가 당도했다. 옅지도 과하지도 않아 딱 보기 좋은 눈썹 아래 드리운 그의 두 눈이 빼어났다. 예의 그, 북방계 사내들이 소유한 기다랗고 외까풀이 진 눈과 달리 그의 옥안(玉眼)은 자못 뚜렷했다. 높긴 하되 선이 굵다고는 할 수 없는 콧날, 사내 치곤 흰 편인 데다 수염 자국 하나 없이 매끈한 피부, 도톰하고 빛깔이 꽤 분명한 입술을 가진 그는 겉모습만 본다 하면 그럭저럭 따스한 인상을 풍겼다. 서글서글하고 다정하여 여인들을 잘 보듬을 것 같이 보였다. 그러나 사내가 전혀 그렇지 않다는 것을 알기에, 말 한 번 붙이지 못하고 그를 흘끗거리기만 하던 나인은 한 박자 늦게 입술을 떼었다.

"소인을 따르……."

하지만 나인은 말을 끝맺지 못하고 입을 다물었다. 사내가 손짓으로 그녀를 제지했기 때문이다.

"주위를 물러."

붉어진 얼굴을 한 나인은 물론이요, 가궁을 지키는 내관들과 궁녀 모두를 물리친 그는 직접 문을 열어 처소 내부로 향했다. 복도를 가로질러 익숙한 장지문 앞에 멈춰 선 그가 '들어가겠습니다.' 짤막히 고했다. 곧장 방 안 깊숙이에 다가섰다.

소박한 처소와 전혀 어울리지 않는 휘황찬란한 대검을 손질하는 염에게 다가간 그가 입을 열었다.

"보셨습니까?"

사내, 륜이 무엇에 관해 묻는 것인지 쉬이 알아챈 염의 안색이 딱딱하게 굳어갔다.

"듣기로는 연령이 꽉 차 그렇지 음전하고 청초하다던데. 정 한 치 붙이지 못할 만큼 박색인 것이 아니라면 표정 푸시지요."

내리 손질해 온 장도에서 눈길을 뗀 염은 자신과 다르게 태연하다 못해 장난기가 들어찬 표정을 지어 보이기까지 하는 륜을 물끄러미 바라보았다.

건륜. 자신에게 없어서는 아니 될 장량(張良). 그렇지만 이번만큼은 그가 내놓은 책략이 마음에 들지 않아 굳은 왕자의 얼굴은 좀처럼 풀릴 기미가 없었다.

"어떠한지 한번 살펴보지도 않고 등을 떠밀었던가?"

"군(君)께서 내자로 맞아들일 분을 감히 제가 먼저 봐서야 되겠습니까."

얄궂게 씩 웃으며 말한 륜을 잠시간 더 주시한 염은 이윽고 손질을 끝낸 검을 진열장에 되돌려 놓았다. 진정으로 마음에 들지 않았다. 이렇게까지 해야 하는 것을 알면서도, 이렇게까지 해야 하나 싶었다.

"너무 미안해하실 것 없습니다. 그쪽에서도 손해 볼 일은 아니니. 부원군과 왕비를 시켜주겠다는데 오히려 남는 장사가 아닌지요."

"입조심하게. 궁에는 듣는 귀와 눈이 많다는 것을 모르지 않으면서 답지 않게 부주의한 모습을 보이는군. 그것은 내 꿈의 한 자락이 성공했을 때의 일이지."

"어찌 됐건 우리 쪽에선 그 여인의 아비인 병판의 힘이 반드시 필요하잖습니까. 혹여 그 여자에게 미안해서가 아니라……."

말끝을 흐린 륜이 누구를 떠올리는지를 염은 단번에 알아챘다.

"그 아이는 괜찮다 하였네. 다만."

염은 지난날 도홧빛 장의를 건네며 손끝이 부딪쳤던 여인을 떠올렸다. 유송우라 하였던가. 책사의 권유로 떠밀리듯 병판의 사저를 향할 때까지 그는 내심 그녀가 악독하기를 바랐다. 가차 없이 이용해도 죄책감을 느낄 필요가 없도록 오만하고 제멋대로에 기득권의식에 가득 찬, 지금 중궁전을 차지하고 있는 이와 같은 종류의 여인이기를 은연중에 소망했다. 하지만 사람을 귀이 여길 줄 안다는 병판의 여식답게 활짝 열어놓은 그의 사저 대문을 통해 본 그녀는 일개 노비에게조차 다정히 굴었다. 말 못 하는 짐승이 아닌 마치 벗을 대하듯. 그런 여인을 제 욕심을 위해 이용하려니 당연지사 기분이 좋지 않았다.

"다만 무엇입니까?"

"혼례식을 올리는 것만으로 충분하지 않겠는가."

"전혀. 병판과 그 여자가 절대 발을 빼지 못하도록 만들어야 합니다."

"……."

"다시 한 번 말씀드리건대, 망설임 없이 유송우를 군(君)의 여인으로 만드십시오. 혼례를 올리는 것 자체로 안심하시어 소박 맞히지 말고 품으시란 말입니다. 그 계집이 왕자께 푹 빠져 되레 앞장서서 제 아비인 병판에게 거사를 도와달라 조를 만큼 계집의 마음을 움켜쥐신다면 더욱 좋고요. 게다가 군의 평판이 좋지 못한 만큼 아무리 주상께서 명하신다 한들 병판 쪽에서 혼담을 거부할 수도 있는 것 아니겠습니까. 그러니 더더욱 유송우에게 공을 들이셔야 합니다. 설사 병판이 싫다 해도 그의 딸이 군이 아니면 못 살겠다 울고불고 난리를 칠 만큼."

그래도 죄 없는 한 여인의 명운을 좌우하는 일이거늘 꼭 땅을 기어가는 개미 한 마리에 관해 논하듯 냉담하고 무심하게 말하는 륜을 주시하는 염의 미간이 구겨졌다. 저 성정 하고는. 이다음에 처를 맞이하고 자식을 보아서도 저리 차갑게 굴까. 아니, 애초에 비정한 저 사내를 감당할 수 있는 여인이 있긴 할까.

"……영 내키지 않는군."

"송구하오나, 내키지 않으셔도 소용없습니다. 지난 세월 그토록 바라오신 것을 떠올리십시오. 이 일에 군과 저의 목숨이 달려 있다는 사실도."

그나마 나아졌던 기분이 다시 가라앉았다. 찜찜한 감정이 머리를 어지럽혔다. 염은 상태가 좋지 못할 때마다 으레 그러하듯 다시금 날카로운 칼날을 손질하기 시작했다.

어지간히 심기가 불편해 보이는 왕자를 꿰뚫는 륜의 새카만 눈동자가 반짝였다.

✳

가궁의 안뜰을 가로지르던 륜은 우뚝 멈추어 섰다. 그렇지 않아도 찬 기운이 서린 그의 눈매가 날카롭게 비틀렸다.

"혼례식을 올리는 것만으로 충분하지 않겠는가."

"영 내키지 않는군."

자신이 주군으로서 선택한 진양군이 어떠한 이인가. 그는 그 자신을 지독하게 무시하고 천대해 온 세자를 포함한 대군들과 중궁, 심지어 그네들을 방치한 부왕에게 이를 갈았지만 오히려 그 같은 경험 때문에 약한 자를 안쓰럽게 여길 줄 알았다. 강자에게 강하고 약자에게 약했다. 더군다나 태어났을 때의 본래 성품이 따스하다 할 만한 인사이기에 더더욱.

그렇다고 하염없이 무르지는 않았다. 원하는 것을 손에 넣기 위해선 필요한 만큼, 혹은 필요 이상으로 비정해질 수도, 이기적일 수도 있는 사내. 한데 그런 그가, 이복형제들의 목을 베는 걸로 부족해 그네들의 피 위해 세워질 왕좌를 기꺼이 가지려는 그가 어찌 저리 나약한 모습을 보이는가. 실망스럽게. 그것도 고작 계집 하나 때문에.

유송우라 하였지. 평생을 호의호식하며 고생이라곤 모르고 곱게 자랐을 그딴 계집. 이번 참에 삶이라는 굴레의 쓴맛을 좀 보면 어떠해서. 더군다나 그년 하나를 잠시 울려 불쌍한 무지렁이들을 위하는 왕이 세워질 수 있다면 당연지사 울려야 하는 게 아닌가? 마음에 없다 한들 혼인을 올리고 품어서 그로 말미암아 절대 발을 뺄 수 없게 된 병판의 힘을 실컷 써야 하는 게 아니냐고.

"대체 어떤 계집이기에 저러는 거지."

얼굴이 반반해서? 몸태가 절로 몸을 달아오르게 할 만큼 탐스러워서? 그렇다면 더더욱 곁에 끼고 살아도 괜찮은 게 아닌가?

"그 아이는 괜찮다 하였네. 다만."

홍 씨 계집까지 괜찮다 했으면 도대체 무엇이 문제라는 걸까.

망설이는 모습을 보인 이에 대한 짜증, 불만이 궁금증으로 변해 갔다. 한결 부드러워진 륜의 눈동자가 호기심에 반짝였다.

✳

다시 천천히 되새겨 보아도 구미가 당기지 않았다. 차라리 악독하기 이를 데 없는 악녀가 병판의 여식이라면 얼마나 좋을 텐가. 그렇다면 고민할 것 없이 여인을 이용해도 일말의 가책 따위는 느끼지 않을 텐데.

"세자와 그 외척 세력을 타파할 세력을 갖기 위해서는 병판과의 연대가 필요합니다."

아무리 내키지 않은들 아끼는 수하의 말을 부정할 길이 없다. 자신과 같은 이들을 아무리 끌어모은다 한들 용상에 앉기 위해선 부족하다.

"중전마마! 고정하시옵소서! 소첩이 대신 사과드리겠나이다!"

"비켜서라 하지 않았는가!"

날 선 목소리가 왕왕 울리는가 싶더니 쾅 하는 굉음과 함께 장지문이 요란하게 열렸다. 문가를 돌아본 염의 두 눈동자가 어둡게 가라앉았다. 표독스레 두 눈을 치켜뜬 중년의 여인과 그 곁의 창백하게 질린 어미가 보였다.

"중전마마께서 머나먼 가궁까진 어인……."

무덤덤하게 내뱉던 염은 왼뺨을 내려치는 손길에 입을 다물었다. 철썩 하는 커다란 소리가 귓가에 메아리쳤으매 까무러치는 어미의 외침이 제대로 들리지 않고 멀리서 반향이 되어오는 듯하다.

"진양군, 네 무식한 무수리 소생이라 생각하는 것도 딱 네 어미 수준인 게냐? 감히 진의 세자인 내 아드님께 그따위 무도한 짓거리를 해? 그것도 그분의 탄일에?"

"중전마마, 진양군이 얼떨결에 실수를 한 것이오니 자비를 베풀어주시옵소서! 부러 그런 게 아니옵니다!"

"내 의빈에게 물은 것이 아니야! 어딜 감히 중전인 내가 말하는 와중에 끼어들어? 미천하던 시절에도 그리 눈치 없이 굴었는가? 아니면 지난 과거를 잊은 게야?"

"송구하옵니다, 중전마마! 부디 노여움을 거두시옵소서! 소인이 대신 사과를 하겠나이다. 무릎을 꿇고 빌라 하시면 그리할 것이옵니다!"

"의빈께서는 물러나십시오."

파리하게 질린 채 중전에게 매달려 비는 어미의 모습이 비참했다. 어머니라 부르지 못하는 친모의 팔을 붙잡아 중전에게서 떼어놓은 염은 독기를 뿜어내는 중전을 당당히 마주 보았다.

"설명해 보아라. 감히 그 같은 무도한 짓거리를 행한 연유가 무엇이더냐, 진양군?"

"없습니다."

"무어라?"

"연유 같은 것은 없습니다."

잘못했다 비는 것은 고사하고 변명조차 늘어놓지 않는 염을 노려보는 중전의 얼굴이 벌겋게 달아올랐다.

중전 서씨. 세도가 출신인 데다 한때 군왕의 총애를 독차지하였던 자존심 강한 그녀에게 하찮은 무수리 출신 어미를 둔 후궁 소생의 염은 항상 눈엣가시였다. 한때는 자신을 어여삐 여긴 지아비가 이제는 자신을 본체만체하면서도 여전히 의빈은 가까이하는 즉 한미한 그녀에게 밀린 것에 단단히 자존심이 상한 터라 그이의 소생이 더더욱 곱게 보이지 않았다. 그렇기에 당연지사 의빈 소생의 왕자에게 향하는 그녀의 핍박은 세월과 함께 나날이 광포해져 왔다. 제 구박을 버텨내는 의빈이 그이의 아들에게 향하는 그것은 차마 견뎌내지 못한다는 것을 알기에 더욱이.

　그리고 지금도 세자인 자신의 큰아들을 도발해 놓고 뻔뻔히 구는 왕자군(王子君)에 대한 펄펄 끓는 화를 참지 못한 그녀는 다시 염의 뺨을 내려쳤다.

　"주, 중전마마! 중전마마! 고정하시옵소서!"

　"시끄러우니 의빈은 잠자코 있게! 진양군, 감히 어미가 훈계를 하는데 대꾸를 하지 않나, 큰형님이신 세자께 추악한 짓거리를 저지르지 않나. 내 오늘 너의 그 오만방자함을 단단히 꺾어놓을 것이다! 장 상궁, 편태(鞭笞)를 내어오게!"

　"중전마마, 어찌 장성한 스물다섯의 왕자에게 회초리질을 하려 하십니까!"

　"나이가 무슨 상관이겠는가! 의빈은 당장 처소로 돌아가게! 어미인 내가 버릇없는 아들을 가르치겠다는데 어찌 이리 시끄럽게 구는 게야!"

　"중전마마, 부디 자비를 베푸시옵소서! 제발 부족한 소첩의 소생을 가엽게 여기시어⋯⋯."

　"의빈께서는 돌아가십시오!"

하염없이 눈물을 쏟아내는 친모의 마른 팔을 움켜쥐어 복도 밖으로 끌어낸 염은 우물쭈물하는 상궁에게 소리쳤다.

"어찌 그리 서 있느냐! 중궁의 명을 듣지 못하였더냐!"

"진양군, 네 감히!"

"그만하십시오, 어마마마."

염의 등 뒤에서 사내의 목소리가 날아들었다. 그러나 염은 돌아서지 않았다. 굳이 돌아보지 않아도 조소 가득한 미끄러운 목소리가 누구의 것인지 알기에 충분했다.

"어찌 괜한 일에 힘을 빼십니까. 아우들이 쓸데없는 말을 전하였나 봅니다."

"세자는 물러서세요. 관용을 베풀 때가 아닙니다. 감히 주상 전하의 보위를 이을 세자를 모독한 버르장머리 없는 진양을 내 오늘 단단히 고쳐 놓을 겁니다."

"진양은 버릇이 없는 것이 아닙니다."

"그 무슨……."

"시전의 왈패들과 어울리고 다니는 왕자는 버릇이 없는 것이 아니라 한낱 무지렁이인 것뿐입니다. 하니 예의가 있고 없고를 따질 겨를이 있겠습니까. 그렇지 않느냐, 진양? 네 그래도 어릴 때에는 꽤나 총명하다는 소리를 듣고 자랐거늘 어찌 그리된 것인지."

세자가 어깨를 움켜쥐거늘 염은 여전히 미동조차 하지 않았다. 벌게진 얼굴로 자신을 노려보는 중전, 이죽거리는 이복형, 그리고 복도에서부터 간간이 들려오는 친모의 흐느낌. 끔찍한 이 모든 것들을 떨쳐 내기 위한 가장 좋은 방법은 침묵이란 것을 그간의 멸시와 모독 덕분에 너무나 잘 알고 있었다.

"어마마마, 이만 가시지요. 작디작은 가궁에 처박혀 있으려니 속이 답답합니다.”

“진양군, 내 너를 지켜보고 있음이야. 더는 동궁이나 대군들에게 천박하게 굴어서는 아니 될 것이다. 세자의 은덕에 감사하여 항시 몸가짐을 조심하여라.”

부러 어깨를 치고 지나간 중전과 왕세자의 발걸음 소리가 들리지 않을 때쯤 염의 손에 따스한 온기가 와 닿았다. 그가 누구의 손길인지 또한 뻔했다.

“흐흑, 염아.”

“우실 것 없습니다. 소자는 아무렇지 않으니.”

“송구…… 합니다. 내가 이리 하찮은 이가 아니었다면…….”

“별것 아닌 일로 눈물 보이지 마십시오.”

어미는 그녀가 할 수 있는 선에서 자신을 지키기 위한 그 모든 것을 해왔다. 자존심 세고 투기가 심한 중전을 피해 저를 지키려 승은을 입은 것도, 회임을 한 것도 숨기고선 여섯 달을 버텼다. 무사히 저를 낳고 첩지를 받은 후 계속되는 부왕의 총애에 더더욱 표독스러워지는 중전에게서 아들인 자신을 지키기 위해 평생을 몸을 사리며 살아왔다. 하니 그것으로 불쌍한 어미는 할당량을 모두 하였다 할 수 있었다. 남은 것은 제 몫일 뿐.

“염아, 아니, 왕자 아기씨. 소인은 단 한 번만이라도 주상 전하와 다른 이들 앞에서 왕자 아기씨에게 어미라 불려보고 싶습니다.”

그딴 소박한 꿈은 심지어 궐 밖의 백성들조차 바라지 않는 것일 터. 한데 임금의 후궁씩이나 되는 여인의 바람이 겨우 그 정도라니.

“염, 진양군, 세게 맞은 것 같은데 돌아보시어요.”

터진 입가에 맺힌 선혈이 굳었음에도 피식 실소를 터뜨린 염은 다시 한 여인을 떠올렸다. 유송우.

감히 저가 누구를 걱정했던가. 임금의 자식이라고는 하나 그 여인보다 저 자신은 하등 나은 것이 없건만. 제 주제에 삼십여 년이 넘도록 병판에 제수한 그 대단한 유택의 딸을 안타깝게 여겼다니 이 얼마나 커다란 모순인가.

✻

"유송우!"

"아……!"

벌컥 열린 문에 놀라 움찔한 송우의 손가락에서 붉은 핏방울이 떨어졌다. 신이 나 다가서는 서나가 바늘에 찔려 피가 맺힌 자신의 손끝을 보고 미안해하기라도 할까 그녀는 재빨리 앞에 놓은 피륙과 색실, 바늘을 방 한구석으로 밀어냈다.

"언니, 조심하시어요!"

보료 옆에 철퍼덕 자리하는 서나에게 기함한 송우가 걱정스레 말했다. 보아하니 사가에 온 지 얼마 되지 않아 사랑채에 먼저 들른 듯한데 무슨 재미난 이야기를 들었기에 임부가 이리 호들갑을 떠는지 이해가 가지 않았다.

"무슨 일이기에 그러시어요? 아이를 가지셨으면서 어찌……."

"내 사랑채에서 무슨 이야기를 들었는지 알아? 너한테 혼담이 들어왔단다!"

"……."

혼담이라고? 이것을 반겨야 할까? 다른 규수들이라면 당연히 그러겠지만, 게다가 자신은 그렇지 않아도 혼기가 차다 못해 늦었으니 더더욱 기뻐해야겠지만.

"어찌 표정이 그래? 기쁘지 않아?"

"기뻐해야 하는 것이겠지요?"

"당연한 소리!"

"……."

찰싹 소리가 나도록 등을 내려친 손길이 매서워 흠칫한 송우는 맞은 곳을 어루만졌다. 언니의 손은 정녕 아프다 못해 두려웠다. 그녀와 자매로 태어난 것이 감사하다 느껴질 만큼. 어린 시절 또래 여아들이며 남아들과도 걸핏하면 싸운 언니는 자신은 동생이라 봐주었던 것인지 드물게나마 말싸움이 나곤 했을 때도 때리지는 않았다. 그러나 가끔씩 이리 호들갑을 떨며 몸 한구석을 내려칠 때에는 절로 눈가에 눈물이 맺혔다.

서서히 아픔이 가시자 은근슬쩍 혼담이 오고 가는 이에 대한 궁금증이 몰려들었다. 생김새조차 모르는 사내와 혼인을 올리는 것에 대해선 여전히 부정적인 마음이 없지 않으나 그럼에도 제 일이라고 무심하게 굴 수 없었다.

"어느 댁의 자제분인지 아시나요?"

"아, 그걸 모른단 말이지. 아버님께서 무에 큰 비밀이라고 도무지 언질을 주시지 않아."

"……."

괄괄한 언니의 성정을 아는 부친께서 어찌 말씀을 아니 주실까. 입에 담기 싫을 정도로 변변찮은 이인가? 하기야 제 나이가 있으니 바람직한 혼처를 갖기엔 무리일지 몰랐다. 언니 역시 마땅한 혼처를 찾는 것에만 무려 일 년을 소비하지 않았던가.

"다시 생각해 보니 이상하잖아? 어찌 말씀을 아니 해주시지? 혹시 어디가 모자라거나 재취(再娶)하는 놈이거나 손버릇 나쁜 놈 아니야?"

"……."

불편한 마음이 들었지만 침묵하던 송우는 한편에 밀어두었던 피륙과 색실을 꿴 바늘을 다시 집어 들었다. 어느 쪽이건 부친께서 알아서 하실 터. 괜히 자신까지 나설 필요는 없을 것이다.

"지금 수놓을 때야? 잘못하다가는 고자와 혼례를 치르게 생겼는데?"

"서나 언니!"

"아니 되겠다. 다시 가서 여쭈어보아야겠어. 설마 아이까지 가진 내가 조르는데 아니 알려주실까."

제발 조심히 움직이라 강조해도 번개처럼 일어서 밖으로 뛰쳐나가는 서나를 걱정스럽게 바라본 송우는 다시 피륙에 시선을 붙박았다. 저도 여자라고 사내에 관심을 둔 적이 없었거늘 혼담이 들어왔다니 영 궁금증을 뿌리치기 어려웠다. 혹여 언니의 말대로 변변찮은 자리일까 걱정 또한 샘솟았다.

"얼굴에 수심이 가득합니다."

"……!"

갑작스레 날아든 낯선 이의 목소리 탓에 또 한 번 놀란 송우의 몸이 움찔했다. 재차 바늘에 찔린 손가락에 선혈이 맺혔다. 곁에 놓인 영견으로 찔린 부분을 감싼 송우는 목소리가 날아든 방향을 향해 고개를 돌렸다.

열린 창 틈새로 한 사내의 옆모습이 보였다. 커다란 창문 너머의 쪽마루에 앉은 그는 여인인 자신이 기거하는 별당에 허락도 구하지 않고 와 있으면서도 그다지 불편해 보이지 않았다.

이윽고 똑바로 마주한 사내의 얼굴이 낯익었다. 며칠 전 시전으로 향하던 참 땅에 떨어진 장의를 건네준 그 사내였다.

"혼담이 들어와서입니까?"

어찌 그것에 관해 아는 걸까. 설마……. 물끄러미 사내를 주시하며 송우가 입술을 떼었다.

"그것을 어찌 아시는지요. 혹여……."

"혹여 그 혼담을 넣은 것이 저라서 말입니다. 덕분에 친하지도 않은 부친께 살갑게 구느라 꽤나 고생했습니다."

찰나에 떠오른 예상이 맞아떨어졌다. 저 사내가 내 낭군감이라고. 그리 생각이 들자 어쩐지 양 뺨이 홧홧했다. 한참을 아무 말 없이 손에 쥔 모란꽃 한 송이가 새겨진 비단을 내려다본 송우는 이윽고 고개를 들었다. 무표정한 그가 무슨 생각을 하고 있는지 알기 어려웠다. 적어도 겉으로는 자신에게 일말의 감정조차 가지고 있지 않아 보이는데 어째서 혼담을 넣었을까?

"연유가 무엇인지요?"

"연유라니요?"

"제게 특별한 감정을 갖고 계신 것처럼 보이지 않습니다. 한데도 한창때의 어린 규수가 아닌, 혼기를 놓친 지 오래된 노처녀와 혼인을 올리려 하는 연유가 무엇인가요?"

염은 저도 모르게 소리 없는 실소를 흘렸다. 그러나 그를 바라보는 송우는 마냥 진지할 뿐이다.

"스스로를 노처녀라 칭하는 여인은 처음 보았습니다."

"그보다는 질의에 대한 답을 듣고 싶습니다."

"……"

무어라 답을 해야 할까. 아예 마음에 없는 소리까지는 못할 성싶고. 잠시간 고민한 염이 대답했다.

"싫지 않아서."

"……."

"그러니 혹여 알겠습니까. 후일에는 커다란 연정을 품게 될지."

"……."

싫지는 않기 때문이라……. 안타깝게도 여인들이 사내에게 바랄 답은 아니지만 어차피 혼인은 당사자인 남녀가 서로에 대해 모르는 채 집안 어른들의 주선으로 이루어지는 것인즉, 부부애란 자고로 함께 살아가며 생기는 감정이었다. 그러니 생판 모르는 이와 부부의 연을 맺고 평생을 한 치의 정도 느끼지 못하고 살아가는 이들이 다반사. 시작이 싫지 않은 것은 어찌 보면 꽤나 좋은 출발이었다.

"제 답이 마음에 아니 드십니까?"

"그렇지는…… 않습니다."

"하면 다행입니다. 함께 이야기를 나누는 것이 기대한 것보다 흥미로워 조금 더 있고 싶지만 아쉽게도 선약이 있는지라 금일은 이만 돌아가야겠습니다."

자리에서 일어나 돌아선 염은 다시 송우를 돌아보았다.

"그 계집이 왕자께 푹 빠져 되레 앞장서서 제 아비인 병판에게 거사를 도와달라 조를 만큼 계집의 마음을 움켜쥐신다면 더욱 좋고요. 게다가 군의 평판이 좋지 못한 만큼 아무리 주상께서 명하신다 한들 병판 쪽에서 혼담을 거부할 수도 있는 것 아니겠습니까. 그러니 더더욱 유송우에게 공을 들이셔야 합니다. 설사 병판이 싫다 해도 그의 딸이 군이 아니면 못 살겠다 울고불고 난리를 칠 만큼."

쓸데없이 구구절절 설명을 해선. 신경 쓰이게.

"부디 제게…… 무관심하지 않기를 바랍니다."

"……"

탕아나 지껄일 소리를 내뱉은 걸로 모자라 미소까지 지어 보인 염이 뒤돌아섰다.

멀어지는 그의 뒷모습을 입도 채 다물지 못하고 멀거니 바라보던 송우는 낯선 잔향이 사라지자 뒤늦게 뺨을 붉혔다.

2장 권투(圈套)

벼루와 먹이 부딪치는 소리가 규칙적으로 귓가에 울렸다. 비릿한 먹물 향이 후각을 자극했다. 그 소박한 평화 속에서 다소곳이 먹을 가는 둘째 여식을 바라보는 유택의 입가에 흐뭇한 미소가 떠올랐다.

둘째 아이는 여러모로 첫째 여식과 달랐다. 외모부터 어투, 행동 거지까지 모두. 고양이 같기도 하고 여우 같기도 한 생김새를 가진 첫째 여식이 짐짓 새치름해 보이고 영락없는 말괄량이라면, 마주한 둘째 여식은 항시 웃는 낯에 사근사근한 분위기를 풍겼다.

늦은 나이에 여식들을 보았기도 하고 성정이 퍽 다른 두 딸아이를 곁에 두는 것은 꽤나 재미난 일이기에 최대한 오래 곁에 두고 싶었다. 하지만 시간이란 것이 마치 폭포수가 떨어지듯 빠르게만 흘렀으니. 첫째 아이가 출가한 지 얼마 되지도 않은 것 같은데 이제는 둘째마저 떠나보내야 할 때가 왔다 생각하니 착잡하기 이를 데 없었다.

물론 욕심 같아서야 더 오래 곁에 두고 싶지만 둘째 여식의 연식이 벌써 스물둘인지라 더 붙잡아두었다가는 제 언니처럼 알맞은 혼처를 찾는 것에 지금까지보다 더한 고행을 겪을 것이다. 그렇지 않아도 사가에 매파의 발길이 뚝 끊긴 것이 어연 이 년째다. 그까짓 나이가 무에 그리 중하다고. 저리 예쁘고 어질거늘.

"서나가 말을 전하였을 텐데 어찌 묻지를 않느냐? 궁금하지 않은 게야?"

"따로 여쭙지 않아도 아버님께서 잘 처사해 주실 테니까요."

그리 말하곤 제 나름대로 장난스럽게 웃어 보이는 딸아이에 예순을 앞둔 이는 기분 좋은 홍소(哄笑)를 터뜨렸다. 새하얀 종이에 난을 치는 송우를 바라보는 유택의 눈앞에 지난밤 편전에서의 일이 떠올랐다.

"병판, 과인은 중전이며 장성한 다섯 명의 적통 대군 놈들 눈치를 살피느라 후궁 소생인 진양군과 현양군을 제대로 한 번 안아준 적조차 없네. 한데 염이 그놈이 참으로 오래간만에 부탁까지 하지 않아? 병판의 둘째 여식이 꽤나 마음에 드는 모양인데 어차피 혼기를 놓친 그 아이, 데려간다는 이도 없을 터, 내 아들에게 주게."

애지중지하는 딸아이를 얕보던 군왕의 언사를 되새김에 붓을 쥐고 있는 유택의 손아귀에 힘이 실렸다. 후궁 소생이라 제대로 보듬어주지 못해 미안하니 아들놈의 부탁을 들어줄 수 있도록 딸아이를 주라고? 혼기를 놓쳤으니 데려간다는 놈이 없을 거라고?

"빌어먹을 놈이."

"예?"

"아무것도 아니니라. 그리던 것 마저 그리어라."

휘둥그레진 눈으로 자신을 바라보는 송우에게 손에 쥔 붓을 휘둘러 보인 그는 다시 생각에 잠겼다. 그 마음에 들지 않는 언사에 반박을 하지 않았던 것은 마주한 이가 군왕이어서가 아니라 그가 한 말이 틀린 말이 아니었기 때문이다. 이러다가는 정녕 눈에 넣어도 아프지 않은 딸아이가 평생을 홀로 보낼 판이다. 한데 그래서야 되겠는가?

살날이 얼마 남지 않은 자신과 처가 이승을 떠난 후 혼자 남을 어여쁜 둘째 딸을 상상하매 유택은 머리가 지끈거렸다.

"흐흠……."

진양군이라. 물론 그가 중전과 대군들에게 단단히 미움을 받고 있다지만 어차피 혼례를 치르면 사가로 나올 테니 왕가의 식구들과는 안 보면 그만이고, 비록 시전의 왈패들과 어울려 갖은 무시를 당한다 한들 그렇기 때문에 왕위 계승에 얽혀 곤욕을 치를 일도 없을 것이다. 게다가 아무리 생각해도 그가 무뢰배와 어울리는 것이 제 나름의 처신으로 보인단 말이지. 괜히 왕좌에 관련해 얽히지 않기 위한. 하여 두 눈을 시퍼렇게 뜬 다섯 대군의 경계를 피하려는. 하여간에 다른 것들이 무슨 상관일까. 그저 여식을 아껴주면 될 것을. 왕자군이니 평생 먹고살 걱정을 하지 않아도 될 테고.

매파조차 찾지 않는 딸아이에게 이만한 혼처면 그리 나쁘지 아니했다. 더군다나 주상이 대놓고 진양군을 어여뻐하지는 못하여도 내심 그를 아끼고, 제대로 보듬어주지 못한 것에 미안함을 느끼고 있으니 앞으로 살아 있는 동안은 혹여 그가 좋지 못한 사건에 얽힌들 충분히 비호해 줄 것이다.

"송우야, 실은 너와 혼담이 오고 가는 이가 진양군인데, 어찌 생각하느냐?"

사색에 잠긴 부친을 방해하지 않으려 난을 치는 것에만 집중하던 송우는 붓질을 멈추었다. 진양군이었다고? 일전에 본 그 사내가? 그에 대해 들어본 적이 있다. 임금의 아들이면서, 왕자이면서 좋지 못한 무리와 어울린다는 소문이 파다했다. 흉악하고 거친 것은 물론 야비한 데다 술에 빠져 지낸다 했다. 그렇지만 실제로 마주하였던 그는 몹쓸 이들과 어울리는 것을 즐길 만큼 거칠어 보이지도, 졸렬해 보이지도 않았는데 잘못 보았던 걸까?

"아버님께서는 어찌 생각하시나요?"

"진양군이 비록 왕실의 눈 밖에 나기는 했다만, 그가 그리 엇나가는 것이 아비의 눈에는 처세술의 일종으로 보이는구나. 너도 들어보았겠지만 중궁전의 성정이…… 네 언니에 버금가지 않느냐."

"서나 언니 정도면, 진정 심각한 수준이 아니온지요?"

"이런 어여쁜 것 같으니라고."

진정 끔찍하다는 양 미간을 구기고 있던 유택은 송우가 제 기분을 풀어주려 농을 치자 너털웃음을 터뜨렸다. 얌전하기만 한 것 같으면서도 막내이기는 한 것인지 가끔씩 기특한 짓을 하는 둘째 여식이 진정 선녀 같았다.

"게다가 중궁전 소생의 대군이 다섯이나 되지 않느냐? 반면 그 많은 후궁에도 불구하고 왕자군은 둘뿐이고 말이다. 아무리 보아도 이 아비 눈에는 진양군이 몸을 낮추느라 못난 짓을 하고 다니는 것으로 보이는구나. 물론 왕실에서는 마냥 못나 시전을 헤매고 다닌다 생각하는 듯하지만. 그래도 그이가 여인에 관한 문제를 일으킨 적은 없느니."

"안목이 남다르신 아버님께오서 그리 보신다면 그가 맞는 것 아니겠는지요."

"송우야, 네 어찌 그리 듣기 좋은 말만 하느냐. 너를 내자로 맞는 이는 천운이 뒤따를 것이다."

기분 좋은 웃음소리를 흘리는 아비에게 작은 미소를 지어 보인 송우는 아직 쥐고 있던 붓을 벼루 위에 소리 나지 않게 내려놓았다.

"아버님, 실은 소녀, 그분을 뵌 적이 있습니다."

"무어? 어디에서?"

"사가에서 두어 번 뵈었습니다."

"사가에서? 내 예서 왕자를 만난 적이 없는데."

"……."

"알 만하구나. 널 보러 찾아 온 게지. 쯧. 이리 보니 제 아비를 닮았군. ……그래, 어떠하더냐?"

"……."

아비의 물음은 간소했으되 어찌 된 일인지 양 뺨이 뜨거웠다. 붉어진 얼굴을 숨기려 고개를 숙인 송우가 말했다.

"오래 이야기를 나누지 않아 자세히 알지는 못하오나…… 어차피 혼인을 치를 거면 그분과 치러도 나쁘지 않을 듯하옵니다. 흉흉한 소문이 말 그대로 소문일 뿐인 듯하여……."

내심 '너무너무 싫다'는 답을 기대한 유택의 입술이 남모르게 삐죽였다. 붉어진 낯빛을 숨기려 고개를 푹 숙인 여식을 모르지 않는 터라 은근슬쩍 짜증도 났다.

"그래? 하면 내 일을 추진해야겠구나."

그래도 진양군에게 여식을 주라 말하던 군왕은 청이 아니라 일방적인 통보였으니 애써 버틴들 종내에는 신하 된 자로서 그의 뜻을 따라야 할 터. 딸아이가 지아비로 맞아들일 이를 마음에 아니 들어하는 것보다는 훨씬 나았다.

✳

디딤돌 위에 가지런히 놓인 당혜를 신은 송우는 계단 아래에서 쭈뼛거리는 어린 여종을 발견하고는 미소를 지었다. 아이가 어찌게 서 있는 겐지, 무엇을 원하는지 쉬이 눈치챈 그녀가 여아의 손을 감싸 쥐었다.

"비(泌)야, 서책 읽어줄게."

"감사해요, 아가씨."

헤실헤실 웃어 보이는 여아를 이끈 송우는 지난날 염이 자리했던 쪽마루 위에 나란히 걸터앉았다. 열린 창턱에는 이틀 전 읽어주었던 푸른빛의 서책이 여전히 걸쳐 있다. 그를 집어 들어 무릎 위에 얹은 그녀는 빳빳한 책장을 넘기며 혼잣말하듯 중얼거렸다.

"으음, 어디까지 읽어주었더라?"

"신하의 착한 딸이 나쁜 왕에게 자진해서 시집을 간 부분이요!"

"비가 참 똑똑하구나. 이미 끌려온 다른 이들처럼 폭군은 또다시 새로이 들인 신부를 죽이려고 하는데……."

두 눈을 동그랗게 뜬 어린 여종이 귓가에 울리는 낭랑한 목소리에 온 정신을 집중했다.

✳

나긋나긋한 목소리가 끊겼다. 담과 마주한, 별당의 구석진 모퉁이에 쪼그려 앉은 사내 둘 중 한 명이 고개를 쭉 빼 들었다. 옆에 있는 이보다 더 깊숙한 안쪽에 자리한 구창의 눈에 종종걸음을 치며 멀어지는 어린 여종의 뒷모습이 비쳤다.

"간 것 같은데요, 형님?"

"쉿, 조용히 해."

눈치 없이 떠드는 구창에게 싸늘히 경고한 룬은 슬쩍 모퉁이 너머를 돌아보았다. 홀로 남아 서책을 읽는 여자의 옆모습에 그의 시선이 붙박였다. 선이 깨끗하고 고아한 분위기를 풍기는 저 여자가, 그러니까 저와 왕자가 사용할 도구이렷다. 순해 빠지게 생긴 것이 어려울 일은 없겠군. 저 여자로 인해 예상치 못하게 계획이 틀어진다거나 하는 일 따윈 생기지 않겠어.

"무얼 그리 보슈? 같이 좀 봅시다."

"네놈은 목을 끊어놓아야 닥칠 테지."

얼굴을 들이미는 구창에게 위협적으로 내뱉은 룬은 자신이 숨어 있는 쪽을 여인이 돌아보자 다급히 구창의 입을 틀어막고선 벽과 하나가 될 것처럼 그것에 등을 붙였다.

병조판서 유택의 둘째 딸 유송우. 처음에는 짜증이 났더랬다. 대체 어떤 계집이기에 커다란 야망을 가진 진양군이 망설이는 건가 해서. 다음으로는 호기심이 솟았다. 마찬가지로 왕자가 왜 망설이나 해서. 그리고 이틀 전, 유택의 딸을 이용하겠다고 왕자가 마음을 바꾼 까닭에 잊고 있던 호기심이 다시 끓어올랐다. 해서 예 찾아온 것을 대놓고 구경하면 되지 내가 왜 모양 빠지게 숨어 있는 거지? 아, 그래. 오늘따라 유독 따가운 햇빛을 피하겠다고 이 그늘 아래 앉아 있다가 모습을 드러낼 적기를 놓쳐 버렸다. 노비 계집년에게 서책을 읽어주는 저 여자가 너무 이상해서, 그래서 너무 많이 놀란 바람에 아직까지 이 꼴을 하고 있는 거야.

문득 륜의 눈앞에 어린 시절의 나날이 떠올랐다. 혼자서 일방적으로 좋아하던 계집아이를 훔쳐보던 그때에도 지금처럼 이렇게 숨어 있었다.

"네놈, 건넛마을 이 형방 댁의 여식 곁을 기웃거렸다며? 아무렴 하급 관리의 딸이라지만 네까짓 놈에게 가당할 듯싶더냐? 집안 망신 시키지 말고 향리의 여식에게 관심 끄거라. 어머님과 내게 또 실컷 매질을 당하기 전에."

어린 나날을 되새기자 시야에는 덩달아 역겨운 미소를 지은 채 이죽거리던 누군가의 모습까지 떠올랐다. 차게 식어가는 륜의 귓가에 가녀린, 그렇지만 강단이 깃든 목소리가 울렸다.

"누구신지요?"

정신 빠진 새끼. 여자가 오는 것도 눈치채지 못하다니. 스스로에게 향한 욕지거리를 삼킨 륜이 자리에서 일어섰다. 그가 무정한 눈길로 안 그런 척, 그녀를 좀 더 샅샅이 살폈다.

도성에서 가장 강력한 세도가 중 하나인 유택의 딸이면서 노비의 손을 잡고 다니지를 않나, 책을 읽어주기까지 하는 이상한 여자 유송우는 자신보다 대략 머리 하나쯤이 더 작았다. 청초한 외양이 바람결에 꽃잎을 하늘거리는 새하얀 수국 한 송이를 연상시켰다. 둥근 이마에서 시작해 코, 입술, 턱 끝으로 떨어지는 얼굴선이 단아하고 부드러웠다. 서글서글한 눈매에서 따스함이 뚝뚝 떨어졌다. 있는 집 자식이라 굶을 일도 없을 테면서, 다른 사대부가의 계집들에 비해 키는 큰데 몸태는 훨씬 여렸다. 그래서 꼭, 끌어당기면 당기는 대로 끌려와 한 품에 쑥 안길 것처럼 보였다.

"형님, 어쩐 일로 계집을 훔쳐보셨소? 남색자란 별명이 울겠소."

"입 다물라 했을 텐데?"

킥킥거리며 소리 낸 구창에게 싸늘히 경고한 륜은 방금 전 어린 노비를 대할 때와 달리 미소 따윈 전혀 내보이지 않고 있는 송우에게 정중히 사과했다.

"송구합니다. 병판 대감을 뵈러 왔다 본의 아니게 실례를 범했습니다."

"아버님께서 머무시는 사랑채는 제 별당에서 한참 떨어져 있는데 어찌 예까지 오셨는지요. 아무리 사저가 넓다 한들 지금껏 오신 많은 객 중에 이런 실수를 범하신 분은 없었습니다."

비록 거짓을 보탰을지언정 공손하게 미안하다 했거늘 의심 섞인 시선은 계속해서 날아들었다. 내가 저를 좋아해 별당에 숨어들었다 착각이라도 하는 건가. 아닌 것을 알면서도 괜스레 비틀린 상상이 들어 륜은 쌀쌀맞게 쏘아붙였다.

"하면 제가 처음이 되었군요."

"……."

"괜한 곡해 마십시오. 진작 별채 밖으로 나가려 했으나 적기를 놓쳐 본의 아니게 숨어 있었을 뿐이니까."

본래가 나긋나긋하다 할 수 있는 성격이 못 되는 데다 양반 같지 않은 양반에게 생소한 거부감이 들어 평소보다 배로 냉담히 소리 낸 륜은 당황한 기색을 숨기지 못하는 송우를 빤히 내려다보았다. 그러나 그는 돌연 그녀를 피해 고개를 홱 돌렸다. 거슬려, 저년. 홍녀(洪女)와는 다르게. 그렇지만 훨씬 더.

"송구합니다. 제 생각이 짧았습니다. 이제껏 없던 상황이라지만 충분히 있을 수 있는 일인데. 낯선 분들을 뵈어 당황하여 오해를 했으니 노여움을 거두시지요."

"……."

"형님, 미안하대잖아. 귀한 여자가 사과하는데 그냥 받아줘."

단단히 언짢은 듯 대꾸는커녕 자신과 눈도 마주치지 않는 륜을 당혹스럽게 바라본 송우가 구창을 만류했다.

"괜찮습니다. 저 때문에 심기가 많이 불편하신 듯싶으니 강요하지 마시어요. 저를 따르시지요. 아버님께서 계신 사랑채로 모시겠습니다."

"됐습니다. 가자, 구창아."

"아, 거참, 성질머리 하고는. 내가 대신 사과하리다, 낭자. 그럼 이만."

끝내 송우에게 눈길을 주지 않은 륜이 들어올 때의 길을 되짚었다. 그러나 겉으로는 무심한 척을 할지언정 그는 기분이 아주 이상했다. 뭐 저런 게 있나 싶어서 생각보다 더 놀란 듯, 꼭 체한 것처럼 속이 울렁거렸다. 멍청한 건가, 백치인가. 저는 그렇다 치고 구창이 놈은 딱 봐도 행색이 초라한 것이 대놓고 난 천인이다, 그리 표내고 다니는데 무얼 저리 얌전을 떨면서 공손히 굴어? 가식적이게.

"너는 미천하잖아. 아버님께서 노비는 짐승과 다를 바가 없대. 한데 네가 어찌 나를 좋아해?"

오늘 무슨 날인가. 아까는 재수 없는 이복형이 떠오르더니 이제는 태어나 딱 한 번 좋아해 본 향리의 딸년까지 떠오르다니.

"형님, 대체 뭐가 마음에 안 드오? 우리를 무시한 것도 아니고,

이리 대궐 같은 집에서 때깔 좋은 비단옷을 입고 사는 이가 먼저 미안하다는데. 까놓고 몰래 들어온 우리가 잘못했잖소."

"조용히 좀……."

그렇지 않아도 기분이 좋지 못한 참, 귀찮게 구는 구창에게 닥치라 일갈하려던 륜은 그러나 입을 다물었다. 대신에 쇳덩이라도 얹힌 양 무겁게 늘어지는 두 발을 멈췄다. 실은 진작부터 돌아보고 싶던 뒤를 향해 몸을 틀었다. 여자는, 유송우는 여전히 제자리에 선 채 자신과 구창을 난처한 표정으로 바라보고 있었다.

"형님."

"……가자."

그리 어두운 낯빛을 하고 있는 것이 저 때문이란 것을 모르지 않기에 미안하다고, 네가 사과할 일이 아니라 내가 그랬어야 맞는 상황이라 말해주고 싶었다. 한데 이상하리만치 입술이 굳은지라 단 두 글자마저 겨우 소리 낸 륜은 송우의 시선을 회피했다. 그러고선 다시 걸음을 옮겼다.

＊

장인이 될 이의 예순 번째 탄일 연회는 신시부터라 하였으니 유시에 접어든 지금은 꽤나 늦은 것이다. 장인과 연회에 참석해 있을 조정의 신료들에게 좋지 못한 인상을 주어서는 곤란하거니와 책사 또한 벌써 반 시진째 사저 앞에서 기다리고 있을 것인즉 염은 걸음을 서둘렀다.

반 시진 전, 중궁이 대전에 들러 난동을 피웠다. 하여 궐내의 상황을 지켜본 것이 시각이 지체된 연유이다. 중궁의 주장은 왈패들과 어울리고 웃전에게 문안도 올리지 않는 왕실의 결함인 자신을 감히 병판의 반자지명(半子之名)으로 보낼 수 없다는 것이었지만 그는 표면적인 구실일 뿐 실속은 혹여 권세가 막강한 병판을 뒤에 업고 자신이 더욱 불손하게 굴지는 않을까 탐탁지 않은 것일 터였다. 어찌 됐건, 만일에라도 중궁의 성화에 부왕이 마음을 바꾸지는 않을까, 한발 물러서 제 청을 없던 일로 하지는 않을까 걱정했지만 다행히 부왕은 그럴 뜻이 없는 듯했다.

서성문(西城門)을 빠져나가는 참, 염은 어스름한 시야에도 불구하고 갑작스럽게 툭 튀어나와 제 앞길을 막는 태사혜가 신겨진 발을 인지했다. 그것이 누구의 것인지 알 법해 염은 부러 그를 넘어뜨리려 하는 이의 발을 짓밟았다.

"악! 이런, 씨!"

외마디 비명을 내지르며 나타난 누군가는 예상한 대로였다. 유치하기 짝이 없는 상대의 행위에 설핏 비소를 짓던 염은 그러나 순식간에 선물을 쥔 그의 손을 내려 차는 발 때문에 들고 있던 것을 떨어뜨리고 말았다. 쿵 하는 굉음에 이어 안에 든 것이 깨어지는 고음이 울렸다.

"수찬, 이 무슨 짓이냐!"

"진양군이 먼저 감히 내 발을 밟지 않았는가?"

이죽거리는 이복동생을 주시하는 염의 눈동자에 냉기가 서렸다. 방년 열아홉이 된 수찬대군 진웅. 정비 소생의 다섯 왕자 중 막내로 제멋대로인 데다 성정 또한 포악하기 짝이 없었다. 게다가 약 삼 년 전부터 계집에게 관심을 두기 시작한 수찬은 걸핏하면 저자의 색주가와 기방을 찾곤 했다. 그리고 지금도 흐트러진 옷매무새와 그에게서 새어 나오는 자극적인 분 내음으로 추측하건대 기루에 들렀다

온 참이 분명했다.

"감히 천한 무수리 소생 주제에 어마마마의 아들인 내 발을 밟다니 미친 것이오?"

"……."

여섯 살이나 어린 이복동생은 모후와 동복형들을 믿고 걸핏하면 시비를 트고는 했다. 그것도 저렇게 유치하게. 한두 번 겪은 일이 아니기에 묵묵히 놓친 것을 집어 든 염은 길을 나아갔다. 달그락거리는 소리를 보아하니 준비한 것이 기어코 깨어진 듯했다. 그러나 이미 한참을 늦은 터, 새로운 폐물을 마련할 겨를이 존재할 리 만무했다.

"병신."

피식거리는 실소와 모욕이 자신을 향한 것이 분명했다. 하지만 염은 아무 반응을 하지 않았다.

✽

슬슬 어두워지기 시작하는 거리를 걸어가며 송우는 손에 든 보랏빛 비단에 싸인 납작하고 넓은 궤를 내려다보았다. 부친을 위해 준비한 탄신 선물은 언니와 함께 수를 놓은 비단으로 지은 의복 한 벌이었다. 수자할 때 하도 공을 들인 터라 예상보다 시간이 지체되었지만 그래도 아비의 탄일이 지나기 전에 완성이 되어 다행이었다. 그렇지만 다시 생각해도 의복에 새겨진 꽃송이들이 걱정스러웠다. 으레 무늬 하나 없이 정갈한 복식을 선호하는 부친이 화려한 옷을 받고 기뻐하기는커녕 난감해하는 것은 아닐는지.

"꽃을 수놓자!"

"하오나 아버님 취향이 아닐 텐데요."

"늙어가는 처지에 입는 것까지 칙칙하게 입으면 더 노인네 같단 말이야! 꽃을 수놓아!"

바득바득 우기는 언니를 이기지 못해 도포의 옷깃과 소매에 모란꽃을 새겨 넣었지만 아무리 생각해도 부친이 입을 것 같지 않았다. 서나 언니도 분명 그것을 예상했을 터. 한데도 화려한 의복을 선물하자 우긴 것은 부친을 놀리기 위해서가 분명했다. 연회에 참석한 내빈들 앞에서 입어보라 조르지만 아니해도 다행일 텐데.

연로한 아비를 놀리려 들 서나를 어찌 말릴까 고심하는 송우의 시야에 사저가 들어왔다. 대문가에 서 있는 사내의 인영이 비쳤다. 점점 더 가까워지는 누군가가 익숙했다. 지난날 별당의 한구석에 앉아 있던, 자신을 매섭게 쏘아붙이던 이름 모를 이였다. 어쩐지 장난기 많은 소년 같다는 느낌을 풍기던, 그러나 막상 입을 열고 말하자 참으로 까칠하고 냉담하던 그 사내.

아비와 아는 사이인 데다 연회에 온 듯싶은 륜을 모르는 척하기 민망해 머뭇거리던 송우는 입술을 뗐다.

"저, 안으로 드시지 않고 어찌……."

흘끗 송우를 내려다본 륜은 재빨리 시선을 거뒀다.

"일행."

"……."

허망이 륜을 올려다본 송우는 헤 벌어지려는 입을 앙다물었다. '일행이 있습니다' 그 정도 수준의 대답에 한참을 미치지 못하는, '일행이 있어서' 정도도 되지 않는 대꾸가 있을 줄이야. 그로 보아 그는 아무래도 저에게 단단히 화가 난 것이 분명했다. 실수로 별당까지 온 것을 미심쩍게 생각한 지난날 제 태도가 어지간히 언짢았던 듯싶다.

이를 어찌한담. 모르는 척 지나쳐? 그렇지만 아비의 지인인데 그러기엔 민망하거늘. 결론을 내린 송우가 말했다.

"혹여 지난번 일로 아직까지 화가 나셨다면 다시 한 번 사과드리겠습니다."

"……내게 신경 쓸 필요 없으니 가던 길이나 계속 가십시오."

"……"

여전히 저에게 시선을 주지 않은 채로 딱딱하게 굳어가는 륜을 보자니 송우는 진정 당황스러웠다.

이토록 어려운 이가 있다니! 이런 경험은 진정 태어나서 처음이다. 지난날의 제 태도가 그리 무례했던가? 하나 어떤 아녀자가 집채 한구석에 숨어 있는 사내를 보고 놀라지 않고 미심쩍게 생각하지 않을 수 있을까. 게다가 자신은 혼인을 올리기는커녕 지금처럼 이리 오랫동안 외간사내와 대화를 나누어본 적조차 드문데. 그 같은 생각이 들자 꽤 억울했다. 게다가 이미 두 번씩이나 사과를 했잖은가.

"제게 화가 나신 것은 잘 알겠습니다. 하지만 아버님의 내빈이신 분과 좋지 못하게 지낼 수는 없…… 헉!"

갑작스레 뜨끈한 온기가 손목을 감싸 쥐어와 시선을 아래로 내린 송우의 입술 새로 당황 섞인 신음이 새어 나왔다. 커다란 손이 저의 왼 손목을 움켜쥔 것이 보였다. 외간사내에게 손목을 잡혔다. 그것도 다른 이와 혼담이 오고 가는 와중에. 이는 너무 커다란 일이 아닌가. 장부가 여인의 이곳을 붙잡는 것은 부부 사이일 때에나 가능한 일인 것을.

"어, 어찌 이러시나요."

"내게 그토록 미안하면."

놀라움에 더듬거린 송우는 그러나 손목을 붙잡은 걸로 모자라 룬이 그녀를 바싹 끌어당기기까지 하자 숨 쉬는 것마저 잊고선 경직되었다. 내리꽂히는 시선도, 귀청을 파고드는 무정한 목소리도 신경 쓰이지 않았다. 오로지 룬에게 붙잡힌 신체의 일부에 온 주의가 집중될 뿐이었다.

"별당에서 차 한 잔 대접하시던가."

"예호(藝傑)."

파리하게 질린 송우의 어깨너머 어둠 속 어딘가를 빤히 쳐다보던 룬은 별안간 날아든 목소리를 향해 돌아섰다. 재빨리 붙잡고 있던 송우를 놓아준 그가 덤덤히 말했다.

"오셨습니까."

"많이 기다리게 했군. 부친의 탄일이거늘 출타를 하셨습니까. 병판께서 서운해하시겠습니다."

그때까지 고개도 제대로 들지 못하고 있던 송우는 곁에 다가와 말을 붙이는 염을 확인하고는 다시 땅에 눈길을 붙박았다.

"부디 제게 무관심하지 않기를 바랍니다."

제멋대로 손목을 덥석 잡은 이름 모를 사내로 인한 당혹스러움이 아직 가시지 않았건만, 지난날 그리 말하던 염까지 마주하려니 송우는 정녕 온몸이 불덩이 같았다.

"그래도 머잖아 부부가 될 사이인데 조금도 반겨주지 아니합니까."

"그것이 아니오라 예상치 못한 때에 마주 뵙게 되어……. 드시어
요. 일행분도."

"먼저 들어가십시오. 곧 뒤따르겠습니다, 대감."

송우는 서운함을 숨기지 못하고 륜의 옆얼굴을 올려다보았다.
미안하다 두 번씩이나 말했는데. 들어가자 권한 것은 저인데. 한데
또다시 무정히 구는, 저를 없는 이 취급하는 그에게 섭섭함 비슷한
것이 느껴졌다. 그러나 그 감상은 잠시, 또 다른 이가 팔을 가벼이
잡아와 륜에게서 시선을 뗀 그녀는 엮에게 말했다.

"따르시어요. 연회가 열리고 있는 회영루로 모실 테니."

✼

두 사람의 인영이 사라진 것을 확인한 륜은 커다란 보폭을 옮겼
다. 유택의 사저 맞은편으로 향한 그는 꺾어진 모퉁이의 담 아래 그
늘 속에 몸을 숨긴 누군가의 팔을 거칠게 붙잡아 당겼다.

"왜 이래! 놓으란 말이야!"

몸부림치는 여인의 작은 두 어깨를 으스러뜨릴 듯 움켜쥔 륜이
매섭게 내뱉었다.

"다시는 병판의 사저 근처에 얼씬거리지 마."

고운 여인의 아미와 눈꼬리가 치켜 올라갔다. 무어라 따져 물으
려는 듯 붉은 입술을 뗀 그녀는, 그러나 사나운 인상을 한 륜에게
대들 엄두가 나지 않아 입을 앙다물었다.

✼

송우는 달그락거리는 소리가 새어 나오는 곳을 내려다보았다. 정혼자의 손에 들린 비단에 싸인 궤에서 새어 나오는 소리였다. 궤 안에 든 물건의 어딘가가 망가졌나 보다고 결론을 내린 송우의 발걸음이 멈추었다. 그녀가 무슨 생각을 하는 것인지 눈치챈 염이 말했다.

"병판께 드리려 준비했지만 깨어진 것을 마땅히 처리할 겨를이 없어 아직까지 들고 있습니다."

"손을 다치셨습니다."

"……."

깨어졌을 물건에 대해 언급하는 염과 달리 송우의 시선은 무언가에 쓸린 상처로 가득한 염의 손에 붙박였다.

"별거 아닙니다. 시간이 지체되었으니 속히 회영루로 가시지요."

"하지만 손이……."

"진정으로 말하건대 신경 쓸 정도가 못 됩니다."

"……."

단호히 말을 자르고선 앞서 나가는 염의 뒷모습을 물끄러미 지켜본 송우는 불과 얼마 전까지 여러모로 쑥스러워하던 것도 잊고선 그의 팔을 꽉 움켜쥐었다. 그녀의 입술 새로 진지한 음성이 흘러나왔다.

"사람이 다쳤는데, 아무렴 탄신 연회가 더 중한 것인가요?"

"사람도 사람 나름이니까요."

"……."

"왕실의 결함이자 후궁 소생인 서출 왕자보다는 낭자의 부친이고 조당의 실세인 병판 대감의 탄일이 훨씬 더 중합니다."

"……."

여느 때와 마찬가지로 담담한 듯싶으면서도 염의 목소리에는 미묘하게 날이 서 있었다. 공손하게 소리 냈을지언정 소리 낸 말에서 미처 숨기지 못한 역정이 새어 나왔다. 그리고 송우는 아직 정혼자에 대해 많이 알지 못하면서 그럼에도 어쩐지 마음이 아팠다. 임금의 아들이라 한들 그 또한 남모를 아픔이 있구나 싶어서.

"나리."

다시 걸음을 옮기려는 염의 팔을 붙든 손에 할 수 있는 최대로 힘을 주어 버틴 그녀는 무겁지도, 가볍지도 않게 운을 떼었다.

"저는 본디 사람은 모두 소중하다 배웠습니다. 그리고 나리께서 두 발을 딛고 계신 이곳은 저를 그렇게 가르친 제 아버님의 울타리 안이고요."

"……."

"그러니 대궐에선 어떠한지 모르나 적어도 이 사택 내에서는 연회보다 다친 누군가가 훨씬 더 중요하지 않을까요."

"……."

"부디 손부터 치료하시어요."

말없이 송우를 내려다보는 염의 입술 새로 소리 없는 한숨이 새어 나왔다. 무엇이든 겪어보기 전에는 온전히 알 수 없다더니 여리기 짝이 없는 겉모습을 하고선 저리 고집을 부리는 게 가능할 줄이야.

그러나 그녀가 부리는 그 고집이 나쁘지 않다 못해 마음 한편을 강하게 건드려서 염은 순순히 별당으로 향하는 송우를 뒤쫓았다.

✳

툇마루에 걸터앉은 염은 그의 손에 붕대를 감는 송우의 옆모습을 빤히 지켜보았다. 시선을 느낀 그녀가 부담스러운지 좀 더 고개를 숙이는데도 그는 눈길을 거두지 않았다.

"본래 성정이 어떠합니까?"

"예?"

"솔직히 말해서 외양이 곱긴 하다만, 그게 전부일 거라 생각했습니다. 순종적이기 짝이 없어 재미없고 지루할 줄 알았지요. 한데 다시 보니 그렇지 않을 것 같기도 하고…… 친해지면 지금과 일체 달라지는 것 아닙니까."

치료를 끝낸 것도 잊고 염의 손을 붙든 채 멍하니 그를 바라보던 송우는 사내의 입술이 호선을 그리자 슬그머니 고개를 숙였다. 왜인지 모르지만 그의 웃는 낯을 대면하자 뺨이 뜨거웠다.

그나저나 방금 그가 농을 친 건가? 어찌 답을 해야 하지? 곰곰이 생각에 잠긴 송우는 문득 자신이 아직 염의 손을 붙들고 있다는 사실을 깨달았다. 화들짝 놀란 그녀는 재빨리 제 것이 아닌 큰 손을 밀어냈다.

"더러운 것을 만지지는 않았습니다만."

"아, 송구합니다. 당황스러워 그만……."

바로 일각 전에 똑 부러지는 모습을 보인 여인과 눈앞의 순진해빠진 이가 동일 인물이 맞는가 싶어 염의 입술 새로 소리 없는 웃음이 새어 나왔다.

"이제는 정녕 회영루로 가보아야겠습니다. 이미 한참 전에 고주망태가 되었을 신료들이 저를 알아보고 환영해 줄까 의문이지만, 장인이 될 분께만은 확실하게 인사를 올려야 하니까요."

"진양군 나리."

"무엇입니까?"

염을 따라 자리에서 일어선 송우는 서나와 함께 준비한 선물을 그에게 내밀었다.

"아버님께 드리려 준비한 폐물이 깨어졌다 하셨지요. 그것은 제가 처리할 테니 이것을 받으셔요."

"……."

"친언니의 취향을 따른지라 아버님께서 마음에 들어 하실지 모르겠지만, 빈손인 것보다는 나을 겁니다."

"……."

병판을 공경하여 따르는 이들은 연회에 빈손으로 오지 않았을 것이다. 그런 상황에 무시받는다 해도 왕실의 일가인 염이 빈손으로 나타난다면 당연지사 신료들은 혀를 찰 테고, 그는 곧 장인을 욕보이는 것이다. 이미 대소신료들은 그의 국혼 소식을 들었을 테니 더더욱. 그러니 여인의 배려는 고맙기 짝이 없으나 스스로 준비한 선물이 아닌 다른 이의 그것을 가로채는 것이 염은 영 내키지 않았다. 그것도 정혼녀와 그녀의 자매가 함께 준비한 폐물을.

"뜻하는 바를 알거니와 배려가 고맙지만 내키지 않습니다. 여형제와 함께 마련한 것을 어찌 도둑질하겠습니까. 장인께는 죄송하지만 제 편의를 위해 그럴 수 없습니다."

"실은 서나 언니는 아무것도 한 것이 없습니다. 잔소리를 좀 하였을 뿐이지요. 그러니 이것은 저 홀로 준비한 것이나 마찬가지이고, 선물을 준비한 제가 허락하건대 나리께서는 부디 미안하게 생각지 마시어요."

"……."

"그래도 정 불편하시다면 아버님께 저와 함께 준비하였다 언급해 주시면 되지 않겠습니까."

여전히 내키지 않는지 아무 반응을 하지 않는 염에게 송우는 비단에 싸인 궤를 억지로 쥐어주었다. 작게 미소를 지어 보인 그녀는 그가 다시 싫다 할까 두어 걸음 뒤로 물러섰다.

"하면 저는 이만 들어가겠습니다."

"낭자."

뒤돌아선 송우의 팔을 붙잡은 염은 너무도 쉬이 그녀를 돌려세웠다.

유택의 둘째 여식 유송우. 그의 정혼녀. 어질고 배려 깊고 영민한 데다 왕실의 멸시를 받는 자신을 귀한 사람이라 생각하는 썩 괜찮은 여자.

"달리 하실 말씀이라도……."

그러한 눈앞의 여인에게 미안했다. 마음을 줄 수 없어서. 정인 한 번 가져본 적 없을 순진해 빠진 그녀를 앞에 두고,

"혼례식을 올리는 것만으로 충분하지 않겠는가."

"전혀. 병판과 그 여자가 절대 발을 빼지 못하도록 만들어야 합니다."

"……."

"다시 한 번 말씀드리건대, 망설임 없이 유송우를 군(君)의 여인으로 만드십시오. 혼례를 올리는 것 자체로 안심하시어 소박 맞히지 말고 품으시란 말입니다. 그 계집이 왕자께 푹 빠져 되레 앞장서서 제 아비인 병판에게 거사를 도와달라 조를 만큼 계집의 마음을 움켜쥐신다면 더욱 좋고요. 게다가 군의 평판이 좋지 못한 만큼 아

무리 주상께서 명하신다 한들 병판 쪽에서 혼담을 거부할 수도 있는 것 아니겠습니까. 설사 병판이 싫다 해도 그의 딸이 군이 아니면 못 살겠다 울고불고 난리를 치게끔."

　머릿속에 떠올리는 것은 건 류과의 잔인한 대화라서.

　"진양군 나리, 어찌……."

　어찌 붙잡았느냐 그 비슷한 질의를 하려는 듯 말문을 연 송우의 양팔을 붙잡은 염은 순식간에 그녀에게 입을 맞추었다.

　감미로운 말과 함께 혼인을 청하고, 입을 맞추고, 내가 마음에도 없이 이러는 연유를, 그 모든 걸 알게 되는 날이 온다면 너는 분명 크건 작건 상처를 받을 테지. 그렇지만 나는 반드시 네 아비의 힘이 필요해. 그렇기에 널 꽉 붙들어둘 필요가 있어. 그러니 네가 받을지 모르는 상처는 너와 네 아비에게 왕후와 국구 자리를 주는 것으로 갚을 수밖에.

　속수무책으로 제게 입안 구석구석을 정복당하는 송우가 얼어붙어 있는 것이 선명히 느껴지거늘 물러서지 않은 염은 그녀의 허리를 단단히 감싸 안아 품 안으로 바싹 끌어당겼다.

　벌떡 일어나 앉은 송우는 홧홧한 얼굴을 두 손으로 감싸 쥐었다. 얼굴뿐 아니라 다른 이의 손이 닿았던 두 팔, 허리가 인두질이라도 당하는 것처럼 뜨거웠다. 어디 그뿐인가. 눈을 감은 사내의 얼굴이 눈앞을 뱅뱅 맴돌았다. 마주 닿았던 입술, 입안을 헤매던 미끈한 혀의 촉감이 아직도 너무나 생생했다.

붉어진 얼굴로 안절부절못하는 스스로의 모습을 다른 누가 보고 있지 않은 게 천만다행이다. 송우가 그리 생각하자마자 문이 열렸다. 늦은 밤에 벌컥 열리는 문의 모양새를 보건대 열린 틈으로 누가 들지 뻔했다.

"영감들 술 마시느라 난리인데 벌써 자려고? 같이 안 놀아? 재밌는데."

모친과 자신은 이른 아침 부친과 생일상을 함께한 것으로 족하였거늘 언니는 방금 전까지 번듯이 대소신료들이 참석한 연회를 즐긴 모양이다. 저 또한 그녀처럼 내외라곤 일절 하지 않는다면 어떨까. 그렇다면 이리 불쌍하게 떨고 있지 않을 텐데.

"그리고 밖에 이게 있던데 뭐니? 얼굴이 왜 그렇게 붉어?"

"아무것도 아니에요."

한껏 눈을 치켜뜨는 서나의 시선을 피한 송우는 그녀가 내려놓은 궤를 살펴보았다. 망가진 물건을 처리한다는 것을 소스라치게 놀랄 일이 벌어진 까닭에 새까맣게 잊고 있었다.

고운 비단을 끌어 내려 궤를 열자 청색 빛의 깨어진 향로가 보였다.

"어머나, 이 귀한 것을! 대체 어떤 머저리가 이 어여쁜 걸 깨뜨린 거야?"

"……."

한눈에 보아도 빛깔이 영롱한 향로는 본래 연꽃 모형이었을 터다. 하지만 안타깝게도 고왔을 꽃의 한 귀퉁이가 깨어져 있었다.

"송우야, 손 다쳐!"

기함하며 말리는 서나의 만류에도 아랑곳 않은 송우는 망가진 향로를 꺼내 들었다.

"버리지 깨진 것은 어찌 꺼내 들어? 손 다친다니까!"

"그래도 제 눈에는 어여쁜걸요."

이를 준비하느라 공을 들였을 그를 생각하자 깨졌다 한들 차마 내다 버릴 수가 없었다. 머릿장 위에 깨어진 부분이 보이지 않도록 향로를 올려놓은 송우는 물끄러미 그것을 바라보았다.

✻

계시가 한창 지나고 있건만 본래 모인 인원의 반절 가까이 되는 신료들은 피로하지도 않은지 계속해서 입안으로 술을 부어 넣었다. 심지어 연회의 주인공인 장인이 자리를 비웠는데도.

저를 배척하는 관리들에도 불구, 내리 자리를 지켜온 염이 일어섰다. 돌아올 기미가 없는 장인을 찾아 사랑채에 다다른 그는 불이 밝혀진 방을 향해 말했다.

"진양입니다."

"드십시오. 그렇지 않아도 군(君)을 뵈러 다시 누각으로 가려는 참이었습니다. 상석에 자리하시지요."

"아닙니다. 곧 물러갈 것이니 장인께서 앉으십시오."

장인이라는 호칭에 괜스레 헛기침을 한 유택은 왕자가 거듭 거부하자 어쩔 수 없이 제자리에 돌아와 앉았다.

"돌아간다 말씀을 드려야 할 것 같아 잠시 들렀습니다."

"편한 자리가 아니었을 터인데 부러 참석해 주셔 감읍할 따름입니다. 건네주신 폐물 또한 황송한 것이 이루 말할 수 없습니다."

"실은 송우가 준비한 것이니 부디 제게 예의 차리지 마십시오."

친근하게도 딸을 '송우'라 칭하는 왕자 덕에 입가에 경련이 이는 것을 느낀 유택은 서안 아래 주름투성이의 단단한 두 손을 꽉 마주 잡았다. 만난 지 얼마나 되었다고, 마주한 횟수가 얼마나 된다고 벌써부터 송우라 부르는가. 부전자전이라더니, 중궁의 성화에도 불구하고 그토록 궁녀들을 건드린 상감을 사위 될 왕자가 닮기라도 한 것인가. 게다가 저 선물이 딸아이가 마련한 것이라니. 벌써 제 남편이라 챙기는 겐가 하는 생각이 들자 서운함이 밀려들었다.

"둘째 여식이 말이옵니까?"

"예. 본래 제가 준비한 선물이 상하게 되어 난처하던 참에 송우가 도와주었습니다."

"흐흠, 어찌 됐건 참으로 감사드립니다, 진양군."

"아닙니다. 마음 같아서는 장인과의 담소를 계속하고 싶지만 시각이 늦은 데다 피로하실 터이니 이만 물러가겠습니다. 일어나실 필요 없습니다."

노쇠한 몸을 일으키려 하는 유택을 만류한 염은 공손한 태도를 유지한 채 이제는 쌀쌀한 밖으로 나와 섰다. 소리 내어 말했듯이 병판과 조금 더 시간을 보내야 할 듯싶지만.

"염, 오랫동안 제대로 뵙지 못하였는데……. 조만간 들르실 것이지요?"

그렇지만 자꾸만 뇌리를 맴도는 가녀린 목소리가 신경이 쓰인 지가 벌써 며칠째다. 입술을 꼭 깨물고 있기를 한참 만에 안타깝게 소리 낸 이를 시전에서 스치듯 마지막으로 본 날로부터 벌써 한 달여가 지났으니 금일은 무리를 해서라도 그를 보러 가야 할 성싶었다. 그리 결론을 내리자 조급한 마음이 일어 염은 발걸음을 재촉했다.

"대감."

대문을 나와 선 염은 적막을 뚫고 날아든 익숙한 목소리의 주인을 찾아 주변을 살폈다. 그러나 인영이라고는 전혀 보이지 않았다.

"이쪽입니다."

다시 한 번 날아든 목소리를 좇아 반대편에 위치한 가택의 담으로 다가간 염은 어둠이 드리운 담벼락 아래에 기대어 쪼그려 앉아 있는 륜의 앞에 멈추어 섰다. 또 무엇이 마음에 들지 않는 겐지 턱을 괸 채 삐뚜름히 자신을 올려다보는 책사의 얼굴 가득 불만이 비추었다.

"체면 구기는 것이 세상에서 제일 싫다는 이가 어찌 이러고 있나. 표정을 보아하니 또 무언가가 마음에 들지 않는 게지."

왕자는 친밀감을 표하듯 나름대로의 놀리는 조로 말하건만 그를 올려다보는 륜의 표정이 딱딱했다. 서둘러 나와 서던 모습을 되새기건대 진양군은 누군가를 만나러 가는 길이었을 터. 그리고 그 누군가란 필시…….

어둡게 가라앉은 눈동자를 빛내며 생각에 잠겨 있던 륜이 입술을 떼었다.

"홍가(哄)를 만나러 가십니까?"

"그래. 혼담이 확실시되지 않은 동안은 혹시나 싶은 마음에 만나지 못하였거든."

"……."

그래서 저 앞 어딘가의 별당에 사는 여자가 이제는 정혼자가 되었으니 거리낄 것이 없다? 잔뜩 비틀린 속을 말미암아 짜증이 났지만 륜은 최대한 무감정하게 말하려 노력했다.

"그만 만나시는 게 어떻습니까?"

"갑자기 어찌 그런 말을 하는 게지?"

"그 계집, 별로 도움이 되지 않으니까."

그 계집이 당신 앞에선 선녀인 양 착한 척을 하는지 모르지만, 혹은 눈에 뭐가 쓰인 당신이 못 보는 걸 수 있지만 내 눈엔 다 보여. 그년이 얼마나 여우 같은지, 제 주제에 맞지 않는 커다란 욕심을 속에 품고 있는 것도. 게다가 얼마 안 가 혼례를 치를 거잖아.

입안을 뱅뱅 맴도는 말을 륜은 애써 씹어 삼켰다.

"그러니 이제 와서 버리라? 다련이는 쓸 만한 곳이 없으니?"

"……."

"그것을 소리 낸 이가 다른 이였다면 조용히 넘어가지 않았을 걸세. 그렇지만 참으로 자네다운 말이니 못 들은 걸로 치겠어."

"……."

"건륜, 네 그토록 사람답지 못해서야 평생 단 한 번이라도 누군가를 진심으로 좋아할 수 있겠느냐. 네 그 비틀려 얼어붙은 심장을 녹일 수 있는 여인이 있기는 할지 난 의문이야."

"……."

피식 웃어 보이곤 멀어져 가는 왕자의 뒷모습을 뚫어져라 바라보는 륜의 눈길이 유택의 사저 대문 근처로 옮겨갔다. 바로 몇 시진 전 유송우와 마주쳤던 곳으로.

"누군가를 좋아할 수 있을지 의문이라고?"

그건 나도 모르겠지만 분명한 사실은.

"신경 쓰여."

"다시는 병판의 사저 근처에 얼씬거리지 마."
"노비 놈 주제에 누구한테 이래라저래라야?"
"몰락한 양반가 출신인 계집 따위에게 내가 뭘 할 수 있는지 알고 싶다면 한마디만 더해."

확실하게 유송우가 너무나 신경이 쓰인다. 그렇기에 홍다련을 발견하고 그년이 가까이 다가오려 한다는 것을 눈치채었을 때에는 순간이나마 등줄기가 오싹했다. 혹여 계획에 차질이 생길까 염려가 돼서가 아닌, 오롯이 유송우가 그 계집을 보는 것이 싫어서, 상처받는 것이 또한 싫어서. 하여 사내 손 한 번 잡아본 적 없을 그녀의 손목을 와락 붙잡았다. 절대 홍다련을 볼 수 없도록 바싹 끌어당겼다.

"내가……."

어쩌자고 왜 너를 걱정하는 걸까.

그 자문(自問)에 대한 답은 뻔했다. 그녀는 저가 한없이 약할 수밖에 없는 인간상을 하고 있다. 친아비라는 작자에게, 계모와 이복형에게 바라던, 그렇기에 이 상황을 만들어놓은 주동자 중 한 명이면서, 자격도 없으면서 이 꼴을 하고 있는 게지.

"유송우…… 송우."

마치 세 살배기 아이가 말하는 법을 배우는 듯 륜은 작게 송우의 이름을 되뇌었다.

우리가 이용하려는 도구가, 내가 왕자의 품에 쑤셔 넣은 여자가 하필이면 너 같은 계집이라니. 재수 없게.

"젠장."

이미 벌써 수백 번은 머릿속에 떠오른 하찮은 노비 계집년에게 천일야화를 읽어주는 송우의 모습을 떨치려 무겁게 고개를 저은 륜은 그럼에도 아무런 효과가 없자 잔뜩 인상을 찌푸렸다.

✳

새카매진 주변이라 조심할 법한데도 염은 다급히 소박한 초옥(草屋)의 뜰로 들어섰다.

"다련아."

나직한 목소리가 울려 퍼지자마자 벌컥 열린 문틈 새로 흰 자리옷 차림의 여인이 나와 섰다. 분 하나 바르지 않았음에도 그녀의 얼굴에는 윤기가 흘렀으며 연지를 바른 양 입술 또한 붉은빛을 띠었다.

"염!"

버선발 차림으로 땅에 내려선 다련은 신고 있는 것이 더럽혀지건 말건 상관치 않은 채 염에게 뛰어들어 그의 목을 그러안았다. 그런 그녀의 얇은 허리를 감싸 안은 염은 풀어내려 살랑대는 길고 검은 머리카락을 쓰다듬었다.

"잘 지냈느냐?"

"그럴 리가 없잖아?"

새침하게 답한 다련은 단단한 품 안에 묻어두었던 고개를 들어 조사하듯 꼼꼼히 염을 살펴보았다. 저를 내려다보는 정인의 표정, 눈빛이 평소와 다름이 없다는 것을 확인하고 안심한 그녀는 그의 뺨을 어루만졌다.

"다시는 병판의 사저 근처에 얼씬거리지 마."

"몰락한 양반가 출신인 계집 따위에게 무엇을 할 수 있는지 보고 싶다면 한마디만 더해."

빌어먹을 건륜.

찰나의 순간 다련의 두 눈동자에 날카로운 빛이 스쳤다.

자신에게 사납게 쏘아붙인 왈패에 대해 털어놓을까 잠시간 고민이 들었지만 한 달여 만에 만난 정인에게 그런 이야기부터 하고 싶지는 않았다. 게다가 건륜 그 자식은 제 연인을 진(振)에서 가장 고귀한 이로 만들어줄 놈이니까. 그러니 참아야지.

"염, 보고 싶어 죽는 줄 알았어."

잡스런 생각을 떨친 다련은 애달피 소리 내고선 다시 염의 목을 그러안았다. 살며시 그에게 입을 맞춤에 시작은 저가 하였으되 깊은 응대가 돌아오자 한없이 정신이 아득해져 갔다.

✲

꽉 맞닿은 채 움직이는 정인 덕에 정신이 몽롱하였다. 동시에 황홀한 것이 이루 말할 수 없었다. 참으로 오래간만에 느끼는 사내의 단단한 품에 바싹 매달려 그에게서 전해지는 열기를 느끼자니 그의 마음이 여전히 온전하게 제 것인 듯해 뿌듯하고 만족스러웠다.

단단한 상체를 꼭 그러안은 다련은 귓가에 거친 신음이 울리자 입꼬리를 말아 올렸다.

"아아! 염……."

가녀린 신음을 흘리는 그녀의 목에 고개를 묻은 염은 드디어 닿은 절정에 촉촉하고 따스한 안에서 파정을 끝냈다. 잠시간 자신의 뒷목이며 뺨을 어루만지는 섬섬옥수를 느낀 그는 옆으로 누워 다련을 품에 끌어안았다. 아직 조급한 숨을 몰아쉬는 여인에게서 여느 때와 같이 짙은 동백꽃 향기가 풍겨 나왔다. 만나지 못한 기간 동안 참으로 많이 그립던 향이다.

"한 달여 만에 만났는데 벌써 자려는 거야? 내가 별로 보고 싶지 않았나 봐."

"그럴 리 있겠느냐."

빙긋 미소를 지은 다련은 한참을 제 입술로 염의 입술을 지분거렸다. 지난 한 달간 얼마나 그를 그리워했던가. 사 년 동안 항시 저를 보듬어주던 손길을 느끼지 못해 얼마나 서러웠던가. 그런데도 불평불만 않고 그 모든 것을 꾹 참고 있는 이유는 단 하나, 정인에게 향하는 깊디깊은 마음 때문이었다. 그를 향한 연정 하나로 버티고 있는 거였다. 하여 그가 저가 아닌 다른 여인을 정실로 맞아들이려 함에도 울지도 아니하고 말리지도 아니하고 있는 것을. 비록 정실 자리를 다른 이에게 내어준들 염은 제 것이니까. 그의 마음과 곁은 앞으로도 쭉 온전히 제 것일 테니까.

그렇지만 아무리 좋게 생각하려 해도 신경이 아니 쓰일 수는 없는 법. 제 사내를 나누어 가지려니 당연지사 속이 타고 입술이 바싹 말랐다. 머뭇거리던 다련이 입술을 달싹였다.

"그 여인은 어떠한가요?"

옥음을 타고 흐르는 것은 존대였다. 다련은 당돌한 면이 있어 염이 임금의 아들이라 하여도 편한 어투를 쓰고는 하였다. 그런 여인이 지금처럼 존대를 쓸 때에는 눈치를 살피거나 곤란한 상황이여 애교를 부릴 필요가 있어서였다. 그녀가 무슨 생각을 하고 있는지 눈치챈 염은 나직이 실소했다.

"어떠할 것 같으냐."

다련이 새침하게 대답했다.

"본 적이 없거늘 어찌 알까."

아니, 실은 어스름하다고는 했지만 커다란 사저의 주위만은 불빛이 가득하던 터라 똑똑히 그 여자를 볼 수 있었다. 그것도 너무나 분명하게. 때문에 그렇지 않아도 가슴속을 채우고 있던 불안이 더더욱 치솟지 않았나. 자칫 저도 모르게 정인이 정실로 맞아들일 그 여인에게 다가갈 뻔하지 않았던가. 만약 건륜 그 왈패 자식이 여자의 손목을 움켜쥐는 것을 보지 않았더라면, 그래서 사람을 헷갈린 건가, 정인의 정혼자가 아니라 건륜이 따로 아는 누군가인 건가 순간적으로 혼동을 느끼지 않았더라면 필시 유송우라는 그이에게 다가가 말을 붙였을 것이다.

거리를 두어 딱 한 번 보았다고는 하나 한눈에도 저와 그녀가 다르다는 것을 알 수 있었다. 하루하루 입에 풀칠하는 것도 어렵게 산 허울뿐인 양반가 출신의 자신과, 먹고살기 위해 기녀가 돼야 하나 고민하던 자신과는 너무 다른 여인이었다. 자태며 분위기에서 고아하고 귀한 티가 철철 나던 여인.

"너와는 다르게 고와."

그렇지 않아도 오한을 느끼던 다련이 흠칫 몸을 떨었다. 혹시나 염이 그녀에게 마음을 빼앗기면 어찌하지? 저를 버리기라도 한다면? 그를 상상하매 눈앞이 아찔하고 두려움이 솟구쳤다. 제 정인인 사내가 왕자라는 것을 알고 난 후부터, 그리고 그가 너무나 높은 꿈을 꾸고 있다는 사실을 알게 된 후부터 지금까지 내리 그의 꿈이 이루어지면 저 역시 그와 함께 귀한 이가 될 거라 믿어 의심하지 않았는데, 한데 만약 그 여인 때문에 무언가가 잘못되면?

"염은 좋겠네. 곧 나와는 다르게 곱고 귀한 가문의 여인을 내자로 맞아들일 테니."

초조한 속내를 숨기고 새침하게 내뱉은 다련이 상체를 뒤로 빼려 함에 그런 그녀를 꽉 그러안은 염은 기분 좋은 웃음을 터뜨렸다. 그는 다른 그 누구에게도 내보이지 않는, 오직 제 여인에게만 보이는 편안한 태도였다.

"하나 끌리지 않아."

"……."

"다련아."

"어찌 불러?"

"불안해하지 말거라. 내 마음은 온전히 네 것이 아니더냐."

치켜 올라가는 입꼬리를 숨기지 못한 다련은 사내의 품에 더욱 파고들어 그에게 바싹 몸을 밀착시켰다. 낡아 빠지고 볼품없는 누비이불을 덮고 있다는 것이 믿어지지 않을 만큼 몸과 마음이 한없이 따스하였다.

"염한테는 진정 못 당하겠단 말이야."

"아가씨! 아가씨! 안 계세요?"

귀청을 찌르는 어린아이의 목소리에 다련은 눈을 떴다. 지난밤이 꿈처럼 느껴질 만큼 옆자리가 온기 하나 없이 차게 식어 있다. 순간 서운한 마음이 들었지만 무시하고 일어난 다련은 다시 한 번 울리는 목소리를 따라 바깥에 나와 섰다.

"없는 줄 알았잖아요! 여기요!"

투정을 부리는 열 살가량의 사내아이가 귀여워 젖살 가득한 뺨을 살짝 꼬집은 그녀는 소년이 내민 것을 받아 들었다. 며칠 전 약이 떨어진 것을 알아채어 주문을 해놓았는데 딱 맞춰 당도한 셈이다.

"저는 가볼게요!"

"잘 가렴."

멀어져 가는 소년의 뒷모습에서 눈을 뗀 다련은 손에 들린 약첩을 내려다보았다. 지난밤 염의 달콤한 속삭임에는 금세 안도감이 들더니 혼자 남자 다시 불안이 치솟았다. 만약 정실이 될 그 여인이 못났다면, 향기가 없다면 그나마 마음이 편할 텐데.

혹여 그의 꿈에 방해가 될까, 그에게 짐이 될까 지금까지는 아이가 들어서지 않는 약을 꼬박꼬박 마셔왔지만, 때가 되면 염이 자신을 내자로 맞아들일 것을 믿어 의심하지 않지만, 그렇지만……

"석 달 후."

혼례는 석 달 후라 했다. 다른 모든 것은 건륜이 거의 준비를 끝냈다 했고 남은 것은 병판이 쥔 병권뿐이라 하였다.

"염, 나는 불안해."

작게 중얼거린 다련은 지척에 놓인 텅 빈 항아리에 쥐고 있던 것을 던져 넣었다. 아무래도 마음이 놓이지 않았다.

✳

사 년 전.

"꼼꼼히 잘했네? 여기."

짤랑이는 소리와 함께 손안에 떨어진 것은 서 푼이었다. 이틀을 꼬박 바느질하고 받은 품삯이라기에는 초라했지만, 그도 많이 쳐준 것을 알기에 마냥 고마운 마음이 들었다. 사대부가는 대개 같은 양의 일을 하고도 두 푼을 쳐주니까.

"고마워요."

"잠깐. 너 양반 댁 딸이라며? 한데 어찌 바느질을 하는 거야?"

"그만 가볼게요."

놀리는가 싶어, 저를 업신여기는가 싶어 기분이 상한 다련이 딱딱하게 굳은 표정으로 뒤돌아섰다. 그러나 한 걸음을 완전히 옮기기도 전에 다른 이의 손이 덥석 제 팔을 움켜쥐었다.

"놀리려는 게 아니라…… 보아하니 먹고사는 게 힘든 것 같은데 기적에 이름을 올리는 게 어때?"

"네?"

"사실은 행수님이 널 유심히 보셨나 봐. 네가 꽤 반반하니까. 기분 나쁘게 여기지 말고 잘 생각해 봐. 퉁퉁 부은 손으로 죽어라 바느질하면서 먹고사는 거 끔찍하잖아? 평생 그러고 살 거야?"

"……."

다련은 제 손끝을 내려다보았다. 아비가 죽고 어미까지 죽어 홀로 산 지가 벌써 이 년. 그 이 년여간 하루도 손이 성한 날이 없었다. 지금도 열 손가락 끝이 안쓰러울 만큼 붉게 부어 있다. 그래도 이 정도면 양호한 편이었다. 막 삯바느질을 시작했을 때에는 퉁퉁 부은 것으로 모자라 뾰족한 바늘에 찔려 항상 피가 맺혀 있었으니까.

"말미를 줄 테니 생각해 봐. 그깟 서 푼은 돈도 아니야. 기녀 된

지 얼마 안 된 나도 그보단 훨씬 많이 번다고."

"……."

멀어지는 기녀의 뒷모습을 다련은 한참을 멀거니 바라보았다. 기녀가 되면 자신도 저리 민망한 옷을 입어야 할까? 듣자 하니 기녀로 입적하면 머리를 올려야 한다던데 저 자신보다 배로 나이가 많은, 아니, 서너 배로 많은 늙은이의 수청을 들게 되면?

그렇지만 기녀의 말대로 이대로는 한평생을 바느질 따위나 하며 살아갈 터였다. 며칠 동안 일해서 얻는 고작 엽전 몇 닢에 만족하며. 그럴 바에는 두 눈 딱 감고 부유하고 명 짧은 이에게 몸을 팔며 사는 것이 더 나을지 몰랐다. 적어도 먹는 걱정은 하지 않을 수 있을 테니.

복잡한 머릿속을 정리하며 정처 없이 걷던 다련은 시전의 뒷골로 향했다. 험한 그곳에는 자주 가는, 금서를 취급하는 서림이 있었다. 번화가의 책방은 사지 않고 오랫동안 훔쳐보기만 하는 저 같은 이를 쫓아내기 일쑤였으나 그곳은 그렇지 않았다. 하여 서책이 읽고 싶을 때면 꽤나 자주 들르곤 했다.

어둑한 서림의 내부에 들어선 다련이 책장을 빼곡히 채운 서책들을 살펴보았다. 찾던 유의 서책을 발견한 그녀가 손을 뻗었다. 그러나 제 손에 겹쳐지는 낯선 이의 커다란 손에 놀라 휘둥그레진 그녀는 홱 손을 거두어들였다. 그 탓에 책장에 놓여 있던 한 더미의 책이 우수수 바닥에 떨어졌다.

"뭐요?"

"아, 그게……."

"미안하네. 곧 원 상태로 돌려놓을 테니 신경 쓰지 말게."

주인장에게서 시선을 뗀 다련은 옆을 바라보았다. 저보다 훨씬 큰 사내가 보였다. 날카롭고 세련된 선을 가진 그에게서 눈을 떼지 못하던 그녀는 저를 흘끗 바라본 사내가 바닥에 떨어진 서책을 줍기 시작하자 재깍 정신을 차렸다. 양 뺨이 뜨거웠다. 사내는 자신을 무심하게 바라보았는데 반대로 정신이 나간 이처럼 넋을 빼놓고 그를 구경한 스스로가 부끄러웠다.

"송구하옵니다."

"괜찮습니다."

함께 서책을 주우려 하는 제 손을 제지한 그가 떨어진 그것들을 책장에 되돌려 놓는 모습을 흘끔거리던 다련은 자신을 신경 쓰지도 않는 사내에게 미안해하며 혼자 안절부절못하는 것이 이상한 듯해 다시 찾던 물건을 살펴보았다.

　　―요희전(妖姬傳)

붉은 세 글자가 새겨진 서책을 꺼내 든 그녀는 눅눅한 서책을 펼쳐 살펴보았다. 여태후, 측천무후, 포사, 달기…… 열댓가량의 여인들이 목차에 주르륵 나열되어 있었다.

"그 많은 위인 중 닮고 싶은 것이 겨우 그들입니까?"

"……제가 무엇을 읽던 상관하실 까닭이 없으실 텐데요?"

"관여하고 싶지 않소만 붉은 제호(題號)가 원체 눈에 띄어서 말입니다. 괜한 오해를 사 곤란한 일에 얽히고 싶은 게 아니라면 그것을 읽고 있는 모습을 다른 이에게 보이지 마십시오."

"……."

무정히 소리 내는 사내의 옆모습을 맹랑히 치켜뜬 눈으로 바라보던 다련은 그가 읽고 있는 서책을 빼앗아 들었다. 날카로이 빛나는 시선을 제게 향하는 사내였지만 그녀는 아랑곳하지 않고 제목을 읽어보았다.

—정관정요(貞觀政要)

"정관정요……. 말씀대로 저는 요희가 되고 싶은데 나리께오서는 역적이 되고 싶으신가 봅니다."

"……."

"제왕에게만 허락되는 정관정요를 읽는 것을 들켰다간 나리야말로 교형에 처해지고도 남을 겁니다. 하니 제 걱정 마시고 반반한 나리께서나 조심하시지요."

당돌히 내뱉은 다련이 쥐고 있던 서책을 다시 사내에게 돌려주었다. 속을 알 수 없는 무표정한 얼굴로 자신을 주시하는 그에게 비릿한 미소를 지어 보인 그녀는 다시 요희전에 시선을 붙박았다.

금서점의 주인은 자신에게 내밀어진 엽전 꾸러미에 두 눈을 휘둥그레 떴다. 얼떨결에 그것을 받아 안을 들여다보자 금빛 도는 엽전이 보였다. 멍하니 그것을 바라보던 주인장은 돌연 이해가 가지 않는다는 듯 미간을 찌푸렸다. 아무것도 아니 사는 듯싶은데 어찌 제게 값을 치르는지 알 수 없었다.

"무엇을 사지도 않으면서 왜 이것을 주시는 것입니까, 나리?"

"서책을 읽은 값이네."

금세 공손해진 주인장에게 무덤덤하게 답한 염은 뒤를 돌아보았다. 책방의 한구석에서 서책을 읽던 사내가 보이지 않았다. 제 곁에서 요희전을 읽던 계집을 내리 흘끔거리던 이가.

"춘화첩을 읽고 있던 사내가 언제쯤 사라졌는지 아는가?"

"예? 아, 그이요? 그것이⋯⋯ 그렇지. 나리 곁에서 책을 읽던 반반한 계집과 거의 동시에 길을 나섰습죠."

"⋯⋯."

요희전을 읽고 있던 맹랑한 계집. 그 계집은 스스로에게 향한 다른 이의 시선을 전혀 느끼지 못한 듯했지만 음침한 기운을 풍기던 사내는 두 시진을 내리 계집을 바라보고 있었다.

"그러고 보니 희한하네. 그놈은 보통 책방을 닫을 때까지 버티는 놈인데."

염은 곧장 바깥으로 뛰쳐나갔다.

한참을 서책을 읽다 보니 날은 어느새 어둑해져 있었다. 정신없이 책을 읽고 있을 때는 몰랐거늘, 거처로 돌아가려니 걱정이 되었다. 거처에는 아직도 바느질거리가 잔뜩 있기에.

"나도 정말 요부나 되어볼까? 부호를 꾀면 이 지긋지긋한 인생이 좀 달라질까?"

"하면 내가 아랫도리 죄는 법을 가르쳐 주마."

놀란 다련이 뒤돌아섰다. 그러나 순식간에 다련의 입을 틀어막은 누군가는 어슥한 한구석으로 그녀를 질질 끌어당겼다.

"우읍!"

"책방에서 봤지. 요희전이나 읽다니, 네년은 필시 외로운 게야. 그렇지 않으냐, 이 발랑 까진 계집아? 그리고 그놈한테 하는 말도 들었지. 요희가 되고 싶다고? 어디 나한테도 한번 경망스럽게 굴어 봐라."

게걸스럽게 웃는 사내에 다련의 등허리를 타고 소름이 돋았다.

그러나 더욱 거세게 몸부림을 쳐도 아무런 소용 없이 그녀의 몸뚱이는 험상궂은 사내에게 끌려갈 뿐이었다.

"으으!"

"괜한 오해를 사 곤란한 일에 얽히고 싶은 게 아니라면 그것을 읽고 있는 모습을 다른 이에게 내보이지 마십시오."

그의 말을 따를걸. 괜한 참견을 한다 쏘아붙이는 게 아니었는데. 차가운 땅바닥에 자신을 내동댕이친 사내가 곧장 위로 올라오자 다련의 두 눈에 눈물이 고였다. 아무리 발버둥을 치고 주먹 쥔 두 손을 휘둘러도 사내는 꿈쩍도 하지 않았다.

"도, 도와주세요! 살려주세요! 놔! 놓으란…… 헉!"

"시끄럽다, 이년아! 꼴 같지 않게 내숭은. 어디 한번 네년 맛 좀 보자꾸나! 그래야 달기 년처럼 사내 위에 올라타 세상을 휘어잡을 수 있을지 알 수 있지 않겠느냐!"

숨을 쉬는 것도 잊은 채 다련은 젖 먹던 힘을 다해 몸부림쳤다. 그런 다련이 귀찮다는 듯 여린 뺨을 주먹으로 내려친 사내는 그녀의 저고리를 잡아 뜯었다.

"놔! 도와주세요! 아무도, 흐흑! 아무도 없……!"

눈물이 차올라 흐릿한 시야에 가득하던 야비한 사내가 갑자기 보이지 않았다. 몸을 짓누르던 무게감이 사라졌다. 벌떡 일어나 앉아 뒤로 물러난 다련은 무언가를 내려치는 소리에 다급히 주변을 살펴보았다. 그렇지만 어둑한 데다 영 멈추지 않는 눈물로 흐리멍덩한 시야로는 무슨 일이 일어나는 것인지 구분하기가 쉽지 않다.

"괜찮더냐?"

"소, 손대지 마!"

덜덜 떨리는 몸을 방어하듯 잔뜩 웅크린 다련이 다급히 눈가를 추슬렀다. 마침내 마주하고 있는 이가 제대로 보였다. 정관정요를 읽던 사내였다. 어인 일인지 그인 것을 확인하자 안심이 되어 이제 는 다른 의미로 눈물이 쏟아져 내렸다.

"당신은…… 흐흑, 으흐흑……."

서러운 울음을 터뜨리는 다련에게 답호를 덮어씌운 염은 단숨에 그녀를 안아 들었다. 누군가를 위로하는 말을 건네본 적이 언제인 지 까마득하지만, 그럼에도 제게 매달린 채 떠는 퍼렇게 멍든 뺨을 한 다련이 안쓰러워 무슨 말이든 해주어야 할 듯했다.

"그자는 정신을 잃었으니 걱정할 것 없다. 하니 울음 그치어라. 계속 그렇게 울다간 기운이 다해 쓰러질 수 있느니."

무뚝뚝한 듯 다정하게 느껴지는 음성에도 불구, 흐느낌을 멈추 지 못한 다련은 염의 옷깃을 꽉 움켜쥐었다.

떨리는 몸이 진정된 것은 이미 오래전이다. 그렇지만 다련은 굳 이 저를 업고 있는 염에게 내려달라 말하지 않았다.

왼손에 들린 의원이 쥐어준 달걀을 오른손으로 바꿔 든 그녀는 퍼렇게 멍든 뺨을 그것으로 문질렀다. 하도 무표정하여 감정이라고 는 느끼지 못하는가 싶었더니 그는 아닌 듯 사내는 친절하게도 자 신을 약방에 데리고 갔다.

도움을 받아 그런가. 먹고살 걱정을 해야 하는 궁핍한 처지임에 도 계속해서 사내에게 관심이 가고 그에 대해 더 많이 알고 싶었다.

"이곳이 맞느냐?"

"예. 저기…… 진심으로 감사드려요."

고맙다 하는데도 아무런 대꾸 없이 그는 저를 뜰에 내려주자마자 곧바로 뒤돌아섰다. 그것이 서운하여 감정을 숨기지 못한 다련은 볼품없는 대문 밖으로 나간 염이 제 쪽을 돌아보자 무표정한 얼굴을 해 보이려 애썼다.

"불이 켜지는 것을 보고 갈 테니 들어가거라."

단단히 착각에 빠졌는지 자꾸만 사내가 다정하다 느껴졌다. 자신을 바라보는 그가 어서 안으로 들어가라 무언으로 압박하는 것 같은데도 다련은 오히려 그에게 다가갔다.

"빌려주신 답호, 깨끗이 해놓을게요."

"필요 없으니 버리어라. 진정한 듯싶으니 들어가는 것을 지켜봐주지 않아도 되겠지."

들어가라는데 되레 쫓아 나온 자신이 이제 완전히 괜찮다 생각한 것인지, 아니면 귀찮은 것인지 걸음을 옮기는 염의 팔을 다련은 꽉 붙잡았다. 그 같은 일을 겪은 상태에서 이런 말을 꺼냈다 염이 저를 헤픈 계집이라 생각하지는 않을까, 요희라 생각하지는 않을까 걱정이 들었지만 지금이 아니면 다시는 기회가 없을 것 같았다. 아니, 필시 없을 것이다.

"실은 답호는 구실이에요. 그런 일을 당하고도 이리 말하는 저를 값싼 계집이라 치부하실지도 모르지만 나리를 다시 뵙고 싶어요. 그러니 제게 빌려주신 의복을 다시 찾으러 와주시면 아니 될는지요?"

당당하게 소리 내놓고 다련은 은근슬쩍 눈을 내리깔았다. 사내에게 이런 식으로 꾀는 말을 한 적이 생전 처음이다.

"서림에서도 느꼈지만 맹랑하기 짝이 없구나."

"……."

"알겠으니 들어가 봐."

솔직히 털어놓았으되 쑥스러운지라 땅만 내려다보는 차 긍정의 답이 날아왔다. 하여 다련의 고개가 번쩍 치켜 들렸다. 염의 입가에 옅게나마 미소가 걸려 있는 듯했다. 그것을 보니 그가 더욱이 다정하다 느껴져 욱신거리기만 하던 뺨이 뜨겁게 달아올랐다. 멀어져 가는 이의 뒷모습을 바라보는 그녀의 뺨에 홍조가 돌았다.

"현양군 나리, 차, 창을 좀 열어주시옵소서."

서안에 턱을 괸 채 멀뚱히 앉아 있는 왕자의 미간이 구겨졌다. 창을 열어달라……. 목소리로 보아 나인인 듯싶은데 감히 자신에게 저런 청을 할 리가 없었다. 게다가 흔들리는 음성으로 볼 때 이는 필시…….

재빠른 동작으로 움직인 현양은 철퍼덕 보료 위에 드러누웠다. 나인이 어찌 창을 열어달라 하는지, 누가 시킨 것인지 굳이 보지 않아도 알 만했다. 죽은 듯이 꼼짝 않고 누워 있으니 얼마 안 가 처소의 문이 열렸으니, 진(振)가 왕조의 막내 왕자는 이제는 두 눈까지 꼭 감았다.

"이런 씨, 창을 열라니까 왜 안 열어?"

예상한 이의 목소리가 등 뒤에 날아와 꽂혔다. 더불어 거친 발길질도. 그러나 연달은 발길질에도 현양은 꿈쩍도 하지 않았다.

대체 중궁은 언제까지 시정잡배 같은 수찬대군을 품에 끼고 도시려는가. 세자를 제외한 나머지 세 대군은 이미 혼례를 치렀기에 관례대로 왕궁 밖의 사저에서 살고 있으니 이제는 마주할 일이 별로 없다지만, 막내 대군만은 아직 떠나보내고 싶지 않다는 중궁의 눈물바람 탓에 짜증 나는 수찬과는 빈번하게 부대껴야 했다. 그것도 자신을 괴롭히려 수찬이 찾아오는 이런 식으로. 진양 형님이야 이러저러한 소문으로 사대부가에서 사위로 맞아들이지 않으려 하는 탓에 여태껏 홀로지만 그는 예외라 치고, 한 살 많은 저 대군이어서 혼례를 치러야 저도 그리 해서 이 지긋지긋한 궐 밖으로 나갈 것인데.

"어쭈, 안 일어나? 안 일어나지? 어? 야!"

"악! 어찌 이러십니까!"

버티는 것에도 한계가 있는 즉, 관자놀이를 내려치는 딱딱하고 거친 무언가에 눈을 뜬 현양이 결국 자리에서 일어나 앉았다. 바닥을 데구루루 구르는 울퉁불퉁하고 모난 자갈이 보였다.

"어찌 주침 들어 있는 이에게 돌을 던지십니까!"

"이걸 확! 네놈이 안 일어났잖아!"

활짝 편 손으로 자신의 목을 치는 시늉을 하는 수찬에 움찔한 현양은 잔뜩 미간을 구겼다. 금일은 또 어떻게 괴롭히려 처소까지 찾아왔을까 생각하자 벌써부터 골이 지끈거렸다.

"따르거라. 궁 밖으로 나갈 것이다."

"제가 어찌 대군과 나갑니까?"

"이걸 진짜, 확! 고분고분 따를 것이지 말이 많아, 군(君) 놈 주제에!"

"······."

버릇없고 성질머리 더러운 천박한 인간. 대군이면 무엇 하나, 하는 짓은 저러한데. 입안을 맴도는 욕지거리를 삼킨 현양이 자리에서 일어섰다.

"어디를 가시려고요? 듣자 하니 중전마마께서 바깥출입을 금하셨다면서요."

"그러니까 네놈보고 함께 가자 하는 것이 아니냐. 대군이 아니라 네 수하인 것처럼 변복할 것이니 앞장서."

"예?"

그렇다면 저 개만도 못한 망나니에게 적어도 성문을 나설 때까지 하대를 하고 아랫것을 대하듯 해도 된단 말인가? 그를 상상하자 절로 기분이 좋아져 열여덟의 왕자는 치켜 올라가려는 입꼬리를 막으려 단단히 애를 써야 했다.

"한데 어디를 가려 하십니까?"

"그 여자가 보고 싶다."

"그 여자라 하시면……."

"진엽 그 자식의 이거 될 여자 말이다, 이 등신아!"

수찬이 활짝 편 새끼손가락을 흔들어 보여서야 현양은 그 여자가 누구를 뜻하는지 이해할 수 있었다. 예비 형수를 보러 가자니. 그렇지 않아도 궁금하던 참에 은근 기대가 되었다. 그러나 이복형제의 말에 혹한 것도 잠시, 산더미 같은 걱정이 몰려들었다. 형수 될 규수에게 가서 무슨 행패를 부리려고? 제정신이라면 아무리 대군이라 해도 권세 막강한 병판 댁에서 난동을 부릴 수 있겠냐마는 마주한 이는 미친놈이잖은가.

"형수님께 무슨 짓을 하시려고요?"

"형수? 아직 혼례도 치르지 않았는데 친한 척은."

피식 웃은 수찬이 앞장서 가는 모습을 현양은 걱정 가득한 눈길로 바라보았다.

＊

활짝 열린 창을 통해 따스한 햇볕이 쏟아졌다. 코끝에 달콤한 약과 향이 퍼졌다. 장침을 베고 누운 서나는 새삼스레 여동생의 방을 둘러보았다. 스물둘의 혼기를 훌쩍 넘은 노처녀는 하루라도 빨리 시집을 가야 할 것을 어찌 이리 걱정이 될까. 이는 마치 양친이 아직도 자신을 아이인 양 염려하는 것과 같은 이치일 터였다. 나이가 적건 많건 동생은 언제까지고 동생이니까.

"비야, 아."

고개만 돌린 서나는 곁에서 배를 깔고 누운 채 서책을 읽는 열넷의 어린 여종에게 입을 벌렸다. 여비가 입안에 넣어준 약과 조각의 달콤한 맛 덕분에 절로 미소가 지어졌다. 그녀의 그 평온한 모습만 본다 하면 여동생을 걱정하는 태는 전혀 나지 않았다.

"송우 얘는 언제 와? 어머님과 언제쯤 나갔니?"

"오반을 들 시간이 아니 돼서 나가셨으니 한 시진 반쯤 된 것 같아요."

"아, 심심해. 좀만 일찍 와서 따라갈걸."

불만스레 중얼거린 서나는 회임을 한 것을 잊은 마냥 보료 위의 두 발을 굴렸다. 지금이라도 혼수품을 보러 간 모친과 여동생에게 가볼까 고민이 들었지만, 시각을 따져 볼 때 곧 돌아올 성싶은 게 섣불리 움직였다간 되레 어긋날 것 같았다.

"애, 너 글 읽을 줄은 알고 보니?"

"아, 아니요. 작은아가씨께 몇 자 배우긴 했지만 서책을 읽을 정도는 아니어요. 그래도 보고 싶어서……."

"줘봐, 내가 읽어줄게. 태교 겸 어디 한번 내가 실력을 보여주지."

"큰아가씨께서요?"

믿기지 않는다는 표정을 지어 보이는 여종에게 자신만만한 미소를 지어 보인 서나는 옆으로 누운 채 서책을 펼쳐 들었다.

서나가 막 입술을 떼는 찰나, 열린 창가로 보이는 한 인영에 기겁한 비가 잔뜩 상체를 수그린 채 속삭였다.

"아가씨."

"이놈 이거 나쁜 놈이네. 신부를 왜 죽여, 이 망할 새끼."

"아, 아가씨!"

"뭐야? 왜 불러?"

비의 눈길이 창가로 향해 있는 것을 눈치챈 서나가 고개를 돌렸다. 앳된 사내와 눈이 마주치자 자리에서 일어나 앉은 그녀는 다소곳이 물었다.

"뉘십니까?"

"혀, 형수님?"

형수?

"여기가 송우 아가씨의 별당이 맞는 거지요?"

저보다 한참 어린 사내가 귀여워 평소의 호탕한 웃음이 아닌 여인다운 미소를 지어 보인 서나가 눈을 굴렸다. 형수라, 형수. 아, 그러니까 밖에서 쭈뼛거리는 저 깜찍한 인사가 여동생의 부군이 될 진양군의 동생이란 말인가. 씩 웃어 보인 그녀가 자리에서 일어섰다.

"도련님이시옵니까? 잠시만."

제 방이라면 들라 하였을 테지만 그렇지 않아 밖에 나와 서니 방문객은 하나가 아니라 둘이었다. 그리고 새로이 보이는 이도 앳되기는 매한가지였다. 처음 자신을 부른 이와 눈을 마주한 서나는 마치 저가 송우인 양 수줍게 물었다.

"도련님이라 불러도 되겠지요? 한데 왕자분들이 하도 많아 정확하게 뉘신지 알지를 못해서……."

"저는 진양 형님의 이복아우 되는 현양군이라 합니다. 만나뵙게 되어 참으로 반갑습니다, 형수님."

"마찬가지이옵니다, 도련님. 왕자군이시면서 어찌 이리 친절하신지 송우가 참 복이……."

"하!"

어질어 보이는 현양에 안도가 들어 기쁜 내색을 숨기지 못하던 서나는 마치 들으라는 듯 코웃음을 치는 사내를 돌아보았다.

"왕자라고 다 같은 급인 줄 아나."

"……예?"

내리 뒤편에서 현양군과 서나를 지켜보던 수찬이 거들먹거리며 다가왔다. 조사를 하듯 서나의 이목구비를 뜯어본 대군은 딱히 흠잡을 것이 없는 미안(美顔)에 그저 입술을 삐죽였다. 스물둘이라 하더니 그보다는 나이가 좀 더 들어 보였으나 어찌 됐건 무수리 소생 왕자에게 주기에는 화사한 분위기의 여인이 아까웠다.

"무엇이 좋다 실실 웃는 게요? 허접한 후궁 나부랭이 소생의, 아니지, 그것도 그냥 후궁이 아니라 무수리 출신이지. 아무튼 간에, 왕자군도 왕자라고 좋은가 본데 이거 원 딱해서."

"……."

"참으로 불쌍해 내 눈물이 다 날 지경이오. 그런 병신만도 못한 놈과 혼례를 치러 한평생을 함께 살아야 한다니."

이죽거린 수찬이 피식 실소를 터뜨리는 모습을 쳐다보는 서나의 표정이 딱딱하게 굳어갔다. 그녀의 심심찮은 기색을 눈치챈 현양이 재빨리 수찬을 만류했다.

"대군, 그만하십시오!"

"감히 네놈이 어찌 내게 이래라저래라 하는 것이냐! 건방지긴."

"군 나리, 저분께서는 뉘신가요?"

"난 수찬이라 하오. 아, 나는 군이 아니고 대군이오, 대군!"

"……."

자랑스러워 죽겠다는 듯 한 자 한 자 끊어가며 소리 내는 수찬을 주시하는 서나가 점점 차게 식어갔다. 어린 대군 놈의 잘난 체며 거만한 태도가 하루 이틀 계속된 것이 아닌지 곁에 선 왕자군의 낯빛이 안쓰러웠다. 저런 놈이 송우의 시댁 식구가 될 거라고? 혹여 다른 대군 놈들도 저놈 같을까?

"들기로 병판이 참으로 현명하다던데 그는 다 헛소문인 것이 틀림없소. 분명 노망이 난 게지. 그렇지 않고서 현양군 이놈만도 못한 진염에게 여식을 내어줄 리가 있을까. 진양군 그 자식은 아마 초야도 제대로 치르지 못할 테니 차라리 내시를 데리고 사는 것이 나을 거요."

"입 닥치지 못하겠소?"

"예?"

수찬의 두 눈이 휘둥그레졌다. 헛것을 들었나? 분명 앞에 선 여인이 닥치라 한 듯한데.

"현양, 내가 헛것을 들은 거냐?"

"이런 못난 놈을 보았나."

"지금…… 감히 내게 한 말인 거요? 나?"

"하면 너 말고 이 주위에 다른 상병신이 또 있느냐? 이런 육시랄 놈 같으니라고!"

욕지거리를 내뱉을수록 더욱 끓어오르는 것이 노여움인지라 활짝 편 섬섬옥수를 치켜든 서나는 곧장 버릇없는 대군의 뺨을 후려 갈겼다. 짝 하는 매서운 소리와 함께 두 왕자의 입이 헤 벌어졌다.

"뭐, 뭐 이런 여인이……. 이 여자가 미친 게 틀림없구나! 대군인 내게 욕지거리를 한 것도 모자라 때, 때려?"

"나라 망신시키지 말고 어디 가서 대군이라 떠들지 말거라! 백성들의 모범이 되어도 모자랄 판에 제 형제를 욕되게 하지 않나, 더러운 언사를 입에 담지를 않나!"

"이, 이 미친 여자가!"

"대군!"

마치 서나를 한 대 치려는 듯 덤벼드는 수찬의 앞을 막아서는 현양이었으나, 하등 물러나지 않은 서나 역시 그녀의 앞을 막아선 현양군을 밀어내려 애썼다.

"때려보거라! 때려보거라, 이 못난 자식아! 어디 한번 임부인 나를 때려보라고! 상감께 창피한 줄 알거라! 네까짓 놈도 꼴에 왕의 자식이라고 거들먹거리기는!"

"이, 임부?"

"형수님, 그것이 무슨 말씀이시옵니까? 임부라니요?"

"때려! 수태한 여인을 때려보란 말이야! 너 같은 무식한 이가 대군이라니, 진(振)이 곧 망할 모양인 것이 틀림없다!"

"이, 이 여자가 대체 무슨 소리를 하는 거야. 애를 배어놓고 감히 왕자군과……."

난생처음 욕을 들은 것으로도 모자라 맞았거늘. 그것도 여인에게. 그만으로 충분히 충격적인데 이제는 스스로를 임부라 칭하는 서나에 놀란 수찬이 더듬거렸다. 게다가 회임을 한 여자가 어찌 저리 무서운가. 어찌 저리 성질머리가 고약해. 곱다란 외양과 다른 드센 태도가 놀라웠으며 태어나서 저리 성정이 센 여인은 어미를 제외하고 처음 보는 터이다. 놀란 대군이 반사적으로 뒷걸음질쳤다.

"어디를 도망가? 치라 하지 않느냐! 어디 한번 부끄러운 줄 모르고 계속 네 형제를 욕보여 봐!"

"형수님, 진정하십시오. 아이를 가지셨다면서 어찌……."

"놓으시오! 내 저 망나니 같은 인사를!"

"서나 언니!"

눈에 불을 켜고 수찬을 노려보던 서나와 창백하게 질린 두 왕자가 동시에 뒤를 돌아보았다. 하얗게 질린 가녀린 여인이 세 사람의 시야를 채웠다.

✳

친언니가 싸우는 모습을 보는 것이 꽤나 오랜만이었지만 전혀 낯설지 않았다. 그러나 그렇게 느끼는 것은 자신뿐인 듯 처음 보는 사내 둘의 안색은 파리하기 이를 데 없었다. 잠시간 세 사람을 살펴본 송우는 서나가 다시 한 사내를 향해 욕설을 내뱉기 시작하자 뻣뻣하게 굳어 있는 수찬에게 다가갔다.

"괜찮으신가요?"

"괜찮겠소? 저 미친 여자가 감히 나한테……."

"맞으셨습니까?"

"아, 아니, 그게……."

앳된 사내의 귓가에 새겨진 선명한 손가락 자국을 말미암아 송우는 어렵지 않게 서나가 그를 때린 것을 눈치채었다. 속상한 마음이 몰려들어 그녀는 으레 그랬듯 반사적으로 붉은 손자국이 선명한 수찬의 뺨을 손끝으로 더듬었다. 어릴 적부터 너무도 빈번히 언니가 또래 친우들을 때리는 것을 보아왔고, 아파 우는 이를 달래는 것은 항상 제 몫이었다. 하여 다친 이를 모르는 척하지 못하는 것은 이제는 고질적인 버릇이 된 터였다.

"괘, 괜찮소. 뉘인데 외간 사내를 만지는 게요?"

"그 자식 만지지 마! 아주 버르장머리 없고 더러운 놈이야!"

"서나 언니, 무슨 말씀을 그리 험하게 하십니까! 뱃속 아이가 듣겠습니다!"

기녀도 아닌 여인이 스스럼없이 제 귓가를 어루만져 놀라고 있던 수찬과 서나를 말리던 현양이 휘둥그레진 눈으로 이번에는 송우를 바라보았다. 누가 진짜 이복형의 내자가 될 이인가? 소리치는 여인인가, 아니면 새로이 나타난 이인가. 길게 고민하지 않아도 답을 알 수 있었다.

"형수님이십니까? 진짜 형수님? 어, 어어!"

삽시간에 빈틈을 보이는 현양을 밀어젖힌 서나가 수찬을 향해 뛰어들었다. 한 번 화가 나면 물불 가리지 않는 언니의 성정을 아는지라 그녀가 무엇을 하려는지 눈치챈 송우는 다급히 대군의 앞을 막아섰다. 짝 하는 소리가 다시 울렸다.

"송우야!"

"괘, 괜찮으시오?"

철없는 대군을 향해 휘둘러진 무쇠솥 같은 여인의 손이 닿은 곳은 그녀 여동생의 뺨이었다. 아끼는 여동생을 내려친 서나는 물론이요, 맞을 뻔한 수찬, 밀어젖혀져 땅에 쓰러진 현양이 벌떡 일어서 송우를 감싸왔다.

"왜 네가 막아서! 이런 씨! 저놈이 먼저 잘못했단 말이야!"

억울함과 미안함이 뒤섞인 친언니의 목소리에서 진심이 느껴졌다. 그렇다면 그녀의 말대로 먼저 무례를 범한 것은 몰아붙여지던 대군이었을 것이나 누가 먼저 잘못을 했느냐는 실 그다지 중요한 게 아니었다. 일단 싸움이 시작되면 잘잘못의 여부를 떠나 더 많이 당하게 되는 이는 항상 언니의 상대였으니까.

"형수님! 형수님, 괜찮으십니까?"

"괘, 괜찮소?"

"송우야, 괜찮아?"

괜찮지 않았다. 그렇지만 들끓는 화를 참지 못하던 친언니가 마침내 멈추었으니 다행스러웠다. 욱신거리는 뺨을 감싸 쥔 송우가 작게 되뇌었다.

"서나 언니, 대체 그 성정은 언제 고치시려고요?"

✳

저자의 북향에 위치한 뒷거리는 본디 그 규모가 크지 않았다. 그러나 십여 년 전, 출신도 고향도 알려지지 않은 탁류 하나가 이곳에 자리 잡은 후로는 사정이 달라졌다. 거친 것 같으면서도 교묘한 그를 따르는 왈패들이 하나둘 늘어가면서 무뢰지배는 점차 커져갔는데, 그 세력이 관군들조차 겁을 집어먹고 도망칠 만큼 만만치 않았다. 그들의 힘이 커질수록 작았던 뒷거리의 영역도 커져간 것은 물론이요, 여러 지파의 허접한 건달 무리가 뒤섞여 있던 북향의 뒷거리 전체가 이제는 그네들의 소관이 된 터였다. 덕분에 색주가와 도박장, 객잔들로 가득하게 된 시전의 북쪽은 웬만큼 간담이 큰 이가 아니면 근처에 오는 것을 꺼렸다.

그러나 제집 안마당 같은 그곳을 두려워하는 기색 따위 당연지사 전혀 내보이지 않은 구창은 커다란 보폭을 옮겨 아직 불이 켜지 않은 북향 한가운데에 떡하니 위치한 호가사 안에 들어섰다.

진(振)의 도읍지인 수부에서 가장 악명 높기로 유명한 왈짜패가 운영하는 객잔이자 유곽이며 본거지인 북저(北邸)였다.

건물의 꼭대기인 사층에 올라선 칠 척의 사내는 복도 가장 안쪽의 방문을 벌컥 열어젖혔다. 불그스름한 빛으로 밝혀진 방 안의 깊숙이에 다가간 구창이 침상 위에 웅크리고 돌아누운 륜에게 걸걸하게 외쳤다.

"륜이 형님, 고리대 전주 놈들한테 일수 걷으러 안 가오? 전폐 뜯는 것을 그리 좋아하는 양반이 대체 왜 그러고 있는 거요?"

구창의 그 걸걸한 외침에도 륜은 아무런 반응을 보이지 않았다. 포기하지 않은 구창이 그의 어깨를 움켜잡아 뒤흔들었다.

"형님, 시전에 안 나가?"

"꺼져."

돌아온 답이 서늘했지만 구창은 기어코 침상 끝에 털썩 걸터앉았다. 배운 것 없는 건달이라고는 하나 요즘 따라 이상한 우두머리의 행보를 눈치채는 것이 전혀 어렵지 않았다.

가난한 백성들을 옭아매는 이들이 고리대 전주들이라면, 그들을 옭아매는 이는 커다란 신장에 걸맞지 않게 침상 위에 웅크리고 누운 이 사내였다. 한데 그런 이가 벌써 며칠째 그토록 좋아하는 일명

'전주들 등쳐먹기'를 안 하고 있었다.

"어디 아프오?"

"꺼지라고."

"형니임."

"당장 꺼지라 했어."

"……."

반응이 평소와 다르다. 이쯤 귀찮게 하면 당연지사 머리통이나 등짝으로 거센 발길질이 날아와야 하는데. 평생을 머리를 쓰기보다 몸을 써온 스물둘 거구의 왈패가 참으로 오래간만에 생각에 잠겼다. 이윽고 단순한 그가 겨우 떠올려 낸 것은 저자의 주인이나 마찬가지인 그의 형이 이리 방 안에 틀어박혀 이상한 행동거지를 보이기 시작한 것이 '그 여자'의 사저에 다녀온 후라는 것이다. 거기까지 떠올리자 무식한 이가 생각할 수 있는 경우의 수는 단 하나뿐이었다. 의미심장한 미소를 지어 보인 구창이 입을 열었다.

"알겠네, 알겠어. 형님이 뭘 원하는지 내 알겠소."

무시하듯 아무런 대꾸를 않는 룬이었지만 침상에서 일어선 구창은 마치 준비 운동을 하듯 두 팔을 휘휘 저었다. 그러고는 곧바로 자신만큼은 아니더라도 신장이 육 척을 넘는 룬을 너무도 가뿐히 널따란 어깨에 짊어진 그는 성큼성큼 걸음을 옮겼다.

"짜증 나게 왜 이리 귀찮게 굴어?"

"형님이 무엇을 원하는지 내 다 아는데 어떻게 가만히 있겠소? 곧 임자가 생긴다지만 그래도 아직까지는 처녀 아니오. 그러니 지금만이라도 실컷 봐두어야지."

"……."

금일 유독 치근거리는 구창에게 룬은 아무런 대꾸를 하지 않았다. 그렇지 않아도 복잡한 머릿속이 당최 가라앉지 않아 골이 지끈 거리는데 거인 놈을 상대하려면 힘까지 빼야 할 터. 그럴 바엔 어디로 가는지 모를 구창을 상대하는 것보다 그에게 걸쳐진 이 상태로 생각이라도 실컷 하는 게 나았다.

✳

거인이라 불릴 만큼 커다란 구창의 어깨 위에 둘러메어진 상태인지라 시전을 지나는 내내 온 백성들의 이목을 받았지만 눈을 질끈 감고 있는 덕에 륜은 그것을 눈치채지 못했다. 다른 아무것도 신경 쓰이지 않았다. 그의 관심은 단 두 가지에 쏠려 있을 뿐이다.

홍다련, 그리고 개.

홍 씨 계집만 떠올리면 역정이 치솟았다. 거슬리기는 해도 이렇게까지는 아니었는데.

그년이 왕자의 총애를 독차지하건 말건 계획에 차질을 주지만 않는다면 아무 상관이 없었다. 어차피 진양군 또한 홍다련에게 눈이 멀어 일을 그르칠 리 없으니 애초부터 문제될 일이 없었다. 한데 이제는 아니었다. 거슬리는 정도가 아니라 그년이 떠오르면 속이 뒤집혔다. 구토감이 느껴졌다. 심지어는 불안했다. 그 계집의 정체를 알게 되었을 때 상처받을 누군가가 너무나 신경이 쓰여서.

대체 홍다련을 어찌해야 할까. 죽이거나 타국으로 팔아버릴 수도 없잖은가. 다른 이도 아닌 주군으로 선택한 진양군의 계집인 바람에.

"빌어먹을."

결국 륜의 입술 새로 욕지거리가 튀어나왔다.

"아아, 좀만 참으소. 다 왔소."

"그렇지 않아도 머릿속이 터질 것 같은데 네놈은 대체 어디를……."

마침내 눈을 떠 구창을 노려본 륜은 주위의 풍경이 익숙한 북저자의 그것이 아니라는 사실을 눈치챘다. 병판의 사저였다.

"이보시오!"

"이 무식하고 멍청한 새끼가 시키지도 않은 짓거리를!"

사태를 파악한 륜이 싸늘히 굳은 얼굴로 구창에게 욕지거리를 내뱉었을 때는 이미 늦은 즉, 순식간에 그를 내던지듯 내려놓는 구창으로 인해 륜은 어딘가에 앉혀졌다. 피가 거꾸로 쏠려 있던 탓에 가뜩이나 얼굴에 열이 몰렸거늘 시키지도 않은 귀찮은 짓을 한 수하에게 분노가 치밀어 몸까지 뜨겁게 달아올랐다.

참지 못할 짜증을 느껴 구창에게 쏘아붙이려던 륜은 그러나 멈칫할 수밖에 없었다. 바로 옆에 벌써 며칠째 제 머릿속을 헤집은 여자가 앉아 있기에.

송우와 눈이 마주친 그가 뻣뻣이 얼어붙었다.

✳

찬물에 적신 영견을 뺨에 대고 있던 송우는 별안간 쪽마루에 앉은 그녀의 옆에 내쳐진 누군가를 놀란 눈으로 바라보았다. 삽시간에 곁에 앉혀진 사내가 익숙했다. 진양군이 이이를 무어라 불렀더라? 그렇지. 분명 예호라고 했어.

아비의 생일날 대문 앞에서 마주쳤을 때 내보인 쌀쌀맞은 표정이 아닌, 놀란 얼굴을 하고 있는 륜에게 송우는 작게 미소를 지어 보였다.

"잘 지내셨나요…… 예호."

"……"

침묵하는 륜 대신 구창이 신나 떠들어댔다.

"오랜만이오, 낭자. 여전히 예쁘구먼. 하여간에 눈 호강 시켜준다니까. 형님, 우리가 함께한 지가 벌써 몇 해째인데 내가 형님 속을 모르겠소? 지난 며칠간 방 안에만 박혀 있던 게 전부 다……."

"조용히 하여라, 구창아."

"……"

끓는 짜증을 참은 륜이 조용히 말했다.

평소 무뢰배에게 쓰는 어투가 아닌 나긋하기 짝이 없는, 그래서 더 오싹하게 느껴지는 륜의 목소리에서 심상찮은 기색을 느낀 구창은 나불대던 입을 꾹 다물었다. 머리는 나쁠지라도 오감은 뛰어난 구창은 잘못했다는 말 한마디조차 소리 내지 않고선 스리슬쩍 옆걸음질을 쳤다. 쪽마루에서 멀어진 그가 대청 위에 웅크려 앉았다.

말없이 상황을 살피던 송우는 머리가 아픈 듯 눈가를 감싸 쥐는 륜에게 조심스럽게 운을 떼었다.

"차 한잔하실는지요?"

"……"

비록 별당의 쪽마루에 내던져지다시피 했을지언정, 여전히 자신을 반갑지 않아 하는 것 같을지언정 사저에 찾아온 객은 객인데다 아비의 생신날 차 한 잔 대접해 달라 하던 그의 언사를 떠올려 소리 냈거늘 아무런 반응이 없으니 머쓱했다.

지난번 일로 아직도 언짢은 건가? 아직까지? 하면 대체 언제까지……. 다시 한 번 사과를 해야 하나? 그러면 기분을 풀긴 할까?

정말이지, 여인만큼이나 감수성이 풍부한 사내인가 보구나, 이이는. 한데 내가 그렇게 싫으면 떠나가면 되지 왜 계속 옆에 앉아 있는 걸까. 난 이이가 정말 많이 신경 쓰이는데.

허공에 시선을 붙박은 상대의 옆얼굴을 눈에 담은 채로 이런저런 생각을 떠올린 송우는 갑자기 륜이 홱 고개를 돌려 자신을 마주 보자 흠칫해 상체를 뒤로 뺐다.

"누구한테 맞은 거지?"

한데 되레 그는 제 팔 한 짝을 붙잡더니 앞으로 바싹 끌어당겼다. 나머지 한 손으로 저가 들고 있는 영견을 빼앗아갔다. 그러더니 언니에게 맞은 뺨에 따스한 온기를 풍기는 손끝이 와 닿았다. 휘둥그레진 눈을 한 송우가 떨떠름히 물었다.

"예?"

"누구한테 맞았느냔 말이야? 감히 누가……. 설마 홍가(哄) 계집이…….."

"친언니에게 맞았습니다."

잔뜩 날이 서 사납게 묻는 륜에게 송우는 재빨리 대답했다. 그렇지 않으면 금방이라도 그가 벌컥 화를 낼 것 같아서.

자신의 대답을 듣고 한결 누그러진 륜을, 저의 뺨을 살피는 그를 그녀는 물끄러미 쳐다보았다. 그리 냉랭하게 굴더니 그래도 걱정을 해주는 건가. 궁금증이 몰려들어 묻고 싶었다. '저를 염려해 주시는 건가요?' 라고. 하여 입술을 뗀 송우는 문득 무언가가 잘못되었다는 것을 깨달았다. 지금 이게 무슨 상황인가. 그가 또 자신을 만지고 있는데 부끄러운 줄도 모르고 가만히 있었어.

새빨개지는 얼굴을 느끼며 그녀가 말했다.

"예호, 손을……."

흰 뺨에 푸른빛의 멍이 새겨져 있다는 사실을 뒤늦게 인지하자마자 화가 치솟아 정신없이 송우의 얼굴에 새겨진 맞은 자국을 노려보던 륜은 가녀린 목소리가 날아들어서야 퍼뜩 정신을 차렸다.

"아, 미안. 아니, 미안합니다."

다급히 손을 거두고 상체를 쭉 편 그는 미친 짓을 저지른 스스로의 오른손을 찢어발길 듯 노려보았다. 누구를 만진 건가. 저 여자가 누구인데. 왕자의, 아니, 종내에는 '왕의 여자'가 될 이인데.

"저를 걱정해 주신 거지요. 감사합니다. 이리 저를 생각해 주시니 제게 화나셨던 마음이 풀어졌다 보아도 될까요?"

흘끗 송우를 쳐다본 륜이 퉁명스럽게 답했다.

"누가 화가 났었다고. 언니란 작자가 왈패라도 됩니까? 여동생 뺨을 어찌 그리 만들어놓았답니까. 때릴 곳이……."

푸른 손자국이 시야에 들어올 때마다 자꾸만 역정이 치솟았다. 속이 쓰렸다. 하여 저도 모르게 쏘아붙이던 륜은 뒤늦게 입을 다물었다. 미쳤는지 통제가 안 됐다, 통제가. 의도하지 않는 이상 그 누구에게든 이런 모습을 보이지 않았는데, 그런데 유송우의 앞에선 그것이 뜻대로 되지 않았다.

'때릴 곳이 어디 있다고.'

아마 그 말을 끝까지 했더라면 이번에는 제 입을 찢고 싶은 충동이 솟구쳤을 터이다.

✳

"언니란 작자가 왈패라도 됩니까? 여동생 뺨을 어찌 그리 만들어놓았답니까. 때릴 곳이……."

그 뒷말은 듣지 못했지만 얼추 예상이 갔다. 때릴 곳이 어디 있냐는 그 비슷한 말이었을 것이다.

"저는 괜찮은걸요."

저렇게 심각하게 굳은 얼굴을 한 채 나를 걱정해 주는 걸 보면 정말로 내가 싫지 않은 듯하다. 그러한 생각이 들자 왜인지 기분이 좋았다. 하여 송우는 괜찮다 말한 자신을 내려다보는 륜에게 빙긋 웃어 보였다. 한데 방금 전까지 저를 걱정해 주었다는 사실을 믿을 수 없게 그는 웃어 보이는 제게서 매정히 고개를 돌렸다. 덕분에 나아졌던 기분이 추락했음은 물론이요, 억울했다. 차갑게 굴었다가 별안간 맞은 자신을 끔찍이 걱정하더니 이제는 다시 또 외면해. 게다가 무안하게 사람이 웃어 보이는데 어쩜 그렇게 매정하게 고개를 돌려?

감정 기복이 심한 언니의 밑에서 스무 해를 사는 동안 그녀가 변화무쌍하고 제멋대로 군다고 서운한 적이 없었다. 그런데 지금만큼은 속이 말이 아니었다. 그리하여 입을 꾹 다물고 있는데 상대 역시 아무 말이 없다. 대체 이 상황이란 무엇일까. 대화 한 줄 없이 둘 모두 자리만 지키고 있는. 예는 제 처소이니 저가 가만히 있는 것은 당연하다 쳐도, 하면 예호는 왜 안 가? 어찌 계속해서 옆에 바싹 붙어 앉아 있어?

어색한 정적만이 계속되는 차, 말없이 자리에서 일어서 처소 안으로 들어가는 것은 정녕 예의가 아닌 듯해 송우는 대신 대청을 돌아보았다. 게 있을 다른 누군가에게 도움을 청하듯. 하나 안타깝게도 륜을 피해 물러났던 구창은 너무나 편안히 대청에 드러누워 잠을 자고 있었다. 그는 즉 남은 선택지는 하나뿐이라는 의미이기에 송우는 찬찬히 입술을 떼었다.

"아버님과는 무슨 연고이신……."

"송우 아가씨!"

어쩔 수 없이 손님인 이에게 굽히고 들어가 질문을 던지는 참, 꾀꼬리같이 얇은 목소리가 날아들었다.

"비야."

마치 오랜 가뭄 끝에 내리는 감우처럼 비가 반갑게만 느껴져 송우는 제 곁에 스리슬쩍 앉는 여아에게 활짝 웃어 보였다.

눈치가 빠른 비는 으레 사저의 권솔이 아닌 이가 있는 자리에서 결코 지금처럼 행동하지 않았다. 그러나 낯선 방문자가 존재하는데도 이리 곁에 와 앉는 것을 보면 여아는 주변의 두 사내가 양반일 거라 판단하지 않은 게 분명했다. 하기야 대청 위에서 누워 자고 있는 구창과 다리를 꼬고 앉은 채 반대편만 바라보고 있는 예호는 사대부라기에 그 태도가 자유분방했으니 어린 소녀가 그리 판단한 것은 무리가 아니었다. 그럼에도 간간이 눈치를 보는 비를 안심시키려 송우는 다정히 말했다.

"예호께서 무어라 하지 않으실 테니 앉아 있어도 된단다, 비야. 나랑 담소 나누어. 서나 언니는?"

"혼나셔요."

"……."

"보여 드릴까요, 아가씨?"

벌떡 자리에서 일어선 비가 누군가의 흉내를 내기 시작했다.

"네 대체 언제쯤이면 철이 들려는 게냐! 어찌 겁도 없이 대군께 손을 대? 그 같은 무례를 주상 전하와 중궁께서 묵과하실 듯싶으냐! 어이하여 그토록 생각이 없어! 게다가 홀몸도 아니고 아이까지 밴 몸으로 거친 언사를 입에 담다니, 새로 태어날 아이가 울기도 전에 너를 닮아 욕설부터 내뱉겠구나! 라고 하셨어요. 그리고 지금도 대감께서는 큰아가씨를 혼내고 계시고, 마님께서는 대감을 말리시고, 그리고 서나 아가씨께서는 두 손을 이렇게 머리 위로 치켜들고 계세요. 그래도 지난번이랑 달리 무릎은 아니 꿇으셨어요. 아이를 가지셔서.”

심각한 상황인데도 불구, 너무나 똑같이 부친의 흉내를 내보이는 비가 재미나 소리 없이 웃던 것도 잠시, 크나큰 걱정이 물밀 듯이 몰려들어 송우의 미간이 구겨졌다. 듣자 하니 중궁의 성정이 서나 언니만큼이나 불같다는데 그분의 아드님인 대군께 손찌검을 하였으니 이를 어찌한담. 게다가 중궁의 성정을 제외하고도 대군에게 손을 댄 것은 용서받기 어려운 불경죄가 아닌가.

“정말 큰일인데. 이러다 만약⋯⋯.”

혼잣말로 걱정스럽게 되뇌던 송우는 내리 반대편을 보고 있던 륜이 자신을 주시하고 있는 것을 눈치챘다.

“송구합니다. 아무 말씀을 아니 하시기에 내빈을 곁에 두고 실례를 범하였어요.”

아직 서운함이 가시지 않았지만 옆에 있는 그를 챙기지 않은 것이 그다지 잘한 행동이라 볼 수는 없어서 사과를 한 그녀는 가만히 륜을 지켜보았다. 당연지사 또 반대편으로 고개를 돌리거나, 혹은 말없이 휙 가버릴 줄 알았던 그의 입술이 천천히 열렸다. 하여 놀라우면서 무슨 말을 하려나 싶어 절로 기대가 되었다.

“노비가 건방지군요.”

“예?”

“짐승만도 못한 노비 주제에 주인과 함께 앉지 않나, 병판 대감의 흉내를 내지 않나. 안중무인인 계집을 죽여도 모자랄 것을 무엇이 어여쁘다 그리 웃어줍니까?"

"……."

어찌 저리 말하는가. 안중무인인 노비이니 죽여도 모자란다니. 눈도 깜빡 않고 태연하게 말하기에는 참으로 잔혹한 언사였다.

진(振)이 건국되기도 전, 머나먼 과거부터 뿌리박힌 계급제도는 참으로 견고했다. 하여 계급이 낮은 이들은 천대받는 것을 너무도 당연히 생각하면서 한편으로 그 설움을 저들보다 낮은 이들에게 풀었다. 양반은 중인을 무시하고, 중인은 그 설움을 상민에게 풀고, 상민은 다시 천인을 무시했다. 심지어 천인이라는 계급 내에서도 노비는 광대를 무시하고 광대는 백정을 무시한다 하니 몹쓸 관습은 오히려 더욱 철저히 배운다는 좋은 예(例)였다. 그러나 양친에게 모든 사람이란 귀한 존재라 배웠으니 송우는 계급을 따져 천차만별로 차별하는 것이 마음에 들지 않았다.

대청 위에서 누워 자고 있는 커다란 사내는 거친 어투나 무명옷의 차림새를 보건대 그 신분이 평민 이상이지 않을 터였다. 그런 그의 어깨에 짊어져 오고 막역하게 지내는 듯해 예호가 신분의 귀천 따위에 목을 매는 고리타분하고 딱딱한 이는 아닐 거라 예상했거늘 방금 전의 언사를 되새길 때 그것은 자신의 커다란 착각이 분명했다.

그리 생각이 들자 마음이 좋지 않은 것을 넘어 어쩐지 실망스러웠다. 더군다나 하얗게 질린 채 얼어 있는 여비가 안쓰러웠다. '짐승만도 못하다, 죽여도 모자라다' 그 같은 위어를 겨우 열넷의 소녀가 들었으니 두려워하는 게 당연했다. 이제는 가늘게 떨기 시작하는 비를 끌어당겨 감싸 안은 송우의 얼굴이 딱딱하게 굳었다. 잘

해주었다가 못 해주었다가, 걱정을 해주더니 돌연 차갑게 외면을 한, 그녀를 뒤흔든 륜에게 더는 서운하지 않았다. 서운함 따위가 아닌 화가 났다. 실망스러웠다.

"말씀이 심하십니다. 대청 위에서 잠들어 계신 저분께서도 무시를 받으려면 충분히 받을 수 있는 신분으로 보이는데, 그런 분과 막역히 지내시는 예호께선 어찌 아이가 천인이라 경시하십니까?"

"누가 무식하고 살만 찐 저 황가 놈과 막역히 지낸단 말입니까. 신분의 상하가 뚜렷해 같은 사람이라도 그 귀천이 분명한데 어찌 저런 놈과 허물없이 지낼까 봐. 착각 한번 크게 하셨습니다. 제 걱정 마시고 저 천한 노비 계집에게 위계질서나 명확히 세우십시오."

날카로이 내뱉어진 말은 권고가 아닌 훈수였다. 그것을 소리 내는 사내의 태도가 거만하기 짝이 없다. 분해서인가, 아니면 무엇인지 모르겠는 다른 이유 때문인가. 뜨거워지는 눈시울을 애써 참은 송우는 비의 손을 꽉 그러쥔 채 자리에서 일어섰다.

"제가 사람을 잘못 보았습니다. 까칠하게 구신다 한들 따뜻한 면이 없지 않은 분일 수도 있을 거라 생각하던 참이었는데…… 이토록 편협한 분일 거라 미처 생각지 못했는데……. 결코 아버님과 가까운 분은 아닐 거라 사료되지만 어쨌든 아버님이 계신 사랑채는 이곳이 아니니 물러가 주시어요. 다시는 별당에서 뵙는 일이 없으면 좋겠습니다."

비를 데리고 별당의 안으로 향하던 송우는 돌연 우뚝 멈추어 섰다. 륜에게 향한 화를 참기 어려웠다. 저런 이를, 저리 못난 이를 그토록 신경 썼단 말인가. 제 걱정을 해준다 한순간이나마 고마워하고,

"누가 화가 났었다고. 언니란 작자가 왈패라도 됩니까? 여동생 뺨을 어찌 그리 만들어놓았답니까. 때릴 곳이……."

그 말을 듣고선 기뻐하기까지 했어. 저렇게나 못된 사내인데.

"감히 말씀드리는데, 예호께서는 구창이라는 이분께 둘러메져 다니지 마십시오. 신분이 얼마나 높은 줄은 알지 못하나 참으로 체통 없고 못나 보이셨습니다."

붉은 얼굴을 한 채 다부지게 쏘아붙인 송우는 다시 비를 잡아끌었다. 그러나 대청 위에 올라서자마자 더는 두 발을 옮길 수 없었다.

"소, 송우 아가씨, 저분이 아가씨를……."

"……."

어린 소녀와 맞닿은 제 것은 오른손이거늘 뜨거운 온기가 왼 손목을 가득 채웠다. 불안한 기색을 숨기지 못한 채 동그래진 눈으로 자신과 뒤편을 번갈아 바라보는 여종을 확인한 송우는 뒤를 돌아보았다. 오늘로 두 번째 제 왼 손목을 움켜쥔 륜의 서늘한 시선을 마주하자 그의 기에 압도당하는 기분이 들었다. 그러나 긴장한 속내를 표내지 않으려 애쓴 송우는 차분히 말했다.

"놓으십시오."

"제가 잘못했습니다."

전혀 기대치 못하게 불쑥 사과를 하는 륜에 당황한 송우의 눈동자가 흔들렸다.

"무어라 하셨습니까?"

"내가 잘못했다고."

"……."

같은 이가 맞는가. 번뜩이는 눈빛으로 위계질서를 운운하던 그가 순순히 잘못했다 되뇌는 앞의 사내와 동일인이 맞는지 헷갈렸다. 진심으로 이토록 변화무쌍한 이는 난생처음이며, 그런 그가 당혹스럽다 못해 경이로웠다. 심지어는 그가 저를 놀리느라 사과를 하는 척하는 건가 싶을 정도였다.

"지금 저를 놀리시는 것입니까?"

"아니."

"······."

"진심으로 말하건대, 나는 낭자를 놀리려는 뜻을 가지고 있지 않습니다. 다만 확인하고 싶었을 뿐이지."

"무엇을······."

"이름은 건륜, 나이는 스물넷."

과감히 송우의 말을 자른 륜이 말을 이었다.

"지난날 차 한 잔 대접해 달라 했던 청은 들어줄 필요 없으니 대신 수어지교(水魚之交)나 되어주십시오."

조금 전까지 모진 언사를 쏟아내더니 대번에 바뀌어 친밀해지고 싶다? 정녕 종잡을 수가 없는 륜을 내려다보는 송우의 입술 사이로 소리 없는 탄식이 새어 나왔다.

✱

처소 한편에 우두커니 선 현양은 보료 위에 엎드려 누운 이를 뚫어져라 노려보았다. 이곳은 분명 제 처소이건만 며칠간 걸핏하면 찾아와 상석을 차지하는 누군가 때문에 안락함을 느끼기는커녕 좌불안석이 따로 없었다. 안절부절못하던 그는 스리슬쩍 엎드린 이에게 다가갔다.

"안 가십니까?"

주저하다 물었거늘 답이 돌아오지 않았다.

기회가 된다면 한 번쯤은 실컷 패주고 싶은 이가 수찬이다. 한데 그런 자와 한 공간에, 그것도 자신의 처소에 함께 있고 싶을 리가 만무하니 표는 내지 못하더라도 울화가 터질 듯했다. 대체 왜 저 왕자는 근래 들어 이전보다 더욱 번질나게 얼굴을 들이미는가. 궁밖 출입이 금지돼 심심해서 자신을 괴롭히려 찾아온다기에는 이상한 면이 없지 않았다. 왜냐하면 매번 찾아와서 하는 일이라곤 지금처럼 보료 위에 멍하니 누워 가끔씩 한숨을 푹푹 내쉬는 게 다니까.

"안 가시냐고요."

"시끄러워!"

꽥 소리를 지르며 일어나 앉은 수찬이 장침을 치켜들자 움찔한 현양은 문가로 물러났다. 당장 장침이 날아들 거라 예상한 것과는 달리 원수 같은 이복형제는 그것을 내려놓았다.

"가까이 와봐."

"어찌 부르시는데요."

"와보라고! 확!"

위협적인 손짓에 후다닥 수찬의 곁으로 다가간 현양은 온 인상을 찌푸린 채 그의 곁에 무릎을 꿇고 앉았다. 임금의 아들이 아니었으면 시전의 왈패가 되었을 놈 같으니라고, 속으로 되뇌며.

"현양."

"……."

"대답!"

"예."

대답하기 싫어하는 이에게 답을 하라 강요를 하였으면 재깍 하고자 하는 말을 소리 낼 것이지 대군은 한동안 말이 없었다.

"불러놓고 어찌 아무 말 않으시는데요?"

"내가 그렇게 못났냐?"

"뭐라고요?"

"내가, 임금의 아들, 그것도 대군인 내가 여자한테 상병신, 육시랄 놈이란 소리를 듣고 머리를 맞을 만큼 못났냐고."

'어찌 당연한 걸 묻냐' 라고 답을 하고 싶었다. 그러나 그리 말했다가는 당장 몽둥이질을 당할 듯해 현양은 침묵을 택했다. 아니란 말은 당최 입 밖으로 나오지 않았기에.

현양의 침묵이 의미하는 바를 눈치챈 수찬은 잔뜩 얼굴을 일그러뜨렸다.

"이런 씨! 이놈이!"

"아드님!"

치솟는 화를 참지 못해 현양에게 발을 뻗던 수찬은 문가를 돌아보았다. 경악하여 날아드는 발을 쳐다보던 현양 역시 고개를 돌렸다. 쾅 하는 소리와 함께 열린 문 틈새로 들어선 이를 확인한 그는 이번에는 진정 싫은 내색을 숨기지 못했다.

"어마마마!"

"중전마마, 오셨습니까."

깍듯이 예를 갖춰 일어서는 현양이 없는 이라는 듯 무시한 중전 서씨는 보료 위에 앉은 막내아들의 곁에 다가와 자리했다.

"아, 아! 어마마마! 어찌 이러십니까?"

턱을 휘어잡는 모친의 손길을 피하려 버둥거리는 수찬이었지만 우악스러운 손길은 거두어지지 않았다. 푸른빛에서 노란빛으로 변한 혈음을 치켜뜬 눈으로 노려보며 중전이 말했다.

"아드님, 어찌 말씀을 아니 하십니까? 감히 누가 겁도 없이 왕자께 손찌검을 했는지 알려주세요! 대체 뉘이기에 숨기십니까!"

날카롭고 뾰족한 목소리에서 노여움이 묻어 나왔다. 어깨를 움찔한 현양은 중궁과 대군의 눈치를 번갈아 살폈다. 말을 할까? 하겠지. 그 믿을 수 없는 날로부터 지금까지 삼 일이 지나도록 대군은 중궁의 닦달에도 불구하고 이상하리만치 조용했다. 그렇지만 그도 이제 끝이었다. 방정맞은 수찬은 모든 것을 이를 테고, 그러면⋯⋯.

아이를 가졌는데. 걱정스럽기 짝이 없어 현양은 기다란 한숨을 내쉬었다.

"아드님, 대체 누구입니까? 현양, 그날 너와 함께 출궁하시지 않았더냐! 도대체 누가 이토록 끔찍한 불경을 저질렀는지 너는 알고 있겠지! 불경죄에 얽혀 매질을 당하고 싶지 않다면 당장 털어놓아라! 대체 대군께 망극한 짓거리를 한 놈이 누구냐?"

왜 불화살이 제게 날아오나. 난처한 기색을 숨기지 못한 현양은 다시 한 번 재촉하는 중궁과 대군을 불안히 쳐다보았다. 감히 왕후께 거짓을 고할 수 없음에 당혹스럽기 짝이 없었다.

"그것이⋯⋯."

"어마마마!"

머뭇거리던 현양이 한참 만에 입술을 떼는 순간 벼락같은 외침이 울렸다.

"아드님, 이제야 말씀하실 요량입니까? 어서 어미에게 말씀해 보세요. 어미는 감히 막내아드님께 이런 짓을 한 그이를 용서하지 않을 겁니다. 오장육부를 뒤집어 죽음을 면치 못하도록 할 것이에요."

"주, 중전마마, 그분은 작금 아이를……."

"그만하십시오! 어마마마!"

현양은 휘둥그레진 눈으로 수찬을 쳐다보았다. 미친 겐가? 그만 하라니? 그것은 전혀 망나니 수찬에게서 기대한 반응이 아니었다.

"무어라? 아드님, 대체 어찌 이러십니까? 어찌 죽여도 시원찮을 작자를 감싸시냔 말입니다!"

"어마마마는 창피하게! 소자……."

버럭 외친 수찬의 눈앞에 욕지거리를 내뱉던 무시무시한 여인이 떠올랐다. 그리고 그 뒤를 이어 자신의 앞을 가로막던 청초한 여인 이 아른거렸다. 저 대신 뺨을 맞아준 여자. 무능력한 진염에겐 턱없 이 아까운 여자. 갑자기 그 여자의 손길이 닿았던 귓가가 뜨거웠다.

"에이 씨! 사내대장부로 태어나서 주먹질을 할 수도 있는 거지, 어마마마께선 창피하게 벌써 며칠째 유난이십니까?"

"아, 아드님!"

생전 처음 있는 일에 놀란 어미의 두 눈이 휘둥그레지는데도 자 리에서 벌떡 일어난 대군은 문가를 향해 성큼성큼 다가갔다. 그러 나 돌연 멈춰 선 그는 현양을 돌아보았다. 이대로 홀로 바깥으로 나 간다면 필시 모친은 현양을 붙잡고 닦달을 할 테고, 그리되면 결국 왕자군은 토설을 할 수밖에 없을 터였다.

"뭐 하느냐, 뒤따르지 않고?"

"예? 아, 예예."

"아드님! 어디를 가십니까! 어미에게 말씀을 하시라니까요!"

여인의 것이라기에는 믿기지 않을 정도로 커다란 외침이 등 뒤 로 날아와 꽂혔다. 그러나 이복형제의 팔을 꽉 붙잡은 수찬은 뒤 한 번 돌아보지 않고 현궁을 벗어났다.

"어찌 아니 말씀하셨습니까?"

"그럼 여자한테 욕 얻어먹고 처맞았다고 쪼르르 고자질이라도 할까? 상병신처럼? 육시랄 놈처럼? 그래서 임부를 곤장이라도 맞게 해?"

"……."

원래 그랬으면서. 그 말을 꾹 삼킨 현양은 앞서 가는 이의 뒤통수를 흘겨보았다. 문득 그는 의아하다는 양 눈살을 찌푸렸다. 화가 났나? 설핏 보이는 이복형제의 귀가 새빨갰다. 자세히 살펴보니 귀뿐 아니라 목이며 얼굴에도 붉은 기가 가득했다.

"현양."

"왜요."

"그 유송우라는 여자 말이야."

"형수님이요?"

"형수는 무슨, 아직 혼례도 안 치렀는데. 엎어질지 어찌 알아?"

뒤돌아 자신을 노려보는 수찬을 마주한 현양의 미간이 잔뜩 구겨졌다. 혼례식까지 얼마 남지 않았거늘 생뚱맞고 불길한 언사였다.

"아무리 생각해도 그 여자가 불쌍해."

"무슨 말씀이십니까?"

"진염 같은 머저리의 부인이 되기에는 불쌍하다고. 안 되겠다! 아바마마께 가야겠어!"

부왕께 가서 무얼 어찌하려고? 설마 하는 불길한 생각이 들어 현양은 앞서 걷는 수찬의 뒤를 쫓기 시작했다. 대체 이 철 없고 제멋대로인 인사가 왜 이러는지 이해가 가지 않았다.

"어찌 그러십니까? 부왕께 가 무엇을 어찌하시려고요?"

"그 여자가 아깝다니까! 너는 그런 여자가, 육시랄 놈 같은 진염과 한평생을 함께했으면 좋겠냐? 불쌍하지도 않아?"

육시랄 놈? 본인이 들은 욕설을 어찌 진양군에게 미루는가. 아무래도 여인에게 못났다, 창피한 줄 알라, 상병신 같은 언사를 들은 대군은 크나큰 충격에 머리가 어찌 된 모양이었다. 저리 오지랖을 부리고 이해할 수 없는 행동거지를 보이는 걸 보면. 이제 와서 추진되는 혼례가 겨우 수찬 땜에 엎어질 일은 없겠으나 그가 무슨 사고라도 칠까 불안해 현양은 초조한 기색을 숨기지 못하고 그의 뒤를 쫓았다.

"어차피 아버님이 돌아가시면 내 소유가 될 노비 계집년, 내가 노리개로 쓰겠다는데 무엇이 문제라고! 양반인 내 승은을 입었으면 오히려 얼씨구나 감사해야 할 것을, 한데 감히 네놈이 나를 관아에 신고하려고 해? 가서 무어라 말하려 했더냐? 내가 노비 년을 겁탈했다, 그리 일러바치려 했어? 이 더러운 쥐새끼 같은 놈! 왜, 네 죽은 어미가 생각나더냐? 아버님 방에 불려와 네놈을 밴 네 어미가 생각나 불쌍했어? 아니면 같은 처지라 노비 연놈들끼리 동병상련해 오지랖을 떨고 싶더냐? 이 건방진 놈, 먹여주고 재워줬더니 감사한 줄 모르고!"

쉴 새 없이 몽둥이질과 발길질이 내리박혔다. 최대한 몸을 웅크렸음에도 팔, 다리, 배, 등허리로 온몸이 아팠다. 이러다간 정말로 뼈가 끊어지거나 뱃속 내장이 터질 듯해 젖 먹던 힘을 다해 늘어지는 몸을 한 바퀴 구른 륜은 벌떡 자리에서 일어섰다.

"얼씨구! 피해? 이 새끼가 주인이 매질을 하는데 감히 피해?"

"역겨운 새끼."

"뭐?"

애써 매질을 피해놓고 당장 도망을 놓아도 모자를 판에 륜은 그 앳된 얼굴에 전혀 어울리지 않게 사납게 내뱉었다.

"네놈은 하찮아. 더러워. 모르지, 너한테 구정물 냄새가 난다는 걸. 우리하고는 비교도 되지 않는 고린내가 나. 네 어미한테도, 아비한테도."

"이 새끼가 진짜 돌았나!"

다시 매질이 날아들었다. 둔탁한 몽둥이가 팔이며 어깨, 다리를 후려쳤다. 그러나 무슨 오기가 생긴 겐지 륜은 땅에 쓰러진 채로 꼼짝 않고 구타를 받아냈다.

"아이고, 도련님! 도련님, 왜 또 이러십니까! 용서해 주십시오, 제발!"

"꺼져! 누굴 붙잡아!"

제발 이러시지 말라, 용서해 달라 애원하는 익숙한 목소리가 반복적으로 귀청을 찔렀다. 피멍이 들고 퉁퉁 부어 늘어진 눈꺼풀에 반쯤 가려진 륜의 눈동자로 이복형 건희명의 바짓가랑이를 붙잡고 매달린 아비가 보였다.

"륜아, 도망가! 빨리 도망가!"

그러면 아버지는? 내가 도망가면 아버지가 대신 맞을 텐데 어떻게 그래. 벌린 입술 새로 그 말소리 대신 끅끅거리는 신음이 새어 나왔다. 그러나 아비는 마치 저가 무슨 말을 하려 했는지 안다는 듯 소리쳤다.

"나는 괜찮으니까 어서 도망가! 도련님 많이 화나셨어!"

"두 짐승 놈이 쌍으로 미쳤나! 더럽게 누구 다리를 붙잡아, 이 새끼가!"

도망가라. 어서……. 하염없이 그 말만을 되뇌는, 안간힘을 다해 이복형을 말리는 아비를 고생시키고 싶지 않았다.

이리 땅에 나동그라져 있으면 아비는 계속해서 형의 발길질과 몽둥이질을 받아야 할 테지. 그러니까 조금이라도 더 빨리 도망쳐야 해.

경련이 일고 욱신거리는 몸을 이를 악물어 일으킨 륜이 뒤돌아섰다. 그러나 굳은 다리를 움직여 가던 소년은 돌연 마음을 바꿔 아비를 때리는 형에게 다가갔다. 근처에 놓인 제 주먹보다 조금 더 큰 돌덩이를 집어 든 륜은 젖 먹던 힘을 다해 몽둥이를 든 희명의 손을 내려쳤다.

"아악! 이 쌍놈이!"

땅에 떨어져 흙먼지를 일으키는 몽둥이를 집어 든 륜이 냅다 달리기 시작했다. 이제 아비를 때리지 못하겠지. 홧김에 몇 번 더 발길질을 하다 멈추겠지. 그 같은 생각에 아주 조금 마음이 가벼워진 순간, 털썩 묵직한 무언가가 쓰러지는 소리가 들렸다. 왜인지 엄청난 공포를 느끼며 멈춰 선 륜은 뒤를 돌아보았다. 그리 하자 눈에 들어온 풍경. 저가 사용했던 돌을 들고 있는 이복형, 땅에 쓰러진 아비, 형의 손에 들린 돌과 아비의 머리가 놓인 땅에 번져 가는 붉은 피.

"아, 아버지."

소년의 입술 새로 공포에 절은 가냘픈 목소리가 흘러나왔다.

✳

슬며시 눈을 뜬 륜의 눈동자에는 졸음기보다 서늘함이 감돌았다. 기분이 상당히 좋지 않았다. 실컷 주침을 들었거늘 이해할 수 없는 일이다. 무언가 싫은 꿈을 꾼 듯싶지만 기억이 나지 않는다. 삼 일 전 밑에 둔 수하 서넛이 술에 취해 싸움박질을 한 일은 더 이상 신경 쓰지 않는데. 그럼 대체 왜 이렇게 기분이 좋지 않을까. 혹여 귓가에 울리는 커다란 발소리 때문인가.

"형님! 륜이 형님!"

"……뭐야?"

천천히 일어나 앉은 그는 형형히 빛나는 안광을 이제 막 처소 내로 들어선 구창에게 붙박았다. 그렇지 않아도 걱정 가득한 안색을 숨기지 못하던 구창은 결코 좋지 않은 륜의 상태를 눈치채고 우뚝 멈춰 섰다.

"무엇이냐 물었어."

"그게……."

"짜증 나는군."

툭 내뱉어진 한마디에 움찔한 구창이 조심스럽게 말을 이었다.

"고리대금업자 놈들 중 박가 놈 있잖소. 그놈이…… 지난번 형님이 분명 경고를 했는데 또 노비 매매를 했다오."

"……."

구창에게서 시선을 뗀 륜은 뒤늦게 몽롱한 두 눈을 깜빡였다.

고리대금을 하는 박창이란 자는 상당히 악랄한 자였다. 애초에 북저에서 빌어먹고 사는 이들 중 그렇지 않은 이가 있겠느냐마는, 어쨌든 박창은 가난한 상민, 주로 농민들에게 대금을 꿔주고 비싼

값의 이자를 매겼다. 여기까지는 다른 전주들과 크게 다르지 않으나, 다른 점은 높은 이자율에 허덕이며 원금을 갚지 못하는 농민들을 노비로 전락시켜 매매를 한다는 것이다. 이런 식으로 노비가 된 이들을 파는 게 오히려 이익이 더 많이 남을 때가 많아 박창은 애초부터 노비로 전락시킬 속셈을 가지고 대금을 꿔주는 경우가 허다했다.

"어디 있어?"

"지하에 가둬놨소. 방금 전까지 두들겨 패긴 했지만 정신을 잃지는 않았을 거요."

"……."

멍하니 머리를 긁적인 륜은 침상 곁의 탁자 위에 올려져 있는 날카로운 단도로 시선을 돌렸다. 꼭 사람의 눈알같이 보이는 커다란 허연 진주들이 손잡이에 덕지덕지 박혀 있는 칼을 집어 든 그가 구창을 스쳐 지나갔다.

"형님, 내 그놈 다리몽둥이가 부러지기 전까지 족쳐 놓았으니 앞으로는 절대 형님 명 거스를 생각 못 할 거요. 그러니까…… 적당히해도 될 것 같아."

눈치를 살피며 말한 구창에게 아무 대꾸를 하지 않은 륜은 평소에는 걸쇠로 잠가놓는 일 층의 검은 빛깔 문을 열어젖히고 느긋이 목계를 내려갔다. 어스름한 곳에 들어서자마자 퀴퀴하고 비릿한 피냄새가 후각을 자극했다. 축축한 습기가 아무것도 걸치지 않은 그의 상체에 달라붙었다.

"노비놀이 하지 말라 했잖아."

차갑고 더러운 지하 바닥에 무릎을 꿇고 있는 사내의 앞에 멈춰선 륜이 말했다. 천천히 고개를 드는 이는 열 손가락 가득 옥이며

금, 은으로 만들어진 값비싼 반지를 끼고 휘황찬란한 비단옷을 입고 있었으나 잔뜩 얻어터진 듯 한쪽 눈두덩이 피멍이 들어 푸르렀고 터진 입가에 피가 굳어 있었다.

"왜 말을 안 들어?"

"네, 네놈이 무슨 상관이야! 애초에 난 너같이 머리에 피도 안 마른 왈패 새끼가 저자에서 활개 치는 게 마음에 안 들었어!"

"이놈이 덜 처맞았나! 감히 누구한테 그따위로 말을 해?"

다시 박창을 짓밟으려 하는 구창과 주변에 선 대여섯의 사내를 제지한 륜은 멀거니 전주를 내려다보았다.

"그러지 말고 다 같이 잘살자. 네 아가리에만 좋다는 거 다 쑤셔 넣지 말고."

"다, 다 같이는 무슨 얼어죽을 다 같이! 듣자 하니 네놈이 실은 노비라는 소문이 있던데, 그래서 날 방해하는 거면 당장 그만두는 게 좋을 거야. 하찮은 놈이 상민인 나를 해하려 한 죄로 관아에 끌려가 장형을 당하고 싶은 게 아니라면 지금 당장 나를 풀어. 그, 그리고 앞으로는 저자가 네놈 거라는 것처럼 활개 치지 마. 카악, 퉤!"

"이 우라질 새끼가!"

"물러서."

아마도 박창은 그간 간섭을 당한 거며 고리대로 모은 금은보화의 일정량을 다달이 갖다 바친 것에 단단히 성이 나 있던 모양이다. 고리대금업자가 뱉은 침이 묻어 있는 바지 끝단을 흘끗 내려다본 륜이 고개를 들었다.

"그래 봤자 상민이면서 누가 보면 임금이라도 납신 줄 알겠네. 노비문서에 인장(印章)을 찍었어야 할 텐데, 네놈은 가진 게 원체 많으니 상관없지만 하루 벌어먹기도 힘든 백성들은?"

어찌 보면 참으로 생뚱맞은 질문이다. 갑작스럽게 노비문서에 대해 묻는 것도 모자라 인장을 무엇으로 찍었냐니. 어이가 없다는 표정을 지어 보인 박창이 욕지거리를 내뱉었다.

"미친놈, 어디가 모자라거나 돌거나 둘 중 하나라더니 지금 이 상황에 그딴 게 궁금하더냐? 그러고 보면 천치인 게 분명해. 지장 찍을 생각도 못 하는 걸 보면. 병신 같은 새끼!"

"손가락으로?"

"헛소리 집어치우고 당장 나를 내보내. 그렇지 않아도 우리 고리 대 전주들이 네놈한테 불만이 이만저만이 아니니 더 이상 참고 있지만은 않을 거다. 하찮은 시정잡배 따위가 감히 우리한테……."

잔뜩 열이 받아 붉어진 얼굴로 쏘아붙이던 박창은 입을 꾹 다물었다. 스윽 하는 소리와 함께 하나두울 차갑고 더러운 돌바닥 위로 기다랗고 얇은 자국이 새겨져 갔다. 그것을 만드는, 왜인지 섬뜩해 보이는 진주로 치장된 날 선 단도를 긴장하여 쳐다보던 박창은 자신의 바로 옆에 쪼그려 앉은 륜에게 말했다.

"이, 이 이상 내가 다치면 나머지 고리대 전주들이 네놈을 가만 두지 않을 테니 허튼수작 부리지 않는 게 조, 좋을 거야."

"손가락…… 손가락이라……. 정확하게 내가 원하던 대답이야. 네놈 거 잘 봐둬. 내일이면 썩어 문드러지기 시작할 테니까."

"뭐?"

돌바닥을 긁는 행위를 멈춘 륜은 하얗게 질린 박창의 손가락에 끼어 있는 금반지를 단도 끝으로 두드렸다. 톡톡 하는 청아한 소리가 울렸다.

"목도장 하나 만들 수 없을 만큼 가난한 놈들은 대금을 못 갚겠

으니 대신 노비가 되겠다, 네놈이 내민 노비문서에 지장을 찍는
데.”

“…….”

“멋지네. 열 손가락 가득 값비싼 반지를 끼고 있고.”

“무식하고 할 줄 아는 거 없는 놈들이 몸으로 때우는 게 당연
한…… 헉!”

어둠 속에서 냉담히 빛나는 륜의 두 눈이 두려웠지만 애써 마음
을 다잡아 맞받아치던 박창이 커다란 숨을 들이쉬었다. 돌바닥을
짚은 손바닥이 서늘한 것이야 이상한 일이 아니었다. 그렇지만 어
쩐 일인지 손가락 위쪽에도 냉기가 돌았다. 재빨리 고개를 숙인 그
는 자신의 네 손가락 위를 가로지르는 날 선 칼날을 발견했다.

“무, 무슨…….”

“그래, 그건 당연한 거야. 그런데 난 그냥 샘이 나. 네놈 열 손가
락이 휘황찬란한 게 너무 멋져서.”

“헉…… 으, 으악!”

끔찍한 비명 소리가 지하를 가득 메워갔다. 비릿한 피 내음이 더
더욱 선명해졌다. 버둥거리며 자신의 어깨를 밀쳐 내는 박창에게
굴하지 않은 륜은 겁박한 그의 오른 손목을 더욱 세게 움켜쥐었다.

“요, 용서해 주십시오! 잘못했습니다!”

“아니. 싫어.”

무덤덤하게 답한 륜은 삽시간에 고리대금업자의 오른쪽 네 손가
락을 잘라냈다. 하나 남은 엄지손가락마저 떨어져 나가는 순간 다
시 박창의 찢어질 듯한 비명 소리가 울려 퍼졌다. 더욱 거세게 몸부
림치는 그의 위를 깔고 앉은 구창은 참혹한 광경을 마주할 수 없어
반대편으로 고개를 돌렸다.

낭자한 붉은 선혈과 하나하나 분해된 갖가지 모양의 반지들이 끼워진 자신의 다섯 손가락을 내려다보는 고리대금업자의 얼굴 가득 공포가 차올랐다. 헤 벌어진 입으로 거친 호흡과 신음이 끊이지 않고 새어 나왔다.

"사, 살려줘……."

"살아 있잖아."

눈물을 주르륵 흘리는 박창에게 가볍게 답한 륜이 일어섰다.

"이놈, 남은 왼손 통째로 잘라 하단으로 팔아버려."

"예, 형님. 이놈 새끼가 밑에 거느리고 있는 노비들은 풀어주겠소. 그리고 빚을 갚지 못해 노비로 팔린 상민들은 이놈 재산으로 다시 사들여서 면천시킬 테니 걱정 붙들어 매쇼."

서당 개 삼 년에 풍월을 읊는다 했던가. 기특하기 짝이 없게 무엇을 어찌해야 할지 잘 알고 있는 구창을 흘끗 내려다본 륜은 느릿한 걸음을 옮겼다.

진작 장사를 시작한 객잔이 시끌벅적했다. 객들이 가득 찬 일 층, 이 층, 삼 층을 지나던 그는 갑자기 멈추어 섰다.

이제야 알 것 같았다. 왜 실컷 자고도 이렇게 기분이 더러운지를. 오늘이었다. 수어지교의 혼례식.

이미 해가 저문 지 한참이니 가취지례는 끝이 났을 터. 그렇다면……

하마터면 놓칠 뻔한 단도를 단단히 움켜쥔 륜이 다시 천천히 층계를 올랐다.

✳

본래라면 혼례를 치른 새 신부는 시댁으로 들어가는 것이 관례이나 왕자의 길례에는 그 경우가 달랐다. 왕세자와 왕세손을 제외한 이들은 혼례를 치르면 궁 밖의 사가로 나가야 하는 즉, 신혼살림을 시작할 가택은 저자에서 북동쪽에 위치한 선촌(善村)에 마련되었다.

"왜 하필 선촌이야? 북저자랑 너무 가깝잖아? 찜찜해."

아름아름 타오르는 촉화를 물끄러미 주시하며 송우는 서나의 말을 되새겼다. 언니는 위험하다 명성이 자자한 저자의 북향에서 멀지 않은 선촌에 신가정을 이룬다는 사실을 탐탁지 않아 했고, 잠시나마 그녀의 의견에 동의했지만 지금만큼은 그런 것을 신경 쓸 겨를이 없었다.

다시 긴장이 밀려들었다. 이른 시각부터 이어진 길례가 어찌 진행되었는지 전혀 기억이 나지 않았다. 스스로의 상태를 본다면 친영부터 시작해 동뢰, 부인조현까지 끊이지 않을 것만 같던 기나긴 길례 절차들을 큰 실수 없이 무사히 끝냈다는 사실을 믿을 수 없을 정도였다. 그나마 어렴풋이 기억이 나는 장면은 왕궁에 들러 감히 이제는 시부모가 된 상감과 중궁께 인사를 올렸을 때와 터질 듯이 두근거리는 마음을 안고 마침내 신행(新行)을 가기 위해 신부 가마에 오르던 정도였다. 그리고 신방에 앉아 있는 지금도 눈앞이 캄캄하고 심장이 터질 듯한 것은 매한가지였다. 이토록 떨리는 일이 혼례라면 두 번은 겪지 못할 듯했다.

마음을 가라앉히는 청심원이라도 먹어둘걸. 그 같은 생각과 함께 탄식을 내뱉은 송우는 드르륵 소리를 내며 문이 열리자 휘둥그레져 문가를 바라보았다. 신방 안으로 들어서는 누군가를 확인한 그녀가 다급히 자리에서 일어섰다.

"굳이 일어날 필요 없거늘."

겹겹이 싸인 대례복과 화려하면서 무겁기 짝이 없는 봉관(鳳冠)을 쓴 송우가 그렇지 않아도 긴장한 차에 조급히 일어서기까지 하니 휘청거리는 것이 당연했다. 그런 신부의 양팔을 움켜잡은 염은 옅은 미소를 지어 보였다.

"소, 송구하옵니다."

"송구할 필요까지야."

얼굴이며 낭군에게 잡힌 양팔이 뜨거워 고개를 들지 못한 송우는 커다란 손이 머리에 쓰인 면사를 살짝 움켜쥐자 저도 모르게 염의 손목을 붙잡았다.

"잘못 배우지 않았다면 신랑 되는 이가 거두어주어야 한다고 알고 있는데. 아니면 앞으로 영영 미안을 보여주지 않을 생각이오, 부인?"

"……."

염의 어투와 그녀를 부르는 호칭이 변한 것을 눈치챈 송우의 양 뺨이 붉게 타올랐다. 이제야 혼인을 올렸다는 사실이 실감났다. 하여 더더욱 부끄러운지라 그녀는 입술을 앙다문 채 시선을 바닥에 붙박았다.

"무엇이 이리 복잡하지?"

내리 머리에 쓰여 있던 붉은빛의 면사는 이미 발치에 떨어졌건만 아직까지 낭군의 손길은 제 머리 위 어딘가에 고정되어 있었다. 한 박자 늦게 그가 무엇을 하고 있는지 알아챈 송우가 말했다.

"제가, 소첩이 하겠나이다."

그러나 그리 말하자마자 무겁기만 한 봉관이 거두어졌다. 긴장이 되는 상황에서도 목을 꺾을 것 같던 무게감이 거두어지자 반가웠다.

"하여간에 왕궁의 의례는 필요 이상으로 과하군. 사람 죽일 이딴 것을 난풍(暖風)에도 휘날릴 법한 여인에게 짊어지게 하다니."

중저음의 목소리를 뒤이은 것은 나직한 웃음소리라 송우는 슬며시 염을 올려다보았다. 농이 섞인 언사이다 싶더니 착각이 아닌 듯 그는 작은 미소를 지어 보였다. 그의 그 미소를 어쩐지 마주할 수 없어 그녀는 다시 고개를 숙였다.

"언제까지 이리 서 있을 수 없으니 술 한잔하시겠소, 부인? 나는 상관없지만 눈도 제대로 마주하지 못하는 그대에겐 어려울 테니까. 이대로 잠에 들 것이 아니니."

"······."

그의 말뜻을 이해한 송우는 곰곰이 생각에 잠겼다. 재차 생각해도 맑은 정신으론 초야를 치를 수 없을 듯했다. 지금도 이토록 떨리는데.

"권수해 주실 것이옵니까?"

"원한다면 물론."

짤막히 말한 염은 널따란 소매 안에 감춰진 송우의 손을 붙잡아 원앙금침 위에 끌어 앉혔다. 주안상 위에 놓인 한 개뿐인 잔을 채운 그는 그것을 송우에게 내밀었다.

술잔을 받아 비운 송우의 미간이 구겨졌다.

"표정이 말이 아닌 것을 보아하니 부인의 취향에 부합하지 않는가 보오."

"그저······ 쓰옵니다."

무슨 술인지 알 수 없지만 겨우 비운 그것은 독주인 양 쓰고 떫었다. 본래 술을 즐기지 않는 데다 주량 또한 약한지라 한 잔만 마셨는데도 벌써부터 시야가 어지럽고 몸에 열이 돌았다. 아직 혀끝에 남은 독주의 잔향을 애써 무시한 송우는 비워진 잔을 내밀어 반배했다. 다시 한 번 채워진 술잔을 쉬이 비운 염이 그것을 주안상 위에 내려놓자 탁 하는 청명한 소리가 울렸다. 어쩐지 별것 아닌 그 소리가 의미심장하게 느껴졌다.

"한 잔 더 하시겠소?"

"아니옵니다. 한 잔 더 하시겠는지요."

"아니."

"……."

갑자기 뚝 끊긴 대화를 이을 엄두를 내지 못한 채 촉각만 곤두세우고 있던 송우는 손목을 움켜쥐는 손길에 놀라 움찔하여 염을 올려다보았다. 그러나 놀란 마음을 추스를 새도 없이 목과 뺨에도 커다란 손이 와 닿았다. 바로 앞에 다가온 낭군을 동그래진 눈으로 바라본 그녀는 자신의 입술에 그의 입술이 부드럽게 와 닿자 눈을 감았다. 오늘로써 두 번째로 제 입안 구석구석을 탐하는 염을 민망함을 무릅쓰고 받아들인 송우는 이윽고 부드러운 촉감이 가시고 대례복의 옷고름이 끌러지자 그의 손을 붙잡았다.

"불을 좀……."

낭군의 손끝에서 쉬이 불이 꺼지고 어둠이 찾아왔다. 시야가 흐릿해지니 온몸의 촉각은 더욱 날카롭게 곤두서 겹겹의 옷이 하나둘 떨어져 나가는 것이 생생했다. 한 겹, 두 겹, 세 겹, 하나 남은 속속곳마저 떨어져 나가 완전한 나체가 되자 송우는 고개를 푹 숙이는 걸로 부족해 두 눈을 질끈 감아버렸다.

"염!"

옷가지를 벗고선 저를 밀어 눕혀 위로 올라온 지아비의 단단한 양팔을 붙잡은 송우의 눈동자가 흔들렸다. 잘못 들었나.

"염! 놓아라! 나리, 어디 계시어요!"

잘못 들은 게 아니었다. 떨리는 마음을 주체하지 못해 헛것을 들은 게 아니었다. 낯선 목소리는 분명 지아비의 이름을 외치고 있었다. 그것도 여인의 목소리가.

"평소 하지 않던 짓을 하는군."

"그것이 무슨……."

"우리는 이미 부부라는 것을 잊지 마시오, 부인."

불 한 점 없이 어둠에 잠긴 신방이라고는 하나, 눈앞의 지아비가 어떤 표정을 짓고 있는지 정도는 그럭저럭 인지할 수 있었다. 의미 모를 말을 남긴, 차갑게 굳은 염을 멍하니 올려다본 송우는 제 두 다리 사이에 자리를 잡고 있던 그가 떨어져 나가자 재깍 정신을 차렸다.

"진양군 나리!"

다시 낯선 여인의 목소리가 심야의 적막을 깨뜨렸다. 또 한 번 탁 하는 작은 소리가 울린 후 신방에 남게 된 것은 그녀 혼자였다. 점점 더 커지는 불안을 느끼며 송우는 다급히 옷을 차려입었다.

가늘게 떨리는 두 손으로 겨우 옷고름을 맨 송우는 잰걸음을 놓아 대청으로 나와 섰다. 마찬가지로 대청 위에 서 있는 염의 뒷모습에서 눈을 뗀 그녀는 그의 시선을 따라갔다. 아담한 체구의 여인과 그이의 팔을 붙잡아 끌어 내려 애쓰는 비가 보였다.

"송우 아가씨, 이분이 다짜고짜……."

송우는 울상을 한 채로 되뇌는 비가 아닌 낯선 여인을 자세히 살펴보았다. 붉은 입술이 돋보이는, 오목조목한 이목구비를 가진 고운 여인이었다. 그녀는 지금 분명 웃고 있지 않건만 입꼬리가 살짝 올라가서인가. 화려함을 숨긴 은은한 미소를 입가에 머금고 있는 듯했다.

곁에 선 지아비만을 뚫어져라 올려다보던 그녀가 반짝이는 큰 눈망울을 자신에게 돌려 환한 미소를 지어 보이자 송우는 어쩐지 싸한 기분이 들었다.

"형님, 이리 실제로 만나뵙게 되어 정녕 기쁘옵니다."

"……."

형님. 누군가에게 그리 불린 적이 난생처음이다.

3장 창황(惝怳)

착잡한 기분이 드는 것만은 확실한데 그가 무엇 때문인지 콕 집어낼 수 없었다. 무언가가 잘못되어 가는 듯싶은데 그 시작이 어디인지, 어찌해야 하는지 감이 잡히지 않았다. 무엇이, 어디서부터 잘못된 걸까. 혼례를 치르고 처음 맞는 밤이 여느 신혼부부의 그것과 달랐던 점? 혹은 낯선 여인의 방문? 별다른 설명을 하지 않은 지아비가 그 여인을 데리고 어디론가, 아마 사랑채로 향했던 것? 그도 아니면…….

서안 위에 놓인 서책에서 시선을 뗀 송우는 나른한 햇빛이 쏟아지는 열린 창을 향해 고개를 돌렸다. 바깥의 풍경은 너무나 아리따운데 제 마음은 황폐했다.

"형님, 들어가도 되나요?"

"……그러세요."

기척 없이 열린 문가에 멈춰 서 애교 섞인 미소를 지어 보인 여인이 곧장 사뿐한 태도로 맞은편에 자리했다. 그녀에게 어떤 표정을 내보이고 어떤 대우를 해야 하는가, 길례를 치른 지 삼 일째가 된 지금도 송우는 알지 못했다.

"제게 존대를 하실 필요는 없으셔요, 형님. 서책을 읽고 계시었어요?"

"예."

"내훈(內訓)이네. 염과 나도 서책을 읽다가 만났는데."

"……."

어쩐지 불편하게 들리는 그 말에 송우는 따로 대꾸하지 않았다. 그러나 싱긋 웃어 보인 다련은 아무렇지 않다는 듯 손에 쥔 서책을 다시 서안 위에 올려놓았다.

"지루하지 않으셔요? 저는 요희전을 읽다 염과 만났는데. 그이는 고리타분하지 않아서 금서를 읽는다고 무어라 하지 않을 테니 형님도 내훈 같은 답답한 서책 말고 재미난 걸 읽어보셔요."

노래를 부르는 참새처럼 재잘거리는 다련을 물끄러미 바라보며 송우는 상념에 빠져들었다. 누군가를 앞에 두고 이토록 이상한 기분을 느껴본 적이 처음이다. 아니, 이상하다 하는 표현이 맞긴 할까. 지아비를 버젓이 염이라 칭하고, 그와의 만남이 어떠했는가 설명하는 여인은 시종일관 미소를 띤 낯이거늘 그녀처럼 웃을 수가 없었다. 그녀가 하는 언사들이 불편하고 착잡했으며 불쾌했다.

"염과 저는 사 년 전에 만났어요. 그때 제가 곤경에 처할 뻔했는데……."

"일일이 말씀해 주실 필요는 없습니다."

"기분이 나쁘시어요?"

"그런 건 아니지만 굳이 들을 필요는 없지 않겠습니까."

동그래진 눈으로 자신을 주시하는 다련에게서 고개를 돌린 송우는 허공에 시선을 붙박았다. 그가 예의가 아니라는 것을 잘 알고 있으면서도 자꾸만 표정이 굳으려 해 차마 다련을 바로 마주할 수 없었다.

"그렇긴 하지요. 형님, 감사드려요. 별당을 내어주셔서."

진정 고맙다는 듯 소리 낸 여인이지만 어찌 내어주지 않을 수 있을까. 신혼 초야부터 찾아와 그리 말한 이에게.

"그렇지 않아도 점점 더 배가 불러올 텐데, 혼자서 어찌해야 하나 고민이 이만저만이 아니었어요. 무섭기도 하고. 그런데 염과 형님이 곁에 있으니 마음이 한결 가벼워요."

"……."

"형님, 이 아우, 진양군 나리의 아이를 가졌습니다. 석 달째여요."

난생처음 들은 형님이라는 칭호 탓에 당황스럽던 마음을 추스르지도 않았건만 뒤이은 그 말을 들었을 때에는 진정 둔기에 머리를 맞은 듯했다. 그리고 재차 그 사실을 확인하는 지금도 적응이 되지 않기는 매한가지라 설핏 현기증이 났다.

"혹여 형님께서 저를 반기시지 않으면 어찌할까 많이 걱정했는데 얼마나 감사한지 몰라요."

"인사는 그쯤이면 되었으니 자리를……."

"다련아."

인사는 되었으니 물러가 주면 아니 되겠냐 말을 끝맺기 전 나직한 목소리가 울렸다. 그가 누구의 목소리인지 충분히 짐작이 가 차마 그것이 날아든 방향으로 고개를 돌리고 싶지 않았지만, 천천히 자리에서 일어선 송우는 자꾸만 굳으려 하는 얼굴을 숨기려 애쓰며 문가를 바라보았다.

"오셨습니까."

"염!"

지극히 예를 갖춘 자신과 달랐다. 환한 웃음과 함께 자리에서 일어선 다련이 염에게 팔짱을 끼는 모습을 바라보던 송우는 내리꽂히는 시선을 느껴 그와 눈을 마주했다. 혼례식 당일 이후 처음 마주하는 지아비이다.

"염, 이렇게 일찍 돌아올 줄 몰랐는데."

"군부인과 잠시 할 얘기가 있으니 나가보아라."

"나중에 하는 게 나을 것 같아요. 형님이 몸이 좋지 않으신지 염이 오기 전에 저한테 자리를 비켜달라 말하고 계셨거든요."

배시시 웃어 보이는 다련을 흘끗 내려다본 그의 시선이 다시 자신에게 향하는 것을 눈치챈 송우는 담담히 말했다.

"화선댁의 말이 사실이옵니다. 송구하오나 괘념치 않으신다면 나중에 들도록 하겠습니다."

실은 새빨간 거짓이다. 기분은 좋지 않을망정 몸 상태는 전혀 나쁘지 않았다. 다만 마치 원앙 한 쌍처럼 아름다운 연인의 모습을 조금이라도 더 빨리 보고 싶지 않을 뿐.

"하면 다음에 다시 오도록 하지. 의원은……."

내게 필요한 건 의원이 아니야. 아무리 내가 나중에 듣겠다고 말했던들 당신은 방금 전처럼 쉽게 물러나겠다고 해서는 안 되는 거였어. 끈질기게 남아 이 모든 상황에 대한 설명을 해주어야 해. 그게 바로 나한테 필요한 거라고. 긴긴 말을 대신해 송우가 짤막히 말했다.

"의원을 부를 정도는 아닙니다. 심려치 마셔요."

"하면 쉬시오."

같은 이가 맞는가.

"부디 제게 무관심하지 않기를 바랍니다."

그리 말한, 자신에게 미소를 지어 보이고 입을 맞춘 그가 미련 없이 뒤돌아 나가는 저 사람이 맞는 걸까.

"나리."

"말씀하시오, 부인."

"······아니옵니다."

멈춰 서서 뒤돌아선 무표정한 지아비에게 애써 형식적인 미소를 지어 보이자 곧 눈앞의 두 사람이 시야에서 사라졌다.

"어찌······."

돌아서는 이를 붙잡은 까닭이 무엇이던가?

어찌 나와 혼인을 치렀느냐 그리 묻고 싶었다. 그토록 다정한 눈길로 바라볼 여인이 있으면서 왜 혼담을 넣었냐고. 왜.

"한창때의 어린 규수가 아닌, 혼기를 놓친 지 오래된 노처녀와 혼인을 올리려 하는 연유가 무엇인가요?"

"싫지 않아서. 그러니 혹여 알겠습니까. 후일에는 커다란 연정을 품게 될지."

왜 내 물음에 그렇게 답을 해서 내가 수긍하게 만들었냐고. 덕분에 난 어차피 혼인을 올릴 거면 당신과 해도 괜찮겠다 그리 지껄였다고. 한데 이게 무어냐고.

멍하니 허공을 응시하는 송우의 입술 사이로 짤막한 실소가 새어 나왔다. 자신이 이토록 자존심이 강했던가? 단 한 번도 그렇게 생각해 본 적이 없는데. 그렇지만 밖으로 향하는 지아비를 애써 불러 세워놓고 묻고자 하던 바를 소리 내지 못한 연유는 곁을 다른 이에게 내준 그에게 어찌 자신과 혼인을 치렀느냐 물었을 때 처량해질 저 스스로의 모습이 싫었기 때문이 확실했다. 사이좋은 두 사람에게 동정 어린 시선 따위 결코 받고 싶지 않았다.

"이리 보니 서나 언니와 아니 닮지 않았네."

작게 되뇐 그녀의 입가에 서글픈 미소가 서렸다.

"다련아."

"응?"

자신의 손을 꼭 움켜쥔 채 곁에서 걷는 그녀를 내려다본 염은 나직한 한숨을 내쉬었다.

"어찌 그리 불안해하느냐?"

"……."

"내 분명 너뿐이라 하였는데 어찌 그리 조급해해. 충격이 클 테니 당분간만이라도 찾아가지 말라 했거늘."

"……."

당신은 무심한 표정을 하고 있을지언정 실은 다정한 사람이니까. 그 말을 꾹 삼키고 생각에 잠긴 다련의 눈동자가 묘하게 빛났다. 백 번, 천 번, 수만 번을 생각해도 염과 그 여자가 합방을 하는 게 싫었다. 하여 쫓기듯이 사저로 찾아와 합방을 방해하는 것은 성공했지만.

"경솔했구나. 지금으로선 아무 말도 들리지 않을 테니 마주하여 속 끓는 일이 없도록 하여라."

그렇게 말하는 정인의 어투가 평소와 달리 자못 싸늘했다. 그리고 분명 아이를 가졌다 했는데도 그에 대해 먼저 묻지 않고 그 여자부터 우려했다. 그러니 비록 초야를 망쳐 놓았다 한들 안심이 될 리 있을까.

"잘못했어요."

"……."

"그렇지만 형님 입장에선 시간이 아무리 지난다 한들 내가 미워보이기만 할 텐데 언제까지 손 놓고 있을 수만은 없잖아요. 꾸역꾸역 찾아가 미운 정이라도 받는 게 낫지. 더군다나 일이 년 마주할 것도 아니고 앞으로도 쭉 함께할 건데."

다시금 나직한 한숨을 내쉬는 염의 눈치를 살핀 다련은 그가 더는 무어라 않자 단단한 팔에 머리를 기댔다. 차라리 미운 정이라도 드는 게 낫다? 앞으로도 쭉 함께한다? 실은 전혀 그러고 싶지 않다. 그 여자와는 미운 정조차 들고 싶지 아니했고, 앞으로도 쭉 마주하고픈 마음은 더더욱 없었다. 슬며시 고개를 든 그녀는 곁에서 걷는 염을 올려다보았다.

"잘못했다는 이에게 지청구 날릴 생각 없으니 그만 눈치 보아."

눈치를 보는 건 아니었다. 제 행동을 후회하지 않기에. 다만 묻고 싶었다. 왕이 되면, 지존이 되면 그 옆자리를 저에게 내줄 거냐고. 지금이야 비록 어쩔 수 없이 정실 자리를 안채에 들어 있는 그 여자에게 내어주었지만 그것은 잠시뿐인 게 아니냐고.

"꾸짖지 않겠다니까. 주인에게 혼난 강아지 같아 애처로워 보여."

"치, 이제는 어여뻐?"

새침하게 쏘아붙인 다련은 환한 미소를 지어 보였다. 머릿속을 헤매는 많은 질문을 굳이 입 밖으로 소리 낼 필요가 있을까. 그것들에 대한 답은 너무나 당연할 텐데. 평소와는 달리 착잡하게 웃어 보이는 염의 팔에 다시 머리를 기댄 그녀는 그의 듬직한 오른손을 양손으로 꼭 붙잡았다. 마치 당신은 내 것이노라 선언하듯이.

"아가씨."

"비야."

문 틈새로 빠끔히 고개를 들이민 비는 종종걸음을 쳐 송우에게 안겨왔다. 마찬가지로 소녀를 감싸 안은 송우는 다정하게 웃어 보였다. 그러나 그녀의 미소를 올려다보는 비의 앳된 얼굴에는 수심이 가득했다.

"아가씨, 족히 반 시진은 서 계셨던 듯한데……."

이제는 아가씨가 아닌 다른 호칭으로 불려야 마땅하겠으나 정정하지 않은 송우는 창가를 돌아보았다. 어느샌가 바깥의 풍경이 석양에 물들어 있었다. 여비의 말대로 반 시진이나 서 있었다면 이제는 앉을 법도 하지만 그러고 싶지 않았다. 몸이 편해지면, 널따란 방 안에 홀로 앉아 있으면 떠올리고 싶지 않아도 무슨 생각이 들지 뻔하니까.

"비야, 같이 후원에서 산책이나 할까?"

아직 덜 자란 작은 손을 감싸 쥐어 걸음을 옮겼지만 소녀는 꿈쩍도 하지 않았다.

"싫으니?"

"……안 가시는 게 나을 것 같아요."

주눅이 들어 눈치를 살피는 아이가 어찌 그러는지 얼핏 예상이 갔지만 송우는 담담히 웃어 보였다.

"진양군 대감께서 후원에 계셔?"

"……."

"화선댁과?"

대답 대신 마침내 아이는 작게 고개를 끄덕여 보였다. 난처한 표정을 숨기지 못한 채.

"그럼 이번만 후원을 대감과 화선댁에게 양보하고 우리는 저자 구경이나 갈까?"

"예. 좋아요, 아가씨."

열넷 소녀의 눈에 자신이 안쓰러워 보이는 걸까. 혼인한 첫날부터 소박을 맞고 벌써부터 지아비의 첩부와 동거를 하게 된 자신이? 하여 저리 크게 반색을 할까.

곳간에서 인심이 난다더니 마음이 편협해지자 괜한 것도 곡해가 되어 보였다. 이전에는 하지 않던 생각을 하는 스스로가 낯설게 느껴져 쓴웃음을 삼킨 송우는 밖으로 향했다.

"아가씨."

대문 밖을 막 나선 차에 비가 작게 속삭였다. 뒤편의 어딘가를 쳐다보는 소녀의 시선을 따라간 송우의 두 발이 땅에 붙박였다.

"이름은 건륜, 나이는 스물넷."

그였다. 사저의 담 옆에 우두커니 멈추어 선 채 자신을 꿰뚫어 보는, 정말이지 종잡을 수 없는 사내 건륜이었다.

어떡하지? 아는 척을 해야 하나? 그렇지만 지금 너무 힘이 드는데. 그래서 저 사내가 또 변화무쌍하고 제멋대로 굴면 안 그래도 없는 기운이 바닥이 날 것 같아. 게다가 설사 말을 붙인들 무시할지 어찌 알아.

"지난날 차 한 잔 대접해 달라 했던 청은 들어줄 필요 없으니 대신 수어지교(水魚之交)나 되어주십시오."

마지막에는 생뚱맞게도 친구가 되어달라 한 그이지만 그새 마음이 변했을 수도 있잖아. 워낙 확확 변하는 사내이니까.

"오랜만이야."

아직 결론을 내리지 못한 채 힘없이 땅만 내려다보고 있는 참, 귓가에 울리는 나직한 중저음이 퍽 가까웠다. 자꾸만 아래로 떨어지려 하는 고개를, 축축 늘어지는 몸을 애써 곧추세운 송우는 어느 틈엔가 바로 앞에까지 다가온 륜을 올려다보았다.

"······예."

그 한 글자를 소리 낸 후 찾아온 것은 정적이었다. 그렇지 않아도 집안일로 기분이 침울한 데다 륜을 오래간만에 만나기도 하였고 마지막으로 그와 만났을 때 워낙 많은 일이 있었던지라 머릿속이 복잡해 아무 말을 하지 못한 송우는 문득 의문을 느꼈다. 왜 그가 당연지사 자신을 보러 왔다고 생각했을까. 그는 낭군과도 아는 사이인데. 어쩌면 낭군을 기다리고 있던 참에 저와 먼저 마주친 것뿐일지도 모르는 일이 아닌가.

진양군을 입에 담고 싶지 않았기에 송우는 중의적으로 표현했다.

"대감을 뵈러 오셨다면 사가의 후원으로 가보시지 않고요."

영 좋지 못한 송우의 표정을 이리저리 살핀 륜이 이윽고 말했다.

"왕자를 찾아온 것이 아닙니다."

"하면……."

"벗을 찾아온 것이지요."

"……."

입을 앙다문 송우의 얼굴에 찰나의 순간 뾰로통한 기색이 스쳤다. 수어지교가 되어달라는 그 물음에는 분명히 긍정의 답을 하지 않았다.

"모르겠습니다. 예호께서 어떠한 분인지, 친밀해져도 괜찮을지 확신이 서지 않습니다."

모르겠다고만 했지. 그때에는 아직 비에게 위협적으로 말한 그를 향한 화가 다 가시지 않았고, 갑작스럽게 친구가 되어달라 하는 그의 의도가 짐작이 되지 않았었기에.

스리슬쩍 부부 사이의 문제가 잊혀가 송우는 한결 기운이 붙은 목소리로 말했다.

"저는 예호와 벗이 되겠다고 답하지 않았습니다. 모르겠다고 하였지."

"하면 지금은?"

"여전히 잘……."

모르겠다. 왜냐하면 헷갈린다. 도대체가 당신이 날 좋게 생각하는 건지, 언니에게 맞은 나를 걱정하던 때의 모습이 진심인지, 그렇지 않으면 차갑게 외면하고 노비에게 위계질서를 세우라 날카로이 쏘아붙일 때의 그것이 진심인 건지. 그 긴 설명을 소리 내지 못하고 우물쭈물하는 송우에게 생뚱맞은 물음이 날아들었다.

"왜? 지난번 일로 아직 내게 화가 나서?"

"네?"

"그때 한 사과로는 부족한가? 네게 미안하다, 무서운 말을 해서."

"이, 이년은 괜찮사와요."

저가 오롯이 비에 관한 일 때문에 여태껏 화가 나 벗이 되자는 제안에 긍정적으로 대답을 아니 한다 생각했는지 대뜸 비에게 사과를 하는 륜을 멍하니 바라보던 송우는 그가 제 소맷자락을 붙잡아 당기자 번뜩 정신을 차렸다.

"어디를…… 예호, 어디를 가시는 건가요?"

"나는 친구도 없고 가족도 없으니까 거절하지 않았으면 좋겠어."

"……."

거짓말. 구창이라는 그 사내가 있으면서. 낭군과도 아는 사이잖아. 그렇지만 송우는 그 새침한 생각을 입 밖에 꺼내지 않았다.

"부답은 긍정이라지? 수어지교가 된 김에 도원결의 비스무리한 것이나 하러 갈까."

처음으로 저에게 웃어 보이는 사내를 뿌리칠 수 없었다. 철없는 소년처럼 웃는 그의 기분을 망치고 싶지 않았다. 그냥 계속 그 미소를 보고 싶었다. 때문에 송우는 소매 끝을 잡는 것으로 부족한지 이제는 제 팔을 붙들어 이끄는 륜을 얌전히 뒤따랐다. 신기해서 그런가, 보기 좋아 그런가, 자꾸만 눈길이 가 박히는 륜의 밝은 옆얼굴에서 겨우 시선을 뗀 그녀는 뒤를 돌아보았다. 다행히 비는 천진난만한 얼굴로 지친 기색 하나 없이 자신과 륜을 쫓고 있었다.

✻

수부(首府)에서 이십여 년을 넘게 사는 동안 북저자에 와본 것은 처음이다. 그 유명한 악명 높은 북저라 불리는 객잔에 온 것도. 약간은 어스름한 건물 내를 가득 채운 각양각색의 객들을 살펴본 송우는 비를 흘끗 돌아보았다. 괜스레 불안한 그녀와 달리 소녀는 다른 아무것도 신경을 쓰지 않고 둥그런 탁상 위에 가득한 산해진미를 즐기는 데만 집중하고 있었다.

곁에 앉은 륜에게 시선을 돌린 송우가 걱정스레 물었다.

"북향에 자주 오시나요? 위험한 곳이라 들었습니다."

"그렇게 위험하지도 않아."

대충 답한 륜이 내민 술잔을 물끄러미 내려다보는 송우의 눈꼬리가 아주 약간 추켜 올라갔다. 그러고 보니 어느 순간부터 그는 너무나 편한 어투를 쓰고 있었다.

"은근슬쩍 말을 놓으셨습니다."

"같이 놓던지."

태연히 말한 륜이 건배라도 하자는 듯 쥐고 있는 술잔을 내밀자 송우는 자신에게 들이밀어진 잔을 내려다보았다. 화려한 무늬가 새겨진 잔에 담긴 액체가 투명하고 맑았다. 혼례를 치른 처음의 그 밤에 마시었던 것처럼.

"팔 떨어지겠군."

"……."

"정말로 떨어질 것 같아."

머릿속에 떠오르려 하는 불쾌한 신혼 첫날밤을 지우려 무겁게 고개를 흔든 송우는 조르는 륜의 잔에 자신의 것을 갖다 대었다. 맞부딪친 두 개의 잔에서 청량한 소리가 흘러나왔다.

"되었습니까?"

만족스럽다는 듯 웃어 보이는 륜이라 마찬가지로 빙긋 웃어 보인 송우는 한 번에 술잔을 비워 버렸다. 일그러진 초야 때 마신 독주만큼은 아니더라도 충분히 쓴 그것을 삼키자마자 목이며 얼굴이 홧홧했다. 그러나 목을 타고 흐르는 그 뜨거운 느낌이 싫지 않았다. 오히려 또 겪고 싶기까지 했다. 하여 그녀는 한 번 더 잔을 채우고 비워냈다.

다시 한 번 더 주자(注子)로 손을 뻗는 송우를 걱정스레 바라보는 륜의 눈썹이 추켜 올라갔다. 그는 재빨리 섬섬옥수에 들린 주자를 빼앗아 들었다.

"어찌 말리시는지요?"

"주량이 셀 것 같지 않아. 그만 마시는 게 좋겠어."

"그래도 금일은 조금 더 마시고 싶습니다."

"……."

"아니 주신다면 할 수 없지요. 도원결의를 관둬야겠습니다."

"잠깐."

자리에서 일어서는 송우의 팔을 붙잡아 앉힌 륜은 불만스러운 표정을 숨기지 않은 채 그녀의 잔을 채웠다.

"겁도 없이. 취하면 어쩌려고."

"먼저 자리를 만든 쪽은 예호였습니다."

"이렇게 빨리 석 잔씩이나 마시라는 건 아니었어."

불만스레 중얼거리는 륜이었으나 반대로 송우는 빙긋 웃어 보였다.

"그런데 실은 아까부터 묻고 싶었습니다. 예호께선 대체 무얼 하는 어떤 분인가요?"

헤실헤실 웃어 보이며 묻는 송우를 피해 륜은 슬쩍 눈을 내리떴다. 뭘 저리 헤프게 웃어. 설마 취한 건 아니겠지. 어쩐지 뜨끈한 기운이 뒷목에 차올라 륜은 미간을 구겼다.

"예호는 대체 어떤 분이고 무얼 하는 분이기에 자꾸만 객잔에 있는 다른 분들이 예호를 흘끔거리는 것인가요? 그리고…… 제게 화나셨던 적이 없다 하시었지요. 하면 이전에는 왜 그리 차갑게 구셨는지 궁금합니다. 그래 놓고 지금은 벗이 되고자 하는 이유도요."

진짜 취했나? 점점 늘어져 가는 어투로 말을 끝맺고선 느릿하게 눈을 깜빡이는 송우에게 시선을 붙박은 륜의 얼굴 가득 난감함이 차올랐다.

"어찌 답을 아니 주셔요?"

분홍빛이 도는 뺨을 만져 보고 싶다. 진정 취했는지 확인할 겸.

음흉한 생각을 홱 떨쳐 낸 륜은 약간이나마 취기가 올랐을지 모르는 송우가 제대로 알아듣지 못할까 천천히 또박또박 말했다.

"다른 이들이 날 흘끗대는 건 내가 귀남자라 그런 것일 테고, 내가 냉담하게 굴었던 이유는……."

자꾸 네 생각이 나고 신경이 뭉텅 쓰여서 당황스러웠다. 그래서 떨치려고, 무관심해지려고 그랬다. 한데 아무리 너한테 초연해지려 해도 그게 안 돼서, 그리고 싶지 않아서 친구라도 되어달라 했다. 차마 그 말을 하지 못한 륜은 대충 얼버무린 답을 내놓았다.

"그저 표현이 서툴렀던 것뿐이야."

"그렇습니까? 그래도 지금이라도 저를 이리 다정히 대해주시니 고맙고 좋습니다. 실은 그다지 다정한 것도 아니지만, 원체 싸늘하게 구셨던 분인지라 이만해도 그렇게 느껴집니다."

한결 뭉개진 발음으로 말을 끝낸 송우의 낯빛이 침울해졌다. 그녀를 바라보는 사내의 표정까지 덩달아 어두워졌다.

할 말 다 해놓고 어찌 저러지. 무슨 일이 있는 건가. 아직은 걱정거리가 없을 텐데. 왕자는 왕가에 속한 이들에게는 더없이 무심하고 차게 굴지만, 괜한 이들에게까지 그러진 않는데. 불안과 걱정에 안절부절못하며 송우를 살핀 륜이 입술을 떼었다.

"근래…… 무탈한 게지."

"……"

"별일 없을 거야. 그렇지?"

"……아니요."

한참 만에 날아든 여인의 목소리가 마구 흔들렸다. 울음기가 배어 나왔다. 덕분에 사내가 딱딱하게 굳은 것이 당연했다.

"무탈하지 않아요. 무탈하지 않아."

"소, 송우 아가씨."

"전혀 괜찮지 않단 말이야. 흐흑."

옥구슬만큼 커다란 눈물방울이 뚝뚝 떨어져 내려 탁상을 적셨다. 애달픈 흐느낌이 도홧빛 입술 새로 새어 나왔다.

이게 대체 무슨 일인가. 이해가 가지 않는 상황에 얼어 있는 것은 잠시, 륜은 치솟는 역정을 느꼈다. 도무지 참지 못할 끔찍한 짜증이 속을 끓어 넘치게 만들었다. 벌떡 자리에서 일어서 송우에게 다가간 그는 그녀의 가는 양어깨를 와락 붙들었다.

"어찌 이래? 무슨 일로?"

건륜이 우는 계집을 모르는 척 내버리기는커녕 계집에게 매달린다. 얼굴빛이 애틋하다. 그 같은 수군거림이 귓가에 스쳤으나 전혀 신경이 쓰이지 않았다. 온 몸의 감각이 우는 여인에게만 곤두섰다. 금방이라도 끊어질 것 같은 이성을 애써 붙잡으며 륜은 한쪽 무릎을 꿇어앉아 의자에 앉은 송우와 눈을 마주쳤다.

"대체 왜 우는 거야?"

"흐흑, 으흐흑……."

"울지 말고 말을 해봐. 왜 그러는데?"

참아보려 애를 쓰는 듯싶긴 한데 아무 소용 없이 계속해서 눈물을 쏟아내는 송우를 올려다보는 륜의 눈동자가 흔들렸다. 그녀에게서 시선을 떼지 않은 채 그는 비에게 엄히 물었다.

"네 주인이 어찌 이러는지, 무슨 일인지 말해."

"이, 이년은 아무것도……."

매서운 눈길이 내리꽂히자 비는 재빨리 눈을 내리떴다.

"말해."

"흐흐흑, 남편 때문에……."

흐느낌이 뒤섞인 목소리는 소녀의 것이 아니었다. 덜덜 떠는 비에게 붙박은 시선을 송우에게 옮긴 륜의 눈매에 날이 섰다. 남편 때문이라고? 진양군 그자가 무얼 어찌했는데? 너 같은 여자를 왜, 어찌 울게 만들어? 감히!

"유송우."

"……."

"송우야."

"……."

"진염 때문에 우는 거야? 그가 널 서운하게 했어?"

"흐흑…… 으흐흑……."

"안아줄까."

흐느낌 때문에 제 목소리가 들리지 않는 겐지, 혹은 이번에도 부답이 긍정인 것인지 아무 대답을 않는 송우를 륜은 아주 조심스럽게 끌어안았다. 아마 후자였던 듯 고운 섬섬옥수가 허리께의 옷깃을 와락 붙들어와 그는 더욱 세게 그녀를 그러안았다. 륜의 새카만 눈동자에 묘한 빛이 서렸다.

"사, 사람들이 보는데……."

불안히 중얼거린 비는, 그러나 륜을 송우에게서 떼어놓지 못했다. 흐느끼는 여주인이 안쓰러워 실컷 위로를 받게 하고파서가 아닌, 그의 표정이 너무나 무서워서 차마 몸을 움직이지 못했다.

✽

무겁게 가라앉는 눈꺼풀에 잔뜩 힘을 준 열넷의 소녀는 고개를 좌우로 흔들었다. 그리 해도 다시 졸까 스스로의 왼 손등을 꽉 꼬집은 아이는 저와 마찬가지로 침상 바로 옆의 바닥에 주저앉아 있는 사내를 불신 가득한 눈초리로 노려보았다.

잠들어 있는 불쌍한 아가씨를 뚫어져라 주시하는 그는 졸린 기색이 없었다. 감히 우는 아가씨를 그러안았을 때의 사내의 표정은 소름이 끼칠 만큼 무서웠는데, 지금 그의 낯빛은 제 또래 사내아이들처럼 순수하다 느껴질 정도이다. 그처럼 차가운 표정을 지을 줄 아는 그가 왜 작은아가씨를 볼 때면 그렇지 않은지 눈치 빠른 소녀는 충분히 알 듯했지만 겉으로는 전혀 내색하지 않았다. 그것을 소리 내면 이제는 혼례를 올린 아가씨가 크나큰 곤경에 처할 테니까. 대신에 송우의 비녀 두 개를 그러쥔 손에 더욱 힘을 실은 비(泌)는 마치 감시하듯 륜을 계속 노려보았다.

침상의 머리맡 아래에 앉은 륜은 곤히 잠들어 있는 송우만을 주시하고, 침상 발치의 아래에 앉은 비는 그런 륜만을 쳐다보니 참으로 풍경이 이상했다.

"잠시만 재우고 보내려 했는데 안 일어나네."

혼잣말하듯 작게 중얼거리는 륜에게 시선을 붙박은 비의 작은 입술이 씰룩였다.

"술에 취해 잠들었는데도……."

"고우시죠."

"어. 뭐?"

순식간에 비에게 눈길을 돌린 륜의 얼굴이 일그러졌다. 여우 같은 계집. 이를 악문 그는 겨우 욕지거리를 삼켰다. 유송우의 앞에 선 일곱 살 난 아이처럼 아무것도 모른다는 표정을 내보이더니. 잠든 이가 깨지 않았는지 확인한 륜은 목소리를 낮춰 나직이 내뱉었다.

"크다 만 계집이 잠도 없더냐. 헛소리 말고 네 주인이 깨어날 때까지 조용히 잠이나 자."

"그쪽을 어찌 믿고요?"

자꾸만 거슬리는 소리를 하는 비를 쫓아내려 자리에서 일어서던 륜은 그러나 다시 털썩 주저앉았다. 순간 뜨끔해 그렇지 따지고 보면 칭찬할 만한 계집아이다.

"기특하네. 앞으로도 시답잖은 놈들이 얼씬거리지 못하게 잘 지켜."

"며칠 전에 걸인 애들이 그쪽에 대해 말하는 걸 들었어요. 걔들이 왈패, 왕자 어쩌고 하면서…… 그쪽이 시전에서 고리대를 하던 어떤 나쁜 사람 손가락을 잘랐다고 떠드는 걸요."

"……."

"그리고 그 사람을……."

"입 다물어."

자신에게 기특하다 말할 때만 해도 장난기 섞여 있던 륜의 표정이 순식간에 싸늘해지자 비는 입을 꾹 다물었다. 그렇지만 아까처럼 무섭지는 않았다. 왜냐하면 침상 위에 저가 너무 좋아하는 작은 아가씨가 곤히 잠들어 있으니까. 그렇기에 그는 자신에게 위협이 될 만한 짓을 절대 못 할 테니까.

"노비 계집치고 영리하다만 입 조심하는 법은 못 배웠나 본데."

"……."

"애한테 쓸데없는 말을 했다간 호랑이한테 먹이로 줄 테니 알아서 해."

그럼에도 꽤나 긴장하고 있던 비의 이맛살이 찌푸려졌다. 다섯 살 아이에게도 먹히지 않을 저 협박은 무어람. 불만스럽게 되뇐 비는 다시 륜에게 종알거렸다.

"작은아가씨는 혼례를 치르셨잖아요."

흘끗 소녀를 돌아본 륜이 태연자약하게 말했다.

"누가 네 주인을 어찌한데?"

"아까처럼 아가씨가 운다고 껴, 껴안으면 안 되잖아요?"

"……."

그것을 몰라서 그랬던가. 다른 이의, 그것도 진양군의 여자가 되어버린 유송우를 껴안으면 안 된다는 것을 잘 알고 있었지만 서글서글한 눈망울에서 이슬이 떨어지는 모습을 도저히 보고만 있을 수 없던 것을. 심지어는 육 년을 알고 지낸 왕자에게 처음으로 참을 수 없을 정도의 커다란 원망을 느꼈는데. 그랬는데 어찌 우는 유송우를 방치할 수 있었을까.

삼킬 듯이 송우를 꿰뚫어 보며 륜이 뇌까렸다.

"네 주인이 자고 있어."

"……."

"고작 노비인 너를 사람 취급해 주고 책을 읽어주는 네 주인이 자고 있다고. 그러니까 그만 조용히 해."

"하, 하지만……."

"나는 그저 벗으로서 달래주었을 뿐이야."

"형님! 륜이 형님!"

재잘거리는 소녀를 타이르는 겐지, 스스로를 세뇌시키는 건지 알 수 없게 중얼거린 륜은 귓가를 관통하는 거대한 목소리를 좇아 몸을 틀었다.

"형님! 형님! 누구한테 졌소? 형님이 무릎을 꿇었다는 소문이 북향에 가득하오! 싸움질에 도가 튼 양반이 대체 어떤 새끼한테 뭐 하다가 진 거요? 얼마나 난 놈이기에!"

커다란 꿍음과 함께 열린 문 틈새로 나타난 구창이 눈치 없이 계속해서 떠들어대는 소리가 귀청을 찢다 못해 태우는 듯했다. 하여 들끓는 짜증을 느끼는 륜의 표정이 싸늘히 식어 내렸다.

"닥쳐."

나직하되 냉랭하게 내뱉은 륜은 다급히 침상을 돌아보았다. 방금 전까지 긴 속눈썹이 드리운 두 눈을 꼭 감은 채 곤히 자고 있던 여인과 눈이 마주친 그는 얼른 굳은 얼굴을 풀었다. 구창을 향한 분노도, 비의 말을 말미암아 복잡해진 머릿속도 싹 숨긴 륜은 오로지 걱정만을 내보였다. 속상한 기색이 가득한 음성으로 그가 중얼거렸다.

"깼잖아."

✳

흐릿한 두 눈을 깜빡인 송우는 자신을 향한 세 쌍의 눈을 번갈아 살펴보았다. 한 번씩 시선이 마주친 이들이 익숙했다. 그러나 방 안 풍경은 낯설었다.

"이게 무슨……."

왜 이곳에 누워 있는 것이며, 비(泌)는 그렇다 쳐도 어찌하여 외간 사내가, 그것도 둘씩이나 저와 한방에 있을까. 그것을 인지하자마자 벌떡 자리에서 일어나 앉은 송우는 커다란 숨을 들이켰다. 머리가 쿡쿡 쑤셨지만 그게 문제가 아니었다.

"으흐흑, 남편 때문에……."

드문드문 끔찍한 기억의 파편이 주마등처럼 눈앞을 스쳤다. 어쩌자고 그런 부끄러운 짓을 했을까. 어쩌자고 눈물바람으로 주정을 했을까. 그리고…….

"안아줄까?"

그건 뭐지? '안아줄까' 라니? 어쩐지 뇌리에 콕 박힌 한마디를 떠올리자 곧 넓은 어깨에 고개를 기댔던 기억이 되새겨졌다. 단단한 상체를 꽉 붙들었을 때의 촉감이 두 손바닥 안에서 되살아났다. 따스한 품을 거부하기는커녕 좋다고 파고들었던 것도 기억났다.

"머리가 아프지는 않아?"

정신없이 상념에 빠져 있던 송우는 침상 아래에 앉아 있는 륜을 내려다보았다. 자신이 누구에게 안겼는지 굳이 따져보지 않아도 명백했다. 벙어리가 된 양 아무런 말을 하지 못한 그녀는 창백하게 질린 채 조급한 숨을 들이쉬었다. 창피했다. 지아비와 아는 사이인, 어쩌면 막역할지 모르는 이에게 좋지 못한 내외지간을 표낸 것도, 눈물을 보인 것도, 안긴 것도 모두 다.

"이왕 깨었으니 잘됐어. 늦어도 새벽녘에는 보내야지 싶은 참이었으니까."

자리에서 일어나는 륜을 넋이 나가 바라본 송우는 번뜩 정신을 차리고 침상 아래로 내려섰다. 풀어 내려진 머리칼을 대충 정리한 그녀는 내리꽂히는 시선들을 피한 채로 작게 말했다.

"이만 가보겠습니다. 비야."

"안 돼."

덥석 팔을 붙잡는 륜의 손길에 흠칫한 송우의 두 눈이 휘둥그레졌다. 점점 더 심하게 얼굴이 뜨거웠다. 얼굴뿐인가. 그에게 잡힌 손목이 가늘게 떨렸다. 제발 제 상태를 이이에게 들키지 말아야 할 텐데.

"데려다 줄 거야."

"아, 아닙니다. 비와 함께이니 괜찮습니다."

"실은 북향은 위험해."

"……."

"다만 내가 함께일 때만 그렇지 않을 뿐이지."

송우를 붙잡아 뒤로 당긴 륜은 앞장서 문을 열고 나갔다. 여전히 자신과 시선을 제대로 마주하지 못하는 그녀를, 그녀의 붉게 물든 뺨을 살펴본 그가 짓궂게 웃어 보였다.

"어린 여자애 하나만을 옆에 두었다가 누구에게 잡혀가려고."

"……."

"좀 많이 민망해하는 것 같으니 구창이 네놈도 따라. 나만 쫓았다가 쑥스러워하느라 숨도 제대로 못 쉬겠어. 그러니까 네가 옆에서 재잘거려 봐."

"무슨 일이…… 알겠소, 형님. 낭자, 먼저 가시오. 난 뒤를 따르겠소."

어서 오라 손짓하는 륜에게 아무 말을 하지 못한 송우는 대신에 곁에 선 비(泌)의 손을 꼭 움켜쥐었다. 그 작은 손에 기대는 거라도 하지 않으면 후들후들 떨리는 두 다리가 기어코 무너져 내릴 것 같았다. 거세게 뛰는 심장이 펑 터질 것 같았다.

✻

새하얀 자리옷 차림의 다련은 아직 다 마르지 않아 풀어 내린 머리카락을 손가락으로 빗으면서 잰걸음을 옮겼다. 늦은 밤 귀찮게 움직이고 싶지 않았지만.

"몸 상태만 확인을 하고 오려 하거늘."
"싫어. 이렇게 늦은 한밤중에 내 낭군님이 형님 처소에 가는 거, 샘난단 말이야."

애써 장난 반, 진심 반인 것처럼 가벼이 소리 냈지만 실은 진심뿐이었다. 자꾸 마주하게 되고, 안쓰러운 모습을 목격했다 한 겹 두 겹 정이 쌓이면 어찌할까. 남녀 관계란 예측할 수 없는 것이거늘. 게다가 노복의 말에 따르면 한참 전부터 안채의 불이 꺼져 있다는데, 진정 크게 앓아누워 있는 상태라면? 아픈 정도를 확인하고자 염이 그 여자의 이마에 손이라도 가져다 댄다면? 상상만으로도 싫어 작게 코웃음을 친 다련이 안채의 대청 위에 올라섰다.

"형님, 몸은 괜찮으셔요?"

아무런 답이 돌아오지 않자 미련 없이 뒤돌아선 다련은, 그러나 우뚝 멈추어 섰다. 물론 그 여자가 진짜로 몸이 아플 거라고는 예상하지 않는다. 다만 자신 때문에 속이 쓰린 거겠지. 그렇지만 잘 자고 있는지 확인을 하지 않는다면 염이 기어코 직접 안채로 찾아올지 몰랐다.

사뿐히 문을 연 다련은 방 안쪽으로 소리 없는 걸음을 옮겼다. 고요한 주변 덕에 보료 위에 누운 이로부터 새어 나오는 숨소리가 선명했다. 이부자리도 제대로 펴지 않은 상태를 확인하자 정인을 졸라 자신이 가겠다 한 것이 참으로 현명한 선택이었단 생각이 들었다. 불쌍하다 느껴지는 저 모양새를 그가 보았으면 분명 크게 신경을 썼을 테니까.

"형님, 주무시죠? 저는 이만 가볼게요."

야금이라도 덮어줄까 잠시 고민이 되었지만 곧 마음을 접은 다련은 문가를 향해 나아갔다. 그러다 혹여 저 여자에게 제 쪽에서 먼저 미운 정이라도 들면? 하여 미안하다 느껴지기라도 한다면? 함께하고 싶지 않은 이에게 베풀기엔 야금을 덮어주는 일조차 너무 커다란 배려였다.

"야."

"예?"

"너 뭐니?"

이제 막 한 발을 대청 위로 내디딘 참, 다련은 놀라 휘둥그레진 눈으로 어둠 속을 돌아보았다. 그 여자의 목소리가 아니었다. 어투도 확연히 달랐다. 하면 대체 보료 위에서 자고 있던 이는 누구인가?

심장이 철렁 내려앉았다.

✳

천천히 자리에서 일어나 앉은 서나는 뻐근한 뒷목을 어루만졌다. 회임한 지 넉 달 차라고는 하지만 이제 막 불룩해지기 시작한 배는 입고 있는 것을 거두지 않는 이상 태가 나지 않았다. 그래서 그런가. 태아는 혹여 제 존재가 잊히기라도 할까 두려워하는 것처럼, 하여 잊지 말라 닦달이라도 하는 양 잠에서 깨어 일어나 앉으니 어지럼증이 몰려들었다.

"어우, 머리야."

서서히 두통이 사그라지자 서나는 방금 전까지 현기증을 느꼈다고 믿기지 않을 정도로 가뿐히 자리에서 일어섰다. 야심한 시각인데다 촛불 하나 없는지라 문가에 선 계집이 제대로 보이지 않았다.

"형님, 몸은 괜찮으셔요?"

처음 제 것이 아닌 목소리를 들었을 때에는 여종인 줄 알았다. '형님' 이라 들은 것은 착각인 줄 알았다.

"형님, 주무시죠? 저는 이만 가볼게요."

그리고 두 번째. 두 번째로 들었을 때에는 확신이 들었다. 잠결에 잘못 들은 착각이 아니었음을.
"막년이 얘는 어디 간 거야?"
보나마나 뒷간에서 대사를 치르고 있겠지. 간단히 결론을 내린 서나는 살짝 부른 배를 어루만지며 느긋한 걸음을 옮겼다. 금세 문가에 다다른 그녀는 흥미로운 기색을 숨기지 않고 아담한 여인을 쭉 훑어보았다. 짧은 탐색을 끝낸 그녀의 입술이 곡선을 그렸다.
"벙어리인 게냐? 누구인지 묻지 않았어?"
무언가를 말하려는 듯 입술을 달싹인 다련은 그러나 입을 앙다물었다. 자신에게 하대를 하는 이의 태도가 너무나 당당하고 자연스러웠다. 그로 보아 신분은 대강 짐작이 가지만 그녀가 누구인가는 여태 오리무중이다. 혹여 그 여자와 혈연관계인가 싶어 자세히 뜯어보아도 어디 하나 닮은 곳이 없어 보였다. 그렇지만 직감적으로 마주한 이에게 아주 작은 틈이라도 보여서는 아니 될 듯했다. 속을 긁는 자신의 언사에 별다른 대구를 하지 않는 그 여자가 바람결에 흩날리는 수국 같다면, 지금 대면한 이는 한 송이의 붉디붉은 장미 같았다. 그것도 뾰족하고 날카로운 가시를 잔뜩 품고 있는.

"진양군 대감 댁의…… 여비이옵니다."

"그래? 한데 난 널 처음 보는걸."

"……."

"아아, 왕궁에서 딸려 나온 계집이더냐? 관비인 게야?"

여비이다. 딱 한 번 소리 냈건만 자존심은 무참히 무너져 내렸다. 그러던 차에 더는 왈가왈부할 필요 없이 상대 쪽에서 먼저 오해를 해주니 반갑기 짝이 없었다. 짤막히 긍정의 답을 한 다련은 으레 아랫것들이 보이는 모양새를 되새겨 두 손을 포개어 잡고 시선을 내리떴다. 그러자 더더욱 속이 쓰렸지만 괜한 곤경에 처하는 것보다는 나았다. 게다가 벌써 자신의 존재를 들켰다간 정인에게도 해가 될지 모르니.

"하면 어찌 감히 안채의 주인을 형님이라 불렀어?"

"……예?"

"처음 들었을 때에는 잠결이라 긴가민가했지만 네 분명 형님이라 소리 내며 이곳으로 들어왔잖아?"

"……."

"게다가 차림새가 그게 무어야? 내 살아생전 여비가 침의 차림으로 안주인을 찾아오고, 대답도 하지 않았거늘 문을 여는 것은 처음 봐."

무어라 대답을 해야 하지? 구질구질하게 변명을 늘어놓으며 스스로를 낮추기도 싫거니와 마땅히 내세울 구실도 없어 다련은 입술만 잘근거렸다.

"마님!"

점점 더 초조해지는 마음에 아무 답이라도 내놓아야 할 것 같은 압박감을 느끼던 다련은 다급한 발걸음 소리의 주인을 돌아보았다. 거친 숨을 씨근거리며 기단에 올라선 소녀를 흘끗 쳐다본 그녀는 다시 서나의 눈치를 살폈다.

"막년이 너, 내가 나한테 마님이라 부르지 말랬지? 꼬부랑 노파 된 기분이라 싫다고."

"소, 송구합니다, 서나 아가씨."

"뒷간에 다녀온 거야?"

"예에."

"쯧, 그럴 줄 알았어."

멋쩍은 낯빛을 내보이는 여종에게서 시선을 거둔 서나는 다련을 흘끔 내려다보곤 곧장 밖으로 나와 섰다.

"아참, 그런데 너 말이야."

아직 답도 하지 않았거늘 신을 신는 서나를 의아함과 안도감이 뒤섞인 표정으로 바라보던 다련은 아니나 다를까, 다시 벌이 톡 쏘는 듯싶은 목소리가 날아들자 딱딱하게 굳어갔다. 그렇지 않아도 자존심이 상한 터, 진정 아랫것을 대하듯 자신을 대하는 서나에게 붙박인 그녀의 시선이 점점 더 날카로워져 갔다. 주위에 만연한 어둠이 곱지 않을 눈초리를 감춰 다행이었다.

"진양군의 적실이자 이 나라 유일한 군부인인 이 안채의 주인께는 형님이 아니라 군부인 마님이라는 호칭을 써야 하는 거야. 아직 앳돼 보이는 게 웃전을 모신 지 얼마 되지 않은 것 같아 특별히 알려주는 거니까 고맙게 생각해. 알았지?"

"……."

"그리고 아무리 군부인께서 온화하시다고 해도 자리옷 차림새로 벌컥 문을 열고 들어오면 쓰겠니? 군부인께서 너무 잘해주셔서 풀어지기라도 했어?"

"……."

"뭐, 실수할 수도 있지."

시원스럽게 웃어 보인 서나가 멀어져 가는 뒷모습을 지켜보며 다련은 두 손을 꼭 주먹 쥐었다. 어떤 이가 웃전을 형님이라 부르겠는가. 결코 일어날 수 없는 일이 자명하거늘 자신을 아랫것이라 결론을 지은 멍청하기 짝이 없는 여자에게 화가 났다. 여자의 그 어리석음 덕분에 곤란한 상황을 피했으니 다행임이 분명한데도.

"잠시만요!"

잰걸음을 옮겨 서나를 따라잡은 다련은 들끓는 분노가 어투나 목소리를 통해 묻어 나올까 끓는 속을 억누르며 물었다.

"하온데 누구시기에 빈 안채에 들어 계셨는지요?"

"……."

"너무 기분 상해하지는 마세요. 내방하신 분이 안채의 주인과 어떠한 연고인지 아는 것이 저의 소임이니까요."

서나는 여유롭게 웃어 보였다.

"기분 상해하기는. 누구냐 묻는 게 무슨 큰 결례라고."

"……."

"난 송우의 제일 친한 친구야. 딱히 내가 들렀다고 네 상전에게 말을 전할 필요는 없어. 시간 날 때 다시 찾아오면 되니까."

"……."

완벽하게 여종인 척을 하려면 멀어지는 여인에게 조심히 가시라 인사를 해야 마땅하겠지만 다련은 아무 말을 하지 않았다. 천치 수준으로 아둔한 여자에게 그렇게까지 할 필요가 없으니까.

"진양군의 적실."

또 무어라 하였더라? 무엇이 심기를 상하게 했더라?

다시 양손을 꽉 주먹 쥔 다련은 마음에 들지 않는 여자가 되뇐 단어들을 되새겼다. 군부인, 안채의 주인, 상전…… . 겨우 그 여자의 벗 따위밖에 되지 않는 머리 나쁜 이를 피하려 여비 행세를 했다가 잃은 게 많았다. 추락한 자존심과 기분, 그 탓에 얻은 끝없는 불쾌감.

누구를 웃전으로 받들라는 건지. 본디 그 취급을 받았어야 하는 이는 자신이건만. 애초부터 형님이라 소리 낼 이는 그 여자이건만. 신경질적인 탄식을 내뱉은 다련은 빈 안채를 노려보았다. 불쾌감과 짜증이 가라앉지 않았다.

"원래 내 자리인데…… 내가 있어야 할 곳인데…… ."

한데 그런 자신은 스스로의 존재를 들킬까 같잖은 여비 행세를 하지 않나, 오만하고 어리석은 이에게 되지도 않은 훈계나 들었으니 참으로 기가 찰 노릇이었다.

✳

"아가씨, 정말 가실 거예요?"

"가야 한단다."

"하지만 감모 기운이 있으시잖아요."

걱정스럽게 중얼거리는 비에게 괜찮다 짤막히 답한 송우는 다시한 번 정갈한 의복을 차려입은 스스로의 모습을 확인했다.

진 왕조의 법도상 새로이 혼인을 올린 왕자 내외는 혼인날로부터 칠 일째가 되는 날 시부모, 즉 군왕과 왕후를 찾아 문안을 드려야 했다. 그리고 금일이 바로 그 부인조현의 날이기에 감모 같은 사소한 것을 신경 쓸 여유가 없었다.

"가마를 아니 타고 가시려고요?"

"그래. 걷고 싶거든."

불만 가득한 표정을 지어 보이는 소녀에게 애써 웃어 보였으나 아이의 뚱한 표정은 초지일관이다. 그리 불만을 드러내 보이는 아이가 무슨 생각을 하고 있을지 충분히 유추할 만했다. 분명 그를 원망하고 있을 거였다. 그렇지만 비의 그 원망의 시작점이 자신에게 향한 걱정임을 알기에 나무라는 언사를 소리 낼 수 없었다.

"명일 언제쯤 입궐하실는지요."

"갈 필요 없소."

딱 한 마디, 지아비는 그렇게 말했다. 부인조현을 위해 대궐에 갈 필요가 없다고. 참으로 예상치 못한 답인 데다 꽤나 파격적으로 들려 어찌 그러시느냐 연유를 물으려 했지만 더 이상의 언급을 원하지 않는 그의 뜻이 생생해 두 번 물을 수 없었다. 아니, 실은 굳이 그와의 대화를 이어가고 싶지 않아 다시 묻지 않았다.

결론적으로 이리 혼자 문안을 올리러 가게 되었으니 가마를 타고 싶지 않았다. 여비에게 말했듯 걷고 싶어서가 아니다. 아마, 아니, 필시 진의 역사상 지금의 자신처럼 홀로 부인조현을 간 군부인은 없었을 것이다. 그 비참한 사실이 무슨 자랑이라고 가마까지 타고 군부인 행세를 하며 입궁할까.

며칠 전 왕자군과 혼례를 치른 군부인이 벌써부터 소박을 당한다더라, 혹은 내외지간이 틀어졌다더라, 그 같은 소식이 삽시간 궁인들의 입에서 입으로 옮겨갈 텐데. 심심한 이들의 조롱거리가 될 텐데. 가마를 타든 그렇지 않든 그리되는 것은 매한가지일 테지만 그래도 조용히 길을 나서 어떻게든 보다 적은 궁인들의 주목을 끌고 싶었다.

✳

떨리는 마음을 주체할 수 없던 혼례식 당일의 왕궁은 마냥 거대하고 위압적으로만 보였거늘, 여유를 갖고 다시 살펴보니 감회가 새로웠다. 도처에 그날은 미처 몰랐던 아름다움이 만연했다.

부드럽게 휘어지는 대전의 합각과 지붕 위를 따라 줄지어진 정교한 잡상(雜像)을 올려다본 송우는 비에게 눈길을 돌렸다. 입도 채 닫지 못하고 동그래진 눈으로 주변을 살피던 비는 부드러운 손길이 어깨에 와 닿자 송우를 돌아보았다.

"비야, 길을 잃을지 모르니 예서 기다리고 있어야 해. 알았지?"

"예, 아가씨."

순순히 수긍하는 아이의 뺨을 어루만지고 돌아서던 송우는, 그러나 낯선 이의 시선을 느끼고 멈춰 섰다. 널따란 내정의 구석진 한편에 다소곳이 서 있는 중년의 여인이 자신을 바라보고 있었다. 비록 눈이 마주치자 그녀는 저를 외면했지만. 멀어지는 여인의 차림새며 은빛의 머리 장신구를 살펴보던 송우는 곧 그이를 뒤쫓았다.

"어머님."

천천히 뒤돌아서는 여인의 눈매가 지아비의 그것과 닮아 있었다. 군왕의 후궁 되는 이가 도합 여덟이라는 사실을 알기에 혹여 시모(媤母)가 아니면 어찌할까 괜한 착각, 혹은 오해이진 않을까 잠시 걱정이 들었지만 부정하지 않는 여인을 볼 때 다행히 짐작이 틀리지 않은 모양이었다.

"신경을 쓰게 했습니다. 멀리서 보고만 가려 했는데."

"어찌 그런 말씀을 하시는지요. 그렇지 않아도 전하와 중전마마께 문안을 올린 연후 곧바로 찾아뵈려던 참이었습니다. 함께 들어가시면 아니 되는 것이옵니까?"

마음 같아서야 천심전(天心殿) 안으로 동행하고 싶지만, 법도에 어긋날까 그리 물으니 역시나 시모는 한 손을 휘저어 보였다.

"내 어찌 감히 후궁 주제에 주상 전하와 중궁과 함께 군부인에게 문후를 받겠습니까. 난 신경 쓰지 않아도 되니 어서 가보세요. 한데 진양군께서는 아니 오셨나 봅니다."

"……예. 어머님, 부디 편히 말 놓으시어요."

"아, 아닙니다, 궁궐 법도를 따라야지요. 참으로 미안합니다, 부인조현을 이리 혼자 오게 해서. 내 그 까닭을 모르지 않으니 미안하다는 말 외에 달리 할 말이 없습니다."

"……."

무슨 뜻일까. 지아비가 입궐을 않겠다고 한 연유로 두 가지를 떠올렸다. 웃어른께 같이 인사를 드리고 싶지 않을 정도로 자신이 싫거나, 혹은 궁 안에서 마주할 누군가가 싫거나. 어느 쪽이든 관례를 어길 정도면 그 원인이 심상치 않다는 뜻. 혹여 전자일까 무시하려 애써도 크게 신경이 쓰였거늘. 그러나 시모의 언사를 통해 유추할 때 단순히 자신이 싫어서가 아닌 다른 이유가 있는 듯했다.

"의빈께서는 예서 무엇 하십니까."

지아비에 대해 무엇 하나라도 정확히 아는 게 있어야 답을 할 수 있을 터, 하지만 그렇지 않기에 무어라 할지 몰라 망설이던 송우는 곁에 다가서는 누군가를 확인하고 다급히 예를 갖췄다. 사내가 입고 있는 푸른 빛깔의 용포. 그것이 의미하는 바는 단 하나였다.

"어쩐 일로 의빈께서 대전까지 이리 직접 오셨습니까. 또한 처음 보는 분인데."

나지막한 목소리가 자신에게 향하자 다시 한 번 예를 갖춘 송우는 공손히 답해 올렸다.

"세자 저하, 문후 여쭈옵나이다."

"아, 누구인가 했더니 군부인이로군. 부인조현을 오시었소?"

"예. 대전에 들려던 참에 어머님을 뵙게 되어 잠시 이야기를 나누고 있었습니다."

"어머님?"

긴장한 기색을 내보이는 송우에게 세자는 짤막한 실소를 터뜨려 보였다.

"시어미와 며느리가 자리에 앉지도 못하고 이렇게 내정 한구석에 선 채로 담소를 나누니 이보다 더 안쓰러울 수 있을까. 두 분 모두 대전으로 드십시오."

"아니옵니다, 저하. 소인은 이만 가보겠습니다."

다급하게 속삭인 의빈이 마치 도망치듯 멀어져 가는 뒷모습에서 눈을 뗀 송우는 흘끗 세자를 돌아보았다. 그는 무슨 뜻인지 알 수 없는 미소를 짓고 있었는데 실은 미소라기보다 비웃음에 가까워 보였다.

"의빈께선 함께 가길 원치 않는 듯싶습니다, 군부인. 대전으로 드십시다."

"송구하오나 세자 저하, 곧 뒤를 따를 테니 먼저 가시옵소서."

소리 내는 언사는 공손하기 이를 데 없지만 시모를 주시하는 왕세자의 눈빛엔 어쩐지 야유와 냉기가 감도는 듯했다. 그 눈길을 받은 시모가 신경이 쓰여 송우는 천심전의 뜰을 나서는 의빈을 뒤쫓아 그녀의 팔을 붙잡아 세웠다.

"어머님."

"자꾸만 제게 어머님이라 하니 면구스럽습니다."

"어머님이시니까요. 따로 찾아뵐 터이니 살펴가 계시어요. 금일 유독 바람이 차옵니다."

작은 미소를 지어 보인 의빈이 이윽고 시야에서 사라지자 송우는 대전으로 향했다. 어쩐지 예감이 좋지 않았다.

"내정에서 의빈을 만나셨다면서요?"

군왕과 군부에게 각각 사배를 올리고 막 자리에 앉은 송우는 차를 한 모금 들이켜는 왕후를 바라보았다.

"중궁전의 성정이 네 언니에 버금가지 않느냐."

부친은 분명 그리 말했다. 중궁전의 성정이 거세기로 친언니와 맞먹는다고. 사석에서 만난 적이 처음이라 그 같은 소문이 사실인지 아직 알지 못하지만 그렇다고 왕후께서 자신을 마음에 들어 한다 쉽사리 판단이 서지 않았다. 미소 띤 낯을 유지하는 군왕과 달리 뜻 모를 미소를 짓고 있는 여인의 눈가에 냉기가 서린 듯하여.

"예, 중전마마."

"어마마마, 자운군부인(紫雲郡夫人)이 가히 어진 것 같습니다. 처음 마주했을 의빈에게 다정다감히 어머님이라 칭하는 모습이 참으로 보기 좋았습니다."

"어머님?"

짧게 되뇐 중전 서씨는 한참을 웃음을 터뜨렸다. 썩 듣기 좋지 않은 높다란 웃음소리는 불편한 기색을 숨기지 않은 주상의 헛기침에 그제야 멈췄다.

"새로이 왕가의 일원이 된 며늘아기를 앞에 두고 중전은 어찌 경박한 웃음소리를 내보이시오."

"재미있어 그러하옵니다. 병판 대감의 높은 덕망을 익히 들어왔기에 예상은 했지만 부전여전이로군. 병판이 애지중지했을 여식이 이토록 겸손할 줄이야. 내 자네가 의빈에게 어머님이라 불러줄 거라고는 미처 생각지 못하였네. 그이가 군부인이나 나와는 썩 다른 유인 것을 따질 때 말이야."

"예?"

"그이는 같은 품계의 후궁들에게조차 무시받기 일쑤니까. 출신이 한미하니 당연하지. 그래도 겨우 무수리 출신인 의빈이 감히 지존의 성은을 입은 걸로도 모자라 이토록 고아한 며느리를 보게 되었으니 그이가 참으로 복이 많아. 부럽기가 이를 데 없어."

"중전!"

벼락같은 시부의 일갈에도 불구하고 왕비의 입가에 걸린 미소는 가시지 않았다. 그리고 송우는 비록 입은 웃고 있지 않으나 왕세자의 두 눈에 그의 모후와 마찬가지로 멸시와 조롱이 담겨 있는 것을 눈치챘다. 이제야 서서히 지아비가 어찌 입궐을 하지 않으려 했는지 이해가 갔다. 모자에게서 흘러나오는 그와 시모를 향한 경시와 배척은 하루 이틀이 아닌 몇십 년을 존속해 왔을 터였다.

중궁께서 마음에 들어 하지 않는 쪽은 자신이 아니니 조롱 섞인 언사에 별다른 대응을 하지 않는다면 그녀와의 관계가 나빠질 일은 없을 것이다. 하지만……

"어머님이 무수리였건 아니건 그것이 무에 그리 중요하겠습니까."

"중요하지 않다?"

"중요한 것은 작금이 아니겠사옵니까, 중전마마. 게다가 시어머님의 출신이 한미하다는 것은 민초들을 더욱 잘 이해할 수 있다는 의미이니 그런 분께서 만백성의 어버이이신 전하…… 아바마마의 지어미 중 한 분이라는 사실이 소인은 자랑스러울 뿐이옵니다."

"……"

방금 전까지 탐탁지 않은 기색을 내보이던 시부의 낯빛이 밝아지는 것과는 대조적으로 중궁과 왕세자에게선 냉기가 흘러나왔으나 송우는 차분히 향긋한 차를 한 모금 들이켰다. 그러나 겉모습만 침착할 뿐 마음속은 복잡하기 이를 데 없었다. 그토록 성정이 맹렬하다는 중궁에게 어찌 말대답을 했는지 이해가 가지 않았다.

무엇이, 지아비의 무엇이 어여쁘다고. 무슨 이유인지 모르지만 낭군과 그의 모친을 기험하는 왕후께서는 이제는 저 또한 그들의 일가로 치부해 배척하실 텐데. 더불어 그녀 소생인 세자께서도. 하지만 어쩐지 쓸쓸해 보이던 시모의 뒷모습이 눈앞을 아른거려 경멸 섞인 왕후의 언사를 마냥 모르는 척할 수 없었다.

"부부는 닮는다더니, 군부인이 진양군과 벌써부터 닮아가나 봅니다. 그렇지 않습니까, 어마마마."

"세자께서 옳으십니다. 한데 그토록 닮은 처(妻)를 두고 진양군은 어디를 갔을까? 실은 아까부터 궁금했는데. 설마 부인조현을 혼자 왔을 리는 없을 테고. 그렇지 않은가, 군부인?"

"소자 유추하기에 홀로 온 듯합니다, 어마마마. 밖에서 마주했을 때도 진양군은 보이지 않았습니다. 필시 무뢰배들과 어울리고 있지 않겠습니까. 혼례를 치렀다 한들 사람이 하루아침에 변하겠습니까."

"세자! 중전께서도 그만하시오!"

입을 앙다문 중궁의 내리쬐는 시선을 피해 송우는 찻잔만을 내려다보았다. 다시 한 번 터져 나온 지존의 역린 덕분에 비수처럼 뾰족한 언사들은 멈추었지만 싸늘하게 식은 대전의 공기는 덥혀질 기미를 보이지 않았다. 시모를 깎아내리던 모자(母子)가 이제는 공격의 방향을 바꿨으니 그것은 감히 말대꾸를 한 자신을 곱게 보지 않겠다는 선전포고일 터였다.

부친은 분명 지아비가 왕실의 눈 밖에 났다 언급했다. 하나 오늘 보니 온전하게 왕실로부터 미운털이 박혔다기보다는 그는 중궁전을 포함한 그녀의 소생들과 사이가 좋지 못한 듯했다. 그리고 지금부턴 저 또한 마찬가지일 듯하지만.

"전하, 진양군이 비록 의빈 소생이라고는 하나 신첩은 엄연히 그의 어미이옵니다. 한데 혼례의 정당한 절차 중 하나인 부인조현을 군부인이 혼자 행(行)했습니다. 하니 어미 된 도리로서 어찌 모르는 척하겠습니까? 군부인, 어미인 내게 말해보게. 진양군에게 소박이라도 당한 겐가?"

"중전! 그만하라 하였느니!"

대로하기 직전의 시부를 살핀 송우는 주저했다. 중전께서 저토록 자극적인 언사를 내뱉는 이유는 애초 제 말대답 때문이니 이제라도 수그려야 했다. 그렇지 않고 버티다간 곧 지존 내외간에 크나큰 다툼이 일어날 듯하니.

"중전마마, 하문하신 바를 아뢰어 올릴 테니 진정하시옵소서."

"소자, 늦었습니다."

냉담한 기류를 뚫고 새롭게 날아든 목소리가 익숙했다. 문가를 돌아본 송우는 열린 장지문의 정중앙에 서 있는 염을 확인했다. 결코 입궁하지 않을 것처럼 굴던 그가 나타난 것이 의외라 그녀는 자리에서 일어설 생각을 하지 못하고 차갑게 굳은 지아비를 응시했다.

적어도 지금 이 순간만큼은 눈앞에 나타난 그를 반겨야 할까? 실그렇지 않은들 사랑받지 못하는 신부라는 사실을 시댁 어른들의 앞에서 들키지 않게 되어서?

"사배는 생략하겠습니다. 어차피 반기시지 않을 테니."

백 번을 설득해도 입궁하지 않을 듯했는데 어찌 왔을까. 복잡한 기분으로 상념에 빠져 있던 송우는 팔을 움켜쥐는 손길이, 그 손길에 일으켜지는 제 몸에 놀라 휘둥그레져 염을 올려다보았다.

"진양, 네 아바마마와 어마마마를 앞에 두고 어찌 무례를 범하느냐. 처까지 맞았으면서 여적 정신을 차리지 못한 게냐."

"저, 저런 건방진! 전하, 어찌 아무 말씀 안 하십니까! 진양군이 감히 이 나라 동궁을 무시했습니다!"

매섭게 눈을 치켜뜨는 모자가 보이지 않는다는 듯 망설임 없이 송우를 이끌어 밖으로 향하던 염이 돌연히 열린 문가에 멈추어 섰다.

"군부인, 어미인 내게 말해보게. 진양군에게 소박이라도 당한 겐가?"

그 꼴을 당할까 봐 갈 필요 없다 한 것이거늘. 그같이 불쾌하기 짝이 없는 모욕을 받을까 봐. 따지고 보면 문밖에서 들은 중전의 그 말은 엄연한 사실이지만 염은 왜인지 짜증을 느꼈다. 그 자신이 중궁과 세자에게 방금 전과 같은 일을 당했을 때보다 더.

저도 모자라 제 처(妻)에게까지. 그녀가 무슨 잘못이 있다고. 아내가 소박을 당하건 말건 부부 사이의 일이거늘 친모도 아닌 중궁이 어찌 껴든단 말인가. 그렇지 않아도 불쌍한 여인을 대체 왜 홀대해.

붙잡은 송우의 팔을 놓은 염은 곧장 그녀의 어깨를 감싸 안아 바싹 끌어당겼다. 그렇지 않아도 당혹감을 감추지 못하고 있는 송우가 긴장으로 흠칫 떠는 것이 느껴졌지만 마치 보란 듯이 그 상태 그대로 세 사람을 향해 돌아선 그는 딱딱하게 말했다.

"저희 내외, 더할 나위 없이 애틋하고 사이가 좋으니 걱정하실 필요 없습니다. 쓸데없는 우려를 하느니 곧 생길 손주를 어찌 반길지 고려하는 편이 훨씬 효율적이겠습니다."

붉어진 얼굴로 씨근거리는 중궁과 언짢은 기색을 드러낸 세자를 냉담히 훑은 염은 다시 송우를 잡아당겼다.

"대감!"

천심전의 뜰을 완전히 벗어나서야 꽉 붙잡혀 있던 팔은 비로소 자유로워졌다. 비가 열 보(步) 정도의 거리를 두고 쫓아와 있는 것을 확인한 송우는 차갑게 굳어 있는 염을 마주 보았다.

"저희 내외, 더할 나위 없이 애틋하고 사이가 좋으니 걱정하실

필요 없습니다. 쓸데없는 우려를 하느니 곧 생길 손주를 어찌 반길
지 고려하는 편이 훨씬 효율적이겠습니다."

곧 생길 손주? 그를 듣자마자 당혹스러운 걸 넘어서 민망했지만
지금은 아무렇지 않았다. 다만 기분이 이상할 뿐. 이 오묘한 감정이
무엇인가. 잠시 고민한 송우는 곧 자신이 은근슬쩍 부아를 느끼고
있다는 사실을 깨달았다. 애틋하다니. 지아비와 저가 무엇이 애틋
한가. 이보다 남 같을 수 없을 텐데.

"그 꼴을 당하니 이제 만족하시오?"

"……."

"중궁과 세자에게 겨우 그딴 대접을 받아 좋았느냐 물었소."

"……."

어디서부터 들었을까. 하기야 그게 무슨 큰 상관일까. 그 누구보
다 저에게 크나큰 비참을 주는 이는 소박을 당하느냐 묻던 중궁도
아니요, 그녀를 거들던 세자도 아닌 눈앞의 낭군인데.

"소첩이……."

나는 그의 처(妻)가 아니야. 껍데기뿐인 안사람이야. 문득 그 같
은 오기가 깃든 생각이 들어 송우는 다시 운을 떼었다.

"제가 어떤 대우를 받았는가는 중요치 않습니다. 의례를 따라 어
차피 치렀어야 할 부인조현을 행했을 뿐이니까요."

자못 냉랭히 소리 낸 송우는 비(泌)를 향해 돌아섰다. 그러나 한
발자국을 옮기기 전 다시 커다란 손이 팔을 움켜쥐었다. 비꼬는 기
색이 역력한 목소리 또한 다시 날아들었다.

"배포가 크다 못해 하해(河海)와 맞먹겠군. 사저로 돌아가지."

"어머님을 찾아뵈어야 합니다."

"중궁에게 그리 짓밟히고 다시 가고 싶으시오?"

짓밟혔다니. 겨우 그 정도로. 지난 세월 친모와 자신에게 내리꽂힌 것들에 비하면 금일의 왕비는 잔인한 축에도 끼지 못하거늘. 그렇지만 겨우 그 정도마저 유송우에겐 과하다 느껴졌다. 자꾸만 고개를 치켜드는 짜증을 억누른 염은 다시 송우를 잡아끌었다.

"중전마마를 뜻하는 것이 아닙니다. 이 손 놓아주십시오."

"······의빈께 가는 일은 추후로 미루는 편이 좋겠소."

"이미 어머님께 말씀을 드렸습니다. 함께 가달라 청할 생각 없으니 대감께선 사저로······."

"아픈 게 나은 연후에 함께 가면 될 것을 어찌 이리 미련하게 굴어!"

결국 저도 모르게 언성을 높인 염은 곧바로 나직한 한숨을 내쉬었다. 두통이 몰려들었다. 자격도 없으면서 상태가 좋지 못한 이에게 소리를 지르다니. 송우에게 빈정대던 왕비와 세자의 생각을 애써 떨쳐 낸 그는 창백하게 굳은 이 두통의 원인을 주시했다. 높은 언성 탓에 놀랐는가. 대전으로 들었을 때도 이미 낯빛이 파리했지만 지금은 그때보다 더했다. 욕지거리를 삼킨 염은 끓는 속을 억누르며 말했다.

"여비가 그러더군, 감모 기운이 있다고. 내 미운 짓 한 것을 아니 지아비 취급을 해달라 할 생각은 없지만 금일만은 따라주었으면 좋겠는데."

"······."

"가마는······."

"타고 오지 않았습니다."

담담히 답한 송우는 천심전의 정문인 인의문(仁義門) 지척에 제멋대로 방치된 말을 향해 다가가는 왕자를 응시했다. 눈치채지 못했거늘 그는 꽤나 급하게 입궁을 한 모양이다. 감히 군왕의 침전 바로 코앞까지 말을 끌고 온 것을 보면.

손에 와 닿는 따스한 온기를 느낀 송우는 어느샌가 곁에 다가온 비를 내려다보았다. 아이의 얼굴 가득 근심 걱정이 가득했다.

"송우 아가씨, 괜찮으셔요?"

"무엇이 말이니?"

"많이 창백하세요. 아까보다 더."

"……."

그런가? 그다지 아프지 않건만 다른 이들이 보기에 제 겉모습이 병자처럼 보이기라도 하는 것인가. 하여 말수가 많지 않은 그가 버럭 소리를 질렀던가.

"아픈 이가 타기에 가마만큼 편하지 않겠지만 별수 없지. 도와줄 테니 말 위로 오르시오."

곁에 다가온 낭군을 돌아본 그녀가 말했다.

"겉으로 어찌 보이는지 알지 못하나 실은 전혀 아프지 않습니다. 하니 걸어가겠습니다."

"너도 군부인과 타거라."

"예에? 쇤, 쇤네가 어찌……."

당연지사 함께 말을 탈 거라 예상해 홀로 뒤처져 걸을 비가 신경이 쓰여 걷겠다 한 것을 그는 충분히 알아챈 것 같았다. 그렇다고 여비와 자신에게 말을 내어주겠다 할 줄은 몰랐지만. 걷겠다 했는데도 듣지 못한 양 재촉하듯 커다란 동물의 앞으로 저를 잡아끄는 염을 흘끗 돌아본 송우는 그의 도움을 받아 말 등 위에 올랐다. 싫다 한들 지루한 말싸움만 계속될 것이기에. 곧바로 비를 도운 그가 고삐를 잡아당기자 우두커니 멈춰 서 있던 짐승이 천천히 움직이기 시작했다.

"아, 아가씨, 쇤네 말이란 걸 귀 빠진 후 처음 타보는데 무, 무서워요."

허리를 꽉 감싸 안아 기대오는 비였지만 염에게 붙박인 송우의 시선은 뒤를 향하지 않았다. 예상 밖의 이 호의에도 전혀 고맙지 않았다. 그에게 감사의 감정을 느끼는 것? 그것은 제 주제에 사치일 게 분명했다.

자시쯤 되었을까. 자개로 장식된 흑색의 검집에서 대도(大刀)를 꺼내 든 염은 날카로이 빛나는 칼날을 손질하기 시작했다. 벌써 세 자루째였다. 그렇지만 평소와는 달리 아무리 아끼는 검을 윤색해도 신경을 거스르는 그 무언가는 뇌리를 떠나지 않았다.

"겉으로 어찌 보이는지 알지 못하나 실은 전혀 아프지 않습니다."

앓는 곳이 없다 말한 처였지만 안색이 그토록 창백했거늘, 비정상적인 열기가 손끝을 통해 전해졌거늘.

"거슬리는군."

결국 쥐고 있던 검을 내려놓은 염은 밖으로 향했다. 그러나 문을 열자마자 보이는 누군가에 그는 다시 멈추어 설 수밖에 없었다.

"어디 가?"

"화는 풀렸느냐?"

"……."

눈 한 번 깜빡이지 않고 염을 주시하는 다련의 눈가가 씰룩였다. 그가 그 여자를 뒤쫓아 왕궁으로 가려 하는 것을 눈치챘지만 직접적으로 소리 내어 가지 말라 하지 않았다. 하지만 제 마음을 그가 몰랐을 리 없는 터. 그런데도 결국 그는 그 계집을 뒤따랐다. 궁에서 돌아온 후부터 지금까지 마음이 상해 별당에 있는 자신에게 찾아오지 않았다. 그리고 바로 지금 밖으로 나서던 염의 목적지가 자신의 별당이 아니었다는 것을 다련은 본능적으로 알아챘다. 그의 목적지가 안채라는 것도. 임시 정실(正室)에 대한 얘기를 꺼낼 때면 어떻게든 가벼운 어투를 쓰던 것도 잊은 다련은 끓는 질투를 참지 못해 자못 날카로이 물었다.

"염, 그 여자한테 가려 했어?"

"그래."

"싫어. 가지 마."

이전까지와 다르게 송우에게 향한 적대심을 숨기지 않은 그녀의 목소리가 꽤나 차갑고 뾰족했다. 잠시간 다련을 무표정이 내려다본 염은 이윽고 마치 삐친 아이를 달래듯 부드럽게 말했다.

"네가 마음 상한 것을 아니 잠시만 보고 올 것이다."

"잠시도 싫어. 그러니까 가지 마."

"……."

"염, 오늘 난 이미 한 번 형님께 당신을 양보했잖아?"

자세히 따지자면 양보는 아니었다. 그저 염이 알아서 제 마음을 헤아려 주길 원했을 뿐. 투기에 눈이 먼 귀찮고 지루한 여인이 되고 싶지 않았으니까. 그렇지만 다련은 굳이 그 사실을 정정하지 않았다.

"다른 때라면 네 말을 따랐겠지만 군부인이 몸이 좋지 않아 그러거늘, 환자를 보러 가는 것조차 싫더냐."

"안 돼."

"……."

"그 여자한테 가지 마. 그렇지 않으면 나쁜 아니라 내 뱃속, 염의 아이까지 아플 거야. 그 여자는 좀 앓아봤자 홀몸이지만 난 아니잖아."

"홍다련."

방금 전까지 명분 없는 억지를 부려도 가끔씩 난처한 표정을 짓기만 하던 염이 차갑게 얼굴을 굳히자 움찔한 다련은 입술을 깨물었다. 사 년을 함께해 오며 정인이 저런 표정을 지어 보인 적이 없었다.

"회임을 한 상태로 어찌 그런 말을 입에 담느냐."

"……."

"군부인을 탐탁지 않아 하는 네 마음을 헤아려 최대한 외면하고 있다는 것을 너 또한 모르지 않을 터. 하나 아무리 그렇다 한들 이럴 때조차 모르는 척하길 원한단 말이더냐."

"……."

"더는 내 마음을 의심하지 말거라."

아차 싶은 마음에 다련의 얼굴 가득 걱정과 두려움이 차올랐다. 짤막히 단언한 정인이 스쳐 지나가자 냉기가 몸을 감싸오는 듯했다. 더는 의심하지 말라. 뇌리를 맴도는 냉담한 경고가 뼈를 깎는 것 같았다. 질투에 휩쓸려 조급히 굴지 말아야 했는데. 설마 오늘 한 번 실수를 하였다 염이 저를 질려 하진 않겠지. 그리 스스로에게 되뇌며 마음을 다잡으려 노력해도 불안감이 치솟아 다련의 눈시울이 뜨거워졌다.

✽

　안채의 문을 연 염은 기척을 죽인 채 방 안쪽으로 다가갔다. 꺼진 초에 불을 밝히자마자 보이는 이는 이부자리에 누운 송우와 그녀의 머리맡 한구석에 물수건을 움켜쥔 채로 몸을 웅크리고 있는 비였다. 머릿장 위에 놓인 담자를 소녀에게 덮어준 염은 천천히 처의 곁에 자리했다.

　아프지 않다더니 그렇게 말한 적이 있기는 했냐는 듯 눈을 감은 여인의 작은 얼굴이 아까보다 더 창백했다. 깨끗하고 둥근 이마에 구슬땀이 맺혀 있다. 손 안쪽에 스치듯 닿은 이마를 통해 전해지는 열기가 생생했다.

　"어머님이 무수리였건 아니건 그것이 무에 그리 중요하겠습니까."

　"중요한 것은 작금이 아니겠사옵니까, 중전마마. 게다가 시어머님의 출신이 한미하다는 것은 민초들을 더욱 잘 이해할 수 있다는 의미이니 그런 분께서 만백성의 어버이이신 전하, 아바마마의 지어미 중 한 분이라는 사실이 소인은 자랑스러울 뿐이옵니다."

　정인이 있으면서 혼례를 치른 자신인데, 그런 제 어미가 무엇이 소중하다 중궁에게 척을 지면서까지 편을 들었을까. 현명한 줄 알았건만 실은 사리에 어두운가, 그렇지 않으면 속이 없는 겐가. 다련의 존재를 안 이후부터 지금까지 단 한 번을 어찌 된 것이냐 묻지도, 성을 내지도 않던 것을 보면 전자보다는 후자일 가능성이 높겠지.

대야에 걸쳐진 새 영견을 집어 든 염은 맑은 물에 그것을 적셨다. 물방울 하나 흘러나오지 않도록 빈틈없이 물기를 제거한 그는 차갑게 식혀진 영견으로 송우의 뜨거운 이마며 목덜미에 맺힌 땀방울을 닦아냈다.

"아프지 말거라. 그렇지 않아도 미안하니까."

"……무엇이 미안하십니까."

들어주길 원한 것은 아니었건만 감겨 있던 처의 두 눈이 천천히 뜨였다. 제 것과 마주친 맑은 눈동자를 한동안 말없이 응시한 염은 천천히 입을 열었다.

"전부."

짧은 한마디를 남긴 그가 금세 시야에서 사라지자 시선을 옮긴 송우는 대야에 걸쳐 놓은 흰 영견을 바라보았다. 사가로 돌아온 후 내리 지속된 전신을 감싼 통증 때문일까, 뜻 모를 눈물방울이 눈가를 타고 흘러내렸다.

✳

"아프지 말거라. 그렇지 않아도 미안하니까."

"무엇이 미안하십니까."

"전부."

맥없이 자리에 누워 있는 송우의 입가에 쓸쓸한 미소가 떠올랐다. 누군가가 귓가에 대고 지난밤의 그 일은 한낱 꿈이었다 속삭인다면 의심 한 번 않고 믿을 수 있을 듯했다. 그가 제 이마며 목을 닦아준 영견조차 치워져 지난밤을 증명할 증좌 하나 남아 있지 않으니 더더욱.

"미안하다고."

그러한가. 진양군은 저에게 미안해하고 있는가. 그런 기색을 내비치지도 않았거니와 언질조차 주지 않았기에 몰랐거늘. 한데 그리 미안하면 대체 어찌 그랬을까. 무슨 연유로 정인이 있으면서 자신과 혼례를 올렸을까.

"형님, 저 들어가요."

천천히 자리에서 일어나 앉은 송우는 어인 일인지 이전과 달리 굳은 얼굴로 곁에 와 앉는 다련을 의아히 바라보았다. 저이는 항상 자신의 표정이 어떠하건 생글거렸는데. 걸핏하면 화사하게 웃어 보이던 이가 그렇지 않자 배로 낯설게 느껴졌다.

"하실 말씀이 있으십니까."

앓은 흔적이 만연한 하얗게 질린 송우를 뚫어져라 쳐다보며 다련은 입술을 잘근거렸다. 이러면 안 된다는 것을 아는데, 이리 조급히 굴고 안달을 내봤자 저만 손해임을 아주 잘 아는데도 불안과 초조함이 가시지 않았다. 그러나 그를 정인에게 표낼 수 없으니 참다 참다 결국 안채로 찾아온 것이다.

"화선댁."

"지난밤…… 아무 일 없으셨지요?"

"……."

어찌 대답이 없을까. 속이 답답해 죽을 것만 같은데. 점점 더 커져 가는 초조함을 참지 못하고 손톱 끝으로 손가락 안쪽의 여린 살이며 손바닥을 꾹꾹 찌르던 다련은 결국 붉은 입술을 떼었다.

"형님."

"화선댁에게 묻고 싶은 게 있습니다."

"……무엇인데요?"

"대감께서는 어찌 저와 혼례를 치르신 겁니까?"

갑자기 왜 물을까. 혼례식 날 불쑥 찾아와 제 존재를 드러낸 이후 지금까지 저 여자는 단 한 번도 자초지종을 묻지 않았다. 그랬으면서 왜 돌연, 그것도 지난밤 염이 안채에 들른 다음 날인 오늘에서야 저런 질문을 던질까. 게다가 염이 아닌 저에게. 물론 마음 같아서야 다련은 모두 털어놓고 싶었다. 당신은 그저 도구 같은 존재일 뿐이라고. 왕좌로 가기 위한 내 사내의 수단일 뿐이라고. 필요가 없어지면 무참히 버려질.

"그 이유를 제가 어찌 알겠어요, 형님."

"……."

"한데 갑자기 그것은 어찌 물으시나요? 지난밤…… 무슨 일 있으셨어요?"

"아닙니다."

"……."

단답으로 대화를 끝낸 상대를 시시콜콜 물고 늘어지고 싶지 않았다. 안달을 낸다는 것은 수세에 몰렸다는 뜻이니까. 그렇다면 전야에 대해 더 이상 묻지 못한다면 '그 사실'이라도 공고히 다져 놓아야 했다. 잠시 곰곰이 생각한 다련이 운을 떼었다.

"형님."

"말씀하시지요."

"염은 제 거예요."

"……."

"사 년 전에도 그랬고 앞으로도 쭉 그이는 제 사내일 거예요."

"……."

"이 아우, 형님이 앉아 계신 그 자리를 탐내진 않지만, 다른 그 어떤 것도 바라지 않지만 그이만은 제 거예요. 저는 제가 형님보다 앞서 염의 곁에 있었다는 사실을 다 잊었어요."

거짓. 명백한 거짓이었다. 모두 다. 제 사내의 정실을 볼 때마다 점점 더 그녀의 자리가 탐이 났다. 그를 포함해 그의 주변 모든 것이 자신의 소유이길 소망한다. 단 한시도 그의 옆자리에 저가 먼저 있었다는 사실을 잊은 적이 없다. 앞으로도 그럴 테고. 새빨간 거짓을 내뱉자니 뾰족한 무언가가 심장을 콕콕 찌르는 것 같았지만, 무시한 다련은 계속해서 다부지게 선언했다.

"형님께서 다른 모든 걸 가지셔요. 하지만 단 하나, 염은 아니 돼요."

"……."

"하니 형님, 부디 그이를 마음에 담지 마시어요. 내 것이니까."

"지랄 염병을 하네."

낮게 깔린, 크지 않지만 오싹한 목소리가 싸늘하게 가라앉은 방 안으로 스며들었다. 다련은 동그래진 눈으로 송우를 살폈지만 그녀 역시 자신과 마찬가지로 놀란 기색을 숨기지 못하고 있었다.

"설마 했더니."

쾅 하는 커다란 소리와 함께 열린 문가를 돌아본 송우는 숨을 쉬는 것도 잊고 하얗게 질려갔다. 그 어느 때보다 싸늘히 굳은 친언니가 너무나 무서워 마주 앉은 이에게 안채에서 나가라는 말조차 쉽사리 할 수 없었다.

반면 얼어붙은 송우에게 눈길 한 번 주지 않은 서나는 역시나 당황하여 굳어 있는 다련을 똑똑히 주시하며 방 안으로 들어왔다.

"다, 당신은……."

"이런 처죽일 연놈을 보았나."

"화선댁, 이만 나가세요. 서나 언니!"

순식간에 활짝 편 오른손을 휘두른 서나가 다련의 여린 뺨을 내려쳤다. 철썩 하는 매서운 소리가 메아리쳤으매 거센 힘에 중심을 잃은 다련의 상체가 휘청거리는데도 서나는 곧바로 그녀의 검은 머리채를 인정사정없이 우악스럽게 휘어잡았다.

아담한 여인의 상체가 뒤흔들렸다. 그녀의 완벽하게 헝클어진 검은 머리채를 움켜쥔 두 손은 곱디고운 섬섬옥수였지만 그 손길만은 거칠고 우악스럽기 짝이 없었다. 눈앞에서 천천히 흩날리던 몇 올의 머리카락이 바닥으로 떨어지자 퍼뜩 정신을 차린 송우는 뻣뻣한 몸을 다급히 움직였다. 찢어지는 듯싶은 비명 소리와 친언니의 매서운 고함이 귀청을 찌르는 참이었다.

"뚫린 입으로 한다는 소리가 뭐? 네 거? 다른 아무것도 바라는 게 없어? 이 미친년이! 입 밖으로 내지른다고 다 말인 줄 아나, 빌어먹을 거지 같은 년!"

"까아악!"

"서나 언니! 언니! 고정하세요!"

비록 신장이 평범한 여인들보다 조금 더 훤칠하다고는 하나 몸태는 여리기만 한 서나인데 어디서 그토록 거센 힘이 나오는지 알 수 없었다. 서나의 팔에 매달리다시피 해 그녀를 다련에게서 떼어 놓으려 애쓴 송우는 스스로의 제재가 아무런 효과가 없는 데다, 도리어 언니의 주먹에 다련의 머리가 부딪쳐 퍽 소리가 나자 어쩔 수 없이 반항 한 번 못 하고 맞고 있는 이를 감싸 안았다. 그 탓에 날아든 발길질이 등허리에 박혀 아팠지만 홑몸인 자신이 맞는 편이 나았다. 임부가 맞았다면 아마도, 아니, 필시 큰일이 날 터였다.

"아, 아니 돼요! 언니, 제발 그만하시어요!"

"넌 비켜!"

"안 돼요, 서나 언니!"

"비켜서란 말이야!"

자신의 편을 들어주려 지아비의 연인에게 이리하는 것이 맞긴 할까. 그렇다기에 화선댁을 감싸 안은 제 팔을 꽉 움켜쥐는 언니의 손길이 매섭다 못해 아렸다. 그를 말미암아 서나가 단단히 흥분했다는 사실을 더욱 뼈저리게 깨달은 송우는 젖 먹던 힘을 다해 다련을 끌어안았다. 그렇지만 앓고 난 직후인지라 서나의 손길에 들썩이던 몸은 이윽고 질질 끌려갔다.

"아, 안 돼요! 언니! 이러시면 아니 돼요! 이이는……."

지금 그 사실을 말하면 언니가 더욱 화를 낼 텐데. 하나 바른대로 토설하지 않는다면 겨우 다시 감싸 안은, 창백하게 질려 있는 이를 언니는 진정 곤죽이 되도록 때릴 듯했다. 하지만 화선댁은 회임 중이 아닌가.

"이이, 아이를 가졌어요. 그러니까 이렇게 때리시면 안 된단 말이에요!"

실소를 터뜨린 서나의 손이 자신에게서 떨어져 나가자 한숨을 고른 송우는, 그러나 여전히 긴장의 끈을 늦추지 않고 그녀를 올려다보았다. 감싸 안고 있는 다련의 손과 어깨가 떨리는 게 느껴졌다.

"아이? 아이?"

"예, 언니. 그러니까 고정하세요. 이러다간 진정 큰일이 나겠어요."

"아주 지랄 발광 떠는 방법도 가지가지야!"

길쭉하고 매끄러운 목에 퍼런 핏줄이 솟을 정도로 매섭게 소리친 서나는 당장 송우의 어깨를 움켜쥐어 다련에게서 떨어뜨렸다. 삽시간에 내던져지듯 밀쳐 내진 송우는 어지럼증을 참으려 이를 악물었다.

"뭐야?"

시야가 뱅뱅 돌아 두 손으로 바닥을 짚어 겨우 버티는 참, 따스한 온기가 양팔에 와 닿았다. 이제는 낯설지 않은 중저음의 목소리도. 물론 지난날 대화를 나누던 그때와 다르게 어투가 상당히 싸늘했지만.

"예…… 호."

고개를 든 송우의 눈동자에 익숙한 누군가가 비쳤다. 그 익숙한 사내의 등장에 설핏 반가운 기분이 든 것이 잠시, 의문이 뒤따랐다. 왜 룬이 이곳에 있을까. 여긴 분명 자신의 거처인, 이제는 부녀자가 된 저의 안채인데.

"저 계집이 왜 여기 있는 거야?"

송우는 혼잣말을 하듯 작게 되뇐 룬을 멀거니 올려다보았다. 어딘가 왕자의 첩실에게 향한 그의 눈빛이 차가웠다.

"왜 홍다련이 네 방에 있는 거지?"

그러나 첩실을 쳐다볼 때와 달리 자신에게 향한 그의 표정은 한결 온순했다. 마치 지난날 북저에서 함께 시간을 보냈을 때처럼. 더는 내게 차게 굴지 않는구나 그리 생각이 들어 오묘한, 나쁘지 않은 기분을 느끼던 송우는 뒤늦게 정신을 차렸다. 지금은 이런 한가한 생각을 하고 있을 때가 아니었다. 은근슬쩍 솟는 기쁨을 느낄 때가 아니었다. 다급히 룬의 팔을 붙든 송우가 부탁했다.

"예호. 저희 언니를, 서나 언니를 부디 말려주시어요."

"내가 왜?"

"왜라니……."

분명 온순한 표정을 짓고 있는, 꽤 따스한 어투로 말하고 있는 룬이건만 그의 입술 새로 흘러나온 답이 의외였다. 그러나 곧 룬이 다련이 임부라는 사실을 모를 수도 있다는 것을 떠올린 송우는 덧붙였다.

"화선댁은 임부입니다. 그러니……."

"그게 뭐?"

"……."

"내 알 바 아니야. 게다가 저 계집은 맞을 만해."

얄궂게 웃어 보이는 룬을 넋이 나가 쳐다본 송우는 비록 그의 입가에 미소가 걸쳐 있다고 하나 눈동자에는 잔혹함이 서려 있다는 것을 깨달았다. 이 사내가 대체 어찌 이러나. 이번에는 자신이 아니라 화선댁을 탐탁지 않아 하는 건가.

떠오른 의문을 떨쳐 내고 몸을 일으키는 참, 송우는 룬이 자신의 양팔을 붙든 손아귀에 힘을 싣자 조급히 말했다.

"도와달라 하지 않겠습니다. 그렇지만 저까지 말리지는 마시어요."

"감싸지 말고 내버려 둬. 친언니가 아주 잘하고 있는데 뭐 하러 굳이 힘을 빼? 몸도 좋지 않아 보이는데. 많이 아파?"

잘하고 있다니. 정말이지 도움을 주지 않을 거면 방해는 하지 말던가. 뒤에서 찰싹 하는 소리가 날아들어 송우는 재차 권유했다.

"예호, 놓아주시어요."

"싫어."

"륜, 놓아 달라 했습니다!"

떼를 쓰는 아이를 다그치듯 말하자 의외로 순순히 팔을 붙잡은 손이 떨어져 나갔다. 기운 없는 몸을 일으킨 송우는 움켜쥔 다련의 머리채를 뒤흔드는 서나를 말리려 애썼다. 그래도 내리 맞고 있는 줄 알던 이가 반항을 하긴 모양인지 언니의 양팔을 움켜쥔 화선댁의 작은 손에 핏줄이 불거져 있다.

"놔요! 놓…… 으란 말이야!"

"놓긴 뭘 놔, 이 뻔뻔한 년아!"

"언니, 제발 그만하시어요!"

뒤엉킨 두 여인 사이에 겨우 끼어든 송우는 보호하듯 다련의 앞을 막아섰다. 거친 숨을 씨근거리며 다련을 노려보던 서나가 한 걸음 뒤로 물러서자 그녀의 기세가 한풀 꺾인 것인가. 희망 섞인 바람이 들었으나, 그런 송우의 기대를 무참히 부수듯 서나는 방 한편에 놓인 난 화분을 들어 올렸다. 그녀가 다시 다가오자 송우는 다련을 더욱 단단히 자신의 뒤로 숨겼다.

"서나 언니, 정녕 이이를 해하려 하십니까? 대체 어찌 이러세요! 진정하시고 당장 내려놓으세요."

"속도 좋아. 저년을 감싸고 싶냐?"

"화선댁은 아이를 가졌다 말씀드리지 않았습니까!"

"그래서 어쩌라고? 등신처럼 굴지 말고 넌 꺼져!"

악을 쓰는 서나의 양팔을 안간힘을 다해 붙잡은 송우는 얼어 있는 다련을 재촉했다.

"화선댁, 어찌 그렇게 서 계십니까! 당장 별당으로 돌아가세요!"

"돌아가긴 어딜 돌아가! 나가고 싶거든 죽어서 나가, 이 여우 같은 계집아!"

날카로이 소리친 서나가 움켜쥔 화분을 치켜들자 꼼짝 않는 다련을 감싸 안은 송우는 두 눈을 질끈 감았다. 그러나 분명 둔탁한 소리가 들렸거늘 아무런 충격이 와 닿지 않았다. 결국 화선댁이 맞았는가? 심장이 철렁 내려앉는 듯해 송우는 눈을 떴다. 차림새가 엉망인 데다 입술이 터지긴 했지만 그녀는 마지막으로 보았을 때와 똑같았다. 안도가 되어 멈춘 숨을 몰아쉰 송우는 곧 자신이 누군가에게 안겨 있단 것을 깨달았다.

"륜……."

친언니를 향해 등을 돌린 채 저를 감싸고 있는 그를 살피는 송우의 낯빛이 허옇게 질려갔다. 그나마 다행일까. 바닥에는 고운 흙과 아름다웠던 난초가 뿌리째 쏟아져 있지만 언니는 화선댁을 죽일 생각까진 없었는지, 아니면 그래도 여인이라 힘이 모자랐던지 그녀의 손에 들린 화병은 깨어져 있지 않았다. 그렇지만 분명 휘둘러진 그것에 맞은 륜의 등에는 피멍이 생겼을 것이다. 그 생각을 하자 왈칵 눈물이 치솟으려 해 울상을 한 송우는 저도 모르게 사내의 팔을 붙들었다.

"무슨 여자가 이래?"

"륜, 괜찮으십니까? 아니, 괜찮을 리가 없지. 아프시지요."

"이놈은 또 뭐야?"

당혹과 미안함을 감추지 못한 걸로 모자라 눈물까지 글썽이는 송우에게서 억지로 눈을 뗀 륜은 서나를 돌아보았다. 네놈은 무어냐고 다시 한 번 더 성이 나 소리치는 서나에게 그가 타박했다.

"조준이라도 잘하던가. 애먼 애 다치게."

"뭐? 송우야, 이놈은 뭐니? 무언데 너한테 손을 대?"

"지금 이게 무슨 짓입니까?"

낯선 사내가 여동생을 감싸 안은 어이없는 광경에서 눈을 뗀 서나는 홱 몸을 비틀었다. 문가에 선 누군가를 발견한 그녀의 눈꼬리가 살쾡이의 그것처럼 치켜 올라갔다. 모르는 이에게로의 경계심, 의구심을 대신해 새롭게 시야에 들어온 왕자를 향한 분노가 치솟아 서나는 두 손에 든 화분을 염을 향해 내던졌다. 반 발자국가량을 남기고 미처 그에게 닿지 못해 바닥에 처박힌 푸른빛의 자기가 산산이 조각났다.

✽

파리한 안색으로 굳어 있는 다련의 입술에 선혈이 비쳤다. 항시 곱게 빗겨 있던 머리카락이 엉망진창이다. 그녀의 모습만 봐도 염은 마주한 상황을 충분히 파악할 수 있었다. 의문은 대체 무슨 일로, 혹은 어떠한 이유로 건 륜이 자신의 정실 소유의 안채에 있느냐는 것이다. 그것도 저런 자세로. 바싹 붙어 있는 두 남녀를 주시하는 염의 미간이 미세하게 구겨졌다. 기분이 별로 좋지 못했다.

왕자의 시선을 느낀 륜은 여유롭게, 그리고 신속히 그러안은 송우를 놓아주었다.

"아!"

이제는 지아비까지 등장했으니 창황(惝怳)이 커져 가는 것은 당연한지라 멀거니 염을 바라보던 송우는 다련이 쓰러지듯 보료 위로 주저앉자 다급히 그녀의 곁에 자리했다.

"화선댁, 어디가 불편한 겁니까?"

"배가……."

천천히 숨을 고르는 다련과 그런 그녀를 살피는 송우에게 염이 걸음을 내디뎠다. 그러나 서나는 그의 앞을 막아섰다.

"왕궁에서 자란 놈들은 다 이 모양 이 꼴인가?"

"……."

"지존의 아드님이라기엔 부잡스럽잖아. 지난날 아버님 댁에 찾아왔던 그 어린놈도 형편없는 꼬락서니가 가관이더니, 정녕 진(振)이 망하려는 건가? 어찌 주상 전하의 자식이라는 놈들이 다들 이렇게 저급해?"

대답 없이 자신을 스쳐 지나가려 하는 염의 멱살을 서나는 거세게 틀어쥐었다.

비록 성정이 만만찮다고 하나 체력은 여인인지라 마음만 먹는다면 서나의 섬섬옥수를 뿌리치는 일은 일도 아닐 테지만 염은 그녀를 뿌리치지 않았다. 그녀에게 충분히 거친 대접을 받을 만하므로.

"처형께서 어찌 이러시는지 압니다. 이 모든 것, 제 잘못이니 원하는 만큼 탓하십시오. 하나 제 첩은 홀몸이 아닙니다."

덤덤히 말하는 염에게 서나는 아무 대꾸를 하지 않았다. 대신 고분고분히 멱살을 움켜쥔 손을 푼 그녀는 그저 물끄러미 염을 올려다보았다.

"처형?"

작게 되뇐 서나의 표정이 워낙 담백한지라 상황을 모르는 이가 보았다면 그녀가 방금 전까지 화가 나 있었다는 사실을 깨닫지 못할 정도였다.

"누가 네놈의 처형이야?"

"……."

"난 너같이 더럽고 시답잖은 제부 둔 적 없어!"

안채가 뒤흔들릴 만큼 크게 쏘아붙인 서나가 온 힘을 다해 주먹 쥔 오른손을 왕자의 뺨을 향해 휘둘렀다. 퍽 하는 제법 커다란 소리가 반향을 일으켰다.

"서, 서나 언니, 어찌……."

"천하에 둘 없을 졸렬한 자식! 저 뻔뻔하고 앙큼한 년보다 네놈이 훨씬 더 역겹고 추잡스러워! 금수만도 못한 연놈들이 감히 내 동생한테 이딴 짓을 해?"

다시 한 번 더 염을 때리려는 듯 덤벼드는 서나의 허리를 감싸 안아 제지한 송우는 침묵한 채 그 자리 그대로 서 있는 염을 바라보았다. 여인에게 맞았다고 믿기지 않을 정도로 그의 뺨에 새겨진 붉은 기가 생생했다.

"화선댁을 데리고 가셔요, 어서."

"네깟 놈도 사내더냐? 네놈 수준에 딱 맞는 저 오라질 년과 희희덕대지 주제도 모르고 내 동생을 넘봐? 대체 무슨 음험한 속셈을 품고 있는 거야?"

어찌 우두커니 서서 아무 말도 않고 마치 맞기로 작정한 이처럼 저러고 있는가. 여전히 륜은 여형제를 말리는 것을 도와주지 않을 듯 강 건너 불구경을 하듯 이 점입가경의 사태를 관망만 하고 있는 데다 서나는 점점 더 광포해지니 마음을 다잡은 송우는 지아비를 향해 자못 모질게 쏘아붙였다.

"진양군 대감, 화선댁을 데려가라 말씀드렸습니다! 전 지금 대감과 화선댁을 보고 싶지 않으니 제 처소에서 나가주시란 말입니다!"

"속없는 년처럼 굴지 말고 당장 이거 놔! 저런 놈은 명태 두들겨 패듯 흠씬 때려줘야 돼!"

"아니 돼요! 서나 언니, 제발…… 아!"

거칠게 떠밀린 송우가 휘청거리자 뒤편에 물러나 있던 륜은 재빨리 그녀를 지탱해 중심을 잡아주었다. 진양군을 흘끗 돌아본 그는 무심히 그녀에게서 손을 떼고 곧장 서나의 양 손목을 붙잡아 제지시켰다.

"이거 놔! 넌 대체 뭐니?"

자신을 쳐다볼 때와 달리 무정하고 싸늘한 표정을 짓고 있는 륜을 송우는 흘끗 돌아보았다. 얼굴빛이 좋지 못하지만 서나 언니를 붙잡고 있는 것을 보면 도와주겠다는 뜻이겠지. 그리 결론을 내린 송우는 염의 팔을 붙잡아 다련에게 끌고 갔다.

"데리고 가십시오."

"……."

"서나 언니 때문이 아니라 제가 화선댁과 대감을 보고 싶지 않습니다. 하니 당장 안채에서, 제 시야에서 사라지세요."

부러 냉담히 소리 낸 송우를 잠시간 내려다본 염은 다련을 안아 들었다.

"꼴같잖은 왕자 흉내 내지 말고 그년이랑 내 동생 인생에서 영원히 꺼져 버려!"

서나의 쩌렁쩌렁한 고함이 울리는 틈을 타 염은 책사에게 나직이 말했다.

"건륜, 움직이거라."

짤막한 한마디를 남긴 염이 사라지자 그의 뒷모습에 붙박은 싸늘한 눈길을 거둔 륜은 재빨리 송우를 돌아보았다. 병풍을 향해 돌아서 있는 그녀가 무슨 표정을 짓고 있는지 알 수 없었다.

"움직이거라."

그 짧은 한마디가 무엇을 뜻하는지 잘 알거니와 항상 기다려 왔
거늘, 예상보다 계획이 조속해졌으니 기뻐야 하거늘, 그렇지만 전
혀 좋지 않았다. 이상하게 엄청난 반발감이 속을 채워가 륜은 점점
더 차게 식어갔다.

"예호께서도 돌아가세요."

"……."

"지금 저는 북저에서의 지난날과 비교가 되지 않을 만큼 부끄럽
습니다. 그러니 돌아가 주셔요."

"……."

륜이 밖으로 향해 자유로워진 서나는 송우의 어깨를 거칠게 움
켜쥐었다.

"너 뭐야? 왜 말 안 했어? 그리고 그 연놈들이 무엇이 어여쁘다
고 감싸고 앉아 있어! 영리한 줄 알았더니 어쩜 그렇게 멍청하
게……."

돌려세운 여동생을 보자마자 서나의 입술이 앙다물어졌다. 그다
지 서글픈 표정을 지은 것도 아닌데 동생의 두 눈에서 눈물방울이
잠연히 흘러내렸다.

"송우야."

"아버님, 어머님께 아무 말씀 마시어요."

"……."

"그리고 제발 부탁이니 다시는 그분과 화선댁에게 금일처럼 하
지 말아주세요."

"……."

"저를 아끼기에 그러셨다는 것을 알지만 언니가 그러실수록 저는 더욱 비참할 뿐입니다."

흘러내리는 눈물을 덤덤히 닦아낸 송우는 서나를 똑똑히 마주 보았다. 걱정 가득한 표정의 친언니가 지극히 자신을 위하는 것을 알지만, 하여 소란을 벌였음을 알지만 속이 후련하기는커녕 더욱 비참하고 굴욕스러웠다.

"오래 이야기를 나누지 않은 터라 자세히 알지는 못하오나, 어차피 혼인을 치르게 될 것이면 그분과 치러도 나쁘지 않을 것 같사옵니다."

분명 자진해서 그렇게 말했거늘. 그와 혼례를 올리고 함께 살아가다 보면, 한 해 두 해 깊은 정이 쌓이다 보면 그 감정이 은애가 되어 행복해지겠거니 단단히 착각을 했거늘. 바보처럼 그와의 입맞춤에 설레어 했거늘.

비록 혼담의 시작은 제 뜻은 아니었지만 지아비와의 그것을 자신은 거부하지 않았다. 결국 군왕인 시부의 뜻을 따랐어야 하는 상황이었다 해도 마음으로나마 그를 받아들이지 않고 밀어낼 수 있었는데, 한데 그러기는커녕 오히려 은근슬쩍 들떠 했다. 그래서 부친에게 어차피 혼인을 치른다면 진양군과 치러도 나쁘지 않을 것 같다 망발을 지껄였다. 그도 모자라 마음 한편에 그를 받아들였다. 그러니 작금의 이 공참한 상황은 오롯이 저 스스로 감당해야 할 몫이었다.

자신의 편을 드느라 회임을 한 친언니가 몸이 상할지 모르는 위협을 무릅쓰고 화를 내게 하고 싶지 않다. 미안한 마음이 드는 것은 물론이거니와 거세게 왕자와 화선댁에게 화를 내는 언니의 모습을 봄으로써 저가 처한 상황이 참으로 초라하다는 사실을 재확인받는 듯해서. 더군다나 이미 알게 된 지 얼마 안 된 사내에게, 륜에게 지아비와의 좋지 못한 사이를 들켰건만 자꾸만 소란이 일었다 혹여 더 많은 이들이 틀어진 부부지간을 알게 될까 두렵다. 정인이 있는 사내에게 정신이 팔려 혼례를 올려놓고 첫날부터 소박을 당한 못난 여인이라더라 하는 조롱을 당하기도 싫고, 그도 모자라 양친이 자신을 걱정하는 것도 싫다.

아무리 이 모든 상황이 제 몫이라 한들 그것들까지는 버티지 못할 듯했다. 뺨을 타고 또르르 흘러내리는 눈물방울을 닦아낸 송우는 울음기 섞인 목소리로, 그러나 최대한 다부지게 말했다.

"서나 언니, 약조해 주세요. 아버님과 어머님께 아무 말 않겠다고."

"……"

"제 몫입니다. 제가 그분께…… 마음이 없지 않아 어리석은 선택을 했어요. 하니 아버님께서 알게 되시어 당신 스스로를 책망하시는 일은 없어야 합니다. 그리고…… 저는 지아비에게 사랑받지 못하는 정실이라 세간으로부터 동정 어린 눈빛을 받고 싶은 마음은 추호도 없습니다."

"……"

"그러니 약조해 주세요. 부모님께 아무 말 않겠다고. 다시는 화선댁과 대감께 오늘과 같은 일을 되풀이하지 않겠다고."

"……알았어."

"고마워요, 언니."

고맙다고, 나직한 그 말이 심장을 후벼 팠다. 홀로 짊어지려 하는 여동생이 안쓰러워 전신을 타고 역정이 치솟았다. 애써 작은 미소를 지어 보이는 송우에게 마찬가지로 웃어 보이려 했지만 필시 자신의 표정은 일그러졌을 터였다. 하여 표정을 관리하는 것을 포기한 서나는 그저 여동생의 손을 투박스럽게 움켜쥐었다. 아무리 참고 억누르려 노력해도 두 사람을 향한 화가 사그라지지 않았다.

*

털썩, 침상 끝에 등을 기대앉은 륜의 눈앞에 반 시진 전의 장면들이 스쳐 지나갔다. 덕분에 아직 가라앉지 않은 거센 분노가 두 배, 세 배로 불어갔다. 어디 그뿐인가. 왕자에게로 향한 원망 또한 그 몸집을 부풀려 갔다.

"건륜, 움직이거라."

그 상황에, 유송우가 당황에 절어 있는데 이성을 차리고 명령을 내릴 정신도 있고. 대단해. 정말이지 역사책에 길이 남을 위대한 성군이 되겠어.

한껏 비꼬아도 기분은 전혀 나아지지 않았다. 나아지기는커녕 불만이 줄줄 뒤를 이었다. 대체 어쩌다가 벌써 홍다련의 존재를 들켰던가. 설사 예기치 않게 그년을 들켰더라도 쫓아냈어야지 왜 유송우와 한집에 두었느냔 말이다.

"젠장! 빌어먹을!"

결국 화가 폭발해 버럭 욕지거리를 내뱉은 륜은 침상 옆의 야트막한 탁자를 거칠게 쓰러뜨렸다. 푸른 핏줄이 돋아날 정도로 한가득 힘이 실린 사내의 두 손에 내처진 탁자와 그것 위에 올려 있던 잡다한 물건들, 단도며 잔, 벼루 등이 바닥에 떨어져 둔탁한 굉음을 만들었다.

"지금 저는 북저에서의 지난날과 비교가 되지 않을 만큼 부끄럽습니다. 그러니 돌아가 주셔요."

그 상황이 유송우가 부끄러워해야 할 상황이었는지는 모르겠지만 한 가지는 확실했다. 그녀가 현재 매우 힘들 거라는, 왕자와의 신혼집에서 행복하기는커녕 그곳이 지옥같이 느껴질 거라는 것.

"흐흐흑, 남편 때문에."

그래서 울었나. 홍다련을 알게 되어서. 진양이 그 계집에게만 살갑게 대하고, 보듬고, 아까처럼 넌 거들떠도 보지 않고 그년만 챙겼던 거야?
"송우야……."
안 돼. 이건 아니야. 이래선 안 된다고. 네 지아비는 너만을 보아야 돼. 그가 왕이 됨으로써 누리게 될 그 모든 것을 공유해야 하는 누군가는 홍다련이 아니라 내가 지옥 구덩이에 밀어 넣은 너여야 해.

"예호, 저희 언니를, 서나 언니를 부디 말려주시어요."

아직 화마에 휩싸인 속이 가라앉지 않았건만, 그럼에도 그 난리통에 끝까지 홍다련을 감싸던 송우가 생각나자 속이 쓰렸다. 진양군, 홍다련, 그리고 스스로에게 엄청난 혐오감이 느껴졌다.

"착해 빠져서는."

룬은 지끈거리는 이마를 감싸 쥐었다. 그의 입술 새로 고뇌에 전 한숨이 흘러나왔다.

4장 권모술책(權謀術策)

그는 공손히 자리하는 사위에게 유한 표정을 지어 보이지 않았다. 어서 오라 자리에서 일어나 반기지도 아니했다. 혈기왕성한 젊은 시절 변방에서 이름을 떨치기를 시작으로 지난 삼십여 년, 선왕 시절 단 한 번의 파직을 제외하고는 병조판서로서 조정의 중심에 있던 명망 높은 정치가의 낯빛은 그저 무감정했다. 그가 그리 무표정한 이유는 차마 사위에게 웃어 보일 수 없어서가 아니었다. 바로 전일 사위와 여식이 함께 인사를 왔을 때 그는 아무것도 모른다는 양 인자한 미소로 일관했으니까. 하지만 딸아이 없이 반자지명만을 홀로 불러들인 금일은 굳이 관대한 태도를 내보일 필요가 없었다.

"송구합니다, 장인."

"무엇이 송구한가?"

마주한 장인은 적어도 겉으로 보기에 평온하기 이를 데 없었다. 그러나 그에게서 흘러나오는 위엄이 생생하거니와 전날 정실과 함께 찾아뵈었을 때와 달라진 어투를 말미암아 그의 심기가 불편하다는 것을 염은 충분히 느낄 수 있었다. 젊은 관료들은 눈도 마주치지 못한다는 고장지신의 깊디깊은 눈빛을 덤덤히 받아낸 염은 천천히 입술을 떼었다.

"처형이 전언했을 것입니다."

"⋯⋯."

"그저 면괴합니다."

유택은 아무 말 않고 왕자를 지켜보기만 하였다. 공손히 머리를 조아려 사죄하는 사위의 태도 하며 말소리에서 조롱기 따위는 전혀 묻어 나오지 않았다. 온전한 진심이었다. 이윽고 다시 마주하게 된 염의 두 눈을 유택은 가만히 들여다보았다. 그의 연륜으로 가득한 주름진 두 눈이 가늘어졌다.

진양군 염. 어렸을 적 총명하다, 영명하다 소리를 줄곧 듣곤 하던 후궁 소생의 왕자. 그러나 유년기 동안 빈번하게 칭찬을 들은 왕자는 철이 들기 시작한 무렵에서부터 지금까지 범부에 지나지 않다는 평을 들어왔다. 글자 그대로 일개 평범한 사내. 하나 작금 마주한 사위의 두 눈에 비치는 그 무언가가 유택의 주의를 끌었다. 어제까지 내비치지 않던 그 무언가. 그가 딱히 딸아이에게 넘치지도 모자라지도 않는 마냥 범인이 아니었던가? 한줄기 불길한 기운이 노쇠한 이의 등허리를 타고 흘렀다.

"송구한 줄 알면서 어찌 그런 겐가."

조용한 음색이었으나 염은 노기 한 조각 묻어 나오지 않는 장인의 목소리에서 큰 무게감을 느꼈다. 어찌 그가 진의 대호라 불리는지 오늘에서야 제대로 이해가 되었다.

"그전에 장인께 묻고 싶은 것이 있습니다. 머지않아 권좌에서 물러나려 하신다 들었습니다만, 사실입니까."

"동문서답이다!"

중후한 일갈이 헛소리 말고 묻는 말에나 답을 하라 경고했다. 날카로워진 눈초리를 한 유택에게 염은 공손히 고해 올렸다.

"장인, 부족한 소자, 왕좌를 원합니다."

"……."

"하니 일선에서 물러나실 시기가 아닙니다."

설마 하였거늘 불길한 예상은 들어맞고 말았다. 만약 대역무도한 발언을 내지른 이가 다른 이였다면 당장 분기충천한 속을 곧이곧대로 표출할 테지만 예순의 무장은 침묵을 지켰다. 그리고 그런 그를 대신하듯 벌컥 열린 문 틈새로 찢어지는 것 같은 날카로운 외침이 날아들었다.

"아버님! 짐승만도 못한 이런 놈의 망언 따위, 더는 들으실 필요 없습니다!"

"나가 있거라."

"송우를 데려와야 합니다! 차라리 남편에게 쫓겨났다, 흠이 있는 여자다 사람들에게 손가락질을 받고 말지 저런 놈과 살게 할 수는 없어요!"

"나가 있으래도!"

뇌성 같은 고함에 입술을 앙다문 서나는 염을 노려보았다. 그저 못나기 짝이 없는 놈인 줄 알았는데 그게 다가 아니었다. 미쳐도 단단히 미친놈이었다.

"아버님!"

"네 그 앞뒤 분간 않는 성질을 내보일 상황이 아니니 나가라 하였다!"

"……."

"애꿎은 네 동생을 죽이고 싶은 게 아니라면 소란 떨지 말고 나가거라."

피가 날 정도로 입술을 깨물며 염을 노려보던 서나가 물러나자 언제 고함을 쳤냐는 듯 유택은 차분히 권했다.

"계속하게."

"사위도 엄연한 자식이라지 않습니까. 병권을 장악하고 계신 장인께서 못난 아들을 도와주십시오."

"반역이 그리 쉬운 게 아니거늘, 설마하니 순진하게 내가 돕는다고 왕위를 찬탈할 수 있을 거라 생각하진 않겠지?"

"왕비와 진유를 따르는 세력들은 제 책사가 덫을 놓아 일시에 처리할 것입니다. 궐내는…… 왕세자와 왕비는 제가 맡을 것이니 장인께선 당일 군사를 움직여 주시면 됩니다. 그것이 전부입니다."

"……."

"물론 제 쪽에서 또한 사병을 상비해 놓았으니 부디 염려 마십시오."

젊은 날의 호기가 아니었다. 비록 자세한 구상을 듣지 않았지만 유택은 이 계획이 아주 오래전부터 준비되어 왔다는 것을 직감적으로 꿰뚫었다. 그리고 사위와의 이 대치 속에서 절대적으로 불리한 쪽은 자신이라는 것도.

"장인, 애틋하진 않을지언정 저는 송우를 아낍니다."

"……."

"저희 이미…… 부부가 되지 않았습니까. 제 여인이니 일이 잘못되면 무탈하겠습니까. 저와 함께 죽음을 맞을 테지요. 그러니 장인께나 제게나 최귀인인 송우를 생각해서라도 반드시 이 일을 성사시켜야 합니다."

구태여 송우와 아직 초야를 치르지 않았다는 사실을 꺼내지 않은 염이 유택의 눈치를 살폈다.

"달리 방도가 없는 게지."

혼잣말을 하듯 중얼거린 유택의 눈앞에 둘째 딸이 떠올랐다. 사위가 소리 낸 바는 권유를 가장한 협박이었으며 선택지는 단 하나뿐이었다.

진양군은 결코 왕위 찬탈을 포기하지 않을 테니 군왕이 되지 못한다면 그의 말대로 딸아이는 살아남지 못할 것이다. 역모의 역 자만 소리 내어도 목이 베일 수 있거늘, 그것을 실행하려 하는 이를 낭군으로 두었으니 왕비가 되지 못하면 제 지아비와 함께 형장의 이슬로 사라지겠지. 구족을 멸하는 죄명이 역모인즉 결혼을 파하겠다 일방적으로 선언하고 처가로 데려온들 그 여파를 피할 수 있을까. 전처일 뿐이다 우긴들 무사할까. 결코 그렇지 않을 터.

"내 다시없을 크나큰 과오를 저질렀구먼. 가내에 이리를 들였어."

"송구할 따름입니다."

감히 과오라 표하는 정도로 가당한가. 주름진 이 두 손으로 딸아이를 사지로 밀어 넣었는데. 그렇지만 저도 이제 늙은 겐지 아직 이 한목숨 종묘사직을 위해 바치는 것 따위야 두렵지 않으나 여식을 죽게 할 엄두가 나지 않았다. 상상만으로 입안이 바싹 말라왔다.

✳

하늘 아래 머리 좀 쓴다 하는 인재들이 십 중 구 할 조당으로 모인다면 신묘한 재주를 가진 이들은 수부의 북저자로 모여들었다. 그리고 지금 구창의 뒤를 따르는 거태수란 자도 그런 이들 중 하나였다. 어디서 굴러먹던 이인지 모를 그이는 몇 해 전까지 툭하면 노름빚을 갚지 못해 채귀들에게 구타를 당하곤 했는데 그런 그를 륜이 도와주었다. 그 이후 이자는 륜이 죽으라면 죽는시늉까지 할 정도로 충성을 바쳐 왔다.

당시만 해도 어찌 저런 놈을 도와줄까 의아하던 구창은 한참 뒤에 거태수가 참으로 탁월한 손재주를 가진 이라는 사실을 알고는 형님으로 모시는 사내에게 다시 한 번 크게 탄복했다. 노름만 못 할 뿐이지 그 뛰어난 손재주로 거가(哥)는 그림이면 그림, 조각이면 조각, 온갖 형체를 가진 것들을 모사하는 데 있어 출중하다 표현하기 부족할 정도로 출중했다.

"대장님이 아프다면서?"

본디 소문이란 어디서나 네발 달린 짐승과 비교도 되지 않을 만큼 빠르지만 북향의 저자에서는 더욱이 그랬다. 특히나 탁류들 사이에서 워낙 유명한 그의 형님에 관해선 더더욱. 거태수를 흘끗 돌아본 구창의 미간이 구겨졌다.

"아프기보다는……."

무언가가 또 마음에 들지 않는 게지. 자세한 정황은 모르지만, 어찌 됐건 분명한 사실은 형의 상태가 좋지 못하단 거였다.

"형님 기분이 좋지 않으니까 행동거지 조심하쇼."

경고를 던진 구창은 북저의 일 층 주점 가장 구석진 자리로 다가갔다. 거태수를 찾으러 떠났을 때와 마찬가지로 형은 둥그런 탁자에 엎드려 있었다. 대개의 경우 무언가 마음에 들지 않는 일이 있을 때에는 조용한 사층의 처소에 있곤 하는데 어찌 왁자지껄한 이곳에서 이러고 있는지 알 수 없었다.

"륜이 형님, 데려왔습죠."

"이놈을 찾으셨다면서요. 하명만 하십시오."

두 사내의 목소리가 모두 날아들어서야 륜은 천천히 상체를 일으켰다. 젊은 미장부의 얼굴 가득 올곧게 떠올라 있는 것은 지독한 짜증과 싸늘함이라 구창과 거태수는 더는 아무 말 않고 하염없이 기다렸다.

"받아."

여전히 제 쪽으로 눈길 한 번 주지 않은 륜이 돌돌 말린 청색 빛의 비단 족자 하나를 내밀자 태수는 얼른 그것을 받아 펴보았다. 새하얀 종이에 각기 다른 커다란 문양 두 개가 찍혀 있다. 그것들이 꼭 인문(印文) 같았다. 흘끔 륜을 쳐다본 태수는 다시 족자를 돌돌 말아 소맷부리 안에 밀어 넣고 명을 기다렸다.

"그 모양, 크기 그대로 인장을 만들어 와."

"예사롭지 않은데 뉘의 것인지요?"

"왕비와 세자."

"예?"

이 사내가 또 무슨 꿍꿍이인가. 삽시간 움찔 몸을 떨고 만 구창과는 달리 태수는 벌벌 떨다 못해 파랗게 질려갔다. 두 손이 경련이 일다시피 흔들렸다.

"아니, 대장님, 저 이래도 되는 겁니까? 목 달아나는 거 아닙니까? 감히 높으신 분들 어보를……"

"실수했다간 나한테 먼저 손모가지 잘릴 줄 알아."

"아이고, 예에. 명심하겠습니다."

"그리고……"

말끝을 흐린 륜의 미간이 구겨졌다. 나약해지기라도 한 건가. 왜인지 간단한 그 말 한마디를 꺼내기가 망설여졌다. 그것도 모자라 기다리던 때가 왔는데 자꾸만 그 모든 것을 실행하기가 주저되었다. 난역이 일어나면, 그리고 그 중심에 왕자와 더불어 자신이 있다는 사실을 알게 되면 유송우는 뭐라고 할까. 숱하게 많은 피가 흐를 텐데 그 가운데 서 있을 저가 사람도 아니다, 다신 얼굴 한 번 보여주지 않으면 어찌해.

"내가 겨우 여자 하나 때문에 이딴 고민을 하다니."

혼잣말을 하듯 작게 뇌까린 륜의 두 눈동자가 어둡게 가라앉았다.

"그리고 뭐 또 필요하신 거라도?"

"비상 말고 잘 알려지지 않은 효과 좋은 무색 무취의 독."

걸상의 등받이에 등을 기대 늘어져 앉은 륜은 차분히 말했다.

유송우 때문에 멈출 일은 없을 것이다. 멈추기에는 이미 늦었다. 지금처럼 실수라 여기는 날이 올 줄 모르고 왕자의 품에 그녀를 밀어 넣은 순간 이미 활시위는 당겨진 것이나 마찬가지인즉, 역심을 품은 이와 연을 맺은 여인이 살아남을 방도는 왕후가 되는 것밖에 없었다. 이제는 자신과 왕자의 바람을 위해서만이 아니라 수어지교를 살리기 위해서라도 왕위는 찬탈되어야 했다.

"도박장에서 만나 친해진 이 중에 신행역관 밑에 있던 자가 있는데 한번 물어보겠습니다. 한데 그건 어인 일로 찾으십니까?"

"그냥."

"……."

"죽여야 되나 싶은 년이 있어서."

"으흐흑, 남편 때문에."

아직도 굵은 눈물방울을 뚝뚝 떨어뜨리던 모습이 선명하다. 착해 빠져서는. 원수 같기만 할 홍다련을 감싸던 모습도.

홍다련. 그 계집은 다른 건 몰라도 진양군만은 지극히 생각하는 계집이건만. 한데 그런 계집이 성급히 존재를 드러냈다는 것은 무엇을 뜻하는가.

"주제도 모르고."

왕후의 자리도, 왕자의 총애도 유송우의 손에 쥐어져야 하는 것을. 또다시 짜증이 치솟아 륜은 탁자 위에 아무렇게나 엎드렸다.

머릿속을 가득 채운 온갖 잡념 탓에 잠이 오지 않아 송우는 결국 자리에서 일어나 앉았다.

어린 시절, 자주 어울리던 또래 여아 하나가 있었다. 당시에도 유명하던 서나 언니를 쫓아다니다 우연찮게 만난, 지금은 이름조차 기억나지 않는 그 아이는 알고 보니 사는 곳도 이웃했던지라 친언니와 함께 셋이서 줄곧 어울리곤 했다. 한데 이상한 점이 정답게 지내다가도 문득문득 그 아이를 시샘했다. 조용하던 저와 달리 쾌활하고 재미난 여아가 부러웠다.

일 년가량 친하게 지내던 그 애가 낙향을 한 후로는 단 한 번도 다른 누군가를 시기한 적이 없었다. 제게 없는 장점을 가진 이가 있으면 좋겠구나, 부럽구나, 혹은 저이는 저렇구나 생각하고 말았을 뿐 욕심을 내지 않았다. 한데,

"처형께서 어찌 이러시는지 압니다. 이 모든 것, 제 잘못이니 원하는 만큼 탓하십시오. 하나 제 첩은 홀몸이 아닙니다."

지아비가 그렇게 말했을 때, 그리고 화선댁을 안고 갔을 때, 어린 시절 그 아이에게 향했던 감정 비슷한 것을 되새겼더란다. 질투. 그래, 질투를 느꼈던 것 같다.

송우의 입가에 씁쓸한 미소가 번졌다. 투기라니. 제 것이었던 적이 없는 사내인데 그런 그의 여인에게 투기를 하다니, 이 무슨 크나큰 모순인가.

저 멀리 달아난 잠은 돌아올 생각을 않고 머릿속을 채우는 것은 괴로운 잡념뿐이라 자리에서 일어선 송우는 밖으로 향했다. 그러나 대청 위에 나와 서자마자 보이는 이는 애써 몸을 움직인 보람을 없게 만들었다. 언제부터, 무슨 연유로 불 꺼진 안채를 지켜보고 있었을까.

물끄러미 자신을 바라보는 염과 시선을 마주한 채 송우는 천천히 입술을 떼었다.

"화선댁은 어떠합니까?"

전일 함께 친정으로 인사를 드리러 가는 길, '그저 놀랐을 뿐 괜찮다' 소식을 들었지만 그래도 혹시나 싶어 확인차 물은 것을 어찌 된 일인지 왕자는 씁쓸히 웃어 보였다.

"혹여 무엇이 잘못되었는지요."

"괜찮으니 걱정할 필요 없소."

임부는 괜찮다. 하면 어찌 저리 심란한 기색을 내비치는가. 쌓인 정도 없을 텐데 비록 이름뿐인 부부도 부부라는 것인지 신경을 아니 쓰려야 아니 쓸 수 없었다.

"무슨 일이 있으셨습니까?"

"아니. 미안해서."

"……."

"처형의 말대로 금일의 나는 졸장부 그 자체였거든."

"그렇다 한들 어찌 제게 미안해하시는지요."

당신을 인질로 삼아 장인을 겁박했으니까. 그 말을 소리 내지 못한 염은 송우에게서 돌아섰다. 언제부턴가 처의 두 눈을 마주하면 한없이 속이 쓰렸다. 미안하고 또 미안했으며, 자신으로 인해 그 맑은 두 눈에서 눈물이 흐를까 신경 쓰였다.

"곧 알게 될 테지."

"대감."

모호한 답을 남기고선 멀어지는 염을 작게 부른 송우는 뒤를 돌아보지 않는 그를 신경 쓰지 않은 채 평온히 말했다.

"기대하고 있겠습니다."

"……."

"제게 그토록 미안해하시면서, 그럼에도 불구하고 마음에 없는 저와 혼례를 치른 연유도, 방금 그 말씀도."

딱히 원망을 표하느라 한 말은 아니건만 지아비는 자신을 돌아보았다. 그러나 그와 마주친 시선을 끊은 송우는 무심히 그에게서 뒤돌아서 어둠에 삼켜진 방 안으로 들어갔다.

✳

본래 말수가 많은 편은 아니었지만 그렇다고 웃음까지 적지는 않았다. 그러나 혼례를 치른 이후부턴 웃을 일까지 점차 사라져 갔다. 만약 곁에 비가 없었다면 정말이지 죽은 시체와 다름이 없게 지냈을 터였다.

"유송우."

의미 없는 시선을 허공에 붙박은 채 우두커니 앉아 있던 송우는 활짝 열어놓은 커다란 머름창 너머를 바라보았다. 그 방향에서 소리가 날아들었거늘 보이는 풍경은 이전과 변함없었다. 분명 륜의 목소리를 들은 것 같은데 착각이었나. 외로워서 헛것을 들은 걸까. 설마 그가 보고 싶어서?

다시 허공으로 눈길을 돌린 송우가 생각에 잠겼다.

마음 같아선 친정으로 가고 싶지만 혹여 친언니를 마주칠까, 그래서 그녀가 아무것도 모르는 양친에게 무어라 티를 낼까 무서웠다. 그렇다고 가만히 앉아 있고 싶지 않았다. 비를 데리고 저자로 나가보거나, 양일 전 결국 혼자 찾아뵌 시모에게 다시 가볼까 고민하던 송우는 목청을 가다듬는 소리가 날아들자 또 한 번 창가를 향해 고개를 돌렸다. 재차 잘못 들은 건가 결론을 내리는 찰나, 나지막한 창의 문지방 너머로 커다란 손이 불쑥 솟아올랐다. 마치 인사를 하듯 좌우로 흔들어진 그것이 사라지자 자리에서 일어난 송우는 창가로 다가갔다.

시야에 들어온, 창 너머의 쪽마루에 너무도 편안히 팔을 베고 누워 있는 그를 그녀는 조용히 불렀다.

"예호."

작게 륜을 부른 송우는 저도 모르게 빙긋 미소를 지은 채 자리에 앉았다.

"안녕."

"……."

짤막한 인사말과 함께 감고 있던 눈을 뜬 륜이 내리쬐는 햇빛에 눈살을 찌푸리자 그녀는 재빨리 가까이에 있는 서책 한 권을 집어 들어 그의 눈가를 가려주었다.

"기척을 느끼지 못하였습니다. 언제부터 와 계셨나요?"

반가운 기색을 숨기지 않는 송우를 뚫어져라 쳐다본 륜이 상체를 일으켜 앉았다. 서책을 들고 있느라 팔이 아플까, 송우의 가녀린 손목을 붙잡아 끌어 내린 그가 가볍게 물었다.

"반갑지?"

"예."

"……."

먼저 물어놓고선 그렇다 하니 되레 딴청을 부린 륜이 한참 만에 다시 자신을 쳐다보자 송우는 샐쭉이 웃어 보였다. 반면 륜은 잔뜩 인상을 찌푸렸다.

"외간 남자한테 반갑다 하는 것도 모자라 웃어 보이고."

"언제는 제 수어지교라 우기시더니 지금은 어찌 외간 남자인가요?"

"……."

"륜에게, 아니, 예호께 부끄러운 모습을 많이 보였는데…… 그런데도 반가워서 그럽니다. 그러니까 너무 타박을 놓지 말아주세요."

"알았어."

"한데 대체 언제 오신 건가요? 정말이지 인기척을 느끼지 못하였는데."

"반 시진 전쯤?"

"그렇게 오래전에요? 하면 자는 척을 한 게 아니라 진정 주무신 것입니까?"

"……."

막 눈을 떴을 때 본 꽤 뚱한 표정이 아닌, 한결 생기가 도는 얼굴을 하고 있는 송우를 이리저리 살핀 륜이 대뜸 말했다.

"나, 나쁜 짓 하러 가."

그러니까 아쉽지만 당분간 너를 보러 올 수 없다. 거기까지 소리 내지 않은 륜은 송우의 시선을 회피했다. 좋지 못한 짓거리나 하고 다니는 당신 같은 사람과 알고 지내고 싶지 않노라. 괜스레 그 같은 말소리가 도홧빛 입술 새로 날아들 거라는 망상이 들어 은근슬쩍 긴장되었다.

"북향의 저자에선 온갖 악행이 일삼아진다던데, 그런 곳에 자주 드나드시는 예호께서 도리에 어긋난다 생각하실 정도로 나쁜 짓인 건가요?"

그러나 마침내 날아든 듣기 좋은 목소리에는 실망감 비슷한 것이 전혀 담겨 있지 않아 륜은 고개를 들었다. 잠시간 생각한 그가 성실하게 답했다.

"도리에 어긋나는지는 모르겠지만 너 같은 애가 들으면 안 될 정도로 무서운 짓이긴 하지."

"……."

송우는 빤히 륜을 바라보았다. 의미심장하게 느껴지는 말을 한 그의 표정이 심란했다. 어찌 보면 비를 맞아 처량한 강아지처럼 보이기도 하고, 무언가를 걱정하는 듯도 싶고, 하고 싶은 말이 있는데 망설이는 것도 같았다.

"하면 저는 예호께 무엇을 해드리면 될까요?"

"……."

"부디 그러지 말라 만류할까요, 아니면……."

"아니면, 그래도 얼굴 보여줘."

재빨리 본론을 던진 륜이 스스로를 변호했다.

"따지고 보면 그렇게 못된 짓도 아니야. 가진 거 많은 놈들이 싫어할 뿐이지."

제 눈치를 살핀 륜이 마치 설득을 하듯 덧붙이자 송우는 순간 그가 꼭 저의 허락을 구하는 것 같다고 느꼈다. 나쁜 짓을 하러 가니 허락해 달라고, 너무 화내지 말라고. 하지만 그럴 리 있을까.

"어찌 나쁜 짓을 하시려는데요?"

"엄마한테 자랑하려고."

"네?"

농담인가 참인가 잠시 혼동을 느낀 송우는 륜이 웃음기 한 톨 보이지 않자 진심일 거라 치부하고 그와 마찬가지로 진지하게 답했다.

"어느 부모가 좋지 못한 행위를 실천하는 자식을 자랑스러워하겠습니까. 모친께 칭찬을 받을 만하다면 그리 악한 일은 아닐 것입니다. 적어도 저는 그렇게 믿고…… 예호께서 또 저를 보러 오시면 얼굴을 비출 테니 걱정 마시어요."

"그래?"

아마 제 답이 무척 마음에 든 듯 사내는 입꼬리가 찢어져라 웃어 보였다. 그런 륜에게 마주 미소를 지어 보인 송우의 눈앞에 문득 서나가 휘두른 화병에 맞은 지난날의 륜의 모습이 떠올랐다. 덕분에 뒤늦은 걱정이 몰려들어 금세 낯빛이 가라앉은 송우가 말했다.

"그러고 보니 사과를 드린다는 것을 깜빡 잊고 있었습니다. 지난

번의 일은 정녕 송구합니다. 상처는 괜찮으신지요?"

"모르겠는데? 등이잖아?"

하기야 맞은 곳이 뒤이니 볼 수는 없었을 터였다. 그렇지만 아픈 정도는 느낄 수 있을 텐데 모른다는 답변이 모호했다.

"아프지는 않으시고요?"

"아파, 많이. 네 언니, 힘 좋던데?"

"……."

"엄청 아파."

"그저 송구할……."

"봐."

보라니, 무얼? 마냥 미안해 고개를 들지 못하던 송우는 륜이 갑자기 돌아앉자 의아를 숨기지 못했다.

"무엇을……."

"네가 한 번 봐, 괜찮은지."

"……."

제대로 이해한 것이 맞나? 지금 자신에게 상처 입은 곳을 보라 하는 건가? 그것도 속살을? 순식간에 머릿속이 새하얘지는가 싶더니 상체에 아무것도 걸치지 않은 륜의 모습이 상상이 되려 했다. 하여 양 뺨이 홧홧하다 못해 터질 듯해 무어라 답도 못하고 송우는 입술만 달싹였다. 내가 어찌 이러지. 왜 민망한 상상이 들려 해. 어찌 이리 심하게 부끄러워. 온갖 잡념을 떠올리는 차, 나직하지만 짓궂은 웃음소리가 귓가를 스쳐서야 그녀는 어느 틈엔가 말루(抹樓)에서 내려서 있는 륜이 농을 던졌다는 것을 깨달았다. 끓는 물에 덴 듯 뜨겁던 얼굴이 그제야 서서히 식어갔다.

"할 일이 있어. 갈게."

"……예."

"낭군도 있으면서 다른 놈한테 웃어주지 마. 나는 예외로 치고."

"……."

다른 이한테 웃어주지 말되 륜은 예외로 치라고. 어쩐지 그 말이 달콤하게 느껴지는 것은 착각인가. 친구 사이에 충분히 오갈 수 있는 대화인가. 의문을 느끼며 송우가 물었다.

"예호는 벗이니까요."

"잘 아네. 역시 똑똑해."

시원스럽게 웃어 보이곤 뒤돌아 멀어져 가는 륜을 보고 있자니 어인 일인지 서운해 머뭇거리던 송우는 그가 더 멀어져 자신의 목소리를 듣지 못할까 다급히 입술을 떼었다.

"예호."

말해도 되겠지. 이 정도 또한 수어지교를 맺은 이에게 소리 내도 괜찮은 정도인 거겠지? 멈춰 서서 자신의 뒷말을 기다리는 륜을 흘끗 살핀 송우는 차마 그를 똑바로 쳐다보며 말할 수가 없어 눈을 내리떴다.

"언제쯤…… 또 볼 수 있을지 궁금해서……."

"얼마 걸리지 않을 거야. 곧…… 다시 봐."

그의 대답이 만족스러운데도 이유를 알 수 없게 솟아난 쑥스러움 때문에 두 손만 내려다보던 송우는 저벅저벅 발소리가 날아들어서야 시선을 올렸다.

점점 멀어지던 륜의 뒷모습이 마침내 시야에서 사라졌건만 송우는 그가 아직 보인다는 듯 꼼짝을 하지 않았다.

"본래 친구 사이에는 이래도 괜찮은 건가."

사내와 벗이 되어본 적이 처음이라 알 수가 없었다.

"아니면, 그래도 얼굴 보여줘."

"낭군도 있으면서 다른 놈한테 웃어주지 마. 나는 예외로 치고."

"언제쯤 또 볼 수 있을지 궁금해서."

"얼마 걸리지 않을 거야. 곧 다시 봐."

마치 연인 사이에나 오고 갈 성싶은 방금 전의 대화를 그와 주고받아도 되는지를, 아무리 벗이라지만 외간 남자인 그가 부녀자인 자신의 처소에 찾아오고 방금 전처럼 저가 부끄러움을 느끼는 게 맞는 것인지를.

아무렴 수어지교를 맺었다 한들 이래도 되는 걸까. 남녀칠세부동석이라 했는데, 좀 더 행동거지를 정숙히 해야 되는 게 아닐까. 계속되는 그 의문을 송우는 애써 무시해 버렸다. 벗이잖아. 그러니 괜찮아. 이제는 어엿이 륜과의 만남이 즐겁고 심지어는 설레는 일이 된지라 그리 결론을 내린 송우는 다시 륜이 사라진 방향을 빤히 쳐다보았다.

＊

"아가야."

아픈 곳 없이 잘 크고 있지? 네 아버님이 보고 싶구나. 작게 되뇐 다련은 아직 납작한 배를 찬찬히 쓰다듬었다. 마음을 가라앉히려 시작한 행위이거늘 효과가 미약한지 여전히 기분이 싱숭생숭했다.

그 많은 사병을 수부 안에 둘 수 없는 즉 그네들은 도성으로부터 꼬박 하루를 말을 몰아야 당도할 수 있는 무주(武州)를 중심으로 주변 도읍에 나뉘어 배치되어 있었다. 새벽녘 떠난 정인이 숨 쉬는 이들의 눈과 귀를 피해 예까지 병사들을 통솔해 오려면 며칠이 소요될 텐데 벌써부터 그가 보고 싶었다. 그래도 곧 모든 게 끝날 테니 조금만 참자. 그리 스스로를 다독인 다련은 다시 상념에 빠져들었다. 눈앞에 자꾸만 그 이상한 광경이 아른거렸다. 대체 뭘까. 왜 건륜과 그 여자가 그토록 친밀하게 담소를 나누고 있던 걸까.

마치 정분 깊은 연인 한 쌍 같던 그들에게 제 존재를 들키면 아니 될 것 같단 생각이 들어 오래 두고 보지는 않았지만 두 남녀는 진정 가까워 보였다. 그러고 보니 지난날 그 여자의 무식한 여형제에게 폭력을 당했을 때에도 건륜은 안채까지 들어왔다. 좋게 보아 그 여자와 그가 친해 찾아왔다 한들, 하면 둘은 어찌 친한 것일까?

"건륜이 여자와?"

미심쩍다는 듯 중얼거린 다련의 아미가 치켜 올라갔다. 그는 왜인지 참으로 상대하기 힘든 사내였다. 건륜이 정인을 찾아온 것이 육 년 전. 하여 다련이 그를 알게 된 지도 어언 사 년째다. 하나 아직까지도 그 왈패는 불편하기 짝이 없었다. 오랜 시간을 알고 지냈다 믿을 수 없을 정도로 처음 보았을 때보다 하등 편해진 구석이 없었다. 저를 싫어하는 건가 싶은 적도 있지만 한참 뒤에 듣길, 일단 외양이 그런지라 건륜을 꾀어보려 애쓴 여자들이 많았지만 결국 다들 질려 자진해서 떨어져 나갔다 했다. 그만큼 무어라 표현해야 할지 모르게 이상하고 가까워지기 힘든 사내. 한데 그런 이가 안채의 그 여자와 말을 섞고 웃어 보이다니.

"이상해."

하기야 건륜과 그 여자가 가까이 지낸다 한들 자신에게 손해는 아니었다. 오히려 좋은 구실이 될 수 있지 않겠는가. 혹시 모를 곤란한 상황을 대비할 명분이 될 수 있을 터.

"당신이 자꾸 그 여자 생각을 하는 게 싫어."

여인의 감이란 예상보다 더욱 날카로워 물질적 증좌가 없어도 미묘한 변화를 너무나 쉽게 알아챈다. 염은 여전히 자신에게 다정하고 애정을 보이지만, 문득문득 그가 저를 앞에 두고 다른 무언가에 신경 쓰는 것 같을 때면 심장이 철렁 내려앉았다. 물론 코앞에 다가온 거사 때문에 상념이 많아졌을 수도 있다. 혹은 아이를 가진 터라 제 쪽에서 너무 예민하게 구는 것일 수도 있겠지. 하지만 아무리 스스로를 안심시키려 노력해도 제 사내의 주의를 끄는 존재가 그 여자인 것만 같아 가끔씩 두려움이 거세게 밀려왔다. 그러니 어쩌면, 아주 잘하면 그 여자와 건륜의 친밀한 관계는 언젠가 유용한 도구가 될지 몰랐다. 아니, 차라리 그 둘이 진정 눈이 맞으면 좋을 텐데. 거기까지 생각이 들자 점점 더 궁금증이 일어 다련은 자리에서 일어났다. 가식 없이 올곧은 여자니까 스리슬쩍 떠보면 무언가 찔릴 만한 거리가 있으면 숨기지 못하고 흘릴지 몰랐다.

한데 정녕 이렇게까지 해야 할까. 염은 여전히 자신을 아끼는데 심성이 고운 그 여자를 상대로 자꾸만 모진 마음을 품고 다잡아야 하는 걸까. 한편으론 그리 생각이 들면서도 제 사내를 다른 이와 공유하는 상상을 하면 그는 그대로 심사가 꼬이고 배알이 뒤틀렸다. 왜 병판의 둘째 여식은 그토록 어질까. 차라리 저 여자 같으면 좋을 텐데.

자박자박 걷던 다련은 우뚝 멈춰 섰다. 대문가에 멈춰 선 채 미간을 구기고 있는, 지난날 저에게 폭력과 모욕을 던진 여인을 주시하는 그녀의 두 눈이 가늘어졌다. 하마터면 자신과 정인의 소중하고 또 소중한 사랑의 증좌를 잘못되게 만들 뻔한 여자에게 분노가 치솟았다.

✼

두통이 몰려들어 서나는 지끈거리는 이마를 감싸 쥐었다. 여동생의 사가까지 찾아오긴 했으되 안채를 얼마 남겨두지 않고 다시 망설여졌다. 진정으로 세상에 태어나 근래처럼 속병을 앓아본 적이 처음이다.

"내 네 그 불같은 성정으로 인해 숱하게 많은 사건 사고들을 겪었음에도 종내에는 눈에 넣어도 아프지 않은 여식이라 끝내 모르는 척하고 너를 고쳐 놓지 않았다. 하나 이번만은 아니 된다. 진중치 못한 품행을 보여 네 여동생과 어미를 사지(死地)로 밀어 넣는다면 능지처사를 당하기 전 내 이 두 손으로 너를 죽일 것이다. 하니 경거망동 말고 속신하여라."

역모죄는 구족을 멸한다. 그러니 일이 잘못되면 출가한 자신을 제외한 여동생과 양친은 죽는다.

서나의 창백하고 바싹 마른 입술 새로 탄식이 흘러나왔다. 아비의 경고가 아니더라도 이 절체절명의 상황을 떠벌리고 싶지 않다. 하지만······.

"송우에게는 말씀하지 마십시오, 이미 힘들 테니."

찢여 죽여도 모자랄 놈. 천하에 둘도 없을 철면피. 꼴에 걱정하는 척이라니.

원수 같은 여동생의 남편을 떠올리면 참아야지, 송우는 그렇지 않아도 충분히 힘들 테니 말하지 말아야지 하다가도 참을 수 없을 만큼 거대한 분노가 치솟았다. 그놈이 친정에 찾아온 그날, 그리고 사랑채 밖에서 씨근거리고 있던 자신에게 그렇게 말했을 때 실컷 욕설을 퍼붓고 부숴 버려야 했는데, 그렇지만 어째서인지 그럴 수가 없었다. 분명 화가 나다 못해 끓었거늘 딸자식으로 말미암아 위협을 당한 아비가 불쌍해서, 그리고 그딴 지아비를 둔 여동생이 안쓰러워서 어떤 욕설도 내뱉을 수 없었다.

"그나저나 우리 노처녀께는 여전히 아무런 혼담이 들어오지 않은 건가?"

그렇게 놀리는 게 아니었는데. 평생 양친과 함께 살면 되지 않냐 되묻던 여동생에게 '그래, 네 말이 맞다'라고 수긍해야 했는데. 처음 아비와 진양군의 대화를 들었을 때에는 그저 분했지만 시간이 지날수록 불안과 걱정, 초조함, 그리고 두려움이 커져갔다.

분하지만 그놈의 말대로 여동생은 이미 충분히 힘들어하고 있다. 그렇지만 정녕 이 모든 사실을 알리지 않는 게 맞는 걸까. 어차피 곧 알게 될 텐데 숨겼다가 되레 충격이 커지면? 게다가 진양군 그놈에게 부친이 그 같은 농락을 당했는데, 하여 한평생 충성을 바쳤던 군주를 배신하게 생겼는데 이 비통한 상황을 정녕 송우에게 말하지 않아야 한단 말인가.

"내가 진짜……."

흐느끼듯 내뱉은 서나는 두 손으로 얼굴을 감싸 쥐었다.

"제 몫입니다. 제가 그분께 마음이 없지 않아 어리석은 선택을 했습니다. 하니 아버님께서 알게 되시어 당신 스스로를 책망하시는 일은 없어야 합니다. 그리고 저는 지아비에게 사랑받지 못하는 정실이라 세간으로부터 동정 어린 눈빛을 받고 싶은 마음은 추호도 없습니다."

그 애는 그렇게 말했는데, 그런 여동생에게 실은 모친은 아직 모르지만 부친은 이미 너의 부군이 벌써부터 첩을 들였다는 사실을 알고 있다. 그뿐 아니라 네 지아비가 너를 빌미로 부친을 협박했단다. 저를 도와 왕위 찬탈에 가담하라 했어. 너와 혼례를 올린 이유는 단지 아버지의 힘을 빌리기 위해서였다고 진실을 말하면 얼마나 슬퍼할까. 찢어진 심장을 부여잡고 얼마나 오랫동안 울까. 그 모습을 생각하면 영원히 알게 하고 싶지 않으나 아비를 생각하면 토설해야 할 것 같으니 대체 어찌해야 할까.

"큰아가씨, 괜찮으셔요?"

흐느낌인지 탄식인지 모를 것을 뱉어내던 서나는 곁에 다가와 있는 어린 소녀를 내려다보았다. 사내대장부 못지않게 대찬 그녀의 망연자실한 표정을 처음 본 비는 깜짝 놀라 그녀에게 바싹 붙어서 잘록한 그녀의 등허리를 달래듯 쓰다듬었다.

"예까지 오셔놓고 어찌 안채로 들르시지 않고 서 계셔요? 그리고…… 나리, 오래간만에 뵙사와요."

어딘가를 향해 꾸벅 인사를 하는 비의 시선을 따라간 서나는 대문 뒤에 반쯤 숨어 있는 사내를 발견하고는 작은 한숨을 내쉬었다.

"한위야, 송우와 단둘이서 할 말이 있으니 따라오지 말랬잖아."

그녀의 반응이 평소와는 완연히 달라서 한위라 불린 사내는 스리슬쩍 서나의 곁으로 다가왔다. 그도 모자라 잔뜩 눈치를 살피며 수심 가득한 서나의 허리를 감싸 안은 그는 그녀가 별다른 반응을 하지 않자 냅다 그녀의 뺨에 자신의 뺨을 비볐다.

"부인이, 아니, 우리 공주께서 이토록 기운 없어 하시는데 어찌 그러겠소. 처음 있는 일이라 내 속이 말이 아니야."

그는 진정 사실이었다. 낭군이 밤새 친우들과 술을 마시고 이른 새벽에 돌아왔을 적에도, 회임 초반 입덧으로 고생했을 때에도 서나는 온갖 짜증과 화를 내면 내었지 근래처럼 시름시름 않은 적은 없었다.

"서방, 내가 지금 이럴 때가……."

도통 떨어질 기미를 보이지 않는 한위를 흘끗 바라본 서나는 붉어진 얼굴을 한 채로 자신과 그를 흘끔거리고 있는 비에게 맥없이 말했다.

"송우 안채에 있지?"

"예에, 큰아가씨."

"이봐요."

아직 결정을 내리지 못했으나 이왕 온 김에 얼굴은 보고 가야 할 터. 치근대는 한위를 떨어뜨릴 기운도 없어 조신한 걸음을 옮기던 서나는 남편의 것도 아니요, 소녀의 것도 아닌 목소리를 향해 뒤돌아섰다. 곱지 않아 보이는 것은 물론, 여동생의 남편과 함께 지옥불로 처박고 싶은 여인을 발견한 그녀의 창백한 얼굴이 싸늘히 식어 내렸다.

천천히 다가오는 다련을 주시하는 서나의 낯빛이 점차 무시무시해져 갔다. 쓰린 가슴을 품고 있을 여동생과 달리 너무도 태연해 보이는 계집 때문에 없던 기운이 솟아나는 듯했다. 그렇지만…….

"제발 부탁이니 다시는 그분과 화선댁에게 금일처럼 하지 말아 주세요."

"약조해 주시어요. 다시는 화선댁과 대감께 오늘과 같은 일을 되풀이하지 않겠다고."

아마 여동생이 눈물을 보이지 않았다면 다시 손을 댔을 것이다. 하지만 안쓰러운 눈물방울을 보이며 약조를 해달라 애원했기에 차마 거스를 수 없었다. 하여 비스듬히 고개를 기울인 서나는 차가운 미소를 머금은 채 여유롭게 내뱉었다.

"이봐요? 네년 분명 쥐 잡아먹은 양 붉은 그 입술로 말하지 않았더냐? 너는 노비 계집일 뿐이라고. 한데 노비년 주제에 어디서 감히 그따위로 나를 불러?"

"……."

"너는 대체 나를 무엇으로 보는 거야? 너같이 염치없고 근본 없는 첩실 년이 함부로 말을 걸어도 될 만큼 만만해 보이더냐?"

상대를 약 올리는 것에 타고난 재주가 있는 여인이 유택의 첫째 여식인 이 여인인지라 부러 고고하다 못해 오만한 언사를 소리 낸 서나는 가소롭다는 양 다련을 위아래로 훑어보았다. 금세 평정을 잃고 입술을 잘근거리는 계집의 모습이 우스웠다.

"지난날처럼 다시 쥐어터지고 싶거나 몰매를 맞고 싶지 않다면 착실히 노비 역할을 수행해야 할 것이다. 추접하게 제 입으로 여비라 말할 때는 언제고 이제 와서 같잖은 양반 흉내를 내?"

"……나한테 사과해요."

서나의 눈꼬리가 한껏 치켜 올라갔다. 차디찬 미소조차 지어 보이지 않은 그녀는 다련에게 매서운 시선을 고정한 채 말했다.

"서방님, 이 계집과 긴히 할 말이 있으니 자리를 비켜주시어요. 비 너도."

처의 어투는 부드럽고 달콤하고 공손하기 이를 데 없었으나 흠칫한 한위는 두 여인의 말소리가 들리지 않게 될 때까지 뒷걸음질쳤다. 본디 외양이 아름다울수록 그 안에 치명적인 무언가를 함유하고 있을 가능성이 높은 법. 마치 가시를 품은 장미나 잎사귀에 독을 함유한 철쭉처럼. 그리고 그의 처 또한 마찬가지인즉, 저리 심장이 요동칠 정도로 감미롭게 속살거릴 때일수록 더욱 조심해야 했으며, 그녀의 말을 따라야 할 필요가 있었다.

멀찍이 떨어진 한위를 확인한 서나는 냉담히 다련을 꿰뚫어 보았다.

"내가 어찌 네년에게 용서를 빌어야 하는데? 그 무슨 볼썽사나운 하극상이야?"

"나를 모욕했잖아요. 날 한낱 하찮은 싸구려 계집처럼 취급했어요."

"하나 동시에 사실이지. 네년은 분명 내 앞에서 실은 난 진양군의 정인이다 당당히 말하지 못하고 여비라 둘러댔어. 솔직히 토설하지 못할 연유가 있었다 한들 비겁해. 게다가 떳떳이 사실을 말할 수 없다는 것 자체가 네년이 음험하다는 증좌이니 정직하지 못한 네년은 진정 하찮기 짝이 없어."

"……."

"난 네가 너의 그 잘난 사내가 흉계를 품고 내 여동생에게 접근한 것을 몰랐을 거라 생각하지 않아. 너 그리 비싼 계집이라 네 사내가 다른 여인과 마음에도 없는 혼례를 치르는 것을 방치하였더냐? 너도 여인이면서 그로 인해 상처받을 내 동생은 생각해 보지 않았어? 그래 놓고, 그리 방관해 놓고 뻔뻔하게 얼굴을 들이밀고 지금 이곳에 얹혀살고 있지. 네년이 말하는 값나가는 계집의 행동거지란 겨우 그런 것이냐?"

"……난 그래도 들어야겠어요. 당신이 내게 행한 무례에 대한 사죄를."

고이 끝내주는 것만도 감사해야 할 따름이건만 이제는 자신의 소맷자락을 붙잡고 늘어지는 다련이 기가 차 서나는 헛웃음을 터뜨렸다. 단 한시도 닿아 있고 싶지 않은 다련의 손을 찰싹 소리가 나도록 매섭게 뿌리친 그녀가 뒤돌아섰다.

"말 한마디로 천 냥 빚을 갚을 수 있는 지금 마무리하는 게 좋을 거예요."

"보자 보자 하니까 이년이 겁대가리를 상실했나."

"내 낭군께선 곧 군왕이 되실 테고, 저는 그분의 아이를 가진 상태이며, 동시에 그분의 총비예요. 그 말인즉 나는 곧 이 나라에서 가장 존귀한 여인이 된다는 뜻인데, 그렇게 아끼는 여동생이 이용만 당하다 비참히 버려지길 원하나요?"

"뭐?"

"지난날의 내 행동거지가 하찮고 값쌌느냐, 아니냐는 중요치 않아요. 중요한 것은 내가 곧 얻게 될 지위니까. 이제 곧 당신이 눈도 제대로 마주하지 못할 고귀한 존재가 될 나한테 지금 사과해 두는 게 나아요. 그렇지 않으면 유송우 그 여자는 궁에 발도 디디지 못하고 한평생을 쓸쓸함과 비참함 속에서 홀로 허덕이다 죽어갈 테니까. 그리고 저기 서 있는 당신 부군을 비롯해 병판 대감도 온전하시지 못할 거예요. 애써 내 낭군을 도와놓고 상왕 전하가 되실 지금의 주상 전하를 배신한 비겁한 역신이라는 평을 듣다 눈을 감을지도 모르죠. 그러니까 그쪽이야말로 내가 지금 좋게 말로 할 때 순순히 잘못을 비는 게 좋을 거예요. 그러면 특별히 유송우가 재가할 수 있도록 힘써볼 의향도 있고, 병판 대감께서도 계속 관직에 머무르실 수 있을 테니.”

“하, 미친년! 그 나물에 그 밥이라더니 진염 그놈과 쌍으로 염병을 떠는구나!”

거친 숨을 몰아쉬는 서나를 바라보는 다련의 입가에 작은 미소가 걸렸다. 속이 시원했다. 어디 한번 때리려면 또 때려보라지. 주제도 모르고. 성큼성큼 제게 다가오는 서나를 다련은 똑똑히 쳐다보았다. 그렇지만 치켜 올라가는 손을 보는 것은 여전히 무서워 결국 그녀는 두 눈을 질끈 감았다. 그러나 머리, 혹은 뺨에 와 부딪칠 거라 생각했던 매서운 손길이 여전히 느껴지지 않았다. 대신 작은 신음이 귓가를 스쳤다.

“아…… 하, 한위야.”

눈을 뜨자마자 보이는 광경이란 쓰러지듯 땅에 주저앉는 여인인지라 당황한 다련은 반사적으로 한 발자국 뒤로 물러섰다.

“부인! 서나야!”

“가, 갑자기 왜…….”

“서나 언니! 형부!”

순식간에 서나의 곁으로 다가와 배를 움켜쥔 채 식은땀을 흘리는 그녀를 부축하는 한위를 지켜보던 다련은 다급한 외침이 날아든 방향을 쳐다보았다. 점점 더 가까워지는 여인을 바라보는 그녀의 두 눈동자가 흔들렸다. 아니, 눈동자뿐 아니라 두 손은 물론이요, 온몸이 가늘게 떨렸다. 유송우 때문이 아니라, 부군에게 안겨 들어 올린 그녀의 언니가 입고 있는 치맛자락에 퍼지는 혈흔 때문에.

*

촛불 하나 켜지 않아 새카만 시야가 꼭 저의 앞날같이 느껴져 웃겼으나 송우는 미소를 지을 수 없었다. 대신 천천히 자리에서 일어나 앉은 그녀는 아무렇게나 풀어 내려진 기다란 머리카락을 정리하지 않고 우두커니 어둠 속을 응시했다. 지나간 장면들이 눈앞을 스쳤다.

"난, 나는 이러려던 게 아니었어요. 그저 지난번 일이 너무 억울하고 속상해서……."

더듬더듬 되뇌는 진양군의 첩을 무슨 표정으로 보았는지 모르겠다. 결코 잊을 수 없을 것만 같은 그날로부터 삼 일이 지난 지금까지 무얼 하며 시간을 보내왔는지 기억이 나지 않는다. 언제인지 모르겠지만 문 앞까지 화선댁이 찾아온 적이 있던 것 같은데, 만나고 싶지 않다 돌려보냈던 것 같은데 그가 꿈이었는지 실제였는지 헷갈린다.

시간이 흐르지 않고 언니가 아이를 잃은 삼 일 전의 그날에 정지한 채 끝없이 맴돌고 있는 것 같다. 절레절레 고개를 젓던 의원, 잠들었는지 정신을 잃었는지 모르는 언니의 손을 붙잡고 소리 없이 울던 형부, 그리고 비단 치마를 물들인 붉은 피……. 그 장면만이 끊임없이, 그리고 반복적으로 머릿속을, 눈앞을 가득 채웠으며 어떠한 '사실'에만 온 정신이 집중되었다. 서나 언니가 사산을 했다.

"송우 아가씨, 주무세요?"

"아니."

감정 한 톨 깃들지 않은 목소리로 대답하자 곧 작은 발소리가 들리고 하나둘 아리따운 촛불이 켜졌다. 곁에 다가와 바싹 붙어 앉은 소녀를 돌아보지 않은 송우는 여전히 초점 없는 시선을 허공에 붙박았다.

"아가씨, 벌써 삼 일째 제대로 드시지 않고 누워만 계셨어요."

"……."

그랬다. 아이는 며칠간 무엇인지 모를 것을 걸핏하면 먹이려 시도했지만 기껏해야 한 입, 두 입을 겨우 넘겼을 뿐 그 이상은 도통 삼킬 수 없었다. 분명 감미로운 음식이었을 텐데 마치 독을 들이켜는 양 쓰게 느껴졌다. 억지로 삼키려 하면 토악질이 났다. 어디 그뿐인가. 눈을 감으면 잠이 오기는커녕 언니가 사산을 한 날의 장면들이 쉴 틈 없이 눈앞을 맴돌았다. 겨우 잠에 들어도 악몽을 꿔 번뜩 눈이 뜨였다.

한데 어찌 그럴까? 제 마음은 이리 텅 빈 듯 평온한데. 하혈하는 언니를, 눈물을 흘리는 형부를 두 눈에 똑똑히 담으면서도 울지 않았는데. 그렇다는 것은 친언니를 위해 눈물 한 방울 흘리지 않은 저는 슬프지 않다는 의미가 아닌가? 하면 이전과 마찬가지로 생활해야 할 터인데 어찌 먹고 자는 것이 이리 힘드나. 어찌 서나 언니를 보러 가고, 양친을 보러 가기가 이토록 꺼려지나.

"비야."

"예에? 아가씨, 제발 정신 차리시어요. 기운 내시어요. 큰아가씨께서 아가씨마저 이러고 계시는 것을 아시면 더욱 속상해하실 텐데……."

"나 좀 안아주련."

불안한 표정을 거두지 않은 비는 재빨리 송우를 꼭 감싸 안았다. 단 며칠 만에 많이 야윈 것은 물론이거니와 생기를 잃은 송우의 모습이 너무나 위태로워 보여 가슴이 조마조마했다. 그녀가 해달라는 것은 무엇이든 재깍 들어주어야 할 것 같았다. 그렇지 않으면 잃어버린 날개옷을 되찾은 선녀처럼 금방이라도 작은아가씨가 어딘가로 훌쩍 떠나 버릴 듯했다.

"아가씨, 흐흑……."

혼례를 올리기 전에는 항상 미소 띤 낯을 해 보이던 아가씨이거늘, 이제는 그리 아름답던 웃음이 사그라지다 못해 아예 보이지 않았다. 그 변화가 그녀의 상처받은 마음을 곧이곧대로 나타내는 듯해 안쓰럽고 또 안쓰러워 비의 두 눈에 눈물이 가득 고였다. 굵은 눈물방울이 기어코 솜털 가득한 소녀의 뺨을 타고 줄줄 흘러내렸다.

힘없이 늘어지려 하는 두 팔을 겨우 움직여 비를 감싸 안은 송우가 말했다.

"어찌 우니."

"……."

"비가 울면 내가 너무 힘들 것 같아. 이미……."

나를 포함해 너무 많은 사람이 슬퍼했으니까. 그러니 더 이상은 안 되니까.

못난 여동생 때문에 친언니는 속을 끓이다 아기를 잃었고, 그로 인해 형부마저 슬픔에 젖게 되었다. 그리고 이제는 어린 여비까지

아깝기 짝이 없는 눈물을 흘린다. 어쩌면 조만간 양친마저 그리될 테지. 이번에는 서나 언니 때문이 아니라 자신 때문에.

언니는 아이를 잃은 슬픔을 잊고 이전처럼 다시 행복해질 수 있을까. 그녀가 느끼고 있을 지금의 비참이 언젠가는 무뎌질까. 제발 그래야 할 텐데. 그렇지 않으면, 언니가 괜찮아지지 않으면 누군가에게 향한 이 잔혹한 마음을, 무서운 충동을 거두지 못할 듯싶은데.

"혀, 형수님!"

돌연히 왈칵 뜨거워지는 눈시울을 느끼던 송우는 거칠게 열리는 문가를 바라보았다. 맹수에게 쫓기는 양 핏기 하나 없이 하얗게 질린 채로 거친 숨을 씨근거리는 사내가 누구인지 한참 만에 인지가 되었다.

천천히 자리에서 일어선 송우에게 달려든 수찬이 매달리다시피 그녀의 팔을 움켜쥐었다.

"형수님, 형수님, 살려주십시오!"

공포에 전 목소리로 절박하게 애원하는 대군에게 송우는 아무 대답을 하지 않았다. 자신의 팔을 꼭 움켜쥔 벌벌 떠는 두 손을 내려다본 그녀는 그의 의복에 점점이 흩뿌려진 붉은 무언가로 시선을 돌렸다. 이미 단단히 굳어버린 핏방울을 보고 있으려니 허공에 붕 떠 있던 정신이 점차 돌아왔다. 마주한 현실이 뚜렷이 자각되었다.

점점 더 거세게 떨리는 왕자의 양손을 살포시 잡은 송우가 입술을 떼었다. 상대의 옷에 묻은 혈흔 자국을 보았음에도 침착한 음성이 흘러나왔다.

"대군, 무슨 일이 있으셨는지요."

"형님, 지, 진엽 그 자식이 큰형님을……. 서, 선영 형님 사저에도, 다른 형님들 댁에도 들러보았는데 아무도 없었습니다. 진양군이 저를 죽일 겁니다. 사, 살려주십시오. 저를 도와주세요, 형수님. 형수님의 말씀이라면, 형수님이 부탁하면 듣지 않겠습니까."

"그게……."

무슨 소리냐. 말을 끝맺기 전 다시 한 번 커다란 소리와 함께 장지문이 벌컥 열렸다. 천천히 방 안으로 들어오는 누군가를 확인한 대군이 단말마의 비명을 내지르는 것과 반대로 송우는 역시나 무덤덤하게 새로이 모습을 드러낸 이를 주시했다.

저런 표정을 지을 줄도 아는구나. 사이가 돈독하지는 않을지언정 차갑거나 매서운 표정을 내보인 적이 없는데, 지금 마주한 지아비의 낯빛은 다른 이라 느껴질 정도로 냉혹했다.

그리 낯선 염을 보며 송우는 문득 한 생각을 떠올렸다. 그가 이전과 완연히 다른 저런 양면을 보일 수 있다면, 하면 자신도 그럴 수 있지 않겠는가. 하지 않았을 뿐이지 이전과 다른 행동, 쓰지 않던 어투. 그까짓, 충분히 해낼 수 있지 않겠는가.

"수찬."

덜덜 떨던 화선댁을 되새기던 송우는 다시 염을 쳐다보았다. 싸늘히 굳은 그가 묵직한 걸음을 옮기자 그의 손에 들린 피로 물든 대도에서 붉은 선혈이 뚝뚝 흘러내렸다.

평소와는 다르게 저자의 남향에 위치한 기방은 고요했다. 늘 주변에 그득그득 달아놓던 홍등도 없는지라 난잡한 기생집이 아닌 고관대작의 정결한 사택 같아 보이기까지 했다.

한창 바쁠 시간이거늘 영업을 멈춘 기방으로 한 명, 두 명, 사내들이 들어왔다. 그네들의 몸가짐이 하나같이 조심스러웠으되 걸음만은 재빨랐다. 사내들이 하수인을 따라 방문객들이 모여 있는 커다란 빈실 안으로 들어가는 것을 확인한 구창은 소리 없는 걸음을 옮겨 어둑한 복도 끝의 불 꺼진 작은 내실에 들어섰다. 워낙 내부가 어두운지라 탁자 뒤편 걸상에 앉은 사내의 어렴풋한 인영이 겨우 보였다.

"륜이 형님, 얼추 다 온 것 같소. 문이란 문은 다 걸어 잠갔고."

자리에서 일어선 륜은 구창이 걸어왔던 길을 되돌아갔다. 귀한 내빈들이 들어 있을 빈실 앞에 서자 긴장 섞인 작은 웅성거림이 간간이 문밖으로 새어 나왔다.

"여봐라! 아무도 없느냐! 대체 어찌하여 아직까지 오시지 않는 것이냐!"

커다란 외침을 뒤이어 무지막지하게 열린 문틈 새로 걸어 나온 한 사내는 멀뚱히 서 있는 륜을 발견하고는 흠칫 어깨를 떨었다. 그도 잠시, 그는 평생을 대접받고 살아온 이 특유의 어투로 다그치듯 물었다.

"어마마마는? 세자 저하께서는 언제 당도하시는 게냐?"

누구더라? 눈앞의 사내를 뚫어져라 주시하던 륜은 곧 고개를 작게 주억거렸다. 진염과 동갑인 신양대군일 것이다. 어린 시절 총명하단 소리를 줄곧 들은 왕자군을 시샘해 치솟는 열등감을 시답잖은 모욕과 장난질로 표출한.

"내 묻지 않느냐? 언제까지 형님들과 나를 포함한 이 많은 당상관들을 이리 방치해 두려 하느냐?"

"신양, 목소리 낮추어라. 상황이 상황이니만큼 응대의 정도는 대수가 아니니라."

"하지만 선영 형님! 네 이놈, 아직 내가 묻는 말에 답을 하지 않았다!"

시끄러운 닦달에 잠시 미간을 구긴 륜은 중궁과 세자를 지지하는 종친들과 외척, 그 밖의 신료들로 가득 찬 빈실의 가운데에 멈춰섰다. 가장 상석에 위치한 왕세자의 첫 번째 아우 선영대군과 눈을 마주한 그는 가벼이 말했다.

"왕비는 오지 않습니다. 물론 세자도."

경어가 아닌 말투가 거슬려 륜을 올려다보는 선영대군의 눈초리가 매서워졌다. 못 배운 놈이라 그렇겠지 설마하니 다른 뜻이 있을까 그리 치부한 그는 무식한 이를 꾸짖기보단 궁금한 점을 해소하는 쪽을 택했다.

"분명 어마마마와 세자 저하의 어보가 찍힌 밀서를 여기 모인 이들 모두가 받았거늘 어찌 오시지 않는단 말이냐?"

"주상 전하께서 적장자인 세자를 폐위하고 진양군을 그 자리에 앉히려 한다. 국모와 동궁은 이를 받들 수 없으니 은밀히 모이라……. 거짓입니다."

"무어라 하였느냐?"

거짓이다. 짤막한 한마디가 사라진 지 오래거늘 그 여파는 참으로 커 순식간에 빈실 가득 불만 섞인 수군거림이 가득 차올랐다. 온 힘을 다해 서안을 내려치는 것으로 시끄러운 주위를 가다듬은 선영대군이 날카로이 쏘아붙였다.

"거짓? 그를 말이라고 하느냐? 네놈은 누구이며 이 무슨 망극한 짓거리냐! 대체 누가 무슨 꿍꿍이로 이딴 짓을 벌였단 말이냐!"

"해가 바뀌려 하는데 이곳에 계신 귀한 분들이 방해가 됩니다."

"네놈이 지금 무슨 망발을 지껄이는지 알고는 있는 게냐!"

제 멱살을 움켜잡는 평원대군을 흘끗 바라본 륜은 다시 침묵하는 선영대군을 내려다보았다. 긴장으로 굳은 그의 빛바랜 입술이 천천히 열렸다.

"모두…… 이곳에서 도망치시오."

"그것이 무슨……."

"어서 이곳에서 나가거라! 역모이자 함정이니 도망치란 말이다!"

절실한 외침이 끝나자마자 빈실 안을 가득 채운 대군들과 신료들이 우르르 바깥으로 향하거늘 륜은 그저 그네들의 어수선한 뒷모습을 구경하듯 지켜보았다.

"륜이 형님."

복도 바깥에서 명을 기다리던 구창이 고개를 들이밀자 그는 짤막히 선언했다.

"죽여."

"나오너라! 죽이라신다!"

우렁찬 외침이 고요함을 꿰뚫자마자 어둠 속에 몸을 숨기고 있던 사병들의 부산스러운 움직임 소리가 기방을 뒤흔들었다. 그리고 곧 참혹한 비명 소리 또한 메아리쳤다.

느긋한 듯 묵직한 걸음을 옮기는 지아비가 한 걸음, 두 걸음 가까워질수록 비릿한 피 냄새가 짙어졌다. 그의 손에 들린 대도에 낭자한 검붉은 혈흔을 내려다보던 송우는 뒤에 숨은 수찬이 자신의 옷깃을 떨리는 손으로 움켜쥐자 다시 염을 올려다보았다.

"형수님, 지, 진엽 그 자식이 큰형님을……. 서, 선영 형님 사저에도, 다른 형님들 댁에도 들러보았는데 아무도 없었습니다. 진양군이 저를 죽일 겁니다. 사, 살려주십시오. 저를 도와주세요, 형수님. 형수님의 말씀이라면, 형수님이 부탁하면 듣지 않겠습니까."

막내 대군이 큰형님이라 부른 이는 이 나라의 보위를 이을 왕세자일 터. 어린 대군은 비록 그의 큰형님이자 진의 세자에게 진엽이 무슨 짓을 했는지 명확히 소리 내지 않았지만, 그가 차마 입 밖으로 꺼내지 못한 뒷말이 어떠한 것이었을는지 눈앞의 이 상황을 말미암아 충분히 알아챌 수 있었다. 상상하고 싶지 않거니와 아닐 거라 믿고 싶고 아니길 바라지만, 그렇지만 파리하게 질린 대군과 그의 의복에 묻은 혈흔, 그리고 이제 막 안채로 들어선 잔혹하게 굳은 낭군을 보건대 세자께서는 필시…….

"물러서시오."

"그럴 수 없습니다."

어느새 두 보 앞까지 다가온 엽에게 송우는 담담히 고해 올렸다. 제 허리춤과 소맷자락을 움켜쥔 수찬의 두 손이 더욱 거세게 떨리는 것이 느껴졌다. 그가 내뱉는 거친 숨결이, 차마 참지 못한 공포에 전 신음이 생생했다. 두려움에 떠는 절박한 시숙과 그런 그에게 일말의 연민도 없어 보이는 낭군. 완연히 다른 상태의 두 사내를 보건대 그들 사이를 막아선 자신이 비켜섰을 때 무슨 일이 벌어질지 자명했다.

"혀, 형수님."

"세자 저하를…… 그분을 시해하셨습니까?"

차마 입 밖으로 꺼내기 민망한 망극한 언사를 어렵사리 끝맺었거늘 마주한 이는 저와 달리 너무나 쉬이 냉소를 터뜨렸다.

"그래, 죽였지. 한 번의 망설임 없이 단칼에. 그리 잘난 체를 해 대기에 되레 내가 베이는 게 아닐까 했는데 별거 없더군."

"……."

가늘게 떨리기 시작하는 두 손을 뻗어 뒤편에 선 수찬의 양손을 할 수 있는 최대로 힘껏 붙잡은 송우는 어렵사리 입술을 떼었다.

"역심…… 이옵니다. 이러실 수 없습니다. 이러시면 아니 되십니다."

"역심? 그는 의를 지킬 가치가 있는 상대에게서 등을 돌렸을 때에나 해당하지. 애초에 난 진유를 향한 신의 따위 가져본 적이 없거늘."

"……."

"부인에게 수찬의 더러운 피를 흩뿌리고 싶지 않으니 물러서시오."

어찌 저럴 수 있을까. 지금 이 상황이, 이 모든 게 가당키나 한가. 물론 지난날 두 눈으로 생생히 보았다. 지아비와 시모를 향한 중궁과 그녀 소생 왕세자의 거대한 멸시를. 그렇지만 아무리 그래도 어찌 형제를 죽일 수 있을까. 어찌 됐건 반쪽이나마 같은 피를 나눈 형제인데. 비록 저 자신에게 좋은 사내는 아니라도 인정이 있고 다정하다 느낀 그가 이토록 잔혹한 이였던가. 침착함이 날아가고 대신에 두려움이 송우의 전신을 휘감았다.

"그럴 수 없습니다. 제 뒤에 계신 분, 대감의 아우입니다."

"한때는 나도 그렇게 여겼지. 하나 그나마 있던 형제애가 사라진 것이 십수 년 전, 이제는 남보다 못한 사이일 뿐이야. 곧 죽을 수찬을 감싸고도느라 괜한 힘 쓰지 말고 물러나시오."

"아니 됩니다. 여전히 피를 나눈 형제이고 가족입니다. 대감께서 어찌 이러시는지 그 연유가 짐작되오나 약관도 되지 못한 대군께…… 그러실 수 없습니다. 불가합니다."

"함께 베이고 싶지 않다면 비켜서시오, 부인."

"……하면 베십시오. 끝내 대군을 죽이시려거든 저부터 해하세요."

내리 냉혹한 표정을 유지하던 염의 미간이 구겨졌다. 쓸데없이 올곧아선. 이런 상황에서까지 저리 가늘게 떨면서 비켜서기는커녕 정 한 톨 느껴지지 않는 자신의 이복형제를 감싸다니. 물론 말로야 비키지 않으면 함께 베겠다 공언했지만 실제로는 결코 그리 할 수 없는지라 피투성이가 된 스스로의 손을 짧게 훑은 염은 내키지 않지만 어쩔 수 없이 송우의 팔을 움켜쥐었다.

그가 자신을 치우려 하는 것을 충분히 눈치챈 송우는 다급히 제 팔을 붙든 염의 손을 되레 움켜쥐었다.

"대감! 아니 됩니다! 제발 이러지 마시어요! 열아홉의 어린 아우를 어찌 죽이려 하십니까!"

"혀, 형님! 형님! 살려주십시오!"

내동댕이쳐지듯 밀린 송우는 휘둘러진 장도가 촛불을 받아 섬뜩한 빛을 뿜어내는 순간, 병풍에 바싹 붙어선 채 떨고 있는 수찬을 앞뒤 생각 않고 무작정 끌어안았다. 마치 뜨겁게 달군 인두에 살이 지져지는 것만 같은 커다란 고통이 왼쪽 어깨 뒤편을 가득 메웠다.

"아……!"

"형님!"

눈 깜빡할 사이 칼에 맞아 쓰러지는 송우를 겨우 부축한 수찬은, 그러나 후들거리는 다리를 지탱하지 못하고 털썩 주저앉았다. 그런 그를 거칠게 밀쳐 낸 염은 정신을 잃은 송우를 품에 그러안았다.

"유송우! 빌어먹을!"

삽시간에 수찬과 자신의 사이에 끼어드는 처(妻)를 인지해 휘두르던 검의 방향을 틀었으나 그럼에도 기다란 칼끝에 여린 살이 베이는 것을 완전히 막을 수는 없었다. 스스로가 만든 상처에서 새어 나오는 선혈을 살핀 염은 창백하게 질려 정신을 잃은 송우를 바싹 끌어안았다.

"지, 진양군, 형수님이……."

듣기조차 싫은 목소리가 날아들자 그 음성의 주인을 향한 분노가 다시금 치솟았으나 모르는 이보다 못한 이복형제를 지키겠다고 가냘픈 몸을 내던진 여인 때문에, 오롯이 그녀 때문에 검을 집어 들 수 없었다. 그렇지만 다시 수찬을 눈에 담으면 기어코 그를 죽일 듯해 여전히 송우에게 시선을 붙박은 염은 무겁게 뇌까렸다.

"꺼지어라."

"가, 갈 곳이 없는데…… 어, 어디로……."

"멍청한 물음 집어치우고 죽기 싫거든 당장 내 눈앞에서 꺼지란 말이다! 그리 갈 곳이 없으면 네놈 따위의 목숨을 구하겠다 대신 다친 내 처를 위해 의원이라도 불러와!"

노기 섞인 고함에 수찬은 두 다리를 움직이려 애썼지만 풀린 다리에 힘이 들어갈 리 만무했다. 그러나 그때까지 병풍 곁의 방 한구석에서 어찌할 바 모르고 입을 틀어막은 채 굳어 있던 비가 재빨리 수찬을 일으켜 세웠다. 쓰러진 여인과 그녀의 부군을 불안히 흔들리는 눈동자로 살피는 열아홉의 대군을 잡아당긴 소녀는 다급히 바깥으로 향했다. 머뭇거렸다간 사경에서 겨우 빠져나온 이 어리석은 왕자가 기어코 죽음을 면치 못할 것이며, 쓰러진 작은아가씨를 위해 한시라도 빨리 의원을 불러와야 했다.

"부인…… 송우야."

둥그런 이마에 맺힌 작은 땀방울을 조심스럽게 닦아낸 염은 불안 가득한 목소리로 송우를 불렀다. 그러나 대답이 돌아올 리 없었다. 의원은, 의원은 언제쯤 오는 것인가. 한시가 급한데.

이를 악물어 욕지거리를 삼킨 염은 송우를 더욱 꽉 끌어안았다. 이리 초조히 애를 태우며 기다릴 바에는 직접 의원에게 데려가고 싶지만 그리 했다가 가녀린 여체에 새겨진 상처가 더욱 악화될까 무서웠다. 아직 궐 안의 상황이 정리되지 않았으니 최대한 신속히 돌아가려 했거늘 굳어버린 몸은 당최 움직이지 않았다. 난역을 일으킬 때보다도 입술이 말랐으며 이복형을 죽이던 순간과 비교할 수 없을 만큼 마음이 불편했다.

"정신 차리어라, 제발."

✳

나라에 흉흉한 일이 일어나서인가, 밤이 늦어서인가, 난역이 일어나기 전과 달리 사저의 대문이 굳게 닫혀 있었다.

돌아갈까 말까 한참을 고민한 륜은 묵직한 문고리를 잡았다. 송우를 보지 못한 지가 십여 일째였다.

"언제쯤 또 볼 수 있을지 궁금해서……."

분홍빛으로 물든 뺨을 숨기려 고개를 숙인 그녀가 소리 낸 그 말이 뇌리를, 귓가를 맴돈 것 또한 십여 일째였다. 마음 같아서야 거사를 치른 전날 일이 끝나자마자 달려오고 싶었다. 그럼에도 꼬박 하루를 더 참았다. 몸을 씻어냈다 한들 혹시라도 피 냄새가 풍길까 봐. 그같이 좋지 못한 내음은 청아한 여인에게 전혀 어울리지 않는 것이 아니겠는가. 그러나 이제 더는 참을 수가 없었다. 송우가 보고 싶었다. 그녀가 사는 예까지 찾아온 마당에 더는 인내할 여력이 남아 있지 않아 그는 쇳덩이를 움켜쥔 손을 움직였다. 탕탕, 커다란 소리가 메아리쳤다.

"뉘십니까?"

열린 문틈 새로 모습을 드러낸 사내가 물어오자 륜은 고민에 잠겼다.

무어라 해야 할까. 진양군의 심부름을 왔다는 그딴 소리는 지껄이고 싶지 않았다. 당당하게 유송우를 보러 왔다 말할 수 없을지언정 진양군의 이름을 팔아 송우에게 가는 비겁한 짓거리는 하고 싶지 않았다.

"아, 대감마님과 안방마님의 지인 되시는 분입지요? 낯이 익사옵니다. 들어오십시오."

다행히도 다른 사대부가의 노비 같지 않게 얼굴빛이 훤한 중년의 사내는 꽤나 자주 방문을 한 륜을 알아봐 별다른 대꾸를 하지 않았음에도 그는 쉬이 사저의 안에 들어설 수 있었다.

"대감께오서는…… 출타 중이십니다요. 혹여 안주인의 병문안을 오셨는지요?"

운이 좋다는 생각을 하는 차에 날아든 노복의 말이 륜의 신경을 거슬렀다. 병문안이라고? 송우가 아프다는 말인가? 들먹거리던 사내의 마음이 금세 바닥으로 추락했다. 대신에 커다란 걱정이 몰려들었다. 그러나 초조한 속내를 숨긴 륜은 애써 덤덤히 물었다.

"안주인께서 많이 편찮으신가?"

"그게 저…… 이놈은 잘 모르겠사옵니다."

륜의 눈동자에 날카로운 빛이 스쳤다. 우물쭈물하며 얼버무린 노복이 무언가를 숨기고 있다는 것이 직감적으로 느껴졌다. 그러나 힘없는 이에게 위협적으로 굴고 싶지 않아 륜은 더는 묻지 않았다. 그가 안채를 향해 커다란 보폭을 옮겼다.

"따를 필요 없네. 기미를 봐서 군부인께 인사를 올릴 상황이 못 된다면 알아서 물러갈 테니."

"아직 깨어나지 못하셨을 텐데."

작게 중얼거리는 노복이었으나 륜은 발걸음을 멈추지 않았다. 오히려 등 뒤에 내리꽂힌 마지막 말이 마음에 걸려 제 것 외의 다른 이의 인기척이 사라지자 그는 달리기 시작했다.

얼마 안 가 시야에 들어온 안채의 건물이 적막했다. 불빛 한 점 새어 나오지 않았다. 이곳에 들를 때마다 풍경이 아름답다 생각했던 것은 지금은 보이지 않는 한 사람 때문이었던가.

너무 가녀려서 여름날인데도 불구하고 감모에라도 걸린 걸까. 아픈 이를 내 욕심을 차리자고 기어코 불러서는 안 되겠지.

많이 아프지 마라. 작게 중얼거린 륜은 지난날과 달리 굳게 닫힌, 어둠밖에 내비치지 않는 머름창을 한참을 새카만 두 눈동자에 담았다. 마치 커다란 창이 곧 열려 그 틈새로 고운 여인이 모습을 드러낼 것이라는 듯이.

✽

"며칠만 더 쉬시고 다음에 가시면 안 돼요?"

벌써 다섯 번째. 이번에는 권유가 아니라 마치 보채듯 물은 비는, 그러나 여인이 자신을 흘끗 돌아볼 뿐 아무 말 않자 어쩔 수 없이 다시 두 손을 바삐 놀렸다. 얇고 부드러운 능라처럼 찰랑이는 긴 머리카락을 슥슥 빗으며 소녀가 불만스럽게 꿍얼거렸다.

"겨우 엊저녁 깨어나셨어요. 아직 기력도 채 회복하지 못하셨는데 벌써……."

"대군은?"

"아마 안채에서 멀지 않은 근처 어딘가에 숨어 계실 거예요. 아가씨가 쓰러져 계신 동안 대감, 아니, 주상 전하께서 꽤나 자주 찾아오셨거든요. 그분과 마주치면 안 되는데 그렇다 해도 왕자님께선 딱히 가실 곳이 없으시니."

주상 전하.

내리 무표정하던 송우의 둥근 아미가 치켜 올라갔다. 비가 소리 낸 그 칭호가 몹시 거슬렸다.

쓰러진 지 이틀 만에 자리에서 일어나니 세상은 완전히 달라져 있었다. 아득하게 느껴진다 한들 지아비가 그의 아우를 죽이려 한 그 밤은 겨우 두 날 전인데, 깨어보니 세 명의 대군과 한 명의 왕세자가 사라져 있었다. 국모이던 그네들의 어미는 명호조차 없는 작고 차가운 전각에 유폐되어 있다 했다. 그도 모자라 수많은 신료들이 참살을 당했다 하니 예까지만 들어도 가히 끔찍하거늘 이가 끝이 아니었다. 군왕이던 시부가 태상왕으로 밀려났고, 그를 대신해 새로운 지존이 등극했다.

새로이 떠오른 태양이란 다른 이도 아닌 낭군이었다.

"아가씨, 다 되었어요. 의복 갈아입으시는 것을 도와드릴게요."

왼쪽 어깨 부근에 붕대를 칭칭 감은 상태로는 팔을 움직이는 것이 불편하거니와 큰 동작을 취하면 상처에 통증이 번졌기에 송우는 순순히 비의 부축을 받아 자리에서 일어섰다.

"혹여 아버님과 관련해 들은 것은 없고?"

"예?"

순간 움찔하는 비에게 자못 싸늘한 시선을 붙박은 송우는 재차 묻지 않았다. 그저 물끄러미 아이를 주시했다. 무언의 압박을 이기지 못한 비가 결국 고했다.

"그것이 화, 확실한 건 아니고, 밖에서 사람들이 하는 말을 들었는데, 병판 대감께오서 도, 도와주시었대요."

"내 낭군이 형제들을 죽이고 시아버님을 밀어내 왕위를 찬탈하는 것을?"

부러 두루뭉술하게 얼버무린 보람도 없이 송우가 정곡을 찌르자 비는 그녀의 눈치를 살폈다. 그러나 드르륵 소리를 내며 열린 문을, 그 틈으로 들어오는 누군가를 확인한 여아는 돌연 꽥 소리를 질렀다.

"대감, 아니, 저, 전하! 아가씨는 아직 의복을 다 갖춰 입지 않으셨는데!"

자신의 앞을 두 팔을 벌려 막아서는 소녀를 내려다본 송우의 시선이 문가로 옮겨갔다. 조금이나마 익숙해지는가 싶더니 다시 낯설어진 낭군이 시야를 채웠다.

지존이 되었다면서도 그는 이전과 다름이 없는 복색을 하고 있었다. 물론 사가에 찾아오는데 버젓이 용포를 입고 올 수 없었겠지만. 어찌 됐건 내리 보곤 하였던 모습과 다르지 않아 그런가, 그가 모반을 일으키고 많은 이를 사지로 밀어 넣었다는 사실이 여전히 믿기지 않았다.

"전하, 아가씨께서는……."

"아, 미안하게 되었군."

다시 한 번 비가 웅얼거리자 그와 마주쳤던 시선이 뚝 끊겼다. 한 박자 늦게 상황을 파악한 염이 곧장 바깥으로 나가고 문이 닫히고서야 송우는 자신이 겉옷이라곤 분홍빛의 비단 치마만 입고 있다는 사실을 깨달았다. 그러나 부끄럽다거나 민망하지 않았다. 오히려 훤히 드러난 스스로의 어깨며 양팔, 반절이 조금 못 되게 드러난 가슴을 내려다보며 그녀는 피식 실소를 터뜨렸다.

"미안하게 되었군."

부부라 믿을 수 없는 참으로 어색하기 짝이 없는 상황. 하기야 이토록 친하지 않고 서로 간을 아끼지 않으니 그는 자신에게 거사에 대한 언질 하나를 주지 않았을 거다. 또한…….

"서둘러야겠구나."

"예에."

송우는 곧 의복을 모두 차려입고 대청으로 나와 섰다. 별로 보고 싶지 않건만 아쉽게도 이제는 만백성의 어버이가 된 지아비는 뒷짐을 진 채 안뜰에 서 있었다.

기다리는 이를 본체만체 당혜를 신은 송우는 잰걸음을 옮겼다. 그러나 막 그를 스쳐 지나가는 찰나 뜨스한 손이 오른팔을 붙들어왔다. 염의 손을 흘끗 내려다본 송우는 귀찮은 기색을 숨기지 않고 냉담히 물었다.

"하실 말씀 있으십니까."

무심하다 해야 하나, 무정하다 해야 하나. 확실히 집을 수 없지만 분명한 점은 누구에게든 다정하던 처가 이제 적어도 자신 앞에선 그렇지 않다는 것이다. 그 사실이 신경에 거슬려 미간을 구긴 염은 곧 못마땅한 표정을 지워 버렸다. 그녀에게 잘한 일이 무에 있다고. 베푼 것이라곤 상처뿐인데 어찌 환대를 바랄까.

"몸은."

"그저 그렇습니다."

애매한 답이었다. 하여 걱정과 답답함이 묻은 나직한 한숨을 내뱉은 염은 성난 이를 달래듯 부드러이 질문의 방향을 틀어 다시 물었다.

"성치 않은 상태로 어디를 가려고."

"아실 필요 없을 테지요."

제 입장에 무얼 바랄까. 처가 뇌리 한편에 새겨진 다정다감한 모습과 크나큰 괴리감이 느껴지는 지금 같은 태도를 보여도 참는 수밖에. 그 같은 생각을 되새긴 염은 그러나 이번에는 탐탁지 않은 심기를 억누르지 못했다. 차갑고 무관심한 음성도, 처가 저에게 내리등을 보이고 있다는 사실도 마음에 들지 않았다. 송우를 돌려세운 그는 그녀의 야윈 양 손목을 와락 감싸 잡았다.

"알지 못할 연유도 없는 것을."

"제 쪽에선 굳이 행선지를 말씀드려야 할 필요성을 느끼지 못하겠습니다."

"그래도 알고 싶다면?"

"……."

"내 휘두른 검에 맞아 좋지 못한 몸 상태로 길을 나서는 네가 걱정이 된다. 하니 어디를 향하는지 말해 달라 조르면 어찌할 건데?"

허공을 응시한 채 아무 말 않는 송우의 턱을 살짝 감싸 쥔 염은 기어코 그녀의 시선을 자신에게 끌어왔다. 은근슬쩍 치미는 부아를 애써 억누른 그가 말했다.

"기대하고 있겠다 하였지."

"……."

"네게 미안해하면서 그럼에도 너와 혼례를 치른 연유."

그가 말하는 바를 알아챈 송우의 눈동자가 흔들렸다.

그랬다. 친언니가 화선댁에게 손을 대었던 날로부터 며칠 지나지 않은 어느 늦은 밤, 불 꺼진 안채 밖에 서 있는 그를 발견하고 그리 말했다.

"기대하고 있겠습니다. 제게 그토록 미안해하시면서 그럼에도 불구하고 마음에 없는 저와 혼례를 치른 연유도, 방금 그 말씀도."

밑도 끝도 없이 미안하다 말하는 이에게 분명 그렇게 소리 냈다.

"나중에, 나중에 듣겠습니다."

퍼뜩 상념에서 빠져나온 송우는 염이 전말을 고할까 다급히 말을 이었다.

"저, 몸이 완전히 낫지 않았습니다. 한데 이런 상태로 대감께서 말씀하시고자 하는 바를 들을 자신이 없습니다. 급히 서나 언니와 나눌 얘기가 있으니 잠시만 보고 올 것입니다. 하니 다음번에 듣도록 하겠습니다."

무언가 마음에 들지 않는다는 듯 인상을 찌푸리는 염에게서 눈길을 거둔 송우는 상처에 퍼지는 통증에도 불구하고 제 손목을 감싸 쥔 그의 손아귀에서 벗어나려 애썼다. 그러나 아무런 효과가 없었다.

그가 말을 하면 어찌하지. 그에게서 먼저 들으면 아니 되는데. 아니, 그의 이유 따위는 알 필요 없어. 궁금하지도, 참작해 주고 싶지도 않아.

염이 끝끝내 말을 할까 불안을 느끼던 송우는 나직한 한숨 소리에 이어 중저음이 귀청을 찔러오자 움찔 가녀린 어깨를 떨었다.

"궐내가 아직 정리되지 않아 어수선하니 당분간은 잠저에서 지내시오. 때가 되면 지밀상궁을 보내겠소."

다행히 이어진 언사는 듣기 싫어한 것이 아니었다. 더불어 손목을 움켜쥔 커다란 두 손이 떨어져 나갔다.

상궁을 보내겠다고? 그렇다는 것은 자신을 내쫓을 생각이 없다는 건가? 설핏 궁금증이 돋았지만 묻지도, 아무런 답을 하지도 않은 송우는 미련 없이 뒤돌아서 목적지를 향해 발걸음을 서둘렀다.

푹신한 원앙금침에 누운 서나는 두 눈을 질끈 감은 상태였다.

몹쓸 일을 겪은 여인에게 그 누구도 바깥의 흉흉한 형세를 직접적으로 전달하지 않았다. 하지만 안채에 가만히 누워 있다 보면 간혹 저들끼리 수군거리는 가노들의 대화가 들려왔다. 때문에 바깥세상 일을 충분히 알 수 있었다.

얼핏 듣기론 반역이 성공했다 하였다. 극악무도한 그것을 일으킨 이가 기어코 왕이 되었으니 이제는 반역이 아닌 반정이라 표현하지 않으면 혀가 뽑힐 테지만, 어찌 됐든 아기를 잃은 마당에 양친과 여동생이 사지에서 벗어난 것은 그나마, 아니, 커다란 위안이었다.

"한위야, 나 혼자 있고 싶어."

발걸음 소리가 들린다 싶더니 따스한 온기가 이불 위에 아무렇게나 나동그라진 왼손에 와 닿았다. 이미 한 번 홀로 있고프다 말했건만 곁에 와 앉은 누군가는 나갈 기미를 보이지 않았다. 그리고 서나는 쉽사리 자신에게 다가온 이가 낭군이 아니라는 사실을 눈치챘다. 한위였다면 이미 진작 제 옆에 바싹 붙어 누웠을 것이기에.

"너."

눈을 뜨자마자 보이는 누군가는 여동생이었다. 반가움도 잠시, 마지막으로 보았을 때보다 많이 야윈 송우의 모습이 신경 쓰였다.

"일어나지 마시어요."

부드러운 섬섬옥수가 어깨를 살짝 눌러와 순순히 포기한 서나는 다시 몸을 뉘었다.

"많이 수척해졌는데, 내 일로도 모자라 그놈 때문에 그렇겠지?"

"……."

"내 걱정일랑 마. 네 남편 말인데, 여전히 천하에 둘 없을 못나고 형편없는 놈이지만 그나마 배포는 크나 보더라? 졸장부이기까지 한 것보단 나으니까 너무 상심하지 마."

톡 쏘아붙이는 새침한 말투는 모르는 이가 들었다면 위로냐, 약을 올리는 게냐 헷갈렸을 터이다. 하나 그가 자신을 더없이 걱정해하는 소리란 걸 송우는 모르지 않았다.

"왜 아무 말이 없어? 많이 안 괜찮아?"

"지난날 화선댁이 무어라 말하였는지요?"

"……."

"언니 그 성정에 웬만한 정도가 아니었다면 눈도 깜짝하지 않으셨을 겁니다. 하나 그러시지 않고 아이를 잃으셨습니다."

"이미 지나간 일인데 무엇 한다고 물어? 쓸데없게."

"지나갔다 한들 끝나지 않았으니 알아야겠습니다. 화선댁이 무어라 했는지 말씀해 주세요. 그 계집, 혹여 진염의 총애를 믿고 부모님과 저를 들먹여 언니에게 위해를 가하였습니까?"

"뭐?"

괜스레 반대편을 쳐다보던 서나는 놀라 휘둥그레져 송우를 돌아보았다. 계집. 단 한 번도 여동생이 여인이나 소녀를 그리 칭하는 것을 본 적이 없다. 기묘한 냉기가 가슴 한편을 채워갔다.

"송우야."

"듣기에 아버님께서 난역에 가담하셨다더군요. 저를 빌미로 위협을 당하셨을 거라 생각되는데, 맞는지요?"

"……."

"태상왕이 되신 시부께 그토록 충성해 오신 아버님이십니다. 그런 분께서 하루아침에 시아버님을 밀어내는 일에 찬동하셨거니와 언니도 잘 아시다시피 제 낭군은 제게 마음이 없는 걸로 모자라 정인이 있으면서 저와 혼례를 올렸어요. 이 같은 모순이 생겨난 까닭이 무엇일까 한참을 고민해 보았습니다. 진양군은 애초부터 아버님의 힘을 빌리려는 의도를 가지고 저와 연을 맺은 것입니까?"

"……."

"그리 치부하자 아귀가 딱 맞아떨어지더군요. 더불어 몇 번을 생각해 봐도 홍다련이 진염의 계획을 몰랐을 것 같지 않습니다. 그리고 언니는 그이와 이야기를 나누다 무려 사산까지 하셨고요. 하여 혹시라도 언니가 제가 모르는 무언가를 알고 있을까 싶어 찾아왔습니다."

새로운 사실을 알게 된 티를 내지 않을뿐더러 대답을 하지 않는 서나였기에 송우는 스스로의 추측이 그런대로 들어맞았다는 것을 직감했다. 점점 더 걱정스러운 낯빛을 내보이는 서나에게 그녀는 재차 물었다.

"언니는 저와 가장 막역한 분입니다. 제가 모르는 일말의 진실을 알고 계시다면 부디 말씀해 주세요. 아니라면 저는 최소한 홍다련이 그날 언니에게 무어라 했는지만이라도 알고 가야겠습니다."

"역시 똑똑하구나."

"……."

"그래, 네 말이 다 맞아. 그놈은 너한테 마음이 없어. 실낱 한 올만큼도. 단지 너와의 관계를 내세워 아버님을 이용하려 했던 것뿐이지. 그 계집년도 다 알고 있었어. 아버님과 진염이 나누는 대화를 듣고 추악한 전말을 온전하게 알게 된 나는 너한테 진실을 토해내야 하나 고민하고 있었지. 그러던 차에 그년이 그러더라. 군왕이 될 이의 총비인 저한테 사과하라고. 그렇지 않으면 아버님과 너는 물론이고 한위마저 가만두지 않을 거라고. 그딴 소리를 지껄이는 그년을 흠씬 두들겨 패다 못해 파묻어 버려야 했는데 대신 이 꼴이 되었지."

"……."

차마 여동생과 눈을 마주할 수 없어 제 것을 붙든 송우의 두 섬섬옥수에 시선을 붙박고 있던 서나는 투명한 빛깔의 둥그런 무언가가 바닥으로 떨어져 내리자 고개를 치켜들었다. 인형인 양 감정이 없는 낯빛을 한 여동생의 두 눈에서 쉼 없이 눈물이 방울져 흘러내리는 것을 확인한 서나가 다급히 자리에서 일어나 앉았다.

"애, 송우야."

다시 한 번 동생을 불렀지만 답이 돌아오지 않았다. 마치 심장이 쪼개지는 것만 같아 서나는 망연자실해 송우를 쳐다보았다. 그녀의 새하얀 손이 송우의 축축한 뺨으로 향했다. 그러나 송우는 언니의 손길을 피해 상체를 꼿꼿이 세웠다.

"울지 마라. 응? 다 알게 되었으니까 이보다 더 아파지진 않을 거잖아. 이제는 나아지는 일만 남은 거야."

"언니."

"……."

"제가 좀…… 모질어져야겠습니다."

"그게 무슨 말이니? 무슨 생각을 하는 거야?"

"이제까지 반듯이 살아온 연유는 도리에 어긋나는 행동을 할 줄 몰라서가 아니라 옳지 않다는 것을 알았기 때문이었습니다. 그렇지만 앞으로는 흑백 따위 상관치 않을 거예요."

옳고 그름의 시시비비를 더는 가리지 않겠다 단언하는 송우가 정녕 낯설게 느껴지거니와, 불안한 것은 둘째 치고 무서운 기분이 들기까지 해 서나는 그녀의 양팔을 붙잡아 만류했다.

"그냥 다 잊는 게 가장 현명한 방법이란 거 알잖아? 네가 무얼 어찌 모질게 굴 수 있다고. 너만 망가지게 되면 어쩌려고."

"절대 잊지 않아요."

"……."

"잊지 않으려 눈물 한 방울 흘리지 못하고 피투성이 된 그날의 언니를, 우는 형부를 제 이 두 눈에 똑똑히 새겨 넣었어요. 그러니 오늘까지 나쁜 아니라 내 가족이 겪은 그간의 모든 일, 절대 잊지 않을 거예요."

"그래서, 무얼 어찌하려고!"

"그것은 저도 아직 모릅니다. 하지만……."

푸른빛의 실핏줄이 도드라진 서나의 허연 두 손을 되레 꽉 움켜쥔 송우는 빛나는 두 눈동자를 언니와 분명히 마주했다.

"저를 포함한 제 가족을 짓밟은 이들을 할 수 있는 최대한으로 망가뜨릴 거예요."

5장 반(反)

그간 겪은 나와 내 가족의 마음고생을 어찌 되갚아줄 수 있을까. 아니, 그보다 먼저 앙갚음할 이들이 누가 있더라?

어스름한 방 안에 앉은 채 허공을 응시하는 송우의 눈앞에 두 사람이 동시다발적으로 떠올랐다. 진염과 홍다련. 역모를 위해 저와 아비를 이용한 낭군과 언니가 아이를 잃게 만든 그의 측녀를 생각하매 송우의 얼굴이 어둡게 가라앉았다.

끓는 화(火)로 말미암아 그녀의 두 섬섬옥수가 가득 주먹을 쥐었다. 두 연놈을 괴롭히려면 어찌해야 해. 더불어 반역에 가담해 진염을 도운, 지금쯤 반정공신이 되어 부귀를 누릴 생각에 기뻐하고 있을 이들은 또한 어떠한 방법으로 제재해야······.

역정에 휩싸여 한창 고민하던 송우의 머리를 문득 한 사람이 강렬하게 스치고 지나갔다. 이제는 원수 같게만 느껴지는 진염을 알게 된 그즈음에 그와 더불어 알게 된 그 누군가가.

룬, 왜 갑작스레 그가 생각이 난 것일까. 이윽고 그녀는 어렴풋이 까닭을 깨달았다.

룬은 진염과 아는 사이다. 아비의 생신 연회에도 함께 올 만큼 꽤 가까운.

"왜 홍다련이 네 방에 있는 거지?"

"저 계집은 맞을 만해."

정신이 없어 이상하다 인지하지 못했거늘, 그는 지난날 홍다련이 언니에게 맞을 때에 그 계집도 잘 아는 것처럼 말했다. 즉, 세 사람은 서로를 알고 있다. 아니면 적어도 룬은 진염에게 정인인 홍다련이 있었다는 것을 알 정도로 그와 가깝다.

한순간에 괜스런 의심이 차올라 송우의 미간이 구겨졌다. 두 눈동자가 슬쩍 흔들렸다.

"설마……."

설마 룬이 반역에 관해 알고 있었을까? 그 떠올리기조차 싫은 역모에 룬을 얽고 싶지 않거늘 회의(懷疑)는 영 사라지지 않았다. 오히려…….

"나, 나쁜 짓 하러 가."

"도리에 어긋나는지는 모르겠지만 너 같은 애가 들으면 안 될 정도로 무서운 짓이긴 하지."

오히려 의미심장하게 느껴졌던 그의 말까지 머릿속에서 되살아났다.

이는 분명 저의 공연한 의심일 터였다. 그간 받은 충격이 너무 커다래 정신 상태가 날카로워져 있어서, 하여 예민한 생각이 드는 것일 거였다. 그렇지 않은가. 아무렴 자신에게 수어지교가 되어달라고 한 륜인데. 제 가까이에서 친밀하고 다정하게 대해준 그가 역모에 대해 알고 있었을까? 관련이 되어 있을까?

"……아닐 거야."

작게 되뇌어도 불안이 가시지 않았다. 가시기는커녕 송우는 한순간 어쩐 일인지 눈시울에 뜨거운 기운이 스치는 것을 느꼈다.

마치 제 머릿속에 또 다른 누군가가 들어앉아 자꾸만 속삭이는 것 같았다. 만약 그가 진엽을 도와주었다면, 그렇다면 진엽, 홍다련과 더불어 너는 그에게 무얼 어찌할 거냐고.

✱

"대군 나리, 왕자님, 어디 계세요?"

앳된 음성이 황혼을 꿰뚫었다. 안채 건물 근처의 어둡고 서늘한 담벼락 아래에 몸을 숨긴 불쌍한 왕자는 퍼뜩 몸을 일으켜 목소리가 날아든 곳으로 튀어나갔다.

"형수님은?"

한때 주제도 모르고 부풀어 있던 간덩이가 이제는 콩알만 해진 터라 사람 형세를 한 이를 마주하면 반사적으로 심장이 쿵쾅거렸지만 조그마한 여비에게까지 그를 표하고 싶지 않아 수찬은 최대한 태연하려 안간힘을 썼다. 그렇지만 혹여 군왕이 된 이복형을 마주칠까 싶어 초조하기 짝이 없었다.

"이제 곧 나오실 거여요. 작은아가씨, 왕자님을 모셔왔습니다."

낭랑한 아룀이 안채로 빨려 들어가고 얼마 안 있어 문이 부드러이 열렸다. 대청 위에 가녀린 여인이 나와 서는 것을 확인한 수찬은 냅다 내달려 매달리다시피 그녀의 팔을 끌어안았다.

"형수님, 형수님……."

"아가씨 다치셨잖아요, 왕자님!"

화들짝 놀란 수찬이 한 발짝 뒷걸음질쳤다. 그러고 보니 그랬지. 너무 반가운 마음이 들어 잠깐 잊었지만 자신을 감싸다 형수는 분명 날카로운 검에 베였다. 혹여 저가 매달린 바람에 무엇이 잘못되었을까 허둥지둥 송우를 살피던 수찬이 멈칫했다.

"괜찮다, 비야. 다친 곳은 왼쪽이니. 대군."

"……."

"도련님."

"예, 예?"

넋이 나가 송우를 살피던 수찬이 퍼뜩 정신을 차렸다. 어쩐지 쑥스러운 기분이 들어 고개를 푹 숙인 미혼의 왕자는, 그러나 저도 모르게 자꾸만 송우를 곁눈질했다. 이제껏 많이 만나지는 않았으나 마주할 때마다 형수는 수수하고 단아한 느낌을 풍겼다. 한데 지금 곁에 있는 그녀는 이전과는 달리 자못 화려했다. 붉은빛의 비단 의복을 걸친 덕에 흰 피부가 더욱 도드라졌으며, 구불거리는 검은 머리카락에 매달린 화사한 머리 장신구가 어스름한 주변에도 불구하고 반짝였다. 형수를 보며 설레면 아니 될 듯해 죄스러운 기분이 들거늘, 그럼에도 이전과 다른 방향으로 고운 모습을 한 그녀를 훔쳐보는 것을 그는 멈출 수 없었다.

"그간 얼마나 고생하셨습니까."

"예? 아…… 형수님."

왈카닥 쏟아지는 눈물을 참지 못한 수찬은 부드러운 송우의 손길이 자신의 축축한 뺨을 추스르자 진정하기는커녕 더더욱 거세게 눈물을 흘렸다. 든든한 버팀목이 되어주던 형들은 다 죽고, 어미는 냉궁에 유폐되어 의탁할 수 없으매 태상왕으로 밀려난 아비, 혹은 현양군을 찾아가려니 제 형제들을 죽이고 천심전을 차지한 사내를 마주칠까 두려웠다. 더군다나 요 며칠간 형수마저 몸져누워 있지 않았나. 그렇지 않아도 힘든데 하소연을 할 이도, 위로를 구할 이도 없이 진정 사는 게 사는 것이 아니었다. 하나 여전히 숨은 붙어 있는지라 밤이면 춥고 때가 되면 허기가 찾아왔으니 어디든 거처를 정해야 했다.

"행랑채에서 지내셨다지요."

비록 짧은 며칠이라 하지만 아랫것들과 인간 대 인간으로서 상종을 해본 적이 없는 건방진 왕자에게 가노들과 뒤섞여 소박한 행랑채에서 지내기란 엄청난 곤욕이었다. 동복형제와 그간 누리던 모든 것을 잃은 데다 목숨까지 빼앗길지 모르는 절체절명의 상황임에도 불구하고 자존심이 상한다 느껴질 정도로.

"으흐흑, 형수님. 제가 그래도 엄연히 대군인데."

정녕 서러워 죽겠다는 듯 이제는 엉엉 우는 수찬의 뺨을 타고 흐르는 눈물방울을 송우는 얇은 금실의 수가 놓인 소매 끝으로 부드러이 닦아내었다.

"기력을 잃으실까 걱정되니 부디 울음 그치시고 저를 따르세요, 대군."

멀어지는 송우의 하늘거리는 붉은 치맛자락을 훌쩍이며 지켜보던 수찬은 그녀를 뒤따르는 비가 자신을 흘끗 돌아보자 걸음을 옮기기 시작했다. 금세 형수를 따라잡은 그는 궁금증 반, 불안함 반을 느껴 대충 눈가를 정리하고 조심스럽게 물었다.

"어디를 향하시는데요, 형수님?"

"대군께서 머무실 곳으로 갑니다."

"그게 무슨……."

"말씀대로 대군이시거늘 계속해서 가노들과 함께 지내시도록 할수 없거니와, 혹여 제 지아비와 마주치기라도 한다면 지난날처럼 위험에 처하실지 모르는 일 아니겠습니까. 하니 거처를 옮기셔야 마땅한데, 난역에 가담한 제 부친의 댁으로 모실 수는 없으니 저와 막역한 친우에게 부탁을 해보려 합니다."

조개처럼 입을 꾹 다문 수찬의 옆얼굴을 송우는 물끄러미 지켜보았다. 아무 말 않는 대군을 보아하니 그의 마음을 제대로 파악한 듯싶었다. 하기야 난역으로 동복형제 모두를 잃은 데다 적통 왕자라는 신분을 내세워 거들먹거리기 좋아하던 철없는 이가 이전 같으면 벌레 취급했을 노비들의 틈에 섞여 지내는 신세로 전락했으니 그리된 까닭인 역모에 동참한 자신의 아비를 좋게 볼 수 없을 것이다.

다시 한 번 수찬의 마음을 떠보려 송우는 입술을 떼었다.

"도련님, 제 아버님이 원망스러우실 겁니다. 대신 사과드릴 터이니 그 노여움, 온전히 제게 푸시어요."

"예? 아, 아닙니다. 제가 어떻게……. 형수님께선 저를 살리시느라 베이셨고, 결국 지켜주셨습니다. 병판 대감께는 서운하지만 그렇다고 어찌 제 목숨을 구해주신 분께 화풀이를 하겠습니까."

만족스러운 답변이라 그녀의 입가에 옅은 미소가 그려졌다. 대군을 살리려 섬광을 내뿜는 검을 대신 맞았을 때는 별다른 의도가 없었다. 그저 살려야겠다는 생각만이 머릿속을 가득 채웠을 뿐. 한데 자리에 누워 있는 동안 고심해 보니 비록 며칠 앓느라 고행이었지만 참으로 잘한 선택이었다고 여겨졌다. 덕분에 단순한 시숙은 자신에게 저리 감사함과 미안함을 동시에 느끼고 있으니 혹여 그를 이용해야 할 상황이 온다면 그는 쉬이 제 뜻을 따를 테니까. 덤으로 진염 또한 많이 미안해하고 있으니까.

"형수님, 저는 병판 대감께도 형수님께도 앞으로 절대 서운해하지 않을 겁니다."

저 하는 생각이 참 잔인하다 자조(自嘲)하던 송우는 재차 강조하는 수찬에게 빙긋 미소를 지어 보였다.

"그렇게 말씀해 주시니 감읍합니다."

웃는 송우를 멍하니 바라보던 수찬은 문득 주변이 음침하고 오싹하다는 사실을 깨달았다. 대개 기루나 돼야 홍등을 쓰거늘 거리에 나열된 상점들이 특이하게 하나같이 불그스름한 빛을 뿜어냈다. 을씨년스러운 주변을 살핀 그는 곧 자신이 발을 들인 곳이 어디인지 깨달았다. 그러자 한순간 소름이 쫙 끼치고 무서웠다. 변변찮은 호위무관 한 명 없이 함께 있는 이라고는 여린 형수와 어린 노비 계집아이 하나인데 감히 북향 저자에 들어와 있으니 겁이 안 나고 배길까. 이곳이 어떠한 곳인가. 걸핏하면 잠행을 나서 기방이며 유흥가를 나다닌 저조차 꺼리는 장소가 아닌가.

"형수님, 어찌 이곳에 오신 것입니까. 여기 정말 무섭습니다. 예전에 딱 한 번 와본 적이 있는데 대군인 저조차도 몹쓸 짓을 당할 뻔했습니다. 한데 형수님 같은 분이……."

"저 같은 이가 무엇인가요?"

아직 사태를 파악하지 못하셨는가. 태연하기 이를 데 없는 태도를 유지하는 것으로 모자라 요요하게 웃어 보이기까지 하는 송우를 차마 마주하지 못한 수찬의 뺨이 붉어졌다.

"형수님처럼 고, 고운 분이 이런 곳에 오시면⋯⋯."

"고년 참 곱다!"

형수님처럼 고운 분이 오시면 더더욱 위험하단 말입니다. 수찬의 작은 중얼거림은 거칠고 걸쭉한 다른 이의 목소리에 가득 파묻혀 버렸다. 낄낄거리는 천박한 웃음소리를 흘리는 한 무리의 사내를 발견한 수찬은 헉 하고 커다란 숨을 들이쉬었다.

"가, 가까이 오지 마세요!"

건들거리며 다가오는 거친 인사 다섯에게 아무 대꾸를 하지 못한 수찬이 얼어붙었다. 그러나 그와 다르게 재빨리 움직인 비는 덜 자란 두 팔을 활짝 펼쳐 송우의 앞을 막아섰다.

하지만 자그마한 여자아이 하나 따위가 무에 무섭겠는가. 무뢰배들은 비를 손가락질하며 듣기 거슬리는 비릿한 야유를 흘려댔다.

"쬐깐한 년이 겁도 없이 어른들 노는 걸 방해하려고 하네? 그 여린 모가지를 확 비틀어 버리기 전에 안 비켜? 콱!"

소녀를 때리는 시늉을 하는 사내에게서 독한 술 냄새와 땀 내음이 풍겨 나왔다. 씻지 않아 꾀죄죄한 그의 몰골, 아무렇게나 뒤엉키고 무엇인지 모를 것들이 붙어 있는 불결한 수염을 흘끗 쳐다본 송우는 비의 어깨를 움켜잡아 뒤로 끌어당겼다. 이런 상황이 일어날 수 있다 예상했거니와 '그 가능성'을 확인하려면 오히려 필요하다 생각했기에 기분이 좋지 않은들 놀랍거나 두렵지는 않았다.

"아가씨, 위험해요. 이, 이년이 막고 있을 동안 어서 피하시어요."

"내게 관심을 가져주시는 귀한 분들인데 위험하다니."

"······예?"

"귀한 태가 난다 했더니 그렇지도 않은가 보구나. 창기년들보다 꾀어내기 쉬운 걸 보면."

예상치 못한 반응에 놀란 비는 휘둥그레진 눈으로 송우를 돌아 보다가 다시 무뢰한들을 노려보았다.

"우리 아가씨는 그런 여자가 아니에요! 당장, 당장 물러나요! 꺄 악! 아가씨!"

멀어져도 모자랄 판에 송우가 되레 야차 같은 이에게 다가가니 비는 금방이라도 거품을 물고 기절할 것만 같았다. 얼어붙은 그대 로 형수님만 되뇌는 수찬과 달리 비는 송우의 곁에 바싹 붙어 그녀 의 붉은빛의 비단 옷깃을 꼭 움켜잡았다.

"비야, 괜찮으니 잠시만 기다려 보렴. 저, 나쁘지 않습니까?"

"아, 아니 되셔요! 아가씨! 대체 왜 이러세요!"

안간힘을 써가며 자신을 잡아끄는 비였지만 버틴 송우는 생뚱맞 게도 마주한 사내에게 그리 물었다.

"뭐?"

방금 전까지 시답잖은 소리를 해대던 사내들은 어이가 없다는 표정을 지어 보였다. 그런 그네들이 우스워 소리 없는 실소를 터뜨 린 송우가 다시 물음 지었다.

"이 근처에 기방이 많을 것 아닙니까. 고운 여인들을 숱하게 보 셨을 테니 경험 많은 분들께 여쭙는 겁니다. 저 정도면 나쁘지 않은 가요?"

"······나쁘지 않을 뿐이야? 못 참고 당장 길바닥에 눕히고 싶으 니 같이 놀아보자니까. 우리 다섯이서 네년이 정신을 못 차리게 만 들어줄 테니."

천박한 언사가 거슬려 송우의 미간이 짧은 순간 구겨졌다. 그러나 곧 송우는 담아둘 가치 없는 희롱을 떨쳐 내 무시했다. 그녀의 섬섬옥수가 자신에게 뻗쳐 오는 왈패의 거친 손을 찰싹 쳐냈다.

"그럼 제가 제대로만 하면 사내들에게 어여쁨을 받을 수 있겠군요. 솔직히 답해준 것은 고맙지만 제안한 바는 거절하겠습니다. 따로……."

꾀어내고 싶은 사내가 있어서.

거기까지 소리 내지 않은 송우는 거친 욕지거리를 흘리는 지저분한 사내를 다시 쳐다보았다.

"이년이 어여쁘다 하니 겁대가리를 상실했나, 감히 누구 손을 쳐!"

"우리 아가씨, 건륜과 막역하신 분이에요! 건들면 그 사내가 가만있지 않을 거라고요!"

치켜 올라간 사내의 손을 맹랑히 올려다보던 송우는 인두에 살을 데인 양 움찔 어깨를 떤 무리가 한두 걸음씩 뒷걸음을 치자 흥미로운 기색을 숨기지 못했다. 그저 이름이 등장했을 뿐인데 마치 그가 지금 이 자리에 있는 것처럼 효과가 커다랬다. 북저에서 함께 술잔을 기울일 때 빈번히 그에게 시선이 쏠리던 것을 눈치챘던지라 꽤나 유명한 이일 거라 예상은 했지만 생각보다 더한 듯싶었다.

"그 미친놈이랑 친하다고?"

"거, 건륜 그 사내는 우, 우리 아가씨를 조, 좋……."

자신의 눈치를 살피는 비가 아직 소리 내지 않은 뒷말을 송우는 알 것 같았다. 그렇지만 아무 내색을 하지 않은 그녀는 대신에 웅성거리는 이들에게 덤덤히 말했다.

"륜은 내 소중한 벗이자 꾀어내고 싶은 사내인데…… 한데 그가 여간 악명이 높은 게 아닌가 봅니다."

"그러면 그렇지, 역시 거짓말이었어! 그놈은 남색을 즐긴댔어! 계집은 거들떠도 안 본다고! 네 이년, 어디서 감히 거짓을 늘어놔?"

"유송우!"

기세등등해 고함을 치는 일당의 우두머리에게, 아니, 우두머리가 쏟아낸 흥미진진한 말에 집중하고 있던 송우는 제 이름을 외친 목소리가 날아든 뒤편을 돌아보았다.

걱정 가득한 얼굴로 금세 곁으로 다가온 륜은 급하게 서두른 듯 차림새가 엉망진창으로 흐트러져 있었다. 저를 내려다보는 그의 두 눈동자가 한순간에 불안히 흔들렸다. 특이한 모양새의 단도를 움켜쥔 그의 손아귀에 푸른 핏줄이 솟아올랐다.

"누구보고 년이래?"

이윽고 왈패 무리에게 시선을 옮겨 싸늘히 뇌까린 륜을 송우는 관찰하듯 빤히 바라보았다.

✻

아무리 저녁이라지만 주변의 공기가 가히 싸했다. 긴장한 여비와 대군, 공포에 질린 무뢰배 일당, 그리고 그네들을 씹어 삼킬 듯 냉기 서린 눈으로 노려보고 있는 사내. 이러한 이들이 모여 있는데 분위기가 따스할 리 없었다.

"왜 맨날 우리 형님을 저리 만드는 건지."

송우의 귓가에 작은 불평이 스쳤다. 어느 틈엔가 근처에 나타나 있는 구창에게 가까이 다가선 그녀가 조용히 물었다.

"무슨 말씀인지 여쭈어도 될까요."

"지난번에 별당에 던져 놓은 건 아직까지도 이러라는 뜻이 아니었는데. 하여간에 처자랑 엮이기만 하면 형님이 이상⋯⋯."

뒤늦게 제 하는 소리가 적절하지 않다 판단이 들어 구창은 뚝 넋두리를 그쳤다.

"저와 엮이면 륜이 어떠한가요?"

"모르오. 그건 그렇고, 본래의 형님 성격으로 본다면 저놈들은 이미 죽어도 한참 전에 죽었어야 하는데 아무래도 처자에게 험한 꼴을 보이기가 신경 쓰이는 모양이니 말려나 주쇼."

나직한 속삭임이 끝나자 송우는 다시 제게 시비를 건 무뢰배에게 차가운 시선을 고정한 륜을 바라보았다. 자신이 신경 쓰여 죽이지 못하는 듯싶다는 말인즉슨 잔인한 광경을 보일 수가 없어 그는 저렇게 경련이 일어날 정도로 단도를 그러쥐고 있기만 할 뿐 움직이지 않는 것이란 말이렷다.

"나, 남색을 즐긴다더니 왜⋯⋯. 아, 아니지. 사, 살려주오. 잘못⋯⋯ 잘못했습니다."

다리에 힘이 풀렸는지 움직이지 못하고 벌벌 떠는 무뢰지당이었지만 그들을 겁먹게 만든 륜은 침묵할 뿐이다. 때로는 위협적인 행동보다 무서운 것이 침묵이라 기어코 두려움을 참지 못한 왈패 하나의 바짓가랑이가 축축이 젖어갔다.

도대체가 얼마나 고약하게 적들을 상대하면 가만 서 있는 것만으로 저리 커다란 공포감을 불러일으키는 걸까. 그가 궁금했지만 졸렬한 무뢰배들의 궁색이 볼썽사납다 못해 안쓰럽기까지 했다. 하여 송우는 왜인지 슬쩍 긴장이 되는 마음을 다잡고 륜의 곁으로 다가섰다. 다행히 차분하고 담담한 음성이 흘러나왔다.

"예호, 우리 오래간만에 만났는데 괜한 일에 신경 쓸 필요가 무에 있나요."

"……."

"지금 이 순간에도 아까운 시간은 계속해서 흘러가고 있는데. 밤은 실상 그리 길지 않습니다."

두 남녀의 사이를 알지 못하는 이가 보았다면, 아니, 아는 이가 보아도 연인이라 착각이 들 만큼 달콤한 음성과 언사여서 비와 구창은 놀란 숨을 들이쉬었다. 그렇지만 주위의 반응을 신경 쓰지 않은 송우는 륜에게 미소까지 지어 보였다.

한결 누그러졌다 한들 아직 무뚝뚝한 표정을 한 륜이 송우에게 눈길을 붙박은 채로 나직하게 말했다.

"저놈들, 북저로 끌고 가."

그 말이 무슨 뜻인지 험한 곳에 익숙하지 않은 이들을 제외하곤 모두가 아는지라 왈패들은 돌연 찢어질 듯한 비명을 내질렀다. 가까스로 굳은 다리를 움직여 도망을 치기 시작한 오합지졸은 구창이 끌고 온 사내들에게 쉽사리 붙잡혀 곧 어둑한 거리에서 자취를 감췄다.

다시 한 번 살려달라는 비명 소리가 날아든 어둠 속을 쳐다보는 송우의 양팔을 륜은 덥석 붙들었다. 송우는 그를 올려다보았다.

그는, 건륜은 필시 저가 싫어할 '무언가'를 행했을 텐데. 그렇지만 서늘한 밤바람과 대비되는 기분 좋은 온기 때문인가, 밉상 짓을 하였을 이가 원하는 만큼 원망이 되지 않았다.

"여긴 대체 왜……."

겨우 한마디 하는가 싶더니 다시 침묵하는 륜의 시선이 수찬에게 향하는 것을 그녀는 쉬이 알아챘다. 그가 시숙을 쳐다보건 말건 무슨 상관이겠느냐마는, 지아비의 이복동생이자 어찌 됐건 왕실의 일원인 왕자를 의식한 듯 붙들고 있던 제 팔을 놓자 어쩐지 사뭇 아쉬웠다.

참으로 이상하지. 이게, 이런 기분이 낭군이 있는 여인이 다른 사내에게 느끼기에 정녕 가당한가? 당연지사가 아닐 텐데. 하기야 이런 고민이 무슨 소용이랴. 낭군이란 작자에게 남은 감정이라곤 증오뿐이니 지킬 정조가 없는데.

"험한 곳입니다. 어찌 오셨습니까."

평소와는 다르게 깍듯이 말하는 륜이 우스웠지만 송우는 역시 정중히 대답했다.

"예호께 부탁이 있어 왔습니다. 저기 저분, 이제는 둘 남은 저의 시숙 중 한 분이십니다. 제 지아비와 사이가 좋지 못한 데다 피치 못할 사정이 생기는 바람에 마땅히 머무실 곳이 없답니다. 아무리 생각해 보아도 예호 외엔 저를 도와줄 분이 떠오르지 않아 염치 불구하고 바라건대, 당분간만이라도 보살펴 주시면 아니 될는지요."

"뫼시어라."

구창에게 짤막히 말한 륜은 곧바로 다시 송우를 내려다보았다.

그가 거리낌 없이 자신의 부탁을 들어줄 모양인 듯해 송우는 만족스러웠다. 비어져 나오려는 미소를 억누른 그녀는 거구의 사내에게 이끌려 가는 수찬이 불안을 숨기지 못하고 자신을 애처로이 돌아보거늘 대신 비에게 명했다.

"비야, 잠깐 예호와 할 일이 있으니 대군과 함께 북저에 가 있으련? 홀로 사저까지 되돌아오는 것은 위험하니 추후 사람을 보내거나 내가 데리러 갈 때까지 거동하지 말고."

싫은 눈치를 하는 소녀가 그럼에도 별다른 대꾸 없이 수찬과 구창을 뒤따르는 뒷모습을 보고 있는 차, 그녀들의 뒷모습이 개미만큼 작아졌을 즈음 다시금 팔에 따뜻한 온기가 닿아왔다.

송우의 두 팔을 꽉 움켜쥔 륜은 뒤늦게 일그러진 얼굴 가득 걱정을 내비쳤다. 어찌 이리 제 속을 애타게 했느냐 원망마저 묻어 나오는 것 같은 표정이었다.

"겁도 없이 위험하게 여길, 그것도 왜 이런 차림새로 온 거야? 몹쓸 짓이라도 당하면 어쩔 뻔했냐고."

마음 같아선 화라도 내고 싶건만 애써 참는 듯 사내의 목소에서 걱정뿐만 아니라 억눌린 노기마저 배어 나왔다.

그리 안절부절못하는 륜을 송우는 한참을 말없이 올려다보았다. 그는 지아비의 사람이면서 수찬대군을 돌봐달라는 자신의 청을 들어주었다. 물론 부탁을 들어주는 척 배반을 할 수도 있겠지만 어쩐지 그럴 것 같지는 않았다. 어찌 됐건 곧 알 수 있겠지.

더불어 무슨 재주로 알았는지 모르겠지만 좋지 못한 사내들과 맞닥뜨려 있는 제 상황을 알고 흐트러진 차림새로 이리 다급히 와주었으며 지금까지 걱정을 해주고 있다. 지난날 마지막으로 보았을 때에는 나쁜 짓을 하러 간다 고하며 저의 눈치를 살폈던가? 그리고 방금 전 되새긴 그가 한 말, 과거의 행동까지.

"언니란 작자가 왈패라도 됩니까? 여동생 뺨을 어찌 그리 만들어놓았답니까. 때릴 곳이⋯⋯."

"대신 수어지교(水魚之交)나 되어주십시오."

"안아줄까."

"아니면, 그래도 얼굴 보여줘."

"낭군도 있으면서 다른 놈한테 웃어주지 마. 나는 예외로 치고."

"건륜 그 사내는 우, 우리 아가씨를 좋⋯⋯."

"누구보고 년이래?"

"젠장, 얼마 전까지 말도 잘하더니 왜 아무 말 않는 거야? 내가 오기 전에 무슨 일이라도 당한 건 아니겠지?"

예호 건륜은 나를 좋아하는구나. 더 이상 벗이 아닌, 진염과 더불어 그가 나를 좋아할 가능성이 있는지 따져 보려 생전 처음 잔뜩 치장을 하고 이곳으로 찾아온 것인데. 그런데 이미 날 연모해.

벗이 되고 싶던 게 아니었어. 그렇게 되지 않으면 부녀자인 내 곁에 있을 수 없기에, 그래서 친구가 되자고 한 거였어. 지난날 우리 사이의 대화는 친구 사이에 오고 가기 적합한 것이 아니었고, 만난 지 얼마 되지 않았을 때엔 내게 차갑게 굴었으면서 어느 날부턴가 갑자기 다정히 대해준 것도 괜히 그런 게 아니었어. 그때 이미 나를 여인으로서 마음에 담은 거야.

심장이 철퍼덕 흙바닥에 내동댕이쳐지는 듯싶었다. 선선한 저녁 바람에도 불구, 몸에 뜨끈한 열기가 돌았다. 갑자기 입안이 바싹 말라가는 듯싶었고 한순간 눈앞이 아찔했다. 그러나 그 모든 현상을 애써 무시한 송우는 륜의 허리춤을 양손으로 살포시 움켜쥐었다. 그의 다부진 허리가 느껴지자 손끝이 떨렸으나 또다시 무시한 송우는 사내의 품에 들어선 채로 처연하게 말했다.

"제 가장 소중한 수어(水魚)인 륜에게 찾아오는데, 잘 보이고 싶었습니다."

"……."

착각일까? 저와 시선을 끊는 순간 사내의 눈동자가 흔들렸다는 생각이 드는 건, 그의 뺨 근처에 붉은 기가 도는 것 같다 느껴지는 것은 주위의 상점에 달린 홍등 때문인가? 착각이 아니었으면.

그렇지만 건륜은 물론 자신을 벗으로서, 아니, 여인으로서 아끼는 듯싶지만 아직 그 정도가 부족함이 틀림없었다. 저를 좋아하는 것은 사실일지언정 필시 그의 감정은 아직 절정에 부딪쳐 있치 않을 것이다. 왜냐하면 슬퍼 보이지가 않으니까. 어떤 사내가 다른 이를 낭군으로 둔 여인을 가슴앓이 없이 온전하게 척애할 수 있겠는가. 하물며 옛 고서에서 이르기를, 누구는 배필을 맞지 않은 이를 편련하는 것마저 버거워 상사병에 걸려 죽었다 하는데. 하지만 마주한 이 사내는 괴로운 기색이 없으니 그의 감정이 아직 덜 여물었다는 증거가 아니겠나.

그러니 제발 나를 네 마음에 더욱더 깊숙이 품어. 하여 나를 향한 감정이 뾰족한 가시가 되어 네 심장을 찌르게. 나는 지아비가, 진염이 일으킨 반역이 지긋지긋하게 싫고 그것과 관련된 이들, 그리고 남편과 관련된 이들이 싫으니 크건 작건 무조건 한 번쯤은 그들에게 상처를 입히고 싶어. 한데 아무리 생각해 봐도 너는 역모에 가담한 것 같고, 그 정도가 가벼울 것 같지 않아. 그러니까 나를 더 사랑해서 진염의 곁에 있는 나를 보며 비통해해 줘. 질투에 눈이 멀어 미쳐 가줘. 그게 나를 소중한 벗이라 칭했으면서 새로운 군왕을 도운 너에게로 향한 내 앙갚음이니까. 그리고 나는 절대 내가 너를 친구로서든 그 외의 다른 무엇으로서든 꽤 아꼈다는 사실을 말해주지 않을 거야. 설사 너를 아낀다 방금 전처럼 소리 내야 할 필요가 다시 온다 해도 온전한 진심까지 담아 전하진 않을래.

그리 무음(無音)으로 속삭인 송우는 륜의 허리춤을 움켜쥔 두 손에 더더욱 힘을 실었다.

*

요희전(妖姬傳). 그 계집은 분명 그렇게 말했다.

"지루하지 않으셔요? 저는 요희전을 읽다 염과 만났는데. 염은 고리타분하지 않아서 금서를 읽는다고 무어라 하지 않을 테니 형님 도 내훈 같은 답답한 서책 말고 재미난 걸 읽어보셔요."

이제는 아득히 멀게 느껴지는 어느 날 그렇게 조잘거리는 계집 을 마주하고 있던 때에는 그저 불편하고 기분이 좋지 않다는 것을 어렴풋이 눈치챌 정도였는데, 그런데 지금 다시 되새기자니 피가 거꾸로 치솟았다. 어느샌가 찾아낸 금서를 움켜쥔 송우의 하얀 섬 섬옥수에 푸른 실핏줄이 붉거졌다. 그러나 그도 잠시, 갑자기 손아 귀의 서책이 쑥 빠져나가 송우는 바로 옆에 선 륜을 올려다보았다. 자신처럼 그 또한 무엇이 탐탁지 않은지 평소 매끄러운 미간에 주 름이 져 있었다.

"전혀 어울리지 않아. 이런 책을 왜 읽으려는 거지?"

"주시지요."

"싫어."

"……."

말로 해봐야 륜이 쉬이 금서를 내어줄 것 같지 않아 손을 뻗은 송우는 그가 재빨리 허공 위로 책을 치켜들자 인상을 찌푸렸다. 발 끝으로 선다 한들 소용이 없을 것 같아 순순히 포기하니 그는 곧 팔 을 내렸지만, 다시 손을 내밀면 분명 같은 일이 되풀이될 터였다. 때문에 두 번 시도하지 않은 그녀는 대신 원망하듯 말했다.

"읽어도 제가 읽는 것을 어찌 예호께서 이러십니까?"

"그리고 다시는 북향에 오지 마."

"……"

예 오지 말라. 그리 말하는 연유가 저를 걱정해서란 걸 아는데, 한데도 송우는 약간의 서운함을 느꼈다. 대답하지 않는 그녀에게 륜이 다시 강요했다.

"약속해."

"……"

북저에 머무르는 이를 북향에 발을 디디지 않고 무슨 수로 찾아오란 말인가. 게다가 이제는 시숙까지 예서 머무르게 되었거늘. 내리꽂히는 륜의 시선에서 재촉이 느껴졌지만 비뚤어진 생각이 들어 송우는 역시 대답을 하지 않았다. 그가 버티는 의미란 걸 모르지 않은 륜은 나직한 한숨을 내쉬었다. 그의 입술 새로 속상한 기색이 가득한 음성이 흘러나왔다.

"답지 않게 떼쓰는 아이처럼 왜 그러는 거야?"

"……"

"걱정해서 이러는 거 모르지 않잖아."

방금 전 한 무리의 거친 사내들이 두려워한 누군가라기에 믿을 수 없을 정도로 륜의 어투는 다정하고 부드럽다 못해 달큼하다 느껴지기까지 했다. 그래서 그런가. 어쩐지 뺨이 홧홧해 부자연스럽게 륜의 시선을 피한 송우는 낚아채다시피 재빨리 그의 손에 들린 금서를 빼앗았다. 그녀가 다급히 책을 펼쳐 내용을 억지로 머릿속에 우겨 넣으니 방해가 되지 않기로 결정한 듯 더는 아무 말 않는 륜이 조용했다. 하여 책을 읽는 척 송우는 생각에 잠겼다.

륜은 그가 한 말마따나 걱정이 되어 저에게 북향에 오지 말라 한 것을 별거 아닌 그 말에 섭섭해한 자신은 꼭 일곱 살 난 어린아이가 된 양 대답을 않는 것으로 고집을 부렸다. 어찌 그랬을까. 그 같은 행동거지는 지금껏 살면서 누구에게도 보이지 않았는데. 필시 역모에 가담했을 그가 미워서 무엇으로건 트집을 잡아 괴롭히고 싶나? 아니면 알게 된 지 오래되지 않았다 하나 힘들 때 곁에 있어주었던 그가 너무 편안해졌나? 그래서 친언니나 양친에게도 하지 않던 응석을 부리다시피 한 건가? 어찌 됐건 조심해야 할 듯했다. 그리 하는 것은 륜을 꾀어내는 것에 도움이 되지 않을 테니까.

"그딴 걸 대체 왜 읽는 거야? 그 여자들이 얼마나 못됐는데. 좋은 거만 보고 들어도 모자랄 판에."

흘긋 륜을 돌아본 송우가 다시 금서에 눈을 붙박았다. 왜였더라. 은연중에 확인하고 싶었는지 모르지. 무에 대단하고 운명적인 만남이었다는 양 내훈을 펼쳐 놓고 있던 제 앞에서 금서인 이 요희전을 읽다 지아비와 만났다 재잘거리던 그 계집 때문에 괜한 궁금증이 돋아서.

"그냥 화선댁이 이걸 읽다 지아비와 만났다 하기에 궁금해서……."

"……."

"한데 재미없습니다. 낭군에게 애정 어린 눈빛 한 번 받아볼 수 있는 특별한 비법이라도 적혀 있나 했더니 그저 사람 사는 이야기가 적혀 있을 뿐입니다."

그래, 사람 사는 이야기지. 남편인 황제가 죽자 그의 살아생전 총비였던 여인의 사지를 자르고 눈과 귀를 멀게 한 여태후의 사담도, 친딸을 목 졸라 죽이고 황후로 등극한 무측천에 관한 것도.

설핏 조소를 지으며 금서를 제자리에 올려놓는 찰나, 오른 손목을 우악스럽게 움켜쥐는 손길에 놀란 송우는 흠칫 어깨를 떨었다.

책장에 겨우 걸쳐진 책이 툭 하는 소리와 함께 바닥에 떨어졌다.

"그 계집, 없애줘?"

"……"

"홍다련이 없어졌으면 좋겠느냐 물었어."

그의 '없앤다'는 표현은 한참 순화한 것일 터였다. 륜이 소리 낸 말 하며 일다경 전과 완전히 다르게 냉담히 굳은 그 자체가 설핏 두려웠지만 송우는 침착하게 물었다.

"제가 그래 달라 청하면 들어주실 겁니까?"

"그래."

"……"

"너한테 피해 갈 일 없어. 그러니까 원하는 바를 말해."

"륜, 내 지아비와 얼마나 막역하신지요. 저와 혼례를 올리기 전 이미 지아비에게 화선댁이 있었다는 사실을 알고 계셨습니까?"

"……"

대답을 않는 륜을 향한 송우의 눈초리가 뾰족해졌다. 그는 분명 일전에 부답은 긍정이라 말했다. 하면…….

허탈감이 송우를 휘감았다. 부아가 치밀었다.

알고 있었단 말인가. 좋게 보아 그때에는 진염과 더 가까웠으니 모르는 척했다 치자. 한데 애초 시작이 그리 잘못되었거늘 도중에 무슨 낯짝으로, 어떤 심경의 변화를 말미암아 자신에게 수어지교가 되어달라 청했던가. 어찌 저를 마음에 품었으며 지아비의 첩실을 대신 죽여주겠다고 하는가. 이제 와서.

일각 전의 화기애애한 분위기와 정반대로 금서점의 공기가 무겁게 가라앉았다. 치솟다 못해 부글부글 들끓는 짜증을 참지 않은 송우는 륜의 손을 매섭게 뿌리쳤다. 그가 원망스럽다 못해 서운해 눈시울이 뜨겁기까지 했다.

설마 하면서도 아니길 바랐는데, 제발 예상이 빗나가 당신이 역모에 가담하지 않았기를 바랐는데.

아닐 거라는 혹시나 싶던 일말의 희망이 산산이 부서졌다. 그 모든 게 확실해졌다. 진염은 왕위 찬탈을 목표로 삼아 저에게 접근했으니 그에게 화선댁이 있었다는 사실을 모르지 않았을 만큼 가까운 이 사내 또한 분명히 역모에 가담했으리라. 지난날의 의미심장한 말들은 분명 그것에 관련한 것이었으리라.

분노, 서운함, 실망. 륜이 무어라고, 저에게 무에 얼마나 중한 사람이라고 이리 많은 감정이 느껴지는 걸까. 그 의문을 접어둔 송우는 부들부들 떨리는 두 손을 꽉 주먹 쥐었다. 혹여 목소리가 흔들릴까 목청을 가다듬은 그녀가 말했다.

"화선댁을 건드리지 마십시오. 없애도…… 목숨 줄을 끊어놓아도 제가 끊고 지옥에 처박아도 제가 처박습니다. 만약 륜이 내게서 그 기회를 앗아간다면 맹세하건대 우리의 우정은 그날로 끝입니다."

"……."

"게다가 일이 잘못되면 어찌합니까. 반정공신이 되었으니 이제는 승승장구할 일만 남았는데, 새로운 태양이 아끼는 계집에게 손을 대었다 애써 행한 나쁜 짓이 도이하게 되면요? 아!"

서점의 주인이 대화를 들을까 싶어 송우가 나직이 속삭이자마자 우악스러운 손길이 그녀의 양어깨를 움켜잡았다. 그도 모자라 책장에 등허리가 부딪친 그녀는 검에 베인 왼쪽 어깨에 불에 타는 것 같은 통증이 몰려드는 것을 느꼈다.

"어쩐지 교태를 부린다 했더니."

이를 악물어 신음을 참아낸 송우의 고개가 치켜 들렸다. 륜의 낮게 가라앉은 목소리가, 한층 더 날카롭게 변한 표정이 무서워 몸속 피가 얼어붙는 것 같았다. 아까의 무뢰배들이 왜 공포에 질렸는지 이제야 알 성싶었다. 그네들을 노려보는 그의 옆모습을 보았을 때에는 차가운 시선을 받는 당사자가 저가 아니니 제대로 느끼지 못하였는데, 싸늘하다 표현해도 부족할 만큼 냉담히 식은 그를 똑바로 마주하자 두려웠다.

"그래, 이제 내가 네 아비인 병판을 이용한 반정에 가담한 걸 알았으니 무얼 어찌할 건데?"

거센 손길 탓에 더욱 상처가 아파왔다. 그러나 예상하지 못한 륜의 반응이 당혹스럽거니와 계획과 달리 그를 마음대로 휘두를 수 없을 듯해 걱정이 되어 송우는 통증을 신경 쓸 겨를이 없었다. 너무 만만히 보았던가. 그가 봐준 것도 모르고 범 앞에서 날뛰는 여우처럼 굴었던가.

"말해. 나를…… 안 보기라도 할 거야?"

✳

"나를 안 보기라도 할 거야?"

무섭게 몰아붙이던 이가 소리 냈다기엔 믿을 수 없을 정도로 당황스러운 질의였다. 하여 송우는 말문을 트려 겨우 뗀 입술을 다시 앙다물었다. 바로 앞 사내의 감정이 격한 것이 생생한데 아주 잠시 그가 농을 치는가 의심이 들었다.

"대답해."

강압적인 재촉에 뒤이어 어깨를 덮친 두 손에 한층 거센 악력이 실려 왔다. 숨이 턱 막혔다. 그렇지만 여전히 아무런 반응을 하지 않은 그녀는 냉담한 륜의 눈빛을 피해 그의 어깨에 갈 곳 없는 시선을 붙박았다. 편치 않은 상황임에도 불구하고 다행히 머리는 팽팽 돌아갔다.

이리 매섭게 굴면서도 그가 묻는 것이란 고작해야 '다시는 보려 하지 않느냐'이다. 즉, 서로 모르는 사이가 되는 상황을 륜이 매우 싫어한다는 의미. 하면 그를 괴롭히려면 당연지사 그럴 거라고, 다시는 널 안 볼 거라고 해야 하는데.

그러나 송우는 그것을 소리 낼 수 없었다. 자꾸만 망설여졌다. 마음 한편의 무언가가 걸렸다. 솔직히 그를 아니 보려니 싫었다. 그에게 화가 나고, 그가 미운데도.

"……아파."

결국 고작해야 하소연을 내뱉은 그녀의 미간이 구겨졌다. 륜이 싫어할 한마디를 꺼내지 못한 제 스스로가 답답하고 멍청하게 느껴졌다.

"아파. 아프다고."

성까지 났다. 하여 자못 앙칼지게 소리 낸 송우는 륜의 날 선 두 눈동자를 똑바로 마주 보았다.

"손 풀어줘. 어깨가 아프단 말이야."

꼭 서나가 쓸 법한 맹랑한 어투를 일단 한번 사용해 보니 썩 편안해 말끝을 뭉텅 잘라먹은 평대로 송우는 다시 날카롭게 말했다.

"나, 진염이 휘두른 검에 베였어."

"뭐?"

"시숙을 감싸다 낭군이 휘두른 검에 베였는데 아직 다 낫지······."

채 말을 끝맺기 전 어깨를 짓누른 손이 떨어져 나갔다. 그것이
끝이 아니었다. 주인인 제 의지와 상관없이 제멋대로 허공에 붕 떠
오른 몸이 놀라워 움찔한 송우는 반사적으로 저를 안아 든 륜의 허
리춤과 옷깃을 꽉 움켜쥐었다.

"가, 갑자기······."

"빌어먹을 멍청한 새끼."

갑자기 이러면 어쩌느냐. 놀라지 않았느냐고 항의하기 전 나지
막한 역정이 서린 욕지거리가 귀청을 꿰뚫었다. 놀라 휘둥그레진
여인의 두 눈이 사내에게 향했다.

"미안해. 조금만 참아봐."

"······."

참으로 변덕스럽게도 금세 걱정으로 딱딱하게 굳은 얼굴을 한
륜을 쳐다보자니 송우는 방금 전까지 그에게 느낀 분노며 서운한
감정이 사그라지는 것을 느꼈다. 대신 궁금증이 몰려들었다.

"빌어먹을 멍청한 새끼."

그 욕설이 나를 걱정해 소리 낸 것까진 알겠는데 날 다치게 한
진염에게 향한 거였느냐, 아니면 내 상처를 건든 너 자신을 향한 거
였냐, 그리 묻고 싶은 충동이 솟구쳤다. 그 험한 말이 너 아닌 진염
에게 향한 거였으면 좋겠다고도 덧붙이고 싶었다. 낯간지러운 생각
을 하는 스스로가 이해가 가지 않아 송우의 뺨에 붉은 기가 차올랐
다.

대체 어찌 이러지. 분명 륜에게 화가 났는데 왜 그가 제 걱정을

하는 것이 나쁘지 않아. 왜 그가 진염에게 욕지거리를 내뱉은 거라 결론짓자 좋아. 무슨 까닭으로 그의 허리춤을 움켜쥐어 단단한 가슴팍에 이마를 대게 되는 걸까. 그에게서 전해지는 따스한 온기가 반갑다 못해 좋은 이유가 뭘까.

문득 떠오른 '무서운 생각'을 떨쳐 내고자 스스로를 세뇌하듯 나는 그저 그를 꾀려고, 하여 남편이 있는 날 보며 륜이 애타다 못해 피폐해지게 만들려 이러는 거라고 되뇐 송우는 한풀 꺾인 목소리로 작게 중얼거렸다.

"이제 아프지 않아. 혹여 의원으로 향하는 거면 되었으니 대신에 사가 근처까지 데리고 가줘."

"상처가 덧나기라도 하면……."

걱정스럽게 뇌까리는 륜의 말을 끊은 송우가 덧붙였다.

"널 안 볼 거냐고 물었지. 아니, 계속 볼 거야. 그렇지만 너한테 화가 나 있는 만큼 틈만 나면 심술을 부리고 배려 없이 제멋대로 굴 며 괴롭힐 거니까…… 감수 할 자신 있으면 내 옆에 있어."

바삐 걷던 륜이 멈춰 섰다. 한결 독기가 빠져나간 목소리로 그녀가 소리 낸 바가 의외였다. 계속 볼 거라고. 그 뒤에 섞인 협박 아닌 협박은 그저 어린아이의 귀여운 투정으로밖에 보이지 않았다. 당연히 이제 다시는 마주할 일이 없을 거라는 답을 예상했는데 왜.

륜은 송우를 안은 그대로 지척의 상점에 달린 등(燈)을 향해 슬쩍 몸을 틀었다. 집요하게 여인을 내려다보거늘 그녀 또한 끝까지 자신의 눈길을 피했다. 대신에 하얀 뺨이 도홧빛으로 물들어갔다. 기다란 속눈썹이 흔들렸다.

설마…….

"……나를 내치지 않겠다는 거야?"

이윽고 한참 만에 입술을 뗀 륜을 흘끗 올려다본 송우는 곧바로 다시 눈을 내리떴다.

"그, 그래."

"왜?"

"뭐?"

왜라니? 널 계속 보겠다는데 싫기라도 해? 너, 나 좋아하잖아. 그리고 나도…… 목울대를 치고 올라온 반박을 삼킨 송우는 그제야 사내를 빤히 올려다보았다. 무어라 해야 할지 생각이 나지 않았다.

당황한 티를 숨기지 못한 채 입술만 달싹이는 송우를 대신해 그녀의 붉어진 목에서 눈을 뗀 륜이 말했다.

"아니, 대답할 필요 없어."

"……"

"실컷 심술부려. 네까짓 순해 빠진 계집을 무서워할까 봐."

실은 무섭고 말고를 떠나 그는 그녀에게 벌을 받을 만했다. 그리고 차라리 그녀에게 원망과 미움을 받는 편이 낫지 아니 보는 것은 정녕 끔찍했다. 게다가 그녀 또한 같은 마음인 듯하니…….

"잠저로 가겠지만 상처가 아프면 말해."

륜이 다시 걸음을 옮기자 그제야 송우는 경직된 몸을 늘어뜨렸다. 이제는 저 아닌 앞을 주시하는 그를 흘끗 올려다본 그녀는 다시 스리슬쩍 넓은 가슴팍에 뺨을 대었다.

"나를 내치지 않겠다는 거야?"

"왜?"

그렇게 물은 까닭이 뭐였을까. 혹여 저의 복잡한 속내를 눈치채기라도 한 건가.

아무렴 어때. 머릿속이며 가슴속이 너무나 너저분해 더는 생각할 겨를이 없었다. 송우는 두 눈을 질끈 감아버렸다.

✻

보드라운 이슬비가 메마른 땅을 촉촉이 적시고 살갗을 간질였다. 맞아봐야 젖은 태도 나지 않지만 그래도 비는 비라 사람은 물론이거니와 개미 한 마리 바깥을 나다니지 않았다. 그렇지만 단 한 사람, 송우는 툇마루에 앉은 채 물끄러미 뿌연 안개 속을 꿰뚫어 보았다.

한 치 앞도 보이지 않건만 청각을 곤두세우고 있는 까닭은 하나였다. 비가 전하길, 진엽이 사저에 왔으며 별당으로 향하였다 했다. 하여 그를 기다리고 있는 참. 그가 자신을 보러 올지 아닐지 확실치 않지만.

"아가씨."

작은 속삭임과 숨결이 귓가를 스치더니 고사리 같은 손이 소매를 살짝 움켜쥐었다. 초조한 기색을 숨기지 못하는 비와는 대조적으로 송우는 태연히 아이를 쳐다보았다. 작은 입술을 달싹이는 소녀가 무슨 말을 할지 뻔했다. 필시 이미 일찍부터 언급한 주제일 터였다.

"정말 아무 일 없으셨죠? 네? 정말이시죠?"

금일 이른 아침에야 제 곁에 되돌아온 아이는 내리 반나절 동안 저리 물어오곤 했다. 북향에 간 그날, 륜과 아무 일도 없던 게 맞느냐고. 재차 확인하지 않고 배길 수 없다는 듯 한 번, 두 번, 세 번. 그때마다 인내심을 갖고 분명한 답을 돌려주었거늘, 그럼에도 찜찜한 표정을 거두지 않는다 했더니 결국 다시 물어오니 이제는 없던 일도 '있었던가?' 고민하는 형세였다.

"아무 일도……."

안절부절못하며 상체를 앞뒤로 흔드는 소녀 때문이라도 다시 한 번 곰곰이 생각을 해야 할 듯해 말끝을 흐린 송우는 지난날을 되새겼다. 하나 또 한 번 고민해 얻은 결론은 전과 같은걸. 그날에 참으로 기분이 복잡하긴 했지만 실랑이라 표현하기에도 부족한 작은 토닥거림이 오고 간 것이라도 말해야 하나?

"아가씨, 아무 일도 뭐요? 네?"

"한데 어찌 자꾸 물어? 예호께서 무어라 하시었어?"

"아, 아니요. 그건 아니어요. 그 나리는 북저로 돌아오자마자 쌩하니 처소로 돌아갔어요. 왕자님이나 거인 아저씨한테 눈길 한 번 안 주고. 그렇지만……."

그러니 더욱 수상하단 말이에요! 그래도 그렇지, 어찌 임금님의 아들과 끝없이 조잘거리는 구창 아저씨에게 짧은 시선 한 번을 주지 않더란 말인가요. 그리 소리치고 싶은 욕구를 꾹 참은 비는 마주 잡은 두 손을 끊임없이 꼼지락거렸다.

"비야, 내 잠깐 예호와 할 일이 있으니 대군과 함께 북저에 가 있으련? 홀로 사저까지 되돌아오는 것은 위험하니 추후 사람을 보내거나 내가 데리러 갈 때까지 거동하지 말고."

눈치 빠른 소녀를 채운 불안은 송우가 그 말을 했던 때로부터 벌써 며칠간 지속이 되어온 터다. 그 무서운 남자가 아가씨에게 지나치게 관심이 많은 걸로 모자라 좋아한다는 사실은 이미 오래전 확인하였기에 비는 너무 불안했다. 혹여 단둘이 있던 그날 남녀 사이에 뭔 일이 있었을까 싶어서. 그리고 지금도 이미 아가씨는 아무 일이 없었다고 했지만 그럼에도 여간 기분이 찝찝한 것이 아니었다. 비록 뚜렷한 물증은 없으되 본능이 계속해서 외쳐 댔기에. 무언가 두 남녀 사이에 일어나선 안 될 일이 벌어지고 있다고.

이제는 입술을 잘근거리기 시작한 비는 낮말은 새가 듣고 밤말은 쥐가 들을까 잔뜩 목소리를 낮춰 송우의 귓가에 소곤거렸다.

"작은아가씨, 그 나리랑 아니 만나시면 안 될까요? 쳐다보지도, 닿지도, 눈도 마주치지 마세요."

간절한 저의 마음을 알아주기는커녕 되레 송우가 작은 실소를 터뜨리자 더욱 절박해진 비는 감히 주인의 옷깃을 두 손으로 와락 붙잡았다.

"손도 닿지 마시고 너무 가까이에 서지도 마시고…… 그냥 아예 만나지를 마세요. 북향에도 더는 가지 마세요. 네?"

왜냐면 저 자신은 낭군이 있으니까? 목울대를 치고 올라온 그 반문을 삼킨 송우가 말했다.

"어쩌지. 내 기억이 잘못되지 않았다면 이미 륜과 손도 여러 번 닿아본 듯하고, 가까이에도 서보았고, 틈만 나면 눈도 마주쳤어. 어디 그뿐인가. 마지막으로 만났을 때엔 사저 근처까지 륜이 나를 안아서 데려다 주었지."

"히익!"

까무러치게 놀라며 비명 비스무리한 소리를 내뱉는 아이가 재미나 송우는 짓궂은 웃음을 터뜨렸다. 무슨 말을 덧대 더욱 놀려줄까 골몰하던 그녀는 저벅저벅 발걸음 소리가 들려오자 안개 속을 돌아보았다.

"비야, 지아비께서 오신 것 같구나."

"하면 저, 저는 물러가 보겠습니다, 아가씨."

지체 없이 후다닥 일어선 소녀가 모습을 감추자마자 기다린 이의 모습이 드러났다. 혹여 별당에만 들르고 안채에는 오지 않으면 어찌할까 걱정을 했는데 참으로 다행이었다.

낭군이 안채 곁으로 다가오는 모습을 보고 있자니 그도 곧 자신을 눈치챈 듯 발자국 소리가 그쳤다. 두 보 앞에 지아비이자 왕인 사내가 서 있음에도 송우는 자리에서 일어나지 않았다. 저 무표정한 왕이 고생하는 모습을 언제쯤이면 볼 수 있을까. 그 같은 생각을 하는 차에 중저음이 날아들었다.

"몸도 성치 않은 사람이 게 앉아서 무엇 하는데?"

또 저 소리인가. 걱정하는 척은.

"낭군님을 기다리고 있었습니다."

"하다 만 말을 끝맺어야겠지?"

하다 만 말?

"네게 미안해하면서 그럼에도 너와 혼례를 치른 연유."

염이 한 말이 무얼 뜻하는지 송우는 곧 알아챘다. 오랜만에 마주하자마자 저 화두를 꺼내는 것을 보면 진염은 미안한 심정을 조금이라도 빨리 털어내고 싶은 건가? 그러나 어림없음이다. 이제 시작인데, 감히 누구 마음대로 자신에게 느끼는 미안(未安)을 이리 쉽게 벌써 떨쳐 내려고.

"소첩과 혼례를 올린 연유란 지존의 자리에 오르기 위한 계획의 일부였으며 결혼에 대해선 일절 무감정했다. 오로지 아버님의 병권이 필요했다. 그를 확인시켜 주시렵니까."

"……."

"이미 알고 있으니 따로 말씀하지 않으셔도 됩니다. 너무 과한 친절이자 난자당해 너덜너덜 찢긴 소첩의 마음은 그렇지 않아도 못 참을 정도로 아프니까요."

"……."

"그러니 부디 그에 대해서는 더는 말씀하지 말아주시어요. 하면 이제 폐물이 된 소첩은 내쳐지는 것이옵니까?"

"무어라?"

고요하기 짝이 없는 덤덤한 음성이라기엔 심장을 후벼 파는 언사였다. 그렇지 않아도 미안하고 또 미안해 사과조차 하지 못한 염의 미간이 구겨졌다. 어이가 없다는 표정으로 송우를 주시하던 염은 그녀의 뺨을 타고 한 방울의 눈물이 흘러내리자 반사적으로 우는 이에게 다가섰다.

그 눈물의 이유는 자신일 텐데 무슨 자격으로 닦아줄까. 평소와는 달리 그리 생각할 겨를도 없이 그는 송우의 매끄러운 턱 끝에 맺힌 눈물방울을 조심스럽게 닦아내었다. 미안함은 물론이요, 처가 안쓰럽고 어쩐지 화가 났다. 현명한 이가 대체 어쩌다 그런 아둔한 생각을 했던가.

"그리 말한 적이 없거늘. 크나큰 오인이오. 그렇지 않아도 충분히 체면 없이 굴었는데 그로 모자라 그대를 쫓아내기까지 할까 봐."

"하면…… 화선댁이 한 말은 무엇이옵니까?"

"다련이가, 별당이 무어라 하였기에……."

부러 흘린 것은 아닌, 까닭을 알 수 없이 절로 새어 나온 눈물방울은 이미 사라졌지만 따스한 손길은 여전했다. 게서 전해지는 온기가 불쾌하진 않을지언정 반갑지도 않았으나 태를 내지 않은 송우는 혼잣말을 하듯 처연히 중얼거렸다.

"저는 궁에 발도 디디지 못할 거라 한평생 쓸쓸함과 비참함 속에서 홀로 허덕이다 죽을 것이며, 아버님께서도 무탈하실 일 없을 거라고……. 그이가 군왕의 총비이자 국사(國嗣)까지 품었으니 얼마 안 가 진에서 가장 존귀한 여인이 될 테고 반면 저는…… 소첩은 이용만 당하다 비참히 버려질 거라 분명 말했는데. 너무도 당연하다는 듯 말하기에 대감께서도 같은 뜻이겠거니 하였는데……."

울음기가 깃든 음성으로 소리 낸 송우는 서글픈 표정을 지은 채 머리를 굴렸다. 진염에게 말한 바는 실 직접 듣지 않고 친언니를 닦달하다시피 해 캐내 얻은 내용이지만 결코 문제가 될 리 없었다. 필시 건방진 계집년은 저가 받고 있는 총애를 잃을까, 서나 언니와의 사건을 진염에게 실토하지 못했을 것이다. 오만방자한 망발을 지껄인 탓에 한 여인이, 다른 이도 아닌 군왕의 정실 여형제가 아이를 잃었는데 그 끔찍한 참상을 자진해 나불댈 수 있겠는가. 그러니 그년에게 직접 들은 것처럼 말한들 무에 손해가 있을 리가. 처음부터 끝까지의 오롯한 진실을 밝히려면 서나 언니가 사산을 한 사건까지 드러내야 할지 모르는데, 홍다련은 결코 그 사실이 드러나는 걸 원치 않을 테니 무엇이 어찌 된 겐지 설명하느니 입을 다물 수밖에.

"그 아이가 그리 말하였다고?"

짜증 나기 짝이 없는 언사들을 곱씹고 또 곱씹어 그나마 익숙해진 자신과 달리 상대는 꽤나 언짢은 표정을 지어 보였다. 그럴 리 없다고 홍가 계집을 감싸면 어찌하지. 내심 불안과 초조가 느껴졌지만 내색하지 않은 송우는 염에게서 시선을 거둬 무릎 위에 다소곳이 놓아둔 스스로의 두 손을 내려다보았다.

"아니라면 되었습니다."

"자세히 말해보시오."

"아닙니다. 불안하여 헛것을 들었을까 무섭습니다."

"……"

참으로 잔혹한 언사여서 다련이 소리 내었다 믿기 어려웠다. 기분이 언짢다 못해 트적지근해 잔뜩 구겨진 염의 표정은 풀어질 기미가 없었다. 그러나 정비는 더는 언급하지 않고 덮어놓을 기세이다. 자세히 말해보라 다시 재촉하였다가 그렇지 않아도 상처받아 약해진 이를 더욱 괴롭게 할까 봐 염은 더는 심문하지 않았다. 자세한 내막은 다련이에게 확인해도 될 것인즉 불안해하는 송우를 안심시키는 일이 우선이었다.

"부인을 내치는 일은 없을 것이오."

확실히 단언해도 처의 불안한 기색은 사그라지지 않았다. 무릎 위에 맞닿은 그녀의 두 섬섬옥수가 부지런하고 불안히 꼼지락거렸다. 그 모습이 정녕 마음에 들지 않아 염은 기분이 점점 더 상해가는 것을 느꼈다. 마음이 불편하다 못해 송우가 안쓰러웠다.

"믿지 못하는 모양이군."

"……솔직히 그렇사옵니다."

무얼 어찌하면 안심이 될까. 흘끗 하늘을 살핀 염은 곧장 안채로 향했다. 기다란 비단 장의를 가지고 나온 그는 그것을 툇마루에 앉은 송우의 어깨에 덮어주었다.

"무우(霧雨)가 내리긴 하지만 젖을 정도는 아닌 데다 날 또한 차지 않으니 일어서시오. 성급하다만 계속 마음 졸이는 편보다 나을 테지."

무슨 뜻이냐 딱히 되묻지 않은 송우는 한발 앞선 염이 재촉하듯 자신을 돌아보자 자리에서 일어서 뒤를 따랐다.

*

어깨를 나란히 하고 걷지는 않았지만 한두 걸음을 앞서 가면서도 염은 규칙적으로 송우를 돌아보았다. 세 보 이상의 간격이 난다 싶으면 그는 속력을 늦추거나 혹은 멈춰 서서 그녀를 기다렸다.

낭군의 그 배려가 송우는 전혀 고맙지 않았다. 그를 향해 남은 감정이라곤 증오뿐인 지금, 저리 착한 척을 하는 게 다 저지른 잘못이 있으니까 그런 게라고 비틀린 생각이 들 뿐이다.

적막에 싸인 거리를 헤쳐 나가기를 한참, 지루하다 느껴질 때쯤 송우는 자신이 어디로 향하고 있는지 깨달았다. 안개에 가려져 있던, 서서히 모습을 드러내는 거대한 구축물이 대궐로 향하는 오문(五門) 중 하나인 광의문(廣意門)이니 고로 목적지는 왕궁이었다.

"내 걸을 때에는 멀다 생각지 않았거늘 여인을 대동하려니 뒤늦게 무리란 생각이 드는군. 돌아가시는 길은 가마로 모실 것이니 준비시켜 놓아라."

"명 받들겠나이다."

바로 옆에 다가온 염의 시선이 어둠 속 어딘가로 향한다 했더니 나지막하지만 힘찬 대답이 되돌아와 송우는 신기했다. 하여 뒤쪽을 흘끔거리거늘 보이는 이가 없고 기척이 없다. 암흑에 몸을 숨긴 이는 아마 이전보다 한결 귀한 존재가 된 낭군을 보필하는 실력 출중

한 호위무관이라도 되는 듯싶었다.

앞을 제대로 보라는 양 커다란 손길이 팔을 붙잡아 와 고개를 되돌린 송우는 그로부터 한참을 더 염과 보조를 맞춰 걸었다. 밭은 숨이 새어 나올 즈음, 곁에 선 이는 마침내 멈춰 섰다. 희뿌연 안개에도 불구하고 시야를 가득 채운 웅장한 전각이 익숙했으매 기와지붕 아래 매달린 현판에 새겨진 세 글자가 뚜렷했다.

곤정전(坤停殿). 풀이 그대로 왕후가 머무는 곳. 예 데려온 연유가 무엇인가.

"어찌 이곳에……."

"부인이 머물게 될 곳이잖소."

송우의 팔을 살짝 붙들어 자신을 바라보도록 돌려세운 염이 말을 이었다.

"불안해할 필요 없으니 내쳐질지 모른다는 아주 작은 여지조차 갖지 마시오. 난자를 당한 것처럼, 못 참을 정도로 아프다 하였지. 내 그 여린 마음을 넝마처럼 찢어놓았는데 아무리 낯이 두껍다 한들 쫓아내기까지 할까 봐."

"……"

"형제까지 죽인 나라고 해도 불가한 것을. 그대가 원하지 않는 이상 내치는 일은 절대 없을 것이고 장인에게도 마땅히 예우를 할 생각이었어. 이를 약조한다면 이제는 믿을 만하겠는가."

"……"

"그로도 부족하다 하면 더는 무얼 어찌해야 할지 모르겠는데."

아무 답을 아니 하니 그는 이제 진정 곤란한 표정을 해 보였다. 하여 송우는 찬찬히 입술을 떼었다.

"부족하지 않사옵니다."

부족하기는커녕 예상보다 훨씬 더 과분한 마음의 증명이어서 자꾸만 입꼬리가 치켜 올라가려 하는 걸로도 모자라 입가가 간지러울 정도이다. 지아비의 애정만큼은 아직 홍다련에게 가 있을지 모르나 그 밖의 모든 감정은 저에게 쏠려 있다는 것이 자명해졌는데. 미안함과 안쓰러움, 여인으로서의 애정은 담기지 않았을지언정 크나큰 관심, 그 모든 게 자신에게 향해 있음이 이렇듯 생생한데 충분하지 않을 리가 있을까. 하나 남은 애정? 그딴 거야 아주 천천히 빼앗아 오면 될걸. 홍다련 그 계집이 약탈당하고 있다는 것을 똑똑히 느낄 수 있도록.

"전혀 부족하지 않사옵니다. 더는 불안하지도 않습니다."

"하면 다행이고."

"한데 춥습니다."

날이 차지 않거늘 다친 곳이 다 낫지 않아 확실히 무리였던가. 작게 춥다 말한 송우를 살핀 염은 암청색 장포의 고름 끝을 움켜쥐었다. 그가 입고 있는 것을 벗어주기 위함임을 알아챈 송우는 옷고름을 쥐지 않은 염의 왼손을 제 오른손으로 잡았다.

"그냥 손 하나만 내어주십시오."

내리꽂히는 시선이 느껴졌지만 염을 바로 마주했다간 기어코 폭소를 참지 못할 것 같아 송우는 곤정전에 눈동자를 붙박았다.

"불안해할 필요 없으니 내쳐질지 모른다는 아주 작은 여지조차 갖지 마시오. 난자를 당한 것처럼, 못 참을 정도로 아프다 하였지. 내 그 여린 마음을 넝마처럼 찢어놓았는데 아무리 낯이 두껍다 한들 쫓아내기까지 할까 봐."

"형제까지 죽인 나라고 해도 불가한 것을. 그대가 원하지 않는 이상 내치는 일은 절대 없을 것이고 장인에게도 마땅히 예우를 할 생각이었어. 이를 약조한다면 이제는 믿을 만하겠는가."

자꾸만 만족스럽기 이를 데 없는 약속들이 귓가를 맴돌았다. 궁에 발도 디디지 못할 거라고, 쓸쓸함과 비참함 속에서 허덕이다 죽어갈 거라고? 누가 할 소리! 두고 보라지. 그년은 그리 연모하는 진염을 내게 빼앗기고 궐에 단 한 발짝 내디뎌 보는 일 없이 핏덩이를 껴안고 궁 밖을 처절하게 배회하게 될 테니까. 그래, 그리고 그 핏덩이. 곧 태어날 새로운 군왕의 유일한 핏줄. 감히 겁도 없이 왕비인 나뿐 아니라 내 아버님, 서나 언니, 형부까지 건드린 입방정을 떨어댄 어미를 둔 대가를 아직 태어나지 않은 용종 또한 철저히 감수해야 할 터.

잔혹한 쾌감이 몰려들어 송우의 입가에 결국 작은 미소가 그려졌다. 그러나 야차의 마음을 깨끗이 숨긴 소리 없는 웃음은 겉으로 보기엔 마냥 수줍었다.

6장 감(感)

아늑한 별당의 문이 벌컥 열렸다. 재게 뛰쳐나온 다련은 섬돌 위에 가지런히 놓인 꽃신에 아무렇게나 두 발을 구겨 넣었다. 그러나 너무 서둘렀던지 기어코 오른발에서 도망친 한 짝이 데구루루 계단 아래로 굴러떨어졌다. 마음은 급해 죽겠건만 하찮은 물건이 귀찮게 하니 짜증이 밀려들어 그녀는 입술을 깨무는 것으로 겨우 왈칵 치솟은 짜증을 참아냈다.

마침내 당혜를 두 쪽 다 갖춰 신고 본격적으로 뛰려 하거늘 이번에는 뱃속 아이가 떠올랐다. 그러나 소중한 제 새끼가 들어앉은, 이제는 꽤 볼록해진 배를 꽃신에 그리 하였듯 원망스럽다는 양 흘겨볼 수 없어 그저 나직한 한숨을 내뱉은 그녀는 어쩔 수 없이 조신한 걸음을 옮겼다. 그러나 마음은 여전히 다급한지라 두 눈동자가 벌써부터 머나먼 앞에 메다꽂혔다.

사저 내에서 가깝게 지내는 이가 없기에 정인이 왕궁으로 들어간 후부터는 정녕 스스로의 모양새가 외톨이였다. 물론 무슨 수작을 어찌 부렸는지 모르겠으나, 열렬히 그 여자를 따르는 가복들과 굳이 친해지고 싶지 않아 애초부터 가까워지려는 노력을 하지 않았지만. 어찌 됐거나 그렇다 한들 영영 아쉬울 게 없을 줄 알았는데, 한데 오늘만큼은 심복 하나 만들어두지 않은 것이 뼈에 사무칠 정도로 후회가 되었다. 작금 안채에서 어떠한 일이 벌어지고 있는지 진작 알았더라면 천하태평으로 조반상이나 들고 있지는 않았을 테니까.

금일이 그 여자가 대궐에 들어가는 날이라는 것을 들뜬 기색으로 부산히 움직이던 계집종이 조반상 위의 찬그릇 하나를 떨어뜨리지 않았더라면 일체 모를 뻔했다.

"죄송합니다, 작은마님. 얼른 치울 것이어요."

"괜찮네. 무슨 기분 좋은 일이라도 있어?"

"예? 아, 작은마님, 모르고 계셨는지요? 지금 군부인 마님, 아니지, 왕비마마께옵서 궐에 드실 준비를 하고 계신지라 가노들이 난리가 났습니다. 아침 일찍부터 상궁님들이며 항아님들이 사저에 드셨거니와 대문 바깥에도 사람들이 엄청나게 많이 몰려 있는데……."

"뭐?"

멍청하게 아무것도 모르고 끼니나 챙기려 하고 있었다니! 이 상황에! 지나간 대화를 곱씹으며 입술을 잘근거린 다련은 더 빨리 걸음을 놀렸다.

한데 물론 샘이 나지만 그보다 더 참을 수 없는 기분이란 오감을 자극하는 불안이었다. 삼 일 전 안개가 자욱하던 날, 별당에 들른 염은 이런 상황에 대해 언질을 주지 않았다. 만약 안채의 주인을 불러들이겠다는 결정을 그날 이후 내렸다 한들, 하면 어제라도 저를 찾아왔어야 하는 게 아닌가? 그 여자를 불러들이게 되었다, 미안하다, 하나 너무 섭섭해하지는 말아라. 곧 너도 부를 테니. 그같이 말하며 제 등허리를 다독여 주었어야 마땅한 것이 아니냔 말이다.

하나 염은 그러지 않았다. 삼 일 전을 마지막으로 얼굴을 비춰주지 않았고, 아랫것을 시켜서라도 오늘의 이 상황에 대해 일절 통보하여 주지 아니했다. 그게 무슨 뜻인가?

점점 더 불안과 두려움이 커져 갔다. 마침내 시야에 들어온 안채 건물을 노려보며 걷던 다련은, 그러나 채 그곳에 가까이 다가가지 못하고 멀찍이 멈춰 설 수밖에 없었다.

청록색의 매끄럽고 깨끗한 관복을 갖춰 입은 내관들이며 상궁들, 발그레한 볼을 한 앳된 나인들이 내정을 한가득 채우고 있었다. 게다가 같은 방향으로 다소곳이 허리를 숙이고 있는 그네들 덕에 주변 공기가 경건하기 짝이 없어 더는 앞을 헤쳐 나갈 엄두가 나지 않았다. 하여 뜰 한구석에서 눈치를 살피는 가노들 틈에 섞여 있으려니 참으로 굴욕적이었다. 그렇기에 당연지사 기분이 좋지 못하거늘 천천히 열린 문밖으로 화려하고 아리따운 용태를 드러내는, 금실로 운룡이 수놓아진 휘황찬란한 붉은 적의를 입은 적(嫡)을 보자 다련의 두 눈꼬리가 한가득 치켜 올라갔다.

✳

"너무너무 아름다우세요, 작은아가…… 와, 왕비님."

비는 몇 번이고 작은 탄성을 내뱉었다. 뿐만 아니라 가까이의 나이 든 지밀상궁 또한 흐뭇한 미소를 지어 보였다. 그러나 그네들의 선망 어린 시선을 받고 있는 당사자의 입가에는 웃음꽃이라곤 전혀 피어오르지 않았다.

송우는 기분이 좋지 않았다. 아니, 실은 좋지 않은 정도가 아니라 나빴다. 남들은 하나같이 경하드린다며 기쁜 기색을 숨기지 못하고 들떠 외치거늘 당자인 제 기분은 마치 도살장에 끌려가는 말 못 하는 가축이 된 듯했다. 그렇지 않아도 '역모'만 떠올리면 울화와 노기가 치솟는데, 그로 인해 왕비가 되고 대궐에 들어가기까지 해야 하니 마치 활화산이 터진 양 속이 뜨거운 게 당연하리라.

온갖 쓸모없는 법도에 얽매인, 피붙이 하나 없는, 필시 갑갑하고 따분할 궁에서 증오하는 남자와 살아야 한다니. 이 사저에서 그와 그의 첩실과 살 때에도 얼마나 저가 불행하였는데, 게다가 왕궁에 들어가면 자유로이 바깥으로 나오기가 이전보다 힘들 텐데, 하면……

하면 북저에 머무는 이를 이제는 만나지 못하는 것인가. 물론 길들여진 순한 가축처럼 가만 앉은 채로 궁에 처박혀 지낼 생각은 추호도 없지만 공연히 성급한 걱정, 그리고 불안이 샘솟았다. 그리고 이 모든 복잡한 감정으로 말미암아 빳빳이 고개를 드는 원망과 짜증이 단 한 사람에게 향했다.

"왕비 전하, 이만 밖으로 향하심이 어떠실는지요."

"잠시 자리를 비켜주게."

말이 많은 이는 아닌 듯 군말 없이 공손히 머리를 조아린 상궁은 곧바로 나인들과 함께 밖으로 물러났다. 닫힌 문을 확인한 송우는 좋지 못한 자신의 상태를 눈치채어 얼어붙어 있는 비에게 청했다.

"비야, 대례복이 영 불편하여 그러니 나를 좀 도와주겠니? 문갑 안에 있는 물건을 가져다주련."

"예, 예, 아가씨. 아니…… 왕비 전하."

아직 입에 붙지 않은 호칭을 중얼거리며 재빠르게 움직인 비는 장(欌) 안에서 찾아낸 물건이 제대로 찾은 겐지 헷갈리는 듯 고개를 갸웃거렸다. 그러나 소녀의 작은 두 손에 들린, 한 귀퉁이가 깨어진 연꽃 모양의 향로는 송우가 찾는 것이 맞았다.

혼례를 올리기 전, 부친의 생신을 맞아 그가 준비했으나 망가지는 바람에 아비에게 전해지지 못한 것. 그러나 차마 그때에는 내버릴 수 없었기에 어쩌다 보니 지금까지 간직하고 있던.

"이것이 맞는지요? 다른 것은 없었사온데."

"이리 주렴."

"아가씨, 아니 됩니다! 손이라도 다치시면 어쩌시려고요!"

기함하여 만류하는 비에게서 성치 못한 향로를 빼앗아 든 송우는 곧바로 그것을 방바닥에 내팽개쳤다. 비명 같은 요란한 소리와 함께 산산이 조각난 도자기의 파편을 입을 헤 벌린 채 내려다본 비가 차례로 자신을 쳐다보는데도 송우는 무표정으로 이제는 지난날의 형체라곤 전혀 남아 있지 않은 잔존물을 내려다보았다.

"아, 아가씨."

"비전하, 괜찮으시옵니까?"

저딴 무용지물 따위, 대체 어찌하여 간직하고 있었던가. 진작 깨부술 것을.

"가자꾸나."

벌써 세 번째 문밖에서 괜찮으냐는 물음이 날아들어 흉한 부스러기에서 눈길을 거둔 송우는 유유히 걸음을 옮겼다. 밖으로 나와 대청 위에 서니 보이는 이들은 제 쪽을 향해 얌전하게 고개를 숙이고 있는 수많은 궁인들이라, 비록 그녀들은 감히 자신을 올려다보지 못하건만 그녀는 온화한 미소를 지어 보였다. 미소 띤 낯을 유지하며 내명부에 소속된 인파를 찬찬히 관찰하던 송우는 가노들의 틈새에 섞인, 친언니가 사산을 한 그날 이후 처음 보는 반가운 이에게 시선을 메다꽂았다. 딱딱하게 굳은 표정의 다련에게 붙박인 그녀의 눈동자에 잠시 서늘한 빛이 감돌았다. 곧 그녀는 첩에게 화사한 미소를 지어 보였다.

"화선댁."

다련에게 다가선 송우는 돌아오는 답이 없거늘 여전히 곰살갑게 웃어 보였다. 바로 세 보 뒤에 많은 궁인들이 자신을 향해 머리를 조아리고 있는지라 다련에게 바싹 붙어 선 송우는 반사적으로 한 걸음 뒤로 물러나려 하는 그녀의 팔을 꼬집듯이 꽉 붙잡았다. 다련의 얼굴이 놀란 빛을 띠었다. 하지만 다련을 놓아주지 않은 송우는 그녀의 귓가에 속삭였다.

"네 군부(君婦)가 되고자 탐욕을 부렸다지?"

"예?"

"네년이 서나 언니에게 그랬다 하잖아? 곧 진에서 가장 고귀한 여인이 될 거라고."

"……."

"예서 가장 귀하고 높은 여인이란 왕후이니 그는 곧 네년이 내 자리를 탐한 것이 아니더냐. 감히 근본도 제대로 알 수 없는 천한 년 따위가……. 정녕 하찮은 첩실 계집에게 곤전이 가당하다 생각했더냐?"

"……."

"좋다. 주제를 모르는 네가 가소롭다만 한참 높은 곳에 위치한 이로서 무지한 용기를 기특히 여겨 기회를 줄 것이야. 어디 한번 재주껏 빼앗아보거라. 하나 가진 거라곤 아비도 모르는 뱃속 사생아 하나뿐인 네가 감히 나에게서 이 자리를 빼앗을 수 있을까?"

사생아. 너무도 의미심장한 단어가 다련의 심장을 후벼 팠다. 불안이 솟구쳐 그녀의 사지가 떨렸다. 온몸을 휩싸는 전율 때문에 눈앞이 아찔했지만 간신히 정신의 끈을 놓지 않은 다련은 저를 스쳐 지나가려 하는 왕비의 넓고 긴 소맷자락을 덥석 움켜쥐었다. 이전과 달라진 그녀의 어투며 매서운 분위기를 신경 쓸 겨를이 없었다.

"그게…… 그게 무슨 말씀이시어요, 형님? 제 아이가 어찌 사, 사생아란 말이에요? 버젓이 염이 있는데."

흔들리는 목소리로 띄엄띄엄 속살거리는 다련의 손아귀에서 소매 끄트머리를 빼낸 송우는 빙긋 웃어 보였다.

"지엄하신 주상 전하의 존함을 사사로이 불러서야 쓰겠는가? 그것은 불경죄란 걸 잘 알 텐데. 이번 한 번은 눈감아주겠지만 보는 눈이 많은 만큼 시간이 지체되면 아무리 나라 한들 죄명을 묻지 않고 곱게 넘어가 줄 수 없으니 더는 나를 잡지 말고 네 처소에서 자중하여라."

불경죄는 장형으로도 부족하니 네 지금 나를 놓아주지 않고 재차 길을 막는다면 진정 고이 넘어가지 않을 것이다. 하니 물러서거라. 본뜻은 그러한, 관용으로 포장한 겁박까지 내뱉자 정녕 겁을 집어먹은 겐지 창백하게 질린 계집은 얼어붙은 채 떨기만 했다. 하여 수월히 다련을 지나친 송우는 바깥으로 향했다.

이윽고 대문을 나와 서자 불투명한 휘장과 온갖 화려한 장식들로 치장된 거대한 연(輦)의 위용스러운 자태가 보였다.

"연에 오르시지요, 비전하."

상궁의 권유가 귀청을 찌르거늘 송우는 움직이지 않았다. 착잡한 마음에 땅을 디딘 두 발이 떼어지지 않았다. 그는 결코 홍다련에게 모진 언사를 소리 내어서가 아니었다. 왜인지 모르게 자꾸만 뇌리며 눈앞을 맴도는 한 사람 때문에, 저 커다란 가마에 올라 왕궁으로 향하기 시작하면 이제는 정녕 그를 이전처럼 자유로이 볼수 없을 듯해 자꾸만 아쉬움이 치솟아서, 그래서 나아가기 망설여졌다.

"무언가 불편하신 거라도……."

또다시 재촉이 날아드니 더는 버틸 재간이 없어 송우는 무겁게 늘어지는 걸음을 옮기기 시작했다. 그러나 막 연에 오르려는 참, 갑작스레 오른편에서 나타난 누군가가 그녀에게 부딪쳐 왔다. 검은 삿갓을 쓰고 위아래로 입은 옷 또한 새카만 사내의 다부진 몸에 부딪친 바람에 휘청한 송우의 손끝이 흠칫 떨렸다. 순식간에 오른손에 들이밀어진 따스하고 딱딱한 물체를 다른 이들이 알아챌까, 그녀는 상궁의 도움으로 중심을 잡자마자 재빨리 너른 소매를 끄집어내려 손이며 물건을 숨겼다.

"비전하! 감히 뉘의 존체에 와 닿은 것이오!"

"……괜찮네."

상궁의 우렁찬 외침이 울리자 잔뜩 몰려든 구경꾼들을 제재하고 있던 무관들이 사라진 사내를 찾으려 움직였다.

"괜찮다 하였네."

그네들을 만류한 송우는 무어라 토를 다는 상궁을 무시하곤 다급히 휘장에 감싸인 연에 올랐다.

다행히 더 이상 별다른 소란 없이 교군들이 들어 올린 거대한 연은 찬찬히 움직이기 시작했다. 사위(四圍)가 붉은 비단 휘장에 막혀 있는 커다란 가마 안에 몸을 숨긴 채 떨리는 마음을 가라앉힌 송우는 슬쩍 벌어진 휘장 틈새로 보이는 바깥 풍경을 살펴보았다. 당연지사 자신과 부딪친 이는 보이지 않았다.

새카만 삿갓을 쓰고 있고 얼굴에 그늘이 드리워 있었다 하나 분명히 알아볼 수 있었다. 비록 눈을 마주치지 못했다 한들 그의 입술, 입매, 턱 선, 코, 그만으로도 충분했다.

혹여 그가 보일까, 바깥을 살피는 의미 없는 행위를 그만둔 송우의 얼굴에 서운함이 깃들었다. 그래도 삿갓은 쓰지 말지. 온전한 얼굴을 보고 싶었는데. 그 같은 생각에 침울해지는 기분을 떨치려 송우는 조심스레 대례복의 넓고 긴 소매 안에 숨겨둔 오른손을 꺼냈다. 내리 오른손에 꼭 쥐고 있던 무언가가 마침내 모습을 드러냈다.

그것은 비녀였다. 분홍빛 같기도 하고 주홍빛 같기도 한 연한 색의 산호와 흰 꽃 모형들로 장식이 된 고운 백옥 비녀. 삿갓의 그늘에 가려진 뉘의 얼굴을 제대로 보지 못해 몰려들었던 서운함은 그가 제 손에 덜컥 쥐어준 어여쁜 비녀를 보고 있자니 봄눈이 녹아내리듯 사르륵 사라져 갔다. 비녀 끝의 작고 화사한 흰 꽃송이들을 조심스럽게 매만지는 송우의 양 뺨이 붉게 타올랐다. 사내가 전해준 물건에 붙박인 그녀의 시선이 떼어질 줄을 몰랐다.

"륜."

그는 대체 무슨 생각으로, 어떠한 마음으로 이것을 제게 준 걸까. 이걸 받은 자신이 지금처럼 설렐 거라고 예상치 못한 걸까. 이 비녀를 받고 아무 감흥을 느끼지 못할 거라고, 적당한 선에서 고마워하고 말 거라고 생각했을까. 그렇지 않은데…….

이제는 뺨뿐 아니라 온 얼굴이 새빨개진 채 한참을 더 륜의 온기가 가서 서늘히 식은 백옥을 손끝으로 쓰다듬은 송우는 스스로도 들을 수 없을 만큼 나직이 독백했다.

"무슨 수라도 써봐."

너는 내가 슬프고 외로울 때마다 곁에 있어주었잖아. 그러니까 앞으로도 내 곁에 있어야 할 거 아니야. 가기 싫은 곳으로 향하는, 그래서 슬픈 나를 위로해 주어야 할 거 아니야. 차마 그 말까지 뇌까리지 못한 송우는 비녀를 두 손으로 꼭 움켜쥐었다. 심장이 부산스레 쿵쾅거렸다.

✻

"형님, 저 여자가 그렇게 좋아?"

멀어져 가는 연을 하염없이 바라보던 륜이 흘끗 뒤를 돌아보았다. 구창에게 아무 대답을 하지 않은 그의 시선이 다시 앞을 향했다.

"얼마나 좋으면 세상에, 형님이 계집 물건 파는 곳을 들여다봐?"

"……."

륜은 여전히 자신을 무시하건만 구창은 굴하지 않았다. 왕이 된 진양군의 처(妻)인, 덩달아 왕비가 된 이를 떨치지 못하는 륜이 걱정되어 그가 조심스럽게 권유했다.

"곱긴 하지만 저만한 인물 가진 계집은 북향에도 몇 있는데 품어보면……."

"말조심해."

"……."

나직하지만 서늘한 한마디가 날아오자 구창은 입을 꾹 다물었다. 마치 금방이라도 매서운 시선이 날아올까 그는 륜의 뒷모습을 흘끔거리며 눈치를 살폈다.

"다시는 계집이라 칭하지 마."

"아, 알았소. 왕자한테 정승 자리니 면천이니 다 필요 없으니 천것들을 보살펴 주겠다는 약속만 하라고, 그러면 왕 만들어주겠다고 했댔잖아. 그러니 형님은 정승 판서 될 일도 없을 테고 궁에 갈 일도 없을 텐데, 이제 보지도 못할 여자를 열녀(烈女)라도 된 것처럼 좇으니 몽달귀라도 될까 봐 걱정이 돼서 그런 거지, 나는."

"……."

구창의 말에 륜의 눈앞에 과거의 한 장면이 스쳤다.

"이게 무언가?"

"내가 원하는 정책(政策). 보다시피 천것들 좀 위해주는 간단한 것뿐이야. 간단하지만 머리에 감투 얹어본 그 많은 놈들 중 어느 하나도 지금까지 시행해 주지 않은."

"예 서명이라도 하라고?"

"의심이 많아서. 문서만큼 확실한 게 없잖아?"

지나간 날에서 빠져나온 그의 얼굴이 어둡게 가라앉았다. 진양군의 인장이 찍힌 그 종이 한 장에 널 팔았어, 내가.

독약이라도 삼킨 것처럼 삽시간에 속이 쓰려 륜은 입술을 짓씹었다. 한결 작아진 연을 좇는 사내의 눈빛이 흔들렸다.

이미 저지른 일을 후회해서는 안 된다고, 그래 봤자 달라지는 것은 없다고 아무리 되뇌어도 후회가 됐다. 오백 년 전에도, 백 년 전에도 그랬고, 앞으로도 비참하게 살 무지렁이들이건만, 무에 그네들을 위한답시고 도탄을 아는 왕을 세우겠다는 소망 따위를 가졌던가. 그저 그러려니 할 것을. 하여 유송우를 역모에 끌어들이지 말 걸 하는, 이전까지 단 한 번도 해본 적이 없는 물러터진 생각이 들었다.

"단단히 미쳤군."

작게 뇌까린 륜의 눈앞에 다시 송우가 떠올랐다. 치렁치렁한 대례복에 휩싸이고 무거운 적관에 짓눌린 채 연으로 향하던 그녀는 무언가가 싫어 죽겠다는 듯한 표정을 짓고 있었다. 그런 그녀가 안쓰러웠다. 그리고 또한 보고 싶었다. 고작 한 식경 전에 본 송우를 다시 두 눈에 담고 싶었다. 지금이라도 뒤를 쫓아 왕궁에 들어서기 전에 자신의 옆에 끌어다 두고 싶었다.

"형님, 그만 잊어. 이제 못 보는 여자잖아?"

"……난 그럴 생각 없는데?"

"응?"

이해가 가지 않는다는 표정을 해 보이는 구창을 향해 뒤돌아선 륜이 입술을 떼었다.

"유송우를 안 볼 생각 없다고."

"그럼 뭐, 진양군한테 가서 정승 판서 자리라도 달라 하려고?"

"그딴 건 할 일 많아서 싫어."

혼잣말처럼 나직이 중얼거린 륜이 구창을 지나쳤다. 그의 뒤를 거인이 쫓았다.

✳

"비전하! 전하, 체통을 지키시어요!"

대개의 경우 대궐 안에서 열넷이란 항아들에게나 어울리는 나이였다. 그렇지만 세도가 출신인 것도 모자라 근래 들어 군왕으로부터 크나큰 관심과 배려를 받고 있는 주인을 모신 탓에 비는 노비에서 면천이 된 걸로 모자라 대령상궁의 직첩까지 받았다.

하여간에 여아는 저의 앳된 얼굴에 전혀 어울리지 않는 푸른 복색을 단정히 하려 애썼다. 그렇지만 워낙 웃전께서 교첩하신지라 덩달아 날쌔게 움직이느라 횡횡한 바람결에 자꾸만 치마와 당의가 되바라졌다.

"왕비 전하, 부디 진정하시고……."

"내 작금 진정하게 생기었느냐?"

소녀에게 돌아온 목소리가 자못 앙칼졌다. 저도 모르게 튀어나온 날 선 음성에 미안하다 사과할 새도 없이 송우는 넓디넓어 끝이 없게 느껴지는 왕궁을 가로지르는 것만을 계속했다.

왕궁에서의 삶은 예상대로 고루하기 짝이 없었으되 고요했거늘, 지금만큼은 심장이 불안히 뛰었다.

어미에게 부탁해 친정에서 차출하여 데리고 들어온 아랫것들은 참으로 충직했다. 때문에 궁 안의 일거수일투족을 보고해 왔으니 만족스러웠건만, 오늘 그네들이 알려온 내용은 정녕 마음에 들지 않았다.

"부원군께옵서 주상 전하와 함께 동궁으로 드셨는데 큰 소란이 일고 있다 하옵니다."

진염과의 사이가 극악했던 죽은 세자이지만 그래도 어버이 되는 이에게는 소중한 아들이었던 듯 강제로 물러나진 시부는 굳이 세자궁(世子宮)에서 머물고 있는 상태였다. 아직 찾아뵙지 않았기에 어떤 모양새를 하고 있는지 알 수 없다고는 하나 상왕이 아비를 반길 것 같지 않아 송우는 마음이 조급했다. 더군다나 큰 소란이 일고 있다 하니.

동궁의 내정에 들어서자 반대편에서 다가오는 두 사람이 보였다. 아비와 낭군이었다. 그 많은 난리와 마음고생을 겪은 연후 처음 보는 부친인지라 반갑던 것도 잠시, 송우는 우뚝 멈추어 섰다.

"아버님."

"비전하께서 어찌 예까지 오셨나이까."

젊지는 않다 하나 대장부라 칭해도 부족하지 않을 만큼 다부지고 늠름하기만 하던 아비인데, 한데 주름투성이의 손으로 하얀 비단 영견을 쥔 채 이마 한쪽을 지그시 누르고 있는 모습을 보자 감회가 새로웠으며 흰빛의 비단에 혈흔이 번져 있으니 피가 거꾸로 치솟는 듯했다.

"이 아비는 괜찮으니 심려 마십시오, 비전하."

괜찮다고? 대체 무엇이? 자신은 전혀 괜찮지 않건만. 딸자식을 잘못 둔 죄로 역모에 가담한 불쌍한 아비인데 이마가 깨지는 불상사까지 당해야 한단 말인가. 이가 가당한가.

"중전."

"아버님께오선 오래간만에 만난 소녀와 담소를 나누시지요. 부원군 대감을 곤전으로 뫼시어라."

다친 아비를 주시하느라 까맣게 잊고 있던 이가 자신을 불러와 송우는 애써 화를 억누르고 말했다. 그러나 서글픔과 원망을 숨기지는 않았다. 그것들을 곧이곧대로 얼굴에 내보였다.

마음 같아선 진염에게 마구 쏘아붙이고 싶었다. 어찌 내 아버님을 저 꼴을 당하게 만들었냐고, 다 네 잘못인데 왜 죄 없는 불쌍한 내 아비가 다쳐야 하느냐고. 한데도 입을 꾹 다물고 있는 연유는 남편에게 따지고 들 성질머리가 아직 부족해서가 아니었다. 속상한 심경을 마음껏 소리 내어 표출하지 못하는 불쌍한 왕비 행세를 하고 있자, 곧 커다란 손길이 자신의 것을 감싸왔다.

"장인을 보겠다 하는 상왕의 뜻을 따르는 게 아니었는데, 다 내 불찰이오. 정말이지 이제는 미안하다 말하기도 면구스럽군."

"……."

"차라리 원망 섞인 욕지거리라도 내비치면 좋겠거늘…… 우는 것은 아닐 테지?"

속상한 기색이 역력한 얼굴을 하고서도 아무 말 않는 송우가 저번처럼 또 눈물을 쏟아낼까 상체를 숙인 염은 바닥을 향한 송우의 눈동자를 좇았다. 그녀가 더욱 깊숙이 고개를 숙이자 염은 그녀의 턱을 감싸 쥐어 자신을 바라보도록 만들었다.

"곤전으로 어의를 보내겠소. 너무 속상해하지 말아."

"그리 말씀하셔도 속상합니다."

"……."

"그러니까…… 안아주시면 아니 되는지요."

안아달라. 그가 내포하는 의미는 두 가지여서 염은 순간 당혹감을 느꼈다. 그러나 자진해서 품 안에 슬쩍 안겨오는 송우를 뿌리칠 수 없었다. 잠시 머뭇거린 그는 그녀를 감싸 안아 위로하듯 등을 토닥였다.

"자꾸 어리광을 부리어서…… 이상하게 요즘 따라 전하께 아이처럼 굴게 되는 까닭을 모르겠습니다. 송구합니다."

"송구하다니, 누가 할 소리를."

자꾸 어리광을 부리게 된다, 당신에게는. 하나 실은 진정 어리광을 부리고픈 이는 당신이 아니라 다른 사내이다. 그래서 당장 등허리에 와 닿은 염의 손을 송우는 매몰차게 뿌리치고 싶었다. 그럴 수 없어 짜증이 나 괜스레 붉어진 뺨을 한 채 고개를 푹 숙이고 있는 동궁의 궁인들을 쏘아보던 송우는 이윽고 천천히 염의 품에서 빠져나왔다.

"편전에 드셔 계실 시각이 아니옵니까? 아버님 모습을 뵈니 속이 상해 다망하신 분을 붙잡고 있었습니다. 대궐 안에서 그나마 낯이 익은 분은 전하뿐인지라…… 신첩은 곤전으로 돌아갈 테니 전하께오서도 이만 가보시옵소서."

"함께 나서지 않고."

"가시는 모습을 보고 가려 하옵니다. 아직 마음이 좋지 못하니 출타하는 낭군을 배웅하는 부녀자 흉내를 내보면 혹여 기분이 전환될지 어찌 알겠습니까."

"……"

처(妻)가 이리 애교 비슷한 것도 내보일 수 있는 여인이었던가. 그 같은 의문과 신선함을 느낀 것이 잠시, 기분이 나쁘지 않아서 오히려 좋다 표현하는 것이 맞을 듯해 염은 당혹감을 느꼈다. 머릿속에 다련이 스쳐 그는 재빨리 자신을 올려다보는 송우에게서 돌아섰다.

염의 훤칠한 뒷모습이 시야에서 사라지자 송우는 동궁을 향해 몸을 틀었다. 아비를 다치게 한 시부가 들어앉아 있을 그곳을 곱지 않은 눈으로 쏘아본 그녀가 안으로 향했다.

공손히 인사하는 송우에게 태상왕은 한순간도 눈길을 주지 않았다. 그러나 싸늘한 방 안의 분위기에도 불구, 송우는 당당히 자리에 앉았다.

시아비의 저 태도는 무엇인가. 적자들이 죽어 나가고 정실부인이 유폐되었으며 당신은 상왕으로 밀려났다. 역모 때문에. 그런고로 그 변고가 당연히 혐오스러운데 게 가담한, 충신인 줄 알았던 이의 딸자식인 저가 당연지사 마음에 들지 않는다는 것이겠지. 하면 시부는 당신의 상황만을 비통해하는가? 바로 얼마 전까지 왕좌에 앉아 있던 고명한 그의 식견이란 그토록 짧고 좁은가?

"아바마마."

"역적의 수괴에게 머리를 조아린 반신의 여식으로부터 아비라 듣고 싶지 않느니라!"

한 맺힌 원한을 곧이곧대로 표출하듯 역정 서린 꾸중이 날아들더니 연달아 매서운 눈초리가 내리꽂혔다. 그러나 송우는 차게 식은 태상왕의 눈빛을 흔들림 없이 맞받아쳤다.

"하루아침에 네 명의 아드님을 잃으셨으니 원통하심을 모르지 않사오나 간과하신 점이 있습니다."

천천히 열린 송우의 입술 새로 또박또박 원망 섞인 옥음이 흘러나왔다. 그가 꼭 '어찌 나와 내 아비를 탓하느냐' 항의를 하는 듯해 며느리를 노려보는 시아비의 반절 가까이 하얗게 샌 눈썹이 치켜올라갔다.

"아바마마께오서 그러하시듯 제 아비도 마찬가지로 피해자일 뿐이옵니다. 한데 어찌 불쌍한 저의 생부를 반역자 취급을 하시는 것으로 모자라 이마에 혈흔까지 보이게 만드셨나이까?"

"네 감히 그를 못마땅해하느냐!"

"만고의 충신으로 평해져도 부족한 아비가 난역에 가담한 이유는 딸자식으로 말미암아 협박을 당했기 때문이거늘 정녕 아바마마께 서운하옵니다. 아니면 혹여 아바마마께오선 아직 소녀의 지아비가 그의 장인의 힘을 빌리려 부러 저에게 다가온 사실을 알지 못하셨는지요."

말문이 턱 막힌 듯 태상왕은 한참을 말이 없었다. 그런 그를 송우는 재촉하지 않고 서운함 가득한 표정으로 맹랑히 쳐다보았다.

이윽고 노쇠한 이의 입술 새로 흘러나온 소리가 아주 잠시 흔들렸다.

"그 무슨 소리더냐?"

"부원군과 주상의 뜻이 우연찮게 맞아떨어져 이번 일이 성사되었다 생각하시었습니까? 태상왕 전하께오선 저와 아비를 원망하시나 저는 되레 아바마마께 원통함을 느낍니다. 어찌 음흉한 획책을 품은 자식의 마음을 꿰뚫지 못하고 죄 없는 소녀와의 혼사를 강요하셨습니까."

애초에 송우는 진염과의 혼담이 진행되도록 시작을 찍은 이가 태상왕이라 하나 지금같이 그를 탓할 생각은 가지지 않았다. 그저 간략한 소망 하나 청하고, 제 아비를 막 대하지 말아달라 부탁하려 했을 뿐. 그러나 그렇지 않아도 안쓰러운 친아비인데 젊은 시절 충절을 바친 이에게 이렇듯 역신 취급을 당하자 삽시간에 억울함과 원통함이 하늘을 찔렀다. 하여 시아비가 모르는 전말과 함께 서운하고 쓰라린 속내를 표한 것인데, 그 덕인가, 한껏 노기가 서려 있던 노쇠한 이의 얼굴이 누그러졌다.

"아가."

한참 만에 송우를 부른 태상왕이 맥없이 중얼거렸다.

"유택이 일절 변명을 않기에 내가 내막을 몰랐다."

"……"

"연을 끊고 싶은 진염 그놈의 말은 애초에 들으려 하지 않았거니와, 그래서 몰랐느니 미안하구나. 이번만큼은 아니다만 갖은 고초를 겪어본 데다 남은 생 또한 길지 않은 네 아비나 나는 어찌 화를 참고 살다 가면 된다 치부해도 그토록 어질던 네가 상처를 입은 모습을 보니 내 마음이 편치 않다. 내 섭섭히 군 것도, 슬픔도, 화도 부디 잊어라. 노쇠한 이들과 달리 살아갈 날이 살아온 날보다 더 긴 네가 아니냐."

그러니 다시 한 번 강조하건대 부디 잊어라.

힘 빠진 목소리로 소리 내어진 시부의 언사가 송우의 귓가를 뱅뱅 맴돌았다. 잊으라는 그 말이 눈시울을 왈칵 뜨거워지게 만들었다. 다소곳이 맞잡은 두 손에 잔뜩 힘을 싣는 것으로 겨우 미지근한 액체가 흘러나오는 것을 참아낸 송우는 이어지는 말에 귀를 기울였다.

"한순간 그저 네가 미웠다. 유택의 딸이고, 진염 그놈의 처라 역모에 관해 다 알고 있었을 거라 생각했지. 한데 못난 아들놈이 네게 한 짓거리를 알게 되니 이제는 마냥 안쓰럽구나. 더군다나 내 곧 자성(紫聖)으로 옮겨갈 터, 진심이건대 네가 마음에 걸린다. 게다가 네 말한 대로라면 분명 유택도 일선에서 물러나려 할 게 자명하니……"

"……"

송우의 고운 아미가 살짝 치켜 올라갔다.

아비가 일선에서 물러난다고? 그는 즉, 더는 조당에 참여하지 않고 은퇴하는 쪽을 선택하리라는 뜻인가? 친부는 시부의 즉위식부터 그가 상왕전으로 물러나기 며칠 전까지 몇십여 년을 정치적 동반자로서 동행해 왔다. 하니 시아비가 그리 예상한다면 필시 들어맞을 것. 아마도 적지 않은 나이에 큰일을 겪은 터라 두 대인은 이제는 완전히 힘이 빠진 겐가?

상왕이 궁을 떠나 남쪽의 자성으로 옮겨가는 거야 솔직히 말해 전혀 서운하지 않다만, 아비가 이대로 물러나길 바라지 않기에 그녀는 불만이 치솟는 것을 느꼈다.

"아바마마, 하면 언제쯤 낙향하실 요량이신지요?"

"침침한 이 두 눈 한 번 깜빡할 새에 아들 넷을 잃었느니라. 그것도 또 다른 아들의 손에."

"……"

"하기야 따지고 보면 뉘를 탓할까. 그렇지 않아도 괴팍한 성정인 정실이 그도 모자라 쟁쟁한 가문 출신이라 하는 짓이 악독했거늘 제대로 말리지 못한 내 탓이지. 하나 나도 사람인지라 진염 그놈이 원망스럽고 더는 이 대궐에 정 한 톨 남아 있지가 않다. 피 냄새가 코를 찔러. 그러니 하루라도 서둘러 떠나고자 하느니."

"……"

허심탄회하게 속내를 털어놓은 상왕의 표정이 애처로웠다. 그의 주름진 손을 감싸 쥐고 힘을 내라 말해줄까 송우는 잠시 고민이 되었지만 아직은 그런 자비를 베풀 때가 아니었다.

"다 잊으라 하시었지만 소녀는 그럴 수 없습니다. 아바마마께서 말씀하신 것처럼 아직 어린 저이니만큼 누군가를 미워할 기운이 많으니까요."

"너보다 갑절도 넘게 살아온 나조차 그럴 수 없거늘, 이해하느니

라. 하면 내 아픈 네게 무엇을 해주랴. 불쌍한 며느리를 달래주고 싶으나 권력을 잃고 말 그대로 한낱 늙은이로 전락한 신세에 무엇 하나 해줄 수 있는 것이 없을까 두렵구나."

"아직 옥새를 가지고 계시다 들었사옵니다. 며느리를 위하신다 면 그것, 자성으로 함께 가지고 가시옵소서."

"옥새란 다시 만들면 되느니. 내어주지 않는다 한들 아들놈을 괴롭힐 구실이 되지 못하는 것을."

"어찌 구실이 되지 못하겠사옵니까? 선왕께서 옥새를 내놓으시 지 않는다. 그는 곧 현 군왕의 정통성에 대한 부정이옵니다. 정통성 을 인정받지 못하는 군주의 입지란 참으로 얄팍하지 않겠습니까? 그 상태론 아무리 반정이라 좋게 포장을 해봐야 결국 주상이 일으 킨 것은 역모로 치부될 뿐이옵니다. 시작이 난역인 군왕이라니, 아 무리 국사를 잘 돌본다 한들 지저분한 오점으로 남겠지요. 또한 도 처에서 뜻있는 이들이 들고일어날 테니 그네들을 가라앉히느라 그 이가 고생깨나 할 겁니다."

빗발치는 상소문에 파묻힌 진염, 지방에서 국도(國都)로 몰려들 어 그를 비판하는 시위에 동참한 유생들……. 그를 상상하매 기분 이 좋아 송우는 입꼬리가 올라가려는 것을 막으려 무던히 애를 썼 다. 그래도 그렇지, 시아비가 반대편에 앉아 있는데 파안대소를 터 뜨려서야 되겠는가.

"소녀를 가엽게 여기시는 태상왕 전하이시오니 이 정도에는 동 조해 주실 것이지요? 게다가 소녀와 마찬가지로 주상을 곱지 않게 보시지 않습니까."

"……."

시부의 침묵이란 긍정일 테지? 혹여 '아무리 내 너를 가엽게 본다 한들 그래도 진(振)을 생각해 네게 동조할 수 없다' 호통을 치면 어찌할까 심장이 두근거렸거늘 안도가 되었다.

한결 기분이 나아져 자리에서 일어난 송우는 태상왕의 곁에 앉아 세월의 흔적이 고스란히 묻은 그의 손을 위로하듯 어린 제 두 손으로 감싸 쥐었다. 물론 아직도 아비를 다치게 한 태상왕이 밉기 짝이 없지만, 저의 뜻을 따를 모양이니 이 정도 선심쯤이야 써줄 수 있지 않겠나.

진염. 성군이 되어보라지. 제까짓 게 아무리 정치를 잘할지언정 그래 봤자 후세는 그리 떠들 테니까. 진양군은 뚜렷한 과실 없는, 정당한 세자이던 이복형을 포함한 많은 형제들을 도륙하고 그들의 피로 물든 옥좌에 오른 비정한 사내라고. 그 커다란 흠을 덮으려면 역대 어느 선왕보다 위대한 성군이 돼야 할 텐데, 그가 가능하겠는가. 그래도 인간이거늘 치적만 세우겠는가. 아닐 테지. 아닐 테니 진염은 지금뿐만 아니라 후대에게조차 매서운 비난을 받을 터.

다시 입가에 미소가 그려지려 해 송우는 입술 안쪽을 아득 깨물었다.

사부작거리는 발소리, 비단 자락이 바닥을 스치는 소리가 들린다 했더니 '아버님' 하고 소리 내는 음성이 날아들었다. 그리하여 뒤를 돌아본 유택의 시야에 제 여식이라서가 아닌, 객관적으로 보아도 참으로 고운 이가 들어왔다.

"되었네."

여태껏 자신의 이마를 살피고 있는 어의의 손을 밀어내고 자리에서 일어선 유택은 문가에 멀뚱히 멈춰 서 있는 딸아이를 가만가만 지켜보았다. 깊숙이 허리를 숙여 뒷걸음질친 태의가 완전하게 사라질 때까지 간만에 만난 부녀 사이에 오고 가는 정다운 말 한마디가 없었다.

그런데 마침내 가까이에 다가온 여식을 요모조모 살핀 유택의 고개가 갸웃했다. 둘째 딸에게서 흘러나오는 분위기나 태도, 표정이 이전과 사뭇 달랐다. 반짝이는 두 눈, 하얀 얼굴에 여전히 생기가 차 있으되 그것만이 아니었다. 이전처럼 맑은 기운만이 아닌, 묘한 독기가 아이에게서 풍겨 나왔다. 앙다문 입술에 항시 내보이던 온화한 미소가 그려질 기미가 없었다.

"아버님, 괜찮으시옵니까."

"괜찮습니다, 비전하. 부디 심려치 마소서."

유택은 뾰로통한 표정을 한 송우가 상석에 자리해서야 역시 천천히 맞은편에 앉았다. 그러고선 다시 여식을 꼼꼼히 관찰하니, 아무리 봐도 꾸민 정도가 이전보다 화사하다 하나 겉모습은 분명 그토록 어여뻐 하는 제 둘째인데 자꾸만 낯설게 느껴졌다. 괄괄한 성정의 큰아이에게서조차도 보이지 않던 어두운 음기(陰氣)가 자꾸만 왕비가 된 여식의 두 눈가를 스치는 듯했다.

"비전하께선 강녕하십니까."

"……."

대답을 하는 대신 송우는 불만스레 입술을 삐죽였다.

강녕할 리가. 비록 시부가 옥새를 내놓지 말라 하는 자신의 청을 들어주겠다 했지만 아비의 깨진 이마를 보자 다시 그와 진염을 향한 짜증이 걷잡을 수 없이 치솟았다. 불평불만이 가슴속을 채웠다.

애먼 제 아비에게 화풀이라니. 태상왕은 당신의 냉혈한 같은 아들에게나 지청구를 퍼부으실 것이지.

아무리 사이가 좋지 못하던 태상왕과 냉궁에 갇혀 있는 대비라 하나 서로가 곁에 아니 없는 것보단 나을 듯해 진염에게 청을 넣어 두 분이 함께 자성으로 갈 수 있도록 허락해 주십사 애를 써보려 했건만. 한데 다친 아비를 다시 눈에 담자 그 같은 친절을 베풀 마음이 싹 가셔 버렸다. 결국 시부모가 어찌 되던 내 알 바 아니다 결론을 내린 송우는 딱딱하게 굳은 표정을 풀었다.

"태상왕께서 이르시길 아버님께오서 조당에서 물러나실 거라더군요. 정녕 그리 하실 계획이십니까?"

물을 것이 그리 수두룩한데. 다친 곳은 정말이지 괜찮으신 거냐, 서나 언니에 대해서는 들으셨냐, 원치 않는 역모에 가담하시느라 고생하시었다, 어머님께선 많이 놀라시지 않았냐. 한데 결국 묻는 거란 '진정으로 손안의 권력을 내려놓으실 거냐' 라니. 언제부터 그것에 관심을 가졌다고. 자진해서 내뱉은 질의가, 그 질문을 소리 낸 자신이 이상하고 또 이상해 송우의 마음 한편에 싸한 기운이 일었다.

"무에 덕 볼 게 남아 있다고 한평생을 따른 분을 등진 것으로도 모자라 추잡하게 조정에 남아 있겠습니까. 어찌 됐건 태양이 바뀌었으매 새로운 세상이 열리었으니 소인은 지나간 세대의 부산물이나이다."

부산물. 당신 스스로를 그리 칭하는 아비 탓에 송우는 불편한 기분을 느꼈다. 그렇지만 동시에 아비가 정녕 대단하다는 생각이 들었다. 시부에게 오랜 세월 신임을 받고 항시 권세의 중심에 있었으면서 미련 한 조각 보이지 않고 초연히 물러나겠다 할 수 있다니.

자신도 저리 할 수 있을까. 단단히 뭉친 응어리를 빼내면 그때에는 아비처럼 무욕(無慾)해 예전처럼 되돌아갈 수 있을까. 그리되지 않으면 어찌하지. 평생을 원망과 미움을 품고 낯설게 변해 버린 지금 모습 그대로 살아가면 어떡해.

문득 떠오른 두려움에 정신을 빼앗기고 있던 송우가 찬찬히 입술을 떼었다. 복잡한 속내와 달리 단호하고 차디찬 음성이 새어 나왔다.

"아니 될 말씀이십니다. 반정공신들 중에서도 그 공이 으뜸인 분이십니다. 한 보 앞에 다가온 부귀영화를 두고 은퇴라니, 이대로 초야에 묻히시려 한다니 말이 되지 않습니다."

"……."

"아버님이 아니셨다면 주상이 감히 옥좌에 앉을 수 있었겠습니까? 미천한 무수리 출신 후궁을 어미로 둔 주제에? 절대 그럴 수 없었을 겁니다. 지금처럼 볼썽사나운 일이 가능했던 것 모두 다 아버님 덕입니다. 그러니 이제 마땅히 누릴 것을 누리셔야지요. 아니 그렇습니까?"

"……."

"저는 서나 언니를 정경부인으로 봉하고 형부도 합당한 직첩을 받을 수 있도록 할 겁니다. 그러니 아버님께서는 주상을 허울뿐인 힘없는 허수아비 같은 군왕으로 만들고 실세로서 강건히 군림해 주세요. 그가 스스로의 무능력을 깨닫도록 해주시란 말입니다. 더불어 조당을 우리 사람으로, 될 수 있는 한 유씨 가문의 친인척들로 가득 채워주시어요."

형형히 안광을 빛내며 단언하는 딸아이가 이제는 정녕 낯설다 못해 다른 이처럼 느껴져 유택은 목울대를 치고 올라온 탄식을 겨우 삼키어냈다. 무에 연유이던가. 어찌 여식이, 스물 몇 해를 제 두 손으로 길러온 아이가 저토록 변모했는가. 이전의 상냥한 어투에 비하면 오만하다고까지 느껴지는 화법(話法)과 권력을 향한 욕심. 그 모든 게 아이가 이전에는 보이지 않은, 중요시 여기지 않은 가치 이거늘.

사위를 미천한 무수리 출신 어미를 둔 이라 그리 칭했던가? 바로 전까지 동궁에 있을 때만 해도 귀가 먹지 않아 있었으니 잘못 들었을 리는 없을 테고, 정녕 제 둘째가 그리 말할 수 있는 성정이던가? 노비 하나조차 소중히 여기던, 산목숨이면 다 똑같이 대하던 여식인데.

상처받은 둘째 여식이 완전히 달라져 버렸다. 그 사실을 인지하자 유택은 친구이자 주군인 상왕을 저버리고 반정에 가담했다는 사실로 말미암아 내리 느낀 죄책감이 싹 날아가는 것을 느꼈다. 대신에 변해 버린 딸을 향한 걱정, 슬픔만이 그의 늙은 몸뚱이를 채웠다.

"어찌 이리 변했느냐."

애가 타는데 궁중 법도가 대수이겠는가. 예법이니 신분이니 쓸데없고 귀찮은 것들을 내려놓은 유택은 사가에서처럼 부드러이, 그리고 다정히 송우를 불렀다.

"송우야, 네 참으로 낯설구나. 아파 그러는 것을 알지만 그렇다 한들 어찌 쳐다보지도 않던 권력을 탐하누."

"그것이 있어야 제 뜻대로 된다는 걸 깨달아서 그럽니다."

"……."

"힘이 있어야 숙원을 이루지 않겠습니까. 그렇기에 주상도 이복 형제들에게 받은 멸시와 모욕을 참고 또 참고 한껏 몸을 낮춰 아둔한 이 취급을 당하면서 기회를 엿본 게 아닐는지요.”

“그리 바라는 권력을 갖게 되면 무엇을 하고자 함인데.”

무엇을. 유택의 물음을 곱씹은 송우가 상념에 잠겼다.

권력을 얻어서 하고 싶은 것? 그는 너무나 많았다. 진염을 무능한 왕으로 만들고, 홍다련과 그년이 낳을 아이를 실컷 괴롭히고 싶다. 권력뿐만 아니라 진염의 마음을 얻어 그가 속을 끓이게, 그와 그의 첩년의 사이가 멀어지게 만들고 싶기도 하다. 그러다가 건륜을 꾀어…… 진염이 죽인 대군들의 하나 남은 동복형제인 수찬대군으로 왕을 갈아치우고도 싶어!

그 모든 원하는 것들을 솔직하게 털어놓았다가 아비가 충격에 빠져 쓰러지기라도 할까 송우는 답을 미루었다.

“한 번에 다 말씀을 드리면 재미있겠어요, 아버님?”

“…….”

“항상 제게 그러셨지요. 얌전한 것 같으면서도 가끔씩 짓궂다고. 하나둘 천천히 보여 드리겠습니다. 그러니 우선은 유생들을 시켜 주상에게 상소문을 올려주세요.”

걱정 가득한 표정의 유택에게 장난스럽게 웃어 보인 송우가 말을 이었다.

“궁 밖에 있는 주상의 첩실 말입니다. 아버님 아시나요? 주상이 실은 저와 혼례를 올리기 전부터 만나던 계집이 있었습니다. 지금은 아이를 밴 상태이고요. 어쨌든 소녀는 하찮은 그 계집을 대궐로 불러들이고 싶지 않아요. 나중에는 몰라도 일단 지금은.”

본래는 홍다련 따위, 영영 궐에 한 발자국도 들게 하고 싶지 않았다. 그런데 가만 생각해 보니 곁에 가까이 두지 않으면 괴롭힐 방도가 훨씬 더 줄어들지 않겠는가. 홍다련의 피가 바싹 마르고 살

가죽만 남을 때까지 모질게 굴고 싶은데. 자신이 진염을 꾀는 것을 보게 해야 하는데.

하여 다시 고심을 해 내린 결론이란 처음에는 내명부에 받아주지 않겠다 엄포를 놓아 박해하고, 추후 첩지를 내려 실컷 부리다 최후에 태어난 자식과 함께 다시 내치면 그만일 것이다. 그리 세 단계에 걸쳐 피를 말려 죽이면 간단한데 한때나마 심각하게 고민을 했던 스스로가 우스워 송우의 입술 사이로 피식이는 조소가 흘러나왔다.

"어린 유생들은 이리 간소해야 할 겁니다. 홍다련이 배고 있는 아이가 군왕의 자식이라는 증좌가 없다고."

"네 그 말은……."

"그 말은 즉, 소녀는 첩년의 뱃속에 자리하고 있는 그 아이를 사생아로 만들고 싶어요."

애초에 어디서 굴러먹다 온 것인지 모를 계집에게 별당을 내어 준 것부터가 과한 처사였다. 정식 소실로서 들인 게 아닌, 진염과 사통을 하던 계집이 품고 있는 자식이 혹 다른 이의 씨앗이 아니냐 불을 지피는 일쯤이야 식은 죽 먹기와 마찬가지일 터. 더군다나 왕실의 혈통과 관련이 된 일인즉 일단 의심에 불을 붙이면 민감하기 짝이 없는 반응이 도처에서 들끓을 것이다.

"혹여 운이 좋아 진염의 혈통으로 인정을 받는다 해도 홍다련이 낳을 아이는 평생을 추잡한 소문과 사람들의 의구심 가득한 시선에서 완벽하게 헤어 나오지 못할 겁니다. 하면 당사자인 그 아이만이 아니라 어미 되는 이는 얼마나 속이 타겠습니까? 그런 그네들을 보면서 저는 또 얼마나 즐겁겠습니까. 참으로 일거양득입니다."

아비는 아마, 아니, 필시 자못 잔인하게 느껴질 제 모습이 충격적인 듯 무반응이었다. 그렇기에 어쩔 수 없이 홀로 소리 없는 자축을 한 송우는 한참 만에야 보기 좋은 미소를 거두어들였다. 이름조차 입에 담고 싶지 않은 계집에 관해 무엇을 어찌해야 할지 제대로 전하자 이제는 다른 고민이 주의를 끌어당겼다.

아직까지 궐에서 륜을 보지 못했다. 역모에 가담하였다는 것은 곧 그가 반정공신이라는 의미인데 어찌 관직에 올랐다는 소식이 없고 한 번을 마주하지 못했을까. 궁에 들어왔으면 무슨 수를 써서라도 제 앞에 모습을 드러냈을 법한데. 왜냐하면 그는 자신에게 비녀를 주었고, 저를 좋아하고, 제멋대로인 사내니까.

건륜에 대해서 물어볼까 말까.

방금 전까지 그리 거침없이 일장 연설을 늘어놓고선 그에 관해 물으려니 망설여져 송우는 입술 안쪽을 잘근거렸다. 륜에 관해 물었다 아비가 의심스러운 눈초리를 던지진 않을까 싶어 지레 겁이 들었다. 하여 참으려 해봐도 묻고 싶었다. 결국 참지 못한 송우는 한참 만에 조심스럽게 입술을 떼었다. 한껏 누그러진 수줍은 목소리가 그녀의 입술 새로 새어 나왔다.

"아버님, 혹여…… 건륜이라는 사내에 대해 들어보셨나요?"

＊

한 발짝씩 번갈아 내딛는 걸음이 무거운 듯도 싶고 가벼운 것도 같았다. 그럼에도 나아가고 있는 것은 확실한데 조급하기 짝이 없는 마음에 비해 점차 가까워지는 곤전의 외문이 마냥 멀게만 느껴졌다. 그리하여 애가 닳는데 한편으론 영영 바깥에 도달하지 말았으면 하는 생각이 들었다. 필시 그 이유란 긴장으로 경직된 스스로의 몸과 쿵쿵, 초조히 뛰는 심장이 생생해 벌써부터 이러니 실제로 마주하게 되면 정녕 바보 같은 모습을 보이게 되는 게 아닐까 걱정이 되어서일 것이다.

하나 참으로 변덕스럽게도 또 다른 한편으론 정체를 알 수 없는, 알고 싶지 않은 반가움과 기대가 전신을 휘감아 발걸음이 무의식적으로 조급해져 갔다. 마음 같아선 서두르고 싶기도 하고 않기도 한데 몸은 저절로 빨라지는 꼴이라니. 이 복잡함이란 진정 총체적 난국이 아닌가.

"왕비 전하, 곤정전 앞에 그 나리가 와 있사온데……"

머뭇거리며 소식을 전한 비를 안심시키기 위해서라도 차분한 행동거지를 보여야 할 텐데. 그러나 한순간 주의를 끈 이성의 속삭임을 떨쳐 낸 송우는 재빨리 환한 햇살이 쏟아지는 바깥으로 나와 섰다. 탁 트인 왕비전의 내정이 시야를 채우거늘.

"없잖아."

작게 속삭인 송우의 얼굴에 금세 실망과 아쉬움이 깃들었다.

없다. 없어. 넓디넓은 뜰에 보이는 존재라곤 전무하다. 개미 한 마리 얼씬거리지 않는 행한 곳을 바라보고 있자니 섭섭함은 물론이요, 재촉하듯 뛰어대던 심장이 싸늘히 얼어붙어 수면 아래로 가라앉는 듯했다. 분명 비가 말을 전했는데. 이 앞에 그가 와 있다고. 한데 어찌 없어?

서운함과 허탈감, 그리고 스리슬쩍 치솟는 짜증이 선연해 비가 있을 뒤를 향해 돌아서는 송우의 눈매에 날이 섰다. 그러나 눈앞을 채우는 이는 생뚱맞게도 그토록 보고 싶어 한 사내라서 순식간에 성난 마음이 풀렸다.

　관찰하듯 물끄러미 자신을 바라보는 그가 겨우 삼 보 앞. 그러나 이제 와서 송우는 다리가 움직이지 않는 걸 느꼈다. 대신에 '건륜을 아느냐'는 저의 질문에 답을 주던 아비의 목소리가 뇌리를 흔들었다.

　"알지 못할 리가. 공이 혁혁하다는 그 젊은 사내가 합당한 대우를 받지 못하고 있는 까닭은 신분이 노비이기 때문이라 들었느니."

　생부는 분명 노비라 거론했다. 륜이. 처음 그 말을 들었을 때 쉽사리 이해가 가지 않아 그 무슨 말씀이냐 되물음에 답은 초지일관이었다.

　"통칭 예호라 불리는 스물넷의 사내를 말하는 게 맞다면 그의 아비는 어엿한 양반이나 어미 되는 이가 노비라 그 또한 자연스럽게 천인이라. 그래도 주상이 꽤나 아끼는 이인 듯 면천을 시켜줄 터이니 아비 되는 이의 이름과 본가를 대라 하시었다는데 이상하게도 그가 거부하였다 했다. 때문에 아무리 군왕이라 하시나 천인인 이에게 대위(大位)를 내리시지 못해 겨우 내금위병으로 임명한 상태이니라. 아비는 그이에 대해 잘 모르지만 그이, 꽤나 깊숙이 반정에 가담한 모양이더구나. 그러니 공로가 큰 반정공신에게 자연스럽게 세간의 주의가 쏠리고 있어. 더군다나 주상께서도 총애를 주시니 해괴하게도 조정의 내로라하는 고관대작들이 고작 내금위병인 그의 눈치를 심심찮게 살피는 형국이야. 결론을 말하자면 그는 불리기만 내금위 소속 병졸이지 기실 상당한 영향력을 은연중 조당에 행사하고 있느니라. 한데 그자에 대해 어찌 묻느냐?"

"모르는 이가 아니라 잠시 궁금증이 들어 여쭤보았습니다."

아비의 언사는 길었지만 이목을 끄는 부분은 소박했다.

그가 노비이다. 오로지 그 한마디만이 주의를 끌었다. 심지어는 륜이 깊숙이 반정에 가담한 모양이라는 구절조차 한 귀로 흘러들어 다른 귀로 흘러나갈 뿐이다. 무뢰한들의 소굴로 알려진 북향 저자에 빈번히 출몰하는 데다 악명 높은 북저에서 머물기에 무언가 사연이 있겠거니 치부했지만, 어울리는 이들이 귀한 이들로 보이지 않아 무의식중에 그 또한 쟁쟁한 가문 출신은 아닐 수도 있겠다 싶었지만, 그렇지만 그 정도로 미천한 줄은 몰랐다.

상념에서 빠져나온 송우는 어쩐지 륜과 시선을 마주하기가 어렵게 느껴져 슬쩍 눈을 내리뜬 채 오래간만에 만난 그의 이곳저곳을 살폈다.

그가 미천한 노비 출신이라 싫은가? 이제 더는 아니 좋은가? 처음으로 솔직하게 스스로에게 질문을 던짐에 곧바로 답이 돌아왔다. 마음이 마구 소리를 질러댔다. 아니라고. 그래도 건륜이 이미 많이 좋아져 버려서 싫기는커녕 간만에 만난 지금 더 좋다고.

나 어떡해. 어쩌자고 실컷 못 살게 굴겠다 다짐한 이를 마음에 담은 거지.

당혹과 낭패감, 따로 노는 머리와 마음 탓에 안절부절못하던 송우는 아주 한참 만에 고민을 떨쳐 냈다. 이리 오랫동안 상대는 아무 말을 아니 하고 있으니 저까지 고민에 빠져 있다면 정녕 그 어떤 대화도 오고 가지 않을 성싶었다. 한데 그래서야 되겠는가. 얼마나 오래간만에 만났는데.

"모친에게 자랑하고 싶다더니 역모에 가담해 얻은 자리가 고작 내금위병입니까?"

그러니까 일단 걱정은 미뤄두고 말이라도 오래간만에 섞어보자 생각하고 입술을 떼었거늘, 애틋한 마음과 달리 제 입에서 나온 소리가 퉁명스러웠다. 하여 다시 한 번 송우의 얼굴에 당혹감이 스쳤다.

어찌 이래. 그가 하도 오래간만에 찾아와 제 마음이 은연중에 토라지기라도 했나. 아니면 그를 보니 난역이 떠오르고, 난역을 떠올리니 또 속이 꼬여서? 그것은 아닌 듯한데. 하면 저에게 반(反)하는 일을 행해 륜이 얻은 자리가 고작 내금위 병사라서일지도.

어찌 됐건 비록 나는 부루퉁하게 내뱉었지만, 그럼에도 불구하고 그는 나를 반겨주길 바라는데 돌아오는 반응이 없자 송우는 점점 더 신경이 곤두서는 것을 느꼈다.

왜 아무 말도 안 하지? 비꼬는 한마디에 벌써 기분이 상했나? 또 한참을 아까운 시간을 낭비하며 그리 자문하고 있는 차, 중궁전을 지키는 궁인들에게 륜의 눈길이 향하자 사내의 무뚝뚝한 행동거지의 까닭을 그녀는 비로소 알 성싶었다.

이곳은 대궐인 고로 밑에 부리는 이들이 아무렴 친정에서 데려온 믿을 수 있는 아이들이라 하나 륜은 아직 그 사실을 모르니 저리 경계를 하고 있는 것일 터였다. 하기야 아무리 든든한 아이들로 곤전을 채워놓았다지만 한 번 더 조심해서 나쁠 일은 없을 거였다. 더군다나 언젠가 홍다련이 들어오게 되면 더욱 몸가짐을 조심하고 주위를 경계해야 할 테니까 벌써부터 예행연습을 해도 좋을 테고.

"예 있는 이들, 친정에서 차출해 온 터라 믿을 수 있습니다. 그렇지만 이리 말한다 해도 소용없을 테지요. 안으로 드세요."

마치 서로 잘 모르는 사이라는 양 참으로 공손히 소리 낸 송우는 앞장서 왕비전 안으로 향했다.

"멈춰봐."

막 전각 내의 복도에 들어서고 외문이 닫혀 보는 눈과 듣는 귀들이 차단된 즈음 등 뒤에서 중저음의 목소리가 날아들었다. 륜의 말마따나 순순히 멈춰 선 송우는 떨리는 두 손을 진정시키는 데 도움이 될까 치맛자락을 꽉 움켜쥔 채 천천히 뒤돌아섰다.

비로소 정녕 그 누구의 눈치를 볼 필요 없이 그를 눈에 담자 마음이, 몸이 떨리다 못해 금방이라도 다리 힘이 풀려 픽 바닥에 주저앉을 것 같았다. 마지막으로 보았을 때에는 이 정도가 아니었던 것 같은데 어찌…….

무어라 말은 하고 싶건만 그조차 뜻대로 되지 않아 입술만 달싹이던 송우는 륜이 큰 보폭을 옮겨 순식간에 자신의 바로 앞에 다가와 멈춰 서자 저도 모르게 흠칫 어깨를 떨었다.

"오랜만이야."

"……예."

그녀가 겨우 내뱉은 한 글자란 '예' 그것이었다. 이제는 저가 왕비라는 사실을, 하여 하대를 해야 한다는 것이 송우는 전혀 기억나지 않았다. 심지어는 지난날 실컷 그에게 평대를 썼으면서. 그러나 그 모순됨을 눈치챌 겨를 또한 송우에게 있을 리가. 오로지 온 정신이 륜에게 쏠려 있으매, 번개를 맞은 양 몸이며 마음이 저렸다.

"우리 오래간만에 만났잖아. 그러니 친우로서…… 한번 안아볼까."

"……."

가느다란 신음이 송우의 입술 새로 새어 나왔다. 목덜미는 물론이거니와 얼굴, 전신이 뜨겁고 머릿속이 새하얘졌다. 나 정말 어떡하지. 또 한 번 그 같은 생각이 들거늘, 쑥스럽기 짝이 없거늘.

사색이 되다시피 한 채로 송우가 느릿하고 작게 고개를 끄덕이자마자 륜은 덥석 그녀의 가는 몸을 끌어안았다. 이러면 아니 된다, 머리가 외치건만 차오르는 희열을 막을 수가 없다. 그래서 여인을 놓을 수가 없었다. 제 하는 짓이, 생각이, 욕심이 불가(不可)한 것을 누구보다 잘 알면서도, 그럼에도 여인을 만지고 싶고 계속해서 보고 싶고 곁에 있고 싶고 갖고 싶었다. 아무리 겉으로는 우리 사이는 친우일 뿐이라 번지르르하게 포장을 해도 그게 아니었다.

"나는 네가 내 여인이었으면 좋겠고, 내가 네 사내였으면 좋겠어."

혼잣말과 같은 륜의 그 한마디가 귓가를 스치자 송우는 커다란 숨을 들이쉬었다. 어쩐지 방금 전까지 내리 하던 호흡이 어렵게 느껴졌다. 가쁜 숨을 몰아쉬며 그녀는 륜의 상체를 흔들리는 두 손으로 감싸 안았다.

과거의 어느 날처럼 술에 취해서가 아닌, 제정신인 상태로 파고든 그의 품은 남편의 그것과 달랐다. 더 너른 듯했고 훨씬 따스한 것 같았다. 살 내음, 혹은 향기 또한 달랐다. 지아비보다 륜의 향이 훨씬 좋았다. 그래서 떨어지고 싶지 않았다.

등허리에 닿은 손을 뿌리치고 싶지 않아.

"빨리…… 빨리 좀 오지……."

목울대를 치고 올라온 중얼거림이 입술 새로 빠져나가는 것을 막지 못한 송우는 더욱 세게 륜의 다부진 상체를 끌어안았다.

"송우야."

"……."

"내금위병 무시하지 마."

다정함이 듬뿍 깃든 목소리가 한 말이 하도 생뚱맞아서 송우는 고개를 들었다.

"그게 무슨……."

"잘생기고 훤칠한 놈들만 시켜주는 데다 장번군사라고."

"……."

저게 무슨 뜻이지. 엉뚱하지만 오롯이 농으로 꺼낸 이야기는 아닌 것 같아 송우는 장난기가 깃든 따스한 미소를 내보이는 륜을 물끄러미 올려다보았다. 장번군사라 함은 번차 없이 궁 안에서 유숙하는 병졸을 지칭하는 단어인데 갑자기 왜 그에 대해 얘기하는 걸까.

"너 때문에."

의아함을 거두지 못하는 송우에게 확답을 내놓은 륜은 그제야 완연히 말뜻을 알아들은 듯 홍조가 도는 뺨을 숨기려 고개를 숙이는 그녀를 다시 욕심껏 그러안았다.

하찮은 노비 주제에 왕을 세웠다더라. 감히 천인도 그리 위대한 일을 할 수 있다더라.

군왕을 도운 반정공신으로서 그의 신분은 반드시 천민이어야 했다. 우러러볼 수 없을 만큼 높디높은 지존을 세운 이가 양반도 중인도 아닌 밑바닥에 처박힌 하찮은 사내라. 짐승만도 못한 이들에겐 지옥 같기만 한 이 세상이지만 간혹 천재지변과 같은 이러한 일이 있기도 하고 뒤집힐 여지도 있다. 그리 알림과 동시에 위로를 주어야 했다.

그러나 미천한 신분을 버리지 않았기에 아무렴 공신이라 한들, 군왕의 후광을 등에 업었다 한들 하급 관리 정도밖에 될 수 없는 한계가 분명하니. 애초부터 감투나 권력 따위에야 하등의 미련이 없었다만 궁 안에서 사는 단 하나를 륜은 포기할 수 없었다. 그 하나를 멀리서나마 보기 위해서 최소한 대궐 안에 들어올 수 있을 만큼의 위치가 돼야 했다. 연모하는 여자가 위험에 처하지 않도록 의심 없이 다가설 수 있고 지켜볼 수 있는.

그리되려면 무엇이 되어야 하는가? 답은 단 하나. 대궐의 치안을 핑계 삼아 자유로이 돌아다니고 궁에서 유숙까지 하는 내금위병이 적격이었다. 비록 자신은 임금의 총애와 막강한 반정공신이란 입지를 내세워 제멋대로 입, 퇴궐을 하고 마땅히 짊어져야 할 관리로서의 책임을 아무렇지 않게 무시하고 있긴 하지만. 어찌 됐든 다른 게 다 무슨 상관이랴. 유송우만 볼 수 있으면 되지.

다른 생각에 주의를 빼앗긴 것도 잠시, 도홧빛이 내려앉은 여인의 하얀 얼굴을 주시하고 있자 사뭇 위험한 생각이 들어 륜은 정신을 바짝 차리려 애썼다. 그러나 그럼에도 절로 움직인 입술 새로 낯 간지러운 말이 튀어 나갔다.

"보고 싶었어."

여자에게 그런 말을 한 적이 그에게는 난생처음이다. 하룻밤 짤막히 치솟은 갈증과 욕구 해소를 위한 용도가 아닌, 보고 있는 것만도 좋으니 영원히 내 곁에 있으면 좋겠다, 유치하고 감정적인 생각을 해본 것도.

관찰력이 떨어지는 것도 아닌데 제 품 안에 쏙 안긴 여인은 볼 때마다 새로웠다. 글자 그대로 볼 때마다. 그렇기에 륜은 물끄러미,

그리고 세세히 맞닿은 송우를 이리저리 살펴보았다. 의지를 갖고 살펴본다기보다 마치 그녀의 아주 사소한 부분조차 기억 속에 인각하겠다는 듯 두 눈동자가 반사적으로 움직이는 거지만.

이미 닳을 정도로 공들여 본 비(妃) 송우인데, 그럼에도 또다시 눈에 담는 그녀의 모든 것은 대체 어이 익숙지 않은가. 기다랗고 숱 많은 새카만 속눈썹, 분홍빛이 도는 하얀 뺨, 고운 목선, 정갈한 이목구비…… . 그 모든 게 어여뻐 재차 눈에 담으며 그는 손 하나를 들어 올려 칠흑 같은 기다란 머리카락을 장식한, 지난날 자신이 건넨 화려한 비녀 끝의 꽃 모형을 만지작거렸다. 실은 뺨이나 귀, 입술 같은 곳을 만지고 싶지만 그것까지는 차마 해선 아니 될 듯해서. 스스로를 위해서도, 상대를 위해서도.

한참을 애꿎은 비녀만 만지작거리며 참은 륜이 대뜸 말했다.

"송우야."

자신을 올려다보는 송우에게 그는 기분 좋은 웃음을 지어 보였다.

"네가 몇 살이지. 스물둘이었나?"

"……."

"왜 더 빨리 오지 않았냐고 투정부리듯이 말했지. 그리고 지금은 우리 이러고 있어. 예전에는 꼭 성불을 앞둔 보살처럼 굴더니 이제야 좀 나보다 어린 태가 나네."

송우의 미간이 살짝 구겨졌다. 무슨 뜻일까. 어린 태가 난다. 칭찬인가, 아니면 왜 이리되었냐는 질책인가? 그까짓 신경 쓰지 않아도 될 법하건만 그것이 아니 됐다. 다른 이가 그 말을 했다면 무시하고 넘겼을 터, 하나 그 말을 한 이가 륜이라 송우는 자꾸만 신경이 쓰였다.

"그래서…… 싫다는 거야?"

마지막으로 북향에 들른 밤, 독을 품었는데. 건륜을 가지고 놀듯이 하다 그의 마음에 수많은 상처를 내겠다고 다짐했는데. 그 기억이 이토록 선명하거늘, 모순적이게도 제 쪽에서 이렇듯 안달복달하는 꼴이라니. 이 얼마나 볼품없는가. 그렇지만 더는 매달리듯 하면 아니 된다 이성이 소리치는데도 마음과 몸은 머리와 따로 움직였다. 정녕 내가 어린아이처럼 굴어 싫은가. 그 같은 초조한 마음이 낯빛에 고스란히 새어 나올 즈음 송우는 륜이 다시 자신을 꼭 그러안자 거짓말같이 불안이 가심을 느꼈다.

"아니, 귀여워."

"……"

그게 무어람. 저가 아이도 아니고.

또 한 번 뾰족한 생각이 머릿속을 스친 것이 찰나요, 얼굴이며 목덜미가 터져 나갈 것 같았다. 그렇지만 그가 한 말도, 뜨거운 열기와 단단한 품도 모두 너무나 좋아 억천만겁 동안이라도 송우는 다리가 아픈 줄 모르고 이대로 선 채 그에게 안겨 있는 게 가능할 것 같았다.

"밖으로 나갈까?"

한데 짧게만 느껴지는 좋은 순간에 바깥으로 향하자는 말을 들으니 삽시간 서운함이 몰려들었다. 왜 왕비전에서 나가려고 하는데? 그럼 네게 닿을 수도 만질 수도 없잖아. 항의를 하고 싶지만 막상 소리 내려니 자존심이 허락지 않았다. 륜을 쥐락펴락해도 모자라건만, 솔직히 속마음을 표하면 도리어 저 자신이 그에게 휘둘리는 것처럼 보일까 봐 결국 '난 너와 함께 예 있고 싶다' 말하고픈 충동을 꾹 참은 송우는 아쉬울 것 없다는 듯 바깥을 향했다. 그러나 발걸음이 꽤나 무겁게 느껴졌다.

✳

　아랫것들을 싹 물린 널따란 왕비전의 후원에는 단둘뿐이거늘, 하여 전각 안에 있는 것과 다를 게 없거늘 그럼에도 송우는 탐탁지 않았다.

　륜은 왜 굳이 처소 밖으로 나오려고 한 걸까? 그가 하도 조심성이 많아 다른 이의 눈과 귀를 의식해서라 치자. 그렇다면 더더욱 곤전 안이 안전하지 않겠는가. 탁 트인 예 있다 아주 최악으로 못 믿을 만한 이의 눈에 띄어 의심을 사게 될 경우가 있으니 사방이 막힌 왕비전 안이 낫지 않겠느냔 말이다.

　"나는 네가 내 여인이었으면 좋겠고, 내가 네 사내였으면 좋겠어."

　그런 말까지 해놓고 아직 저가 덜 좋은 걸까. 그래서 둘이 있고 싶지 않아? 이리 바깥에 나왔어도 아쉬운 게 없어? 아니면 지금까지의 모든 게 제 착각인 걸까. '네 좋다, 여인으로서.' 그러한 말을 그에게서 들은 적이 없다는 것이 문득 생각나매 송우는 뒤늦게 헷갈리기 시작했다. 헷갈릴 뿐이겠는가. 금세 마음이 침울해지고 온갖 잡념이 머릿속을 채웠다.

　그가 나를 아니 좋아하면 어찌하지. 지금까지의 그 모든 행동이 정말 벗으로서의 날 향한 거였다면. 나는 방금 전 복도에서처럼 따스한 그의 체온이 벌써부터 그리운데 륜은 그렇지 않다고?

속이 복잡하고 불만스러우니만큼 굳이 면경을 들여다보지 않아도 제 자신의 표정이 어떠할지 송우는 예상이 갔다. 그리고 그녀가 무언가를 마음에 들어 하지 않는다는 것을 당연지사 알아챈 륜은 걸음을 멈추었다.

"고운 얼굴로 표정이 그게 뭐야. 뭐가 마음에 들지 않아서."

저의 넓은 소맷자락을 붙잡아 멈춰 세운 륜의 손길이 무에 쫓기는 양 재빨리 거두어지자 송우는 더더욱 속이 쓰렸다. 정말이지 희한하게 머리와 마음이 따로 놀았다. 마치 대도(大盜)가 귀한 물건을 훔치듯 기민했던 륜의 손놀림이 혹여 누군가 왕비인 자신의 몸에 외간 사내가 닿는 것을 볼까 조심스럽기에 그렇다는 걸 뻔히 알면서도 내게 닿는 것이 싫어 그런가 곡해가 되었다. 결국 내리 참던 그녀의 입술이 열렸다.

"만약 내 처소 안이었다면 마치 역병에라도 걸린 이를 만졌다는 양 방금 전처럼 손을 거둬들이지 않아도 됐을 거야."

"……."

에두른 한마디였다만 그 뜻을 정확히 알아들은 륜의 얼굴에 난감이 스쳤다. 이를 어찌 설명해야 할까. 그냥 넘어가기에는 송우의 불만과 서운함이 생생했다. 해명을 하지 않았다간 울음이라도 터뜨릴 듯싶다. 지레 겁을 먹은 그는 잠시간의 고심 끝에 말했다.

"네 처소는 안전하지 않아."

한참을 조용한 륜에게 '네가 지금껏 내게 한 건 무엇이냐' 쏘아붙이려는 차, 송우는 입술을 앙다물었다. 왕비전이 안전하지 않다고? 게서 무슨 짓을 벌여도 어지간해선 주상과 곤전 밖의 다른 이들이 알 수 없게 하려 아랫것들을 차출하는 데 많은 공을 들였거늘. 친정에서 데리고 들어온 아이들 중 다른 이의 사주를 받은 못 믿을 이가 있는 겐가.

"밑에 부리는 아이들, 친정에서 십여 년이 넘도록 보아왔어. 충분히 믿을 만한데 어찌……."

"걔들을 이르는 게 아니라 내가."

"네가?"

"그래. 내가 믿음직스럽지 못해."

"……."

대체 왜 네가 위험하다는 것인데? 반정에 가담했다고는 하나 이제 더는 나보다 진엽을 우선순위에 두지 않을 줄 알았는데 아직 그 정도가 아니라는 말이야? 여전히 나는 너에게 남편에 비하면 하찮은 존재라고? 짜증이 치솟아 송우의 숨소리가 절로 불규칙해졌다. 뾰족한 음성이 튀어나왔다.

"왜, 주상이 나를 감시하기라도 하래?"

"그게 무슨 말도 안 되는 오해야. 하여간에 꼭 이런 말까지…… 적당히 알아채면 좀 좋아."

"애매하게 말하지 말고 확실히 말해줘."

"네 처소에 있으면 단둘이게 되잖아. 사방은 막혔고, 네 허락이 떨어지지 않는 이상 누군가와 마주칠 일도 없어. 그런 상황에서 사내놈들은 범보다도 위험해."

여전히 뜻이 전해지지 않아 그녀는 단도직입적으로 물었다.

"언제까지 에둘러 말할 거야?"

"……."

륜의 입술 새로 나직한 탄식이 새어 나왔다. 맹랑히 치켜뜬 눈으로 자신을 올려다보는 송우는 진정 알아듣지 못한 게 분명했다. 할 수 없이 그는 혹여 다른 누가 들을까 상체를 슬쩍 숙여 그녀의 귓가에 속삭였다.

"네 처소에 단둘이 있게 되면 내가 미쳐서 널 건드릴지도 모른다고."

귓가에 던져진 륜의 마지막 한마디를 송우는 한참이나 곰곰이 생각했다. 건드린다. 건드려. 저를. 그것이 무슨 뜻인가 조금 더 고민하니 마침내 의미를 알 것 같았다. 송우의 새하얀 목덜미가 붉게 달아올랐다.

륜은 활활 타는 불꽃처럼 붉어진 얼굴을 한 송우에게 짓궂게 물었다.

"됐어?"

"……."

"더는 서운하지 않아?"

"그렇지만 여기 있으면……."

말을 할까, 말까. 물론 더는 서운하다거나 화가 나진 않지만 그래도 아쉽다고. 섭섭하다고. 말끝을 흐린 제 답을 기다리는 륜을 흘끔 올려다본 송우의 붉은 입술이 달싹였다.

"여기서는 닿을 수가……. 손 잡아줘."

아까처럼 껴안는 건 아니 돼도 그 정도는 되지 않을까. 혹여 믿을 만하지 못한 누군가의 눈에 띄는 재수 없는 날이 설마 오늘이기야 할까. 아무렴 아니겠지.

그리 스스로를 위로하고선 중얼거린 송우는 그러나 막상 손을 잡아달라 소리 내니 뒤늦은 부끄러움이 소낙비처럼 온몸을 적셔와 고개를 푹 숙여 버렸다. 더불어 거절의 답이 돌아올까 마음이 조마조마했다. 한데 륜의 기다란 손가락 끝이 옷자락 안에 숨겨진 송우의 것에 닿는가 싶더니 곧 거두어졌다. 자신의 청에 대한 부정도 긍

정도 아닌 방금 그것의 의미가 무엇일까. 여전히 시선을 아래로 한 채 고민하는 송우의 귓가에 듣기 좋은 음성이 울렸다.

"미안해. 그렇지만 여기서는 안 돼."

"……."

"나는 상관없지만 너 때문에."

살살 달래듯 말한 륜의 배려가 생생해 부끄러움도 잊은 송우는 빤히 그를 올려다보았다.

"나중에 궐 밖에 나오게 되거나 북저에 놀러 오면 그때 잡아줄게. 그렇지만 왕궁에선 불가해."

"다시는 북향에 오지 말라며?"

"지난번과 같은 일은 다시 일어나지 않을 테니까 이젠 와도 돼."

괜스레 톡 쏘아붙인 자신에게 작게 웃어 보이는 륜을 잠시 더 뾰로통히 바라본 송우는 문득 한 생각이 떠올라 화두를 바꿨다.

"주상이 노비에서 면천시켜 주겠다고 제안했다던데 왜 거부한 거야?"

"……."

"다시 면천시켜 달라고 해."

"왜, 내가 창피해?"

순간 륜의 새카만 눈동자에 날카로운 빛이 스쳤으나 당황하기는 커녕 송우는 이번에는 자신이 빙긋 웃어 보였다.

"어떨 것 같아?"

"……."

"륜, 내가 창피해할 것 같아? 네가 천인이라서?"

달콤한 표정과 목소리로 묻는 송우를 빤히 내려다보는 륜의 입술이 절로 움직였다.

"아니."

금세 꼬리를 내리고 온순해진 륜에게 송우는 한 번 더 곰살가운 미소를 지어 보였다. 바쁘게 곤전 밖으로 나오면서도 챙긴 고이 접힌 종이를 품에서 꺼내 든 그녀가 그것을 륜의 손에 쥐어주었다.

"이게 뭐야?"

"내가 그렇게 신경 쓰이고 걱정되면 진염의 제안을 받아들여. 그리고 그 안에 적힌 내 외당숙께 찾아가 양자로 삼아달라고 해. 이미 말해두었어."

"……."

"그분은 아주 오래전에 네 살배기 아들을 잃은 후 양자를 들이지 않으셨어. 나는 하고 싶은 게 많아. 심술부리고 싶은 사람이 너 하나뿐일 거라곤 생각하진 않겠지?"

"……그래, 알아."

"그걸 알면 혹시라도 내가 너와 괜한 구설에 휘말렸다간 좋을 일이 없을 거라는 것도 알 테지. 그렇다고……."

너와 내가 서로를 안 볼 수는 없을 듯하고. 게다가 우린 필요 이상으로 너무 많이 애틋하니까. 벗이 아니니까. 그 말을 그녀는 꾹 삼켰다.

륜을 외당숙의 양자로 만드는 것, 송우는 그것을 마치 오롯이 그녀만의 편의를 위한 획책인 듯 설명했지만 사실은 그를 위한 꾀이기도 했다. 둘 모두를 위한.

륜은 그가 어찌 되든 상관없다고 말했지만 그녀는 싫었다. 륜이 저와의 이 정의되지 않은, 그러나 의미심장한 관계 때문에 곤욕을 치르게 되길 원치 않는다. 그를 박해해도 저가 하기 위해서건, 아니면 오롯이 걱정을 말미암아서건 어쨌든. 그러니 둘 모두를 위해 방

비책을 세울 수밖에. '왕비, 그리고 군왕의 측근과의 사이가 심상치 않다. 용납될 수 없는 무언가가 있는 듯하다. 처벌이 필요하다.' 설사 그와 같은 곤란한 상황이 온다 해도 '무슨 소리냐. 건륜은 내면 사촌오라비다. 증좌가 있느니.' 그리되면 방어가 될 터였다. 그렇지만 말이 없는 륜을 보건대, 미묘하게 치켜 올라간 그의 아름다운 아미를 보건대 자신의 묘략이 마음에 들지 않는 듯했다.

"마음에 들지 않아?"

"내가 너와 외척이 된다고?"

송우와 그런 식으로 얽히고 싶지 않아 륜은 결국 잔뜩 인상을 구겼다. 그런 그의 속내를 눈치챈 송우가 말했다.

"싫으면 굳이 따르지 않아도 좋아. 대신 내가 지금 말한 바를 기억은 하고 있어줘. 혹여 너랑 내가 괜한 의심을 받게 되면 곧 내 외당숙의 양자가 될 예정이라 말하는 것으로 임시방편 정도는 될 테니."

"……."

"그러니까 미리부터 진엽에게 가서 면천시켜 달라고 해. 그리고……."

방금 전까지와 달리 금세 붉어진 뺨으로 머뭇거리는 송우를 살핀 륜이 물었다.

"갑자기 왜 그래? 무슨 말이 하고 싶기에."

흘끗 그의 눈치를 살핀 그녀가 쭈뼛거리며 말했다.

"다시 한 번 말하지만…… 나는 네가 노비이건 아니건 상관하지 않아. 이건 그냥 혹시나 싶어서……."

더듬더듬 말을 끝낸 송우의 고개가 잘 익은 벼처럼 수그러들었다. 그런 그녀가, 그녀가 소리 낸 바가 귀여워 륜은 나직한 웃음을 흘렸다. 다시금 송우를 만지고픈 치솟는 충동을 참으며 그가 말했다.

"너는 나를 정말이지, 제대로 가지고 놀아. 들었다 놨다 해. 알긴 해?"

"……."

"물론 충분히 그럴 자격이 있지."

그가 하는 말에 대꾸도 하지 못하고 있던 송우는 커다란 손이 제 소맷자락을 찰나의 순간 휙 잡아당기자 슬그머니 시선을 올렸다.

"네가 시킨 대로 할게. 그렇지만 네 외당숙의 양자로 들어가는 것은 유보하겠어. 왕비의 외척이 되고 싶지는 않거든."

"……."

"다시 걸을까."

함께 보조를 맞춰 걷자는 듯 기다리는 륜이라, 기억 속 뉘와 다른 그의 태도 덕분에 송우의 입가에 슬그머니 작은 미소가 떠올랐다. 그와 나란히 걷느라 거의 동시에 귓가를 스치는 발소리도, 그가 옆에 있다는 사실도, 언젠가 북향에 갈 상상 덕에 설레는 마음도 싫어하려야 싫어지지가 않았다. 결국 그녀의 두 눈마저 반달 모양으로 휘어졌다.

걸음걸이는 평온하나 마음이 설레고 주의가 온통 곁의 누군가에게 쏠려 있으니 주위를 꼼꼼히 살필 겨를이 있을 리가. 때문에 아주 멀찍이서 기척을 내보이지 않은 지아비가 두 눈에 자신과 륜을 담고 있다는 사실을 송우는 알지 못했다.

✱

젊은 왕은 대전 내를 밝히는 촛불 하나를 뚫어져라 쳐다보았다. 그의 보기 좋게 다듬어진 눈썹이 치켜 올라갔다. 그 모습이 한눈에 보아도 무언가를 탐탁지 않아 하는 듯싶었다.

말좌 한편에 다소곳이 몸을 수그린 내관이 조심스럽게 입을 열었다.

"침수에 드시지 않으실는지요."

내관에게 눈길을 주지 않은 채 염은 짤막한 손짓을 해 보였다. 그러나 그는 돌연 물러가는 내관을 불러 세웠다.

"김 내관."

"하문하시옵소서, 전하."

"왕비에게 적당한 사람을 붙여…… 아니, 아닐세. 나가보게."

추잡하게 처를 감시하려 하다니. 무슨 자격으로.

그 같은 생각이 뇌중을 스쳐 마음을 바꾼 염이 내관을 물렸다. 다시금 타오르는 촛불을 꿰뚫는 그의 눈동자가 번뜩였다. 굳게 닫힌 입매가 비틀렸다. 재차 눈앞에 떠오른 광경에 말미암은 묘한 느낌이 계속해서 신경을 긁어댔다.

그것이 대체 무엇일까. 자문(自問)에 대한 답을 미뤄둔 그는 처음부터 되짚어 나가기로 결정했다. 어찌 왕비전의 후원에 들렀었는지를 되새겼다.

조정의 대소신료들이 다련에게 회의를 품어 입궁을 미루라 했다. 그녀와 뱃속 아이의 혈통을 명확히 한 연유에 첩지를 내려야 한다고 권고했다. 그러나 그는 말 그대로 권고이고, 염은 신료들을 설득할 자신이 있었다. 그렇기에 소실을 대궐에 불러들이는 데 예상보다 시일이 걸릴지언정 크게 걱정이 되지는 않았다. 그가 걱정한 것은 다른 것이었다.

"주상 전하의 보령이 어연 스물다섯이온데, 아무렴 가례를 늦게 치르셨다 하나 후사가 존재치 않으니 염려되옵니다. 아뢰옵건대 하루라도 속히 원자를 보셔야 하지 않겠나이까."

그리 아뢰던 이가 누구였는지 기억 속에 새기기 전, 눈길이 절로 장인에게 향했다. 삽시간에 장인의 안면을 스친 표정이 그의 불편한 심기를 내비쳤다. 그런고로 속히 왕비와의 사이에서 적자를 보라 주청한 이는 군왕인 자신, 혹은 장인에게로 향한 과잉 충성에서 비롯해 그와 같은 청원을 한 것일 터였다. 그렇다고 그 청원이 아예 틀린 말은 아니었기에 연달아 동조하는 여론이 빗발쳤다. 문제는 신료들이 그러거나 말거나 별 신경이 쓰이지 않았지만 송우가 걱정되었다. 혹여나 조당 일을 듣게 된 왕비의 반응이 어떨지 모르기에—아마 필시 원자를 보라는 신(臣)들의 주청을 반기지 않을 듯해—그 고운 얼굴로 덜컥 걱정과 두려움부터 내비칠까 봐.

때문에 그렇지 않아도 마음고생을 실컷 한 처에게 그는 그녀가 원치 않는 이상 국사에 쫓겨 합방을 하는 일은 없을 거라 말을 전하려 왕비전으로 향한 참이었다. 한데 나름 처를 배려해 정무 시각이던 와중에 찾아갔거늘 게서 본 광경이란 전혀 반갑지 아니했다. 오히려 불쾌하다 표해야 맞을 법하다.

염은 장침 위에 고이 얹어놓은 오른손을 힘껏 주먹 쥐었다.

어찌 책략가와 정비가 그 같은 모양새로 함께 있었던가. 왕비의 새하얗고 가녀린 목덜미와 뺨에 비쳤던 홍조가 무언가. 상생할 것 같지 않은 두 사람이 어찌 나란히 거닐었던가. 좋게 보아 왕비의 성품이 따스해 그렇다 한들, 하면 건륜은.

그는 물론 예의 그 무정한 얼굴빛이었지만 까칠하다 못해 괴팍하다시피 한 사내가 알게 된 지 얼마 되지 않은, 그것도 여인을 곁에 두고 시간을 보낸다는 자체가 미심쩍다 생각되기에 충분했다. 게다가, 그러고 보면 둘은 무슨 연고로 언제부터 가까워졌을까? 잊고 있었지만 지난날의 잠저 시절, 처형 되는 이가 다련에게 손찌검을 행했을 때에도 건륜은 안채에 있었다. 감히 안채에.

다른 사내를 향해 미소를 지어 보인 왕비. 벌써 한참을 자신 앞에선 보이지 않은 미소였으되 염은 바로 어제까지만 해도 그러려니 송우를 이해했다. 한데 제게는 아닌 모습을 타인에게, 그것도 장부(丈夫)에게 허락하자 순식간에 사정이 달라졌다. '조당의 주청 때문에 단순히 왕후 자리에 앉아 있는 여인에게서 원자를 얻기 위한 이유만으로 그대를 안는 일은 없을 것이다.' 그리 전하고픈 감정이 일순에 사라졌다. 당장에라도 왕비전에 들러 건륜과 어찌 친밀하냐 따져 묻고 싶었다. 마음 같아서야 한걸음에 왕비의 처소로 향하고 싶다만 괜한 오해일지 모르는 일로 성마르게 굴고 싶지 않기도 했다. 그녀는 그리 대해서는 아니 됐다. 가뜩이나 제게 상처를 입은 가여운 저의 비(妃)이니까.

그런고로 무턱대고 마음 가는 대로 행동하기보단 염은 여태까지 미룬 일부터 처리하기로 결정했다.

"밖에 내관 있는가."

"전하, 하명하소서."

"......"

다련을 아니 본 지가 한참이다. 자신을 그리워하고 있을 걸 알면서도 의도적으로 그녀를 찾지 않았다.

왕비와의 초야를 기어코 방해할 때부터 다련의 투기를 모르지 않았으나 염은 그 또한 그러려니 치부했다. 어미와 계모, 혹은 그 밖의 상왕의 후궁들을 봐오며 여인들이란 본래 어느 정도는 그렇다는 것을 진작 깨달았기에. 냉궁에 유폐된 계모만큼만 아니라면 괜찮겠지 넘겼다.

"그 여자한테 가지 마. 그렇지 않으면 나쁜 아니라 내 뱃속 염의 아이까지 아플 거야. 그 여자는 좀 앓아봤자 홀몸이지만 난 아니잖아."

다련이 뱃속 아이를 들먹였을 때도 그 순간만큼은 화가 치솟아 꽤나 매정히, 더는 제 마음을 의심하지 말라 엄포를 놓았지만 곧 당시의 좋지 못했던 감정을 깨끗이 잊었다. 한데…….

"저는 궁에 발도 디디지 못할 거라, 한평생 쓸쓸함과 비참함 속에서 홀로 허덕이다 죽을 것이며 아버님께서도 무탈하실 일 없을 거라고……. 그이가 스스로를 칭하길, 군왕의 총비이며 국사를 품었으니 얼마 안 가 진에서 가장 존귀한 여인이 될 테고 반면 저는, 소첩은 이용만 당하다 비참히 버려질 거라 분명 말했는데. 너무도 자연스럽게 말하기에 대감께서도 같은 뜻이겠거니 하였는데."

담담히, 그러나 애처로운 눈물 한 방울을 흘리며 송우가 그 말을 전했을 때에는 진정 마음 한편에 거센 냉기가 돌았다. 이러다가 다련의 손을 놓게 되는 것은 아닌가 덜컥 겁이 날 정도로. 해서 사 년을 아껴온 여인이 그같이 소리 냈다 믿고 싶지 않았다. 그러나 또한 거짓을 전할 왕비가 아니라서 휘몰아치는 실망감을 막을 수 없었다. 그 실망이 사그라지기 전에 다련을 보았다 저도 모르게 냉담하게 굴까 송우에게 곤정전을 보여준 날 이후로 오늘까지 염은 단 한 번을 다련을 찾을 수 없었다. 하지만 더는 지체하기에는 무리임이 자명했다. 필시 애타하고 있을 그녀에게 조정 신료들의 반대에 부딪쳐 입궁하는 것에 조금 더 시간이 걸릴지 모른다고 언질을 주어야 했다. 어찌 되었건 제 자식을 품은, 홀몸도 아닌 여인이니.

더불어 물어보아야 했다. 정녕 지난날에 정비에게 악담을 퍼부었냐고. 그녀가 한 말이 사실이냐고.

"전하."

또다시 눈앞에 송우와 륜이 함께하는 광경이 떠올라 염의 표정이 딱딱하게 굳어갔다.

"잠저로 갈 것이다."

"전하께오선 잠행을 나가시었습니다. 상선 영감과 무관 하나를 대동하시어 평복 차림으로 대궐을 나서시는 것을 소인의 이 두 눈으로 똑똑히 확인했사옵니다."

"바삐 움직이느라 수고했느니. 이만 물러가 보려무나."

"예, 비전하."

총총거리며 물러가는 어린 생각시에게서 눈을 뗀 송우가 사색에 잠겼다.

평복 차림으로, 무관 하나와 내관 하나만을 대동해 나선 진염이 어디로 향했을까. 답은 둘 중 하나였다. 민생을 살피러, 혹은 첩을 만나러.

얼마 전까지만 해도 궐 밖 잠저에서 지낸 그가 벌써부터 백성이 어찌 사는지 잊었을 리 만무하니 필시 첩년을 보듬으러 갔겠지. 결론이 그러하니 더는 평온하게 사색에 잠겨 있는 게 가능할 리가. 급작스레 짜증이 치솟아 송우는 인상을 찌푸렸다.

남편과 그 계집은 아직도 사이가 돈독한가? 여전히 이전과 다름없이 둘 사이에 깨가 쏟아지는가? 그에게 홍다련이 무어라 지껄였는지 전했는데도? 잘들 노는군.

둘 사이에 어서 금이 가야 할 텐데. 잠저로 나선 것이 첩실이 보고 싶어서가 아닌, 그저 몸이 동해 간 것이길. 진염이 제발 홍다련 그년이 의기양양해할 거리를 던져 주지 않기를.

자신만만히 웃는 홍다련이 머릿속에 떠오르자 짜증이 마구 치솟아 송우는 다른 것으로 주의를 돌리려 애썼다. 그러고 보니 왜 진작 그 생각을 못했을까.

문득 떠오른 바가 반가워 그녀의 낯빛이 한결 부드러워졌다. 진염이 잠행을 나선 것은 좋은 기회였다. 아주 만약에라도 그가 왕비전에 찾아올 걱정이 없으니까.

"비야."

"네, 부르셨어요?"

애써 불러놓고선 득달같이 다가온 비를 멍하니 올려다보기만 하던 송우는 돌연 재빨리 자리에서 일어서 바깥으로 향했다.

"어디를 가시려고요?"

"……친정에."

"이…… 시각에요?"

당연지사 거짓이다. 하여 비에게 미안하면서도 송우는 들뜬 기분을 막을 수 없었다.

이 답답한 곳에 앉아 첩년을 찾아간 남편을 떠올리면서 칠정을 결을 받고 있을 까닭이 무엇이겠는가. 저 또한 저를 아껴주는 뉘가 있는데.

아마도 비는 친정으로 향한다는 제 말이 진실이 아님을 눈치채었을 테지만 별다른 토를 달지 않았다. 아랫것들에게 신속히 명해 얼마 지나지 않아 대령된 가마의 문을 말없이 열어줄 뿐.

가마 안에 들어앉은 송우는 덜컹이며 들어 올려진 가마가 평안해지자 작은 창을 열었다. 어둠 속에서 어슴푸레하게 보이는 비의 옆모습을 가만히 지켜보았다.

"정말 아무 일 없으셨죠? 네? 정말이시죠?"

"작은아가씨, 그 나리랑 아니 만나시면 안 될까요? 쳐다보지도, 닿지도, 눈도 마주치지 마세요."

사가에서 지낼 때에는 그리 안절부절못하더니 어이 아무 말을 하지 않을까. 저가 이제 국모가 되었다 불편함과 거리감을 느낄 리는 없을 테고. 실상은 껍데기뿐인 지아비라 한들 어찌 되었건 지아비가 있는 자신이라 다른 사내를 이 야심한 시각에 보러 간다 하여 실망이라도 했나. 그래서 더는 상종도 하고 싶지 않은 걸까.

"아가씨, 바람이 찰까 걱정되옵니다. 창을 닫는 편이 낫지 않을까요."

"왜 아무 말을 하지 않아?"

"예?"

"비야, 너는 날 잘 아니 내가 가고자 하는 곳이 친정이 아니란 것 또한 모르지 않겠지. 내가 그를 만나는 걸 싫어했잖아. 어떤 식으로든."

"싫어하지 않았어요. 다만 걱정을 하였어요. 하지만…… 이제는 그냥…… 소인은 그저 아가씨께서 잠시만이라도 행복하셨으면 해서……."

마치 '나도 내가 무얼 말하는지 모르겠다'는 듯 고개를 갸웃거리는 비를 잠시 더 쳐다본 송우의 입가에 씁쓸한 미소가 떠올랐다. 두서없긴 했으나 아이가 하고자 한 말을 이해할 만했다. 이미 나락에 떨어진 이가 앞날에 무슨 큰 홍복을 누릴 거라 기대해 고상한 척을 할까. 어떤 식으로든, 짧은 찰나만이라도 기쁨을 맛보아야지. 세간으로부터 돌팔매질을 당하게 될지언정. 그 같은 결론에 닿자 입은 분명 웃고 있으되 속이 꽤 아렸다.

"아가씨, 당도하였습니다."

서글픈 듯도 싶고 속상한 것도 같은 형용할 수 없는 기분을 떨쳐 낸 송우가 몸을 움직였다. 땅을 디뎌 서자 눈앞에 거대한 건물이, 그것을 밝히는 수많은 붉은 등들이 광활히 펼쳐졌다. 넋을 잃고 그가 있을 화려한 북저 건물을 올려다본 송우는 곧 발을 놀렸다. 그에게 다가가고 있다고 생각하자 방금 전까지의 복잡한 감정들은 떨어져 나가고 설레었다.

북저에 몸을 파는 여인들과는 다른 미(美)를 가진 여인이 나타나니 온갖 유의 남성들의 시선이 그녀에게 쏠리거늘, 당자는 그들에게 눈길 한 번 주지 않은 채 높다란 곳을 향해 올라가는 것만을 계속했다. 이 층, 삼 층, 그리고 사 층. 게까지 닿자 사방이 고요했다. 기다랗게 늘어선 복도를 따라 문들이 차 있지만 불그스름한 빛이 새어 나오는 곳은 단 하나였다.

숨이 찬데 가슴이 벅차기까지 해 옷깃을 움켜쥔 채 숨을 고르길 한참, 송우는 천천히 걸음을 옮겼다. 복도 끝에 다다른 그녀는 이미 한 차례 들러본 경험이 있는 륜의 처소 문을 조심스럽게 열어 한 발 내디뎠다. 그러나 그 이상 나아갈 생각을 차마 하지 못한 채 뒤늦은 허락을 구하려던 것도, 등 뒤에 열려 있는 문을 닫을 생각도 잊고 송우는 그대로 얼어붙었다.

시야를 채운 광경이란 침상 끄트머리에 비스듬히 기대 누운, 상체에 아무것도 걸치지 않은 륜이었다. 그리고 그의 곁에서, 그의 어깨를 양손으로 움켜잡고 있는 발가벗은 여인의 뒷모습이었다. 충격이 뇌리를 강타했다. 문가에 멈춰 선 자신을 놀란 얼굴로 바라보는 두 남녀를 주시하는 송우의 얼굴이 일그러졌다.

무언가 해서는 안 될 짓을 하고 있던 듯, 혹은 하려던 참이었던 듯 놀란 빛이 맴도는 표정의 두 남녀를 보고 있자니 송우는 마치 피가 거꾸로 치솟는 듯했다. 몸뚱이뿐 아니라 발끝, 손가락 끝과 같은 세세한 부분까지 딱딱하게 경직되어 가는 것 같았다. 심장 또한 평소보다 배, 아니, 세 배는 빠르게 뛰어 솟구치는 열기로 인해 머리가 어지러웠다. 하여 저가 지금 어떠한 표정을 짓고 있는지, 무슨 정신인지 모르겠건만 그 와중에도 두 눈이 아무것도 걸치지 않은 여인의 나체를 훑었다.

머리까지 묶어 올린 상태이기에 그야말로 훤히 드러난 여자의 몸은 육감적이었다. 커다란 가슴, 이미 적나라하게 본 둔부가 풍성했다. 여자의 것에 비하면…… 저의 몸은 빈약하다 표현해야 알맞을 법했다.

같은 여인인 자신조차 눈을 떼기가 어려운 저것을 보고 뭇 사내라면 거절할 리가 있을까. 그리고 륜 또한……

치솟는 화를 안간힘을 다해 참으며 송우는 뉘인지 모를 여인을 노려보았다. 상대 또한 마치 방해를 받은 것이 기분 나쁘다는 듯, 그렇지 않아도 뾰족한 모양새의 여인의 눈꼬리가 치켜 올라갔다.

륜, 나를 좋아하는 줄 알았는데, 아니었나? 착각이었는가? 아니면 마음과 몸은 다르다는 건가? 사내들은 본래 그러한가? 상황이 상황인 만큼 거대한 혼동이 몰아쳤다. 무너지는 자존심을 숨기려 부러 고고히 고개를 치켜든 송우는 여자에게로 향했던 시선을 끊고 륜을 쳐다보았다.

"내가 좋은 시간을 방해했나 봐?"

"아니. 마침 잘 왔어."

찰나에 당혹감을 숨기지 못한 그였으나 이어진 목소리가 꽤 태연했다. 그렇지만 안심하기에는 한참이 일렀다. 잘 왔다고? 그게 무슨 뜻일까. 자연스러운 륜의 태도가 의미하는 바는 뭘까. 저 낯선 여인을 그가 안지 않았다는 것을 뜻하는가, 아니면 이미……

왈칵 머릿속에 륜이 눈앞의 계집을 만지고 안는 모습이 그려져 송우는 심지어 토기가 느껴지는 것 같았다. 두통이 뇌리를 뒤흔들어 그녀는 마음 같아선 친언니가 애용하는 욕지거리라도 내뱉고 싶었다.

"륜, 잘 오긴 뭘 잘 왔다는 거야?"

송우는 다시 앙칼지게 말하는 계집을 쏘아보았다.

"거의 다 됐는데 네년은 뭐야? 당장 꺼지거나 다음 순서 기다려. 아니지, 내가 이날을 위해 얼마나 오랫동안 공을 들였는데 이제 와서 다른 년이랑 공유할 수는 없지. 내 사내한테 눈독 들이지 말고 머리털 다 뽑히기 전에 좋게 말로 할 때 꺼져!"

"……"

정작 침소의 주인은 잘 왔다 하는데 저가 무어라고 감히. 여자의 꽥꽥거리는 것 같은 고음의 목소리, 생김새, 육감적인 몸, 그녀가 한 말, 그 모든 게 송우는 너무나 거슬렸다. 거슬리다 못해 끔찍하게 싫었다. 여자가 한 말이 귓가를 뱅뱅 맴돌았다.

다음 순서를 기다려? 꺼지라고? 머리털을 다 뽑아내? 교양 없어. 말하는 게 어여쁘지 않아. 그리고 뭐, 내 사내? 저 사내가, 건륜을 어찌 내 사내라고 부를 수 있지, 저 여자는? 그는 나를 좋아하는데? 한데 제까짓 게 뭐라고!

실오라기 하나 걸치리 않고 너무도 당연하다는 듯이 륜을 내 사내라 표하는 이와 계속해서 한방에 있으려니 기가 찰 노릇이었다. 한데 륜의 눈동자가 짧은 순간이나마 침상에서 뒤돌아선 계집에게 향하자 송우는 정녕 참을 수가 없었다. 가만히 있다간 당장 머리가 터질 것만 같아 성큼성큼 걸음을 옮긴 그녀는 륜과 여인의 사이에 끼어들어 그의 시야를 가려 버렸다.

여자의 입술 사이로 허탈한 웃음이 흘러나왔다.

"가관이네. 굴러들어온 돌이 박힌 돌 빼낸다더니 뒤늦게 온 년이 상도덕도 없이 방해질을 해? 네년, 어디서 온 년이야? 북저에서 일하는 계집이 아닌 거지?"

"……."

"대답 안 해?"

날카로이 쏘아붙인 여자가 송우의 멱살을 한 손으로 잡아챘다. 그런데도 송우는 별다른 대꾸를 하지 않았다. 나체의 여인을 쏘아보기만 했다. 물론 생각 같아서야 '너야말로, 네년이야말로 내 사내에게 역겨운 수작을 부리지 말라' 반박하고 싶었다. 그러나 그 마음을 어찌 티 내리오. 가뜩이나 상황이 이 모양인데.

"이 맹랑한 년이."

송우의 멱살을 놓은 여자가 활짝 펼친 손을 치켜들었다. 그러나 곧바로 곤두박질치는 그녀의 손을 번개처럼 빠르게 침상에서 내려선 륜이 단박에 낚아채 버렸다. 나직하지만 위협적인 중저음이 방안을 울렸다.

"감히 누구한테 손찌검을 하려 해! 짜증 나게."

송우는 재빨리 뒤를 돌아보았다. 륜이 저를 감쌌다. 제 편을 들었어. 그 같은 생각에 설핏 희열을 느끼며 여자에게 고정된 륜의 시선을 따라가던 그녀는 허공에서 오도 가도 못 하고 멈춘 여자의 손에, 그것에 맞닿아 있는 륜의 손에 눈동자를 붙박았다. 맞닿은 두 손을 보자니 다시 화가 치밀었다. 속이 끓었다. 기어코 송우의 입술 새로 잔뜩 흔들리는 목소리가 새어 나왔다.

"다른 여자의…… 이 여자 손 잡지 마. 싫어."

나체의 여인에게서 눈길을 거둔 륜이 송우를 내려다보았다. 비록 표정이 보이지 않은들 분노로 가늘게 떨리는 어깨를, 슬쩍 보이는 붉은 뺨으로 말미암아 그는 그녀의 속이 뭉텅 상했음을 눈치챘다. 재빨리 여인의 손을 뿌리친 륜은 잠시 생각하다 송우의 두 손목을 제 양손으로 살짝 붙잡아 자신 쪽으로 바싹 끌어당겼다.

"륜, 이 여자가 뭐라고 감싸?"

흠칫 몸을 떠는 송우가 느껴졌으나 륜은 그녀를 놔주지 않았다. 뒤에서 송우를 껴안은 듯한 자세로 그는 다시 나체의 여자를 꿰뚫어 보며 경고했다.

"멋대로 내 이름 부르지 마. 네년 탓에 내 애희(愛姬)가 단단히 오해하게 생겨서 기분 안 좋으니까 더는 시끄럽게 굴지 말고 지금 당장 내 눈앞에서 사라져. 혹시나 싶어 덧붙이자면 계집이라고 안 봐

줘. 그러니까 명줄 끊기고 싶지 않으면 나중에라도 애한테 손댈 생각 같은 건 안 하는 게 좋을 거야.”

매서운 경고에도 불구, 물러나지 않는 여자는 억울하고 원통하다는 듯 빽 소리쳤다.

“나는 당신을 삼 년이나 봐왔는데!”

“물러가. 삼 년씩이나 봤으면 그따위로 굴어서 좋을 일이 없다는 것 정도는 알겠지.”

“……”

꽤나 분한지 한동안 부들부들 몸을 떨며 송우를 노려본 여자는, 그러나 더는 아무 말을 하지 못했다. 바닥에 떨어진 옷가지를 주운 그녀가 바깥으로 사라졌다.

“많이 화났어?”

이미 여자는 사라졌건만 아직까지 문가를 뚫어져라 쳐다보던 송우는 재빨리 륜을 향해 돌아섰다. 또 서운해서, 더불어 분해서 그를 노려보는 그녀의 눈매에 날이 섰다. 애희(愛姬)라고, 즉 그는 자신을 사랑하는 여인이라 표했음에도 속이 가라앉기는커녕 이제는 의구심까지 치솟았다.

여자는 여자 스스로 발가벗었다 명시하지 않았다. 만약 그녀의 꾐에 잠시라도 넘어가 륜이 옷가지를 벗긴 거라면? 자신이 들어오지 않았다면 끝끝내 둘 사이에 무슨 일이 있진 않았을까? 다만 그가 돌연한 저의 등장에 마음을 바꿔 의심을 피하기 위해 부러 더 여인에게 냉담히 군 것이 아닐까?

“괜찮아?”

“……”

아니. 전혀! 괜찮을 리가 있겠어?

룬은 꼭 황공하다는 표정을 짓고 있건만 그럼에도 송우는 화가 가라앉지 않았다. 그녀의 원망 어린 눈빛을 느낀 룬이 고분고분히 말했다.

"오해하지 마. 혼자 안달하다 알아서 벗고 덤벼든 거야."

"그걸……."

어찌 믿어. 그리고 하면 왜 상체에 아무것도 걸치고 있지 않은 건데? 소리 내지 못한 말이 송우의 입안을 뱅뱅 맴돌았다. 대신에 원하는 대로 묻지 못해 답답한 속내를 대변하듯 그녀의 눈길이 룬의 다부진 상반신에 메다꽂혔다. 곧바로 부끄러움이 몰려와 시선을 내리뜬 송우였지만 룬은 찰나의 그녀의 시선을 눈치채어 재깍 답했다.

"자고 있었어. 원래 잠이 많아서. 사내놈들이 웃통 벗고 자는 거야 흔해빠진 일이고."

"……."

"아까 그 계집은 여기서 일하는 것 같긴 한데 이름조차 몰라."

참으로 세세한 설명인데, 그럼에도 송우의 상한 속은 풀리지 않았다. 분명 자극적으로 다가왔을 여인의 벗은 몸이 룬의 뇌리에 박혀 있을 것을 생각하면 질투가 나 참을 수가 없었다. 그 계집에 비하면 빈약하다 표현하기 알맞은 스스로의 몸이 떠올라 절로 비교가 되니 더욱. 활활 타오르는 투기가 과거 잠저에서 살 때 홍다련을 감싸는 진염을 보며 느꼈던 것과 비교조차 되지 않을 만큼 커다랬다. 결국 송우의 입술 사이로 속상함 가득한 흔들리는 음성이 새어 나왔다.

"보았…… 잖아."

"뭐를?"

"아까 그 계집년 벗고 있었잖아."

울분이 치밀다 못해 심장이 터질 것 같았다. 눈시울이 뜨겁게 달아올랐다. 륜을 올려다보면 기어코 눈물이 흐를 것 같아 송우는 치맛자락에 숨겨진 제 발이 있을 곳만을 노려보았다.

"그게 그렇게 서운해?"

"너는…… 내가 네 여인이면 좋겠다고, 너는 내 사내였으면 좋겠다고 말했어. 그런데……."

어찌 그래. 뒷말을 삼킨 그녀를 대신해 그가 말을 이었다.

"그래, 나는 분명히 이뤄질 수 없는 그런 헛된 꿈을 꾸지. 그렇다고 내가…… 마음에 둔 여자를 두고 다른 계집을 품지는 않아."

"……."

"화 풀어. 드물긴 하지만 가끔 자진해서 벗어 던지고 덤벼드는 계집들이 있어. 너도 보다시피 내가 이렇게 생겼잖아. 그래도 난 아무 감흥 없어. 마지막으로 계집하고 엮여본 거 기억도 나지 않을 만큼 오래전이야."

"그럼 애초에 서둘러서 쫓아내지 무얼…… 왜 그 지경이 되도록 두어서……. 감상이라도 했어?"

"아니, 별 감흥 없었다니까. 네가 왔을 때 막 깬 참이었어."

그렇게까지 달래주었거늘 여전히 응어리가 완전히 가시지 않아서 송우의 입술이 삐죽였다. 마지막 반항이라도 하듯 슬그머니 자신의 팔을 붙든 륜의 손을 홱 뿌리친 그녀는 톡 쏘듯 내뱉었다.

"싫어."

"……."

"너한테서 그 계집 냄새가 난단 말이야."

이러지 말자고. 어찌 자꾸 아이처럼 구느냐. 이 정도면 저를 달래주려 충분히 한 그인데 싶으면서도 채워지지 않는 무언가는 자꾸만 심술을 부리게 만들었다. 게다가 그 말은 거짓이 아니었다. 여전히 륜에게서 발가벗은 계집이 풍기던 짙은 사향 냄새가 퍼져 나왔다. 그 향은 본디 그의 것이 아니니 당연지사 더는 맡고 싶지 않았다. 한데 아무런 반응을 보이지 않은 륜이 문가로 향하자 송우는 덜컥 겁이 났다. 기어코 그가 화가 났구나 싶었다. 처음에 만난 그때처럼 륜이 다시 제게 싸늘하게 굴면 어쩌나 싶어 무서웠다.

"륜."

염려와 두려움을 숨기지 못한 채 송우는 희미한 소리로 그를 불렀다. 다행인지 불행인지 멈춰 뒤돌아선 륜의 낯빛이 무표정했다.

"내가 말이 너무……."

"나 씻고 와."

"……."

"연모하는 비전하께서 싫으시다니 속히 씻고 오겠습니다."

옅게 웃어 보인 륜이 나가고 소리 없이 닫힌 문을 송우는 한참을 멍하니 바라보았다. 이윽고 정신을 차려서도 그의 마지막 한마디는 계속해서 귓가를 맴돌았다. '연모하는', 그렇게까지 직접적인 표현을 륜에게서 들어본 적이 처음이다. 아니, 혈연 외에 사내에게서 들어본 것 자체가 처음이다. 남편조차 해주지 않은.

"아……."

가끔씩 혼란스러울 때, 그가 정말 저를 좋아하는가 싶어 헷갈릴 때 확실히 확인을 하고 싶어서 한 번쯤은 꼭 들어보았으면 좋겠다고 생각했지만, 막상 현실이 되자 온몸이 후끈거리고 심장이 방망이질 치듯 거세게 뛰어댔다. 그렇지 않아도 당혹스러운 일을 겪은 참, 이제는 다리가 후들거리기까지 해 송우는 털썩 륜의 침상에 주저앉았다. 방금 전까지의 역정은 이제는 전혀 느껴지지 않았다. 그저 룬이 영원토록 저만을 연모했으면, 저만을 바라봤으면 좋겠다 가슴속을 채워가는 욕심만이 선명했다.

✳

다련은 넋이 나가 커다란 눈망울을 깜빡였다.

너무나 오래간만에 만나게 된 눈앞의 정인이다. 염과 그 여자가 입궁을 한 연후 마치 저를 징그러운 벌레 보듯 하던 가노들은 며칠 되지 않아 병판 대감의 댁으로 우르르 몰려가 버렸다. 별당에 소속되어 있던 앳된 몸종 하나를 제외하곤. 그렇지만 자신을 아니꼽게 보는 하찮은 그네들, 저 또한 마음에 들지 않으니 아쉬울 거 없다 코웃음을 친 그녀였다. 대궐에서 상궁과 나인 몇이 나와 곁을 돌봐주니 더더욱 서운할 리가.

하지만 다련에게 가장 중요하고 커다란 존재, 태양과 마찬가지인 정인을 보지 못하는 기간이 길어져 갈수록 뼈에 사무치는 고독과 외로움이 쌓여갔다. 마음으로나 정신적으로나 깊이 의지하고 있는 그를 이토록 오랫동안 아니 본 적은 그간 없었기에 너무도 힘들었다. 그러한 상태에서 배는 부를 대로 불러 산달이 다가오니 무섭기까지 해 때로는 심지어 곁을 지키는 애먼 상궁이 아닌 유송우라도 보고 싶다 느껴질 정도였다. 그 정도로 외롭고 힘들었다. 뱃속 아이가 자랄수록 감정의 기복이 커다래져 더욱이.

그런 차에 익숙한 목소리가 제 이름을 불러 다련은 처음에는 염이 너무 그리워 헛것을 들은 줄로만 알았다. 한데 상궁이 밖에 그리운 누군가가 와 있다 아뢰니 그제야 심장이 터질 듯이 뛰어댔다. 이

마며 등허리에 송골송골 식은땀이 맺혔다. 두 개의 버선발이 절로 밖을 향해 움직였다. 그러나 꿈에서조차 그리던 염에게 다가서자마자 들은 첫마디는 그녀의 행복을 와장창 부수어 버렸다.

"왕비를 위협했다녀?"
"네 중전에게 그녀는 궁에 발도 디디지 못한 채 비참히 버려질 거라, 장인 또한 무사치 못할 거라 쏟아냈다녀?"

그 물음에 정신이 멍해지고, 눈앞에는 혈흔을 내보이던 유송우의 친언니란 작자가 떠올라 그녀는 꿀 먹은 벙어리가 될 수밖에 없었다.
"네 정녕 그리 말했냐 물었다."
"……."
지나간 날의 기억에서 빠져나온 다련은 황망히 염을 쳐다보았다. 아마도 왕비는 그날의 제 공갈을 직접 들은 것처럼 전한 듯싶지만, 딱히 아니라고 부정할 수가 없었다. 왜냐하면…….
"다련아."
"……."
"너는 내가 너를 위해 그렇지 않아도 가엽기만 한 중전을 쫓아내길 바라느냐. 그로 모자라 장인까지 내치고 결국에는 왕후의 자리에 너를 앉히길, 진정 그러한 소망을 품고 있는 것이냔 말이다."
"……."
"네 여인으로서 중궁에게 투기를 느낀다 치자. 하면 무슨 원한으로 장인마저 들먹여 비(妃)를 난도질했는지 나는 당최 이해가 가지 않아. 네가 그토록 잔인한 이라 생각한 적이 없거늘."

"……염."

사 년. 자그마치 사 년이다. 염과 정인 사이로서 돈독하게 지내온 기간이. 그렇기에 누구보다 그를 잘 알아 그의 두 눈동자에 저에게로 향한 실망, 난감이 담겨 있으며 유송우를 안쓰러워하고 있다는 것을 다련은 곧이곧대로 느낄 수 있었다. 이미 머릿속이 텅 빈 듯하고 눈앞이 핑핑 돌고 새하얀데, 그도 모자라 염의 목소리에서 냉기까지 묻어 나오니 그녀는 진정 심장이 들쑤셔지는 것 같았다. 지금도 이러한데 하물며 '그게 아니라 실은 그 말은 유송우의 언니에게 한 말이다'라고 말할 수 있을 리가. 하면 그는 더욱 세세히 자초지종을 물어올 텐데, '사실은 맞은 게 억울하고 분해서, 내 연정을 모독하고 나를 버러지 취급한 여자에게 되갚아주고 싶어 유서나에게 떠들어대던 말인데 일이 잘못되어 그녀가 사산을 하게 되었다. 그래서 유송우가 앙심을 품고 마치 나에게서 직접 들은 양 염에게 불쌍한 척을 하며 동정표를 얻기 위해 떠든 거다'라고 토설한다면……. 그 이후는 상상만으로도 끔찍했다. 지금도 저토록 저를 실망 어린 눈빛으로 보는 정인이건만, 왕비의 언니가 아무 생각 없이 되는대로 내뱉은 자신의 독설 때문에 사산까지 했다 하면 어찌 되겠는가. 그가 완전하게 질려 저를 버리기라도 하면?

그렇다고 모른 척, 혹은 거짓을 내뱉으려니 다련은 입술이 떼어지지 않았다. 다른 이는 몰라도 염에게만은 거짓을 고할 수 없었다. 은애하는 사내인데. 유일한 반려인데. 그런 그의 마음이 저에게서 떠나간다면 다른 모든 것을 얻은들 기쁠까. 행복할까. 그럴 리가 없었다.

"잘못…… 했어요."

"……."

"일전에 왕비 전하의 친언니 되는 분에게 맞은 게 분해서, 그래서 되는대로 한 말이어요."

그러니 고분고분하게 사죄를 하고 유서나가 사산을 한 사실이라도 덮을 수밖에. 눈치를 보아 염은 다행히 그것까지는 모르고 있는 듯싶으니까. 어찌 염이 왕비의 여형제가 아이를 잃은 사건에 대해 여전히 모르고 있는지 알 수 없지만 두 자매가 지금까지 입을 다물고 있다는 것은 그 사실을 굳이 밖으로 밝히고 싶지 않다는 의미가 아닐까?

염의 눈치를 살핀 다련은 마치 진심으로 반성하고 있다는 듯한, 정녕 송우에게 미안해 죽겠다는 듯한 표정으로 울먹이며 말했다.

"염, 저는 앞으로 이런 일이 결코 없도록 할 거예요. 궁으로 들어가면…… 형님을 성심성의껏 모시고 다시는 그런 망발을 입에 담지 않을게요."

그러나 그는 겉모습일 뿐, 속마음은 그렇지 않기에 다련은 스리슬쩍 오기가 샘솟는 것을 느꼈다. 어디 그뿐인가. 형님이라고? 성심성의껏 모신다고? 정말이지, 마음 없는 소리를 하려니 이미 끝난 입덧을 다시 하는 것처럼 속이 메스꺼웠다. 만약에 생불(生佛)이 되고자 하는 승려인 양 마음을 곱게 다스려 그 여자와 좋게 지내보려 한다 치자. 그러나 이제는 그녀가 그것을 바라지 않을 게 자명했다. 분명 왕후 책봉식이 있던 그날에도…….

"널 들이는 것에 문제가 있느니."

비틀린 상상에서 빠져나온 다련이 반문했다.

"네?"

"조정에서 너와 네 복중의 태아에 대해 회의하는지라 네 입궁이 예상보다 시일이 걸릴 듯하다. 최대한 조속히 마무리할 터이니 너무 걱정은 말거라. 필요한 것이 있으면 상궁에게 말하고."

"……."

의심을 한다고? 저와 제 뱃속 아이에 대해? 조정 신료들이? 물론 그럴 수도 있다. 하지만 어쩐지 싸한 느낌이 다련의 전신을 휘감았다. 등허리를 타고 소름이 도졌다. 왕비의 부친이, 그녀의 집안이 자신과 달리 한미하지 않지 않은가. 그렇잖아도 유서 깊은 세도가이거늘 병판 대감이 반정에 가담한 바람에 더욱 기세등등하지 않은가. 더군다나 눈앞에 왕후 책봉식 날이 떠올라 다련의 안색이 허옇게 질려갔다.

"네 군부가 되고자 탐욕을 부렸다지?"

"예?"

"네년이 서나 언니에게 그랬다 하잖아? 곧 진에서 가장 고귀한 여인이 될 거라고."

"……."

"예서 가장 귀하고 높은 여인이란 왕후이니 그는 곧 네년이 내 자리를 탐한 것이 아니더냐. 감히 근본도 제대로 알 수 없는 천한 년 따위가……. 정녕 하찮은 첩실 계집에게 곤전이 가당하다 생각했더냐?"

"……."

"좋다. 주제를 모르는 네가 가소롭다만 한참 높은 곳에 위치한 이로서 무지한 용기를 기특히 여겨 기회를 줄 것이야. 어디 한번 재주껏 빼앗아보거라. 하나 가진 거라곤 아비도 모르는 뱃속 사생아 하나뿐인 네가 감히 나에게서 이 군부의 자리를 빼앗을 수 있을까?"

사생아. 아비가 없는 아이. 가진 거라곤 아비도 모르는 뱃속 사생아 하나뿐이다……. 무슨 뜻이냐 물어도 왕비가 답을 주지 않았기에 이후 며칠간을 불안에 떨었거늘, 다련은 오늘에서야 뒤늦게 알 듯했다. 그녀가 한 말의 의미를. 커다란 둔기로 머리를 쾅 맞은 것만 같았다.

"유송우가 시킨 거예요."

갑작스레 생뚱맞은 소리를 하는 다련을 내려다보는 염의 미간이 구겨졌다.

"무어라?"

"유송우 그 여자가 병판 대감에게 나를 들이지 말라고 한 게 분명해. 나한테 원한을 품어서…… 내가 겁박하였다고 그러는 거야! 내 아이를, 염과 내 아이를 사생아로 만들겠다고 왕후 책봉식 날 분명 그렇게 말했어!"

창백한 안색으로 삽시간에 자신에게 매달리는 다련을 내려다보는 염은 무표정했다. 그렇지만 그가 다련의 외침을 괄시하는 것은 아니었다. 조당의 많은 신료들이 장인을 따르는 데다 다련과 태아에 대한 정통성을 명확히 하라 주청한 이들 중 다수는 실제로 장인의 세력이었다. 그러니 어쩌면 왕비의 의견이 반영되었을지 몰랐다. 하지만…….

"그렇다 한들 너를 절대 들이지 말라 필사적이지 아니하였다. 세세히 살피면 일리 있는, 말 그대로 청이었어. 결단코 네 입궁을 반대하려 했다면 겨우 이 정도의 반응이 아니었을 테지."

"……."

"네 비(妃)가 시켰을 거라 했느냐. 물론 그랬을 수도 있다. 네가 먼저 그이를 자극했으니까. 더군다나 장인까지 걸고 넘어가면서."

"염……."

다련이 불안해하는 것이 생생한데도, 그런 그녀에게 냉담히 구는 스스로가 낯선데도 염은 차갑게 굳은 표정을 풀지 않았다. 방금 전까지만 해도 중전과 잘 지내겠다고 다짐해 놓고선 일다경이 채 지나지 않아 송우를 그 여자니, 이름으로 지칭하는 다련이 염은 정녕 탐탁지 않았다. 탐탁지 않은 걸로 부족해 불만스러웠다.

"뱃속 아이를 사생아로 만들겠다, 중전이 또한 그렇게 말했다 했느냐. 그것이 진심인지 아니면 네가 그러했듯 위협용으로 내뱉은 것인지 머지않아 알게 되겠지. 만약 진심이라도 걱정할 필요는 없을 것이다. 그리되도록 방관하지 않을 테니. 하지만……."

"……."

"잔인하게 들릴지언정 이 말은 반드시 해야겠구나. 네 왕후 자리를 노리지 말라. 그만은 너에게 줄 수 없다. 절대 네 것이 될 수 없어. 게 앉아 있는 이를 너를 위해 내칠 수가 나는 없어. 그러니 헛된 꿈을 품지 말아야 할 것이며……중궁을 감히 그 여자, 혹은 귀명(貴名)으로 부르는 것은 옳지 못하다. 상황이 달라졌으니 나는 물론이거니와 중전에게 편한 어투를 쓰지 말아야 할 게야."

"……."

"입궁할 때를 대비해 적절한 예법을 익히길 바란다."

자신을 한 번 안아주지도 않고 멀어져 가는 염을, 달래주기는커녕 냉담히 소리 내고 떠나가는 그의 뒷모습을 다련은 넋이 나가 바라보았다. 그를 잡아야 하건만 단단히 땅에 뿌리 내린 고목나무가 된 것처럼 두 다리가 꿈쩍하지 않았다. 뒤편 어딘가에서 홀로 남은 저를 안쓰럽게 지켜보고 있을 나인이며 상궁이 신경 쓰이지도 않았다. 초라한 모습을 보인 것에 자존심이 상할 겨를이 없어서. 주의를 끄는 거라곤 제 사내가 멀어지고 있다는 사실, 그것 하나일 뿐이었다. 염이 멀어지고 있다. 저에게서. 몸도, 마음도. 거세게 휘몰아친 절망과 무력감이 다련을 감쌌다.

"아, 안 돼, 염."

어디서부터 무엇이 잘못된 걸까. 질투에 휩싸여 염과 유송우의 초야를 방해한 날부터? 틈날 때마다 유송우의 속을 긁은 것? 그러다가 결국 그녀의 언니가 사산하는 데 아주 조금이나마 일조한 것? 아니면 지난 두 달여 저가 이리 사저에 내팽개쳐 있는 동안 대궐 안에서 무슨 일이 있었던 걸까? 두 남녀 사이에 자신이 모르는 무언가가 생겨난 것일까?

"하……."

불안했다. 너무나 불안해 눈물이 왈카닥 치솟을 것만 같았다. 그렇지만 뱃속에 아이까지 든 마당에 하염없이 넋을 놓고 있을 수는 없었다. 조금씩, 혹은 빠르게 사그라지는 정인의 총애가 저절로 불타오르기를 기다리고 있을 수만은 없었다. 뒤를 향해 돌아선 다련이 상궁에게 말했다.

"상궁님, 저를 좀 도와주세요."

"무엇입니까."

저는 지금 궐 밖에 있는 데다 뒷배도 없다. 그러나 왕비는 그렇지 않다. 염의 곁에 바싹 붙어 앉아 있고 가세 또한 대단하다. 더불어 염이 그녀를 가히 신경을 쓰다 못해 품에 끼고 돌다시피 해 보호한다. 그러니 앙큼한 잔꾀나 술수를 쓸 상황이 못 되는 즉, 지금 가능한 것은 정공법뿐이었다. 어떻게든 유송우를 찾아가 담판을 지어야 했다.

꾹 다물고 있던 입술을 뗀 다련이 말했다.

"왕비 전하께 제 서신을 전해주세요."

✻

서나 언니가 이르길, 본디 사내들은 그렇다 했다. 마음에 담은 여인이 곁에 있으면 어떻게든, 무슨 수를 써서든, 기회만 나면 허튼 짓을 시도하려 한다고. 더군다나 십대 후반에 접어든 때부터 이립까지는 사내들의 그 타고난 성질이 최고조에 이르는 기간이라 더더욱. 하여 민망하게도 누군가의 사랑을 받는 여인이라면 몸이 남아나지 않는다 했다. 그런데…….

송우는 썩 좋지 못한 표정으로 륜을 내려다보았다.

당시에는 면구스러워 듣지 못한 것처럼 행동했지만 속으로는 철석같이 믿고 있던 언니의 말이 거짓이었던가? 아니면 침상에 앉은 저의 곁에서 반쯤은 철퍼덕 엎드리다시피 한 상태로 잠들어 있는 이 사내가, 륜이 별종인 건가?

푹신한 이불에 파묻힌 륜의 옆얼굴에 붙박인 송우의 두 눈이 가늘어졌다. 혹시나 자는 척을 해 자신을 골리는가 싶어 그의 한 팔을 살짝 꼬집어봐도 감긴 사내의 두 눈은 뜨이지 않았다. 대체 지난밤에 무얼 했기에 깨어날 기미가 없는 걸까. 부루퉁한 표정의 그녀는 그가 잠들기 전까지 나누었던 대화를 되새겼다.

"나한테는 심술 잘 부리고 있는 것 같은데 나머지는 어때. 원하는 대로 되고 있어? 적어도 홍다련에 관해선 아니지 않나?"

"무슨 뜻이야?"

"네 부친은 만고의 충신이라 아끼는 딸의 부탁을 모르는 척하진 못해도 적신(賊臣)까지는 못 되지. 왕이 합당한 근거를 내세워 설득하면 그의 뜻을 따라줄 거야. 일단 병판이 동의하면 다른 신료들도 더는 토를 달지 못할 테고. 그리고 왕에게는 네 부친을 설득할 정도의 능력이 있어."

"……."

"결국 그 계집은 대궐로 들어올 텐데, 괜찮겠어?"

조정 일에 관해서 아는 거야 그럴 수 있다 쳐도 륜이 토씨 하나 틀리지 않고 완벽하게 자신의 속을 꿰뚫자 송우는 순간 오싹하기까지 했다. 그 오싹함이 가시니 의문이 뒤따랐다. 륜이 알고 있는 것은 아닐까. 저가 그에게 심술을 부리는 정도가 아니라 피가 마를 정도로 힘들게 하겠다고 다짐했다는 것을. 진염의 옆에 선 자신을 보며 나락에 처박히길 소망했다는 것을. 그 같은 의문이 듦에 마음이 편치 않았다.

"도와줘?"

그 차에 륜이 장난스럽게 웃어 보이며 도움을 원하느냐 물으니 송우는 금세 마음이 뾰로통해졌더랬다. 나 혼자 해결하지 못할 것 같아? 그리 뾰족한 생각이 들어서.

그가 얄미워 아무 대답 않고 벽만 쳐다보고 있은 지가 잠시, 어쩐지 방 안이 너무 조용했다. 이상하리만치. 그런고로 고개를 비트니 참으로 어이없게도 그새 륜은 잠에 들어 있었다. 그의 그 모습을 보고 어찌나 기가 차던지. 아무렴 잠이 많다지만 고작 일다경 만에,

그것도 애희이고 연모하는 비전하인 저가 곁에 있는데 주침에 드는 게 정녕 가능하단 말인가?

생각할수록 약이 바싹 올라 송우는 잠든 륜을 한참을 더 뾰로통히 내려다보았다. 그러나 얼마 안 가 그녀의 입가에는 결국 옅은 미소가 떠올랐다. 무서울 것도, 걱정도 없다는 듯 세상모르고 잠든 륜을 바라보는 것이 예상보다 훨씬 기분 좋은 일이었으므로.

"나는 내 옆에서 잠이 든 사내의 얼굴을 처음 봐. 그 정도로 내가 편하고…… 우리가 가까운 거겠지?"

륜은 듣지 못하건만 송우는 작게 중얼거렸다. 꼭 부부처럼 저는 침상 위에 앉아 있고 륜은 제 곁에서 자고 있는 상황이 마음을 설레고 애틋하게 만들어 그녀는 그의 매끄러운 뺨으로 손을 뻗었다. 어지간한 여인보다 좋은 피부 결을 살살 쓰다듬는데 여전히 륜은 미동조차 없다.

"……잠이 많긴 많은가 보구나."

지난날 곤한 일이 있었거나 밤을 설치기라도 했을까. 그게 아니라면 아무리 수면욕이 많다 하나 이럴 수가. 이리 위험한 곳에 살면서 너무 경계를 아니 하는 것은 아닐까. 온갖 생각들로 머리를 굴리며 세세히 륜을 뜯어보는 송우의 귓가에 작은 헛기침이 스쳤다.

"이만 가보셔야 하지 않을까요?"

소곤거리는 작은 음성이 비의 것이라는 걸 송우는 단박에 알 수 있었다. 별로 시간이 흐르지 않은 듯한데 환궁을 해야 한다니 그녀는 아쉽기 짝이 없었다. 그 아쉬움을 용모에 비하면 투박스럽다 할 만한 륜의 손을 살짝 붙잡아보는 것으로 달랜 송우는 조심스럽게 침상에서 내려섰다. 잠든 이를 깨우고 싶지 않아 잔뜩 발소리를 죽여 문가로 다가간 그녀는 그러나 열린 문틈 새로 나서기 전 우뚝 멈추어 섰다.

"드물긴 하지만 가끔 자진해서 벗어 던지고 덤벼드는 계집들이 있어. 너도 보다시피 내가 이렇게 생겼잖아. 그래도 난 아무 감흥 없어. 마지막으로 계집하고 엮여본 거 기억도 나지 않을 만큼 오래전이야."

륜은 아까와 같은 일이 드물게 일어난다 했지만 그것은 사실이 아닐 게 분명했다. 한두 번 겪은 일이라기엔 계집의 벗은 몸을 쳐다보는 그는 무념무상에 든 것 같았으니까. 설사 속으로는 그렇지 않았을지 모르나 적어도 겉으로는.

발가벗은 계집을 앞에 두고 부처처럼 군 륜보다 송우는 이제 다른 쪽이 더 신경 쓰였다. 도대체가 사내 앞에서 자진해서 벗어 던지는 짓거리를 하는 계집들은 자존심이 있기는 한 걸까? 다시금 눈앞에 발가벗은 이의 모습이 떠올라 송우는 입술을 잘근거렸다. 걱정이 되었다. 륜이 아무리 거부한다 해도 또 계집들이 몸뚱이를 들이댈까 봐. 그에게 애희인 자신이, 임자가 있다는 것을 어찌 알려야할까.

번뜩 묘수가 뇌리를 스쳐 송우는 비를 돌아보았다.

"비야, 부탁을 들어주련. 아래층에 있는 아무 여인에게서 입술연지를 빌려다 줄래."

"그것은 어찌 찾으셔요?"

"연유를 말해주긴 쑥스러운데."

"……."

그다지 쑥스러워하지 않는 것 같은 웃전이지만 비는 별다른 토를 달지 않았다. 대신에 주섬주섬 품 안에서 작은 연지함을 꺼내 든 아이는 그것을 송우에게 내밀었다.

"불편하지 않으시다면 소녀의 것을 쓰시어요."

"불편할 리가. 우리 비가 아가씨가 다 되었구나. 연지도 가지고 있고. 예서 잠시만 기다려 주렴."

비에게서 받아 든 것을 가지고 다시 침상 곁에 다가간 송우는, 그러나 막상 되돌아와 놓고 망설였다. 륜에게 찝쩍대는 계집들의 모습을 다시 상상하매 아무래도 찝찝하고 싫어 그녀는 새끼손가락으로 붉은 안료를 입술에 발랐다. 그래 놓고 또 한참을 망설인 송우는 쭈뼛거리며 잠든 륜의 뺨에 살며시 입을 맞췄다.

입술에 닿은 피부의 감촉과 온기가 생각보다 너무 선명한지라 그녀는 후다닥 뒤로 물러섰다. 일단 제정신이 아닌 행위를 저지르긴 했는데 너무나 쑥스러웠다. 얼굴이 터질 듯이 뜨거웠다. 한데도 그 와중에 송우는 륜의 뺨에 찍힌 입술 자국을 확인까지 했다.

그럭저럭 그의 뺨에 새겨진 자국이 선명했다. 그가 제 뜻을 알아채 단 몇 시진만이라도 저것을 지우지 않았으면. 북저를 최대한 많이 돌아다녔으면. 다른 계집들이 륜이 임자가 있다는 것을 알고 쉽게 덤벼들지 못하게. 마치 소원을 빌 듯 그리 무음으로 되뇌자마자 송우는 더는 부끄러움을 참지 못하겠어서 다급히 복도에 나와 섰다.

"잘 쓰시었어요?"

"그래. 고마워, 비야. 내가 비에게 큰 신세를 졌어."

기어들어 가는 목소리로 겨우 말한 송우는 천천히 걸음을 옮겼다. 한데 복도를 가로지르면 가로지를수록 두 발이 어째 점점 더 무거워졌다. 륜에게 그같이 경이롭다 못해 과감한 행위를 했을 때에는 당장 도망을 치고 싶었건만 막상 떠나가려니 자꾸만 눈길이 뒤쪽을 향했다.

"흐흑, 삼 년이란 말이야."

또 한 번 혹여 륜이 깨어나 나와 보지 않을까 뒤를 돌아보는 송우의 귀청에 흐느끼는 여인의 울음소리가 메다꽂혔다. 아까의 그 계집인가 싶어 금세 신경이 곤두선 송우는 걸음을 멈춘 채 어둠 속을 꿰뚫어 보았다. 흐느낌뿐 아니라 사내의 목소리 또한 들려왔다.

"으흐흑, 삼 년이라고. 큰마음 먹었던 건데."

"글쎄 그걸 왜 나한테 하소연하느냐 말이다. 하여간에 북저에서 제일 만만한 게 나인 게지. 그만 징징거리고 직접 가서 따져 묻거라. 귀찮……."

두 사람의 말소리가 뚝 끊겼다.

"헉."

비와 복도 끝에서 나타난 사내가 당혹 서린 탄식을 내뱉은 것이 동시였다. 반면 놀란 속내를 표내지 않으려 안간힘을 쓴 송우는 담담히 수찬대군을 바라보았다.

"으흐흑, 저년이야. 내 륜이…… 삼 년을 바라만 보며 앓아왔는데 저년보고 애희라고……."

그러나 옷가지를 벗어 던지고 륜에게 덤벼들었던 계집이 그 말을 하는 순간, 송우는 평정심을 잃고 말았다. 그녀의 눈동자가 흔들렸다. 이를 어찌하지. 애희(愛姬). 계집이 그 단어만 뇌까리지 않았더라도 상황이 최악은 아닐 것인데.

"송구합니다."

"……."

"아직 계신 줄 모르고…… 이 계집이 하도 징징대면서 귀찮게 굴어 형님께 데려가던 참이었는데. 실례를 범하였습니다. 하면 이만."

"……."

마치 모르는 사이인 것처럼 이전과는 비교도 되지 않게 예의를 갖춰 깍듯이 말한 수찬은 끅끅대는 계집을 다급히 끌어당겼다. 그네들의 인영이, 기척이 사라지자 하얗게 질린 비가 송우를 돌아보았다.

"자, 작은아가씨, 수찬대군이었는데."

"남은 시숙이라고는 고작 둘뿐인데 그중 한 분을 알아보지 못하였을까 봐? 나도 잘 안단다."

"그럼 이, 이제 어찌하죠?"

"……."

불안에 떨며 묻는 비를 안심시켜 주고 싶었지만 송우는 아무 말을 할 수 없었다. 어찌해야 할지 저 또한 모르기에.

7장 혼돈(渾沌)

"비전하."

마주 앉은 수찬을 부르려던 송우는 입술을 앙다물었다.

당혹스럽던 그 밤 이후 처음 만나는 시숙이 이전과는 다르게 어색하게 느껴졌다. 때문에 한참 만에서야 겨우 입술을 뗐건만 그 찰나에 낯선 누군가의 목소리가 날아들었다.

"들게."

드르륵 소리와 함께 열린 문 틈새로 들어선 나이 든 상궁을 송우는 꼼꼼히 살펴보았다. 익숙하지 않은 음성이다 했더니 역시나 왕비전에 소속된 이가 아니었다. 저이가 누구더라. 아마도 대전에 속한 이인 듯, 언젠가 남편의 뒤를 따르는 모습을 본 것도 같은데.

"미안하네만, 자네가 누구인지 헷갈리는군."

"지극히 그러실 수 있는 일이온데 미안하다 말씀하시니 되레 소인이 황공하여 몸 둘 바를 모르겠나이다. 소인은 천심전의 대령상

궁 서씨입니다. 근래에 빈번하게…… 주상 전하의 잠저에 나가 있
는지라 익숙지 않으실 테지요."

"……."

주상 전하의 잠저에 나가 있다. 상궁이 비효율적으로 돌려 말한
까닭을 송우는 알 것 같았다. 잠저에는 홍다련이 버티고 있는 즉,
게 나가 있다는 말은 진염의 명으로 눈앞의 이 상궁이 계집을 돌보
아주고 있다는 뜻이다. 구태여 돌려 말한 까닭은 물론 첩지를 받지
못한 처지임에도 불구하고 감히 왕의 씨를 품은 홍다련을 어찌 지
칭해야 하는지 애매해서였을 거였다. 더불어 걱정이 됐으리라. 왕
비인 자신 앞에서 지아비의 첩인 홍다련에 관해 말을 꺼냈다가 해
코지라도 당할까 봐.

그나저나 대령상궁이라 함은 임금의 곁을 한시도 떠나지 않아야
하는 인사인데 그저 나인 한둘 붙여주어도 충분히 과분할 것을 하
찮은 계집에게 상궁까지 내려주다니. 정녕 대단하기 짝이 없는 총
애로고. 거슬리는 비위 탓에 은근슬쩍 짜증이 나거늘 모순적이게도
미소 띤 낯을 해 보인 송우는 상궁에게 다정히 물었다.

"그래, 이제야 자네를 본 기억이 확실히 떠올라. 한데 무슨 일로
나를 찾았는가?"

"잠저에 있는 그……."

"아직 첩지를 받지 못한 이일세. 그런고로 한낱 백성일 뿐이지."

"정정해 주시니 황송하옵니다. 잠저에 있는 소저(小姐)가 비전하
께 서신을 전해달라기에 이리 찾아뵈었습니다."

"서신?"

반문을 한 송우의 입가에 비릿한 미소가 스쳤다. 홍다련이 자신
에게?

"이리 주게."

상궁이 내민 새하얀 종이를 받아 든 송우는 다시 한 번 코웃음을 쳤다. 아무것도 아닌, 이제는 정녕 자신과 하늘과 땅만큼이나 커다란 차이를 둔 저 아래에 있는 보잘것없는 계집이 감히 국모인 저에게 편지를 보내다니. 더군다나 그녀와 자신이 편지를 주고받을 정도로 정겨운 사이였던가? 미운 정도 정이라 치부한다면 그리 볼 수도 있을 것이다.

당장 태워 버린들 그 누구도 이상하게 여기지 않을 테지만, 궁금증이 돋아 송우는 서신을 펼쳤다. 게 적힌 내용이란 홍다련의 만나 달란 부탁이었으매 그녀는 생각에 잠겼다. 이윽고 상념에서 빠져나온 송우가 상궁에게 말했다.

"금일 오시에 곤전으로 데려와 주게."

"예, 명 받들겠나이다."

바로 내일이면 재미난 상황이 생길 듯해 한결 나아진 기분을 느끼며 송우는 다시 수찬에게 집중했다. 한결 평온해진 자신과 달리 시숙은 여전히 어찌할 줄 모르고 안절부절 눈치만 살피고 있었다.

"송구합니다. 도련님을 앞에 두고 다른 이와의 사담이 길었지요."

"저는…… 저, 형수님, 전하께오서 오시면……."

수찬은 흐지부지 말끝을 흐렸지만 송우는 그의 속을 꿰뚫었다. 예는 왕궁. 불과 몇 개월 전, 눈앞의 철없는 대군의 목숨을 앗아가려 한 제 지아비가 머무는 곳인 고로 대군이 불안해하는 게 당연했다.

"제가 죽을 자리로 대군을 불렀을까 봐 걱정이라도 되십니까. 그럴 거였으면 애초에 대군을 대신해 다치지 않았을 겁니다."

"그, 그렇지만 만약에라도 전하께서 오시면……."

살살 달래어도 여전히 불안해하는 수찬이 답답했지만 송우는 인내심을 발휘했다.

"대군, 저와 제 지아비는 내외간의 금실이 도탑지 못합니다. 그러니 금상께서 예 오시는 일은 없을 겁니다."

"……."

"이제는 좀 안심이 되시는지요."

"송구합니다, 형님. 저는 미처 알지 못했습니다. 당연히 전하께서 형수님을 아끼실 거라 생각했는데."

말로는 미안하다지만 수찬이 긴장의 끈을 내려놓는 기색이 역력했다. 반면 그와는 반대로 자존심을 뭉텅 깎아먹는 소리까지 하며 왕자를 달랜지라 송우는 슬쩍 기분이 상했다. 그렇지만 그녀는 그것을 내색하지 않았다. 북저에서 수찬을 마주쳤을 때 심각한 일이 벌어진 만큼 초장부터 분위기를 나쁘게 만들어 좋을 게 없었다.

"형수님."

조심스럽게 자신을 부르는 왕자를 송우는 빤히 쳐다보았다. 올 것이 왔구나 싶었다.

"하면 오늘 저를 부르신 까닭은…… 지난번 일을 말씀하시기 위해선지요?"

대답 않는 송우의 눈치를 살핀 수찬이 말을 이었다.

"형수님, 그날 청연이가 륜이 형님이 형수님을 애희라 불렀다고…… 그게 그러니까……."

"……."

"륜이 형님과 아무 사이 아니신 것이지요."

마침내 수찬이 말을 끝맺었건만 송우는 아무런 대꾸를 하지 않았다. 거의 일각이 지나서야 그녀는 천천히 입술을 떼었다.

"먼저 묻고 싶은 게 있습니다. 대군께서 혹여 예호에게 북저에서 저와 만난 일을 언급하셨나요."

"아직……."

송우는 또 한참을 조용했다. 그녀의 머리가 소리 없이 팽팽 돌아갔다. 어찌, 무어라 말해야 할까. 잘했다, 그에게 언급해 그가 걱정하는 일이 없게 하여서. 륜에게조차 말하지 않은 것처럼 그 누구에게도 앞으로 북저에서 보고 들은 것을 토설하지 말라. 그렇지 않다간 이번에야말로 목숨을 연명하지 못할 테니. 그리 위협을 해야 하나. 아니면 괜한 의심 말라, 정녕 아무 사이가 아니라 잡아떼야 해?

두 선택지 모두 송우는 마음에 들지 않았다.

"륜이 형님과 아무 사이도 아니신 것이지요."

겉으로는 그렇게 말했을지언정 속으론 이미 자신과 륜의 사이가 심상치 않다는 결론을 내려놓았을 게 뻔한 수찬에게 그녀는 구질구질하게 변명을 하고 싶지 않았다. 비겁하기 싫어서 뿐만이 아니라 그 같은 거짓을 내뱉음으로써 제 마음을 모독하고 싶지 않았다. 아무리 낭군이 아닌 다른 이를 좋아하는 것이 세간으로부터 돌팔매질을 당할 일이래도 마음 그 자체만은, 그것만은 욕되게 하고 싶지 않았다. 수치스럽다는 듯 륜을 부정하고 싶지도 않았다.

"륜과 저는 서로에게 많이 애틋합니다."

"혀, 형수님…… 치, 친우 사이에는 본래 그럴 수 있지요."

"친우라 표현하기엔 한참 부족할 만큼 서로 간을 각별히 생각합니다."

그리고 그러한 남녀 사이를 연인이라 한다지요. 비록 한 번을 소리 내어 명확하게 공식화하지 못했다만 륜과 저 둘 다 우리가 연인 사이란 것을 알고 있어요. 차마 잇지 못한 뒷말을 삼킨 송우는 새파랗게 질려가는 수찬을 담담히 주시했다.

그녀와 달리 한참을 넋이 나가 입을 헤 벌리고 있던 수찬이 이윽고 정신을 차려 말했다.

"그러시면, 그러시면 아니 되잖습니까, 형수님."

당연지사 그러면 안 됐다. 아니, 안 되는 건가? 짧은 순간 혼동을 느낀 송우가 입술을 떼었다.

"북저에서 뵈었을 때의 대군은 이전과 매우 달라 보이셨습니다. 반정이 일어나기 전의 소년 같은 모습이 아니라 너무도 점잖고 예의 바르시었어요. 겨우 몇 개월 만에 대군께서 크게 변모하신 까닭은 대군을 감싼 환경이 달라진 데다 커다란 슬픔을 겪으셨기 때문이겠지요?"

"……."

"저 역시 다르지 않습니다. 대군께서 그러하였듯 저 또한 크나큰 원망과 슬픔 속에서 허우적거리다…… 그만 변해 버렸답니다. 그간에 저를 어찌 평하셨는지 알지 못하지만 이 형수는 더 이상 예전과 같지 않아요. 그래서 감히 예전에는 꿈도 꾸지 못했을 것을…… 지아비를 두었으면서 다른 사내를 마음에 담고 있어요. 그래선 안 된다는 사실도 요즘에는 거의 잊고 삽니다."

"……."

"어디 그뿐인 줄 아십니까. 왕위를 찬탈하고자 저와 혼인을 올리고 제 아버님을 역모에 끌어들인 주상과, 친언니의 아이를 잃게 한 주상의 첩년을 하루하루 원망하며 보냅니다. 그네들에게 모진 마음을 품는 것도, 다른 사내를 좋아하는 것도 나쁘다고 생각하지 않아요. 생각하지 못해요. 그만큼이나 이 형수는 변해 버렸어요. 그러니 대군께서는 이리 변모한, 패악을 저지르는 저를 주상께 고해바치시려거든 뜻하는 대로 하세요. 그러셔도 원망하지 않을 겁니다."

안타깝게도 송우가 소리 낸 마지막 한마디는 거짓이었다. 만약 수찬이 진염에게 간다면 그녀는 크게 원망을 할 것이다. 어쩌면 온갖 악담을 퍼부을지도 몰랐다. 내가 너를 살려주었는데 그 커다란 은혜를 고작해야 이딴 식으로 갚느냐고 바락바락 악을 쓰면서. 혹은 그가 오늘 바로 진염에게 가지 않는다면 그를 처치하려 할지 모르지. 반드시 그래야 할 테지. 제발 그런 일은 없기를 바라면서 송우는 긴장한 속내를 숨긴 채 수찬을 살폈다.

"저는 아무것도 듣지도, 보지도 못했습니다. 더불어 앞으로도 영원히 그럴 겁니다."

마침내 수찬이 꽤 단호히 선언하자 송우는 그가 눈치채지 못하게 안도의 숨을 내쉬었다. 다행스러웠다. 왕자에게 고마움이 치솟았다. 그가 자신과 륜의 사이를 모르는 척하겠다고 해서, 그의 입을 막으려 그에게 해를 끼칠 일이 없어져서, 그리하여 진정 괴물이 될 필요가 없어져서, 그래서 송우는 수찬에게 너무나 고마웠다.

아무것도 듣지도 보지도 못한 걸로 치겠다는 시동생의 말은 진심이었다. 그의 표정, 목소리, 자연스러운 태도, 흔들림 없이 똑바로 자신과 마주친 두 눈을 말미암아 송우는 수찬이 다른 생각을 품고 있지 않다는 것을 확신했다. 때문에 한결 마음이 가볍거늘 그녀는 다시 주위를 삼켜가는 어색한 정적을 깨뜨릴 시도를 하지 못했다. 당최 무어라 말해야 할지 감이 잡히지 않기에 '대군, 정녕 감사드립니다. 나와 내 연인을 눈감아주겠다 해서' 그리 내뱉을 수는 없잖은가. 북저에서의 삶은 어떠하냐고 묻기에도 껄끄럽기는 매한가지였다. 북저 하면 당연지사 저는 물론이거니와 대군의 머릿속에 륜이 연상될 테니.

"형수님."

수찬이 먼저 말문을 트니 송우는 다시 한 번 고마웠다. 한참 만에 입을 연 왕자의 목소리가 이전과는 다르게 가볍다는 것도 마음에 들었다.

"말씀하시어요, 도련님."

"모르는 척하겠다고 했지만 이 말만은 꼭 드리고 싶습니다. 저는 형수님이 멈추시길 바랍니다."

당연한 권고임에도 송우는 수찬의 그 말이 퍽 마음에 들지 않았다. 상해가는 속을 티 내지 않으려 애쓰는 그녀에게 수찬은 생뚱맞은 소리를 던졌다.

"위험하잖습니까. 그리고 그 형님은 사내로서 마땅치 않다고 생각하기도 하고요."

"네?"

휘둥그레져 반문하는 송우에게 수찬은 한껏 상체를 수그린 채 문가를 흘끔거리면서 속삭여 댔다.

"아무리 낭군이 마음에 들지 않아도 그렇지 왜 하필 건륜이에요, 형수님. 형수님도 청연이를, 그놈, 아니, 그 형님이 좋다고 울고불고 난리를 피우던 계집을 보셨잖아요. 저는 전혀 이해가 가지 않지만 어찌 됐건 그 형님 어찌해 보겠다 호시탐탐 기회를 노리는 청연이 같은 계집이 얼마나 많은지 아십니까. 거기다가…… 형수님께는 죄송하지만 건륜은 여자가 있는 게 분명합니다."

"……."

여자가 있어? 대군의 마지막 한마디를 곱씹는 송우의 속이 부글부글 끓었다. 아닐 거라, 지난날 저가 그랬듯 시동생이 오해한 것일 거라 아무리 되뇌어도 짜증이 솟았다. 그러나 질투에 휩싸인 속을 수찬에게 내보일 수는 없었다. 그녀는 이를 악물다시피 한 채로 침착하게 말하려 애썼다.

"대군께서 잘못 아신 게 아니겠습니까."

"아닙니다. 절대 아니에요."

"하면……."

그게 누구인지 아느냐. 송우가 말을 끝맺기 전 수찬이 냅다 고해바쳤다.

"그 자식이 며칠 전까지 계집의 입술 자국을 뺨에 묻힌 채로 보란 듯이 돌아다녔단 말입니다."

"……."

"구창이 형님이 모양 사납다고 지우라 하는 데도 온전히 유지하려 꽤나 애까지 쓰던 눈치더란 말이죠. 그 덕분에 드세기 짝이 없는 북향 계집들이 난리가 났었습니다. 저들끼리 누구인지 잡히기만 해 보라고 어찌나 왕왕거리던지."

"……."

"형수님은 너무 어질고 순진하셔서 모르시죠. 제가 사내라서 잘 아는데, 주변에 계집 많은 놈은 멀리해야 합니다. 게다가 이미 말했듯이 북저자의 계집들은 사납기 짝이 없어서 괜히 엮이기라도 했다간 형수님 그 고운 뺨에 생채기를 얻기 십상일 겁니다."

"유념하겠습니다, 대군."

겨우 한마디를 뇌까린 송우는 웃음을 흘릴 것 같아 입술 안쪽을 아득 깨물었다. 대군은 저를 걱정해 일장 연설을 늘어놓았거늘 그의 면전에 대고 웃어서야 되겠는가.

그러니까, 륜이 저가 부끄러움을 무릅쓰고 그의 뺨에 남겨놓은 자국을 며칠간이나 지우지 아니 했단 말인가. 기특하기는. 그가 연지가 지워지지 않게 하려 애쓰는 모습이 눈앞에 그려짐에 또 실없는 웃음이 터지려 해 송우는 재빨리 허벅지를 와락 꼬집었다. 그렇게까지 해도 입가에 또 미소가 비어져 나오려 했다. 때문에 그녀는 고개를 푹 숙여 버렸다.

"형수님, 괜찮으십니까?"

"예, 그저…… 다소간 충격적이어서……. 잠시만 이러고 있겠습니다, 대군."

마음에도 없는 말을 던지고선 송우는 한참을 입술을 깨문 채 치마폭만 내려다보았다. 그럭저럭 참을 만했을 즈음, 송우의 귓가에 묵직한 발걸음 소리가, 그리고 그것과 정반대의 종종거리는 경망한 발소리가 날아들었다. 너른 옷자락 끝이 허공을 가르는 음(音)이 점점 더 가까워졌다.

"저, 전하께서 듭시었사옵니다."

당황에 전 비의 목소리가 들려와 고개를 든 송우는 날카로이 문가를 돌아보았다.

지아비가 이곳 곤전에 찾아왔다는 겐가. 멀지 않은 장지문 뒤에 그가 서 있다 그 말인가. 지금의 상황은 미처 예상치 못한 것이다. 원체 소원한 부부 사이인지라 송우는 그가 찾아올 거라고 전혀 생각지 못했다. 더군다나 침수에 드는 해시까지는 어연 두 시진가량이 남은즉, 왕에게는 아직 마땅히 해야 할 일과가 있을 것이기에.

한데 대체 어찌 찾아왔을까.

"형수님!"

금세 새파랗게 질린 수찬이 애달피 자신을 부르자 송우는 뒤늦게 자리에서 일어섰다.

"너무 걱정 마세요, 대군."

저를 따라 일어선 수찬을 달랜 송우가 문가로 향했다. 그녀의 섬섬옥수가 문고리를 붙들기 전, 문이 저 혼자 벌컥 열리었다.

"전하."

딱딱하게 굳은 얼굴을 한 염을 송우가 불렀다. 한데 그의 시선이 저에게 오기는커녕 대군에게서 떼어지지 않았다. 삽시간에 불안을 느낀 그녀는 수찬의 앞을 막아섰다. 설마하니 이미 한 번 살려준 아우를 다시 죽이겠다고 덤비진 않겠지. 아무렴, 그럴 리가.

절대 그럴 일은 없을 거라 예상됐지만 덜덜 떠는 수찬이 안쓰러워 송우는 확인차 물었다.

"이미 한 번 살려주신 아우를 뒤늦게 곤란에 처하도록 하시진 않을 것이지요."

"……."

염이 대답을 않자 더욱 거세게 떠는 수찬이라, 송우는 안심하라 위로하듯 왕자의 손을 꽉 붙들었다. 그러나 이제 막 겹쳐진 그네들의 손 두 개는 금세 다시 떨어지고 말았다.

순식간에 송우의 곁에 다가온 염은 그녀의 섬섬옥수에 붙은 수찬의 손을 매몰차게 쳐냈다.

"아! 전하, 대체 어찌……."

그로 모자라 그는 그녀의 팔을 붙들어 자신 쪽으로 바싹 끌어당겼다. 어처구니가 없다는 표정으로 염을 올려다보던 송우가 가까스로 물었다.

"어찌, 대체 어찌 이러십니까. 몇 안 남은 아우 중 한 명에게 이 제는 좀 측은지심을 가져주시면 얼마나 좋습니까!"

"비(妃)는 참으로 장부들과 잘 어울리는군."

"……."

갑자기 들이닥친 것으로 모자라 사납게 구는 염이 그렇지 않아 도 마음에 들지 않았건만 비꼬는 것만 같은 목소리가 날아들기까지 하니 염을 향한 송우의 눈매가 뾰족해졌다.

"그것이 무슨 말씀이신지요."

여느 때와 달리 애처로운 척을 하는 것도 잊고 맹랑히 눈을 치켜 뜬 송우를 염 역시 매섭게 내려다보았다.

"야심한 시각에 시숙이라고는 하나 내전 안으로 사내를 들이지 않나."

"……."

"가깝지 않은 이는 지아비인 나뿐이잖은가."

그를 마음에 들어 하지 않던 것도 잊은 송우의 얼굴에 당황한 기 색이 스쳤다. 대체 지금의 상황이 무슨 영문인지 알 수가 없었다.

참으로 당연한 사실을 굳이 확인하려 하는 염에게 어떠한 반응 을 내놓아야 할지 알지 못해 송우는 그에게 붙잡힌 그대로 두 눈만 끔벅였다.

"가깝지 않은 이는 지아비인 나뿐이잖은가."

무엇 한다고 새삼스러운 소리를 입 밖에 내놓는 거지. 그는 너무 당연한 사실이잖아? 연을 맺기 전부터 바로 어제까지 단 한 순간을 온전히 가깝게 지낸 적이 없는데 대체 왜 갑자기…….

기분이 아니 좋은 일이라도 있으셨냐 물으려던 송우는 되레 입을 앙다물었다. 대신 상념에 빠진 그녀는 여러 경우의 수를 따져보았다. 혹여 그가 잠행을 나선 날 홍다련이 저에 대한 쓸데없는 헛소리라도 지껄였는가? 어찌 대궐에 데려가지 않느냐 불평이라도 하였나? 조당 신료들의 반대, 실은 그게 다 유송우가 시킨 거다 속살거렸을까? 그랬을지 모른다. 눈치가 없지 않은 계집이니 지난날 '네 아이를 사생아로 만들겠다' 선언한 제 말뜻을 이쯤 되었으면 충분히 알아챘을지 모른다. 하면 그래서, 그년의 베개송사에 혹해 진엽은 예 찾아와 날을 세우고 있는 걸까.

아무리 다른 수를 떠올리려 애를 써도 홍다련밖에는 비꼼을 내던질 연유가 없는 듯싶었다.

제 앞에서 항시 미안해도 모자랄 이가 첩과의 일로 분풀이라도 하러 왔나 하는 생각이 들자 송우는 급속도로 기분이 상해갔다. 입술을 떼면 뾰족하게 날 선 음성이 튀어 나갈까 차라리 아무 말 않은 채 엽을 올려다보던 송우는 바스락거리는 옷자락 소리가 귀청을 떼려서야 수찬의 존재를 기억해 냈다. 하여 순간적으로 대군을 궐 안으로 불러들인 게 엽의 좋지 못한 상태의 원인인가 싶었지만 그런 것 같지 않았다. 그것이 이유라면 직접적으로 왕자에게 성을 냈을 터. 하면 역시 홍가 계집이렷다.

간략히 결론을 내린 송우는 흘끗 수찬을 돌아보았다. 이미 제 입으로 부부지간이 좋지 못하다 밝혔다지만 실제로 그 모습을 확인시켜 주고 싶지는 않았다.

"도련님, 금일은 이만 돌아가심이 좋을 듯합니다."

"예? 예예. 하면 저는 이만."

후다닥 움직이는 수찬에게 염의 날카로운 경고가 떨어졌다.

"멈추어라. 네 게서 한 발자국이라도 더 허락 없이 움직였다간 목을 칠 것이다."

"혀, 형수님……."

겁에 질린 탄식을 내뱉는 수찬을 돌아볼 새도 없이 송우는 번쩍 고개를 치켜들었다. 구겨지는 미간을 이번에는 숨길 수 없었다.

"전하, 대체 어찌 이러시느냔 말입니다. 무에 심기를 불편하게 만들어 날을 세우시는지 말씀을 해주세요. 대군이 탐탁지 않으신 겁니까, 아니면 신첩입니까."

성질이 나면서도 한편으론 혹여 이러다 정말 염이 수찬에게 덤벼들어 그를 죽이기라도 할까 싶어 겁이 났다. 하여 송우는 염의 휘황찬란한 용포 자락을 꽉 붙들었다. 그런 그녀의 섬섬옥수를 슥 눈으로 훑은 염이 수찬에게 엄히 말했다.

"대전으로 따르거라."

"전하!"

냉담한 한마디를 수찬에게 던진 염이 곧바로 바깥으로 향했다. 그를 뒤쫓은 송우는 다시 곤룡포의 소맷자락을 움켜쥐었다.

"시숙을 어찌 대전으로 데려가시려고요. 이미 한 번 살려주셨으면서 어찌 뒤늦게……."

"비(妃)가 다치는 바람에 본의 아니게 살려두었지."

걱정스레 소리 내는 송우의 말을 끊은 염이 덧붙였다.

"걱정 마시오, 공연한 일은 없을 테니. 얼마 안 남은 아우와 단둘이서 술 한잔하려는 게지."

"진심이신 거지요. 정녕 대군을……."

죽이지 않을 거야. 그리 고하지 못해 머뭇거리는 송우를 대신해 염이 말했다.

"진심이오. 그렇지만 수찬을 금일 이후 어찌할지는 중전에게 달렸어."

"그게 무슨 뜻입니까?"

그래도 조심을 하려 애쓰던 송우는 이번에는 기어코 짜증을 숨기지 못했다. 겨우 술 한잔하려는 속셈이면서 저가 애간장을 태우게 한 것으로 모자라 이제는 애매모호한 소리까지 해대는 염이 정말이지 마음에 들지 않았다.

"내 다시 내전으로 돌아왔을 때 그대가 어떠한 환대를 해주느냐에 아우의 생사가 달렸단 말이오. 그만 왕비에게서 눈 떼고 따르거라."

수찬에게 다시 한 번 날카로이 쏘아낸 염이 멀어져 갔다. 수찬 또한 몇 번씩이나 뒤를 흘끗거리면서도 소심하게 두 발을 놀렸다. 그네들의 뒷모습이 시야에서 완전히 사라지자 송우는 얼굴을 일그러뜨렸다.

"그렇지만 수찬을 금일 이후 어찌할지는 중전에게 달렸소."

"내 다시 내전으로 돌아왔을 때 그대가 어떠한 환대를 해주느냐에 아우의 생사가 달렸단 말이오."

그게 무슨 뜻이야. 대군과 담소 같지 않을 담소를 나눈 후 다시 왕비전으로 오겠다는 거야? 그렇기에 환대를 바라 제 응대에 따라 시숙의 명줄이 길어지거나 짧아질 거라 지껄인 건가?

"갑자기 왜 저래, 짜증 나게."

게다가 친한 척은. 투덜거리듯 혼잣말을 한 송우가 신경질적으로 뒤돌아섰다.

✻

겨우 왕비전의 지붕 근처에 넘실대던 보름달이 이제는 훨씬 높은 곳에 떠올라 있었다. 휘황한 빛을 뿜어내는 그것을 흘끗 올려다본 염이 걸음을 멈췄다.

"금번은 막아서지 않느냐."

재차 왕비전에 다다른 그가 비에게 물었다. 제 말뜻을 알아챈 비가 망극하다는 듯 얼굴을 붉히자 그의 입가에 옅은 웃음기가 번졌다.

"저, 전하, 상궁님, 잠시만요."

염이 금일 처음 중궁에 들렀을 적 외문을 막아선 채 그리 말한 탓에 비는 대전상궁에게 호된 꾸중을 들었어야 했다. 그러나 혼이 나는 와중에도 비는 미적거리며 끝까지 비키려 하지 않았다. 본래라면 내전 안의 복도를 지키고 있어야 할 상궁 아이가 전각 밖에 나와 있는 데다 군왕인 제 앞길을 막는다. 그 두 개씩이나 되는 이상함을 인지하자마자 염은 의구심을 느꼈다.

"아, 아니옵니다. 아까 전에는 대군이 들어 있었기에 전하께서 싫어하실까 봐……."

우물쭈물하며 대답을 한 비에게 염이 물었다.

"왕비는 꽤나 자주 궁인들을 물려 전각 내를 비우나 보군."

"예. 편치 않아 하십니다."

"……다들 따를 필요 없다."

자신을 뒤따라 건물 안으로 들려 하는 이들 모두에게 짤막히 명한 염이 복도를 걸어 나갔다. 바로 몇 시진 전 지금처럼 이 기다란 복도를 걸어 나갈 때, 그는 감히 군왕인 자신의 앞을 막아선 어린 계집아이에게가 아닌, '한 사내'에게 분노를 느꼈다. 그가 용상으로 향하는 길을 터준 귀한 책략가에게.

"중전."

아무런 답이 돌아오지 않아 염은 장지문을 열었다. 내부로 들어선 그의 눈에 서안 위에 뺨을 대고 있는 곱다란 인형(人形)이 비추었다. 기척을 죽여 걸음을 옮긴 그가 이윽고 멈춰 섰다. 금방 미인도에서 튀어나온 것만 같은 잠든 이를 물끄러미 내려다보며 염은 천천히 송우의 곁에 앉았다.

숱 많은 기다란 속눈썹이 드리운 두 눈을 꼭 감은 채 고이 잠든 송우를 바라보고 있자니 감회가 새로웠다. 도통 시선이 떼어지지 않았다. 그래도 처이거늘 어찌 이리 새삼스러울까. 염은 곧 그 이유를 깨달았다. 그는 그녀와 한방에서 나란히 누워본 적이 없었다. 그럴 만큼 가까운 적이 없었다. 게다가 잠저 시절 드물게나마 송우가 잠든 모습을 보았을 때에는 항상 그녀가 아팠다. 감모에 걸렸거나 그 자신이 휘두른 칼에 베여서. 하여 창백하니 생기라고는 없었으니 지금처럼 강녕한 상태로 붉은 입술을 꼭 다문 채 수면에 취한 처(妻)를 보는 것이 새로울 만하리라.

"내 다시 내전으로 돌아왔을 때 그대가 어떠한 환대를 해주느냐에 아우의 생사가 달렸단 말이오."

평소와는 다르게 심술궂게 내뱉은 자신의 말이 처는 그래도 신경이 쓰이긴 한 모양이다. 이리 불편하게 자고 있는 것을 보면.

"네 건륜과 별 사이 아닌 것이지."

작게 독백한 염이 다시 상념에 빠졌다.

안절부절못하며 내전 앞을 막아서는 비를 보자 그는 한순간에 의심을 품었다. 머릿속에 불쾌하기 짝이 없는 망상이 떠오르는 것을, 궁인들을 모두 물린 내전 안에서 처와 책략가가 한데 뒤엉킨 장면이 부득불 시야를 메워오는 것을 막을 수가 없었다. 엄청난 분노에 휩싸인 채 다급하게 방 안에 들이닥쳐선 제 망상이 망상일 뿐이었다는 것을 확인한 후에도 쉬이 화를 가라앉힐 수 없었다. 그래서 처에게 그리 못나게 굴었더랬다.

"그와 친하게 지내지 말거라. 시숙일지언정 수찬과도."

아니, 다른 사내 그 누구와도. 나 아닌 뉘에게 웃어 보이지도, 손을 쓰다듬어 주지도 말아. 나는 감히 너를 안쓰럽게 여겨 사 년을 함께해 온 정인에게 매몰차게 굴었어. 그러니 다른 이가 아닌, 네 웃는 낯은 내게만 보여주어. 내가 더 많이 서운해하기 전에.

평소와 달리 저 자신은 지아비 행세를 할 자격이 없다는 그 같은 생각을 까맣게 잊은 염의 손이 송우의 여린 뺨에 가 닿았다. 정신없이 종잇장처럼 얇고 부드러운 흰 살결을 어루만지는 그의 눈동자가 흔들렸다. 그러고 보니 왜 송우가 자신에게만 웃어 보이길 바랄까. 언제부터 그것을 바랐다고. 그녀의 손이 수찬의 것에 닿았을 때 화가 난 연유는, 건륜과 그녀가 뒤엉킨 끔찍한 망상이 떠오른 까닭은 또 무엇이던가.

눈앞의 처가 이제는 자신에게 단순한 미인이 아닌, 어느 틈엔가

가인(佳人)이 되어버려서? 스스로에게 던진 질문에 젊은 왕이 그 같은 답을 떠올린 차, 하여 당혹스러움을 느끼는 찰나에 왕비의 옥안(玉眼)이 천천히 뜨였다. 촛불을 되받아친 송우의 두 눈동자가 수정 구슬처럼 반짝였다.

＊

내 다시 들렀을 적 너의 환대 정도에 따라 배다른 아우를 어찌할지 결정하겠느니.

그 무에 크게 신경 쓸 말이라고, 필시 별 뜻 없이 툭 내뱉어진 그것 따위에 진심이 담겨 있겠느냐 싶으면서도 혹여나 싶었다. 뉘에게서 던져진 작은 돌멩이로 인해 잔잔한 호수 표면에 미묘한 파장이 일 듯 내심 걱정이 되었다. 그래서 서안 앞에 허리를 꼿꼿이 세워 앉은 채 눈에 들어오지도 않는 서책의 낱장을 뒤적거리면서 발자국 소리가 들려오지 않나 청각을 곤두세우고 있는 참이었다. 한데 그리 시간을 때우는 것도 정도가 있으니, 일각이 반시진이 되고 그것이 또 한 시진이 되어 기다리는 시간이 늘어가자 노곤한 몸이 해이해졌다. 눈꺼풀이 천근만근 무거워져 갔다. 하여 어느샌가 스르륵 잠에 빠진 듯싶다. 뺨 한쪽이 서늘한 서안에 닿아 있는 제 꼴을 보면. 그런데……

송우는 빤히 상대를 쳐다보았다.

언제 왔을까. 얼마 동안 옆에 앉은 채로 자고 있는 나를 본 걸까. 아니, 그보다 어찌 내 뺨을 만지고 있어?

이 상황이 무엇인가 싶어서 꼼짝 않은 송우는 바삐 머리만 굴렸다. 곧 그녀는 자신과 마찬가지로 움직이지 않는 염의 손을, 제 뺨위의 그것을 살짝 밀어내고 상체를 일으켜 앉았다. 다시 궁금증이 솟았다. 어이하여 그는 잠든 이의 뺨에 손을 댄 걸까. 홍다련이 쓸데없는 말을 지껄여 화가 났던 게 아니었나?

"대군은 잘 갔습니까."

염이 아무 대답을 않자 송우는 그를 달래듯이 부드럽고 조심스럽게 물었다.

"금일 무언가 좋지 못한 일이라도 겪으셨사옵니까."

"아니."

"……."

"그저…… 노곤하여 그런 게지."

짤막히 대답한 염이 자리에서 일어섰다. 송우에게서 홱 뒤돌아서 밖으로 향하던 그는 그러나 돌연히 멈추어 섰다.

"피곤해서."

"……."

"그래서 내 한 발자국 움직일 기운도 없으니 예서 침수를 들고 가겠다 하면 비(妃)는 무어라 말하겠소?"

"예?"

전혀 예상치 못한 의미심장한 말에 정신을 빼앗긴 송우는 예의 그 침착함을 잃고 경악하여 되물었다. 기함할 소리를 던진 이는 여전히 그녀에게서 돌아선 상태라 표정이 보이지 않으니 말뜻을 알 수 없었다.

그녀를 돌아본 염이 말했다.

"표정을 보니 알 만하군. 그럴 법하지."

어쩐지 쓸쓸해 보이는 미소를 지어 보인 염이 나가고 얼마 되지 않아 송우는 다급히 자리에서 일어섰다. 지금의 이 수상쩍고 기이

한 상황에 어찌 처신하느냐가 추후에 커다란 영향을 미칠 것만 같다는 생각이 본능적으로 들었다. 체통을 지키는 것도 잊고 내달리다시피 해 염을 따라잡은 그녀는 펄럭이는 용포 자락을 붙잡았다. 모순적이게도 낭군을 붙잡자마자 머릿속에 륜이 떠오르고 마음에 죄책감이 일었다. 그러나 이미 늦은즉, 밀려드는 후회를 삼킨 송우는 천근만근 무겁게 느껴지는 입술을 달싹였다.

"전하께서는 신첩의 낭군이십니다."

"……."

"한데 그런 분께서 고단한 몸을 이끌고 구태여 대전까지 가셔야 할 연유가 무엇일는지요."

✳

급작스럽게 떠진 두 눈으로 어스름한 천장이 쏟아졌다. 일어나기 이른 시각임이 분명해 보이거늘 돌연 잠을 깬 연유가 무엇인가. 곧 그 이유를 알아챔에 잠결이 가시지 않아 뻑뻑한 눈을 깜빡이던 송우는 다급히 스스로의 침의 옷깃이 있어야 할 곳을 더듬었다. 다행인지 불행인지, 아니, 필시 다행스럽게도 손 안편에 부드러운 비단의 감촉이 만연했다. 공연한 걱정을 완벽히 떨쳐 냈음을 증명하듯 소리 없는 안도의 숨을 뱉어낸 그녀는 시선만을 옮겨 옆자리를 바라보았다.

마땅히 누워 있어야 할 이가 보이지 않는 곁이 횅횅했다. 그러나 아쉽기는커녕 홀로인 게 반갑기만 했다. 몸을 비틀어 돌아누운 그녀는 염이 누웠던 텅 빈 이부자리를 손으로 매만졌다. 손가락을 통해 전해지는 서늘함이 그가 떠나간 때로부터 만만찮은 시각이 흘렀다는 것을 증명했다.

"내 한 발자국 움직일 기운도 없으니 예서 침수를 들고 가겠다 하면 비(妃)는 무어라 말하겠소?"

기침 시각이 다가오기도 전에 횅하니 사라질 거면서 왜 그런 말을 했을까. 듣는 사람만 놀라게. 그 침수를 들고 가겠단 언사가 내포한 바가 표면적 그대로의 뜻이 아닌 다른 것일까 봐 얼마나 긴장했는데. 무엇 하러 대전까지 가시느냐 소리 내기까지의 짧은 시간 동안 목숨을 걸고 도박판에 뛰어드는 기분이었는데.

송우는 처음으로 남편과 나란히 누운 채 나눈 대화를 곱씹었다.

"전하, 대군에게 무어라 하셨는지 여쭈어도 되겠는지요?"
"그대가 그토록 애를 써가며 살리려 한 아우인데 언제까지고 방치해 둘 순 없잖은가. 적절한 대우를 해주어야지."
"……"
"거처를 마련해 줄 테니 유랑 그만하고 조용히 살라 했어. 하루 속히 성숙해져 적당한 배필을 찾아 가구(家口)를 꾸리라고도 했고."

그다지 궁금해서 물어본 건 아니었다. 천만다행으로 진정 잠만 자고 가려는 듯 등을 돌려 누운 염에게 굳이 말을 붙이고 싶지 않았다. 다만 비교가 될까 봐. 지난 수년간 그의 곁에 바싹 붙어 누워 쉴 새 없이 속살거렸을 여우 같은 홍다련과 비교가 되어 암말 않고 있으면 '정녕 여자가 맞느냐' 염이 그리 생각할까 봐 최소한 한두 마디 정도는 붙이는 노력을 해야 할 것 같았다. 더군다나 먼저 의미심장한 소리를 던진 이는 낭군이라 하나 미련 없다는 듯 쌩하니 돌아서 나가는 그를 결국 붙잡아 옆자리를 내어준 쪽은 저였으니까.

그래도 시숙에 대해 묻는 자신에게 답을 주던 그의 목소리가 자못 다정했다. 비록 곁에 누운 저에게 관심 한 톨 없다는 양 무정히 돌아누워 있었다지만 짧은 대화를 지속하던 찰나에 보인 곰살궂은 음성을, '예서 침수를 들고 가면 무어라 하겠냐'는 질문을 나름 청신호라 볼 수 있을까? 조금이나마 자신을 여자로 볼 여지가 있다는?

알 게 무어야. 제대로 수면을 취하지 못하고 일어난 데다 새벽부터 염의 생각으로 뇌리를 채우려니 심술이 나 퉁명스레 되뇐 송우는 인상을 찌푸렸다. 기침 시각이 아주 멀지는 않았던 듯 불투명한 창을 뚫은 여명이 스멀스멀 방 안으로 흘러들어 왔다.

바야흐로 괘씸하기 짝이 없는 계집을 짓밟을 날이 밝아오고 있었다.

가득 부른 배를 감싸 쥔 다련은 거친 숨을 시근거렸다. 이제 정녕 산달까지 시간이 얼마 남아 있지 않았다. 그렇기에 근거리만 오고 가도 허리가 아프고 숨이 찬데, 생애 처음 발을 디뎌본 대궐이란 곳은 넓어도 너무 넓었다. 하여 숨이 찬 것은 물론이요, 눈앞이 핑핑 돌고 이마며 등줄기를 타고 식은땀이 줄줄 흘렀다. 서성문에 다다른 때로부터 이각이 넘게 걸은 듯싶거늘, 제 앞에서 우르르 몰려가는 이들은 멈추거나 혹은 쉴 기미를 보이지 않았다. 만삭의 노곤한 몸을 참지 못한 다련이 입을 열었다.

"자, 잠시만, 조금만 쉬었다 가면 안 되겠니?"

흘끗 뒤를 돌아볼 뿐 암말 않은 생각시 중 하나의 뒤통수를 흘겨보며 다련은 입술을 잘근거렸다. 자존심이 상해서라도 한참 어린 나인들에게 여러 말을 하고 싶지 않았다. 하지만 어디까지나 아쉬운 쪽은 저라서 다련은 이번에는 무리 중 으뜸 되는, 가장 낯이 익은 여아를 불렀다.

"비야, 내가 너무 힘들어서 그러는데, 아직 갈 길이 많이 남아 있다면 잠시만 멈춰서 숨을 고르면 좋겠어."

드디어 배려를 해주려는가. 제일 앞서 가던 비가 걸음을 멈추매 기쁜 마음이 들어 다련의 입가에 미소가 번졌다. 그러나 다가올 휴식의 생각에 행복한 순간은 잠시뿐이었다.

비의 딱딱한 목소리가 다련에게 날아들었다.

"저에게 그 같은 하대를 쓸 수 있는 분은 제 웃전 되시는 비전하, 혹은 그분과 상응하는 주상 전하뿐이셔요. 그도 아니라면 어찌 되었든 내명부 소속 정오품, 상궁의 관위를 맡고 있는 저보다 높은 분이어야 하는데 아가씨는 그렇지 아니하죠. 그리고 저는 이제 더는 노비가 아니고요."

"……"

사람을 상대하는 게 맞는가. 알아듣지 못하는 소, 돼지에게 말을 걸어도 제대로 쳐다는 보아줄 것 같건만 완전히 뒤돌아선 것도 아니요, 고개만 슬쩍 돌려 소리 낸 비가 다시 움직이는 뒷모습을 다련은 넋이 나가 쳐다보았다. 저 아이가 어찌 저럴 수 있어. 하찮은 노비인 데다 유송우가 데려온 계집아이다. 아무리 지난 시절 자신이 시큰둥하게 대하곤 했다지만 그래도 그렇지 어찌…….

모욕감에 주먹 쥔 다련의 두 손이 부르르 떨렸다. 한참 어린 비에게서 훈계를 들었다는 사실도, 저를 아가씨라 칭한 소녀가 그게 무슨 커다란 모순이냐는 듯 불룩한 제 배를 훑어볼 때의 눈동자에 비추었던 경멸도 굴욕적이기 짝이 없었다. '아무리 그래도 네 너무 건방진 것 아니냐. 넌 얼마 전까지 일개 노비였다'고 따지고 싶었다.

"입궁할 때를 대비해 적절한 예법을 익히길 바란다."

하지만 지난날 염에게 들은 훈계가 떠올라 다련은 혀를 꾹 깨물었다.

결국 한 번을 쉬지 못하고 가쁜 숨을 헐떡이며 한참 더 움직여서야 앞서 가는 무리는 발을 멈췄다. 한 손으로는 허리를, 다른 손으로는 불룩한 배를 받쳐 든 채 다련은 시야를 채운 웅장한 건물을 올려다보았다. 내리 올려다보다간 목이 꺾일 것만 같은 커다란 전각을 훑는 그녀의 시선이 한곳에 붙박였다.

곤정전(坤停殿). 세 개의 글자가 뚜렷이 새겨진 현판에 박힌 다련의 시선이 떼어질 줄을 몰랐다. 그러니까 이리 멋들어진 곳이 그 여자의 차지라는 건가? 이토록 어여쁘고 거대한 곳이?

"게서 뭐 하는 거예요?"

왈칵 치솟는 욕심을 느끼던 다련은 비의 재촉이 날아들자 정신을 차렸다. 비를 뒤따른 그녀가 왕비전 안에 들어서 복도를 가로질렀다.

"여기 서 있어요. 비전하, 홍씨가 들었나이다."

다련에게 말할 때와 정반대인 공손한 어투로 비가 고해 올리고 얼마 안 가 단아한 목소리가 답을 해왔다.

"들이게."

다련은 떨리는 발을 내밀었다. 한 발, 두 발, 이제 막 문지방을 건넌 그녀의 시야에 슬쩍 아리따운 자태의 여인이 들어왔다. 새하얗고 화려한 백옥 비녀와 뒤꽂이가 매달린 칠흑 같은 머리칼, 그 아래 드리운 하얗고 작은 얼굴, 모란꽃 무늬가 새겨진 쪽빛 능라주의 사이로 드러난 선이 고운 목, 두 섬섬옥수…….

"멈추어 서거라."

한없이 자신을 초라하게 만드는 여인을 정신없이 바라보는 다련의 귓청에 칼날처럼 매서운 목소리가 박혔다. 충직한 개가 된 양 재깍 다리를 멈춘 다련이 주변을 둘러보았다. 아직 문가에 서 있다시피 한 자신이건만 왜 그만 다가오라 하는지 이해가 가지 않았다.

우두커니 바닥을 내려다보던 다련은 나직한 조소가 귓가를 스치자 고개를 들었다. 오래간만에 마주한 왕비는 분명 아리따운 미소를 짓고 있건만 어쩐지 등줄기가 오싹했다.

"그쯤이면 되었느니. 네 자리로는 문가가 딱 안성맞춤이지 않겠느냐?"

"……."

"한데 여전히 안하무인이로군. 주상 전하의 정비인 나는 물론이거니와 예 앉아 계신 내 언니가 우스워? 마땅한 예를 갖추기는커녕 어찌 고개를 빳빳이 들고 있어?"

"예?"

다련은 뒤늦게 방 안에 또 다른 누군가가 있다는 것을 알아챘다. 희다 못해 창백하다시피 한 살결을 가진 한 여인의 기다란 두 눈 끝이 치켜 올라갔다. 앙다물어진 장밋빛 입술, 딱딱하게 굳은 표정을 보건대 여인은, 유서나는 저의 방문에 대한 언질을 받지 못한 듯싶었다. 더불어 그녀는 제 등장을 반갑지 않아 하는 게 분명했다.

✳

"언니, 함께 만날 이가 있어요."
"누구이옵…… 존대는 영 편하지 않아. 누군데?"
"직접 보시면 아실 테지요."

그 기막힌 차에 열린 문틈 새로 들어선 계집은 한눈에 보아도 긴장을 했음이 역력했다. 드디어 왔구나. 너를 기다리고 있었느니. 마음속으로 되뇐 그 말 덕에 입가에 미소가 실린 순간이 잠시, 가득 부어 오른 다련의 배가 송우의 시선을 끌었다. 아이를 가져본 적은 없지만 본능적으로 저 치의 해산 일이 얼마 남지 않았음을 알 수 있었다. 사산 전 마지막으로 본, 회임 사 개월 차일 때의 언니의 배와 계집의 그것은 모양새며 크기가 달라도 너무 달랐다. 내 조카는 죽게 만들어놓고 괘씸한.

일그러지려는 표정을 숨긴 송우는 대신 사색에 잠겼다. 저 계집을 돌보는 상궁이 누구라 하였더라. 대전의 지밀상궁 서씨라 하였나? 필요한 말 이상은 않는 과묵하고 예의가 퍽 발랐던 이였더랬지.

순식간에 뇌리를 스친 묘수를 곰곰이 따진 송우는 이내 화사한 미소를 지어 보였다. 그렇지만 그녀의 입술 새로 흘러나오는 목소리는 웃음기 머금은 낯빛과 달리 차가운 냉기를 품은 듯했다.

"건방지기에 그런가 싶었으나 다시 생각해 보니 아둔해서인 것 같기도 하고?"

송우의 가시를 숨긴 말뜻을 퍼뜩 알아차린 다련은 자리에 앉아 가능한 한 최대로 바닥에 머리를 조아렸다.

"송구하옵니다, 왕비 전하. 자리가 자리인 만큼 긴장이 되어소…… 인의 행동거지가 경망스러웠사옵니다. 용서하여 주시옵소서."

예상 외로 다련의 태도가 너무도 공손해 내심 놀란 송우의 아미가 치켜 올라갔다. 무슨 속셈인지 궁금했지만 내색하지 않은 그녀가 쏘아붙였다.

"그것이 전부더냐?"

"예?"

"내 곁에 자리하고 계신 분은 보이지 않는단 말이지?"

"그럴 리가 있겠사옵니까. 부인을…… 오래간만에 뵈옵니다."

겨우 오래간만에 뵌다니. 그게 끝이란 말인가. 서나에게 사과를 하지 않는 다련이 송우는 점점 더 마음에 들지 않았다. 본래도 싫다만 이제는 증오스럽기까지 했다. 그렇지만 서나의 속이 상할까 떠나간 조카아이를 화두로 꺼낼 수 없었다. 차라리 언니를 부르지 말걸 그랬나 살짝 후회가 되었지만 그 일에 관해선 나중에 논죄해도 될 거라고 스스로를 달랜 송우가 말했다.

"무슨 일로 나를 만나고자 청했더냐? 하찮은 너 따위 계집, 대면해 주지 않은들 하등의 문제가 없을 것이나 예까지 불러주었으니 감읍해야 할 것이다. 그러니 네년이 입 밖으로 꺼낼 그 무언가는 감히 내 시간을 빼앗은 만큼의 가치를 지니고 있어야 할 게야."

"……."

흘끗 서나를 살핀 다련이 망설였다. 큰마음을 먹고 머리를 조아리러 왔다고는 하지만 서나가 보는 앞에서 굴욕적인 모습을 보이고 싶지 않았다. 저도 자존심이 있는데.

"할 말이 없거늘 보아달라 청했느냐?"

날카로운 재촉이 날아들자 다련은 어쩔 수 없이 입술을 떼었다.

"주위를 물려주시겠습니까, 비전하."

"아니."

"……."

단칼에 거절한 송우는 민망한지 얼굴을 붉히는 다련이 우스워 빙긋 미소를 지었다. 부러 서나보고 구경을 하라 그녀를 왕궁으로 부른 것인데 다련의 부탁을 들어줄 리 없었다.

"하오나 비전하, 긴히 드릴 말씀이……."

"네 또 과거 사가에서처럼 나에게 망발을 쏟아내고자 한다거나 음험한 계략을 꾸미는 것이 아니라면 내 언니가 예 있으시다 한들 문제될 게 없겠지. 그렇지 않아? 더군다나 별것 아닌 네게 알현 기회를 주는 것만도 황송해야 할 따름, 무에 그리 원하는 게 많은 것 이지?"

"……."

이러려고 부른 거야. 굴욕감에 다련은 입술을 깨물었다. 삼고초 려는 물론 십고초려는 해야 될 거라 생각했는데 겨우 한 번 만에 대 궐로 불러들인 이유가 이거였어. 나이 어린 상궁과 생각시들에게 괄시를 당하고, 유서나 앞에서 자존심이 깎이라고. 당장 밖으로 뛰 쳐나가고 싶은 충동을 꾹 참은 그녀는 어쩔 수 없이 운을 떼었다. 체면이 깎일지언정 비는 것 외에 별다른 수가 없었다.

"비전하, 소인이 오늘 찾아뵌 연유는…… 두 가지 청이 있기 때 문이옵니다."

"그것이 무엇인데?"

"곧 태어날 소인의 아이를 부디 받아들여 주시어요. 조당 신료들을 움직여 소인의 입궐을 막는 분, 비전하이시잖습니까. 그러시는 것은 전하를 힘들게 하는 일이옵니다. 내훈에 이르길 부녀자는 낭군을 내조하는 것에 힘써야 한다 했으니 비전하께오선 부디 전하의 뜻을 지지해 주시옵소서. 그분의 하나뿐인 핏줄인 첩의 뱃속 아이와 첩이 입궐토록 힘써주시옵소서."

"……."

저년은 본디 화법이 저따위가. 원래 저렇게 말을 얄밉게 해? 일그러지려는 얼굴을 송우는 간신히 억눌렀다. 홍다련이 지껄인 소리를 되새기매 정녕 기가 찼다. 내훈에 이르길 부녀자는 낭군을 내조해야 하니 진염의 뜻을 받들라고? 제까짓 게 어이 착한 척을 하며 훈계를 놓아? 게다가 내훈에는 낭군의 정실부인의 친언니에게 건방진 소리를 지껄여 사산케 하라는 구절도 없거늘. 조잡스러운 요희전이나 읽어대던 계집이 그 책을 들먹여 아는 척을 하기는. 속이 꼬여 결국 송우의 입술이 비틀렸다.

"그리고 또한 바라옵건대 더는 주상 전하를…… 흔들지 말아주세요. 소인에게 그분은 전부나 다름이 없사와요. 그러니 간절히 부탁드리옵니다. 이를 들어주신다면 소인은……."

왕비가 되지 못하는 것보다 염을 잃는 것이 훨씬 더 끔찍하기에 슬쩍 흔들린 마음을 다잡은 다련은 다시 입을 열었다.

"비전하께오서 소인과 소인의 아이가 입궐토록 하여 전하의 곁에서 살 수 있도록 허락해 주시고…… 전하께 특별한 관심을 갖지 않으신다면 소인 다시는 헛된 꿈을 꾸지 않을 것입니다. 절대 비전하의 심사를 거스르는 말도 하지 않을 것이며, 이번에는 진정 형님처럼 받들어 모실 겁니다. 혹여 태어날 아이가 왕자라 한들 건방지게 굴지 않을 것이에요. 이것들을 맹세하라 하시면 할 것이옵니다. 각서를 원하신다면 쓸 것이옵니다. 그러니 제발, 부디 청하건대 비전하께오서는 전하로부터 지금처럼 멀리 있어주시어요."

"……"

언짢은 기분을 느끼던 것마저 잊은 송우의 얼굴에 흥미로운 기색이 가득 들어찼다. 입술 새로 소리 없는 조소가 흘러나왔다. 부탁 같지 않은 다련의 첫 번째 부탁에는 심사가 뒤틀렸으되 두 번째 것은 흥미진진하기 짝이 없었다. 저게 무슨 소리지? 진염을 흔들지 말라니? 갑자기 어이 저런 소리를 해? 쓸데없이 그냥 이기죽거리는 게 아닌, 진심이 구구절절이 묻어 나오는 홍다련의 말을 송우는 다시 되새겼다.

그러니까 홍다련은 위기의식을 느낀 것인가. 진염이 저에게 일말의 감정 변화를 느낀다 생각해서, 그래서 불안을 느껴 방금과 같은 당부를 전했단 말인가?

송우의 눈앞에 간밤의 염이 떠올랐다.

"내 한 발자국 움직일 기운도 없으니 예서 침수를 들고 가겠다 하면 비(妃)는 무어라 말하겠소?"

하면 어제 그리 난동 아닌 난동을 피우더니 왕비전에서 자고 가겠다 한 것이 괜히 그런 게 아니었다고? 설마……. 왜? 만약 저 계집이 느끼는 바가 정확하다면 이유가 뭘까. 진염이 되지도 않은 제 교태에 흔들렸을 것 같지는 않은데. 동정이 연정으로 변했나? 만약 그렇다면 어찌 그걸 갑작스럽게 깨달았어? 그러고 보면 저년은 애초에 왜 위기의식을 느낀 거지?

온갖 잡념이 송우의 머릿속을 채웠다. 그러나 그 잡념들에 대한 답은 도통 떠오르지 않고 머리만 아파왔다. 하여 송우는 홍다련을 짓밟는 것에만 집중하기로 결정했다.

자리에서 일어나 다련의 옆에 바싹 붙어 앉은 송우가 그녀의 귓가에 속삭였다.

"주상은 네년이 갖거라."

"……"

"난 관심 없어. 다만 네 그 사내의 마음, 조금 더 꽉 붙들어놓아야 할 것 같기는 하더구나. 왜냐하면 네가 기어코 방해한 보람도 없이 결국 주상과 나는 함께 밤을 보냈거든. 하여 내 지금 꽤나 노곤해."

"뭐…… 라고요?"

어찌 됐건 저와 그가 같이 밤을 보낸 것은 사실이니까. 경악한 다련과 정반대로 송우는 맑게 웃어 보였다.

"놀라울 만도 하지만 그렇게까지는 아니지 않아? 너도 짐작해서 여기 온 거잖아. 진염의 마음이 네게서 떠나가고 있다는 걸. 그래서 나한테 착한 척, 공손한 척을 하며 부탁을 한 거 아니었어?"

놀라다 못해 경악으로 물든 창백한 얼굴의 홍다련을 바라보는 것은 기대보다 훨씬 더 즐거웠다. 그렇지만 그것을 내색하지 않은 송우는 다련이 안쓰럽다는 듯 그녀의 붉게 달아오른 뺨을 다정히 어루만졌다.

"주상을 흔들지 말아달라고? 글쎄, 내 탓은 아니잖아? 일찍부터 소박맞은 불쌍한 정비는 그저 가만히 있을 뿐인데 여기서 무얼 더 어찌 아무것도 아니 할 수 있겠어. 네 사내는 네가 잘 관리해야지."

홱 다련을 밀쳐 내고 자리에서 일어선 송우는 일부러 무심함과 오만이 뒤섞인 표정을 지어 보였다. 그간 자신 때문에 마음고생을 무던히 한 서나와 문밖의 비가 들으란 듯이 그녀는 냉담히 쏘아붙였다.

"조당 신료들을 움직여 너와 네 아이의 입궐을 막는 이가 나라 하였느냐. 착각했느니. 내 무슨 힘이 있다고 그럴 수 있을까. 한데 만조백관의 반대를 무릅쓰면서까지 네가 굳이 대궐에 들어와야 할 필요가 있는 것이냐? 또한 네 두 번째 청은 정녕 어불성설이 아닌가?"

"……"

"네 분명 이미 지난날 내게 속삭였잖아. 너는 다른 아무것도 필요가 없다고. 전하의 총애, 그만으로 족한다고. 그래 놓고 어찌 이제 와서 말을 바꿔?"

"이 아우, 형님이 앉아 계신 그 자리를 탐내진 않지만, 다른 그어떤 것도 바라지 않지만 그이만은 제 거예요. 저는 제가 형님보다 앞서 염의 곁에 있었다는 사실을 다 잊었사와요."

"형님께서 다른 모든 걸 가지셔요. 하지만 단 하나, 염은 아니 되어요."

그러니 한 자 한 자 내뱉을 때마다 심사숙고를 했어야지. 멍청하긴. 욕지기를 삼킨 송우가 계속해서 쏘아붙였다.

"지아비의 총애는 여전히…… 다소간에 네게 가 있으니 굳이 첩지를 받지 않아도 상관없지 않겠느냔 말이다. 세간으로부터 혼례를 치르기도 전 덜컥 아이부터 배었다 같은 멸시와 조롱을 받는다 해도 너는 행복할 테지. 네가 입궁하지 못하고 네 아이가 왕의 자식으로 인정받지 못한들 그래도 너는 기뻐야 할 거야. 왜냐하면 네게 필요한 것은 오직 하나, 전하의 마음이니까. 너는 분명 내게 그리 말했으니까."

"……."

"네 내뱉은 말마따나 첩지도, 군왕의 후궁으로서의 대우도, 다른 무엇도 필요치 않은 채로 만족하여라. 전하께서 널 찾아 잠저에 들르시는 것만을 인생의 낙으로 삼으란 말이야."

"……."

"또한 네 내훈을 언급했지. 게 적힌 내용을 그리 잘 숙지하였다면 너야말로 전하를 잘 받들거라. 그분께서 공연히 너로 말미암아 대신들과 척을 지시도록 하지 마."

"비전하."

"혹여나 싶어 덧붙이는데, 잠저 시절 내게 소리 낸 말들이 진심이 아니었다 발뺌할 생각일랑 뇌리에서 지우는 편이 좋을 것이니라. 만약 그랬다간 왕비인 나를 속이고 능멸한 것에 대한 불경죄를 물을 것이야."

괘씸한지고. 작게 되뇐 송우는, 그러나 오랫동안 다련을 노려보지 못하고 그녀의 시선을 회피했다. 그렁그렁 눈물이 맺힌 두 눈으로 저를 올려다보는 홍다련이 불쌍하다는 생각이 들려 했기에.

"이만 나가 보아라."

"비전하, 저는……."

"바깥에 상궁은 무얼 하는가, 혼자 일어나기 힘든 듯싶은데 도와주지 않고!"

무릎을 꿇은 그대로 엉금엉금 기어와 제 치맛자락이라도 잡을 태세의 다련이 무서워 송우는 냉담히 소리쳤다.

벌컥 열린 문틈 새로 다수의 발자국 소리가 쏟아져 들어왔다. 옷자락이 질질 끌리는 소음이 일었다. 필시 참혹하게 끌려 나갈 다련을 외면한 채 허공에 시선을 붙박은 송우는 아주 한참 만에야 서나에게 눈길을 돌렸다.

"서나 언니⋯⋯."

작게 서나를 부른 송우의 눈동자가 흔들렸다. 기뻐하기는커녕, 속이 후련해하기는커녕 무슨 생각을 하는지 모르게 무표정으로 자신을 바라보는 언니를 마주하자 더욱 속이 쓰렸다.

✳

보료 위에 우두커니 앉은 임부의 두 눈이 퉁퉁 부어 있다.

이틀을 꼬박 눈물을 쏟아내고도 질리지 않는지 눈시울이 다시 뜨거워졌다. 다련은 울지 않으려 눈가에 잔뜩 힘을 주었다. 그러나 기어코 이슬 몇 방울이 그녀의 치맛자락에 떨어졌다.

큰맘을 먹고 찾아간 대궐이다. 비록 아예 곱게 말이 나가지는 않았지만 내 남자를 흔들지 말아달라 스스로를 뭉텅 깎아먹는 부끄러운 부탁까지 했다. 어디 그뿐인가. 이번에는 진심이라고, 염만 있으면 건방지게 굴지도, 헛된 욕심을 품지도 않겠다고 했다. 한데 그리해서 얻은 것이라곤 크나큰 패배뿐이다. 그뿐인가. 왕비가 쏟아내는 혹독하지만 냉철하고, 그러면서 타당한 말들에 반박 한 번을 못 했다. 원하는 것도 얻지 못하고 수모만 잔뜩 당하고 돌아오다니. 질투에 눈이 멀어 되는대로 내뱉는 게 아니었는데. 유송우를 약 올리고, 유서나가 아이를 잃을 만큼 충격적으로 받아들일 소리를 지껄이는 게 아니었는데. 앞날 좀 생각할걸.

"네가 기어코 방해한 보람도 없이 결국 주상과 나는 함께 밤을 보냈거든. 하여 내 지금 꽤나 노곤해."

"으흐흑."

그렇잖아도 서럽거늘 가장 충격적이던 한마디가 떠올라 다련의 입술 새로 커다란 울음소리가 터져 나왔다. 퉁퉁 부은 두 눈에서 소낙비같이 굵다란 눈물이 쏟아졌다. 그 여자는 너무 많이 변해 버렸으니까, 그러니까 이전과는 달리 거짓말을 했을 수도 있으니 염에게 물어봐야지. 아주 잠깐 그런 생각이 든 적도 있다. 그러나 다련은 무서웠다. 송우가 한 말이 정말 사실일까 봐. '유송우와 잠자리를 했느냐' 물었다가 염이 그렇다고 하고, 그도 모자라 마치 저를 의부증에 걸린 귀찮기 짝이 없는 여자로 볼까 봐.

만약 거짓말이라 한들 염에게 묻기 어려운 것은 매한가지였다. 괜히 남녀 간의 그러한 주제를 입 밖으로 꺼냈다 제 말이 불씨가 되어 염이 왕비를 안고자 하는 욕심을 가진다면? 그렇지 않아도 그의 마음이 왕비에게 기우는 게 이렇듯 선연한데.

한참을 더 눈물 바람을 한 후에야 문득 이리 우는 행위가 제 힘만 빼는 것이란 생각이 들었다. 다련은 젖은 뺨이며 눈가를 닦아냈다. 언제까지고 울 수만은 없잖은가. 제 아이를 버젓이 왕의 자식이라 인정도 받아야 하고 궁에도 들어가야 되는데. 염의 곁에 있고 싶은데.

대체 무얼 어찌해야 할까. 다련은 골똘히 생각에 잠겼다. 안간힘을 다해 머리를 굴렸다. 저가 가진 무기란 무엇일까.

"……곧 태어날 우리 아이."

저가 가진 가장 좋은 무기란 하나였다. 태어날 아이. 염의 품 안에 첫 자식을 밀어 넣는다면 아무리 그가 저에게 실망을 했을지언정 화가 풀릴지 모른다. 더불어 아들이라면 지금은 병판 대감에게 줄을 선 대소신료들이 자신 앞에 머리를 조아리고 굽실거릴 수도 있지 않겠는가. 송우에게 이제는 절대 헛된 욕심을 내지 않겠다고 말한 것이 생각이 나 한순간 뜨끔했지만 다련은 곧 불편한 마음을 떨쳐 냈다. 제 제안을 받아들이지 않은 쪽은 유송우이니까.

그녀는 다시 어찌 대궐에 들어가고 어찌 왕비를 이겨낼지에 대해 골몰했다.

건륜은 이제 더는 왕비에게 찾아간다거나 친밀하게 지내지 않는 걸까? 아무리 생각해도 염의 잠저 시절, 유송우와 건륜은 필요 이상으로 가까워 보였는데. 마치 연인처럼.

두 남녀가 더 가까워졌으면, 그래서 누군가가 의심의 눈초리를 보내고, 그러다가 그게 구실이 되어 유송우가 쫓겨나면 참 좋을 텐데. 왕후의 자리가, 염의 가장 가까운 자리가 다시 제 것이 될 텐데.

다시금 왕비전에서의 굴욕이 떠올라 어둠 속을 노려보던 다련은 불룩한 배를 관통하는 께름칙한 통증을 느껴 흠칫 어깨를 떨었다. 한참을 배를 쓰다듬으며 호흡을 고른 그녀가 인상을 찌푸렸다. 이가 다 왕비에게서, 그리고 그녀를 따르는 어린 궁녀들에게서 받은 멸시, 모욕 때문이 아니고 무엇이겠는가. 감히 임금의 아이를 품은 자신이 태교에만 힘써도 모자랄 판에 이따위 칠정울결이나…….

"아!"

또 한 번 스치는 살갗을 오소소 돋게 만드는 아픔에 다련의 두 눈이 휘둥그레졌다. 무엇이 잘못되었나? 아이가 나올 때까지는 아직 보름가량이 남아 있을 텐데. 걱정이 치솟아 다시 배가 아프지 않는지 촉각을 곤두세우고 있으니 역시나 먼젓번과 같은 간격을 두고 다시 통증이 느껴졌다.

"사, 상궁님! 상궁님!"

누군가가 부산스럽게 움직이는 소리가 들렸거늘 한참이 지나도록 방 안에 들어서는 이가 없었다. 보통 때라면 저가 부르자마자 상궁이 답을 했을 텐데. 배는 아프고 긴장까지 몰려들어 다련의 이마에 식은땀이 맺혔다. 대충 물기를 닦아낸 그녀는 조심스럽게 일어섰다. 그러자 배가 더 많이, 자주 아팠다.

이를 악문 채 겨우 걸음을 옮긴 다련이 문을 열어젖혔다. 마땅히 보여야 할 상궁은 물론이거니와 어린 나인들조차 없었다. 그네들의 인기척도 없었다. 다만 잠저에 있던 다른 가노들이 너나 할 것 없이 병판 대감 댁으로 가버릴 때에도 저가 불쌍하였던지 남아준 착해 빠진 노비 계집 하나가 맹하게 눈을 깜빡일 뿐이었다. 또 한 번 식은땀을 훔친 다련이 노비를 불렀다.

"소, 솔아."

"필요한 거라도 있으세요, 작은마님?"

"그게 아니라…… 아, 아이가 나오려 해."

"……예?"

무슨 말인지 감이 잡히지 않는다는 듯 멍하니 다련을 쳐다보던 솔이 이윽고 부산을 떨어댔다.

"이, 이를 어쩐대요! 이년은 아이를 받아본 적이 없는데!"

아픈 배를 부여잡고 있느라 힘들거늘 여비가 호들갑을 떨어대니 짜증이 났지만 다련은 화를 낼 기운도 없었다. 부들부들 떨리는 손으로 벽을 짚은 채 그녀가 바싹 마른 입술을 떼었다.

"상궁님은? 겨, 곁방에 계시니?"

"아, 아니요."

"아니라니?"

"이를 어째요! 급히 대궐에 가보셔야 한다고 방금 전에 항아님들을 싹 다 이끌고 돌아가셨는데!"

"뭐?"

하필이면 이때에. 두 다리에 힘이 풀린 다련이 무너져 내렸다.

"작은마님이 상궁마마님을 부르시던 그 차에 양해를 구하고 돌아가셨어요! 바쁜 일이라 경황이 원체 없으셨던지 뒤편에 있던 쇤네도 들었는데 상궁님은 못 들으셨나 보더라고요!"

"그럼 나는 어찌해. 누가, 누가 도와주라고."

이제는 상체를 고꾸라뜨리는 다련이라 놀란 솔이 허옇게 질려갔다. 무얼 어찌해야 할지 알 수 없어 그녀의 팔 한 짝만 붙든 솔의 눈앞에 한 사람이 떠올랐다.

"왜 천치처럼 이 참판네 노비년한테 맞고 다녀? 한 번만 더 그 꼴 당해봐! 무슨 일 있으면 재깍 나한테 말을 하라고!"

그리 말한 이를 떠올린 솔이 다급히 말했다.

"작은마님, 잠시만 기다려 주세요!"

"소, 솔아!"

대뜸 어딘가로 내달리는 솔을 다련은 애달프게 불렀다. 그녀의 두 눈에서 다시 눈물이 줄줄 흘러내렸다. 공포와 통증이 기댈 이 하나 없이 혼자 남은 그녀를 휘감았다.

✳

"부인."

"……."

"서나야."

한번 대답을 안 하면 그러려니 할 것을 한 번, 두 번, 그리고 세 번째로 '서나' 하고 소리 내는 한위에게 향한 서나의 눈꼬리가 치켜 올라갔다.

간만에 깊게 생각할 거리가 생긴지라 혼자 있겠다 했는데 낭군은 말을 듣지 않았다. 문가를 어슬렁어슬렁 서성이면서 눈치를 살피다 기어코 옆에 다가와 제 무릎을 베고 누워버렸다. 거기까진 봐줄 만했다.

다시 허공을 응시하던 서나는 관심을 받고 싶어 죽겠다는 듯 이번에는 한위가 두 번째 손가락으로 저의 뺨을 콕콕 찔러오자 결국 폭발하고 말았다. 그녀는 순식간에 낭군에게 내준 무릎을 홱 빼버렸다. 그야말로 엄청난, 쿵 하는 둔탁한 소리가 방 안 가득 울려 퍼졌다. 바닥에 뒤통수를 세차게 박은 한위가 벌떡 일어나 앉아 부딪친 곳을 어루만지는 모양새를 흘끗 돌아본 서나의 한쪽 입꼬리가 치켜 올라갔다. 원망 섞인 한위의 외침이 방 안에 울렸다.

"서나! 너무하잖아! 그래도 내가 명색이 지아비인데!"

"낭군님, 제가 분명 눈빛으로 말씀을 드리지 않았나요. 한참 봐드려 옆자리와 무릎을 내어드렸으니 침착하게 계시라고요. 부디 못 알아들으셨다고 발뺌하지는 마세요."

입술을 삐죽이는 한위에게 앙큼하게 속삭인 서나는 장침에 팔꿈치를 얹어 턱을 괴었다. 이제는 조용하겠거니 싶은 한위를 외면한 채 그녀가 다시 상념에 빠져들려는 찰나……

"아씨, 진짜."

번개처럼 움직여 서나를 그러안은 한위에게 살쾡이의 그것처럼 매서운 눈초리가 다시 내리꽂혔다.

"공주, 아니, 왕비 전하, 이놈 이 상태로 일절 움직이지 아니하겠습니다. 그러니 한 번만 봐주십시오."

"……."

그래도 저가 좋다고 달라붙어 아랫것 행세까지 하는 낭군에게 차마 무어라 쏘아붙일 수가 없어 서나는 그저 나직한 한숨을 내쉬었다. 오히려 한위의 가슴팍에 떡하니 머리를 기댄 그녀는 여동생을 떠올렸다.

홍다련을 짓뭉개는 송우의 모습이 여전히 눈앞에 생생했다. 순하고 어리다고만 여기던, 앞으로도 언제까지고 그럴 줄 알았던 여동생이 내뱉은 날 선 언사들이 토씨 하나 틀리지 않고 귓가에 메아리쳤다. 아무렴 원수와 마찬가지인 계집이라지만 그래도 어찌 되었건 막달에 들어선 임부인 홍다련을 송우가 그토록 모질게 대하다니. 대할 수 있다니.

"뒤늦게 사춘기에 들어선 것은 아닐 테고."

작게 중얼거린 서나의 눈가가 붉어졌다. 첫아이를 잃은 다음날 한위에게 안겨 펑펑 운 이후 장장 반년 만에 겪는 현상이다.

홍다련이 아무리 저의 심장을 난도질하는 망발을 내뱉어 일생에 다시는 겪고 싶지 않은 아픔을 겪도록 일조했다지만 그럼에도 송우에게 혹독하게 당하는 모습을 보는 것은 유쾌하지 않았다. 그러기는커녕 찝찝하기 짝이 없었다. 그 계집이 불쌍해서가 아니라 아이를 밴 그년에게 잔인하게 구는 송우의 모습을 보는 것이 참담했다. 하여 '되었으니, 염병할 계집에게 내가 당한 대로 똑같이 되갚아주려 같은 수준의 염병할 년이 되고 싶지 않으니 그냥 꺼지라 하라'고 말할까 고민도 들었지만, 그것을 소리 낼 수 없었다. 불쌍한 동생이 그렇게 해서라도 속이 시원하다면, 그렇기야 하다면 어찌 그만하라 만류할 수 있었을까. 마치 다른 사람이 된 것처럼 변해 버린 여동생이 그리될 때까지 쏟아냈을 눈물이 떠올라 도저히 말릴 수 없었다.

그래서 아무 말 않고 있다가 둘만 남게 되고도 한참이 지나서야 서나는 송우에게 딱 한 번 물었다.

"속이 시원해?"

이제 좀 속이 시원하냐고, 앙금이 풀렸냐고. 나무라는 어투도 아니요, 복잡한 속내를 감추곤 그리 물었다. 그랬더니,

"아니요. 아직 멀었는걸요."

말은 그렇게 했지만 금방이라도 송우의 두 눈에서 눈물이 떨어지려 한다는 것을 서나는 쉽게 알아챌 수 있었다.
"서나야, 울지 마."
굵다란 눈물방울을 흘리는 서나의 뺨을 한위는 조심스럽게 닦아냈다. 서나가 맥없이 중얼거렸다.
"내가 송우한테 무얼 어찌해야 할지 모르겠어. 때려서라도 개를 말리는 게 좋을지, 멋대로 하라 놔둬야 할지 감이 잡히지 않아."
간만에 약한 모습을 보이는 서나가 안쓰러워 한위는 그녀의 이마에 가볍게 입술을 대었다 뗐다. 꼭 껴안은 그녀의 등허리를 토닥

이며 그가 말했다.

"그냥 두어도 괜찮을 거야. 그러니 예전처럼 대해줘."

"하지만……."

"처제가 너무 아파서, 호되게 앓는 바람에 후유증을 겪고 있긴 하다만 너만큼이나 현명한 처제는 어떤 길이 스스로를 위한 가장 좋은 길인지 곧 깨달을 거야. 그렇게 되면 당연히 아픔도, 원망도 극복하고 예전처럼 돌아올 거고."

"아니면 어떡해?"

"네 여동생이자 장인어른과 장모님의 둘째 여걸인데 그렇게 안 될 리가 있어? 안 그래?"

낭군의 위로 덕에 그제야 조금 안심이 되어 서나는 옅게 웃어 보였다. 우는 모습을 보인 것이 뒤늦게 쑥스러워 그녀는 한위의 너른 품에 고개를 묻었다.

"한위야, 나 창피해."

"낭군한테 우는 모습을 보이는 걸 창피해하는 건 너밖에……."

"아가씨! 큰아가씨!"

갑자기 다급한 외침이 날아들어 서로에게 바싹 붙어 앉은 두 남녀는 동시에 문가를 돌아보았다.

"서나 아가씨!"

"누구지?"

사가에서 서나를 아가씨라 칭하는 이는 그녀와 가장 허물없이 지내는 막년이뿐이다. 하지만 목소리는 막년이의 것이 아니었다. 그렇다고 아예 낯설지는 않은 소리의 주인을 확인하려 서나는 슬쩍 몸을 움직였다. 그러나 한위는 그녀를 그러안은 두 손에 힘을 실었다.

"반년이나 지났는데……."

작게 투덜거렸지만 서나는 더는 움직이려 하지 않았다. 사산한 때로부터 반년이 지났건만 한위는 아직도 그녀가 환자라는 양 불필요하게 움직이는 것을 극도로 싫어했다. 그의 마음을 알기에 얌전히 앉은 채로 서나가 바깥을 향해 말했다.

"들어라."

거칠게 열린 문틈 새로 땀범벅이 된 솔이 숨을 헐떡이며 모습을 드러냈다. 한 사람만 있을 거라 예상한 안채에 남녀 둘이, 그것도 그네들이 너무 바싹 붙어 앉아 있으매 당황한 계집종이 순식간에 얼굴을 붉혔다.

"나, 나리께서 함께이신 줄 몰랐어요. 송구합니다."

"신경 쓰지 말고 들어와."

쭈뼛거리는 솔에게 말한 서나가 그녀를 자세히 살폈다. 쟤가 여기 왜 왔지? 꼴은 또 어찌 저래? 무슨 큰일이 있나?

솔이는 모친이 송우가 출가하면서 딸려 보낸, 본래 친정에 있던 계집아이이다. 반정이 성공해 진염 놈과 여동생이 떠나 버린 잠저에 남겨진 식솔들이 선택한 길은 둘 중 하나였다. 대궐로 들어가거나, 그러지 못한 나머지는 죄다 부친의 사가로 쫓아가 받아들여 달라고 아우성을 치거나. 그러나 단 한 명, 눈앞의 계집은 혼자 남은 진염의 첩년이 불쌍했던지 게서 머물렀으되 서나를 포함한 그녀의 친정 식구 중 그 누구도 그것을 딱히 불만스럽게 생각하지 아니했다. 어찌 됐든 잠저에서 잘 있는 줄 알던 솔의 몰골이 심상찮아 서나는 꽤 걱정이 되었다.

"솔이 네가 웬일로 여기를 찾아왔어? 무슨 일이 있는 거야?"

"그게……."

무슨 말을 하려 했는지도 까먹고 있던 솔이 뒤늦게 외치다시피 말했다.

"서나 아가씨! 별당의 소실이 아기를 낳으려고 해요! 산통 때문에 주저앉아 끙끙 앓고 있어요!"

"별당의 소실?"

서나의 미간이 구겨졌다. 솔이는 어쩌자고 자신에게 홍씨 년이 애를 낳으려 하는 것에 대해 보고하는 거지? 우와, 드디어 해산을 하는구나. 좋겠다, 곧 열 달을 품은 새끼의 얼굴을 볼 수 있어서. 축하한다고 전해주어라. 그렇게라도 씨불이라는 건가?

송우가 홍다련에게 모질게 대하는 것이 재미있진 않은들 그렇다고 건방지게 혀를 놀려 저가 아이를 잃게 한 계집이 서나의 눈에 곱게 보일 리가 없었다. 그녀가 불쌍히 여기는 것은 변한 동생이지 홍다련이 아니었다.

솔이 전해온 소식이 반갑지 않은 것은 물론 기분이 좋지 않았으나 서나는 그것을 티 내지 않았다. 자신이 사산한 게 홍녀 때문인 것을 모르는 솔이에게 화풀이를 하고 싶지 않았기에. 대신 그녀는 특유의 톡 쏘아붙이는 어투로 마구 빈정거리기 시작했다.

"그년과 더없이 잘 어울리는 한 쌍인 고매한 내 제부 놈은 어디서 무얼 한다니. 꼴에 왕이면서 지 새끼가 나오건 말건 상관없이 그 계집년을 방치해 두기라도 했어?"

"원래는 임금님께서 붙여주신 서 상궁마마랑 항아 둘이 곁을 지키죠! 한데 별당 소실이 산통을 느낀 찰나에 갑자기 급한 일이 있다고 다 같이 사라졌어요! 아가씨, 도와주세요! 아가씨 빼고는 도움을 청할 이가 아무도 생각나지 않았어요!"

"네 이년, 누구를 도우라 하는 것이냐!"

겨울바람처럼 서늘한 일갈은 서나의 것이 아니었다. 식겁하여 놀란 눈을 해 보이는 솔에게서 눈길을 뗀 서나가 한위를 쳐다보았다. 싸늘히 식은 그의 모습을 바라보며 곰곰이 생각한 그녀는 이윽고 삐친 아이를 달래듯 치솟은 역정 탓에 붉은 기가 도는 한위의 목에 가벼이 입을 맞췄다. 서나가 자리에서 일어섰다.

아무리 너그러운 양친이라 하나 여동생을 아프게 한 진염과 그의 첩년을 좋게 볼 리 없었다. 솔이 또한 그것을 모르지 않아 차마 친정으로 쫓아가지 못하고 더 편하게 생각하는 자신을 찾아 헐레벌떡 달려온 듯싶은데. 사람 목숨 하나 살려 보겠다 나름 애를 쓴 노비인데 무슨 죄가 있다고 꾸짖겠는가. 그렇지, 아무리 홍다련이 원수 같다지만 그래도 산목숨인데. 그것도 그년의 뱃속에 목숨 한 개가 더 들어앉아 있어 합이 둘인데.

"부인."

역시 자리에서 일어선 한위의 딱딱하게 굳은 얼굴을 확인한 서나는 그의 뺨에 한 번 더 입을 맞췄다.

"서방님, 솔이는 아무것도 모릅니다. 너무 노여워 마세요."

"그래서 무어? 그 계집을 도와주기라도 하려고?"

"……본디 아버지에게 목숨이란 대소경중 없이 귀히 여겨야 하는 거라 배웠습니다. 게다가 솔이에게 소식까지 전해 들은 마당에 모르는 척하기 찝찝하잖아요. 어진 왕비인 내 여동생이 한때 살던 잠저에서 두 명 분의 초상을 치렀다가 괜히 송우가 부정이라도 탈까 무섭기도 하고."

"뭘 어찌할 것인데?"

"그저 유모 할멈과 노련한 여비 몇 내어주려는 겁니다."

"속도 좋구려."

단단히 화가 난 한위가 퉁명스레 내뱉었다. 나직한 한숨을 내쉰 서나는 그의 곁에 바싹 다가갔다. 지금 바로 달래놓지 않으면 못해도 삼 일은 삐쳐 있을 거다.

그녀가 낭군의 귓가에 소곤거렸다.

"한위야, 기분 풀어. 쟤 보내고 차고 넘칠 만큼 많은 사랑을 줄게."

"……."

"네가 그러려니 날 이해해. 응? 넌 너무 훌륭한 지아비이잖아."

앙큼한 속삭임이 끝나자마자 한위의 귓바퀴가 새빨갛게 달아올랐다. 씩 웃은 서나가 대청 위에 나와 섰다. 순식간에 종종걸음으로 쪼르르 다가와 말루 아래에 서는 막년이에게 그녀가 명령했다.

"너 당장 행랑채에 가 유모할멈보고 솔이와 함께 내 제부 놈의 잠저에 들르라 전해. 할멈한테 순이랑 기엽이도 딸려 보내고."

"예, 아가씨."

"그리고……."

"그리고 또 뭐요?"

"빌어먹도록 형편없는 놈 같으니라고. 어디 하나 마음에 드는 구석이 없어. 제 새끼 밴 여자를 그리 두다니, 쯧. 하여간에 끼리끼리 만나요. 내 이름으로 대궐에 있는 임금 놈한테 기별을 넣어. 잠저에 그 망할 년 애 나온다고."

임금 놈, 망할 년, 형편없는 놈. 욕지거리가 난무하거늘 용케 서나의 명령을 알아들은 여비 둘이 지체 없이 움직였다.

"난 정말 마음에 들지 않아. 너와 내 아이를 죽게 만든 계집을 도와주다니."

여전히 기분이 나쁜 듯 쌀쌀맞게 내뱉은 지아비를 향해 돌아선 서나는 인내심을 갖고 애교가 가득 섞인 미소를 지어 보였다. 그녀가 보기 싫다는 것처럼 한위가 고개를 돌렸지만 서나는 굴하지 않았다. 날름 그의 허리춤을 감싸 안은 그녀가 달콤하게 속삭였다.

"말했잖아. 사람이 죽을지 모른다는 소리를 듣고 모르는 척하기도, 그 사람이 송우가 살던 곳에서 죽는 것도 찜찜해서 그런다고. 기분 풀어."

"……."

"한위야, 네가 그러면 내가 오늘 밤에 요부가 될 수 없어."

"……세 번."

한위가 툭 내뱉은 한마디를 곱씹은 서나의 입꼬리가 찢어져라 치켜 올라갔다.

"하여간에 우리 낭군님은 나보다는 아니지만 송우만큼이나 하얗고 고와선 생긴 거랑 다르게 사내대장부라니까."

"곱다는 말 싫다 했어."

평소라면 어여쁘다 놀린들 잠시 미간 한번 찌푸리고 말 한위의 태도가 자못 엄했다.

간만에 주도권을 잡았다는 게지. 그 같은 생각을 입 밖으로 꺼내지 않은 서나는 한위의 따뜻한 입술이 자신의 것에 닿아 오자 그의 목을 그러안았다. 그녀의 상체를 감싸 안아 방 안으로 유도한 한위가 쾅 소리가 나도록 문을 닫았다. 두 사람의 입술이 맞물린 채 움직였다. 미끈한 혀가 상대방의 것과 얼기설기 얽혔다.

"아, 한위야, 잠깐만."

번개처럼 빠르게 무언가가 뇌리를 스치자 서나는 다급히 너른 품에서 빠져나왔다.

"왜?"

감기에 걸린 것처럼 쉰 소리를 내는 낭군을 무시한 그녀가 곰곰이 상념에 잠겼다. 찜찜한 기분이 그녀의 신경을 긁어댔다.

"원래는 임금님께서 붙여주신 서 상궁마마랑 항아 둘이 곁을 지키죠! 한데 별당 소실이 산통을 느낀 찰나에 갑자기 급한 일이 있다고 다 같이 사라졌어요!"

솔이가 분명히 그렇게 말했지.

서 상궁, 서 상궁……. 대궐에 차고 넘치는 이가 서씨 성을 가진 상궁이지 않을까. 그런데 왜 이렇게 기분이 싸할까.

그녀의 눈앞에 여동생을 찾아 왕비전에 간 날이 떠올랐다.

"비야, 네가 아이들과 마중을 나가주련? 분명히 서 상궁이 광의문 앞까지 같이 왔을 테니 그이에게 일전에 내가 한 말을 전하는 것 잊지 말고."

"예, 비전하."

"다른 사람이 듣게 해서는 아니 된단다. 주의하려무나."

왜 자꾸 왕비전에 들른 그날 묘한 미소를 머금은 채 그 말을 하던 송우가 떠오를까. 내리 잠저를 지켜왔다는, 운 없게 이런 때에 갑작스럽게 사라졌다는 서 상궁이란 자와 여동생이 부탁을 한 이는 다른 이일 확률이 높은데.

"서나야."

힘든 기색이 만연한 채로 쉰 목소리를 내는 한위였지만 서나는 요지부동이었다. 그녀의 바싹 곤두선 감각이 자꾸만 짜증 나는 상상을 하게 만들었다.

"한위야."

"어? 다시 할까?"

"미안해. 못 참겠어. 지금 당장 확인할래."

"아…… 또 뭐가 걸려서. 서나야, 부탁인데 중요한 거 아니면 나중에……."

"확인을 해야겠어. 제부 놈이 그년을 돌봐주라 붙여놓은 상궁 나인들이 임금의 명을 거스르고 왜 갑자기 사라졌는지를."

애처로운 목소리로 호소하는 한위의 말을 끊은 서나는 그를 제쳐 두고선 바깥으로 향했다.

✻

고요한 왕비전 안으로 스며든 뿌연 달빛이 이부자리 위에 널브러진 왕비의 진줏빛 침의 자락, 장신구 하나 없이 풀어 내린 새카맣고 윤기 도는 머리카락을 비추었다.

평상시와 달리 체통 없이 옆으로 웅크려 누운 채로 송우는 멍하니 눈을 깜빡였다.

"속이 시원해?"

그날 한참 만에 입술을 뗀 언니가 한 말은 고작 그러했다. 속이 시원하냐고. 복잡한 기색이 가득한 그녀의 표정, 저에게 던진 물음이 예상하던 바와 달랐다. 기뻐할 줄 알았는데. 후련해할 줄 알았는데. 그러나 언니는 그 한마디를 남기고 더는 아무 말을 하지 않았다. 그러한데 '지난 일에 대한 울분이 아주 약간이라도 풀리셨냐'고 물을 수 있을 리가 없었다.

홍다련에게 한창 쏘아붙일 때에는 꽤 통쾌했다. 속이 후련했다. 하지만 그것은 잠시일 뿐이고, 만삭의 배를 끌어안고선 눈시울을 붉히는 홍다련을 내려다보고 있자니 삽시간에 죄책감이 솟았다. 지난날 겪은 일들이 머릿속을 맴돌아 화가 나면서도 동시에 마음이 아렸다. 속이 상해갔다. 한데 언니 또한 불유쾌한 표정을 짓고 있으니 더더욱 기분이 침울해져 간 것을 두말할 필요 없으리라.

그리 우울한 상태가 언니가 돌아간 이후에도 쭉 계속되더니 어느 순간부터 온몸의 기운이 바깥으로 도망가 버렸다. 대신 전신을 축축 늘어뜨리는 무거운 무력감이 철썩 온몸에 들러붙었다.

하여 송우는 벌써 며칠째 손발이 축축 처지고 아무것도 하기 싫은 상태를 겪어오고 있는 중이었다. 당연지사 오늘도 겨우 내명부 일을 끝낸 네 시진 전부터 지금까지 꼼짝 않고 이부자리에 누워 있는 참이고.

"언니……."

눈앞에 또 서나가 그려져 힘없이 중얼거린 송우의 눈시울이 뜨거워졌다. 벌써 수백 번은 되뇐 생각이 다시 떠올랐다.

언니는 날 보면서 무슨 생각을 했을까. 홍다련이 상궁 나인들에게 질질 끌려 나가는 모습을 보면서 통쾌해하지 않은 것만은 분명해. 기뻤다면 절대로 그런 표정이 아니었을 거야. 속으로 내 욕을 했을까. 그래도 임부인 홍다련인데 내가 너무 심했다고 생각해서, 그래서 실망했나? 놀랐나? 게다가 언니도 아이를 가져본 경험이 있으니까. 회임한 계집에게 모질게 굴다가 결국엔 쫓아내 버린 내 모습이 너무나 못돼 보여서 딱 한 마디를 남기고 사저로 돌아간 걸까.

"흑……."

흐느낌을 삼키지 못한 송우는 머리부터 발끝까지의 온몸을 계수 아래에 숨겨 버렸다. 마음이 좋지 못하니 몸까지 추웠다. 뉘라도 붙잡아 하소연을 하고 싶은데, 위로를 구하고 싶은데 무서웠다. 붙잡은 누군가가 또한 저를 친언니가 그러했듯 무표정하게 바라볼까봐. 네가 잘못해 놓고 무얼 어리광이냐 쏘아붙일까 봐.

"으흑……."

재차 입술 새로 흐느낌이 새어 나온 찰나, 문이 열리는 소리가 들려 송우는 입술을 앙다물었다. 발소리가 가까워지는가 싶더니 뚝 멈추었다. 비를 걱정시키고 싶지 않아 아무렇지 않은 척을 하려 해도 그것이 뜻대로 되지 않았다. 결국 그녀는 음울한 기색이 가득한 목소리로 말했다.

"비야, 예가 왕비전이란 것은 잊고 사가에서처럼 그랬듯이 옆에 있어주겠니? 금일 밤 같이 잘까?"

아무리 제멋대로 굴려 정비해 놓은 왕비전이라지만 상궁 되는 아이와 궐에 들어오기 전 가끔씩 그랬던 것처럼 나란히 누워 자는 것까지 될까. 가능하려나. 혹여 주상이 찾아왔다 그 광경을 보면 얼마나 기가 차 할까. 찰나의 많은 고민을 송우는 무시했다. 이리 외로운데, 추운데. 한데 그놈의 예법, 저가 왕비라는 사실, 그것들이 다 무슨 소용일까 싶다. 한데 한참이 지나도록 비가 묵묵부답이자 그녀는 뒤늦게 덜컥 겁이 났다. 비록 아까까지 내색하지 않았다지만 실은 비까지 홍다련에게 쏘아붙이는 제 모습을 보면서 통쾌하기는커녕 실망을 한 건가. 소녀를 올려다볼 생각도 못하고 눈시울만 붉히는 송우의 귓가에 제 것이 아닌 목소리가 스쳤다.

"미안하게도 나는 어린 계집아이가 아닌데."

"……!"

귀청에 내리꽂히는 것은 사내의 목소리였다. 해 질 녘부터 자정(子正)이 넘을 때까지 손 하나 까딱이지 않은 것도 잊은 송우가 벌떡 일어나 앉았다. 희뿌연 달빛을 등지고 서 있는 륜을 발견한 그녀의 두 입술이 맞물리지 못하고 틈을 보였다.

이윽고 그 틈새로 두려움이 가득한 음성이 새어 나왔다.

"여, 여기 이렇게 늦게 오면…… 들켜서 네가 위험에 처하면, 잘못되면 나는 어찌 살라고……."

저도 모르게 중얼거린 송우의 눈동자가 불안히 흔들렸다. 지금 시각이 어찌 되었더라. 계시를 지나 축시가 다 되어가고 있지 않던가? 온 세상이 잠든 시간이라지만 그래서 되레 위험한 때이거늘. 이러다 혹여 운 없게 남편이 곤전에 들르면? 다 큰 사내가 왕비전에 들어 있는 모습을 보면 어찌해?

오로지 륜만이 걱정이 되어 송우는 점차 창백하게 질려갔다. 그런 그녀를 안심시키듯 륜이 다정히 말했다.

"왕은 오지 않아. 적어도 오늘은."

"어찌 확신해. 지금 우리 모습을 들키면……."

"잠저에 갔어."

"……갔다가 돌아올 거잖아. 너랑 마주치거나 혹여 여기 오면 어찌해. 저번에도 예상치 못한 때에 왔단 말이야. 네가 잘못되면 나는 정말……."

싫을 것 같단 말이야. 송우가 그 말을 덧붙이기 전 안절부절못하는 그녀가 안쓰러워 륜은 어쩔 수 없이 근거를 던졌다.

"주상의 첩이 해산 중이야. 그러니 걱정 그만해."

"……."

홍다련이 아이를 낳고 있다고?

그 말을 듣자 송우는 안심이 되었다. 적어도 향후 몇 시진은 낭군은 대궐에 오지 않을 터였다. 저번처럼 자신의 처소에 불시에 들이닥치는 일은 더더욱 없을 거였다. 와서 무어라 하겠는가. 내 첩이 아이를 낳았다고 자신 앞에서 그리 지껄이겠는가?

염을 마주칠 일이 없다는 확신을 가지자마자 두려움이 가시고 희열이 송우의 가슴속을 채워갔다. 해산을 하고 있다는 홍다련에게 노기를 느낄 새가 없었다. 그년이 아이를 낳아 기세등등하건, 그런 그년을 진염이 어여뻐하건 상관 없었다.

륜이 반갑고 또 반가워 벌떡 자리에서 일어선 송우는 그의 품에 파고들었다. 자신이 안겨드는 게 좋지도 않은지 그가 딱딱하게 경직되어 가는 게 선명했다. 하지만 괘념치 않은 그녀는 륜의 단단한 상체를 두 손으로 감싸 안았다.

"륜……."

다른 이는 몰라도 그만은 변한 제 모습을 보았더라도 실망을 아니 하지 않았을까. 오히려 잘했다 다독여 주었을 것 같은 건 착각일까. 아니, 륜은 분명 나무라지 않았을 것이다. 저가 힘들 때마다 곁에 있어준 그가 그럴 리가.

그의 옷깃을 움켜쥔 손에 더욱 힘을 실은 송우는 익숙한 향기가 배어 나오는 다부진 사내의 가슴팍에 얼굴을 묻었다.

"네가 좋은 걸 더는 숨길 수가 없어……."

"……."

그 작은 혼잣말이 귓가를 스치매 륜은 어찌하면 송우가 기분이 상하지 않게 그녀를 뿌리칠지 생각하는 것을 멈추었다. 중궁전 안에 들어서기 직전 조심하자 다짐한 것도, 송우에게 손을 대선 안 된다 되뇌던 것도 잊고 말았다. 그 역시 그녀를 세게 끌어안았다.

서로에 체온에 취한 두 사람이 떨어질 줄을 몰랐다.

건륜.

내 마음을 독차지한 그를 언제부터 좋아하게 되었는지 알지 못한다. 처음 만났을 때에는 귀남자이긴 하되 까칠하다 못해 고약하게 느껴졌을 따름이어서 반듯한 얼굴조차 전혀 매력적으로 느껴지지 아니했다.

결론적으로 썩 좋은 출발을 하지 못한 인연인데, 한 번 두 번 얼굴을 마주치다 보니 그의 그 까칠함에 적응이 될 무렵부턴 같이 있는 시간이 나쁘지 않았다. 꽤 괜찮았다. 그러던 차에 또 언제부턴가 사내의 표정, 행동에 다정함이 깃들기까지 하였으니 그쯤 되니 괜찮은 정도가 아니라 좋았다.

신혼집은 본래는 저를 위해 마련되었건만 한순간 남편과 다른 여인의 그것이 되어버렸기에 게서 객식구란 자신이었고 진정한 의미의 안채는 저의 처소가 아닌 첩실이 머물던 별당이었다. 그리 뒷방에 처박혀 소외되어 있던 시절, 심지어 가족에게도 슬픔을 토해내지 못해 홀로 끙끙 앓고 있던 차에 곁을 지켜준 이는 노비 여아 하나와 그였다. 때문에 빛살이 창창한 어느 날 거처 앞에 찾아와 손을 흔들어준, 안녕이라 말을 건네준 그를 발견했을 때에는 심지어 마음이 설레기까지 했다.

하여 그는 또 한 번 어느 틈엔가 눈치채지 못하게 물안개처럼 스르륵 밀려들어 와서 우정이 아닌 사랑이 되어버렸다.

찬찬히 눈을 뜬 송우는 륜을 빤히 올려다보았다. 앉은 륜의 위에 겹쳐 앉다시피 한 상태라 부끄러운 마음이 없지 않았지만 그보다는 좋은 감정이 훨씬 컸다. 때문에 그에게서 내려와 앉거나 단단한 가슴팍에서 뺨을 뗄 생각을 그녀는 전혀 하지 않았다. 오히려 륜이 네 손가락으로 자신의 머리카락을 빗고 어루만지자 그녀는 옅은 미소를 지었다. 그뿐인가. 참으로 과감하게 그녀는 륜의 뺨이며 입술을 간질이듯 살살 어루만졌다.

"며칠간 기운 없이 지냈다며? 무슨 일이 있었기에……."

"……그냥."

그와 함께이기에 좋은 감정을 해치고 싶지 않아 송우는 화두를 돌렸다.

"해산을 하는 데 족히 반 시진은 걸릴 거고 첫 아이를 보는 만큼 주상이 늦게 돌아올 것 같아. 그러니까 동이 틀 때까지…… 옆에 있어주면 안 돼?"

"돼."

"……."

"네가 원한다면, 그래서 기분이 괜찮아진다면야."

그의 답이 만족스러워 송우의 입가에 환한 웃음이 걸렸다. 며칠간 우울했던 것이 맞긴 한 건지 믿을 수 없을 만큼 한결 밝아진 그녀는 이번엔 륜의 옷깃 부분을 만지작거렸다. 자꾸만 그의 이곳저곳을 손끝으로 훑고 싶었다. 어찌 이러지.

"주상이 대궐 밖에 나갔다는 것과 홍녀가 해산 중이라는 것을 어찌 알고 시간 맞춰 찾아온 거야? 궁 안에 눈과 귀라도 구해놓았어?"

"조정이며 내궁에서 무슨 일이 어찌 돌아가는지 알아두어서 나쁠 건 없으니까."

"면천시켜 관직을 내려주겠다는 제안도 거절했잖아. 한데 어찌 알아야 하는데? 혹시……."

"……."

"나 때문에? 내가 걱정이 되어서?"

장난기가 깃든 목소리로 묻는 송우의 기분을 륜은 망치고 싶지 않았다. 때문에 그는 '그 이유도 없지 않지만 궁인 몇과 하급 관리 몇을 매수해 둔 애초의 이유는 조정 일에 관한 보고를 듣기 위해서였다. 나는 내가 널 팔아 세운 임금이 저 아래에 있는 이들을 위해 제대로 일을 하는지 알아야 할 필요가 있다'고 그녀에게 설명하지 않기로 결정했다. 그리고 또한 무서웠다. 그것을 소리 냈다가 송우를 잃을까 봐.

"그래, 맞아. 네가 걱정이 되고, 네 소식이 궁금하고 항상 알고 싶어서."

작은 웃음소리를 흘리는 송우의 머리카락에 스치다시피 입술을 대었다 뗀 륜이 물었다.

"이젠 네가 답해봐."

"무얼?"

"왜 며칠씩이나 상태가 좋지 못했는지를."

"……."

"송우야, 너는 며칠 전에 홍다련을 정린(征隣)했고, 나도 네게 실컷 휘둘리고 있어. 네가 사약을 내리면 웃으면서 마실 수 있을 정도로 너한테 정신이 팔려 있지. 그런데 모든 게 순조로운데 뭐가 널 힘들게 하는 거야?"

"뭐?"

일다경 전만 해도 싱글벙글하던 송우의 얼굴이 딱딱하게 굳어갔다. 륜이 왕비전에서 일어난 일에 관해서까지 아는 것은 그다지 신경 쓰이지 않았다. 다만 그의 뒷말이 주의를 끌 뿐이다. 네게 휘둘리고 있다. 네가 내린 사약을 웃으면서 마실 수도 있을 듯하다.

"널 안 볼 거냐고 물었지. 아니, 계속 볼 거야. 그렇지만 너한테 화가 나 있는 만큼 틈만 나면 심술을 부리고 배려 없이 제멋대로 굴며 괴롭힐 거니까 감수할 자신 있으면 내 옆에 있어."

지난날 륜에게는 고작 그렇게 말했거늘. 심술을 부릴 거라고. 한데 저 의미심장한 소리는 무엇인가. 그가 알고 있는 걸까. 겨우 심술을 부리는 정도가 아니었다는 것을. 그를 짓밟으려, 그의 마음을 움켜쥐어 세차게 비틀다 지옥 구렁텅이에 내동댕이치려 했다는 사실을? 하면 제 속을 훤히 꿰뚫었다면 륜은 어찌 자신의 곁에 있는 걸까. 저를 얕본 겐가, 아니면 다 알고 있으면서……

가슴속이 싸늘해져 갔지만 송우는 애써 차분히 물었다.

"아무렇지 않아? 내가 너한테 어떤 마음을, 생각을 가졌는지 알면서……"

"상관없어."

"난 네 마음을 희롱하다가 내치려고 했어."

"나는 네게 죄를 지었고, 그럼에도 불구하고 널 그리고 있어. 그러니 네 화가 풀릴 수만 있다면 네가 내리는 그 어떤 벌도 달게 받을 거야."

"……"

"아마 지난 며칠간 감정이 좋지 못했던 건 그 계집 때문인 것 같은데, 미리 말해두자면 내 경우에는 그러지 마. 동정이건 죄책감이

건 그따위 것은 느끼지 말고 애초에 내게 하려 했던 바를 해."

송우의 입술 새로 옅은 신음이 새어 나왔다. 그가 제 말을 제대로 이해한 게 맞는가 의심이 들어 그녀는 천근만근 무겁게 여겨지는 입술을 다시 떼었다.

"나는 홍다련에게서 진염의 마음을 뺏어오겠다고 다짐했어. 그래서 그 계집을 비참하게 만들고, 너는⋯⋯."

"⋯⋯."

"네가 다른 사내의 옆에 있는 날 보면서 괴로워하길, 비쩍 말라 죽기를 기원했었어."

"어렴풋이 예상했어."

"그런데도⋯⋯ 아무렇지 않다고? 너한테 고작 심술 정도를 부리려고 했던 게 아니라니까?"

"상관없어."

어떻게 그럴 수가. 륜은 태연하건만 송우는 되레 저가 충격을 받았다.

"나를 그렇게 아끼면서, 내가 진염을 사로잡아 그의 곁에서 웃고 떠들고, 그리고 너는 버리면 그래도 넌⋯⋯."

여전히 괜찮다고, 그러니까 그렇게 하라고 말할 거냐. 말끝을 맺지 못한 송우는 어쩐 일인지 화끈해지는 눈시울을 느껴 지그시 입술을 깨물었다. 왜 이럴까. 저를 수어지교라 칭해놓고 진염을 도와 역모에 참여한 륜이 미워서 그를 짓밟겠다, 한때는 독한 결심까지 했으면서. 한데 그가 그러라 하는데 어찌 이리 속이 쓰려. 헌신짝처럼 버려져도 상관없다 하는 륜이 왜 이렇게 답답해.

"노비와 군왕 둘 중 어느 쪽을 선택하는 편이 좋을지는 생각할 필요조차 없이 명확하지 않나."

모순적인 이유로 인해 확 뒤집어진 제 속을 아는지 모르는지 옅게 웃어 보이며 말하는 륜 탓에 송우의 얼굴이 더욱 일그러졌다.

"너는 나를 포함해 원망을 품은 이들에게 원하는 만큼 실컷 분풀이를 하다 결국에는 왕비이자 여인으로서 주상의 애정, 명예, 권력 그 모든 것을 가진 채 평생 영화를 누리면 돼."

"그만."

"……"

그가 말한 바는 정말이지 완벽한 결론이거늘 그녀는 좋지 않았다. 숨이 턱턱 막히고 가슴 또한 갑갑했다. 륜에게서 떨어져 나와 앉은 송우는 치솟는 화를 겨우 억누른 채 상념에 잠겼다.

륜은 자신에게 그를 실컷 조롱하고 괴롭히다 지아비에게 가라 한다. 그래도 원망하지 않을 거라고, 달게 생각할 테니 걱정 말고 진염의 사랑, 그가 주는 명예, 권세를 즐기라 한다. 그의 말마따나 상황이 그리 흘러간다면야 무엇이 나쁘겠나. 그러다가 틈을 보아서 세력을 키우고 왕을 갈아치울 수도 있을 텐데. 하면 홍다련, 륜, 진염까지 모두에게 한 방을 먹이는 것인데. 그건 진정 저 자신이 바라던 바가 아닌가. 한데…….

그렇게 되면 최후에는 어찌 되는 거지? 모든 게 끝이 나면 륜과 나는, 우리는 어떻게 되는 거야?

"내가 더는 그 누구에게도 원망을 느낄 필요가 없어지게 되는 날이 오면…… 그럼 우리는……"

혼잣말을 하듯 작게 중얼거린 송우의 눈앞에 륜이 사라진 삶이 떠올랐다. 그것을 상상하매 몸속을 채운 분노가 서늘함과 슬픔으로 바뀌어갔다. 그녀의 두 눈동자가 흔들렸다. 몸속 장기가 헐어 내리는 듯싶었다.

"네가 뭘 원하는지 다 알지는 못하지만 그것들이 전부 이뤄지는 날이 오면 그때는…… 난 지금처럼 너와 함께할 수 없겠지."

살아서건 죽어서건. 뒷말을 제외한 륜이 담담하게 소리 냈다.

그의 말이 송우의 심장을 들쑤셨다. 마구 찌르고 후벼 팠다. 함께할 수 없다고. 또 한 번 륜 없이 살아갈 나날을 떠올리자 몸인지 마음인지 모를 곳이, 아니, 둘 모두가 흠씬 두들겨 맞은 듯이 아팠다. 제 속을 뭉텅 상하게 한 말을 너무도 차분히 내뱉은 륜에게 원망이 치솟아 그를 돌아본 송우의 두 눈에 눈물이 그렁그렁 맺혔다.

"거짓말…… 이야."

그렇다고 온순하기 짝이 없게 구는 륜을 무어라 할 수 없어 송우는 대신 다른 걸로 트집을 잡았다.

"지난날 네가 나한테 한 그 모든 달콤한 말들은…… 다 거짓이야. 진심으로 날 연모한다면 그럴 수 없어."

"단 한 번도 네게 진심이 아닌 적이 없어."

격앙되는 감정을 느낀 그녀가 날카로이 말했다.

"그럼 어떻게 나한테 진염에게 가라고, 널 버리라고 할 수가 있어?"

"진심이 아니어서가 아니라 다른 건 상관이 없어서 그래."

송우가 금방이라도 눈물을 쏟을 것 같아 초조함을 느낀 륜은 그녀를 달래려 애썼다.

"너한테 취한 내가 나락에서 헤어 나오지 못해 반병신이 되건 말건 그딴 건 상관없이 너만이 중요해서 그런다고."

"……."

"널 향한 내 마음이 거짓이 아니라는 것도, 마음에 없는 말을 지껄인 적이 없다는 것도 알잖아. 네가 듣고 싶지 않은 말을 한 거라면 미안해. 내가 다 잘못했어. 그러니까 제발 화 풀고 울지 마."

"⋯⋯."

아직 속이 가라앉지 않았지만 송우는 륜이 자신을 달래려 최선을 다하고 있다는 것을 느낄 수 있었다. 한데도 성을 냈다간 그와 사이가 비틀릴까 싶어 그녀는 자신의 눈가를 조심스럽게 닦아내는 륜을 뿌리치지 않았다. 그러기는커녕 송우는 오히려 그의 얼굴을 살짝 감싸 쥐어 저를 바라보도록 만들었다. 이기적이라는 것을 알면서도 륜을 평생 옆에 붙들어놓고 싶었다. 그를 향한 욕심을 참을 수가 없었다. 홍다련도 이런 마음이었던 걸까.

"앞으로 영원히 내 곁을 떠나지 마. 내게서 떠나가 다른 계집을 마음에 담지도 말아. 나만 바라보고 내 사내로 살아. 그렇지 않으면 난 분명히 울게 될 거야."

"⋯⋯."

"네가 그러겠다고 하면 나도⋯⋯ 그에 상응하는 역할을 할게. 남은 평생⋯⋯ 네 정인일 거야."

"송우⋯⋯."

혹여 륜이 그럴 수 없다고, 그래선 안 된다 할까 제 이름을 부르는 그를 무시한 송우는 사내의 입술에 살짝 입을 맞췄다. 낭군이 있으니 이러면 아니 된다는 죄책감 따위는 느껴지지 않았다. 그렇지만 사내와 입을 맞춰본 경험이라고는 고작해야 단 두 번뿐이기에 더는 무얼 어찌해야 하는지 모르겠어서 그녀는 곧 륜에게서 떨어져 나왔다.

"너⋯⋯."

"내가 대체 뭘 본 거야?"

한참 만에 운을 떼는 륜에게 집중하고 있던 송우는 낯선 목소리가 날아든 어둠 속을 향해 고개를 돌렸다. 그녀를 향한 엄청난 애욕에 휩싸이게 되었음에도 차마 아무것도 하지 못하고 있던 륜 또한 문가를 돌아보았다.

"이게 지금 무슨 상황인 거야?"

천천히 방 안에 들어선 누군가의 얼굴 위로 창호지를 뚫은 월광이 내리쬤다. 기가 차 말이 나오지 않는다는 표정의 서나에게 시선을 붙박은 송우의 안색이 새파랗게 질려갔다.

달빛을 받은 덕에 그렇지 않아도 하얀 친언니의 살결이 더욱 도드라져 그녀에게서 꼭 빛이 새어 나오는 듯했다. 외양만 본다 하면 날개옷을 입고 이제 막 지상으로 내려온 천녀라 착각이 들 만큼 고운 언니이건만, 어둠 속에서 완연히 모습을 드러낸 그녀에게 송우가 아무 말을 할 수 없는 까닭은 그 때문은 아니었다. 두려움. 그로 인해 한순간 텅 비어버린 머릿속이 새하얘졌다.

두 남녀를 한 보 앞에 둔 서나가 걸음을 멈췄다. 뒤늦게 정신을 차린 송우는 자리에서 일어서려 했으나 뜻대로 몸이 움직이지 않았다. 더욱 거세진 두려움으로 등허리 가득 소름이 돋고 이마에 식은땀이 맺힐 뿐이다.

"어, 언니."

메말라 가는 입술을 뗀 송우가 조심스레 서나를 불렀다. 그러나 아무런 답이 돌아오지 않았다. 친언니는 차갑고도 오만한 빛을 띤 두 눈으로 저를 훑을 뿐이었다. 그 눈빛이란 언니가 곱지 않은 이를 볼 때의 그것이라 송우는 점점 더 두 다리에서 힘이 빠져나가는 것을 느꼈다. 반면 태연히 자리에서 일어선 륜은 송우의 양 어깻죽지를 단단히 붙잡아 쉬이 일으켜 세웠다. 거리낌 없이 여동생에게 손을 대는 륜에게 향한 서나의 두 눈이 가늘어졌다.

"하."

헛웃음을 터뜨리는 언니를 살피는 송우의 얼굴 가득 공포가 들어찼다. 상황을 정리하려면 자신만만까지는 아니더라도 자연스럽고 덤덤한 표정을 지어 보여야 할 텐데, 한데 도무지 아무렇지 않게 굴 수 없었다.

"서나 언니."

"이 늦은 시각에 여기 온 건 물어보고 싶은 게 두 가지 있어서야."

날카로운 한마디를 예상한 것과 달리 의외로 차분한 친언니라서 마른침을 삼킨 송우는 되도록 침착하게 반문했다.

"무엇을 묻고자 야밤에 귀한 걸음을 하셨나요?"

"저번에 내가 여기 들렀을 적에 말이야, 네가 비를 통해 부탁을 한 서 상궁이 누구야?"

"네?"

"그 상궁이 잠저에서 홍씨 년을 거드는 이인 게야? 무슨 청을 했어?"

"……."

갑자기 서 상궁에 대해선 어찌 묻는 거지? 송우의 눈앞에 지나간 과거의 장면이 떠올랐다. 그것은 홍다련의 서찰을 받은 때로부터 반나절가량이 지난 때였다.

"대전의 서 상궁에게 전해줘. 중히 부탁할 일이 있다고."

"그 부탁이 무엇이라 전할까요?"

"들자 하니 그이의 손재주가 좋다더구나. 내 그렇잖아도 아버님께 옷 한 벌을 지어드리고 싶은 참인데 도움을 받고 싶어. 시전에서 가장 커다란 포목상에 기별을 넣어 언제고 서 상궁에게 문을 열어주라 할 테니 게서 으뜸인 비단을 사들여 그이가 직접 모란꽃을 수놓아 옷을 지어달라 전해주겠니?"

"예, 알겠사와요."

"비야, 그리고 그를 실행해야 하는 시기 말인데."

"시기요? 지금 당장 만들어달라 부탁하는 것이 아니고요?"

"급하지 않단다. 그러니 서두를 거 없이…… 상궁이 근래 특별히 관리하는 이의 배가 아프기 시작하면 천천히 시작하라 하려무나."

꽃을 수놓아 저 대신 부친에게 의복을 지어줘? 그딴 의미 없는 짓거리가 필요할 리가. 선물이란 자고로 건네는 사람의 마음이 담겨야 하는 법. 다른 이의 애먼 노력이 들어간다면 무슨 소용이랴. 아비에게 선물을 주고자 했다면 바늘 한 땀까지 제 스스로 놓았을 터다. 하나 친밀하지도 않은 대전의 상궁에게 굳이 쓸데없는 부탁을 했다. 홍다련을 엿 먹이려고. 상궁에게 던진 에두른 말에 내포된 암시란 아이가 태어나려 하면 도움을 주지 말라는 경고였다.

"과대망상을 한 거겠지만 찜찜해서 묻는데, 네가 입 밖으로 꺼냈던 서 상궁과 잠저의 그이는 물론 다른 이겠지?"

"……예."

"……"

"다른…… 이에요."

웅얼거려 내뱉은 거짓이 송우의 심장을 쑤셔댔다. 생전 처음이다, 언니에게 진실되지 않은 바를 소리 낸 것은. 그렇지만 비겁할지언정 사실대로 말할 순 없었다. 만약 이 같은 상황이 아니었다면 스리슬쩍 웃으며 바른대로 고했을지도 몰랐다. '아니어요. 짐작하신 바가 맞습니다. 언니를 다치게 한 그 계집이, 그년의 뱃속 건강한 아이가 아니꼬워 장난질을 좀 쳤죠'라고. 아니, 분명히 그렇게 말했을 터이다. 하지만 상황이 상황인즉 언니의 성정에 불을 붙여봐야 백해무익할 게 자명하니 책을 잡힐 거리를 최대한 줄이는 편이 바람직했다.

"다행이네. 난 또 괜한 걱정을 했잖아. 솔이가 놀라 질질 짜면서 나한테 와 이르길, 홍씨의 애가 태어나자마자 절명했다더라."

"……네?"

서나가 의심을 거두는 듯해 안심한 것이 잠시, 송우는 넋이 나가 되물었다. 커다란 둔기에 머리를 맞은 것처럼 정신이 멍했다.

죽다니? 계집의 아이가 죽었단 말인가. 그것까지는 바라지 않았다. 그저 고생 좀 하라, 친언니를 사산하게 만든 년에게 짓궂은 마음이 든 것뿐이었다. 아니, 기실 한 번쯤은 '그까짓 계집과 아이? 잘못되려면 되라지'라 떠올리며 속으로 코웃음을 치긴 했다. 하나 곧 지워 버린 심술이고 이 지경이 되기를 바라지는 않았다. 한데 죽었다고?

아물리지 못한 송우의 입술과 두 손이 바들바들 떨렸다. 목이 바싹 타고 심란함과 죄책감, 두려움에 마음이 요동쳤다. 하여 그녀는 서나의 한껏 가늘어진 두 눈이 꼼꼼히 자신을 살피는 것을 알아채지 못했다.

그러나 륜은 서나의 미묘한 낌새를 충분히 눈치챈즉, 그가 나직이 뇌까렸다.

"거짓말."

창백하게 질린 송우를 돌아본 그가 다시 한 번 그녀를 달랬다.

"거짓말이야. 그러니 네 누이가 내뱉은 쓸데없는 말에 휘둘릴 거 없어."

륜의 음성과 눈빛이 워낙 단호한지라 송우는 당장에라도 그에게 안겨들고 싶었다. '나 너무 놀랐다. 하마터면 울음이라도 터뜨릴 뻔했어', 그리 어리광을 피우고 싶었다.

"두 가지를 물으러 왔다고 했지? 이놈은 누구야?"

"……."

하지만 방 안에는 그와 그녀뿐이 아니기에 어쩔 수 없이 송우는 서나를 향해 고개를 비틀었다.

"그러고 보니 일전에도 본 적이 있어. 내가 홍녀를 쥐어 팰 때에 안채에 있던 그놈이야. 대체 누구기에 유부녀의, 그것도 왕비의 처소에 이 늦은 시각에 있는 것이며 왜 왕비 전하와 이놈의 입술이 붙어 있던 걸까?"

잔뜩 치켜 올라간 언니의 눈을 차마 똑바로 쳐다볼 수 없어 송우의 두 눈이 절로 바닥을 향해 내리 뜨여졌다. 심장이 바닥으로 떨어지는 것 같았거늘, 쿵 소리가 나지 않은 게 이상했다.

"말해. 이놈은 누구고 너와 무슨 상관인지."

서나는 다시 한 번 묻건만 송우는 답을 할 수 없었다.

무어라 변명을 하려 해도 이는 빼도 박도 못 하는 상황이 아닌가? 최악으로 그와 입을 맞추는 상황을 들켰는데 어찌 빠져나갈 구멍이 있겠는가.

"무슨 상관이냐고 물었어."

"……."

작은 짐승의 몸통을 칭칭 휘감아 질식사시키는 뱀처럼 점차 낮게 깔리는 언니의 목소리가 숨통을 옭아매 왔다. 눈앞이 핑 돌고 숨이 차건만 살려달라 울부짖지 못한 송우는 발끝만 내려다보았다.

"유송우."

"그쯤 하지 그래."

뻔히 알고 있으면서 또다시 송우를 죄어치는 서나가 마음에 들지 않아 그녀에게 향한 륜의 눈매에 날이 섰다. 창백하게 질려 굳어 있는 송우가 안쓰러워 그는 그녀의 가늘게 떨리는 오른손을 잡아채었다.

"그만 떨고 정신 차려. 꽤나 쏘아붙이는데 정도껏 해. 다 알고 있으면서 언제까지 여동생의 숨통을 죄려고."

"류, 륜."

겨우 한마디를 웅얼거린 송우는 서나의 앞에서 그와 손을 맞잡고 있는 것이 좋은 처사가 아니란 생각이 들어 륜에게 붙들린 자신의 손을 살짝 틀었다. 예상 외로 그는 쉬이 자신을 놓아주었다. 한데 참으로 이상하게도 그를 뿌리치자 그녀는 싸한 기분이 들었다. 잠시 생각한 송우는 곧 그 이유를 알아챘다.

"앞으로 영원히 내 곁을 떠나지 마. 내게서 떠나가 다른 계집을 마음에 담지도 말아. 나만 바라보고, 내 사내로 살아. 그렇지 않으면 난 분명히 울게 될 거야."

"네가 그러겠다고 하면 나도 그에 상응하는 역할을 할게. 남은 평생 네 정인일 거야."

고작 일다경 전에 륜에게 그렇게 말했는데, 한데 아무렴 륜과의 관계가 드러낼 수 없는 떳떳하지 못한 그것이라지만 자신은 그를 옆에 두고 필요 이상으로 죄인처럼 굴고 있지 않은가.

"송우야."

서나의 부름을 듣는 둥 마는 둥 한 귀로 듣고 한 귀로 흘린 송우는 다시 륜의 손을 붙들었다. 그러나 그와 눈이 마주치는 순간, 그녀는 그를 놓칠 수밖에 없었다.

"아!"

순식간에 서나에게 머리채를 휘어 잡힌 송우의 입술 새로 놀란 소리가 튀어나왔다. 이리저리 꺾이는 목이 부러질 것처럼 아렸다. 마치 칼날에 머리가 들쑤셔지는 것 같았다. 그러나 또 한 번 송우가 흘린 신음은 서나의 거대한 고함 소리에 묻혀 버렸다.

"나한테 거짓말을 하는 것도 모자라서 임부인 데다 자칫 죄 없는 애가 잘못될 수도 있거늘 홑녀가 해산을 혼자 하게 만들려고 해? 거기다가 일개 사가의 부인도 아닌 왕비의 몸으로…… 다른 놈과 사통을 해? 너 미쳤어? 이 정신 나간 계집애가 안쓰럽게 여겨 그냥 두려 했더니!"

"으읍! 어, 언니!"

"정신 차려, 이년아! 아버지, 어머니가, 내가 널 그렇게 키웠어? 아니면 정말로 확 돌아버려서 죽으려고 작정이라도 한 거야? 무서운 줄도 모르고 어딜 감히 이따위 짓을 해!"

머리카락으로 모자라 머리 가죽이 죄 뽑히고 벗겨질 것만 같은 아픔 탓에 송우의 두 눈이 흠뻑 젖어들었다. 제발 그만하라 말도 못 하고 한없이 휘둘리던 송우는 저를 뒤흔드는 악력이 삽시간에 사라지자 풀썩 바닥에 주저앉았다. 상체를 고꾸라뜨린 채 거친 숨을 헐떡인 그녀는 금방이라도 다시 그 끔찍했던 사나운 공격이 날아들지 모른다는 두려움에 고개를 재빨리 치켜들었다. 순간, 그녀의 귓가에 철썩 하는 매서운 소리가 메아리쳤다.

"……륜."

그 무서운 기척은 자신에게서 언니를 멀찍이 떼어놓은 륜이 기어코 그녀에게 뺨을 맞은 탓에 울린 소리였으매 순간 머리에 만연했던 고통이 송우는 일순 느껴지지 않았다. 왈칵 치솟아 뺨을 타고 흐르는 눈물방울도 느껴지지 않았다. 그저 몹쓸 일을 당한 륜 때문에 속이 뭉텅 상할 따름이다. 서나 언니가 무어라고 그를 때린단 말인가. 저의 사내인데. 저가 힘이 들 때 항상 옆에 있어준, 자신에게 헌신짝처럼 버려져도 즐거울 거라 말하는 바보 같은 제 것인데!

"아, 안 돼."

우는 송우를 돌아보지 않은 서나가 륜에게 매섭게 쏘아붙이기 시작했다.

"네놈의 머리는 장신구이더냐? 생각이 그리도 없어? 지천에 깔린 게 계집이건만 어찌 왕비를 건드려? 겁이 없는 게야, 아니면 목숨이 둘이라도 되는 게야?"

"언니, 그러지 마세요. 륜에게……."

"아무 변명거리라도 내놓아보란 말이다! 벙어리처럼 굴어 저년을 꾀어내진 않았을 테면서 왜, 내게 들키니 갑자기 입이 얼어붙기라도 하였느냐? 내 동생년도 별반 다르지 않다만 아무렴 사람 꼴을 하고선 짐승도 아니 할 짓을 해? 지아비 있는 계집을 건드려? 그것도 감히 이 왕비전에서? 못 배운 놈이라도 그 같은 일을 벌일 엄두를 내진 못할 테니 진정 정신이 나간 게지! 네 이놈, 대체……."

"서나 언니, 그만하세요!"

룬이 모욕 섞인 꾸지람을 듣고 있는 모습을 보자니 피가 거꾸로 솟구쳐 바락 소리를 친 송우는 그의 앞을 막아섰다. 그에게 욕을 해도 저가 할 것을 다른 이가 그러자 억장이 무너지는 것 같았다. 줄줄 흐르던 눈물마저 뚝 멈춰 버렸다.

"그만하긴 뭘 그만해? 잘한 것도 없으면서 어디에 대고 성질을 부려?"

"하면…… 제가 무얼 그리 잘못했다고요?"

반성하는 기색을 내비추기는커녕 송우가 담담히 반박하자 서나는 헛웃음을 터뜨렸다. 기가 찼다.

"그럼 네가 잘한 게 뭐야? 하나하나 다시 짚어줘? 너, 아무리 눈엣가시 같은 계집이라지만 애까지 밴 년보고 죽으라고 상궁을 빼돌렸어?"

"예, 그랬어요. 강한 척이란 척은 다 하시더니 이토록 무른 분이셨습니까? 그 계집 탓에 언니는 아이를 잃었어요! 한데 그년과 그년 소생이 죽으면, 그렇다 한들 뭐가 문제입니까! 문수보살도 당신의 아기를 잃게 한 이에게 언니만큼 어질게 구시지는 못할 겁니다!"

"야! 너 말 다 했어?"

홍씨와 그의 소생이 목숨을 잃는다 한들 어떠하냐. 그는 실 진심이 아니기에 송우의 두 눈에서 다시 눈물방울이 흐르기 시작했다. 한껏 열이 받아 붉어진 얼굴로 쏘아붙이던 서나조차 그녀의 그 모습에 흠칫하거늘 한번 터진 감정이 주체가 되지 않는지라 눈가를 추스를 새도 없이 송우는 계속해서 쏘아붙였다.

"그 계집만 보면, 사산된 조카아이를 생각하면 속에서 천불이 나참을 수가 없으니 저는 기필코 그년이 절망에 빠져 허우적대는 모습을 볼 것이어요! 그러니 어찌 눈치채셨는지 모르겠지만 추후 이 같은 일이 다시 있다 한들 언니는 제 앞에서 홍다련을 감싸지 마시어요!"

"이 미친년이 어디서 뒤늦게 못돼 처먹은 것만 배워가지고! 내가 지금 걔를 감싸는 거야? 네가 이상해지는 게 싫다고!"

"……."

점점 더 끓는 화를 겨우 억누른 서나가 이성을 차리려 애썼다. 그러나 별다른 효과 없이 그녀는 저도 모르게 자꾸만 언성을 높여갔다.

"좋아, 홍녀에 관해선 네 뜻을 따른다고 쳐. 그러면 이놈은?"

"……."

"내가 강한 척을 해대더니 물러 터졌다고? 그러면 너는, 네년은 고아한 척이라도 한 거였어? 그래서 뒤로는 첩 놈을 두었냐고! 만약 지금 예 있는 이가 내가 아니라 왕이었으면 네가 무사할 성싶어? 이놈과 너는 물론이고 아버지, 어머니 목이 달아날지도 모르는데 네가 생각이 있다면, 돌대가리가 아니라면 이런 짓을 벌일 수 있었을 리가 없어! 아무리 남편이 난봉꾼이나 다름없대도 그렇지 이따위 더럽고 추잡한 짓거리를 하다니, 내 눈앞의 계집이 정말 내 동생이 맞긴 한 거야?"

"입 다물어."

싸늘한 한마디는 송우의 것이 아니었다. 단단히 기분이 상한 륜의 잇새 사이로 내뱉어진 그 경고에 송우는 헝클어진 뒷머리가 쭈뼛 서는 것 같았다. 그러나 서나는 아니었다.

"네놈이야말로 입 다물거라. 주제도 모르고 뉘 앞에서 당당히 굴고 끼어들어?"

"왕비와 나의 관계를 알았다. 그래서 어쩌겠다는 거지? 대궐 안에 있는 이들이 모두 들으라 시끄럽게 떠들어 유송우를 죽이기라도 하겠다는 건가? 말은 험악하게 쏟아낸다만 상황을 이 이상 악화시키고 싶지는 않을 텐데?"

"……."

"너는 소란 일으키지 말고 조용히 해. 이쪽도 너는 중궁에게 향한 네 욕지거리를 묵과할 생각 없으니까."

"안 참으면 어쩔 건데? 네가 뭘 어쩔 수 있냔 말이야! 허접스러운 어설픈 위협을 던져 어영부영 미꾸라지처럼 빠져나가려 한다면 네놈이야말로 되레 각오 단단히 하는 게 좋을 거야."

고아한 척을 했느냐. 더럽다. 추잡하다. 서나의 독언이 송우의 심장을 후벼 팠다. 한 치의 물러섬 없이 서로를 향해 날을 세우는 언니와 륜을 반쯤 넋이 나가 바라보던 송우는 찬찬히 고개를 떨궜다. 둘 다 멈추어라. 그리 소리 내야 하거늘 탁 풀려 버린 맥 탓에 도무지 기운이 돌지 않는 몸이 저의 것이 아닌 듯 제어가 되지 않고 축축 처졌다.

그리 조용한 그녀였으나 두 사람은 아니었다.

"네 성정에 너를 죽이겠다 겁박한다 해도 들어먹을 일은 없을 테지. 하면 내가 지금 당장 왕에게 달려가 나와 네 여동생의 사이를 폭로하겠다면?"

"뭐야? 미친 자식, 내 동생하고 같이 죽기라도 하겠다는 거야?"

"그럴지도. 안타깝지만 네 동생은 단단히 제정신이 아닌 나한테 꽉 붙들려 버려서 말이야. 네 그 귀청을 찢는 목소리 덕분에 왕에게 지금의 상황을 들켜 죽을지도 모르는데, 어차피 그렇게 될 바엔 자진해서 사실을 고하고 유송우가 조금이라도 네게 덜 맞게 하는 편이 내 쪽에선 더 나은 선택이라."

"……."

냉담하게 소리 내어진 륜의 위협을 뒤이어 처소 내로 불어 닥친 것은 정적이었다. 한참을 륜을 노려본 서나는, 그러나 더는 언성을 높이지 못했다.

"그럼 내가 물러가고 최대한 속히 네놈도 여기서 꺼져. 유송우 넌 나랑 나중에 다시 얘기해."

한결 작아진 목소리로 뇌까린 서나가 뒤돌아섰다. 그녀의 거칠고 조급한 발소리가 사라지자 륜은 송우를 돌아보았다. 서나를 쳐다보기가 껄끄럽고 참담해 치맛자락만 내려다보던 송우는 따스한 손길이 양 손목에 와 닿자 그제야 고개를 들었다.

"그러면 너는, 네년은 고아한 척이라도 한 거였어? 그래서 뒤로는 첩 놈을 두었냐고! 아무리 남편이 난봉꾼이나 다름없대도 그렇지 이따위 더럽고 추잡한 짓거리를 행하다니, 내 눈앞의 계집이 정말 내 동생이 맞긴 한 거야?"

더럽다, 추잡하다…….

"흐흑."

기어코 송우의 입술 새로 흐느낌이 터져 나왔다. 제 연정도, 그래도 그것도 연정이건만. 다른 여자를 마음에 품은, 여태 살 한 번 섞은 적 없는 지아비와 혼례를 올린 후 닿은 마음이라지만 그래도 진심인 것을.

또 한 번 울음소리를 흘리는 송우를 륜은 조심스레 끌어안았다. 둥그런 여인의 이마에 살짝 입을 맞춘 채로 그가 나직이 말했다.

"울지 마. 네가 그러는 거 싫어."

그를 걱정시키고 싶지 않아 송우는 재빨리 눈가를 훔쳤다.

"서나 언니는 네가 왕비전 바깥으로 나오는 모습을 확인하려 들 거야."

"어련하겠어."

"그러니까 어서 나가봐. 그렇지 않으면 언니가 다시 찾아올지 몰라."

말로는 어서 가라 해놓고 모순적이게도 송우는 륜을 밀어내지 않았다. 그러지 못했다. 기분이 좋지 못하니 그의 온기가 평소보다 배로 달콤하게 느껴졌기에. 결국 그녀는 그의 허리춤을 슬며시 붙잡았다.

"언니한테 그런 소리를 듣게 만들고 너를 붙잡아서 미안해."

"……."

"내가…… 언니한테 한 못된 말을 듣고 놀랐어? 너무 많이…… 나쁘게 변해서?"

침울한 기색을 숨기지 못하는 송우의 등허리를 륜은 위로하듯 토닥였다.

"아니. 네 여형제에 비하면 아직도 선녀 수준 아닌가."

"……."

"네 누이, 솔직히 말해서 마음에 들지 않아. 같이 사는 동안 걸핏하면 너한테 방금 전처럼 망발을 쏟아낸 건 아니겠지?"

"아, 아니야. 적어도 나한테는 그러지 않았으니까 걱정하지 마."

물론 오늘 같은 일이 다섯 손가락에 꼽힐 정도로 있긴 했지만 송우는 그 사실을 굳이 소리 내지 않았다. 륜을 걱정시키고 싶지 않았으므로. 더불어 곧 있으면 정말로 그를 보내야 할 텐데, 유쾌할 것 없는 이야기로 시간을 보내고 싶지 않았으므로.

"오늘 보았으니 언제 또 볼 수 있을까."

그를 못 볼 생각을 하자 벌써부터 머리가 지끈거리고 기분이 침울해져 송우는 아쉬움이 가득 깃든 목소리로 중얼거렸다. 저를 더 꽉 안아주는 륜의 품에 얼굴을 묻은 그녀는 커다란 숨을 들이쉬었다. 또 한참 그를 볼 수 없을 테니 그의 향이라도 잔뜩 맡아두겠다는 듯이.

8장 질투(嫉妬)

새하얀 도화지 위를 거니는 완곡한 검은 물줄기는 찰나의 순간 집중력을 잃고 흔들린 송우의 손목으로 인해 보기 흉하게 비틀어져 버렸다.

난을 치는 것은 그녀가 즐기는 취미였다. 그래서 마치 큰 병에라도 걸린 양 륜과 헤어지고 나서부터 또다시 늘어진 온몸을 억지로 일으켜 붓을 잡았다. 우중충한 기분을 해소하는 데 혹여나 도움이 될까 하여. 한데 문득문득 가늘게 떨리던 손이 기어코 삐끗한 바람에 아까운 종이만 버리게 생긴 판이다.

"다시 말해보아라."

붓을 내려놓는 것조차 잊은 송우는 새하얀 비단 치마에 검은 먹물 방울이 새겨지는데도 비만을 올려다보았다.

"홍씨가 서성문 앞에서 비전하게 석고대죄를 올리고 있다 합니다."

숨은 쉬시는가. 어린 상궁이 불안과 의문을 느낄 만큼 조용히 굳어 있는 그녀의 입술 새로 이윽고 나직한 조소가 새어 나왔다.

"내게?"

석고대죄를? 홍다련이? 이는 무슨 뜻인 게지? 첩년은 무슨 꿍꿍이를 품고 진심이라곤 담겨 있지 않을 연극을 하고 있는 걸까. 어떠한 죄명을 앞세워 그러고 있다 하니. 머릿속에 떠오른 의문을 입 밖으로 뱉지 않은 송우의 손끝에서 붓이 빠져나갔다. 어차피 죄를 고하고 있다는 계집을 보러 가긴 해야 할 터, 괜스레 긴말을 하느라 힘을 빼고 싶지 않아 조용히 일어선 그녀는 처소의 바깥으로 향했다.

연을 타고 가시라 속삭이는 비를 외면한 채 터덜터덜 걷기를 한참 만에 웅장한 왕궁의 외문이 그녀의 코앞에 다가왔다. 송우의 차림이란 왕비의 태라곤 전혀 나지 않는 새하얀 소의 차림인지라 성문을 지키는 수문장들의 얼굴 위로 미심쩍다는 기색이 차올랐다. 그런 그녀들에게 예를 갖추라 호통을 치는 비를 뒤로한 송우가 성문 바깥에 완전히 나와 섰다.

익숙한 누군가를 발견한 그녀의 미간이 구겨졌다. 지저분하고 닳아 너덜너덜해진 망석 위에 자리한 첩년은 자신처럼 새하얀 소복 차림이었다. 제 것이 비단으로 만들어졌다면 계집의 것은 거친 무명이라는 점이 달랐지만. 어찌 됐건 메마른 입술, 산발로 풀어 내린 머리, 해산한 지 얼마 지나지 않아 파리한 안색, 거친 무명으로 지어진 소복. 그 꼴을 한 채로 아직 붉은 기조차 가시지 않은 아이, 갓 태어난 지아비의 아들을 안고 있는 첩의 모습이 저가 보기에도 안쓰러웠다.

"비전하! 소첩과 왕자를 부디 용서해 주시어요!"

그러니 저리 외치는 계집을 구경하려 잔뜩 몰려든 민초들이 저네들끼리 속닥거리며 어떠한 생각을 머릿속에 그리고 있을지 명약관화라, 진정한 죄인은 초라한 몰골로 석고대명을 올리는 홍다련이 아닌 바로 자신일 것이다. 이유가 무엇이든 간에 갓난쟁이를 낳은 지 얼마 되지 않은 지아비의 첩을 꺼끌꺼끌한 멍석 위에 꿇어앉게 만든 모진 왕비. 불쌍한 무지렁이 백성들이 되뇌고 있을 말이란 그러하겠지.

며칠간 이어져 온 무력감을 밀어내고 슬슬 끓는 짜증을 느끼며 송우는 다련에게 가까이 다가가 물었다.

"무엇을 용서해 달라는 겐가?"

"소첩 지아비인 주상 전하께 입궁을 하라 허락을 받았사온데 비전하께오서 첩을 마땅치 않아 하시니 두렵기가 이루 말할 수 없습니다. 하나 형님 되시는 비전하와 잘 지내고 싶은 마음 또한 큰즉, 부디 소첩과 왕자를 너그러운 마음으로 받아주시어요. 그리될 수만 있다면야 첩은 주야장천 없는 죄도 수백, 수천 번 빌 수 있사옵니다."

"저, 저 못된 년이."

뒤편에서 다련을 노려보던 비가 저도 모르게 욕지기를 내뱉었다.

소녀와 마찬가지로 삽시간에 정수리 끝까지 뜨거운 기운이 확 치솟는 것을 느낀 송우는 소맷자락 안에 숨겨진 두 주먹을 꾹 움켜쥐었다. 이제야 홍다련이 마음에도 없는 이 연극판을 벌인 까닭을 알 성싶었다. 자신을 지아비의 총비를 투기하는 질투에 눈이 먼 부덕한 왕비로 낙인을 찍기 위해서가 틀림없었다. 하여 해산날로부터 얼마 되지도 않았건만 몸을 추스르기는커녕 핏덩이를 끌어안고 부러 백성들에게 보라 왕궁의 외문 밖에 꿇어앉은 것이다.

떡하니 건강한 사내아이를 낳았다 다시 기세등등해진 홍다련을 어찌 짓밟을지는 둘째 치고 송우는 백성들의 마음을 어찌 잡을지에 대해 고심하기 시작했다. 이대로 있다간 홍다련이 원하는 대로 백성들은 자신을 임금이 아끼는 여인과 그녀의 갓 태어난 소생을 괴롭히는 못된 왕비라 입방아를 찧어댈 게 분명했다. 그렇지만 그 꼴은 절대 보고 싶지 않았다.

대체 어찌해야 하지? 어찌 이 상황을 타파해야 해. 아무리 생각해도 좋은 수가 떠오르지 않아 그녀는 점점 더 초조함을 느꼈다.

꼭 저를 욕하는 것만 같은, 수군거리는 민초들을 불안히 둘러보던 송우의 두 눈에 익숙한 거인 구창이 들어왔다. 이어서 그의 옆에 있는 륜을 발견하매 송우는 속상한 기색을 숨기지 못했다.

"비전하, 소인과 왕자를 용서해 주시어요!"

"……."

자꾸만 용서를 해달라느니 잘 지내고 싶다느니 헛소리를 지껄이는 다련에게 눈길을 주지 않은 송우는 물끄러미 륜을 쳐다보았다. 방금 그가 무얼 말한 듯한데. 그러나 가깝지 않은 거리를 사이에 두고 있는 데다 시끄러운 홍다련 때문에 도통 알아들을 수 없었다.

송우의 상태를 눈치챈 륜이 구창에게 무어라 속삭였다. 크게 입을 벌린 구창이 바락바락 소리를 질러댔다.

"이독공독!"

이독공독(以毒攻毒). 악인을 물리치려거든 그보다 더한 악인이 되어라. 독성을 없애려거든 그보다 더 강한 독을 쓰라. 갑자기 왜 저 사자성어를 소리치는 걸까. 스스로에게 자문한 송우는 곧 답을 깨달았다.

"같은 지아비를 모시는 처지임을 고려하시어 부디 비전하께오선 첩을 어여삐 봐주셔요! 오늘내일로 입궁할 소첩은 내전의 주인 되시는 분과 정답게 지낼 수 없을까 그저 두려울 따름이옵니다!"

입으로는 갸륵하기 짝이 없는 소리를 쏟아낸다만 다련의 짙은 갈색 눈동자에 새파란 적의가 담겨 있다는 것을 송우는 알 수 있었다. 냉담히 그녀를 노려보며 잠시 더 고민한 송우의 입술이 이윽고 찬찬히 열렸다.

"그럴 수 없네."

"예?"

"자네를 곱게 보아줄 수 없다고."

예상치 않은 왕비의 반응에 잠시 멍하니 눈을 깜빡인 다련은 미소가 지어지려는 것을 참고선 말했다.

"비전하께오서는 국모이시옵니다. 설마하니 그런 분께서 사가의 일개 여인에게조차 허락되지 않은 부적절한 감정을 품으신 것인가요?"

내심 환호를 하고 있을 다련이 생생해 분노가 치밀었지만 송우는 속내를 티 내지 않았다. 오히려 그녀는 금방이라도 눈물을 떨굴 것 같은 애처로운 표정을 지어 보였다. 제발 눈물이 흐르기를 기도하며 송우가 구슬프게 하소연하기 시작했다.

"자네가 먼저 날 이리 만들었잖아. 내가 아무리 국모라 한들 친언니의 아이를, 조카아이가 세상 빛 한 번 볼 새도 없이 죽게 한 자네를 대체 어찌 곱게 보란 말인가? 하물며 나도 사람인 것을……."

"……."

뒤늦게 이상한 낌새를 눈치챈 다련이 아차 싶어 혀를 깨물었다. 한참이 지나도록 염이 유서나에 관한 일을 모르는 것 같기에 그녀는 왕비가 그 일을 계속해서 덮어둘 거라 여겼다. 그렇기에 이 많은 인파 앞에서 그 이야기를 꺼낼 거라고는 전혀 생각지 못했다. 불안을 느낀 다련의 목소리가 흔들렸다.

"비, 비전하."

이미 판을 벌인 데다 다련을 용서해 줄 마음이 전혀 없는지라 송우는 이제는 굵다란 눈물방울을 쏟아내기 시작했다.

"어여뻐 봐달라고? 내 어찌 그러고 싶지 않겠는가. 다만 못 하는 게지. 주상 전하와 내 초야를 방해한 일, 나를 밀어내어 쫓아내겠다고 한 것까지는…… 내게 그리 했던 것은 참을 수 있으나 아무렴 피붙이까지 건든 자네를 좋게 보려 해도 뜻대로 아니 되는 걸 어찌해. 흐흑……."

송우가 구태여 지금까지 죽은 조카아이에 관해 이야기를 꺼내지 않은 것은 그것이 그녀뿐 아니라 언니와 형부에게 상처가 되는 일인 데다 양친이 아직 이 일의 전말을 모르고 있기 때문이었다. 그리온 가족에게 상처인 사건을 만백성의 앞에서 입 밖에 꺼내는 것이 여전히 싫었지만 홍다련이 당황한 것을 보니 조금은 위로가 되는 듯싶었다.

"자네는 우리 가족에게 그토록 커다란 상처를 주더니 이제는 내가 그것을 만백성의 앞에서까지 떠들게 만들고……. 정말 너무하네. 어찌 그리 모질 수가……."

"중전."

뒷마무리를 하던 송우는 급작스레 뒤편에서 날아든 목소리에 놀라 다급히 몸을 비틀었다. 푸른 비단에 금실로 수놓아진 미르 무늬가 태양빛을 받아 번쩍이매 송우의 미간이 구겨졌다. 이윽고 밝은 빛에 익숙해진 그녀의 시야에 머리 하나가 더 큰 낭군이 들어왔다.

"피붙이를 건드렸다니, 그 무슨 소리인 것이오?"

"……"

불편한 심기를 여실히 드러낸 염을 그녀는 붉어진 눈으로 빤히 올려다보았다.

상황이 역전되어 불쌍한 이는 자신이 되었다지만 그가 남편에게도 해당될까. 그 또한, 이제 왕비를 동정하는 백성들과 태도를 같이 할까. 아니면 어찌하지.

혹시라도 염이 룬 앞에서, 온 백성 앞에서 다련과 그의 아들을 감싸고돌까 봐 송우는 슬쩍 긴장이 되었다. 백성들에게 지아비로부터 홀대받는 정실이라는 소리를 듣는 것이 싫은 것은 물론, 그 사실을 아는 룬에게조차 자신의 처지를 구태여 확인시켜 주고 싶지 않았다. 네가 마음에 담은 난 이처럼 지아비에게 홀대받는, 여자로서의 매력이라곤 없는 이다, 라고 목청 높여 떠드는 것 같아서. 자존심이 퍽 상해서.

"아무렴 피붙이까지 건든 자네를 좋게 보려 해도 뜻대로 아니 되는 걸 어찌해. 흐흑."

돌이키건대 그 말은 분명 들은 것 같거늘 한데도 저 계집을 편들려나. 아무렴 내 여부인이 일부러 그러했겠느냐, 실수였던 게지, 그렇게 지껄일까. 오만 가지 경우의 수를 떠올린 송우가 염의 눈치를 살폈다.

그러다 문득 그녀는 생뚱맞은 의문을 느껴 고개를 갸웃거렸다.

같이 왕궁 안에 있으면서도 꽤 오래간만에 본 염이 조금이라지만 야윈 듯했다. 매일같이 온갖 산해진미로 꾸려진 수라상을 받고, 나라에서 제일가는 실력을 가진 태의가 임금의 몸 상태가 조금만 달라져도 귀한 약재료로 끓인 탕약을 바쳐대는데. 그뿐인가. 첫아들을 본 경사를 겪었으며, 홍다련이 한 말에 따르면 벌써부터 저 갓난아이의 눈치를 살핀 신료들이 결국 저년을 입궁시키는 것에 동조를 한 모양인데. 그런데 기뻐 날뛰어야 할 진염은 어찌 저럴까. 왜 야위었을까. 무슨 큰 병에라도 걸렸나?

"네게는 단 한 가지만 물을 것이다."

염의 무정한 목소리가 날아들자 퍼뜩 상념에서 빠져나온 송우는 그의 시선을 따라갔다. 한순간 자신에게 묻는 건가 했는데 그게 아니었다. 그의 곱지 않은 시선이 다련에게 가 있었다. 창백하게 질린 채로 몸을 떠는 홍다련을 구경할 새도 없이 송우는 다시 낭군을 바라보았다. 다짜고짜 첩에게 냉담히 구는 그가 의외라 송우의 두 눈이 휘둥그레졌다.

"여, 염, 그것이 아니라……."

"지난날 분명 말했을 텐데, 입궁할 때를 대비해 마땅한 예법을 익히라."

과거에 이미 경고했건만 또 편한 어투를 쓰는 다련을 꾸짖은 염이 건조하게 물었다.

"왕비께서 말씀하신 바가 사실이더냐?"

"그, 그게……."

"……."

우물쭈물할 뿐 부정하지 못하는 다련에게 향한 그의 눈동자에 냉기가 서렸다.

"부답은 긍정이라지. 김 내관!"

"예에, 전하."

"왕자의 어미 되는 이를 후궁으로 데리고 가고 왕자에게는 보모 상궁을 붙여 제 어미와 별도로 가궁에서 머무르게 하라."

"명 받들겠나이다."

부산스럽게 움직이는 내관을 뒤로한 염은 멀뚱히 선 채 상황을 살피는 송우에게 다가갔다. 송우의 팔을 붙든 그가 그녀를 대궐 안으로 잡아끌었다. 그제야 쉽게 이해가 가지 않는 상황을 강 건너 불 구경하듯 하고 있던 것에서 빠져나온 송우는 다급히 뒤편을 돌아보았다. 몸은 지아비에게 끌려가건만 미련이 뒤쪽에 남아 있었다. 저 대신 박대를 당한 홍다련에게 기세등등한 표정을 지어 보이고픈 미련이 아닌, 륜을 향한 미련. 그렇지만 아쉽게도 그리운 이가 보이지 않았다. 어느 틈엔가 바람처럼 사라진 정인 대신 구창만이 제자리에 덩그러니 남아 있을 뿐이었다.

내가 대궐로 돌아가기 전 충분히 그가 먼저 사라질 수도 있는 것이다. 머리로는 그렇게 되뇌어도 스리슬쩍 몰려드는 서운함을 막을 도리가 없어 송우는 울상을 한 채로 걸었다. 어디로 향하고 있는지조차 인지하지 못하고 끌려가던 그녀는 그가 멈추자 재빨리 서운함이 깃든 표정을 풀었다.

한참을 송우를 내려다본 염이 피곤 섞인 나직한 한숨을 내쉬었다.

"만백성에게 옥안을 보이셨소. 그것도 얇은 소의 차림새로."

"……"

얇은 소의 차림새? 흘끗 자신의 몸을 내려다본 송우는 입술이 비죽이려는 것을 참았다. 살색 한 점 비추지 않는, 전혀 얇지 않은 제 옷차림을 과장해서 표현하는 염이 마음에 들지 않았다. 그렇지만 백성들에게 왕비의 얼굴을 내보인 것은 확실히 잘못이기에, 게다가 륜이 눈앞에 아른거리는 바람에 말싸움을 할 여력이 없어 그녀는 순순히 사과했다.

"송구합니다."

대충 답을 한 송우의 눈앞에 또 정인이 떠올랐다. 그러나 그녀는 계속해서 그를 그릴 수가 없었다.

"잘 지내는지 궁금했느니."

"……예?"

"같이 궐내에서 살고 있다 믿을 수 없을 정도로 얼굴 보는 일이 드물지 않은가. 못 본 사이 제대로 건강을 돌보아 강녕해져 있기를 바랐거늘 변함이라곤 없군. 잠저에 살 때 크게 앓은 바람에 야윈 때로부터 한참이 지났건만 여전히 그때와 다르지 않잖아."

"……."

뭐지, 이건? 접때 빠진 살이 다시 오르지 않았다. 튼튼해지라. 자신의 걱정을 해대는 염이 다정하기가 이루 말할 수 없으되 송우는 오히려 소름이 끼쳤다. 당최 무어라 해야 할지를 모르겠어서 한동안 조용히 있던 그녀는 저번에도 이상하게 굴더니 오늘은 또 왜 이러냐, 무슨 속셈이냐 묻고 싶은 충동을 참고선 이윽고 떨떠름히 말했다.

"전하께오서도…… 야위신 듯합니다."

"그런가. 그간에 심경을 복잡하게 만드는 고민거리가 있었거든."

"그것이 무엇이었는지요."

"……그보다는 좀 전에 한 말이 무슨 뜻인지 자세히 말해보시오. 처형에 관한."

"……."

"비(妃)."

염이 두 번씩이나 부르건만 물끄러미 그를 올려다보는 송우는 다시 침묵할 따름이었다. 그러고 보면 남편은 너무나 이상하게, 당연하단 듯이 성문 밖에서 자신의 편을 들었다. 게다가…….

"내 한 발자국 움직일 기운도 없으니 예서 침수를 들고 가겠다 하면 비(妃)는 무어라 말하겠소?"

"바라옵건대 더는 주상 전하를 흔들지 말아주세요. 소인에게 그분은 전부나 다름이 없사와요."

지난날의 염과 다련을 되새긴 송우는 마지막으로 륜을 떠올렸다. 륜도 이러했다. 어느 순간부터 저를 이전과 다르게 대했다. 제게 빠진 이후부터 다정해졌다.

"부인."

"예."

"무슨 생각을 하느라……."

재게 걷느라 흐트러진 자신의 기다란 머리카락을 어깨 뒤로 넘겨주고선 희미하게 웃어 보이기까지 하는 염을 한참을 더 올려다본 송우가 마침내 운을 떼었다.

"전하께서는……."

혹여 나를 마음에 담았는가. 그렇지 않으면 적어도 흔들리고 있는 겐가. 미처 소리 내지 못한 질문이 그녀의 입안에서 메아리쳤다.

주상, 네 나를 좋아하냐, 물어볼까 말까 짧은 순간 수십 번은 되뇐 고민을 접었다. 만약 착각이면, 궁 밖에 있을 때의 제 모습이 하도 딱해 보여서 마치 걸인에게 선심을 쓰듯 진염이 아량을 베풀었을 뿐인 것이면.

"아무렴 피붙이까지 건든 자네를 좋게 보려 해도 뜻대로 아니 되는 걸 어찌해."

더군다나 그러한 소리까지 들은 연후이니 아무리 다련에게 향한 그의 총애가 크다 하나 한순간 정도는 화가 날 법하다. 홍다련의 역성을 들지 않음으로써 그년을 훈계하려 한 건지도 모른다.

설사 그에게서 '그래, 내 너를 아낀다', 그 비슷한 소리를 듣는다고 해도, 그렇다 한들 무어라 대꾸하겠는가. 성은이 망극하다, 드디어 나를 어여삐 여겨주어서, 이날만을 기다렸으니 어서 보듬어달라 그렇게라도 말할까. 그를 더욱이 사로잡으려?

하지만 송우는 거짓으로라도 그렇게 말할 수 없을 것 같았다. 제 사내는 륜인 것을.

"과인은?"

여러모로 그 질문은 하지 않는 게 좋을 것 같아 송우는 화두를 돌렸다.

"친언니에 관한 이야기는 화선댁에게 들어주시어요. 형제가 관련이 되었다, 감정에 휩쓸려 편애해 말할까 무섭습니다."

"다련이에게 들으면 그렇지 않을까 봐."

"……."

"편향한들 탓하지 않을 테니 말해보시오."

염이 물러날 기미가 없는 데다 어질고 불쌍한 왕비인 척도 이미 한 번 했겠다, 송우는 그에게 설명하기 시작했다.

실은 나를 내치겠다, 궁에 들지 못하게 하겠다 말함으로써 홍다련이 위협한 이는 친언니이다. 그런데 마치 내가 직접 들은 양 당신에게 고해바쳤다. 나도 사람인지라 분했기에. 어찌 되었건 첩에게서 나에 관한 갖은 위어를 듣고, 뿐만 아니라 아비와 낭군까지 들먹여진 탓에 그렇지 않아도 반정을 말미암아 태산 같은 걱정을 끌어안고 있던 언니의 심기가 더욱 불안정해졌으며, 그 거센 성정에 참지 못할 열에 채이기까지 해 사산을 하게 되었다.

그리 토씨 하나 틀리지 않은 진실을 토설한 송우가 염의 눈치를 살폈다. 그가 자신을 걱정하는 이 상황에 완벽한 진실을 고하지 않았다가 혹여 추후에 발목을 잡힐 일이 생길까, 언니가 홍다련에게 들은 말을 꼭 내가 직접 들은 양 소리 냈다고 밝히긴 했지만 덕분에 어렵사리 잡은, 염과 홍다련을 멀어지게 할 좋은 기회가 흩어질까 싶어 은근히 긴장이 되었다.

하지만 그녀의 걱정과 달리 염은 그것에 대해 별 신경을 쓰지 않았다.

"폐모가 태상왕의 후궁들에게 어찌 패악을 부렸는지에 대해 아예 모르지 않겠지."

"……궁에 들어와 좋지 못한 풍문을 들은 적이 있사옵니다."

"그래, 궁인들이 떠들어대는 그 풍문이 무엇이오?"

"……."

"괜찮으니 말해봐."

차마 입에 담기 망극하다는 표정을 지어 보인 송우는 염이 괜찮다 하자 말문을 텄다.

"태상왕께 후궁이 적지 않았음에도 불구하고 왕자군이 전하와 현양군 둘뿐인 까닭이…… 폐모가 수를 써서라는 유언비어를 들은 적이 있사옵니다."

"그다지 유언비어는 아니오."

"……."

놀란 눈을 해 보이는 송우에게 비식 웃어 보인 염이 말했다.

"하나 나는 내 왕비가 원체 어진지라 태상왕 대(代)의 일이 나에게도 해당할 거라 생각하진 않았지. 다련이가…… 왕자의 어미가 심심찮게 투기를 하는 것을 알았지만 아무렴 폐모만큼은 아닐 거라 간과했어."

"……."

"한데 그렇지 않은 듯싶은 데다 태상왕의 경우와는 반대로 내 경우엔 후궁 되는 이가 정비를 핍박하는 형세이잖은가. 더군다나 이제 그 후궁은 내 아들까지 낳았으니 더욱 기세등등할 테지. 반면에 연로한 장인에게 의탁한 유순해 빠진 그의 딸은 수세에 몰린 격이고."

"……."

"그러니 별수 있을까. 아무리 첫 자식을 안겨준 이에게 고맙다 하나 정비를 내 손으로 지킬 수밖에."

"……."

"내 머잖아 비(妃)에게 마땅한 선물을 주겠소."

송우는 염에게 나를 좋아하느냐 묻지 않은 것을 다행이라 여겼다. 그가 말한 바에 따르면 그는 지난날의 왕실 여인들 간에 싸움에 이골이 난 터라 그 같은 일이 다시 일어나는 것을 묵과하지 않겠다는 게 아닌가. 성문 밖에서 홍다련이 아닌 자신을 편든 이유는 계집의 버릇을 고치기 위해서였음이 자명했다.

역시 착각이었구나 싶어 실망을 한 송우는 곧 궁금증을 느꼈다. 선물을 주겠다니. 그게 대체 무엇일까?

"신첩에게 무슨……."

말끝을 맺기 전 송우는 입술을 앙다물었다. 갑자기 자신을 껴안는 염에게 놀란 그녀의 두 눈이 배로 커졌다. 잠시 꿈인가 싶었지만 그게 아니었다. 분명한 현실로 제 몸뚱이가 남편의 품속에 안겨 있다.

"어, 어찌……."

당황해 말까지 더듬는 송우였으나 염은 그녀를 놓아주지 않았다. 오히려 왕비의 향기가, 그녀의 온기가 좋아 그는 송우의 상체를 감싼 두 손에 조금 더 힘을 실었다.

"기억할는지 모르겠으나 내 두어 번 비(妃)의 부탁에 따라 그대의 손을 잡고 지금처럼 안아준 적이 있었지."

"이, 이슬비가 내리는 날 제게 처음 곤정전을 보여주셨을 때와 태상왕을 뵈러 갔을 때였습니다."

"그래, 맞아."

"한데 그게 지금 이러시는 것과 무슨 상관이……."

"금일은 내가 위로가 필요해 그러한데 잠시 안아달라 청하면 들어줄 것이오?"

"……."

분명 입술은 헤 벌어져 있건만 송우는 아무 소리를 낼 수 없었다. 설사 혀가 움직인다 한들 어찌 '싫다. 내가 왜'라고 말할 수 있으리오. 별수 없이 그녀는 짜증이 나 가늘게 떨리는 두 손을 들어

올려 염을 가볍게 그러안았다. 지아비를 껴안자마자 정인에게 죄책
감이 들어 송우의 얼굴이 굳어갔다. 남편이 제 표정을 볼 수 없는
게 다행이었다.

그때 륜에게 미안한, 이래저래 복잡한 심경을 느끼는 송우의 귓
가에 나직한 속삭임이 스쳤다.

"이미 말했던가."

"……."

"꽤나…… 눈에 담고 싶었다고."

"……."

염이 상체를 조금 더 숙여 송우의 목에 고개를 묻었다. 그러나
가슴이 덜컹 내려앉은 송우는 딱딱하게 경직되어 갈 뿐이다.

＊

"형님!"

세 번을 연달아 외치는 거칠고 시끄러운 목소리를 무시한 륜은
앞을 향해 나아가기만 했다.

"륜이 형님! 갑자기 어찌 이러는 게요?"

귀찮은 외침이 다시 한 번 날아들더니 두툼한 손이 기어코 어깨
를 움켜쥐어 왔다. 평소와 달리 경고부터 던지지 않은 륜은 자신
을 붙든 손길을 주저 없이 내쳐 버렸다. 사내놈들의 큼직한 수(手)
두 개가 매섭게 부딪쳤음이라 둔탁한 소리가 울려 퍼졌다. 움찔하
는 구창을 응시하는 륜의 새카만 눈동자에 날카로운 빛이 스쳤다.

"미, 미안하오. 기분이 그렇게까지 안 좋은 줄 몰랐어. 나 그래도
형님이 시킨 바대로 잘 외우지 않았소. 그러니까 봐주어."

"……."

구창이 소리 낸 바는 사실이다. 외운 거란 겨우 네 글자뿐이라 칭찬하기에도 민망할 수준이긴 하지만 어찌 되었건 동생놈이 주정을 하듯 소리친 암시를 영민한 왕비가 잘 알아들은 덕에…….

"왕비."

"와, 왕비가 뭐?"

그거구나. 이토록 더러운 기분, 참아낼 수 없는 짜증의 이유. 아득 소리가 나도록 이를 악물어 봐도 난생처음 느끼는 이상야릇한 감정을 견뎌낼 재간이 없어 륜은 두 손을 있는 힘껏 주먹 쥐었다. 여전히 효과가 없었다. 효과가 없을 뿐 아니라 몸속에서 활활 타오르는 역정이 점점 더 커져가 륜의 잇새로 살기 섞인 뇌까림이 튀어나왔다.

"버려두고 울리더니 이제 와서……."

아무리 정 없이 맺은 부부의 연이라지만 그토록 방치해 두고 울린 것도 모자라 검에 베이게까지 하더니 이제 와서 감싸다니. 무슨 자격으로. 하면 저는 왕과 다르던가. 그렇지 않았다. 용상에 앉으려 송우를 이용한 이가 주상이라면 그녀를 그의 품에 떠민 것은 자신이었다. 그러니 저 또한 다른 이들에겐 몰라도 최소한 그녀에게만은 악한인 것이다.

하지만 항시 잘 인지하고 있던 그 사실이 지금만큼은 쉬이 외면되었다. 매번 겁도 없이 왕비를 걸고넘어지는 홍다련을 이번에야말로 짓밟아주리라 서슬 퍼런 기색으로 되뇌던 것마저 기억 저편 속에서 흐릿해져 갔다. 다만…….

"네게는 단 한 가지만 물을 것이다. 왕비께서 말씀하신 바가 사실이더냐."

　"부답은 긍정이라지. 왕자의 어미 되는 이를 후궁으로 데리고 가고 왕자에게는 보모상궁을 붙여 제 어미와 별도로 가궁에서 머무르도록 하라."

　냉담히 명령한 왕이 한때는 제 품속에 쏙 그러안겨 있던 여인의 몸에, 그녀의 가녀린 팔에 손을 대어 만질 때의 장면이 시야를 가득 채우는 터라 피가 거꾸로 솟을 따름이다.

　"너는 나를 포함한 원망을 품은 이들에게 원하는 만큼 실컷 분풀이를 하다 결국에는 왕비이자 여인으로서 내 주군의 애정, 명예, 권력 그 모든 것을 가진 채 평생을 영화를 누리면 돼."

　그따위로 온갖 미사여구를 덧대어 세련된 척 떠들어놓고선 이래서 추후 어찌 보내려고? 찰나의 자조 섞인 회의 또한 금세 날아가 륜에게 남은 것이라곤 격노뿐이었다. 제왕이 그의 비(妃)에게 어수를 대는 방금 전과 같은 상황? 그까짓 예상하지 못한 바가 아닌 데다 그는 겨우 그녀의 팔을 붙들었을 뿐인데. 한데 고작 그것만으로 이리 쉼 없이 불쾌감이 피어오른다면.

　"어여뻐 봐달라고? 내 어찌 그러고 싶지 않겠는가. 다만 못 하는 게지. 주상 전하와 내 초야를 방해한 일, 나를 밀어내어 쫓아내겠다고 한 것까지는……."

　아무리 초야를 누군가에게 방해받았다 한들 건강한 장부가 만개

한 수국보다 고운 여자를 지척에 두고 관상만 하였을 텐가. 그렇지 않았을 터.

"왕비…… 송우야."

목울대를 치고 올라온 욕지거리 대신 여인의 이름을 작게 되뇐 륜의 얼굴이 일그러졌다. 지랄 맞은 상상의 나래 탓에 심중의 화(火)가, 거센 불길이 초원을 삼키듯 지체 없이 번져 갔다.

진양군을 주군으로 점찍은 이후 그를 상대로 이렇게까지 잔혹한 불호를 느낀 적이 처음이다. 심지어 송우가 북저에서 울었을 때, 대도에 베였다 전해 들은 순간에조차 지금처럼 그녀의 가녀린 팔을 그러쥐었던 천자의 손을 베어내고 싶단 잔인한 충동이 들지는 않았다.

그뿐인가. 륜은 당장 애희를 끌고 와 그 고운 얼굴을 그러쥐고 자신을 보도록 만들고 싶었다. 다른 사내를 볼 것 없이 나만 보라 소리를 치고 싶었다. 점잖은 척 따위 집어치우고 애끓는 감정, 그것 하나만을 올곧게 바쳐 질릴 때까지 그녀를 탐하고 싶었다. 스스로의 난잡함에 곱게 자란 이가 놀라건 말건 안고 또 안아 온전한 제 것으로 만들어 소유하고자 하는 욕망이 이성을 마비시켰다.

이럴 줄 알았으면 지난날 왕비전에서의 그 늦은 밤 고이 두지 않는 거였는데. 정숙한 여인이라 외간 사내와 정을 통하였다 수치심과 자괴감 같은 것들을 송우가 떠안건 말건 배려하지 않고 빼앗을 것을 어울리지 않는 같잖은 양반 흉내를 내느라…….

"여봐라, 건륜."

흉흉한 집착과 더불어 무엇인지 알지 못하는 기이한 감정에 휩쓸린 채 륜은 천천히 뒤돌아섰다. 그의 어둡게 가라앉은 눈동자에 익숙한 이가 비쳤다. 제 이름을 방금 전처럼 노비를 부르는 양 읊조리는 이가 도성 안에는 없는 터라 당연지사 북저에 연관된 이가 아닐 거라 예상을 했지만 그렇다 해도 낯설지 않은 목소리를 마지막으로 들은 것이 까마득한 옛날이기에 설마 했다. 하나 아쉽게도 륜의 예상은 정확히 들어맞았다.

"크흠, 오랜만이니라."

"형님, 이놈은 누구인 게요?"

"……."

십 년. 딱 그만큼 만에 재회한 이복형을 륜은 무정히 바라보았다.

거들먹거리며 다가오는 이복형을 륜은 활활 끓는 속과는 대조적인 무심한 얼굴로 꿰뚫어 보았다.

건희명. 집안의 장자이자 정실 소생으로 자신과는 달리 온전한 사람, 혹은 양인인 이복형의 이름이다.

"륜이 형님, 이놈 누군데 어쭙잖게 꼴값을 떠는 거요?"

"입조심하거라. 내 형님이시다."

괜스레 딴청을 피우던 희명은 륜이 구창에게 엄한 꾸중을 던지자 입꼬리가 찢어져라 히죽거렸다. 옹졸하고 비열한 웃음을 지은 채로 다가온 희명의 손이 턱하니 륜의 어깨를 붙들었다. 흘끗 그것을 내려다본 륜은 잠자코 이복형을 주시했다.

"그래, 륜아. 난 네 형이지."

"형님께서 어쩐 일로 수부까지 걸음을 하셨습니까?"

"그것이…… 당연히 너를 보러 온 것 아니겠느냐. 이 넓은 도성 땅덩어리에서 너를 찾느라 꽤나 고생했다. 때마침 높으신 분들이 궐 밖으로 나설 일이 생긴 게 천운이었어. 주상 전하와 비전하 말이다. 그분들 구경을 하다가 널 발견했으니까. 그러고 보면 나도 곧 상감마마와 함께 조정 일을 돌보겠구나. 아, 그러니까 말이다."

횡설수설한 희명은 얌전히 이어질 말을 기다리는 륜을 확인하곤 다시 혀를 놀렸다.

"너, 반정공신이 되었다며?"

"……."

"동관(東灌) 촌구석이 네 얘기로 시끌벅적하다. 새로운 상감마마를 세운 천한 놈이 내가 아는 건륜이라고 상놈부터 시작해 백정들까지 어찌나 신이 나 떠들던지. 내 처음 그놈들의 입방정을 들었을 때에 얼마나 놀랐는지 아느냐? 멍청한 놈들이 무얼 잘못 주워 먹어 단체로 정신이 나간 줄 알았느니라. 한데…… 네가 그리 출세를 하였으면 우리 집안을 돌보아야지?"

진정 변함이라곤 없군. 기대한 바와 토씨 한 자 다르지 않은 소리를 떠벌리는 버러지 같은 이복형 탓에 륜은 방금 전까지 폭주하던 머리와 몸이 차게 식어가는 것을 느꼈다. 그 효과 하나만이 십년 만의 재회가 가져다준 이점이라 말할 법했다.

가문을 챙기라 하였나. 게 덧붙여 말하고 싶겠지. 중앙으로 진출할 길을 내어달라. 단 한 순간도 자신을 반쪽이나마 같은 피를 나눈 혈육으로, 집안의 일가로 치부하기는커녕 형이라 불렀다 발길질을 하던 이가 부탁을 하는 모양새가 웃기기 짝이 없어 결국 륜의 입술 사이로 소리 없는 실소가 새어 나왔다.

"아버지께서도 어머니께서도 많은 기대를 하고 계신다. 노비년 소생이라 무지렁이밖에 못 되던 네게 아버지가 천자 책을 던져 주실 때에는 도통 이해가 가지 않았는데, 네가 이리될 거라……."

갑작스레 떠드는 것을 멈춘 희명의 시선이 천천히 아래로 내려갔다. 곧 통렬한 아픔의 원인을 알아챈 그의 안색이 시체처럼 창백하게 질려갔다. 반면 경악과 공포가 가득 찬 그의 얼굴을 눈에 담은 륜은 의연할 따름이었다.

"누가 내 아버지야?"

"으, 으으윽……. 너, 너, 건륜 이놈……."

본능적으로 뒷걸음질을 치려 하는 희명의 허리춤을 단단히 움켜잡아 제지한 륜은 붉은 피가 흘러나오는 그의 복부 더욱 깊숙이 날카로운 단도를 쑤셔 넣었다.

"내 아비며 어미가 죽은 지가 언제인데."

"너, 너, 설마 아직도 겨우 그, 크헉……."

"네놈의 아비 덕에 강제로 날 낳은 내 어미는 해산 후 제대로 쉬지 못해 병을 얻어 죽었고."

"사, 사, 살려줘! 살려주시오! 거기, 너!"

"평생을 그럴듯한 이름 하나 가지지 못한, 나를 감싸다 네놈이 내려친 돌에 머리를 치어 천치이자 절름발이가 된 내 아비 또한 짐승같이 일만 하다 십일 년 전 겨울에 죽었거늘 아둔하여 잊었더냐."

아니면 정녕 멍청하기 짝이 없게도, 칼침에 맞은 이는 그렇게 예상했던 걸까. 자신을 위해 한 일이라곤 노비 어미를 범하고, 서당을 기웃거리던 제게 크나큰 선심을 쓰듯 책 한 권을 던져 준 것이 전부인 친부도 아비는 아비라 떠받들 거라고? 부귀영화를 함께 누리자 권유할 것이라고? 그 무슨 말도 아니 되는.

"왜 나를 륜(崙)이라 지었어?"

"예, 옛날에 내가 저기 동서골 밑에 살던 귀, 귀양다리한테 물어

봤는데 사, 산 륜(崙)이라고."

"……."

"사, 산처럼 큰 사람이 되라고."

"그러면 나는 아버지 친아들도 아닌데 왜 키워줘?"

"여생이 아들이면 내, 내 아들이지, 뭐. 여생이가 내 마누라였으
니까……."

제겐 그토록 멋진 이름을 지어주었으면서 정작 평생을 개야지(介
也之)라 불리다 간 노비 놈. 저의 아비란 그 하나뿐인 것을.

희명의 역겨운 피 내음 때문에 구역질이 치밀어 올라 륜은 물러
터진 살 속에 쑤셔 넣은 단도를 거칠게 비틀어 뽑아내었다. 털썩 땅
에 쓰러진 희명에게서 튀어나온 혈흔이 바싹 마른 흙바닥에 무늬를
그렸다.

"급소는 피했으니 네 하는 바에 따라 목숨 줄은 연명할 수 있겠
지만, 만에 하나 다시 한 번 내 눈에 뜨인다면 황천강을 건너는 것
을 피하지 못할 것이다."

게거품을 문 채 피투성이가 되어 있는 누군가의 모습이란 잔혹
하면서도 신나는 구경거리이기에 인파가 드문드문한 길목임에도
불구하고 하나둘 구경꾼들이 늘어갔다. 그래도 살겠다고 경련이 이
는 몸을 움직여 천것들의 치맛자락이며 바지 끝을 움켜잡는 희명의
꼴사나운 모습을 감흥 없이 내려다본 륜은 북저를 향해 방향을 틀
었다.

이복형에게서 돌아서자마자 그의 눈앞에 다시 아리따운 여인이
떠올랐다. 다행히 건희명을 보기 직전까지 전신을 휘감고 있던 무
어라 정의할 수 없는 기묘하고 무서운 감정이 한결 가라앉아 정상

적인 사고가 가능했다. 하여 륜은 이제야 해야 할 일이 생각났다.

"소첩 지아비인 주상 전하께 입궁을 하라 허락을 받았사온데 비전하께오서 첩을 마땅치 않아 하시니 두렵기가 이루 말할 수가 없습니다. 하나 형님 되시는 비전하와 잘 지내고 싶은 마음 또한 큰 즉, 부디 소첩과 왕자를 너그러운 마음으로 받아주시어요. 그리될 수만 있다면야 첩은 주야장천 없는 죄도 수백, 수천 번 빌 수 있사옵니다."

그는 즉, 송우가 겁에 질린 표정으로 몰려든 군중들을 살피게 만든, 불쌍한 척 가식을 떨어대던 홍다련을 재기 불능하게 만드는 것이었다. 조금 독해졌다 한들 그래도 여전히 여린 제 여인은 그 계집이 죽는 것까진 바라지 않을 테니, 그렇다면…… 잠시 고민한 륜은 적당한 묘수를 떠올렸다. 자신의 선에서 가능한, 홍다련이 더는 헛된 꿈을 꾸지 못하게 할 방도를.

송우는 예고도 없이 스르륵 열린 문을 향해 고개를 돌렸다. 갈라진 문틈 새로 댕그래진 두 눈을 한 채 뻣뻣하게 얼어붙어 있는 비에게 그녀가 물었다.
"무슨 일 있니? 누가 오셨기에?"
"처제."
"……."
"비전하라 부르지 않으면 난 태벌이라도 받으려나? 그 호칭은

질투(嫉妬) 457

영 정감이 가지 않아 싫은데. 처제님으로도 부족할는지요?"

빠끔히 얼굴부터 들이밀다 온전히 모습을 드러낸 이가 익숙했다. 눈에 익을 뿐인가. 장난기가 가득한 미소를 짓고 있는 가족이 반갑기만 해 자리에서 일어난 송우는 한위를 향해 다가갔다. 그러나 그를 삼 보 앞에 두고 그녀는 돌연히 멈추어 섰다. 겁이 났다. 혹여 형부가 언니와 같이 왔을까 봐. 언니가 제 시야에 들어오지 않은 복도의 바깥쪽에 와 있어서, 그래서 아직 마음에 준비도 하지 못했거늘 덜컥 마주치게 될까 봐.

송우가 무얼 걱정하는지 눈치챈 한위가 자못 짓궂게 말했다.

"신의 지어미는 함께 오지 않았습니다."

"……."

그의 말 덕분에 안심이 된 것이 잠시, 송우는 곧 서운함을 느꼈다. 나중에 둘이 보자, 그렇게 말해놓고 언니는 그날 이후 얼굴을 비춘 적이 없다. 간략한 편지 한 통을 주고받은 적이, 소식 한 번 들은 적이 없이 거의 연이 끊기다시피 한 상태이다. 이러다가는 서나가 영영 자신을 아니 보는 것은 아닐까 덜컥 겁이 나 송우의 얼굴 가득 수심이 들어찼다. 그러나 자매의 내막을 자세히 알지 못하는 한위는 다시 장난스러운 표정을 지어 보였다.

"어찌 된 일인지 자세히는 모르나 자매간에 큰 다툼이 있었을 테지요."

다툼 정도의 표현은 한참 부족하지만 별다른 반박을 하지 않은 송우는 다정히 말했다.

"예전처럼 편히 말씀하세요, 형부."

"그래 놓고 뒤늦게 불경하다 곤장을 때리려고?"

"보자마자 또 놀리시는군요."

"하나뿐인 내 처제가 귀여워 그러는 거지. 다 알면서."

저가 깜찍하다. 형부에게서 그 같은 희롱하는 소리를 들은 적이 한두 번이 아니기에 민망함을 느끼는 대신 송우는 그에게 언니에 관해 물을지 말지를 고민했다. 진정 다시는 그녀로부터 동생 취급을 못 받을까 봐, 이대로 남남처럼 살게 될까 싶은 망상 때문에 애가 끓었다. 이제야 왜 머나먼 과거 북향에 찾아갔을 때 륜이 '나를 아니 볼 거냐' 물으며 그토록 매섭게 몰아붙였는지 이해가 됐다. 아끼는 누군가를 다시 볼 수 없다는 상상이 이리 사람을 초조하게 만든다는 것을 어여쁨만 받던 시절에는 알지 못했다.

결국 송우는 조심스레 운을 뗐다.

"형부."

"응, 처제."

"서나 언니가 아직도 저에게 화가 많이 났나요?"

집 안에 틀어박혀 두문불출하는 처를 떠올린 한위가 빙긋 미소를 지었다.

"먼젓번 늦은 새벽에 처제를 만나고 온 후 거의 일주일을 성난 황소처럼 씩씩거리긴 했지만, 언니 성정 알잖아. 금방 풀어지는 거."

"……."

"오히려 근래까지 생각이 많아 보이던데, 서나를 그렇게 오랫동안 고민하게 만들 수 있는 이는 처제뿐일 거야."

한위의 대답이 의외라서 송우는 골똘히 생각에 잠겼다. 고민을 한다고? 언니가 그날로부터 한참이 지난 작금까지? 그는 망설임 없고 화통한 그녀의 성정과 영 맞지 않는 행동거지임을 알기에 순식간에 잡념이 뇌리를 채웠다.

물론 서나에게 머리채를 잡히고 과격한 꾸중을 들었을 때엔 비참했지만 딱히 그녀를 원망하지는 않았다. 자신과 륜의 관계를 언니가 이해해 주길 바라지도 않았다. 아무렴 피붙이라 한들 그러기가 쉽지 않을 것이라 생각했기에. 하면 형부의 말마따나 언니는 무슨 고민에 빠져 있는 걸까.

"비전하, 다과상을 들일까요?"

"아……."

비의 목소리가 날아들어서야 제대로 된 손님 대접을 하지 않고 있다는 것이 떠올라 송우는 뒤늦게 예의를 차렸다.

"그래 주려무나. 내빈을 세워두고만 있었으니 송구할 따름이어요, 형부. 어서 자리하세요."

"글쎄. 나와 담소를 나누기보단 처제는 금상을 뵙고자 하지 않을까."

송우의 미안(美顏) 가득 또 다른 수심이 차올랐다. 어찌 진염을 보고자 할 거라는 거지? 그러고 보면 지금 시각이 조례가 막 끝났을 참인데, 설마 조정에서 근심거리가 될 만한 일이라도 생긴 건가?

"단순히 놀리느라 하시는 말씀이 아닌 게지요. 위궐(魏闕)에서 무슨 일이 있었습니까?"

"천자께서 새로운 법령을 공표하셨어."

그 말을 듣자마자 송우의 놀란 가슴이 사그라졌다. 새로운 법제를 발한 것, 그게 그리 신기하게 여겨야 할 일이겠는가. 왕으로 등극한 지 일 년도 채 안 된 진염이니 그의 세상은 비유하자면 갓 태어난 어린아이와 다름이 없다. 현재 궁 안에 하나뿐인 왕자처럼. 그러니 그가 원하는 모양새로 나라를 이끌기 위해선 새로이 만들어지거나 혹은 다듬어져야 할 것이 당연지사 많을 것이다. 고로 만들 법령 또한 많을 테고.

별일도 아니건만 한위가 또 장난을 걸어오는구나 싶어 송우는 그 새로운 법령이 무엇이냐 묻지도 않고 시큰둥하게 뒷말을 기다렸다.

"대저 사가의 장부가 바깥에서 빛을 발하기 위해선 내실이 튼튼해야 하듯 제왕의 경우 또한 다르지 않다. 그런고로 종묘사직을 십분 보위하려면 내명부의 기강부터 바로잡혀야 하니 금일을 기점으로 후궁이 왕후가 되는 것을 금하겠다…… 고 명하셨지."

"……네?"

송우는 멍하니 눈을 끔뻑였다. 그녀를 대신해 한위가 계속 말을 이었다.

"조당의 신료들이 갑자기 어찌 그러시느냐 물어도 전하께선 구체적으로 말씀을 아니 해주시더라. 그렇지만 장인어른은 물론이고 모든 신료들이 전하께서 그 같은 법령을 공표하신 까닭이 처제를 염두에 두었다 생각해. 당자인 처제는 어찌 생각해? 내가 이 일을 축하해 주어야 하는 건가? 전하께서 처제를……."

씁쓸한 미소를 지어 보이는 한위가 삼킨 뒷말이 무엇일지 송우는 알 것 같았다. 형부는 자신과 지아비의 소홀한 사이를, 혼인의 내막을 이제는 다 알고 있을 거였다. 그러니 제 처지를 안쓰럽게 여기는 마음이 없지 않았을 텐데 지금 돌아가는 상황이 꼭 주상의 마음이 홍다련에게서 완전히 떠난 듯하니 그렇게 말하고 싶으리라. 전하께서 처제를 아끼시는 듯하다. 한데 나는 시작은 어그러졌을지언정 이제라도 상황이 이리되었으니 축하를 해주어야 하는 건지는 잘 모르겠다고.

한참을 더 멀거니 형부 되는 이를 쳐다보기만 한 송우가 말했다.

"다과는 다음번에 함께해도 될까요?"

"뜻하시는 대로."

홍다련이 결단코 왕비가 될 수 없게 된 마당에 신이 나 춤이라도 춰야 하건만 기쁘기는커녕 한위와 마찬가지로 송우 또한 혼란스럽기는 매한가지였다. 이 사태를 만들어 모두를 놀라게 만든 이에게 자초지종을 듣고자 그녀는 다급히 두 발을 움직였다.

✳

후궁이 정후가 되는 것. 군주들의 후궁 치고 언제까지나 첩실로 머물고 싶어 할 이가 있겠는가. 제왕들이 거느리던 숱하게 많은 빈잉(嬪媵)들의 숫자에 비해 그리된 전례가 턱없이 적어서 그렇지, 임금의 여인들 중 십 중 구 할은 못 해도 한 번쯤은 내명부의 주인이 되길 소망해 보았을 것이다. 설령 정비를 꿈꿨지 아니 했다 한들 그 자리를 가지라 하였을 때 싫다 마다할 여인은 없었을 터.

무조(武曌)가 그리 하였고 원(元)의 기씨가 그랬다. 인두질을 참아내고, 친딸을 죽여가며 천자의 본처가 되었으니 그는 게 딸려올 무수히 많은 영광을 알기에 욕심을 주체할 수 없어서였으리라. 여타 짐승들과 다를 바 없이 인간 또한 천생 서열을 따져 무리 위에 군림하고 싶어 하니까.

고로 송우 또한 한때 뭇 사내들이 입신양명하길 원하듯 내명부에 속한 여성이 곤전을 탐내는 일이 자연스러운 현상이라 생각하던 나날도 있었다. 그러나 그것이 제 경우가 되자 사정이 달라졌다. 홍다련이 저를 대신하여 왕비전에 들어앉아 있는 모습을 상상하매, 상상으로조차 용납할 수가 없어 짓밟고픈 잔인한 욕망이 무섭게 타올랐더랬다.

그리고 잠시간 잊고 있던 그녀의 그 마음은 지아비를 향해 '당신의 새로운 엄명이 나를 좋아해서냐, 아니면 단순히 왕실의 기강을 단단히 세우기 위해서냐' 묻고 싶은 충동에 밀려 있던 그것은 편전의 앞에서 서성이고 있는 누군가를 보자마자 생생히 되살아났다.

안절부절못하며 서성이는 다련을 지켜본 송우는 이윽고 그녀에게 가까이 다가갔다.

"숙원."

"……."

후궁을 바라보는 왕비의 입가에 미소가 걸렸다.

네 왕자를 낳았다, 지아비의 하나뿐인 아들을 생산했다 기고만장했지. 하나 어찌한담. 화무십일홍(花無十日紅), 그 말이 딱 너를 가리키는 것이라 이번 생에 네년이 왕후가 되는 일은 결코 없을 텐데. 치솟는 쾌감에도 불구, 송우는 여느 때와 다름없이 고아하게 행동했다. 자신을 발견하고도 고개를 빳빳이 들고 있는 다련을 한 번 봐주기로 결정한 그녀가 물었다.

"자네가 편전에는 어인 일로 왔는가."

혹여 책을 잡힐까 불만 가득한 표정을 숨긴 다련이 웅얼거렸다.

"주상 전하를 뵙고자 왔습니다."

"왕명에 관한 소문을 듣고 온 게지."

"……."

"하나 주상 전하를 뵈려거든 자네 처소에서 기다리게. 편전은 일개 후궁이 올 수 있는 곳이 아니니까. 숙원은 첩지까지 받아놓고 아직도 왕실 법도를 깨우치지 못했는가?"

"송구…… 합니다."

마음에 없는 말을 하는 태를 팍팍 내는 다련이 뒤돌아서는 모습을 미소 띤 낮으로 지켜보던 송우는 돌연 다련의 팔을 붙잡아 세웠다.

"어찌 이러시옵니까, 비전하."

놀란 눈을 해 보이는 그녀에게 바싹 붙어선 송우가 속삭였다.

"내 조카아이를 살려주어도 되었을 것을. 그렇지 않아? 나와도 잘 지냈으면 좋았잖아. 건방진 소리 따위 입에 담지 말고. 결국 이렇게……."

"……."

"네년이 평생 첩실일 거였다면 말이야. 넌 왕비가 되고 싶어서, 그리될 거라 믿어 의심치 않았기에 나를 깎아내리고 되바라지게 굴었지. 하나 이제 상황이 글렀으니 내게 미움을 받고 그이까지 빼앗긴 마당에 남은 평생을 어찌 보낼 테야? 네 그 핏덩이 하나로 버틸 수 있겠어?"

"……."

너는 이제 군왕의 총비도 아니고 중전이 될 수도 없게 되었다. 그러니 까불기는커녕 몸을 납작 엎드려 나에게 잘 보이지 그러하였냐. 아무렴 자진해서 내뱉은 소리라지만 송우는 저가 한 말이 앙큼하다 여겨졌다. 제 비꼼을 듣고 입을 꾹 다물고 있는 다련이 신기할 정도였다. 피식 웃어 보인 그녀가 다련에게서 돌아섰다.

"비전하께서도 이 사람과 마찬가지로 내명부 소속이시니 편전으로 향하실 수 없는 것 아니옵니까?"

그럼 그렇지.

꼴에 자존심은 강해서 결국 반항하는 다련을 송우는 흘끗 돌아
보았다. 붉게 달아오른 얼굴을 하고 있는 다련과 반대로 송우는 여
유만만할 따름이다.

"나는 예도(禮度) 위에 있는 이라."

"……."

"그것이 너와 내 차이 아니겠니? 별 볼일 없는 한미한 가문 출신
에 고작 숙원인 데다 이제는 제왕의 애첩이 아닌 너, 그리고 나의
틈이란 이토록 큰 게지."

"……."

"건방진 입놀림에 대한 불경죄를 묻기 전에 후궁으로 돌아가거
라."

본디 왕후라 할지라도 지아비의 첩에게 존대까진 아닐지언정 존
중은 해주건만 송우는 다련에게 한참 아랫것에게 그러하듯이 쏘아
붙였다. 한데도 멍청하게 반박 한 번 하지 못하고 멀어져 가는 후
궁의 뒷모습을 곱지 않게 주시한 그녀는 이윽고 편전의 문을 열었
다.

전각 안에 들어선 송우의 시선이 한곳에 붙박였다. 다행히 그는
아직 다른 곳으로 옮겨가지 않은 채 높다랗게 위치한 용상 위에 자
리한 상태였다.

발소리를 죽여 용상 가까이에 다가간 송우는 물끄러미 염을 내
려다보았다. 왕자이되 왕자가 아니었던 이라 그러한가. 신하들이
물러갔다고 용평상의 팔걸이를 베고 편히 누운 염은 화려한 곤룡포
만 입었다 뿐이지 퍽 자유로워 보였다.

그가 눈을 뜰 기미가 없어 잠이 들었나 싶으면서도 혹시 몰라 송우는 마치 차마 남편을 마음껏 건드리지 못하겠다는 듯, 수줍은 척 그의 뺨을 손끝으로 훑었다. 그리 하자 머잖아 눈을 뜬 그의 눈동자에 그녀가 비추었다.

"주무시었사옵니까."

잠을 깨운 것이 미안하다는 표정을 지어 보인 송우가 물었다. 계속해서 염이 조용한지라 그녀는 또 헷갈리기 시작했다. 편전까지 오는 길 내내 그가 저를 좋아하는 게 아닐까 생각했는데 재차 착각이었나. 정말로 내궁의 평화를 도모하기 위한 목적으로 새로운 법령을 공표한 건가.

"비(妃)."

"예, 말씀하시……."

송우의 손을 잡은 염이 그녀를 끌어당겼다. 순식간에 용상에 앉게 된 송우가 당혹스러워하거늘 그는 꽉 붙든 섬섬옥수를 놓기는커녕 그녀의 무릎을 베기까지 했다. 두 배로 놀란 송우가 더듬거렸다.

"저, 전하, 누가 볼까 두렵습니다."

"고루해 빠진 이들도 모두 퇴청했겠다, 엿볼 이가 어디 있다고."

"하, 하오나……."

"내 이러는 것이 싫으면 뿌리치시오."

말이 되지 않는 소리를 하는 염이 알아채지 못하게 송우는 입술을 잘근거렸다. 왕을 뿌리치라니, 저보고 불경죄를 저지르고 악처가 되라는 것인가.

급하게 편전으로 오느라 염이 또 이렇게 자신에게 손을 댈 거라고 그녀는 미처 생각지 못했다. 그렇지만 이제 와서 후회한들 늦었기에 경직되어 있는 것 외에 달리 할 수 있는 게 없었다.

"선물은 마음에 들었소?"

"……."

"장령(掌令)에게 전해 들었을 것 아닌가."

장령이란 한위의 직첩이다. 문득 조회가 끝이 났음에도 염이 다음 일과를 치르러 가지 않고 편전에 있은 까닭이 혹시 자신을 기다린 것인가 싶어 불편함도 잊은 송우가 조심스럽게 물었다.

"형부가 신첩에게 조당 일을 알릴 거라 예상하시어…… 하여 시, 신첩을 기다리고 계시었나이까?"

"뭐?"

염이 경쾌한 웃음소리를 흘렸다. 반면 송우의 얼굴은 새빨갛게 달아올랐다. 그의 마음을 떠보려다 어쭙잖은 모습이 된 스스로가 창피했다.

"신첩이 말을 잘못했습니다. 그를 물으려던 것이 아니라……."

당신이 왜 그랬는지, 무슨 마음인지를 알고 싶다고 솔직하게 묻지 못한 채 우물쭈물하는 송우를 대신해 염이 말했다.

"그렇게 생각해 나쁠 것 없지."

"……."

"그것은 그렇다 치고, 아직 내 물음에 답을 하지 않으셨소."

"전하께서 하사하신 선물을 받았거니와 그 뜻을 알지 못해 당황스러울 따름입니다."

"당황스럽다? 그게 다인가? 내 뒤에서 그대에게 괘씸하게 군 숙원이 왕후가 될 일이 없게 되었다 하기엔 간소한 소감이로군."

"……형부가 이르길 그럴싸한 명분을 내세우지 않으셨다지요."

"정확히는 명분은 내세웠으되 사례를 들지 아니했지. 하여 앞뒤 꽉 막힌 늙은이들과 씨름하느라 꽤나 힘이 들었어. 실은 그래서 예 이리 누워 있던 것이고."

꽉 막힌 늙은이들. 술에 취하지도 않은 상태로 임금이 소리 내기엔 썩 거친 표현인 그것을 송우는 소리 없이 되뇌었다. 조당의 요직을 차지한 대신들을 이르기에 그보다 더 안성맞춤인 묘사가 없을 것이다.

진염의 말대로 그네들은 고루하기 짝이 없기에 아무리 제왕이라 한들 법령을 반포하기 위해선 그럴싸한 명목을 내놓는 것이 필수다. 한데 듣기론 그는 애써 홍다련을 언급하지 않은 듯싶으니 신료들의 반발, 혹은 의문을 잠재우려 어지간히 고생을 했을 터였다. 그리고 저가 콕 집어 묻고 싶은 바도 그것으로부터 파생되는 즉, 알맞은 화제가 던져진 지금이 질문을 소리 낼 적시적기이거늘 송우는 영 운을 떼기가 어려웠다. 혹여 또 말을 잘못했다 그가 웃을까 봐서.

입술을 달싹이며 쭈뼛거리는 그녀를 염은 흘끗 올려다보았다.

"말하고자 하는 바가 있어 보이는데."

"아무렴 신첩과 숙원이 돈독하다 할 수는 없을지언정 신들의 반대를 무릅쓰고 그렇게까지 하실 필요는 없지 않았겠습니까."

"그래?"

너무 에둘러 말했던가. 듣고 싶은 답이 돌아오기는커녕 반문이 날아들자 답답함을 느낀 그녀의 미간이 잠시 구겨졌다.

"폐모와 그녀의 소생들에게 천대를 받으며 자란 나라고는 하나 그럼에도 왕자라는 겐지 내게 제멋대로인 면이 있다 생각해 본 적이 없었거늘 요 근래 알아가는 중이야."

"그 무슨……."

"확실히 내 처사가 과하긴 하였지. 비(妃)를 아껴 그런 거라 생각하시오."

"저를 아낀다는 것이……."

여인으로서냐, 아니면 불쌍한 한 인간으로서냐. 더는 답답한 마음을 참지 못해 직접적으로 물으려는 참 제삼자의 목소리가 날아들었다.

"들어가도 되겠습니까."

번쩍 고개를 치켜든 송우의 눈동자가 흔들렸다. 문밖에 선 이가 누구인지 아직 확인하지 않았음에도 불안이 솟았다. 아니, 실 그녀는 이미 알고 있었다. 저 문이 열리면 들어올 이가 누구인지. 그렇기에 송우는 손은 염에게 붙잡혀 있고 무릎은 그의 머리에 내어준 지금의 상황을 최대한 피하고 싶었다.

"전하."

"그렇게 해."

아녀자는 이만 나가보겠다 소리 내려 다급히 입술을 뗐거늘 그녀보다 염이 한 발 더 빨랐다. 삐거덕거리는 문소리가 날아듦에 다시 고개를 치켜든 송우는 그 어느 때보다도 싸늘하게 자신을 노려보다시피 쳐다본 륜이 짧은 시간 후 차마 쳐다볼 수 없는 흉물스러운 무언가로부터 시선을 거둬들이듯 저를 외면하자 엄청난 충격을 받았다. 등허리를 타고 오싹함과 전율이 일었다.

륜은 그저 지아비의 앞이기에 자신에게 관심 한 자락 비추지 않는 것일 게 분명한데 어찌 이리 걱정이 되고 무서운 걸까?

그 눈빛이란 무엇이던가. 그것은 장부가 사랑하는 여인에게 내

보일 유는 아니지 않나?

이전까진 단 한 번도 정인에게서 받아본 적 없는 싸늘한 시선이 송우의 뇌리를 맴돌았다. 온 정신을 잡아끌었다. 그런고로 륜은 왕만을 바라보거늘 불쌍한 향일화(向日花)가 된 그녀의 눈길은 그만을 뒤쫓았다.

대체 어찌 저리 매정할 수 있지. 분명 저의 걱정과 관심 어린 눈초리를 느낄 테면서 어떻게 단 한 순간을 보아주지 아니해.

다정하던 륜의 눈빛을 기억하기에 짤막한 찰나에조차 스스로를 바라보지 않는 그의 태도는 정말이지 지독히도 냉혹하게 다가왔다. 하염없이 륜을 살피던 송우는 한 번, 두 번 기다란 손가락 끝이 자신의 턱 끝을 가벼이 두드려 오자 그제야 정신을 차렸다.

"표정들이 볼 만하군."

멍한 처와 살벌하게 굳은 신하를 번갈아 살핀 염이 옅게 웃어 보였다.

"내 아끼는 두 분의 안색이 어찌 이리 좋지 못한 게요?"

"……."

도적이 자진해 발을 저린다고 꼭 목이 죄어지는 것 같았다. 당혹스러움에 혹여 눈동자가 흔들릴까, 그것을 염이 눈치챌까 태산 같은 걱정이 송우를 휘감았다. 완벽하게 표정 관리를 할 자신도 없었다. 이미 그녀는 륜으로 인해 침착함을 잃고 무너졌으므로.

어찌 행동해야 남편에게 의심스럽게 보이는 상황을 막을 수 있을까. 잠시 생각한 송우는 마치 외간 사내가 자신과 낭군이 바싹 붙어 있는 모습을 보는 게 수줍다는 양 고개를 살짝 옆으로 돌렸다. 다행히 얼굴은 이미 홧홧하기에 붉게 만들려는 헛된 노력을 할 필요가 없었다.

"전하, 신하 되는 이 앞에서 작금과 같은 모양새를 보이기가 부끄럽나이다. 정좌하심이 어떠하실는지요."

수줍게 소리 낸 송우가 염의 어깨를 움켜쥐었다. 그 신호에도 불구, 그는 꿈쩍을 하지 않았다. 흘끗 륜의 눈치를 살핀 그녀는 어쩐지 그가 더 싸늘하게 굳은 것 같다는 착각이 들어 점점 더 속이 탔다. 푹신한 용상 위에 앉아 있거늘 가시방석에 자리한 것처럼 불편하기 짝이 없었다.

"전하."

곤란한 저의 속내를 알 리 없는 염이 이제는 제 턱 끝을 살살 쓰다듬기까지 하니 속이 바짝 타다 못해 현기증을 느낀 송우는 염의 손을 붙잡아 끌어 내렸다. 지금은 낭군의 이상한 행동거지의 까닭을 찾을 여유가 없었다. 그에게 붙잡힌 제 꼴을 륜에게 보이고 싶지 않을 뿐이었다.

"어찌 이리 짓궂게 구시나요."

"……내 점잖지 못해 왕비께서 얼굴을 붉히신 게로군."

잠시 더 그녀를 살핀 염이 일어나 앉았다. 한숨을 돌린 송우였지만 여전히 왕비전으로 돌아가고픈 마음이 굴뚝같았다. 그렇지만 여전히 손 하나가 염에게 붙잡혀 있는 데다 그는 놓아줄 기미가 없는지라 몸을 움직일 수가 없었다. 목울대를 치고 올라온 불평불만을 겨우 삼킨 그녀가 이를 악물었다.

"현양군을 제외하고 내가 형제처럼 여기는 이는 용상 아래의 저 사내뿐이라 군왕 내외가 편안한 모습을 보인다 하여 체통이 없다느니 제왕답지 못하다 욕을 먹을 일은 없을 것을. 그렇지 않은가, 예호?"

"……."

돌아오는 답이 없건만 괘념치 않은 염은 말을 이었다.

"그러니 부디 비(妃)께선 걱정 그치시오. 여인은 부끄러워 그런다 치고, 자네는 또 무슨 일로 심기가 불편한 겐가? 두 사람 서로 모르는 사이도 아니면서 여태껏 정다운 인사말 한마디가 오고 가지 않으니 남들이 보면 원수지간이라도 되는 줄 알겠어. 후원에서 함께 거닐 정도면 꽤나 가까워진 것 아니던가."

"그……."

무슨 말씀이냐. 제대로 질의를 소리 내기도 전 말문이 턱 막혀 송우는 입술을 앙다물었다. 후원이라 함은, 게서 같이 걸었던 때라면 언제를 말하는 거지?

"나는 네가 노비이건 말건 상관하지 않아."

혹여 그렇게 속삭였던 날을 뜻하는 건가. 입궁을 한 연후 처음 륜을 보았던. 중궁전 후원에서의 저와 륜의 모습을 진염이 보았다고?

소리를 내면 목소리가 흔들릴 듯하고 몸을 움직이면 사지가 떨릴 것 같았다. 당황한 상태로 경직되어 있는 것 외에 아무것도 할 수 없는 송우를 대신해 륜이 차분히 말했다.

"군왕 내외께서 지엄한 편전에서, 그것도 용상 위에서 두터운 금실을 보인다 재미없는 노파처럼 굴 생각이 신에게는 물론 없습니다. 또한 말씀하신 대로 비전하와 신이 막역한 사이이긴 하지만 지금은 담소를 나누기에 적절치 못한 상황인 듯싶습니다."

정적을 깨뜨려 준 륜에게 감사하며 송우는 염의 눈치를 살폈다. 제 심장은 요동을 치거늘, 그리되게 만든 낭군은 태연했다. 의심 비슷한 것 또한 싱싱한 용안에 전혀 비추지 않았다. 별뜻 없이 지껄인 거였나? 륜과 자신이 후원에서 단둘이 걸을 만큼 그저 친구로서 가까워졌구나 치부하는 건가?

"숙원과 모종의 관계였다 주장하는 사내가 나타났습니다. 덧붙이길, 왕자께서 제왕의 남아가 아닌 자신의 핏줄이라 고변했다더군요."

지아비가 무언가를 알아챘을까. 혹은 그저 놀리느라 한 소리일까. 의심과 안심 사이에서 갈팡질팡하던 송우가 놀라 휘둥그레진 눈으로 륜을 돌아보았다. 홍다련의 정인이었다고, 왕자의 진짜 아비라 주장하는 사내가 나타났다고? 실없이 흘러나오려는 실소를 참으려 그녀는 안간힘을 썼다.

반면 염의 얼굴은 삽시간에 냉담히 굳었다.

"그자가 어디에 있는가?"

"금부 옥사에 가두어라 일러놓았습니다."

"비께선 예 올 때와 마찬가지로 왕비전에 홀로 돌아가셔야겠소."

"부디 신첩의 걱정은 마시어요. 숙원과 왕자에 관한 해괴망측한 사건이 조속히 해결되기를 바라고 있겠사옵니다."

멀어져 가는 염의 뒷모습에서 눈을 뗀 송우는 애처로이 륜을 쳐다보았다. 그러나 주상을 뒤따르는 그는 여전히 자신에게 눈길 한 번을 주지 않았다. 이윽고 두 사람이 사라진 편전 안에 홀로 남은 그녀의 얼굴 가득 서운함과 슬픔이 차올랐다. 륜이 걱정되어 홍다련에 관한 웃긴 상황을 되새길 겨를조차 없었다.

륜……. 더도 말고 덜도 말고 하나뿐이라, 그토록 무서워하면서도 친언니가 소중한 것처럼 유일하기에 더욱 애가 끓게 만드는 내

정인. 대체 왜 그토록 기분이 좋지 못한 건데. 의금부에 큰일이 터져서? 아니, 그것은 절대 아닐 테지. 홍다련을 대신 죽여주겠다 말하기까지 한 너 또한 분명 나처럼 소리 없는 실소를 삼켰을 거니까. 하면 도대체 무엇이 문제야?

"나빠."

그리 무섭게 쳐다보질 않나, 한 번도 눈길을 주지 않다니. 내가 얼마나 애타게 쳐다보았는지 모르지 않을 거면서.

울상을 한 채 자리에서 일어선 송우가 천천히 발을 움직였다. 왕비의 섬섬옥수가 문고리를 움켜쥐는 순간, 그녀가 힘을 싣지도 않았건만 갑작스레 문이 벌컥 열렸다. 그 틈새로 신속히 들어선 누군가가 송우의 양어깨를 거칠게 움켜쥐었다.

별안간 일어난 일이 놀라워 멍하니 눈을 끔뻑인 송우는 가까스로 자신을 노려보는 싸늘히 식은 륜을 불렀다.

"륜……"

"그따위로 쉽게 왕이 널 만지게 하지 마. 아무 반항이라도 해. 안 되면 적어도 내 앞에서만이라도 다시는 그놈과 아까처럼 바싹 붙어 있지 마. 내일 당장 내가 네 옆에서 꺼지는 꼴 보고 싶지 않으면."

"……"

"똑똑히 새겨들어."

"……"

칼날같이 매서운 한마디를 남긴 륜이 사라지고 한참 만에 송우는 뒤늦게 굳은 다리를 움직였다. 다급히 편전의 바깥에 나와 두 눈동자를 움직여도 당연지사 그는 흔적조차 보이지 않았다. 그저 그에게 너무 세게 잡혔기에 여전히 아릿한 어깨와 귓가에 메아리치는 분노 섞인 음성만이 방금 전의 상황이 결코 상상이 아니었노라 속삭일 뿐이다. 송우의 심장이 불안스레 쿵쾅거렸다.

✻

"그따위로 쉽게 왕이 널 만지게 하지 마. 아무 반항이라도 해. 안 되면 적어도 내 앞에서만이라도 다시는 그놈과 아까처럼 바싹 붙어 있지 마. 내일 당장 내가 네 옆에서 꺼지는 꼴 보고 싶지 않으면."

"똑똑히 새겨들어."

며칠이 지나도록 한겨울 날의 바람 같던 륜의 매서운 경고가 귓가에 선명했다. 시름 섞인 한숨을 내쉰 송우는 두 손으로 얼굴을 감싸 쥐었다.

한때 륜은 상관치 않노라 말했더랬다. 짓밟히고 버려져도 괜찮다고, 결국에는 망설임 따위 가지지 말고 남편을 선택하라고. 한데 그랬던 그가 돌연 태도를 바꾸었다. 이유가 무엇이겠는가.

답은 하나뿐이다. 마치 저가 북저에서 본 나신의 기녀에게 엄청난 질투를 느꼈듯 그 또한 그런 게 분명했다. 륜은 그의, 어쩌면 아녀자들의 그것보다 훨씬 더 강렬한 질투로 말미암아 이제 자신이 그만의 반려이기만을 바라는 듯하다. 다시 한 번 괴로운 한숨을 내쉰 송우가 힘없이 중얼거렸다.

"나도 그랬으면 좋겠어."

나도 내가 너의, 너만의 여인이었으면 좋겠어. 진염이 날 만지는 게 싫어. 네 눈치를 보고 싶지 않다고.

"숙원과 왕자에 관한 소문이 사실일까요, 아니면 거짓일까요?"

세상의 모든 걱정은 다 짊어지고 있는 듯 축 처진 어깨를 하고선 터덜터덜 걸은 송우는 후원에 다다르자 발을 멈추었다. 두 눈을 반짝이는 비를 흘끗 돌아본 그녀가 답을 주었다.

"거짓이란다."

웃전은 맥이 없건만 비는 발랄하게 물었다.

"어찌 아시어요? 주상 전하께서 의금부에 도착하기 전에 죄인이 감쪽같이 사라졌다는데, 비전하께선 대체 그걸 어찌 아실 수 있으세요?"

"······."

송우는 홍다련과 왕자가 불쌍하다는 기색이라곤 전혀 내비치지 않는 비에게 차분히 설명을 해주기로 결정했다. 머리가 너무 지끈거려 잠시만이라도 륜이 아닌 다른 생각을 하고 싶기에.

"영해군은 한눈에 보아도 주상을 닮았잖니. 게다가 홍다련이 어리석긴 하다만 다른 이의 아들을 천자의 소생이라 속일 정도로 악독하진 못하단다. 주상을 연모하는 그 계집의 마음만큼은 진실하기도 하고."

"하지만 신이 나 수군거리는 궁인들은 한결같이 의심하지 않고 그 소문을 믿어요. 숙원의 아들이 주상 전하의 씨가 아니라는 걸요."

"아마 평생을 그것으로부터 자유롭지 못할 거야. 그래도 주상이 힘을 쓴 덕에 폐출을 면한 것만으로 감사히 여겨야 할 테지."

"하면 비전하께서는 누가 이 일을 꾸몄다고······."

재잘재잘 떠들던 비가 갑자기 입을 꾹 다물었다. 소녀의 시선을 따라 몸을 비튼 송우는 멀찍이 서 있는 륜을 발견했다.

그날 무섭게 화를 내던 륜이 걱정되어 위험을 무릅쓰고 대낮부터 그를 불렀건만 그녀는 아주 한참 만에야 그에게 가까이 다가갈 수 있었다. 그러고도 차마 입술을 떼지 못하고 눈치만 살피거늘 도통 알 수가 없었다. 그의 새카만 눈동자 뒤에 여전히 노여움이 남아 있는지를, 아니면 훌훌 털어버렸는지를. 하는 수 없이 그녀는 조심스럽게 무표정한 그를 불렀다.

"륜."

"네가 이겼어."

다행히 돌아온 륜의 목소리는 건조하긴 하지만 노기에 젖어 있지는 않았다. 하지만 송우는 여전히 안심할 수 없었다.

이겼다니. 그게 무슨 뜻일까. 누구한테 이겼다는 거지? 홍다련을 뜻하는 걸까? 확실히 그 계집 하나는 완벽하게 짓밟은 것이나 다름없었다. 그녀는 왕비가 될 수 없고, 영해군과 함께 평생 벗지 못할 굴레를 뒤집어쓴 데다 진염마저 자신에게 빼앗겼으니까. 그러고 보니 진염에게도 이겼구나.

편전에 들른 그날 이후 송우가 깨달은 것은 두 가지였다. 륜이 저에게 차갑게 굴던 것이 질투 때문이라는 것과 남편이 제게 연모의 정을 품었다는 것. 그게 아니라면 진염은 결코 다른 이가 보는 앞에서 저를 만지는 등의 행동을 하지 않았을 터이다.

기쁜 기색이라곤 전혀 내비치지 않은 채 송우가 말했다.

"그래, 맞아. 나는 홍다련에게 이겼고 주상에게도…… 이긴 거나 다름없어."

"그리고 나한테도."

"그게 무슨……."

"왕이 너를 마음에 담았더군. 더불어 본능이었건 의도였건 날 경계했어. 이대로는 위험에 처할 수 있으니 가까운 시일 내에 아마 난 네 곁에서 사라져야 할 거야. 겨우 네 외척이 되는 정도로 충분할지

의문이거든."

"……."

네 곁에서 사라져야 한다.

륜이 사라진다, 내 곁에서…….

륜과 화해를 하려 자리를 마련한 것인데 예기치 못한 그의 한마디에 송우는 눈앞이 핑핑 도는 듯했다. 어떻게 이럴 수가. 그가 없어진다니. 곧 볼 수 없을 거라니.

"아, 안 돼."

속이 메스껍고 현기증이 몰려들었다. 그러나 송우는 륜의 옷깃을 와락 움켜잡았다. 누군가가, 혹여 또 낭군이 볼 수 있으니 몸가짐을 조심해야 한다는 생각은 이미 진작 머릿속에서 증발해 버렸다. 륜을 못 볼 상상을 하매 눈앞이 새하얘져 갈 뿐이다.

"륜, 그러지 마. 제발. 네 착각이었을 거야. 진염은 아무것도 모를 거라고. 그러니까……."

금세 눈시울을 붉히는 송우의 양팔을 붙든 륜이 그녀의 말을 가로챘다.

"네 곁에서 사라져야 할 거라 했지, 그러겠다고 하진 않았어."

멍하니 자신을 올려다보는 송우를 륜은 할 수 있는 최대로 힘껏 끌어안았다. 그녀의 목에 고개를 묻은 그가 쓰디쓰게 내뱉었다.

"널 끊어낼 수가 없어. 네가 왕의 곁에서 웃는 모습을 볼 수 있을 거라 생각했는데 불가능해. 이 탐욕을, 내 손으로 선택한 군왕에게 느끼는 질투를 떨쳐 낼 수도 없어."

"……."

"내 것이 못 된다면 차라리 같이 죽는 게 낫다는 빌어먹을 미친 생각까지 할 정도로…… 네가 갖고 싶어."

"……."

"그래서 대체 뭘 어찌해야 할지 모르겠어. 이대로는 너까지 위험해질 텐데."

그는 분명 울고 있지 않거늘 송우는 귓가에 울리는 목소리에서 어쩐지 울음기가 배어 나오는 것 같았다. 그의 고백이 절절했다. 홧홧해지는 눈시울을 느끼며 그녀는 륜을 꽉 그러안았다. 천천히 입술을 뗀 송우가 침착하게 말하려 애썼다.

"너는 나를 놓을 수가 없고, 나도 너를 놓을 수가 없어."

"그래, 그럴 수 없어."

"그리고 또 너는 내가 주상의 옆에 있는 게 싫어."

"……."

"이대로 우리가 같이 있으면, 그러다 만약 누군가가 우리 사이를 알게 되면 둘 다 죽을 거고."

"미안해."

한 치 앞도 보이지 않을 만큼 시야가 흐릿해 송우는 대충 눈가를 닦아내었다. 진정 무얼 어찌해야 할지 모르겠다는 괴로운 얼굴을 하고 있는 륜의 뺨을 조심스럽게 어루만진 그녀가 물었다.

"뭐가 미안해?"

"너를 마음에 담아서. 놓을 수가 없어서."

"그게 왜 미안해."

흐느낌을 삼키고 억지로 웃어 보인 송우는 다시 륜을 그러안았다.

그가 자신을 연모하는 것을 이유로 위험에 처하게, 죽게 하고 싶지 않다. 그와 덩달아 죽고 싶지도 않다.

륜과 둘이서 같이 살고 싶어.

그렇다면 투기에 휩싸여 괴로워하는 륜을 달래고 온전한 그만의 여인이 되어 그와 함께하려면 무얼 어찌해야 할까. 그런 방도가 있기는 할까.

9장 치정(癡情)

나는 홍다련을 이겼다. 계집이 가장 두려워하던 바는 지아비의 총애를 빼앗기는 것이고, 과감히 예상하건대 남편은 나를 좋아하니 이긴 게 아니고 무엇이겠는가. 이미 진작부터 그를 빼앗지 말아달라 부탁하던 후궁 년의 속이 처참하게 찢겨 너덜너덜해진 지가 한참이 되었을 터였다.

이 하나만으로 충분할 것을 계집은 또한 젖먹이 아들과 함께 모욕을 뒤집어썼다. 내가 유생들을 시켜 올린 상소를 시발점으로 남편이 금부에 도착하기 전 행방이 묘연해진, 거짓 낭설만을 남긴 뉘인지 모를 사내 덕에 모자(母子)는 평생을 그네들의 사지를 옭아맨 족쇄를 뿌리치지 못할 것이다. 홍다련. 진염의 사랑을 빼앗기고 네 자식의 어미가 너라는 이유로 손가락질을 받는 모습을 보며 비통해하겠구나.

또한 나는 그에게도 이기었다. 건륜. 나의 유일한 연인.

연모해 줘. 네가 아닌 다른 남자를 곁에 둔 나를 보고 슬픔에 절어 갈기갈기 찢겨줘. 한때엔 그리 무섭게 다짐했지.

애초부터 모든 걸 알고 져주려 마음을 먹은 그는 대번에 연인이자 적인 내게 성문을 열어주었고, 철저히 점령당했다. 결국 참을 수가 없다고, 차라리 죽는 게 나을 거라 뇌까렸으매 그가 나를 가질 수 없다면 둘이 함께 황천강을 건너는 편이 나을 거라 덧붙이기까지 했다. 불쌍한 내 연인.

륜이 그토록 애끓어 하는 것은 다 내 자신이 획책한 것이거늘, 문제가 생겼다. 막상 감히 대궐의 한복판에서 왕비를 끌어안을 정도로 이성을 차리지 못하는 그를 보자 내 심장이 갈기갈기 찢겨졌다. 마음이 너무 아파 홍역에라도 걸린 양 착각이 일었다. 그를 향한 나의 애정이란 예상보다 너무나 커다래서 엄청난 변수가 되어버렸기에 애초의 계획은 완벽하게 비틀어져 버렸다.

하여 남편에게 이제 겨우 반쪽짜리 승을 거두었다 말할 법한데 멍청하게도 정애의 포로가 되어버린 무능한 나는 이제는 어찌 지아비에게 되갚아주려 했는지 기억조차 나지 않는다. 륜을 꾀어 남편을 끌어 내릴 꿈을 꿨던 것을, 한때 동인이었던 두 사내가 서로에게 칼을 겨누는 모습을 원했다는 사실을 잊으려 애쓴다.

정말이지, 사랑에 빠진 나는 무능하고 멍청해.

*

불그스름한 석양빛으로 물든 방 안이 천천히 눈을 뜬 송우의 시야를 채웠다. 가매에 들었다가 깨어나면 복잡한 심경을 잊는 데 도움이 될까 싶어 억지로 눈을 감았던 건데 잠이 오기는커녕 륜에 관한 생각만이 더욱 선명해져 버렸다.

재차 생각해 봐도 륜을 버릴 수 없어. 그가 위험에 처하길 원치 않아. 마음 없는 사내와 한 이불을 덮고, 살을 섞고, 그의 자식을 낳고 싶지도 않아. 그러니 잘 결심한 거야. 더군다나 완벽하진 않지만 이도 나름의 복수잖아. 잠시나마 진염은 떠난 나를 그리며 회한에 잠길 테니.

일평생 명예로운 삶을 살아온 아비에게 누가 되진 않을는지, 어미와 언니가 뭉텅 속이 상해하진 않을는지. 결심을 해놓고 막상 실천하려 하자 또다시 가족이 걸려와 송우는 륜을 되새기며 마음을 다잡았다.

"숙원 홍씨 들었나이다."

문가를 향한 송우의 눈초리가 뾰족해졌다. 내가 여기서 나가면 짧은 기간 동안만이라도 속이 쓰려 하기는커녕 진염이 아무렇지 않다는 듯 금세 홍다련의 품으로 돌아가지 않을까. 퇴궁하는 나를 보며 문밖의 저년이 코웃음을 치진 않을까. 그 같은 생각이 들어 또 한순간 결심이 흔들렸지만 그녀는 한 번 더 마음을 다잡았다.

"들라 하라."

"예, 비전하."

공손히 인사를 올리고 자리에 앉는 다련을 지켜보자니 속이 부글부글 끓었지만 송우는 그것을 내색하지 않았다. 문득 그녀는 묘한 기분을 느꼈다.

"형님, 이리 뵈니 정녕 기쁘옵니다."

신혼 초야에 덜컥 찾아와 그렇게 이기죽거렸을 때의 계집은 반짝였다. 진엽의 총애를 독차지하고 있었기에 생글거리며 웃는 얼굴 가득 자신감을 넘어선 오만이 깃들어 있었다. 오늘처럼 평생 뒷방에 머무를 거라 생각지 못하고 언젠가는 왕비가 될 수 있을 거라 확신했는지 들떠 보였다. 하여 부러워할 만하게 생기가 넘치던 후궁이거늘 지금은 꼭 철지난 시든 꽃과 다를 바가 없어 보인다. 잠에 들지 못하였는지 눈 밑이 거무죽죽하고 운 것처럼 눈두덩이 부어 있다. 화사하게 치장을 하였으되 안색이 나빠 좋지 못한 얼굴빛이 더욱 도드라져 보였다. 한마디로 홍다련은 색이 바래 있었다.

"속이 시원하십니까."

아주 살짝 다련도 조금쯤은 불쌍하다 생각하던 송우의 마음이 순식간에 얼어붙었다. 다련의 목소리에서 자신을 향한 원망이 묻어나온다는 것을 그녀가 눈치채지 못할 리가 없다.

후궁의 투정을 고이 받아줄 생각이 없는지라 송우는 아무것도 모른다는 것처럼 순진하게 반문했다.

"나는 숙원이 무슨 말을 하는지 모르겠네만."

"저와 형(亨)이가 이리된 것을 보니 기쁘신가요?"

"자네와 왕자가 어찌 되었기에?"

한동안 입술만 잘근거린 다련이 맥없이 뇌까렸다.

"대궐 안의 모든 사람들이…… 심지어 하찮은 무수리 계집들까지 저희 모자를 불한당 보듯 합니다. 뒤에선 저들끼리 수군거리며 비웃고요. 마치 제가……."

"마치 네가 다른 사내와 정을 통해 낳은 아이를 왕의 자식으로 속였다는 것처럼?"

"……."

"꼭 내가 그리 만들어놓은 듯 말하는구나?"

자못 매섭게 쏘아붙인 송우는 아무 대답을 못 하고 고개를 숙이는 다련을 흘겨보았다. 실은 상당 정도 홍다련과 왕자에게 채워진 족쇄를 만드는 데 자신이 일조한 부분도 있긴 하다. 하지만 결정적인 공은 다른 이가 세운즉, 한참을 더 감히 자신에게 하소연을 한 다련에게 곱지 않은 시선을 던져서야 송우는 노기를 거두었다.

"그래도 다행이잖은가, 숙원. 비록 자네와 왕자에 관한 소문이 흉흉하고 세간의 눈초리 또한 따갑다지만 전하께서 비호해 주시니까."

"……."

"덕분에 폐출을 면한 것이기도 하고. 그만으로도 감사해야지. 아니 그래?"

"……제게서 기어코 전하를 빼앗아가셨어요. 이제 원통함이 좀 가시고 통쾌하시나이까."

저 계집이란 정말 봐주려 해도 그럴 수가 없구나. 어떻게든 분함을 토로하고 싶은 듯 말꼬리를 잡고 늘어지는 치가 귀찮아 송우는 짜증이 치솟는 것을 느꼈다. 진염에게 중히 할 말이 있건만 제 다리를 붙잡고 하소연이라니. 대체 억울할 게 무엇이라고.

"더할 나위 없이."

"……."

"무엇이 그토록 억울해 이러는가, 숙원. 그래도 자네 아이는 어디 하나 아픈 곳 없이 무탈하게 잘 자라고 있거늘. 그로 부족해? 열 달을 품은 아이를 제대로 한번 안아보지도 못하고 떠나보내는 여인들이 부지기수인 것을."

"……."

"할 일이 있으니 이만 나가 보게."

"저는 제가 형이를 낳을 수 있도록 도와준 비전하의 언니 되는 분에게 감사하고…… 그 일에 대해서 충분히 죄송하게 생각하고 있어요."

"감히 누구를 입에 담아!"

그때까지 그럭저럭 잘 참던 송우는 다련이 서나를 입에 담는 순간 폭발하고 말았다. 꼭 이 모든 게 자신 때문이라는 양 저를 원망하는 것도 기가 찬데 언니까지 들먹이다니! 벌떡 일어서 다련을 노려보며 송우는 독설을 쏟아냈다.

"감사해? 충분히 죄송하게 생각한다고? 질투에 눈이 멀어 앞뒤 생각 않고 앙큼한 짓거리를 벌이다 내 언니의 아이를 죽여놓고 미안하게 생각하는 것으로 족할 듯싶더냐? 하여 너와 네 아들이 처한 상황이 과분하다 여기는 게야? 이 멍청한 계집아, 네년처럼 단순하고 쉽게 세상을 사는 이도 없을 것이다."

"……."

"넌 애초에 송구할 일을 만들지 말아야 했어. 아니면 머리가 나쁜 만큼 조심성이라도 많던가. 살생을 행해놓고 그따위로 염치없다니 역겨워."

"……."

"너와 주상이 아버님과 언니를 건드리지만 않았어도 난 아마 어떻게든 참고 살았을 거야. 네 연놈이 어찌 희희덕대건 아무것도 못 보는 것처럼 불쌍같이 살았을 거란 말이야. 한데 죄 없는 나를 끌어들인 것으로 모자라 네년과 주상은 내 가족에게까지 상처를 입

혔어. 자업자득이라 여기고 평생을 나를 포함한 내 가족에게 부끄러워하며 살아. 다시는 내 앞에서 억울한 것처럼 굴지 말란 말이야!"

"……."

"알아들었으면 당장 네 처소로 물러가!"

금일이 무슨 날인가. 생전 처음 소리를 질러보지 않나, 서나 언니에게 빙의가 된 양 욕지거리까지 내뱉었으니. 스스로 한 짓이 충격적이라 송우는 더더욱 혼자 있고 싶었다. 그러나 축축해진 눈가로 그녀를 올려다보는 다련은 꼼짝하지 않았다. 버티는 다련을 내려다보고 있자니 가슴속 역정이 점점 더 끓어올라 송우는 이러다간 다련의 뺨을 한 대 때리기라도 할 것 같았다. 그러고 싶지 않기에 그녀는 서릿발이 치는 기세로 바깥을 향해 외쳤다.

"숙원을 끌어 내어라!"

삽시간에 우르르 쏟아져 들어온 상궁 나인들에게 질질 끌려 나가던 다련이 다급히 말했다.

"그럼 건륜은요?"

"잠시만!"

아랫것들을 멈춰 세운 송우가 다련을 노려보았다. 갑자기 륜의 얘기는 어찌 꺼내는 거지? 감히 제 사내를 입에 담은 치의 입술을 짓이기고 싶은 충동을 억누른 송우가 날카로이 물었다.

"갑자기 어찌 예호에 관한 이야기를 꺼내는 것이냐?"

"지금처럼 전혀 다른 사람이라 느껴질 정도로 변할 만큼 저와 주상 전하가 미우셨다면, 그래서 제게서 그분을 빼앗고 형이까지 평생 능멸을 당하게 만드셨으면 건륜에게도 똑같이 하셔야 하지 않나요?"

"네 나와 미어 놀이라도 하자는 것이냐. 한 번만 더 내가 자초지종을 제대로 설명하라 말하게 한다면 되바라진 혓바닥을 뽑아내어 다시는 왕자가 네 목소리를 듣지 못하게 만들 것이니라."

"사저에서 살 때에 건륜과 함께 계신 모습을 보았어요."

"……."

"그는 결코 곁에 여인을 두는 사내가 아니니 둘 중 하나겠지요. 건륜이 비전하를 마음에 담았거나…… 서로 간에……!"

뒤에 이어질 말이 무엇일지 들어보지 않아도 뻔한지라, 더군다나 홍다련의 입으로 그와 자신의 관계가 소리 내어지기를 원치 않아서 섬섬옥수를 움직인 송우는 우악스레 꿇어앉은 다련의 머리채를 잡아채었다. 지난날 친언니에게 머리카락을 붙잡혔을 때 저가 쏟아낸 놀란 신음이 이번에는 상대의 입술 새로 흘러나왔다. 그러나 다련이 아파하건 말건 송우는 괘념치 않았다.

"네 또 그 세 치 혀를 놀려 나를 지옥 불에 처박으려는 게지. 그렇지 않다면 감히 무슨 말을 지껄이려 해."

왕비와 왕의 신하가 서로 간을 마음에 품었다. 기실 전혀 틀리지 않은 홍다련의 추측이거늘, 그렇기에 도둑이 제 발을 저리듯 송우는 모순적인 소리를 내뱉었다. 제 치부를 적이 들추려 하는 것만 같아 분노가 휘몰아쳤다. 움켜쥔 검은 머리털을 뒤흔듦에 후궁의 눈에 눈물이 맺혔다.

그렇지만 다련 또한 굴하지 않고 말을 이었다.

"그는, 아…… 건륜은 위험한 사내이옵니다. 잔혹하고 교활해요. 그리고 북향은 그의 것이다시피 하죠. 덕분에 건륜은 전하께오서 일개 무시받는 왕자군일 뿐이던 시절부터 자금을 대어주고……."

"……."

"장애가 되는 정적들을 어찌 없앨지, 용상을 어찌 빼앗을지 그 모든 계획을 세웠으며…… 그리고 전하께 당신과 혼인하라 했어. 염은 내키지 않아 했는데, 그런 그를 마음에 없는 여자이던 당신과 연을 맺으라 사주했단 말야. 지금의 영의정 대감을 끌어들이려고."

"……"

"한데 그런 그는 원망스럽지 않아? 염과 나는 그토록 미우면서? 불공평해."

송우의 손아귀에서 다련의 머리칼이 빠져나갔다. 흡사 벼락을 맞아 몸이 두 동강이 나는 듯싶었지만 송우는 눈물을 떨구거나 당황한 태를 내지 않았다.

"그래? 예호가 그랬어?"

대신에 맑게 웃어 보인 그녀는 미안함과 원망이 뒤섞인 두 눈동자로 자신을 올려다보는, 친해지려야 결코 그럴 수 없는 후궁 계집의 뺨을 있는 힘을 다해 매섭게 내려쳤다. 찰싹 하는 마찰음이 서산 너머에서 울려오는 것처럼 아득하게 여겨졌다.

"너는 역시 어리석어. 아느냐? 내가 아무리 왕후이고 너는 일개 숙원이라 할지언정 난 네게 일정 수준 이상의 대우를 해주어야 해. 어찌 됐건 넌 왕의 여자이자 왕자의 어미이니까. 하나 방금 나는 결함을 보였고, 그를 이용할 수도 있었을 것을 너는 자진해 내 흠을 잡을 기회를 놓쳐 버렸다. 그래선 내 후임이 되는 이에게도 평생 질 테지."

여린 뺨을 내려칠 때의 감촉이 손 안편에서 사라지기도 전에 고요히 뇌까린 자신의 말뜻을 입술이 터진 홍다련은 알아듣기는 할까.

높은 곳에 위치한 이일수록 몸가짐을 조심해야 하는 법이다. 작은 틈이라도 일단 한 번 내비추면 득달같이 달려든 아랫것들에 의해 어떻게든 깎아 내려질 테니. 가령 백정이 욕지거리를 내뱉는다 한들 그 누가 신경을 쓰겠느냐마는 임금이나 그의 정비가 그리 했다간 피지배층의 웃음거리가 되어 두고두고 곱씹힐 것이다.

이처럼 본래부터 낮은 곳에 위치한 이는 추락할 곳이 없다만 높이 있을수록 작은 실수로도 천 길 낭떠러지에 처박힐 수 있음이다. 더군다나 갑갑하고 꽉 막힌 왕궁에 속한 왕비란 항시 품위를 유지해야 하는 존재이므로 아무럼 첩지가 낮은 후궁에게라도 너라느니, 멍청한 계집이라느니, 역겹다, 혀를 뽑아내겠다는 등의 폭언을 해선 아니 된다.

만약 홍다련이 방금 전 자신에게 들은 저 천박한 말짓거리를 누군가, 이를테면 신하들에게 일러바친다면 국모로서의 제 명망이 손상되는 것은 물론이요, 정비로서의 자격이 있는 게 맞느냐 상소가 빗발쳐 조당이 떠들썩해졌을지도 모르는 일이다. 하지만 홍다련은 머리를 굴리기보단 같이 실랑이를 벌이는 쪽을 택했다. 바보같이.

하여 어리석게도 왕비인 제게 평대인 어투로 지껄였으니 이는 되레 틈을 보이고도 자신이 기회를 잡은 격이 아니고 무엇이겠는가. 감히 뉘에게 그따위로 말을 했느냐 꼬투리를 잡아 뺨을 한 대 더 때리거나 당장 회초리질을 한들 후궁은 항의할 말이 없을 터였다. 그렇지만…….

"그게 무슨……."

"감히 웃전인 내게 존대는커녕 무례한 어투를 쓴 숙원에게 불경죄를 물어야 마땅하니 앞으로 한 달여 바깥출입을 금하는 바이니라. 처소에서 두문불출하며 무얼 잘못했는지 깨닫거라. 끌어 내!"

금방이라도 눈물이 터질 것만 같고 다리가 후들거려 송우는 최대한 속히 다련을 내쫓았다. 방 안에 혼자 남게 되자마자 그녀는 털썩 바닥에 주저앉았다. 마치 달리기라도 한 것처럼 입술 새로 거친 숨이 튀어나오고 눈앞이 어지러웠다.

"장애가 되는 정적들을 어찌 없앨지, 용상을 어찌 빼앗을지 그 모든 계획을 세웠으며…… 그리고 전하께 당신과 혼인하라 했어."

"염은 내키지 않아 했는데, 그런 그를 마음에 없는 여자이던 당신과 연을 맺으라 사주했단 말야. 지금의 영의정 대감을 끌어들이려고."

송우의 눈앞에 지나간 과거가 주마등처럼 스쳤다.

부푼 가슴을 안고 맞았던 신혼 초야에 지아비에게 아끼는 여인이 있다는 사실을 알았다. 오래지 않아 그가 자신과 연을 맺은 까닭, 아비가 저를 빌미로 원치 않는 역모에 가담했음을 들었다. 어디 그뿐인가. 아이를 잃어 하혈하는 언니와 우는 형부 또한 보았다. 이제는 무슨 일을 겪던 담담할 수 있으리라 생각했는데.

륜이 그랬다고? 말도 안 돼. 거짓말이야. 나를 이 진창에 밀어 넣은 게 그일 리 없어.

필사적으로 되뇌어도 위로가 되지 아니했다. 손에 푸른 핏줄이 돌아나도록 온 힘을 다해 치맛자락을 틀어쥐어 보고 입술을 아득히 깨물어봐도 아린 느낌이 없는데 심장, 그것이 꼭 찢긴 것처럼 아팠다.

왜 진작 묻지 않았을까. 너는 역모에 가담해 무얼 하였냐. 네 역할이란 무엇이었냐. 참으로 단순하고 쉬운 질문이 아닌가? 한데 어찌 한 번을 물어보지 않았던가.

하기야 그는 제게 쉼터였다. 비록 본래에는 남편의 사람이었다 한들 언제부턴가 즐겁지 못한 혼인 생활의 유일한 탈출구요, 울앙한 삶에 숨을 불어 넣어주는 존재가 된 그에게 되새기고 싶지 않은 과거의 일에 관해 굳이 묻지 않았던 것은 어찌 보면 당연한 일이리라. 덕분에 뒤늦은 지금에야 이 꼴이 되었지만. 그와 가깝고 애틋한 만큼 충격은 배가되는 그러한.

고요한 방 안에 들어선 송우의 두 눈동자가 그를 찾았다. 이윽고 발견한 그를 그녀는 조용히 불렀다.

"륜."

허락을 구하지 않고 누군가의 처소 내에 들어섰으니 당연하겠지만 창가 곁에 서서 뒤를 돌아보는 사내의 표정이 차가웠다. 하나 그도 잠시, 그 예의 없이 방 안에 들어선 이가 누구인지를, 그것이 송우임을 확인한 륜의 표정이 한결 밝아졌다.

"여긴 왜 왔어?"

어찌 왔느냐 물으면서도 금세 송우의 옆에 다가온 륜의 얼굴 가득 그녀를 향한 애정이 차올랐다. 그리 삽시간에 환해진 그를 보며 여느 때라면 송우 또한 행복한 미소를 지어 보였을 것이다. 널따란 품에 안겼을 터이다. 그러나 오늘만큼은 달랐다. 석고상처럼 입가가 딱딱하게 굳은 것 같아 송우는 웃어 보일 수가 없었다.

자신의 뺨을 어루만지는 륜의 손을 뿌리친 송우가 맥없이 말했다.

“아니, 륜, 오늘은 이러려고 온 게 아니야.”

좋지 못한 송우의 상태를 알아챈 륜의 낯빛이 어두워졌다.

“무슨 일이야? 입술은⋯⋯.”

그녀는 그에게 홍다련을 내쫓은 연후 주저앉았을 때에 너무 세게 깨물어 입가에 상처가 났다고 설명해 주지 않았다. 대신 이번에는 저의 터진 입술을 만지작거리는 그의 손을 밀어냈다. 그러나 륜은 송우의 뜻대로 밀려나 주지 않았다.

여전히 여인의 입가를 손끝으로 더듬으며 그가 싸늘히 뇌까렸다.

“아프겠어.”

“아프지 않아. 그러니까 그만 만져.”

“왕이 그랬어?”

“뭐?”

“네 지아비가 그랬냐고.”

“⋯⋯.”

투기를 가라앉혀 가던 륜이 애써 웃어 보였다. 그의 입가에 떠오른 미소란 전혀 미소라 느껴지지 않는 비릿한 그것이었지만.

“아니, 못 들은 걸로 쳐. 미안해.”

“진염이 이런 게 아니야.”

남편과 입을 맞추느라 이리된 것이 아니다. 긴 뜻이 함축된 짧은 한마디를 들은 륜이 내심 기뻐하고 있음을 송우는 쉬이 눈치챌 수 있었다. 그와 가까운 만큼 예전에는 알지 못하던 미세한 변화가 이제는 속속들이 보이기에. 하면 왜 그랬어.

“왜 기분이 좋지 않아? 오늘은 너한테 손가락 하나조차 가져다 대면 안 되는 날인 건가?”

그리 샘을 낼 거면, 고작 무릎을 내어주거나 닿는 걸로, 입을 맞추는 것만으로 금세 심기가 뒤틀리면서 어째서.

"홍다련이 진염이 나와 혼인하도록 권한 이가 너라고 했어. 아닌 거지? 그 계집이 거짓을 꾸며낸 거야. 그렇지?"

재차 물은 송우는 애달피 륜을 올려다보았다. 제발 아니라고, 네가 그런 게 아니라 한마디만 해달라 되뇌면서. 하지만 분명 륜은 저를 내려다보고 있거늘 한참이 지나도록 돌아오는 답이 없었다. 송우는 대답을 재촉하듯 그의 팔을 슬며시 붙들었다.

그녀의 섬섬옥수를 내려다본 륜이 마침내 천천히 입술을 떼었다.

"아니."

"……"

"사실이야."

그의 옷자락에 닿은 송우의 손이 툭 떨어졌다. 사실. 그가 방금 그 단어를 소리 낸 것이 맞는가? 잘못 들은 게 아니라?

"어떻게……"

치솟는 배신감에 송우의 두 눈 가득 눈물이 맺혀들었다. 건륜이 어찌 저한테 그럴 수 있단 말인가. 저 자신이 무얼 하려 했는데. 그 하나만 보고, 그만을 생각해 무슨 짓거리를 하려 결심했는데. 아비의 얼굴에, 가문의 이름에 먹칠을 할지언정 륜이 다른 사내의 곁에 있는 제 모습을 보며 괴로워하게 하고 싶지 않았다. 그래서 궐 밖으로 향하는 저를 보며 기쁘게 웃을 홍다련을 상상함에 역정이 치솟음에도 불구하고 꾹 참고 궐에서 나가려 했다. 결함이 있어 쫓겨난 왕비다. 모르는 이들이 손가락질을 한들 담 너머로나마 그를 실컷 볼 수 있으면 그것으로 족할 거라 여겼다. 한데 그런 자신에게 어찌…….

"나쁜 자식."

커다란 눈물방울이 송우의 뺨을 타고 흘렀다. 눈물을 닦아줄
시도조차 하지 못한 륜은 그저 망연자실해 송우를 내려다볼 뿐이
다.

"송우야."

"흐흑, 네가 어떻게 그래? 날 이용하라 시켰으면서…… 대체 왜
내게 친구가 되어달라 했어! 무슨 생각으로 날 껴안았어! 무슨 생각
으로 비녀를 주고 연모한다고 속삭였느냔 말이야! 넌 자격 없어!
넌, 으흐흑……."

꼭 인두질이라도 당하는 것처럼 심장이 아파 송우는 옷깃을 움
켜쥐었다. 믿기지가 않았다. 항시 친언니 부부처럼 살고 싶다. 그네
들과 같은 부부애를 가지기를 소망하던 저를 이 무지막지한 덫에
걸리게 만든 게 다름 아닌 륜이라니.

"아무 변명이라도 해봐!"

달래주기는커녕 변명조차 않는 륜이라 더욱 화가 치솟는 것을
느낀 송우가 울먹이며 쏘아붙였다.

"아무 변명이라도 해보라고! 어차피 난 지금 잔뜩 화가 나서 논
리적이지 못해! 그러니까 아무 말이라도 해보란 말이야!"

"……."

"흐흑! 네가 다 망쳤어. 나만큼 사내 복 없고 멍청한 계집은 없을
거야. 되갚아주겠다고 애써 마음먹어 놓고, 바보처럼 나를 불구덩
이에 떠민 사내에게 빠져 궐 밖으로 내쳐지길 바란 나 같은 년이 이
세상천지 어디에 또 있겠어!"

묵묵부답인 륜에게 약이 올라 송우는 그의 단단한 가슴팍을 되

지도 않은 힘을 실은 주먹으로 쳤다. 역시나 해명 따윈 돌아오지 않았다. 그를 상처 내고 싶단 충동에 휩싸인 송우는 대충 눈가를 닦아내고선 그가 가장 싫어하는 말을 최대한 매정하게 소리 냈다.

"오늘로서 너랑 내 사랑 놀음은 끝이야."

"……."

"다시는 널 보는 일 없어."

일그러지는 륜의 얼굴에 후련함을 느끼며 송우는 밖으로 나왔다. 그러나 그 쾌감은 찰나의 것일 뿐이었다. 어둠에 잠긴 기다란 복도의 끝에 다다를 때까지 뒤쫓는 발소리가, 저를 붙잡는 손길이 없다는 것을 인지하자 설움은 두 배가 되어 솟구쳤다.

"단 한 번도 네게 진심이 아닌 적이 없어."

언제는 그렇게 말하더니 어찌 이별을 선고한 자신을 잡기는커녕 미련이라곤 없다는 것처럼 떠나보내는가.

"으흐흑, 나쁜 놈."

정말 나를 좋아하긴 한 거냐. 그 같은 공연한 트집이 떠오른 무렵, 막 층계를 내려서는 그녀의 왼팔을 거센 힘이 움켜쥐어 왔다. 한순간에 륜에 의해 돌려세워진 송우의 입술 새로 놀람과 흐느낌이 뒤섞인 작은 신음이 흘러나왔다.

"그게 무슨 상관이야."

싸늘히 식은 륜을 멍하니 올려다보던 송우는 잔뜩 미간을 구겼다. 무얼 잘한 게 있다고 저리 차갑게 군단 말인가. 평소보다 배로 사근사근해도 모자랄 판에 목소리는 왜 그리 낮아. 심술이 차올라 그녀는 뒤늦게 제 뒤를 쫓은 륜을 원망스레 노려보았다. 잡힌 팔을 빼려 비틀었다. 그러나 전혀 소용이 없는지라 그녀는 앙칼지게 쏘아붙였다.

"나한테 손대지 마!"

"시작이 좀 어그러졌으면 어떠해서. 결국 부와 권력, 명예, 그 모든 것을 갖게 된 데다 왕의 총애까지 네 차지가 되었는데, 그런데 왜 자진해서 폐비가 되려 해!"

"다 가지면 뭐 해! 네가 없는데!"

겨우 뒤따라 한다는 소리가 저거라니. 잘못했다, 나도 후회한다, 하니 제발 용서해 달라, 그 같은 사과를 기다린 송우였건만 기대는 완전히 어긋나 버렸다. 울분이 가라앉기는커녕 불타는 볏짚에 기름을 부은 격이 되어버렸다. 더군다나 정작 매달려야 할 쪽은 륜인데 되레 그에게 자존심을 뭉텅 깎아먹는 '다른 모든 걸 가져도 네가 없어 왕비여도 싫다'라는 소리를 자진해 내뱉기까지 하였으니 송우는 더더욱 속이 꼬였다.

"유송우."

"……."

"난 널 팔아 새로운 왕을 세운 거 후회 안 해. 못 해. 그런다고 변하는 건 없으니까. 내가 그랬어야 하는 이유도, 너한테 한 짓거리도 사라지지 않아."

"……."

도대체가 무슨 생각을 하는지 모르겠다는 얼굴로 자신을 물끄러미 내려다본 륜이 한참 만에 소리 낸 바란 저러했다. 하여 송우는 또다시 터져 나오려 하는 울음을 가까스로 삼키고선 뒤돌아섰다. 그리 많은 힘을 싣지 않았건만 그는 저를 쉬이 놓아주었으매 그녀는 정녕 비참하기 짝이 없었다. 변명도 안 해. 애달픈 사과를 한 것도 아니야. 제대로 달래주지도 않아. 덜커덩 들어 올려진 가마가 출발하는데도 붙잡아 세우기는커녕 그냥 보내기까지.

"흑흑."

울지 말라 창을 통해 날아드는 비의 위로가 너무나 쉬이 무용지물이 되는 것이 미안함에도 송우는 눈물을 그치지 못했다. 물기를 닦고 또 닦고…….

그 도통 멈추지 않는 눈물 바람은 송우가 왕비전의 내정에 들어서 전각에 다다를 때까지 계속되었다. 어린 나인들이 불안과 걱정이 서린 눈동자로 자신을 살피거늘 그녀는 창피함을 느낄 새가 없었다. 그저 이불에 파묻혀 어린아이처럼 실컷 울음을 쏟아내고플 뿐이다.

교양이라곤 없이 아무렇게나 처소의 문을 열어젖힌 송우의 두 발이 방 안을 딛고 섰다.

"으흐흑, 헉."

한데 그러자마자 그렇지 않아도 충분히 서럽고 고된 것을 저의 얼굴만 한 커다란 두 손이 양어깨를 거세게 그러쥐어 와 송우는 놀라움과 충격이 뒤섞인 신음을 터뜨렸다.

"우는 것을 보아하니 이성과의 만남이 썩 즐겁지 못했나 보군."

"저, 전하."

냉담히 굳은 염을 올려다보는 송우의 얼굴 가득 두려움이 차올랐다. 항아 아이들이 불안 서린 눈빛을 내보인 이유는 감히 왕비가 울어서가 아니었던가. 흐릿한 시야를 가득 채운 싸늘히 굳은 남편 때문이었나. 아니면 둘 다?

"어찌 눈물을 보여! 건륜 때문에?"

"……."

아무런 말을 하지 못하는 송우의 가녀린 양어깨를 뒤흔들며 염이 노기 섞인 고함을 내질렀다.

"하루아침에 귀머거리가 되지 않았을 테니 무시를 하는 것이거나 질의를 알아듣지 못한 게지. 대답하여라! 건륜 때문에 눈물을 보이느냐고!"

"무슨 말씀을 하시는지 신첩은 모르겠사옵니다."

한참 만에 송우가 소리 낸 바는 고작 그러했다. 무슨 뜻인지 이해가 되지 않는다고. 아마 이러한 상황에 지아비의 다른 사내 때문에 울었느냔 물음에 대한 가장 이상적인 반응은 '그게 무슨 말씀이신지요. 예서 건륜의 이야기가 어찌 나오나요', 그같이 반문하는 것일 터였다. 그것을 알면서도 송우는 륜의 이름을 입에 담을 수 없었다. 그랬다간 가늘게 떨리는 손끝처럼 목소리 또한 흔들릴까 봐.

그녀는 평소의 저답지 않아 보이리란 것을 알면서도 시치미를 뚝 뗀 채 방 안쪽을 향해 발을 움직였다. 그러나 염은 송우의 양어깨를 붙잡은 두 손에 더욱 무지막지한 힘을 실었다. 빠져나가려는 송우를 단단히 붙잡아 자신을 보도록 만든 그가 묘한 미소를 지었다.

"권모술수에 능한 이와 깊이 어울리더니 거짓을 고하는 법도 배웠더냐."

"신첩은……."

"들키고 싶지 않았다면 좀 더 조심히 야행했어야지. 아무리 시각이 늦었다 해도."

"신첩은 당최 전하께서 어찌 이러시는지 알지 못하겠습니다. 친언니의 사저에 다녀온 것이 이리 큰 오해를 살 거리인지요."

"금일 밤 네 뒤를 쫓은 이를 불러야겠느냐. 그렇지 않으면 북저의 창기를 끌고 올까?"

"……."

완벽하게 들켰어.

북저의 창기. 그를 듣자마자 송우는 더 이상 숨길 재간이 없다는 것을, 염이 그 모든 것을 알고 있다는 것을 깨달았다. 한데 참으로 이상하게도 그가 모든 걸 알고 있는 지금보다 상황이 더 최악일 수 없건만, 목이 달아나게 생긴 판이건만 되레 머리와 가슴이 차게 식어가는 것 같았다. 어디 그뿐인가. 륜과의 관계, 그와의 추억을 들먹여 낭군에게 이기죽거리고픈 충동까지 솟구쳤다. 하여 송우는 입가에 비소를 그려 보였다.

"웃더냐."

"하면 울까?"

말투 또한 마치 륜에게 그러하듯 끝을 뭉텅 잘라먹은 그것을 썼다.

"……네 본래 배포가 작지 않음을 알고 있었다만 지금과 같은 상황에서까지 여유를 부리다니, 그 또한 건륜에게 배운 게지."

"……."

"반면에 그는 너를 닮아가는 듯해."

무슨 소리인가 싶어 대꾸 없이 뒷말을 기다리는 송우에게 이번에는 염이 비릿한 조소를 내보였다.

"본래의 건륜이라면 봐서는 아니 될 것을 본 창기 따위 죽였을 것이다. 하나 단단히 입조심을 시키는 정도로 마무리했나 보더군.

겨우 위협을 던지는 정도는 그의 방식이 아닌즉, 노비 아이를 곁에 재우기까지 하는 너와 비슷해졌다 할 수 있지 않겠어?"

"……."

그래, 저와 그가 서로 닮아갈 정도로 가까운 것을 확인하신 소감이 어떠합니까? 그렇게 묻고 싶은 충동을 송우는 꾹 참았다. 어차피 죽을 거, 염을 놀려 재미라도 실컷 보고 싶었다. 하지만 원수 같은 애정(愛情)은 여전히 저의 발목을 붙잡고 늘어졌다. 임금인 남편이 역린하게 만들었다가 저 자신이 어찌 되는 건 두렵지 않으나 그 탓에 룬에게까지 두세 배로 커다란 불똥이 튈까 봐 막되게 행동할 수 없었다. 룬 따위, 어디가 무엇이 어여쁘다고.

"정리하거라."

상념에서 빠져나온 송우가 인상을 찌푸렸다.

"무어라 하셨습니까?"

"언제부터 마음에 담았느냐 묻지 않겠다. 무슨 짓거리를 했는지도. 내가 다련이와 먼저 시작하였듯 너 또한 그리 했다 치부하고 장님처럼 아무것도 보지 못한 걸로 여길 테니 끊어내. 그리고 남은 일평생 다시는 다른 사내를 바라보지 마라."

"……."

그것은 정말 의외의 반응이어서 송우는 한동안 말이 없었다. 운이 좋으면 폐비가 될 테고 그렇지 않으면 황천강을 건널 거라 예상했는데, 한데 진염은 감히 외간 사내를, 그것도 그와 가장 가까운 신료 중 하나를 마음에 품은 저를 내치지 않고 용서하겠다는 말인가?

"그럴 수 없어."

놀란 마음을 추스른 송우가 단호히 선언했다. 원망스럽기 짝이 없는 룬인데도 다시는 볼 수 없다 상상하자 여느 때와 다르지 않게 속이 금세 답답해졌다. 너와 나의 연인 놀음은 이제 끝이다. 우리 앞엔 이별뿐이다. 아무렴 화풀이 겸이었다지만 그렇게까지 선언한 지 얼마 되지도 않았건만 건륜이 없는 삶을 떠올리자 화가 났다. 참으로 신기하기도 하지. 과거 짧게나마 호감을 가졌던 낭군은 마음속에서 깨끗이 털어내었는데 건륜 그 나쁜 놈에게는 대체 왜 그게 안 되는 거야.

"다시 말해보거라."

"룬을 끊어낼 수 없다 말했습니다."

와락 송우의 팔을 붙든 염이 위협적으로 경고했다.

"더 이상 나를 자극하지 말거라."

"차라리 둘 다 죽이세요. 같이 백골이 되는 편이 낫겠습니다."

"네 정녕 미쳤느냐!"

"미친 것이 아니라……."

거센 노기를 내보이는 염이건만 송우의 눈앞에는 정인만이 떠다닐 뿐이었다. 그와 술잔을 기울인 일, 그에게 안겨 울었던 일, 설레는 마음으로 매만졌던 그에게서 받은 비녀, 사저에 찾아온 그가 반가웠던 순간들……. 송우의 뺨을 타고 눈물 한 방울이 흘러내렸다. 그녀는 재빨리 그것을 닦아내었다.

"미쳐서가 아니라 마음이 뜻대로 움직이지 아니 해서 그럽니다. 숙원에게 애틋해 보셨으니 아실 것 아닙니까? 저를 형장으로 보내시려는 게 아니거든 부디 폐출시켜 주십시오. 룬을 보는 것만이라도 실컷……."

지아비를 골리고 싶다. 그의 속을 긁고 싶다. 그 같은 욕구라곤 전혀 가지지 않은 채 작게 되뇌던 송우는 그러나 말을 끝맺을 수 없었다.

"전…… 으읍!"

순식간에 송우의 허리와 뒷목을 단단히 부여잡은 염이 그녀의 입술을 삼켰다. 그 급작스럽고 강압적인 입맞춤으로 모자라 염은 그녀의 옷고름을 풀어 내렸다. 놀라 어깨를 떤 송우의 몸부림이 거세졌다.

"아, 안 돼! 이러지 마시어요, 전하!"

아무리 사내라지만 이토록 힘이 셀 수가. 송우는 저가 최대한으로 저항을 하건만 그럼에도 염이 힘든 기색이라곤 없이 자신을 바닥에 눕히자 하얗게 질려갔다.

"싫습니다! 싫어…… 싫단 말이야!"

아무리 몸부림을 쳐도 위에 올라온 염이 비켜주지 않자 송우는 점점 더 겁이 났다. 그가, 고요하고 배려심 깊은 성정을 가진 낭군이 자신이 싫다 하는데도 강압적으로 나올 수 있으리라고는 생각해 보지 못했기에 정녕 무서웠다.

"헉……."

염의 입술이 목에 닿아 있단 것도 인지하지 못하고 있던 송우는 제 젖가슴에 커다란 손이 와 닿자 흠칫 몸을 떨었다. 어느 틈엔가 절반가량 벗겨진 저고리와 치마로 인해 훤히 드러난 스스로의 몸을 확인한 그녀의 입술 새로 흐느낌이 터져 나왔다.

"흐흑……."

오늘로서 대체 몇 번째인지 모를 눈물 바람을 그녀가 또 터뜨리는 찰나, 염은 송우의 허벅지에 막 닿은 손을 거두어들였다. 딱딱하게 경직된 몸을 차마 움직이지 못하고 그의 아래에 깔린 채 받은 숨을 몰아쉬는 송우의 귓가에 냉담한 어성이 울렸다.

"이대로 내가 너를 끝까지 안는다 한들 그 누가 무어라 할까. 설사 네가 거부를 하였다, 육체적 결합이 강압적이었다 호소한들 세간의 질타는 처의 의무를 회피하려 한 너에게 쏟아질 뿐이야."

"······."

"알겠느냐. 너와 나는 그러한 사이다. 그리고 네가 살고 있는 예서 사내가 여러 여인을 거느리는 것은 흠이 아니다만 여인은 그럴 수 없지. 아무리 국모라 해도. 너를 놓아줄 생각 따윈 없으니 하루 속히 건륜을 잊어. 기억하겠지만 나는 내 형도 죽였다."

"······."

형을 죽였다. 즉, 벗이자 신하인 륜이라고 그러지 못할 까닭이 없다. 두려운 한마디를 남기고선 바깥으로 사라진 염은 보이지 않건만 자리에서 일어난 송우는 치맛자락으로 대충 몸을 가린 상태로 어둠에 휩싸인 복도를 멍하니 바라보았다. 한참 만에야 천천히 고개를 떨어뜨린 그녀는 나신이 되다시피 한 스스로의 몸과 너부러진 옷가지를 절망이 깃든 눈동자로 훑었다.

"이대로 내가 너를 끝까지 안는다 한들 그 누가 무어라 할까. 설사 네가 거부를 하였다, 육체적 결합이 강압적이었다 호소한들 세간의 질타는 처의 의무를 회피하려 한 너에게 쏟아질 뿐이야."

"알겠느냐. 너와 나는 그러한 사이다. 더불어 네가 살고 있는 예서 사내가 여러 여인을 거느리는 것은 흠이 아니다만 여인은 그럴 수 없지. 아무리 국모라 해도."

그렇게 말했는가. 그 간접적인 언사들이 무슨 뜻인가 하면 륜을 최대한 빨리 잊으라는, 그렇지 않다간 방금 전과 같이 원치 않음에도 강제로 안기는 꼴을 맞게 될 거란 생생한 경고이잖은가.

이제 대체 무얼 어찌하지? 내가 좋든 싫든 상관없이 왕을 받들고, 그의 아이를 낳고, 륜은 떠나보내는…… 평생을 그리 살아?

"너는 나를 포함해 원망을 품은 이들에게 원하는 만큼 실컷 분풀이를 하다 최후에는 왕비이자 여인으로서 내 주군의 애정, 명예, 권력, 그 모든 것을 가진 채 평생을 영화를 누리면 돼."

한때는 륜이 말한 왕비로서의 부귀와 영달을 진염과 살을 섞지 않고 누릴 수도 있을 거라 여겼다. 저가 거부하면 지아비는 거부를 당할 거라고. 그것이 얼마나 안이한 생각이었나.

"……말도 안 돼."

자신을 마음에 담은 지아비로 인해 모든 게 꼬여 버렸음을 깨닫자 진정 송우에게 남은 것은 절망뿐이었다. 다른 누군가가 제 뜻대로 완벽하게 움직일 거라 여긴 것이 태산처럼 커다란 오만이었다는 것을 이제는 뼈저리게 깨달았으나 이미 늦은 거겠지.

지금으로부터 칠 년여 전, 바로 몇 달 전까지만 해도 한없이 아끼던 이를 처음 만난 흐릿하던 날을 염은 똑똑히 기억하고 있었다.

뒤편에 거느린 한 무리의 거친 탁류들과 달리 희고 고른 이가 설핏 보이게 비식 웃는 그는 신장이 훤칠한, 꽤나 반듯이 생긴 미남이었다. 저리 온전하고 앳된 이가 왜 벌써부터 형편없는 무뢰지당과 어울릴까 아쉬운 생각이 들 만큼.

"높으신 왕족들 사이에서 천것 취급을 당한다는 그 박복한 왕자
신가."

그러나 비교적 긍정적인 첫인상은 잠시, 여전히 비소를 머금은
채 그렇게 말한 그에게 순식간에 불쾌감을 느꼈다. 당시에도 이미
천것 취급을 받은 지가 오래되었지만, 그때의 자신은 스물의 중반
이 아닌 어리디어린 열아홉이었다. 하여 지금이라면 깔끔히 무시
했을 한마디를 흘려듣지 못해 금세 기분이 상한 걸로 기억한다. 건
달들이나 몰고 다니는 낯선 아랫것에게 모욕을 들었기에 더더욱.

"내가 왕으로 만들어주겠다 하면 받아들이겠어?"

썩 곱지 않게 건륜을 주시하는 차에 날아든 질문이 의외였다. 그
리고 우스웠다. 저까짓 게 어찌 왕을 세우려나. 말도 안 되는 소리
를 하는구나 싶었기에. 대낮부터 어불성설을 떠든 이유란 술에 취
해서이겠거니 싶어 무시를 하려 했으나 벙어리처럼 입을 다물고 있
느라 반편이로 보이고 싶지 않았기에 한껏 조롱을 담아 되물었다.

"겨우 네놈이 나를 왕으로 만들 수 있긴 하고?"

"내가 원하는 것을 들어준다면야 물론."

실없는 웃음소리를 기대한 것과 다르게 날카로이 빛을 내는 상
대의 새카만 두 눈동자가 진지했었지. 덕분에 호기심이 들끓었고.
그리 사람의 주의를 끄는 매력을 가지고 있는지라 같은 사내인 자
신조차 그를 유심히 보았으니. 그래서 여인 또한 건륜에게 눈길을
주었던 것일까.

"무엇을 원하기에."

"잘 먹고 잘사는 거."

"……"

"별거 아니지. 그저 노비 놈들도 좀 쉬게 해주고, 계집년들이 원치 않게 밴 애를 낳은 지 얼마 안 가 제대로 쉬지 못해 일하다 개죽음당하지 않는…… 뭐, 그런 거 있잖아. 왕이 되는 대가치곤 값이 싸지."

"네놈의 사연이더냐."

"글쎄, 이런 개 같은 사연을 가진 천것들이 어디 한둘이어야지."

"태생이 썩 좋지 못한 게로군."

"댁처럼 말이야."

"……."

왕자가 도합 일곱인데 왜 하필 나지?

그 물음이 필요한 연유는 '너처럼 출신이 좋지 못하다'는 의미를 내포한 마지막 한마디에 깨끗이 사라져 버렸다.

"그놈의 회조(誂嘲)하던 모습은 칠 년이 흘렀는데도 눈앞에 생생하군."

만남이 파하던 끝까지 곱게 보이지 않는 웃음을 흘리던 륜의 모습을 한 번 더 되새긴 염은 소리 없는 실소를 흘렸다.

결론적으로 묘한 매력을 느끼긴 했으되 영 믿음직스럽지 않아서 처음엔 건륜이 그다지 마음에 들지 않았다. 가까이 두고 지켜보기를 한 해, 두 해가 지나고 실실 웃으며 내뱉은 첫 만남의 말이 진심이었단 것을 완벽하게 깨달은 즈음에서부터야 친형제처럼 여기기 시작했다.

그래, 형제라 여겼다. 한때는. 그렇기에…….

"부르셨습니까."

그렇기에 직접 죽인 이복형보다 수십 배 아끼었던 이가 제 등 뒤에서 왕비를 탐냈다는 것이 진실로 밝혀진 지금, 염의 노기는 수십 배로 불어 엉망진창으로 들끓었다.

귓가를 스친 발소리가 멈추자 염은 뒤를 돌아보았다. 내리 손질한 활시위와 화살을 상소문이 가득 오른 옥상 위에 내려놓은 그가 용평상에 앉았다. 자신과 마찬가지로 무표정한 륜을 한참을 내려다본 그가 짧은 한마디를 던졌다.

"떠나거라, 조용히."

그게 내가 지난날을 생각해 네게 허락하는 마지막 관용이니. 그 세세한 설명까지는 덧붙이지 않았다. 연적이 되어버린 이에게 길게 말을 붙이고 싶지도, 오래 마주하고 싶지도 않았기에 되도록 빨리 건륜을 눈앞에서 치워 버리고 싶었다.

그러나 왕의 바람은 이뤄지지 않았다.

"송구하오나 어디로 말씀입니까?"

"말장난을 하는 게 아니다."

"목숨을 팔아가면서까지 장난질을 칠 이도 있답니까."

"……."

무감정하고 태연한 얼굴빛을 유지한 채로 륜은 상대가 기함하며 싫어할 소리를 겁도 없이 던졌다.

"주상께선 당연지사 모르시겠지만 송우는 제가 없어질 것처럼 굴면 사색이 되어 벌벌 떨기부터 합니다. 한데 그런 신보고 어디로 떠나라는 말씀이십니까."

"……."

가슴속을 꽉 채운 역정이 바깥으로 폭발해 나갈 것 같아 염은 이를 악물었다. 욕지거리를 삼킨 그가 날카로이 경고했다.

"목숨을 팔아 장난질을 칠 만큼 경박한 이가 어디 있겠느냐, 너는 그리 소리 냈다만 지금 네 모습이 그러하니 죽고 싶지 않거든 언행에 신중하라. 다시 한 번 명하건대, 떠나거라. 다시는 왕비를 그리지도 눈에 담으려 하지도 말란 말이다."

"그럴 수 없어."

혼잣말을 하듯 나직하게 소리 낸 륜의 눈앞에 정인이 떠올랐다. 굵다란 눈물방울을 뚝뚝 떨어뜨리며,

"네가 다 망쳤어. 나만큼 사내 복 없고 멍청한 계집은 없을 거야. 되갚아주겠다고 애써 마음먹어 놓고, 바보처럼 나를 불구덩이에 떠민 사내에게 빠져 궐 밖으로 내쳐지길 바란 나 같은 년이 이 세상 천지 어디에 또 있겠어!"

그렇게 말한 여인을 어찌 떠날 수 있단 말인가. 송우의 생각에서 빠져나온 륜은 군왕을 똑바로 올려다보았다. 그의 두 눈동자에 금세 서슬이 퍼런 적의가 깃들었다.

"송우는……."

"왕비를 그렇게 부르지 말라 하였다!"

그렇지 않아도 륜의 대답이 지난날 송우가 소리 낸 바와 토씨 하나 다르지 않아 속이 비틀려 있던 염은 그가 제 소유의 여인을 친근하게 이름으로 부르자 화를 참지 못했다. 버럭 고함을 친 것으로 모자라 자리에서 일어선 그가 옥안 위에 쌓인 상소문을 밀쳐 내었다. 그의 손에 휩쓸린 그것들이 바닥에 내쳐져 부산스럽게 흐트러졌다.

그러나 동요라곤 없이 륜은 냉담히 말을 이어갈 뿐이었다.

"송우는 제가 사라지길 원치 않습니다. 그럼에도 신을 치우시려

하는 까닭은 왕비가 입을 흠이 염려되어서입니까, 그렇지 않으면 숙원 홍씨에게 빠져 버려두었던 여자에게 뒤늦은 욕심이 치솟기 때문입니까."

"……."

한참을 침묵한 염의 두 손이 궁시(弓矢)를 움켜쥐었다.

"셋 모두를 위함이다. 왕인 나는 왕답게 원하는 내 비(妃)를 가지고, 내 처인 왕비는 합법한 지아비인 나의 곁에 머무르며, 건륜 너는 목숨을 건지려."

"……."

"네 말대로 나는 한발 늦게 그이의 소중함을 깨달았다만 그렇다한들 문제될 게 없지. 본래부터 내 것이었던 사람이니까."

"그는 주상의 이기심일 뿐입니다."

"그리 말해도 좋다."

천천히 허공으로 들어 올린 활에 화살을 댄 염이 날카로운 화살 끝을 륜의 목 정중앙에 겨누었다.

"마지막으로 경고하노니, 떠나거라."

본래부터 내 것이었던 사람이다. 염의 그 한마디를 듣자마자 금세 몸속을 가득 채워온 질투 탓에 짜증과 역정이 들끓거늘, 모순적이게도 륜은 옅게 웃어 보였다.

"하면 셋 모두를 위해 그 말을 해야겠군요. 떠나겠습니다."

"잘 생각하였다."

"단, 송우가 원하면."

미소 띤 낯으로 그 같은 조건을 단 륜이 덧붙였다.

"아, 그렇지만 송우는 내게 평생 곁에 있어달라 했으니 안 되겠군."

"네놈이 감히……."

"그러니까 처음부터 잘 챙겼어야지. 홍다련에게 빠져 있느라 상처받고 울고 아파한 것도 알아주지 않았으면서, 모르는 척 내팽개쳐 두었으면서 이제 와서 내게서 빼앗으려 들다니, 늦었어."

삽시간에 웃음기를 싹 지워 버린 륜이 위협적으로 뇌까렸다.

"날 죽여. 그 외에는 내가 내 처음이자 마지막 연인의 곁에서 사라지게 할 방법은 없어."

"……원하는 대로 해주마."

염은 한껏 당긴 활시위를 놓아버렸다. 기괴한 소리와 함께 튀어나간 날카로운 화살의 끝이 목표를 향해 전진했다.

속치마가 드러난 줄도 모르고선 송우는 젖 먹던 힘을 다해 달렸다. 거친 숨이 마구 흘러나왔으나 그녀는 멈출 기미가 없었다. 멈출 수 없었다.

"어디, 옥사가 어디인 것이냐?"

"바로 저곳입니다, 비전하!"

비가 가리킨 방향을 향해 몸을 튼 송우는 재빨리 기괴한 분위기를 풍기는 어두침침한 전각에 다가섰다. 하지만 그녀는 건물 안으로 들어설 수 없었다.

애간장이 끓다 못해 당장 기절할 것만 같은데 옥사 앞을 지키는 병졸 둘이 자신의 앞을 막자 당연지사 그네들에게 향한 송우의 눈초리가 뾰족해졌다.

"감히 누구 앞을 막아서시오!"

"누구도 들이지 말라는 주상 전하의 엄명입니다."

"무엄하오! 비전하를 앞에 두고 어찌 그런 말을 하는 게요!"

앙칼지게 소리치는 비에도 불구하고 문사들은 비킬 기미가 없었다. 송우는 이번에는 저가 쏘아붙일까 했지만 곧 마음을 바꾸었다. 신경질적으로 두근거리는 심장을 애써 무시한 그녀의 입술 새로 차분한 목소리가 흘러나왔다.

"비는 물러서렴."

"비전하, 하지만 이자들이……."

불만스레 중얼거리는 상궁을 지나친 송우가 병졸들에게 가까이 다가갔다.

"비켜서게."

"송구하오나 비전하, 어명입니다. 특히나 비전하께서 이 안으로 드시지 못하게 하라 이르셨습니다."

"……."

진염……. 목울대를 치고 올라온 그에게로 향한 욕지거리를 삼킨 송우는 오른손을 가린 널따란 소맷자락을 거두어내었다. 훤히 드러난 희고 가는 섬섬옥수로 그녀는 가까이 서 있는 병졸 하나의 뺨에서부터 목까지를 진득하게 쓰다듬었다. 소스라치게 놀라 몸을 떤 병졸이 경악한 표정으로 뒷걸음을 치건만 태연스레 싱긋 웃어 보인 송우는 그이에게 바싹 붙어서 속삭였다.

"옥사 안에 갇힌 이가 왜 저 꼴이 되었는지 아는가?"

"모, 모르옵니다."

"하면 내 알려줄까? 나와 추문이 일어서 그렇다네."

"예?"

"내가 좀 친하게 지냈다고 주상께서 투기를 하셔서 갇혔단 말일세."

"……."

"만약 또 한 번 내 앞을 막아선다면 나는 곧바로 주상께 갈 것이
네. 그리고 말씀드릴 거야. 자네가 내게 닿았다고."

그는 실 거짓이었다. 병졸이 그녀에게 닿은 것이 아니라 그녀가
병졸을 만진 것이니까. 그렇지만 진실이 아닌 바를 왕에게 고하겠
다 소리 낸 송우는 태연하기 짝이 없었다. 반면 그런 그녀를 바라보
는 병졸의 두 눈은 평소보다 배로 휘둥그레졌다. 경악한 그이의 얼
굴 가득 공포가 들어찼다. 허옇게 질린 병졸이 천치처럼 더듬거렸
다.

"비, 비전하, 그 무슨 망극한 말씀이시옵니까? 소신이 언
제……."

"설사 자네가 억울하다 하소연을 한들, 저리 질투 많은 내 지아
비께서 감히 정비의 몸 한구석에 닿은 일개 병사를 가만히 두실까?
난 아닐 것 같은데."

"어, 어찌 그런 무서운 말씀을 하시옵니까? 망극하여 차마 드,
듣지를 못하겠사옵니다. 소인에게 아무 죄가 없다는 것을 비전하께
오서 더 잘 아시온데……."

"아니, 나는 모르네."

딱 잡아뗀 송우는 다시 한 번 웃어 보이곤 앙큼하게 말했다.

"자네에게 주어진 선택은 두 가지네. 끝끝내 나를 천심전으로 돌
려보내거나 지금 당장 옥사 안으로 들여보내거나. 내가 짧은 시간
홀로 이 안에 들어갔다 나오는 것과 주상께 망극한 일을 고하는 것,
둘 중 어느 쪽이 자네 목이 달아나지 않기 위해 더 나은 방도일지
는 직접 판단하게. 덧붙여 말하자면 옥에 갇힌 이는 내 머나먼 사촌

인데, 그런데도 주상께서는 망극한 의심을 하시더군. 그분은 가족 간에도 그러시는 분이야."

정말이지 자연스럽기 짝이 없게 그녀가 거짓을 소리 내자마자 병졸은 애달피 빌기 시작했다.

"사, 살려주십시오. 이놈을 살려주십시오."

저 혼자뿐 아니라 그는 옆에 선 이까지 바닥으로 꿇어앉혀 상체를 바싹 수그렸다. 길을 막아서기는커녕 벌벌 떨며 비는 이들을 흘 곳 내려다본 송우는 곧장 옥사 안으로 향했다.

유유히 건물 안으로 들어선 송우가 주위를 살폈다. 옥사의 내부는 밖에서 상상한 바와 크게 다르지 않았다. 더 끔찍했다. 코를 찌르는 쾌쾌하고 불쾌한 냄새, 드문드문 보이는 말라붙은 핏자국, 제대로 소제하지 않아 온갖 때와 먼지로 뒤덮인 안은…….

좋지 못한 감상을 내놓던 그녀는 뚝 생각을 멈췄다. 비루한 곳의 한편에 자리하고 있는 이를 발견하자 더는 아무 생각도 할 수 없었다. 오로지 너저분한 벽에 기대앉아 있는 그만이 그녀의 온 주의를 잡아끌 뿐이었다.

굳어가는 다리를 움직인 송우가 원수 같은 정인에게 다가갔다.

"건륜…… 그건, 그 상처는 뭐야?"

그가 원수 같다 느낀 것도 잠시, 피에 절여진 륜의 옷깃과 슬쩍 보이는 목의 상처를 발견한 송우의 입술 새로 나직한 신음이 흘러나왔다. 지난날을 말미암아 아직 가시지 않고 남아 있던 륜을 향한 앙금이 잊히고 속상함이 온 가슴을 채워왔다. 옥 앞에 주저앉은 송우는 저도 모르게 빽 소리쳤다.

"그게 뭐냔 말이야! 어쩌다가 다친 거야! 형부가 고문은 없었다고 했는데!"

속상한 기색을 숨기지 못하는 송우에게 륜은 옅게 웃어 보였다. 목이며 어깨에 만연한 통증을 잊은 그가 창살 너머 송우의 여린 뺨을 어루만졌다. 그의 입술 새로 건조한 목소리가 새어 나왔다.

"별거 아니니까 걱정하지 마."

"별거 아니긴 뭐가 아니야!"

륜은 아프니까 쏘아붙이지 말아야지. 그리 되뇌어도 그를 그렇게 만들어놓았을 게 분명한 염에게, 제대로 피하지 못하고 기어코 다친 그에게 화가 치솟아 송우의 목소리가 날카로워졌다.

"걱정하지 말라고? 그걸 말이라고 해? 이 나쁜 자식, 너라는 사내는 진정 최악이야. 일부러 그런 거지. 지난번 편전에서 내가 가만히 있었다고, 북저에서 화를 내었다고 앙갚음하는 거잖아!"

말도 되지 않는 트집을 잡자마자 륜을 향한 송우의 역정이 사그라져 갔다. 반면에 제 사내의 목을 무엇인지 모를 것으로 들쑤셔 놓은 염에게는 점점 더 화가 났다. 지독한 원망이 치솟았다. 송우는 기어코 눈물 한 방울을 흘렸다.

"저가 무엇이라고, 겨우 왕 주제에 너한테……."

"울지 마."

또 한 번 속상한 눈물방울을 쏟아내는 송우의 눈가를 륜이 닦아 냈다. 그녀의 축축한 뺨을 지나쳐 창살을 움켜쥔 섬섬옥수를 부드럽게 어루만지며 그는 혼잣말을 하듯 작게 중얼거렸다.

"너는 내게 있어 더없이 소중해."

"……."

"절대 네 곁을 떠날 수 없어."

"혹여…… 진염에게도 그렇게 말했어?"

"그래."

"……."

그래서 이 꼴이 된 거구나. 감히 왕을 앞에 두고 그렇게 말해서 피투성이가 되어 옥 안에 갇힌 거야. 다시금 울컥 치솟는 무언가를 참아내는 송우의 눈앞에 지난밤 무섭게 저를 몰아붙이던 염이 떠올랐다. 살벌했던 그를 되새기건대 이대로는 분명 륜은 죽고 말 것이다. 그녀가 단말마의 흐느낌을 뱉어냈다.

"흑흑, 이러다간 네가……."

차마 끔찍한 뒷말을 잇지 못하고 고개를 숙인 그녀는 한참 만에 륜의 눈을 들여다보았다.

"네가 잘못되게 할 수 없어. 내가 주상에게 부탁을 해볼 테니…… 떠나."

"싫어."

송우가 애써 꺼낸 말을 륜은 단칼에 거절했다.

"나도 좋아서, 괜찮아서 이렇게 말하는 게 아니야. 그렇지만 죽을 수는 없잖아."

눈물을 뚝뚝 흘리는 여인과 달리 사내는 단호하기 짝이 없었다.

"북저에 찾아온 날 너는 내게 나 때문에 궐 밖으로 내쳐지길 바랐다고 했어."

"……."

"모든 걸 가져도 내가 없으면 소용이 없다고도 했지."

창살 밖으로 뻗은 두 손으로 송우의 여린 두 팔을 꽉 붙든 륜은 그녀를 가능한 최대로 자신에게 바짝 끌어당겼다. 묘한 기운이 깃든 그의 두 눈동자가 형형히 빛났다.

"그런 말을 들었는데 내가 널 포기하는 게 가능할 것 같아?"

"……."

"왕은 기회가 주어졌을 때 나를 죽여야 했어. 하지만 그러지 못했으니 이번에는 내 차례야."

"……."

"내가 널 뺏을까 해."

"하지만 방법이 없……."

방법이 없지 않느냐. 무슨 수로 그러겠다는 거냐. 말끝을 맺지 못한 송우는 입술을 앙다물었다. 륜의 새카만 눈동자에서 옮겨간 그녀의 시선이 딱딱하고 서늘한 촉감의 둥그런 무언가가 쥐어진 제 손으로 내려갔다. 느릿하게 손을 편 그녀는 갈색 빛의 작은 약병을 물끄러미 내려다보았다.

"차라리 죽는 게 낫다 생각이 들 때 마셔."

아직 내용물이 무엇인지 듣지 못하였음에도 송우는 설핏 두려움을 느꼈다.

"내 것이 못 된다면 차라리 같이 죽는 게 낫다는 빌어먹을 미친 생각까지 할 정도로 네가 갖고 싶어."

아무리 그렇게 말했다 한들 감히 건륜이 자신에게 독을 삼키라 쥐어줄 수 있을 리 없는데. 한데 어찌 무서운 생각이 드는 걸까.

✳

"걱정 마, 독은 아니니."

"왕은 물론 냉혹한 면이 없지 않지만 정을 모르지 않는 사람이야. 그리고 역시나 날 죽이지 못했지."

"네게 미안해. 그렇지만 널 걸고 도박을 하는 나도 기분이 많이 더럽다는 건 알아줘."

륜이 한 말을 되새긴 송우의 미간이 구겨졌다. 겨우 독도 아닌 무언가를 마셔 이 상황이 달라질 수 있을까? 진염은 쉽게 물러날 것처럼 보이지 않았는데. 그를 이기려면, 상황을 전복시키려면 진짜 독 정도는 삼켜야 하는 게 아닐까.

"처제, 무슨 생각을 그렇게 골똘히 해?"

상념에서 빠져나온 송우는 옆을 돌아보았다. 일산(日傘)이 드리운 어두운 그늘 아래에 있다 한들 웃음을 머금은 형부의 두 눈꼬리가, 반짝이는 눈동자가 선명했다. 그가 발랄하게 구는 연유란 고민이 한가득 깃든 표정을 하고 있는 자신을 기분 좋게 해주기 위함임을 모르지 않으면서도 송우는 미소를 지어 보일 수 없었다. 하여 그녀는 한참을 더 아무 대답 않고 햇볕이 내리쬐는 정원을 멍하니 바라보았다.

"처제, 대체 무슨 고민이 있기에 이 형부한테 단 한 번을 웃어주지 않아. 나 섭섭해."

입술까지 비죽여 보이는 한위였지만 차마 그 모든 것을 토설하지 못한 송우는 대신 작게 중얼거렸다.

"언니가 보고 싶어요."

"음…… 다음번엔 꼭 함께 올게."

글쎄. 다음번이 있긴 할까. 저는 지금 아주 위험한 생각을 하고 있는데. 다시 륜이 준 갈색 약병을 떠올린 송우가 한위를 불렀다.

"형부."

"응? 안 오겠다고 고집부리면 둘러메서라도 데려올게. 약속해."

"형부는 서나 언니가 아프면 기분이 어떠신가요. 송구하오나 예를 들어, 생사를 오갈 만큼 앓는다면 어떠하시겠어요."

"어찌 그런 걸 물어."

되묻는 한위의 목소리가 일다경 전과 달리 엄했다. 그가 화가 났을까 미안하고 두려워 송우는 저도 모르게 고개를 숙였다. 다행히도 다시 날아든 한위의 목소리는 원래대로 돌아와 있었다.

"만약 그런 일이 있다면 참지 못할 정도로 슬플 거야. 슬프다 뿐인가. 서나를 살릴 수만 있다면 무엇이든 할 수 있을걸."

"……."

"그런데 대체 그런 건 어찌 물어. 이거 안 되겠네. 우리 처제가 대궐에 들어온 이후 도통 예전만큼 명랑하지가 못하잖아. 무리해서 법령까지 새로 만들더니 낭군 되는 이가 영 부실하게 구는 건가? 아무리 주상이라지만 사사로이는 동서가 되니 내가 혼쭐을……."

"저, 다른 사내를 좋아해요, 형부."

"……뭐?"

마치 군왕이 바로 앞에 있다는 양, 하여 싸우기라도 할 것처럼 허공에 주먹을 휘두르던 한위가 딱딱하게 굳었다. 그늘 아래에 놓인 의자에 앉아 있다고는 하나 주변 공기가 따스하건만, 두 사람 사이의 분위기는 싸늘히 식어갔다. 하지만 어색한 정적이 신경 쓰이지 않는다는 듯 송우는 한참을 더 후원의 풍경을 빤히 쳐다보았다. 이윽고 한위에게 눈길을 돌린 그녀가 다시 운을 떼었다.

"주상도 그 사실을 알고 있고 서나 언니도 마찬가지여요. 그래서 저를 보러 오지 않는 것이고요."

"……."

멍하니 송우를 쳐다보는 한위의 눈앞에 누군가가 떠올랐다. 잠시 더 고민한 한위는 왜 자신이 그를 떠올렸는지 깨달았다. 그는 우선 나잇대가 처제와 맞는다. 그리고 왕이 매우 아끼는, 오랫동안 가까이에 둔 인물이다. 고로 처제가 잠저에 머물던 시절 오며 가며 꽤나 자주 보게 되었을 확률이 높다. 결정적으로 건륜은 불과 며칠 전 갑작스럽게 뚜렷한 죄명도 없이 하옥이 되었다.

"혹여 그 상대가 지금 옥에 갇힌……."

"그이가 맞아요."

"……."

혼인을 한 여인이, 그것도 한 나라의 왕비가 지아비 아닌 다른 사내를 마음에 담았다. 그 끔찍하고 무서운 말을 너무도 담담히 소리 낸 송우를 한위는 입도 다 닫지 못하고 쳐다보았다. 이윽고 나직한 탄식을 내뱉은 그가 이마를 감싸 쥐었다.

그가 그러거나 말거나 여전히 괘념치 않은 송우는 계속 말을 이었다.

"저는 그를 연모해요. 물론 화가 다 풀리지 않아 아직까지 조금 밉긴 하지만 좋아하는 마음에는 비길 데가 못 돼요. 그래서…… 함께하고 싶어."

"안 돼."

순식간에 애달파지는 송우에게 한위는 딱 잘라 말했다.

"미안하지만 처제, 잊어."

"……."

차갑게 소리 낸 한위가 낯설다고 느낀 것이 잠시, 송우는 곧 약이 올랐다. 형부는 잊고자 하면 단박에 언니를 잊을 수 있겠어요? 톡 쏘아붙이고픈 충동을 참은 송우가 이어지는 말에 귀를 기울였다.

"주상께서 알고 계시다 했지. 그렇다면 그는 곧 죽을 거야."

"……."

"그러니까 잊어. 다른 방법이 없어. 처제, 설마 도망친다거나 뭐 그런 생각을 하는 건 아니지?"

송우는 소리 없는 실소를 터뜨렸다. 도주라니. 그 같은 멍청한 짓거리를 할 리가. 만약 배운 게 없고 눈치까지 없어 세상 물정을 모른다면 그랬을지도 모른다. 하지만 그렇게까지 아둔하진 않은 것을. 설사 운이 좋아 륜과 함께 성공적으로 왕궁으로부터 멀어진다 치자. 하면 다음은? 그따위로 어설퍼서야 아무렴 그와 함께인들 행복하겠는가.

도망친 왕비. 그는 왕실에 대한 모독이고 천자를 향한 흠집이거늘 평생을 관군에게 쫓겨 살아? 아비와 어미, 언니, 형부, 비(泌), 가족들을 예 진염의 포로로 두고? 그 무슨 웃기기 짝이 없는……. 게다가 그는 참으로 구질구질한 결말이 아닌가. 진염에게 진실로 이기는 것이 아니잖나. 저가 무얼 잘못하였다 추노꾼에게 쫓기는 도망 노비처럼 살아야 되는데.

"그럴 리가. 저는 도망치지 않아요."

"그렇다면 다행이고. 미안해. 이런 말밖에 해주지 못해서. 처제의 마음을 지지해 주지도, 이해해 주지도 못해서."

애초부터 다른 누군가가 륜과 저를 이해해 줄 거란 기대는 단 한 순간도 가져본 적이 없는 것을. 쓴웃음을 삼킨 송우가 한위를 만류했다.

"부디 그러지 마셔요. 한데 륜의 말에 따르면 방법이 아예 없지는 않은 것 같더군요. 다만 저는 조금 더 확실한 것을 원하지만."

"그게 무슨……. 주상 전하께서 오시었습니까."

갑작스레 자리에서 일어선 한위가 어딘가를 향해 허리를 숙였다. 그의 시선을 따라간 송우의 두 눈동자에 냉기가 서렸다. 푸른 보랏빛이 감도는 용포를 입은 염을 물끄러미 쳐다보며 그녀는 의자에서 일어났다. 지나간 날의 당혹스러우면서 무서웠던 밤과 옥사에 갇혀 있는 륜이 떠올라 송우는 가슴속에 스멀스멀 역정이 피어오르는 것을 느꼈다.

송우는 마음 같아선 차갑게 굳은 얼굴로 저를 꿰뚫어 보는 염을 외면하고 싶었다. 당장 처소로, 아니, 륜을 보러 가고 싶었다. 하지만 비틀린 속내를 표내지 않은 그녀는 한위에게 부탁했다.

"형부, 전하와 단둘이 할 이야기가 있습니다."

"하면 신은 이만 물러가겠사옵니다."

깍듯이 인사를 한 한위가 사라지는 뒷모습을 물끄러미 지켜본 송우는 곧 시선을 거둬들였다. 마침내 아무런 방해 없이 염을 대면하는데, 문득 그녀는 묘한 기분을 느꼈다. 방금 전까지만 해도 염이 원망스러웠거늘 갑자기 그를 향한 안쓰러움 비슷한 것이 마음 한구석에 퐁퐁 샘솟는 듯싶었다. 갑자기 왜 이러지.

"신첩과 함께 거니실지요. 아랫것들은 물리고 말입니다."

"그리 해."

말없이 걸으며 송우는 상념에 잠겼다. 대체 방금 전 그 찰나의 감정은 무엇이었을까. 나는 분명 건륜을 가둔 진염을 원망하고 있는데. 순순히 나를 놓아주겠다 하지 않는, 내 뜻에 따르지 않는 그에게 오기 또한 느끼는데.

잠시 더 고심해서야 그녀는 일다경 전에 느낀 그 오묘한 감정이 무엇이었는지 알 것 같았다. 처음 낭군과 혼인을 올릴 거라 소식을 접한 후 한 번, 두 번, 세 번 그를 만났을 때는 싫지 않았다. 분명 사내로서의 호감을 느끼던 시절도 있었다. 그런데 어쩌다 이렇게 되었을까. 그를 차갑게 쏘아보질 않나, 저가 다른 사내에게 가지 못하게 한다 미워하고. 어쩌다 이리되었어. 무엇이 잘못되어서. 만약 그에게 홍다련이 있다는 사실을 알게 된 신혼 초야 이후 상처를 받았다 웅크리고 있기보다 그럼에도 적극적으로 다가갔더라면 지금과 같은 상황이 오지 않았을까. 륜의 손을 붙잡지도, 진염을 받아들이지 못해 벗어나려 발버둥을 치지도 아니하며 진정 부부 같은 부부가 되어 있으려나?

"건륜에게 다녀왔더냐."

분명히 회한은 아닌, 묘한 감정에서 빠져나온 송우가 무뚝뚝하게 답했다.

"예."

송우는 그다지 저가 옥사에 다녀온 것을 염이 알고 있다는 사실이 놀랍지 않았다. 물론 금부까지 가는 길은 비 하나만을 대동한 데다 막상 옥 안에 들어설 때는 철저히 홀로였지만.

"대령상궁이 감히 왕비전 궁인들을 제멋대로 싹 바꾸고 갔사와요."

륜과의 관계를 그에게 들킨 바로 다음날 왕비전에서 거느리는 이들이 뭉텅 바뀌었기에 아무렴 뒤를 따르지 못하게 했다고는 하나 새로운 이들 중 어느 하나는 늦은 밤의 자신의 행적을 고했을 것인즉, 그가 알아챈 일이 놀랄 바는 아니잖은가.

"네 그럴수록 갇힌 이의 명줄만 재촉한다는 것을 모른단 말이냐!"

무덤덤한 송우와 달리 그녀의 솔직한 답을 듣고 금세 격앙된 염이 그녀의 팔을 거칠게 붙들어 세웠다.

"정녕 내 손으로 건륜을 죽이는 꼴을 봐야 만족하겠어!"

노기가 가득한 염의 일갈이 다시 후원을 울렸다. 그를 맹랑히 올려다보며 송우는 그러나 애써 부드럽게 말했다. 타이르듯이.

"저를 그냥 놓아주시면 아니 되겠습니까. 이제는 완연히 짐작하시겠지만 신첩, 참으로 많이 전하를 원망했습니다. 하여 그간에 제게 보이신 성의를 고맙다 느끼지도 못했어요. 그 점에 대해서는 어인 일인지 금일 따라 전하께 죄송하다는 생각이 조금쯤은 듭니다. 하지만……."

"하면 가능성이 있는 게 아니냐. 내게 조금이라도 미안함을 느낀다면, 그렇다면 나중에는 네 마음을 내어줄 여지 또한 있다는 것이 아니겠느냔 말이다."

"……."

"나는 네게 죄를 지었고 너 또한 부녀자의 도리에 어긋나는 과오를 저질렀다. 그러니 서로 간의 잘못을 다 잊고 새로이 시작하면 되지 않아."

"……."

제 손을 꽉 부여잡은 상태로 염이 소리 낸 바가 어쩐지 애달프게 느껴져 송우는 잠시 눈시울이 뜨거워지는 것을 느꼈다. 연모라는 감정이 어떠한 것인지 이제는 너무나 잘 알기에 애절한 마음을 내보이는 염에게 매몰차게 굴기가 어려웠다. 참으로 오래간만에 송우는 아무런 계산 없이 오로지 순수한 의도로 염의 뺨을 부드럽게 쓰다듬었다.

"전하와 저는 이미 한 번 어긋나지 않았습니까. 그리 빗나간 두 사람의 마음을 무슨 수로 뒤늦게 이어 붙일 수 있답니까. 처음부터 저는 전하께 왕좌를 탈환하기 위한 도구일 뿐이었고, 이제는 그 가치가 사라졌어요."

"……."

"그러니 부디 저를 내쳐주세요."

"……건륜의 목을 칠 것이다."

삽시간에 서글픈 기색을 버리고선 냉담히 굳은 염이 뺨에 닿은 송우의 손을 매몰차게 내쳤다. 놀라움과 공포에 휩싸인 송우가 하얗게 질려가거늘 염은 계속해서 싸늘히 소리 냈다.

"명일 새벽 참형에 처할 게야. 목이 베어진 몸뚱이라도 좋다면 끌어안고 곁에 두어라."

"전하……."

"그리고 오늘 밤 네 처소에 들를 것이니 필요하다면 마음의 준비라도 하고 있던지."

그에게 느낀 안쓰러움은 한순간에 사라졌을 따름이다. 대신에 륜이 죽을 거라는, 귓가를 맴도는 그 한마디에 정신을 빼앗긴 송우는 다급히 멀어지는 염을 뒤쫓았다. 그의 옷깃을 온 힘을 다해 움켜쥔 송우가 흔들리는 목소리로 말했다.

"이럴 수 없어. 이럴 수 없단 말이야!"

차갑게 저를 내려다보는 염의 양팔을 붙든 송우는 달래는 것이 통하지 않자 이번에는 매정히 쏘아붙여 보았다.

"난 당신을 받아들일 수 없어! 륜을 죽인다 해도 불가능하다고! 내 마음에 당신을 향한 여지는 없단 말이야! 나와 내 아버지를 이용하고 건방진 첩년을 끌어들여 서나 언니가 아이를 잃게 만든 당신인데, 한데 시간이 좀 지난들 내가 그 모든 걸 잊을 수 있을 것 같아? 그래서, 그래서 진염 너를 연모할 수 있을 것 같냐고!"

"……."

"불가능해. 그러니까 죄 없는 륜을 죽이지 마!"

"이미 말했다. 그놈의 목이 베어진 몸뚱이라도 좋다면 끌어안고 살라고."

또 한 번 송우가 염에게 내쳐졌다. 그러나 그녀는 다시 그를 쫓을 생각을 하지 못했다.

두 손이 바들바들 떨리고 눈앞이 타락의 빛깔처럼 새하얘졌다. 첫날밤을 치를 거라는 말도, 무섭고도 설레야 할 꽃잠에 관한 그 말을 차갑기 이를 데 없게 내뱉은 지아비의 멀어지는 뒷모습도 전혀 신경 쓰이지 않았다. 쓸 수 없었다. 끊임없이 머릿속과 귓가를 맴도는 것은 륜이 죽을 거라는 한 줄의 음성이요, 눈앞에 그려지는 바는 목이 잘린 채 피 웅덩이에 빠진 그의 모습이었다.

푸른 후원에 맥없이 주저앉은 송우가 절망에 휩싸였다. 피가 거꾸로 솟는 듯했다.

✳

"서나야, 있잖아."

"대체 무슨 말이 하고 싶어서 아까부터 뭐 마려운 강아지처럼 끙끙대?"

서나는 옆에 딱 달라붙어 앉아 자신의 허리를 감싸 안은 한위를 쏘아보았다. 이 서방 놈은 오늘은 또 뭐가 문제인 겐지 퇴궐한 연후 내리 자신의 옆에서 이러고 있다. 하니 그녀의 성격에 답답하지 않을 리가. 게다가…….

서안 위에 고이 펼쳐진 도화지가 구겨지거나 말거나 거칠게 그것을 움켜쥔 서나는 그를 남편의 코앞에서 흔들었다.

"네가 자꾸 하고 싶은 말도 못하고 그렇게 끙끙대고 있으니까 봐봐. 그림에 집중할 수가 없잖아!"

"아…… 미안해, 부인."

아무리 좋게 보아도 난으로 보이지 않는, 길가에 엉망으로 피어난 잡초로밖에 보이지 않는 풀이 가득 채워진 종이에서 시선을 뗀한위는 순순히 사과했다. 성격이 만만찮은 처를 둔 지가 여러 해. 고분고분하게 숙이고 들어가는 편이 가정의 평화를 위한 절대적인요소라는 것을 그는 너무나 잘 알고 있었다.

"알았으면 대체 무슨 일인지 털어놔, 빨리."

"그게…… 우리 처제 보러 갈까?"

"……."

정색을 하는 서나의 시선을 피해 괜스레 헛기침을 한 한위는 그러나 싫다 난리를 칠 줄 알았던 상대가 조용하자 슬그머니 병풍에서 눈길을 뗐다. 얌전히 잡초가 그려진 도화지를 내려다보는 서나의 옆모습을 흘끗거리며 그는 조심스럽게 입을 열었다.

"서나."

"조용히 해봐."

"어어, 알았어."

"……역시 내가 난치는 실력이 송우보다는 조금 못 하지? 자존심 상하지만 더 늦기 전에 가르쳐 달라고 하는 게 나을 거야."

"정말? 그럼 내일 당장 갈까?"

기쁜 기색을 숨기지 않은 한위는 다시 서나의 가녀린 허리를 끌어안았다. 그로 모자라 하얗고 부드러운 그녀의 뺨에 입술을 비볐다.

"아, 하지 마. 따갑단 말이야."

톡 쏘아붙였으되 서나는 이내 피시식 웃음을 흘렸다. 그녀에게
마주 웃어 보인 한위가 턱 끝을 서나의 어깨에 얹었다.

"처제가 많이 우울해 보이더라고."

"……."

"그리고 들자 하니……."

"아가씨! 서나 아가씨!"

당장 숨이 넘어갈 것 같은 목소리가 장지문을 뚫고 날아들었다.
흘끗 문가에 어른거리는 그림자를 돌아본 서나는 다시 한위에게 고
개를 돌렸다. 역시나 눈치 없이 중요한 순간에 판을 깬 막년이를 그
다지 달가워하지 않는 남편의 입술이 삐죽이고 있다. 또 한 번 피식
웃은 서나가 문밖을 향해 외쳤다.

"들어와! 무슨 일인데 야밤에 오두방정을 떨어, 시끄럽게! 뭐야?
너 왜 그래?"

새빨간 눈 밑을 한 막년이가 부들부들 몸을 떠는 모습을 바라보
는 서나의 미간이 구겨졌다.

"오늘 집안에 왜 이렇게 편찮은 사람이 많아? 뭔데? 누가 괴롭혔
어? 건넛집 노 영감네 노비 년이 또 시비라도 튼 거야?"

"부, 부고예요, 서나 아가씨."

"……."

부고라 함은…….

"누구야? 아버지? 어머니? 떨지 말고!"

주체하지 못하고 몸을 떠는 막년이에게 버럭 소리를 친 서나가
밖으로 향했다. 분명 엊그제 찾아보았을 때만 해도 멀쩡하던 아비

와 어미였는데 어찌 하루아침에 변고를 당했단 말인가!

"서나야, 서두르지 말고 진정해."

"대, 대감마님과 큰마님이 아니라, 흐흑, 아가씨요. 으흐흑."

두 발을 당혜에 구겨 넣던 서나가 흠칫했다. 번개처럼 빠르게 움직인 그녀는 방바닥에 주저앉아 우는 막년이의 양어깨를 움켜쥐었다.

"너 뭐라고 했어?"

"흐흐흑, 작은아가씨께서……."

"……네가 말하는 작은아가씨가 내 동생 맞는 거야?"

"으흐흑, 예. 송우 아가씨요. 송우 아가씨가, 흐윽, 돌아가셨다고……."

"그 무슨 말이냐! 내 바로 몇 시진 전에 뵙고 왔거늘 비전하께서……. 헛된 소리를 듣고 와 난리를 피우는 것이 아니더냐!"

엄히 묻는 한위에게 대답 대신 막년은 눈물 콧물로 범벅이 된 얼굴을 좌우로 흔들어 보였다.

다시 통곡을 이어가는 계집종을 서나는 멍하니 바라보았다. 이윽고 그녀가 천천히 눈을 깜빡였다. 그러나 눈앞은 점점 흐릿해져 갈 뿐이다.

"내 동생."

가녀린 신음을 흘린 서나의 두 눈에서 갑자기 소낙비처럼 굵다란 눈물방울이 쏟아져 내렸다. 겨우 두 보 앞조차 제대로 보이지 않건만 벌떡 일어선 그녀는 당혜도 신지 않은 채로 내달리기 시작했다.

"송우야."

작게 동생의 이름을 되뇐 서나가 아무렇게나 눈가를 훔쳤다.

제 동생이, 하나뿐인 저의 동생이 죽었다는 게 말이 되는가. 아니
었다. 필시 막녀이가 귀신에 쓰인 게 분명했다. 한데도 자꾸만 폭
포수 같은 눈물이 쏟아져 내리니 이토록 괴이한 일이 없을 듯했
다.

10장 꿈결 같은 사랑

왕비의 옥향은 궁녀 계집들, 혹은 다련이가 퍼뜨리곤 하던 화려하다 못해 지독한 사향노루의 냄새와 판이하게 달랐다. 달짝지근한 듯싶으면서도 청량하다 감상이 드는, 계속해서 맡고 싶은 그런 향이었다. 한데 신방이 된 왕비의 처소에 막 들어섰을 때 후각을 자극한 것은 그녀의 향기가 아니었다. 왕비의 내음 대신 방 안을 가득채운 무언가란 비릿했다. 피 냄새였다.

불쾌했다. 피 냄새 자체가 아니라 그것이 왕비의 방 안에 가득하다는 점이. 그렇기에 한순간 온몸의 장기가 지옥 구덩이로 쏟아져 내리는 듯싶었다. 그러나 몰려드는 구토 감을 참고 두 발을 움직여 눈에 담은 풍경은 더욱 끔찍해, 끔찍하다 못해 절망스러웠다.

"……태의를 부르라."

보료 위에 쓰러진 왕비. 그녀는 꼭 잠에 든 것만 같은 고운 표정을 짓고 있었다. 숱 많은 기다란 속눈썹이 드리운 두 눈은 편안히 감겨 있고 빈틈 하나 없이 맞물린 입술의 꼬리는 미소를 지은 양 살짝 올라간 것처럼 보였다. 그렇지만 수면에 취한 것일 리가 없었다.

"태의를 부르란 말이다! 당장 예 끌고 와 내 눈앞에 대령해!"

그럴 리가 없지. 앙 맞물린 입술은 평소와 달리 도화색이 아닌 검푸른 빛깔을 띠고, 하염없이 쓰다듬고 싶게 보이던 양 뺨은 온 얼굴은 아주 멀리 떠나간 이의 소유인 듯 핏기 하나 없이 창백한 것을. 힘없이 축 늘어진 두 섬섬옥수가, 동그란 턱 끝이 피투성이인 데다 본디 붉은빛을 띠었을 보료가 쓰러진 여인이 고통스레 쏟아냈을 핏물로 인해 검붉거늘.

아무렴 나를 미워한다지만 내가 이리 너를 품에 안아 드는데도 너는 깨어날 하등의 기미조차 보이지 않는데, 그런 네가 고이 잠에 든 것일 리가.

"송우야……."

애달프게 불러보거늘 정녕 어여쁜 인형이 되어버린 것만 같은 왕비는 답이 없다. 금방이라도 가루가 되어 손 틈새로 빠져나갈까 두려워 여체를 원하는 대로 꽉 그러안지 못하고 쉬이 아스러지는 꽃 한 송이를 상대하듯 조심스럽게 다룰 뿐인데도 두 손을 통해 서늘한 체온이 전해졌다. 덜컥 겁이 났다.

내 잘못했다. 그러니 이대로 떠나지 말거라. 부디 조금만 더 버텨.

"네 그토록 건륜을 잊지 못하겠더냐. 내가 못나게 군 사이 그놈이 네 마음에 그렇게나 깊이 파고들었어."

제발 내 있는 예서 등을 돌리지 말아주어. 왕으로서 네가 원하는 바는 무엇이든 들어줄 터이니 부탁이건대 죽지만은 마. 이제 다시는 다른 욕심 품지 않고 그저 같은 하늘 아래 있다는 그 사실 하나로 만족할 것인즉.

"내가 졌다. 네 기어코 왕인 나를 꺾었어. 너와 내 내외지간은 이제 끝이니라. 결별하자는 말이다. 그를 바라지 않았느냐. 그러니 부디……."

살아만 다오.

다른 곳과 마찬가지로 차가운 목덜미에 고개를 묻자마자 기어코 시야가 흐리멍덩해졌다. 드문드문 미약한 숨소리가 들리는 듯도 한데 스스로의 흐느낌 탓에 제대로 들은 것인지 확신이 서지 않았다.

✳

천천히 눈을 뜬 염은 자그마한 불빛들을 무감정하게 내려다보았다. 어느샌가 본래 길이의 일 할 크기로 줄어든 향(香) 세 개가 마침내 와르르 무너져 내렸다.

어두운 공간 안에 놓인 물건 중 다른 그 어떤 것도 보고 싶지가 아니해 향꽂이 안의 뼛가루처럼 새하얀 가루에 한동안 의미 없는 시선을 고정한 그는, 이윽고 어수 하나를 들어 올렸다.

지척에서 아른거리는 촛불로 새로이 향을 피우기를 세 번째. 들어가겠다 아룀도 없이 조급한 음(音)을 내며 열린 문의 틈새로 불어닥친 한 줄기의 바람 탓에 모래알만큼이나 작은 불빛 하나가 맥없이 꺼져 버렸다.

그러나 참을성 있게, 실은 한 사람을 제외하곤 다른 아무것도 떠올리고 싶지 않아 '어찌 허락도 없이 그토록 방종하게 죽은 이의 사당에 들어왔느냐' 엄포를 놓지 않은 염은 다시 가늘고 기다란 물건의 끝에 불을 피웠다. 이전과 같은 모습이 된 향꽂이에서 시선을 떼지 않은 채 그는 천천히 입을 열었다.

"왕비는 승하하였다."

＊

"나오십시오."

솔직히 말해서 옥문을 나서 왕의 지극히 개인적인 호위무관을 따라 알 수 없는 목적지로 향하기 시작했을 때 두려운 마음 따위는 들지 않았다. 걱정도 없었다. 운이 없어 상황이 최악으로 치달은들 기껏해야 저 자신의 목이 떨어질 것이기에. 왕은 왕비를 너무나 아껴 결코 죽일 수 없으니까.

그러나 그 자신감, 혹은 어리석은 오만은 금부를 막 빠져나온 지 얼마 되지 않아 산산이 부서지다 못해 가루가 되어 흩날렸다.

"나리가 미워요."

"……."

"우리 아가씨를 아프게 하는 사람은 다 너무 미워요. 싫어."

"……."

"왕도, 홍씨 년도, 그쪽도 다 너무너무 밉단 말이야!"

언제부터 기다리고 있던 것인지 알 수 없으나 어둠 속에서 튀어나온 계집아이는 울부짖으며 불평을 쏟아냈다. 빽 소리를 지른 계집을 허망하게 보고 있자니 끝난 게 아닌지 앙증맞은 손이 우악스레 흙바닥에 무언가를 패대기쳤다. 달음박질쳐 멀어지는 성가신 이의 흐느낌이 사라져서야 내던져진 무언가를 살피는데, 주위가 새카만 암흑에 잠긴지라 제대로 보이지 않았다. 필시 별거 아닐, 왜인지 모르겠지만 잔뜩 화가 난 계집이 화풀이로 남겨놓은 쓸모없는 것들이지만 허리를 숙여야 하는 것이 불만스럽지는 않았다. 제 주인을 끔찍이 따르는 여자아이니 충분히 저가 미울 법도 하지. 오히려 기특하게 여겨야 마땅하지 않겠는가.

그같이 가벼운 생각을 떠올리던 차, 마침내 손아귀에 넣어 대충 구별할 수 있게 된 무언가를 인지하자마자 등허리를 타고 서늘한 기운이 도졌다. 짧게 친 뒷머리털이 쭈뼛 섰으며 한겨울 날의 얼음이 서린 호수 밑바닥에 몸뚱이가 처박히는 듯 오한이 서리고 숨이 멎었다.

둥그스름한 모양의 작은 갈색 약병. 굳이 그를 보고 놀랄 일은 없었을 것이다. 만약에, 만약에 그 안에서 가볍게 찰랑이는 소리가 나지 않았다면. 하지만 안타깝게도 목숨보다 연모하는 여자에게 마시라 주었던 그것은 온전히 보존되어 있고, 또 다른 처음 보는 얇고 길쭉한 모양의 청색 병에서는 그 어떤 내용물의 기척도 새어 나오지 않았다.

내 애희. 끓는 핏속에 흐르는 무섭도록 커다란 탐욕과 애욕의 목적지. 하나 남은 유일한 꿈. 내가 네 섬섬옥수에 쥐어주었던 것은 그저 죽은 듯이 잠에 드는 약이었어. 병 안의 양으로는 결코 잘못될 수 없는. 그런데 네 시비가 던지고 간 서슬이 퍼렇게 느껴지는 이 끔찍한 텅 빈 용기는 무엇인데? 너 대체 뭘 마신 거야!

그 의심이 들자마자 직감적으로 깨달은바, 무언가가 잘못되었다. 그야말로 처음으로 자신의 계획이 틀어졌다.

✱

태실(太室)은 분명 어둠에 휩싸여 있건만 륜은 꼭 그곳이 지옥에서 옮겨온 화마에 감싸인 것처럼 느껴졌다. 등허리가 오싹하고 두려웠지만 그는 다급히 움직였다. 두툼한 문을 벌컥 열어젖힌 륜이 캄캄한 내부에 들어섰다.

어둠에 익숙해진 륜의 눈동자에 잡다한 것들이 쏟아져 들어왔다. 등을 보인 사내, 사내가 피운 향의 연기, 연기가 날아가 닿은 위패, 그리고 등잔 밑이 어둡기에 제일 늦게 발견한, 마치 누군가에게 보이기 위해 게 있는 것 같은 제 발치에 놓인 커다란 관. 아무래도 왕의 생모가 급작스럽게 죽은 모양이다. 저 안에 누워 있을 인사란 분명 선왕의 후궁이고 주상의 어미인 이일 것이다.

그러나 륜의 그 기대는 염의 한마디에 무참히 부서졌다.

"왕비는 승하하였다."

"……그럴 리 없어."

헛소리를 지껄이는 염에게 화가 솟구쳐 륜의 목소리에서 살기가 배어 나왔다. 결코 그럴 리 없었다. 아무리 세상이 빌어 처먹었다지만 제게서 그 여자까지 빼앗을 리 없었다. 저 자신을 증오하면서도 아껴 모두가 탐내는 왕비의 적관을 벗어 던지고 싶다 말한 순수하다 못해 멍청한 여자가 저를 떠나갔을 리가 없다.

"네놈을 마음에 둔 대가로, 지아비이자 왕인 나를 버리는 길로써 죽음을 택하였지."

"……"

군왕이건 뭐건 지금 이 자리에서 당장 부숴 버리기 전에 말도 되지 않는 헛소리 집어치워. 닥치란 말이야.

그리 소리를 치고자 륜은 입술을 떼었다. 그러나 분명 입술이 벙긋거린 것 같은데 아무런 소리가 나오지 않았다. 어쩔 수 없이 그는 거세게 떨리는 두 손을 움직였다. 새하얗게 질려 핏줄이 도드라진 그의 손에 의해 목관(木棺)의 덮개가 둔탁한 소리를 내며 바닥에 떨어졌다.

"떠나거라. 너는 내게 소중한 등제(等儕)였다. 그러나 그 때문에 놓아주는 것은 아니다. 지금만큼은 참형에 처하고 싶은 네놈 따위, 살려주는 연유는 단 하나뿐이야."

"······."

"왕비에게 감사하거라."

"송우는······."

어디 있느냐. 휘몰아치는 안도감이 너무 커다래 감히 말끝을 맺지 못한 륜은 물끄러미 관 안에 누운 죽은 여인의 얼굴을 내려다보았다.

다행이다. 내가 너를 내 꿈을 위해 판 죗값을 평생에 걸쳐 치를 수 있게 되어서.

한참 만에 겨우 정신을 차려 그리 무음으로 되뇐 륜의 입술 새로 소리 없는 안도의 숨이 새어 나왔다.

✳

일 년 후.
진(振)의 최북단 북주(北州).

"이보시오, 노인장. 내 말 좀 들어보시겠소? 그 여인은 요물이 분명하다오."

"……."

손안 가득 쥔 한 뭉치의 짚으로 촘촘히 새끼를 꼬던 백발의 노인이 고개를 들었다. 분명 목소리가 들렸는데 어이 아무도 없는고. 허깨비였나. 흐릿한 시야를 추스르려 두세 번 눈을 깜빡인 노인은 시름에 잠긴 한숨 소리가 날아들어서야 어느샌가 나타난 누군가가 자신의 옆에 앉아 있다는 것을 눈치챘다.

잔뜩 주름지고 처진 눈꺼풀에 반쯤 가려진 늙은이의 빛바랜 눈동자에 잠이 덜 깬, 혹은 창창한 대낮부터 술에 취한 듯한 사내가 비추었다. 청년은 꼭 여든 살 나이의, 하여 오늘내일하는 스스로보다도 기운이 없어 보였다.

"요물이 분명하지. 암, 그렇고말고. 필시 사내 홀리는 데 도가 튼 천 년 묵은 구미호일 게야."

처음 운을 떼기를 말을 들어달라 했으면서 몽롱한 얼굴로 되뇌는 젊은 사내는 대화를 한다기보다 혼잣말에 열중하는 것처럼 보였다. 그런 그를 바라보는 이의 메마른 입술이 벌어졌다.

"뉘를 말하는 것이오?"

"왜 있지 않소. 가끔씩 저 서당 근처 오백 살 묵은 귀목나무 아래에서 글자를 가르쳐 주는 여인 말이오."

가만가만 귀를 기울인 노인은 소리 없는 너털웃음을 터뜨렸다. 아아, 예 또 불쌍한 놈이 하나 있구먼. 어찌 웃는지 이해가 가지 않는다는 표정의 사내에게서 시선을 뗀 그는 다시 쪼글쪼글한 손으로 새끼를 꼬기 시작했다.

"젊은이, 이름이 어찌 되오?"

"강씨 성을 쓰는 채권이라 합니다만."

"이보게, 채권이. 북방에는 언제 왔소?"

언제 왔느냐는 질문을 소리 내는 어투가 꼭 '네 이곳에 온 지가 얼마 되지 않은 게지', 그리 확신하는 투여서 전혀 기대치 않게 꽤 예리한 노인을 놀란 표정으로 쳐다본 채권은 이윽고 정중히 고해 올렸다.

"비단 장사를 하는 부친을 따라 하단으로 가는 길에 잠시 이곳에서 머문 지가 달포가량 되었습니다. 본관은 남천이지요. 한데 어르신, 제가 북주(北州) 출신이 아닌 것을 어찌 아셨습니까?"

"지명 그대로 예는 북쪽이잖나. 저 아래 지방보다 햇볕이 적고 춥거늘 자네 살가죽을 보아. 까무잡잡해. 그나저나 하단으로 들어가는 배편은 인기가 많아 적어도 두어 달은 더 기다려야 할 텐데, 자네 큰일이군."

혀를 끌끌 차는 노인에게 붙박인 채권의 두 눈이 동그래졌다. 큰일이라니. 확실히 남방에 비해 조금 더 쌀쌀하다고는 하지만 그는 그야말로 상대적인 것이지 전체적으로 날씨가 이리 온화한데. 게다가 겨울이 오려면 계절이 두 개는 더 지나야 하고. 아니면 추운 날씨가 아니라 자신에게 다른 걱정거리가 있다는 뜻인가?

"그 무슨 말씀이신지요?"

"화중화의 향기에 홀리지 않았어. 한데 앞으로 두 달을 더 눈에 담으면 진정 병이 날 테지. 내 자네 같은 외지인을 본 적이 한두 번이 아니야. 내일 당장 죽을 늙은이처럼 골골대고 싶은 게 아니라면 발걸음을 꽉 붙잡아두게. 상사병에는 약이 없어."

"아니, 어르신! 그 여인을 아십니까?! 저는……."

말끝을 맺지 못하고 침을 꼴깍 삼킨 채권의 눈빛이 멍해졌다.

화중화(花中花). 꽃 중의 꽃. 뛰어나게 어여쁜 여자. 참으로 그녀에게 잘 어울리는 이명이 아닌가. 꼭 달빛을 뿜어내는 듯하던, 구미호인 양 자신의 혼을 빼놓았던 여인.

객주에서 머물기가 지겨워 바깥으로 나선 차에 처음으로 마주친 그녀는 너무도 아름다웠다. 나라 안의 한 미모 한다 하는 여인네들이 모두 몰려 있다는 왕도, 수부에서도 그 같은 가희는 본 적이 없었는데. 고운 얼굴도 얼굴이지만 그 여리여리한 몸태 하며 반들거리는 하얀 살결, 단아한 분위기, 그럼에도 불구하고 목석처럼 딱딱하지 않게 저를 향해 배시시 웃어 보이던 그녀는 정말이지…….

"구미호가 틀림없어."

또 한 번 넋이 나가 중얼거리는 이를 향해 코웃음을 친 노인이 딱 잘라 부정했다.

"그 아이는 분명 사람이라네. 왕이 있는 수도에서 태어났다면 필시 왕비가 되었을 관상의, 귀티 줄줄 흘리는 계집이 그딴 잡스런 요물일 리가."

"어르신, 부디 알려주십시오! 그 여인은 대체 어디에 사는 누구인지요!"

"아, 글쎄, 다시는 찾아보려 하지 말라 했거늘."

성가시다는 듯 툭 내뱉는 노인의 쉼 없이 움직이는 가는 팔을 덥석 붙든 채권은 매달리다시피 해 늙은 몸뚱이에 바싹 붙어 앉았다.

"아니 됩니다! 아니 된다고요! 나비가 어찌 꽃을 모르는 척하리오! 벌써 닷새째 그녀를 보지 못한 이 청춘이 정녕 말라 죽기를 원하십니까!"

"쯧쯧, 이미 벌써 미친 게로구먼."

불쌍하다는 눈길을 채권에게 붙박은 채 다시 한 번 혀를 찬 노인이 덧붙였다.

"나루 근처 금슬정에 가보게. 가는 길에 최대한 마주치는 이가 없도록 조심하고."

험한 꼴 당하기 싫으면. 가장 중요한 마지막 말을 들었는지 알 수 없게 후다닥 일어서 내달리는 이의 뒷모습을 물끄러미 지켜본 그는 곧 내리 해온 일에 몰두했다.

살랑살랑 움직이는 부채가 만들어낸 따스한 바람이 뺨을 간질였다. 한산한 나루터에 옹기종기 모여 앉아 강물에 발을 담그고 노는 아이들이 개미만큼이나 작아 보였으되 문득씩 까르륵거리는 웃음소리가 메아리쳐 날아들었다.

"낭자, 사모하오!"

그 평화로운 광경을 옅은 미소를 띤 채 내려다보던 송우는 가벼이 흔들던 부채를 멈췄다. 갑작스레 시야에 불쑥 들어온, 들판의 야생화로 엮은 들쑥날쑥한 모양새의 꽃다발을 빤히 쳐다본 그녀의 눈길이 화속(花束)을 붙든 손과 팔을 따라 움직였다.

송우의 시야에 사내 하나가 들어왔다.

바들바들 떨며 마음을 고백하는 그가 낯설다. 필시 하단으로 갈 배편을 기다리는 외부인이리라. 떨리는 손 탓에 마찬가지로 하느작거리는 꽃다발을 송우는 두 손으로 받아 들었다. 잠시 그것의 향기를 맡은 그녀는 다시 낯선 이를 살피기 시작했다.

마을 주민들보다 살색이 짙고 두 눈이 진해 남쪽에서 왔음을 여실히 표내는 그는 나쁘지 않았다. 어디에 두어야 할지 몰라 흔들리는 눈동자가, 소매 끝을 꽉 움켜쥔 경직된 두 손이 순박해 보였다.

체고도 보통보다 큰 편이고 얼굴도 뭐, 저 정도면 나쁘지 않지.

"내, 내 아이를 낳아주겠소?"

주위에 만연한 침묵을 못 견디겠다는 듯 대뜸 외친 그의 말이 웃겨 송우는 작게 웃음을 터뜨렸다. 제 웃는 옆모습을 바라보는 사내의 목덜미와 뺨 언저리가 붉어진 것을 쉬이 눈치채었으나 모르는 척한 그녀는 청순가련한 표정으로, 그러나 짓궂은 물음을 던졌다.

"저는 과부인걸요."

"과…… 부?"

"열다섯에 시집을 가 삼 년 만에 서방님을 잃고 혼자가 된 지 여섯 해째랍니다. 제게 귀공께서 첫 사내가 되지 못해도 상관없으신가요? 듣기로 장부들은 여인의 과거에 예민하다던데."

"……."

예전 같으면 시도조차 못했을 유의 거짓을 내놓은 걸로 모자라 가련한 표정으로 꽃송이를 만지작거린 송우는 다시 강가를 향해 눈길을 돌렸다.

전남편에게 이길 방도로는 가짜로든 진짜로든 죽어야 한다는 결론을 내렸기에 독을 삼켰다가 깨어난 그날.

"이 못된 계집애야, 겁도 없이 어찌 독을 삼켜!"

그날 제 얼굴에 눈물을 떨구는 그를 본 날로부터 일 년. 이렇게 '사모한다' 외쳐 온 이가 도합 몇 명이더라? 이 사내가 서른다섯 번째이던가?

"그래도 좋소! 나는 그대가 초혼이 아니건 말건 상관치 않는다오!"

"진정이신가요?"

한참 만에 사내가 소리 낸 바가 의외라 송우의 두 눈이 커졌다. 보아하니 이이는 정인 한 번을 가져본 적이 없는 도령인 듯싶은데 괜찮다고?

"진정이다마다. 한데…… 지금은 혼자인 것이오?"

"……."

"아, 아닌 게요?"

"과년한 데다 이미 한 번 시집을 다녀온 저 같은 여인을 그 어떤 사내가 연모해 주겠는지요."

실은 애매한 관계인 남자는 있지만. 하지만 그와 한 지붕 아래에서 산다 한들 살 한 번 섞은 적이 없는걸. 그러니 혼자인 게 맞잖아. 그리 생각하는 차에 재빨리 자신의 곁에 붙어 앉아 손을 움켜쥐는 사내 탓에 깜짝 놀란 송우의 몸이 흠칫했다.

"그 무슨 서운한 말씀이시오. 내가 여기 있거늘. 그대 같은 이에게 그까짓 낭군과 사별한 과거 따위가 무슨 흠이 될까. 이리 아름답고 정실하고, 또……."

"제가 그러합니까."

며칠간 채권의 눈앞에서 둥둥 떠다닌 미소가 다시 한 번 재현 되었다. 수줍다는 듯 눈을 내리뜬 채 활짝 웃는 송우를 정처 없이 살피며 채권이 넋이 나가 중얼거렸다.

"이렇게 낭창한 것을……."

영 정신을 차리지 못하는 채권이 재밌어 그의 멍한 얼굴을 구경한 송우는 잠을 깨우듯 그의 어깨를 톡톡 쳤다. 이쯤 되었으면 분명 방해꾼이 올 확률이 높으니까. 그리고 그 방해꾼이 자신의 옆에 바싹 붙어 앉아 있는 이 사내를 본다면 난리가 날 테니. 지지난번 저를 첩실로 들이겠다 강압적으로 군 중년의 하단인은 결국 눈 한 짝을 잃어야 했으되, 이 순진한 청년을 그 꼴이 되게 하고 싶지 않거늘.

"그리 꿈을 꾸듯 하고 계시면 어찌하나요. 피곤해 보이시는데 머무는 곳으로 돌아가시는 편이 낫지 않을까요."

"아…… 차마 그럴 수 없구려. 그대가 예 있는데 어찌 청실로 돌아갈 수 있을까."

"……."

송우의 얼굴에 당황한 기색이 스쳤다.

청실(靑室)이라 함은 그의 벗이자 형제와 같은 구창이 명목상의 주인으로 내세워진, 실상 그의 소유인 객주의 별칭인데. 이를 어찌한담. 머물러도 왜 하필이면 거기서 머물러.

"낭자, 그리고 보니 우리가 아직까지 통성명도 아니 하지 않았소. 나는 강채권이라 하는데 그대의 필시 아리따울 존함은 무엇이오?"

떼어내기 힘드니까 될 대로 되라지. 저는 이미 처소로 돌아가라 권유했으니 책임을 다한 게 아니겠나. 게다가 이이를 데리고 노는 게 즐겁기도 하거니와. 그리 결론을 내린 송우는 아쉬움을 담아 소리 냈다.

"저에겐 마땅한 이름이 없답니다. 하나 지어주시겠어요?"

"내…… 가? 직접?"

송우는 놀리느라 한 말인데 채권은 더욱 멍해져 갔다. 마치 남녀가 어느 한쪽에게 이름을 지어주는 그것이 대단히 은밀한 일이라도 된다는 것처럼. 이제는 입을 헤 벌린 그의 한층 더 우스워진 모습 때문에 금방이라도 조소가 터질 것 같아 송우는 고개를 돌렸다. 그녀가 겨우 웃음을 참은 차, 단말마의 비명과 함께 무언가를 내려치는 것 같은 둔탁한 소리가 고요하던 주위를 울렸다.

놀란 송우가 다급히 채권을 돌아보았다.

"당장 꺼져."

"무언데! 당신이 무어라고 갑작스레 나타나 이러는 것이오!"

금세 시퍼렇게 멍이 든 뺨을 감싸 쥔 채권을 향해 돌아서 있는 사내의 뒷모습을 발견한 송우는 작은 한숨을 내쉬었다. 그러나 딱히 그만두라 제지를 하지 않은 그녀는 곁에 내려둔 부채를 집어 들어 다시금 살랑거리는 바람을 만들기 시작했다. 저가 무어라 한다고 상황이 달라지지 않을 것을 이미 잘 앎으로 그녀는 구경이나 하기로 결정했다.

그녀가 그렇게 한가한 사이, 륜은 마치 당장에라도 채권을 씹어 먹을 듯이 위협적인 기세로 뇌까렸다.

"더럽게 치근대지 말고 꺼지라 했어."

"내가, 내가 내 정인에게 뭘 어쩌든 그쪽이 대체 무슨 상관인 게요!"

"정인?"

꼴같잖은 주장을 듣자마자 륜은 살벌한 조소를 터뜨렸다. 바닥에 쓰러진 채권의 상투를 튼 머리카락을 순식간에 움켜쥔 그가 날카로운 단도로 그것을 잘라냈다.

단칼에 베어져 정자 위에 흩뿌려진 머리칼을 경직되어 내려다보는 채권이 안쓰러워 입술을 뗀 송우는 그러나 이전과 달리 무심하기 짝이 없게 말했다.

"그만 가보셔요."

"나, 낭자."

서운함을 숨기지 못하는 채권에게 미안했지만 송우는 어쩔 수가 없었다. 그에게 나긋나긋하게 말하면 이번엔 륜이 그의 귀를 달아나게 할지도 몰랐다.

"그러고 계시다간 목이 베이실 테지요. 그렇다고 이 사내를 이기지도 못하실 것 같고."

그녀가 그렇게까지 말해도 미련이 남아 우물쭈물한 채권은 륜의 심상찮은 기색에 어쩔 수 없이 발길을 돌렸다. 송우의 말대로 버티다간 정녕 목이 달아날 것 같아서.

멀어져 가면서도 몇 번이고 아쉬움 가득한 얼굴로 뒤를 돌아보는 채권을 송우는 안쓰럽게 지켜보았다. 그러나 그녀는 더는 채권을 볼 수 없었다.

한껏 눈을 치켜뜬 송우가 자신의 시야를 막아선 륜을 곱지 않게 올려다보았다.

륜의 눈빛이 강렬했으되 그를 받아치는 송우의 눈빛 역시 맹랑했다. 하여 어쩔 수 없이 잘못을 저지른 전적이 많은 데다 상대의 애정에 더 목이 말라 있는 쪽, 륜이 꼬리를 내렸다. 날 선 눈매를 푼 그가 섭섭함을 숨기지 못하고 말했다.

"이름을 지어줘? 그건 잡스런 놈들 꾀어내는 수법이야? 대체 몇 명한테 그렇게 말한 건데?"

"……."

송우는 작게 헛기침을 했다.

그것도 들었나? 하면 륜이 저리 서슬 퍼렇게 굴면서도 서운함을 토로할 만했다. 유송우는 이미 죽은 왕비인즉 그는 분명 설영(雪榮)이라, 눈꽃이라고 작명을 해주었고 자신은 분명…….

"좋아, 마음에 들어."

새침했을지언정 그렇게 되뇌었으니까. 진정 만족스럽다는 듯이 그의 단단한 품에 안겨들기까지 하면서.

약간이나마 미안함에도 불구하고 티를 내지 않은 송우는 대신에 톡 쏘아붙였다.

"그때는 네가 지어준 이름이 나쁘지 않았지만 지금은 싫증났어. 그건 그렇고, 우리가 잠자리를 같이했어, 아니면 부부지약을 맺었어? 난 그런 기억 없는데 네가 뭐라고 나랑 잘돼가던 사내를 쫓아내고 그도 모자라 머리칼을 잘라?"

"……"

"거기다 이번이 처음이면 몰라. 내 지아비가 되고 싶다고, 금슬 좋은 부부로 일평생 함께하고 싶다며 이 금슬정(琴瑟亭)을 지어준 사내도 내쫓았지. 분명 나 모르게 뒤에서 겁박한 이들도 수두룩할 거야. 만나고 싶은 사내들 다 만나라고, 너는 나한테 죄인이니까 조용히 기다리겠다고 했잖아?"

송우의 비아냥거림에 륜은 꿀 먹은 병아리처럼 침묵할 따름이다. 그로서도 반박하고자 한다면 할 말이 충분히 많을 텐데도. 가령 네가 무언데 내 연애 사(事)에 훼방을 놓느냐, 아무 관계도 아닌데. 송우는 그리 쏘아붙였다만 실상 륜과 그녀는 여전히 연인 사이임이 분명했다. 결국에는 눈알 하나를 잃은 하단인 장사치가 그녀에게 몹쓸 짓을 시도하려는 낌새를 보였을 때 구해준 이도 륜이고, 그 후 몇 시진을 그녀는 그의 품 안에 안겨 놀란 마음을 추슬렀으니까. 그와 부부는 아니되 한 지붕 아래에서 머물고,

"나한테 먼저 기회를 줘. 내가 첫 번째였어."

"……."

가끔씩 기분이 내킬 때 지금처럼 그가 그녀를 그러안거나, 혹은 손을 잡거나, 입을 맞추는 행위를 시도하면 어느 정도 받아주곤 했으니 '우리는 남남'이라는 표현은 기실 잘못된 것이 아닌가. 결정적으로 머리카락을 잃고 도망친 조금 전 그이 같은 이들을 송우가 단박에 뿌리치지 않는 이유는 륜을 골리느라 그러는 것인즉 정녕 아무 사이가 아니라면, 그에게 무심하였다면 그같이 쓸데없는 짓을 하지 않았을 터이다.

그렇지만 구태여 그 모든 것을 설명하지 않은 송우는 륜이 귀엽다 느껴짐에도 불구하고 다시 마구 쏘아붙였다.

"어찌 매번 말을 바꿔? 그리고 이 이상 기회를 달라는 건…… 너와 내 사이에 안 해본 거라곤 하나뿐인데 침상 한편을 내어주기라도 하라는 거야? 내가 분명히 말했잖아. 아직 네가 한 짓에 대한 화가 완전히 풀리지 않았으니까 너를 받아들일지 말지에 대해선 네가 오 년 정도 기다리면 생각해 보겠다고. 아직 봄이 네 번이나 더 지나야 돼."

"……."

여전히 절망적이기 짝이 없는 말만 쏟아내는 송우를 륜은 한참을 입술을 짓씹으며 내려다보았다. 그러나 오늘만큼은 물러나지 않은 그는 송우의 곁에 앉아 그녀의 허리를 끌어안았다.

"어디에 손을 대? 나 허락 안 했어."

슬쩍 륜의 어깨를 밀친 송우는, 그러나 제 목에 입술을 댄 그가 괴로운 신음을 흘리자 더는 움직이지 않았다. 오늘따라 륜이 너무 힘들어하니 그를 놀리는 게 재미있으면서도 미안함이 커져 갔다.

갈등하는 송우를 눈치챈 륜이 밀어붙였다.

"조금만 줄여줘."

"……사 년이 어떻게 조금이야?"

타박하는 송우의 목소리며 어투가 한결 누그러져 있다. 륜은 지체 없이 송우를 밀어 눕혀 뺨과 귓불에 차례로 입을 맞췄다.

"아, 저리 가. 비켜."

"난 자신 있어."

"……."

"네 곁을 허락하면 미친 듯이 만족시켜 줄 자신. 그러니까 애먼 놈 그만 홀리고 지금부터 나랑 제대로 살아. 명일 처부모와 네 누이 내외가 당도하는 게 좀 걸리긴 하지만."

"……틈만 나면 꾀려고."

이 늑대. 작게 중얼거린 송우는 자꾸만 륜이 입을 맞추는 바람에 정신이 몽롱해지는 와중에도 의문을 느꼈다. 하룻밤만 더 지나면 양친과 서나 언니, 형부가 도착하는 게 왜 걸린다는 거지?

"내일 가족들이 오는 게 왜 마음에 걸려?"

"부족해."

"무엇이?"

"시간. 자세한 건 곧 알게 될 거야."

"……."

손님들이 올 때까진 꼬박 하루가 남아 있기에 륜의 말뜻이 쉽사리 이해가 가지 않았지만 송우는 굳이 되묻지 않았다. 대신에 그녀는 제 위에서 저를 빤히 내려다보는 사내의 입술을 괜스레 만지작거렸다.

"송우야, 나 허락하는 의미로 알아들어?"

감모에라도 걸린 양 가라앉은 목소리를 내는 륜의 눈을 흘끗 들여다본 송우가 잠시 더 고민했다. 이윽고 그녀가 툭 내뱉었다.

"그러던지."

그녀의 대답이 의외라서 놀란 기색을 비춘 륜은 곧 입꼬리가 찢어져라 웃어 보였다. 그리 좋은 티를 숨기지 못하는 스스로가 멋쩍어 그는 송우의 목에 고개를 묻었다.

하지만 이미 그가 웃는 모습을 다 보았기에 송우는 피식 비웃음을 흘렸다. 그 옛날 벌거벗은 기녀가 코앞에 서 있을 때 눈도 깜짝 안 하는 것처럼 굴더니 결국 너도 사내라는 거구나.

"너무 속이 훤히 보여."

"그런 거 아니야. 너라서 그래. 네 사내 될 생각에 좋아서."

"흐음."

"정말이야. 그런데 왜 갑자기 마음을 바꿨어?"

이제는 웃음을 좀 참을 만한지 고개를 든 륜의 뺨을 송우는 아이가 찰흙을 가지고 놀듯 만지작거렸다.

"그냥…… 별다른 이유가 있겠어. 너를 아끼니까 그렇지."

한때는 네가 미운 적도 있고 네게 서운한 적도 있었지만 그래도 여전히 널 연모하니까. 그러니까 이제는 정말이지 좋은 생각, 좋은 감정만 가지고 내가 마지막 꿈이라는 너와 행복하기만 해야지, 뭐. 긴긴 말을 속으로 되뇐 송우는 살짝 고개를 들어 륜의 뺨에 입을 맞췄다. 자진해서 그에게 그러한 적이 또한 일 년 만이기에 예비 낭군은 행복한 웃음소리를 흘렸다. 송우 또한 환한 미소를 지었다.

첫 번째 외전 ─회고록

　가지지 못한 것일수록 더욱 탐이 나는 것은 지극히 자연스럽다 할 만한 인간의 심리인즉, 아무렴 군왕이라지만 나 또한 그로부터 자유롭지 못했다. 게다가 나는 이미 경험이 있다. 철이 들 무렵부터 스물의 중반 되는 나이에 이를 때까지 유일무이하다시피 하게 간절히 바란 왕좌를 결국 탈취한 경험이. 그러니 원하던 바를 손에 넣었을 때의 그 희열을 모르지 않았다. 더군다나 나는 왕이라 내가 다스리는 땅에서 가장 커다란 힘을 가졌으며 온갖 귀중한 것들이 내 발밑에 흩뿌려진다.

　그렇기에 왕후로서의 그녀가 죽은 시점으로부터 일 년여가 된 지금도 문득문득 후회가 치밀었다. 가지지 못한, 떠나보낸 이에 대한. 그녀가 이 넓은 하늘 아래 정확히 어디에서 존재하고 있는지를 안다면 당장 데리러 갈지도 모르지.

"내가 졌다. 네 기어코 왕인 나를 꺾었어. 너와 내 내외지간은 이제 끝이니라. 결별하자는 말이다. 그를 바라지 않았느냐. 그러니 부디 살아만 다오."

바로 어제 겪은 것처럼 생생한 그날, 감히 왕인 나를 이기려 독약을 삼킨 왕비의 희미한 숨소리가 금방이라도 사라질까 두려워 보내주겠다 약속을 했음에도 불구하고 그녀를 살려놓자마자 다시금 욕심이 치솟았으니까. 하여 궁 밖에서 은밀히 들여온 신원 불명의 여인의 시체를 목관에 채워 넣은 후에도 거의 반 시진가량을 '조금만 더'라고 되뇌며 쓰러진 이를 끌어안고 있었으니까.

그러나 나는 결국 여인을 떠나보낼 수밖에 없었다. 태실 안에 안치된 죽은 이가 왕비여야 하되 왕비가 아니라는 것을 확인하고 정체 모를 쓰린 웃음을 흘리던 건륜을 빼돌린 미인에게 향하도록 할 수밖에 없었다. 그녀가 사랑해 마지않아 목숨을 걸어 도박을 할 만큼 원하는 이는 그였으므로. 또한 내가 그녀에게 느끼는 감정은 다른 사내를 바라보는 여인에 대한 충동적인 욕심보다는 보다 순수한 연정에 가까웠다. 그렇기에 나는 끝끝내 고집을 부려 다시 정비(正妃)를 사지에 몰아넣을 용기가 없어 차라리 떠나보내는 편을 택했다. 다만 도대체가 언제부터, 어떻게 시작되었는지 모르는 이 지독한 감정을 적어도 아직까지는 깨끗이 떨쳐 내지 못했기에 미련은 자꾸만 내 뒤를 쫓아다녔다.

그리고 바로 지금처럼 꿈결에 그리운 미소를 보는 바람에 잠에서 깨어버린 깊은 새벽녘에는 누군가를 향한 그 미련이 두 배, 세 배로 커지곤 했다.

"보고 싶느니……."

대외상으로 그녀가 죽은 날, 다급히 태실 안에 뛰어든 건륜을 끝내 단 한 번을 뒤돌아보지 않았다. 그랬다간 멀어지는 그를, 그가 여인에게 향하는 것을 방해하게 될까 봐. 그녀가 행복하기를 염원하면서도 차마 다른 사내에게 내 전처를 잘 부탁한다, 부디 함께 잘 살라, 혹은 어디로 향할 것이냐 읊조리지도 못했다. 그랬다간 또한 투기에 눈이 멀어 입장을 번복하게 될까 봐. 하여 최소한으로 필요한 말만을 소리 내고, 짧은 순간 만에 연적과의 마지막일 만남을 파했을 뿐이다.

　한데 이제 보니 그것이 정녕 현명한 처사였지 않아? 너를 위해 말이야. 덕분에 네 있는 곳을 모르는 나는 의지가 흔들리는 지금 같은 때마저 네게 달려갈 수도, 네가 그토록 벗어나고자 했던 이 새장 안으로 널 다시 끌고 올 수도 없으니까. 비록 나는 삼 년의 국상이 끝나게 된 연후 결국에는 새로이 주인을 맞게 될, 텅 빈 이 왕비전에서 홀로 너의 흔적을 좇지만, 그래도 이 고요한 곳에 아직 네 향기가, 온기가 남아 있는 듯싶으니 그나마 다행인 게지.

두 번째 외전 —위로

그리운 수찬대군께.

대군께서 이 편지를 받고 기뻐하시기는커녕 저에게 원망을 느끼실까 두렵습니다.

유씨(氏) 부인을 통해 대군의 소식을 들었습니다. 승하한 왕비의 상(喪)이 치러진 때로부터 어느덧 열 달이 흘렀건만 대군께서는 아직까지 상심에 잠겨 있으시다지요. 예전에 비해 야위시고 우울을 감추시지 못하는 것은 물론, 얼마 전에는 부인에게 찾아와 다시금 눈물을 보이셨다면서요.

그런 대군을 외면하기가 수월치 않아 이제 와서 밝히건대 저는 살아서 잘 지내고 있습니다. 앓던 몸 또한 완전히 나은 지가 반년이 되었고요. 그러니 부디 끼니를 잘 챙기시고 하루하루를 밝게 보내시길 바랍니다.

부인이 대군께 서찰을 전하며 제가 누구인지 확인해 줄 터이니 이곳에 명시하진 않겠습니다. 다만 혹시라도 답장을 쓰시거나 저와 관련한 이야기를 꺼내시게 될 시엔 예전의 칭호가 아닌, 누이라 불러주실는지요. 혹은 설영이라 부르셔도 좋습니다. 저의 새 이름입니다. 저에 관해선 다른 그 누구에게도 말씀치 않으셔야 한다는 것을 굳이 강조하지 않겠습니다. 그러지 아니해도 잘 아실 테니까요.

누이 설영

✻

설영 누이 보시오.

누이께서 보내신 편지를 받고 어찌 원망 따위를 품을 수 있었으리요. 그저 반갑고 반가울 뿐이외다. 정치적인 이유를 말미암아 모친과 부친인 태상왕의 곁에 오래 머물 수도, 단둘이 남을 수도 없는 내게 기댈 곳이라곤 한 살 아래의 이복동생뿐이었거늘 누이와 서찰을 주고받으니 외롭던 마음에 절로 생기가 불어넣어지오.

누이에 관해 부인에게 어린아이가 떼를 쓰듯이 해 자세히 들을 수 있었소. 무릇 장부(丈夫)란 여인을 곁에 두면 음흉한 생각을 품게 마련인즉, 듣기론 누이와 '그 사내'가 아직 남남이라 하던데 부디 조심하오. 그이가 누이를 고생시킨 이야기를 들으니 갑자기 밉기 짝이 없소.

하고 싶은 말이 많지만 유 부인이 누이 눈이 아플까 걱정되는 듯 적당히 쓰라 닦달을 하오. 언젠가는 꼭 서로 얼굴을 맞대고 담소 나눌 수 있기를 소망하며 글을 마치겠소.

추신: 주상은 물론이거니와 다른 이 그 누구에게도 누이에 관해 언급하는

일은 없을 테니 부디 걱정 않기를.

수찬 올리외다.

✳

　젊은 사내 둘은 시전에서 가장 큰 길가의 모퉁이에 서 있는 참이다. 그네들의 눈동자가 바삐 움직였다. 지나가는 규수들을 샅샅이 살폈다.

　"저 여인은요?"

　"코가 못생겼어."

　"그 뒤에 푸른빛 장의를 걸친 이는?"

　"너무 조그마하다. 다리가 긴 여인이 좋아."

　"하면 저기 저 비단 장수와 흥정하는 여인은 어떠한지요?"

　"내 모친만큼이나 드셀 것 같아. 드센 여자는 딱 질색이야."

　"……무에 잘난 것이 있다고 눈만 그리 높으십니까?"

　"뭐야?"

　한순간에 족제비눈을 한 수찬이 현양에게 고개를 돌렸다. 한참 현양을 노려본 그가 다시 여인들을 살폈다. 그러나 영 마음에 드는 이가 없었다.

　정략혼이 아닌, 각자가 원하는 혼인 상대를 심사숙고해 정해오라는 웃전의 명이 두 대군에게 떨어진 것이 한 달 전이다. 그때부터 지금까지 날마다 시전에서 여인들을 지켜봐 왔건만 수찬은 마음에 쏙 드는 이를 찾지 못한 상태였다. 그의 입술 새로 속상한 탄식이 흘러나왔다.

"어떻게 된 게 이 넓은 수부 바닥에 형수만 한 이가 한 명이 없냐."

수찬이 누구를 이르는지 알아챈 현양의 표정이 침울해졌다. 그가 원망스레 소리 냈다.

"그분 얘기는 어찌 또 꺼내십니까? 속상하게."

"뭐?"

금세 가라앉은 현양을 수찬은 물끄러미 바라보았다. 이윽고 그가 담담히 말했다.

"너는 그분과 나만큼 친하지도 않았으면서."

"대군보다 조금 덜 친했던들 슬프지 않을까 봐요? 여하간 그리 따스하고 어질었던 분이…… 자결을 하셨으니 떠오를 때면 마음이 참 무겁습니다."

"……"

현양이 씁쓸한 기색을 숨기지 못하자 수찬은 갈등을 느꼈다. 저 착해 빠진 놈에게 사실을 알려줘야 하나?

"대군 때매 기분 잡쳤습니다. 이런 상태로 어찌 색싯감을 고르겠습니까. 금일은 이만 돌아가렵니다."

"……"

결국 수찬은 실은 형수가 살아 있다고 말하지 못했다. 그 비밀스럽고 중한 기밀을 현양에게 말할지를 어찌 저 혼자 결정하겠는가. 송우와 서나에게 물어봐야 할 터였다. 그렇지만 분명 두 사람이, 특히나 서나가 절대 안 된다고 반대할 것이 분명했다. 어쩌면 그녀에게 제정신이냐 타박을 들으며 한 대 맞을지도 몰랐다.

"……저 불쌍한 놈. 그래도 너무 상심 마라. 내가 곧 너도 그 사실을 알 수 있도록 애써볼 테니까."

탕탕 주먹 쥔 오른손으로 가슴팍을 두드린 그의 시선이 다시 앞서 가는 이의 뒷모습에 붙박였다. 애틋한 속내와 달리 대군의 입술 새로 퉁명스런 말소리가 튀어 나갔다.

"야, 이 자식아! 어찌 날 남겨두고 혼자 가! 같이 가!"

어렵지 않게 현양을 따라잡은 수찬이 이복형제의 어깨에 제 팔을 둘렀다.

"아, 왜 이래요. 친한 척 마십시오."

"뭘! 내가 뭘! 선 채로 하도 오랫동안 여인네들을 살폈더니 힘들어서 이러는 거다!"

"또 말도 아니 되는 거짓말은."

"거짓말 아니거든?"

나란히 걷는 형제의 투덕거림이 시전의 왁자지껄한 소리에 섞여 들었다.

세 번째 외전 ―남총(男寵)

그는 열정적으로 그녀의 입술을 탐했다.

알게 된 지 횟수로 어연 삼 년째. 금일 같은 깊은 입맞춤이 처음이다. 물론 그간에 서로 간의 입술을 탐해본 적이 없진 않다. 하지만 그것들은 그저 '가벼운 것'일 뿐이었다. 가령 그녀는 마치 일부러 자신의 애간장을 태우는 양 그녀의 입안을 본격적으로 탐하려고만 하면 고개를 뒤로 빼곤 했다. 그러고는 싱긋 웃어 보이며.

"네가 싫어서가 아니라 부끄러워서."

그렇게 속삭이고는 했더랬지. 동시에 저를 내쫓으면서.

"송우야."

그러나 오늘은 그렇지 않았다. 웬일인지 뻣뻣하게 경직되어 있다고는 하나 여인은 고개를 뒤로 빼거나 거부하지 않았다. 때문에 륜은 격정적으로 송우의 입안 구석구석을 탐했다. 역시나 소심하게 굳은 그녀의 미끈한 혀에 제 것을 얽고 고른 치아며 입 안쪽을 훑으며 그는 입고 있는 옷가지를 하나둘 벗어 바닥에 내팽개쳤다.

아랫도리만 입은 맨 상체가 된 륜은 왼손을 뻗어 송우의 허리를 휘어잡았다. 호흡이 달리는지 송우의 숨결이 거칠기도 하거니와 방금 막 씻고 온 그녀의 짙은 향기, 따스하고 촉촉한 살결, 그리고 다 마르지 않은 허리 근처에 넘실대는 풀어 내린 머리카락이 워낙 자극적이어서 륜은 이제는 입맞춤이 아닌 다른 것을 하고 싶었다. 하여 그는 도홧빛으로 물든 뺨을, 앙증맞은 귓불을, 그리고 목을 차례로 제 입술로 지분거렸다. 동시에 송우의 뒷머리를 받치고 있던 오른손을 내려 보드랍고 볼록한 두 가슴 사이 속저고리의 옷고름을 풀었다. 열린 옷자락 틈새로 손을 넣자 손가락 끝에 닿아온 살결이 너무나 자극적인지라 륜의 입술 새로 나직한 신음이 흘러나왔다. 사내의 손길이 빨라져 갔다.

"륜."

륜이 속치마 매듭을 조급히 끌어 내리는 참, 송우의 섬섬옥수가 그의 손을 움켜쥐어 왔다.

절경까지 얼마 남지 않았는데…….

아쉬움을 삼키고 송우의 목에서 입술을 뗀 륜은 열광을 품은 두 눈동자에 그녀를 담았다. 자신의 애무에도 송우는 여전히 뻣뻣한 감이 없지 않았다. 숨소리가 자못 거칠고 뺨이 발그레하거늘 그럼에도 긴장한 기색을 다 떨쳐 내지 못한 상태였다. 다시 송우의 귓불을 입술과 혀로 놀리며 륜은 감모에 걸린 것 같은 쉰 소리로 물었다.

"뭐가 불편해?"

"음…… 기분이 이상해."

"이상한 게 아니라 좋은 거야."

"자, 잠깐만. 이 말을 하려던 게 아니었어. 우리 눕지 않는 거야? 계속 이렇게 서서……."

꽃잠을 진행하는 거냐, 말끝을 맺지 못한 송우가 다시 희미한 신음을 흘렸다. 촉촉한 입술이 목에 진득하게 입을 맞추고 커다랗고 뜨끈한 손이 맨살까지 한 겹 남은 젖가슴이며 등허리를 헤매니 그녀가 저도 모르게 가냘픈 소리를 흘리는 게 당연하리라.

"왜, 이렇게 시작하는 거 싫어?"

"원래 이렇게도 하는 거, 아……."

서서 해본 적이 없을 수 있겠거니 하여 어색한가 보다 치부한 륜은 순식간에 송우를 번쩍 안아 들었다. 곧바로 그녀를 침상 위에 눕힌 그가 그녀의 위에 올랐다. 송우의 종아리부터 시작해 역방향으로 쭉 뻗은 다리를 손끝으로 쓸며 그는 너무나 매끄럽게 치맛자락을 허벅지까지 끌어 올렸다. 다시 속치마의 매듭을 풀려는 그의 귓가에 또 한 번 가녀린 음성이 스쳤다.

"륜, 불은?"

"으음……."

이번엔 또 불이 문젠가. 신체의 일부 중 한 곳이 정녕 터질 것 같건만 초인적인 인내심을 발휘한 륜은 반절가량 드러난 하얀 봉분한 곳에 진득하니 입을 맞추곤 송우와 두 눈을 마주했다.

"그걸 꼭 꺼야 되겠어?"

"……."

"그럼 네 눈도, 우리가 애정을 나누는 모습도 볼 수가 없잖아."

"그렇지만, 앗……."

다시 아래로 내려간 륜의 입술이 얇은 비단 한 겹에 덮였을 뿐인 가슴과 그 끝을 희롱했다. 겨우 정신을 차린 송우가 더듬더듬 말을 이었다.

"부끄럽단 말이야."

"어차피 곧 부끄럽다느니 그런 거 신경 쓰이지도 않을 텐데."

"나, 난 사내랑 이러는 거 처음이니까 네가 물러나 줘. 아니면 초를 하나만 살려놓으면 되잖아. 응? 지금은 너무 밝아."

"뭐?"

목, 쇄골, 가슴, 배, 그리고 그 아래를 향해 잘록한 허리를 두 손으로 움켜쥔 채 입술을 내리던 륜이 전희를 멈췄다. 처음이라고?

전혀 예상하지 못한 바이기에 잠시 멈칫한 륜은, 그러나 곧 침상 아래로 내려와 섰다. 눈치를 보아하니 송우는 이미 자신에게 그 얘기를 했다 생각하는 듯하지만 륜은 그녀에게 그 사실을 처음 듣는다고 굳이 내색하지 않았다. 그랬다간 별로 떠올리고 싶지 않은 과거를, 정확히는 그녀의 전 사내에 관해서까지 입 밖으로 꺼내야 할까 봐.

그녀에게 저가 첫 사내라는 것을 기뻐해야 하는가, 그렇지 않으면 그딴 허접스러운 것으로 기분 좋아하는 짓거리는 하지 말아야하는가. 더군다나 지난날 지은 죄도 있으니. 그 두 가지 선택지 중어느 쪽을 골라야 할지 모르는 상태로 륜은 침상에서 가장 가까운하나를 제외하고는 방 안을 밝히는 초 세 개를 모조리 껐다.

다시 송우의 위에 오른 그는 방금 전의 고민을 싹 잊고 말았다. 금일이 그녀의 처음이면 과감하게 해선 안 되겠단 아쉬움을 머금고 되뇌던 것 또한 잊었다. 더 이상 참지 못하고 제멋대로 움직인 제손이 여인의 속치마며 다리속곳을 단박에 끌어 내린 덕에 마침내 눈앞에 희미하게 드러난 절경 때문에.

"……."

륜은 넋이 나가다시피 한 채로 황홀한 광경을 빤히 내려다보았다. 자신의 아래에서 붉어진 뺨을 한 채로 누워 있는 여인, 그녀의 촛불을 받아 반짝이는 새하얀 살결, 그리고 온전히 드러난, 조금 말랐지만 그럼에도 그저 어여쁘게만 보이는 나신. 그 모든 게 너무나 아름다워 그는 송우의 이곳저곳을 두 눈으로 샅샅이 훑었다.

"흐윽, 부끄럽게 뭘 그렇게 빤히 쳐다봐."

작게 웅얼거린 송우가 옆에 아무렇게나 말려서 놓인 속치마를 집어 들었다. 그녀가 몸을 가리려 한다는 것을 눈치챈 륜은 섬섬옥수에 쥐인 그것을 빼앗아 침상 아래에 내던졌다. 재빨리 아직 제하지 않은 저의 바지며 속고의를 없앤 그는 그의 아무것도 입지 않은 상태가 된 몸을 흘끗 본 송우가 새빨갛게 얼굴을 붉히거늘 거리낌 없이 그녀의 두 다리를 벌려 그 사이에 단단히 자리했다.

"근사해서 봤어. 너무 고와서."

"……."

그녀의 홧홧한 뺨을 조심스레 어루만져 달랜 그가 다시 애무를 시작했다. 제 것의 반절도 채 되지 않는 여인의 가녀린 어깨를 시작으로 쇄골, 배, 잘록한 허리, 엉덩이…… 구석구석을 손끝으로 훑은 륜의 손 하나가 마지막으로 너무 가볍지도, 무겁지도 않게 움켜쥔 것은 둥그런 가슴 하나였다. 손안에 쏙 들어온 그것을 실컷 어루만진 륜은 이윽고 입안 가득 젖가슴을 삼켰다.

"아아…… 륜……."

요염한 신음이 연달아 귀청에 내리꽂혀서야 가슴 끝의 탄력적인 도홧빛 꽃망울을 희롱하는 것을 멈춘 륜은 송우의 매끄럽게 뻗은 두 다리를 들어 올려 자신의 허리를 감싸도록 만들었다. 또 한 번 엄청난 애욕을 참은 그의 입술 새로 힘든 기색이 역력한 목소리가 흘러나왔다.

"처음에는 꽤 아프다던데, 괜찮겠어?"

"어차피 한 번은 겪어야 하는 거잖아……."

"그래도 못 참을 정도면 말해. 그리고 그럴 일은 없겠지만…… 혹시라도 내가 네 말을 못 알아듣거나 내 멋대로 굴려고 하면 때려 서라도 정신 차리게 하고."

설마 그럴 리가 있겠나 싶어 희미한 실소를 흘린 송우가 작게 고 개를 끄덕였다. 그녀의 양 어깻죽지 아래에 두 팔을 단단히 끼워 넣 은 륜은 곧장 뉘에게도 열린 적이 없는 꽉 막히다시피 한 좁은 길을 파고들었다.

"아……!"

꼭 몸을 절반으로 쪼개는 듯싶은 생소하면서 자극적인 고통에 놀란 송우의 입술 새로 신음이 터져 나왔다. 제 몸 안으로 밀고 들 어오는 단단한 무언가로 말미암은 아픔을 이를 악물어 참아내며 그 녀는 륜의 어깨를 온 힘을 다해 움켜쥐었다. 그러나 그것으로는 생 살을 뚫는 자극을 참기엔 모자라 송우는 륜의 상체를 꽉 끌어안아 그에게 바싹 매달렸다.

"흐읍, 륜……."

"젠장! 정신을 차릴 수가 없잖아."

표현할 수 없는 크기의 쾌락과 황홀경이 휘몰아치거늘 륜은 몸 을 움직이지 않았다. 움직이지 못했다. 그렇다고 차마 그녀에게서 빠져나갈 엄두도 내지 못하고선 그는 거친 숨을 몰아쉬며 물었다.

"많이…… 하, 많이 아파? 안 되겠어?"

"아, 아니야. 참을 만한 것 같아."

"억지로……."

그가 무슨 말을 하려는지 뻔해 그녀는 그의 말을 가로챘다.

"나도, 나도 네가 갖고 싶어."

"……."

부끄럽다더니 기특하고도 뇌쇄적인 말을 하는 송우의 가늘어진 눈가에 륜은 애써 부드럽게 입을 맞췄다.

"최대한 조심할게."

그가 다시 천천히 송우의 안으로 밀고 들어갔다. 홧홧한 열기가 신혼부부를 이은 곳에 그득했다.

아주 한참 만에 마침내 좁은 길을 완전히 파고들어 안정적으로 자리 잡은 륜은 조심스럽게 허리를 움직이기 시작했다. 아까부터 계속되어 온 엄청난 조임과 습윤한 따스함이 주는 황홀경. 송우가 드디어 온전하게 제 처(妻)가 되었다는 희열로 말미암아 륜은 연달아 만족감이 깃든 거친 신음을 터뜨렸다.

"아앗, 륜. 아……."

점점 더 색스러워지는 여인의 교성이 듣기 좋았다. 달떠가는 제 여인의 모습이 기쁘고도 아름다웠다. 빤히 송우를 내려다보는 륜의 입가에 기어코 옅은 미소가 서렸다.

"송우야."

"흐윽……."

내게 와주어서 고맙다. 지금 이 순간의 황홀경 때문이 아닌 진심이건대 널 참 많이 아낀다. 상황이 상황인 만큼 그토록 긴말을 륜은 소리 내지 못했다. 그 고백은 정교(情交)가 끝나면 말하는 것으로 미룬 그는 대신에 송우의 홧홧한 뺨에 자신의 뺨과 입술을 차례로 가볍게 대었다가 떼었다. 또 한 번 고통과 쾌감이 뒤섞인 가녀린 교성이 귓가를 스치자 륜은 조금씩 더 빠르게 허리를 움직였다. 서로 하나가 된 두 사람이 부드러운 듯 역동적으로 움직였다.

그네들의 밤이 걷잡을 수 없이 깊어갔다.

✳

대문가로 향하던 비는 맹수가 사냥감을 노리듯 소리 소문 없이 갑작스레 자신의 팔을 붙들어오는 손길에 놀라 화들짝 몸을 떨었다. 놀란 마음을 추스르고 뒤를 돌아보자 보이는 이는 간만에 재회한 반가운, 그러나 굳은 얼굴을 한 까닭에 무섭게만 느껴지는 여인이었다.

"크, 큰아가씨."

"너 이리 와봐."

"왜 그러시나요. 무슨 일로……."

대답을 주지 않은 서나는 다짜고짜 소녀를 소담스러운 저택의 후미진 곳으로 잡아당겼다. 그녀의 두 눈이 가늘어졌다. 그가 '솔직히 불라'는 뜻임을 모르지 않을 테면서, 한데도 자신을 외면한 채 끝까지 버티는 여아라 점점 치솟는 부아를 참다못한 서나는 결국 먼저 운을 떼었다.

"솔직히 불어."

"뭐, 뭐를요?"

"그놈이 내 동생 건드렸지?"

"네?"

휘둥그레진 눈으로 되묻는 비에게서 눈을 뗀 서나는 어렴풋이 보이는 안채의 기와지붕을 살쾡이처럼 매섭게 노려보았다. 여동생의 사가에서 머문 지 이레째, 상황이 여간 수상한 게 아니었다. 그녀의 동물 같은 감각이 마구 외쳤다. '그놈이 내 여동생을 건드린 것 같다!'라고.

첫 번째로 의심이 든 것은 북주에 당도한 날이었다. 일 년여 만의 가족 간의 재회라 당연지사 서나는 기뻤다. 물론 건륜인가 뭔가 하는 놈이 아주 마음에 안 들기는 했지만 어쨌든 달포 전 서찰을 교환했을 때만 해도 동생은 그 자식과 아무 일이 없었다, 걱정 말라 했기에 안심을 하고 있는 그녀였다.

한데 실컷 시간을 함께 보내고 피곤한 양친은 쉬시라 한 뒤에 단둘이 남아 이야기를 하던 차, 여동생이 꾸벅꾸벅 조는 게 아닌가! 물론 막 만났을 때에도 피로한 기색이 없지 않은 송우였지만 그것은 저처럼 너무 신이 나서 전날 밤에 잠을 좀 설쳤기에 그런 줄 알았다. 그렇지만 아무리 그래도 간만의 자신과의 시간에 눈 깜빡할 새 그리 잠이 들 수 있어?

그리고 두 번째, 엊그제 양친과 건가 놈이 자신을 제외하고 담론을 벌였을 때, 그때에도 다시 수상쩍은 기분이 들긴 했으나 서나가 아무리 캐물어도 어미와 아비는 건씨 놈과 무슨 얘기를 했는지 말을 해주지 않았더랬다. 대신해 한위가 살짝 언질을 주었다. 그놈이 송우와 연을 맺고 싶다 허락을 구했지만 부친은 그저 '고민해 보겠다'라고만 답을 했을 뿐이라고. 여전히 둘 사이에는 아무 일이 없는 상태라고, 그러니까 그만 좀 씩씩대라고. 그렇지만 자꾸 초조한 걸 어떡해? 왜인지 당장에라도 그놈이 송우를 빼앗을까 불안하고 싫은 걸로 모자라 이미 건드려 놓고 아니라 거짓말을 했을까 봐 의심이 드는데 어찌 나대지 않고 참느냐 말이야!

"나는 그 자식이 너무너무 싫은데!"

갑자기 빽 소리를 지르는 서나를 향한 비의 두 눈이 휘둥그레졌다.

"네?"

"으, 난 그 속 모를 놈이 정말 싫어!"

또 한 번 버럭 소리를 친 서나가 도끼눈을 한 채로 비를 노려보았다.

"진짜로 내 동생이랑 그놈 사이에 지난 일 년 동안 아무 일 없었던 거 맞아? 너, 좋은 말로 할 때 솔직히 불어. 건륜 그놈이 정말 송우 안 건드렸어?"

"저는……."

"거짓을 고했다간 알지?"

"……."

확실한 건 아예 아무 일도 없진 않았을 거라는 거죠. 안 봐도 뻔한 거 아닌가요? 둘이 같은 공간에 있은 지가 열두 달을 넘겼는데. 큰아가씨도 실은 대충 짐작하면서 괜히 부정하고 싶은 거잖아요. 그렇게 말했다간 다리몽둥이가 부러질지도 모르기에 비는 기어들어 가는 음성으로 더듬거렸다.

"저는 모르겠어요."

"야! 네가 모르면 누가 알아? 넌 항상 송우 곁에 붙어 있잖아!"

"그게 여기 온 뒤로는 저도……."

말끝을 흐리고선 슬그머니 고개를 숙이는 비의 뺨에 붉은 기가 도는 것을 서나는 쉽게 눈치챘다. 그녀의 미간이 구겨졌다.

"너, 사내놈 생겼니?"

"……."

돌아오는 답이 없었지만 타오르는 불꽃처럼 새빨개진 소녀의 얼굴빛이 의미하는 바를 서나는 단박에 알아채었다. 그녀는 기가 막힌다는 듯한 탄식을 터뜨렸다. 아아, 마땅히 모셔야 할 주인은 늑대 놈 옆에 내팽개치고 틈만 나면 정인을 만나러 다녔다? 그래서 모르겠다? 이런 건방진!

순식간에 비의 귀를 꽉 붙잡은 서나가 쏘아붙였다.

"요게 겨우 열여섯밖에 안 됐으면서 벌써 사내자식을 후리고 다녀? 주인은 이 늑대 소굴에 내버려 두고?"

"아아, 아파요, 큰아가씨!"

"이씨! 썩 가버려, 그 놈팡이한테!"

엄살을 떠는 비를 놓아준 서나는 후다닥 도망을 치는 소녀에게서 시선을 떼어 다시 안채를 돌아보았다. 잠시 송우에게 단도직입적으로 물어볼까 싶었지만 그녀는 곧 그러는 것을 포기했다. 뒤늦게 성질머리가 고약해진 동생에게 따져 묻기가 좀 무서웠다. 만약 그랬다가 혹여 열에 채이게 된 저가 언성을 높여 '분명히 경고하는데 저놈은 안 된다! 그놈이 가니 이번엔 더한 놈이냐! 그것도 혼인한 상태에서 눈이 맞은 이런 무뢰배와!' 라고 소리를 쳐 송우 저년이 또 독을 삼킬지 어찌 알겠는가.

그렇다면……

재빨리 머리를 굴린 서나가 결론을 내놓았다. 남은 방법은 하나였다.

✱

새카만 어둠에 잠긴 주변을 유일하게 밝히는 달빛 아래에서 륜은 고민에 잠겼다. 사저를 떠났다가 돌아온 지가 겨우 세 시진밖에 되지 않았건만 벌써부터 커다란 그리움이 전신을 휘감았다. 안채를 향해 있는 두 발이 땅에 뿌리라도 내린 듯 꿈쩍하지 않았다.

친하지는 않다지만 륜은 송우의 가족이 전혀 불편하지 않았다. 때문에 굳이 자리를 피하고 싶은 생각이 없었다. 그것은 상대편에서도 마찬가지인 듯했다. 장인, 장모, 그리고 동서(同壻)는 자신을 배척하지 아니했다. 다만 한 사람은 예외였다. 송우의 누이.

자신이 마음에 들지 않다는 것을 기필코 표현해야겠다는 듯 지난 며칠 동안 마주치기만 하면 사나운 표정을 지어 보인 서나가 떠올라 륜은 피곤 섞인 한숨을 내뱉었다. 어쩔 수 없이 사랑채를 향해 겨우 한 발을 내디딘 그는, 그러나 또다시 멈추고 말았다. 마음은 벌써 저 깊숙한 곳에 위치한 안채에 가 있는데 정 반대편인 사랑채로 향하려니 다리가 움직일 리가 없었다.

여차하면 저를 물어뜯을 기세의 누군가가 두 눈을 시퍼렇게 뜨고 있어 괜한 트집을 잡히지 않으려면 초연하게 굴어야 하는데. 그 성격 만만찮은 계집이, 유서나가 괜한 난리법석을 부려 간만에 재회한 가족 사이의 분위기가 싸늘해지기라도 하면 송우가 싫어할 텐데. 더군다나 이같이 깊은 밤에 안채에 들렀다 다시 헤어 나오지 못하면, 하여 예의라곤 없는 그 여자가 예고도 없이 갑자기 방문을 벌컥 열고 들이닥치기라도 하면 어찌하겠는가.

최대한 인내심을 발휘하던 륜은 그러나 결국 감성에 굴복하고 말았다. 송우가 보고 싶어 죽을 것만 같았다. 유서나의 날이 선 눈초리를 피하느라 마음껏 쳐다보지도 못한 지가 벌써 이레째다.

그의 두 발이 안채로 향했다.

"이 밤에 그쪽으로는 왜 가?"

"……."

참으로 안타깝게도 륜은 다섯 보를 옮기지 못해 멈춰 설 수밖에 없었다.

"잠깐 나랑 얘기 좀 하시지?"

아무런 인기척도 없었는데 아니었나. 누군가에게 홀리는 바람에 정신이 나가 무관도 아닌 여자의 기척도 느끼지 못한 것인가. 이런 멍청한. 그래도 송우는 보고 싶어.

애써 안채에서 시선을 뗀 륜이 저로서도 전혀 반갑지 않은 서나를 향해 돌아섰다.

그에게 가까이 다가온 서나가 다짜고짜 이죽거렸다.

"난 네가 마음에 안 들어."

"……."

"너 그놈과 다를 바 없잖아? 한통속으로 내 동생이랑 아버지를 등쳐 먹었어. 그래 놓곤 송우를 꾀어내고, 알고 보니까 나보다 나이도 어리면서 혀가 반 토막 난 어투로 대들었지? 쟤가 너 때매 독약까지 삼키게 만들었고 말이야."

"……."

"다시 한 번 더 분명히 말하는데, 난 네가 싫어. 지금 죽은 사람이 된 송우 도와주는 거? 네가 지은 업보에 대한 책임이니까 난 고맙게 생각 안 해. 아버지는 널 받아들이는 걸 생각해 본다 하셨다지만 난 쌍수를 들고 기필코, 끝까지 반대할 거야. 내 눈에 흙이 들어가도 안 돼! 그러니까 행여나 송우랑 혼인이라도 올릴 수 있을 거란 헛된 바람은 버려. 그리고 내 동생한테 손가락 하나도 가져다 대지 마. 쳐다도 보지 마!"

"……."

지난날 왕비전에서 륜에게 진 경험을 떠올린 서나가 만족스러운 미소를 지었다.

"예전에는 세 치 혀로 잘도 나불대더니 못 본 새 벙어리라도 됐나봐?"

"유서나!"

일방적으로 이죽거린 서나와 그녀를 무표정하게 바라보던 륜이 새로운 목소리가 날아든 방향을 돌아보았다. 싸늘히 식은 주변의 공기에도 불구하고 평온히 잠에 들어 있는, 태어난 지 이제 겨우 석 달이 된 아들을 품에 안은 한위가 딱딱하게 굳은 얼굴로 서나에게 다가왔다.

치솟는 민망함과 미안함을 참은 한위가 서나의 팔 한 짝을 움켜쥐었다.

"유서나 네가 뭐라고…… 관두자. 따라와."

"내가 뭐긴 뭐야, 내 동생 언니지? 이 정도만으로 끝낸 것도 많이 봐준…… 놔봐!"

몸부림을 치는 서나였으나 한위는 더욱 꽉 그녀를 붙들었다. 그의 입술 새로 평소와 달리 잔뜩 가라앉은 목소리가 새어 나왔다.

"조용히 따라. 운(澐)이 떨어뜨릴지 몰라. 동서, 미안해. 내 처가 성정이 워낙 불같아서. 이해 부탁할게."

"……아닙니다."

"쟤가 왜 네 동서야? 아, 정말!"

티격태격하는 두 음성이 사라지고도 한참을 륜은 우두커니 어둠 속에 서 있었다. 이윽고 그가 나직한 조소를 터뜨렸다.

"완벽하게 깨졌네."

벙어리처럼 한마디 반박도 안 하고. 안 한 건지 못 한 건지 모르겠지만. 게다가 이 와중에도 송우는 보고 싶으니 완전히 병신이 따로 없군. 다시 한 번 피식 웃음을 흘린 그는 송우를 보러 갈 수도, 그렇다고 사랑채로 향할 수도 없어 대문 밖으로 향했다.

✻

형부의 목소리가 창호지를 뚫고 날아든 것은 막 잠에 들려는 참이었다.

진정으로 그가 마음에 들었던 겐지 아닌지는 모르겠으나 날 존중하는 양친은 나를 달라 청한 륜을 예상보다 훨씬 쉬이 받아들였다. 그런고로 그와 나의 사이에 이제는 정녕 거리낄 거라곤 없건만 그럼에도 문제가 아예 없는 것은 아니었다.

서나 언니.

언니가 륜을 마음에 들어 하지 않은 연유는 한두 개가 아니었다.

더는 얘기를 꺼내지 않는다고 하나 그녀는 내가 왕후이던 시절 이미 그 당시의 지아비가 아닌 륜과 마음을 통한 사실을 여전히 탐탁지 않아 했다. 그렇기에 당연지사 륜을 반기지 않았다. 그가 반정에 가담한 것도 그를 싫어하는 또 다른 이유였다. 마지막으로 륜은 싸움이 났을 때 어떤 식으로든 져본 적이 없던 언니에게 굴욕감을 준 전력이 있었다.

그 옛날 처음으로 서나 언니에게 륜과의 관계를 들켰을 때 언니는 륜의 몰아붙임에 대꾸를 하지 못하고 자리를 비켰다. 즉, 패배를 했다. 게다가 그때 륜은 너무나 당연하다는 듯이 그보다 한 살 많은 언니에게 평대를 쓰지 않았던가. 결론적으로 누군가에게 이기는 것에 익숙한 서나 언니는 뾰족한, 달리 말하면 고분고분히 숙이고 들어오지 않는 륜의 성정을 마음에 들어 하지 않았다. 물론 아직까지도.

양친이 나와 그를 허락했다 말하면 언니가 어떠한 반응을 보일지 불을 보듯 뻔했다. 때문에 오래간만의 행복한 시간을 망칠까 우려한 양친은 형부를 통해 언니에게 '네 동생의 낭군으로 그이를 받아들일지 생각해 보겠다고만 하였다' 전함으로써 간신히 평화를 유지하는 것에 성공했다.

다만 불쌍한 내 낭군은 가내의 평안과 처부모에게 잘 보여야 하는 까닭으로 말미암아 크나큰 희생을 치러야 했다. 아니, 치르고 있는 중이다. 툭하면 시비 틀 준비를 하는 언니 때문에 그는 나를 제대로 쳐다보지도 않고 꽤나 무심한 척 굴었다. 가령 반상(盤床) 앞에서조차 내 곁에 아니 앉을 정도로.

그리 겉으로 냉담히 군다 한들 속은 그렇지 못할 륜을 알면서 나 또한 그에게 무관심하게 굴었다. 우리는 이미 하룻밤 운우지정을 나누었기에 그 밤의 그의 상태를 되새기건대 좋아도 좋다 소리 내지 못하고 내 곁에 다가오지 못하는 그의 내심은 정녕 새까맣게 타 들어가고 있을 것이다.

한데 그러한 상태로 일곱 날을 보내자 금일 밤은 그가 그리웠다. 이럴 줄 알았으면 륜이 탐탁지 않은 태를 잔뜩 내는 서나 언니를 상대하는 대신에 그가 객주에 가버리는 상황을 방치하지 말걸. 내가 왜 그때에는 상황이 재밌다 여겼을까.

아무리 생각해도 너무 짓궂었어. 이래서 있을 때 잘하라는 말이 있는 게지. 그래도 그렇지, 오늘 밤은 어쩐 일로 서나 언니가 내 옆에서 잘 생각이 없나 본데 이런 좋은 때에 나를 보러 올 것이지 청실에서 자기라도 하려는 거야? 아니면 곧장 사랑채로 가버렸나?

온갖 잡념을 떠올리며 막 침상에 누운 순간,

"처제, 자?"

그 순간 창호지를 뚫고 날아든 목소리를 따라 바깥에 나와 서자 형부가 전해준바, 서나 언니가 결국 룬에게 한 소리를 했으며 형부가 언니를 대신해 다시 제대로 사과하기 위해 사랑채에 갔는데 그의 처소가 비어 있다. 많이 감정이 상했을까 걱정이 된다. 그 소리를 듣자마자 기분이 급속도로 가라앉았다.

푸른 빛깔의 지붕을 한 객주 안으로 들어선 송우는 일 층을 휘둘러 보았다. 객들이 꽤나 많은 상태라 한들 룬이 게 없다는 것을 그녀는 쉬이 알아챌 수 있었다. 룬이 저의 낭군인즉 뒷모습, 혹은 옆모습만 보아도 다른 이들과 한눈에 구별이 가므로.

"형수!"

이층으로 향하던 송우는 커다란 목소리가 날아든 방향을 돌아보았다. 그녀에게 다가온 구창이 물었다.

"여긴 왜 오셨소? 눈깔 하나 잃은 하단인 놈 이후에 형님이 형수가 예 오는 거 엄청 싫어하잖아. 그런데…… 둘이 싸웠는가? 어째 그렇게 앙칼진 표정도 지을 줄 아쇼? 매번 사내놈들 홀리는 웃음을 짓고 다녀서 룬이 형님 속을 뭉텅 끓게 만드시더니."

"……."

구창의 지적에도 굳은 표정을 풀지 않은 송우는 대신 자못 새침하게 대꾸했다.

"이제 룬에게만 보여주려고요. 더는 그이 속을 끓이는 장난은 치지 않을 거예요."

그녀의 대답에 구창은 껄껄 웃음을 터뜨렸다.

"형님 좋아 죽겠구먼. 위로 올라가 보시구려. 왠지 모르지만 상태 안 좋아 보이던데."

"……."

아무 대답을 하지 않은 송우의 입술이 비죽였다.

그게 다 잘나신 저의 언니 때문이 아닌가. 륜을 구박하는 서나가 떠올라 송우는 이제는 기분이 좋지 아니한 걸로 모자라 속이 부글부글 끓었다. 한껏 가라앉아 이곳에 혼자 있을 륜을 생각하매 짜증이 치솟았다.

구창이 뒤돌아서자마자 다급히 층계를 오른 그녀는 한산한 삼층의 복도를 가로질러 가장 안쪽 방 앞에 멈추어 섰다. 조심스럽게 문을 열어 안에 들어서자 침상에 드리워진 검은 휘장 사이로 벽을 향해 돌아누운 사내의 널따란 등이 보였다.

발소리가 나지 않게 조심한 송우가 륜의 옆에 살며시 앉았다. 그는 좋지 못한 일이 있으면 깊이 잠드는 버릇이 있는 만큼 자신이 이리 곁에 와 앉는데도 미동을 않는 것을 보건대 정녕 속이 뭉텅 상한 게 분명했다. 아니면 혹여 아픈 것은 아니겠지?

걱정이 되어 두 눈을 감은 륜의 옆모습을 내려다보는 송우의 미간이 구겨졌다. 옆에 와 앉긴 했으되 자고 있는 이를 깨우기가 망설여져, 그렇다고 애써 와놓고 가만히 있는 것도 마땅찮은 듯싶어 어찌할까 고민을 한 송우는 이윽고 륜의 이마에 손을 가져다 대었다.

순식간에 그녀의 섬섬옥수를 커다란 손이 낚아챘다. 날카로운 음성이 허공을 갈랐다.

"누구야?"

"륜."

겨우 한 글자를 소리 낸 목소리가 송우의 것임을 단박에 알아챈 륜이 벌떡 자리에서 일어섰다. 여전히 섬섬옥수를 붙든 채 멍하니 송우를 바라본 그는 대뜸 그녀를 껴안았다.

"왜 왔…… 아니, 잘 왔어."

"……."

평소 같으면 위험하니 객주에 오지 말라 했지 않느냐 한 소리 했을 륜이거늘 이번에는 달랐다. 며칠 만에 품에 안아보는 그녀를 감싼 팔에 더욱 힘을 실은 그가 향기로운 여인의 목에 고개를 묻었다. 입술을 대었다. 그런 륜을 밀어내지 않은 송우는 물에 흠뻑 젖은 영견이 얼굴에 착 달라붙듯 그의 널따란 품에 파고들었다. 잠시 눈치를 살핀 그녀가 조심스럽게 물었다.

"륜, 괜찮아?"

"뭐가?"

"그게……."

송우의 귀며 머리칼을 어루만지고 뺨에 자잘한 입맞춤을 남기며 륜이 말했다.

"지금 내 상태가 어떠냐는 뜻이면 좋아 죽을 정도인데. 그래도 위험하니까 다시는 늦은 밤에 혼자 돌아다니지 마. 어여뻐서 잡혀가."

"……언니가 무어라 하였다면서?"

"……."

륜의 기분이 가라앉을까 송우는 그의 짧게 친 머리카락을 달래듯이 살살 어루만졌다.

"내가 대신 미안해."

"네가 왜? 그리고 구구절절 옳은 말만 하던데, 뭐."

"그래도……."

옳은 말이었는지 아니었는지는 모르지만 언니의 성정에 곱게 표했을 리가 없으니 너무나 미안한 것을. 한껏 달래주고 싶은 것을. 이제는 륜의 입술을 시작으로 그의 목, 가슴팍을 손끝으로 더듬으며 송우는 속상한 기색을 가득 담은 목소리로 속삭였다.

"내 낭군한테 나 아닌 다른 누가 무어라 하는 거 싫단 말이야. 괴롭혀도 내가 괴롭히고 아껴줘도 내가 그래 줘."

그렇게까지 말하자 기분 좋은 웃음소리를 흘리는 륜이라서 송우는 저 역시 배시시 웃어 보였다.

"네가 일 년 만에 만난 여형제가 아닌 내 편을 들어주고. 쓴소리 들을 만한데."

되레 기뻐 보이기까지 하는 륜의 따스한 가슴팍에 송우는 스리슬쩍 뺨을 대었다. 그녀는 한위와 나눈 대화를 곱씹었다.

"어디 가게, 처제?"

"륜에게 갈 거예요. 형부, 송구하지만 서나 언니에게 말을 좀 전해주시겠어요? 제게 있어 언니도 물론 소중하지만 륜 또한 그러하니 앞으로 내 등 뒤에서 내 지아비에게 예의 없게 굴지 말라고요. 그리고 실은 그이와 저는 이미 부부나 마찬가지이니까 형부가 아닌 제 옆에서 자는 헛된 노력을 더는 할 필요가 없다고도 전해주세요."

그 도발적이고 과감한 발언을 하자마자 입을 헤 벌리던 한위를 떠올린 송우가 소리 없는 실소를 흘렸다.

"앞으로는 내가 혼자서 낭군님을 찾아 밤길을 걸을 일 없도록 객주에서 자려고 하지 마. 알았지? 언니가 또 너 구박하면 가만 안 있을 거니까."

"알았어."

"약속해?"

"그래."

순순히 대답을 하곤 자꾸만 자신의 이곳저곳에 입을 맞추는 륜을 송우는 흐뭇하게 바라보았다. 문득 그녀는 지난밤 서로 간을 품을 때의 한껏 저에게 집중을 한 그가 다시 보고 싶다는 충동을 느꼈다.

"륜, 우리…… 사저에 돌아가지 말고 여기서 같이 시간 보낼까?"

"……."

"싫어?"

"안 돼. 나 장인 볼 면목 없어."

"……."

륜이 마음에 없는 겉치레일 뿐인 말을 했다는 것을 송우는 훤히 알 수 있었다. 찰나의 순간 흔들린 그의 눈동자를, 망설이는 기색이 역력하던 목소리를, 그리고 저와 맞닿은 그의 몸에서 후끈후끈한 열기가 흘러나오는 것을 모를 수가 없기에.

륜이 안간힘을 다해 참고 있을 걸 잘 알면서도 그녀는 또 짓궂은 마음이 들었다. 륜을 놀리고 싶었다.

가련한 표정을 지어 보인 송우가 서글피 중얼거렸다.

"내가 이제 매력이 없나 봐."

"……."

"누가 그러던데, 지아비에게 어여쁨을 받는 처는 몸이 남아나지 않는다고. 그런데 내 낭군님은 내가 그분을 생각하는 만큼 날 그리시지 않는지 매몰차게 밀어내시니까……."

"……."

한참을 륜이 말이 없자 송우는 널따란 품에 파묻은 고개를 들었다. 제 어설프고 허접한 여우 짓에 비소를 터뜨리지도, 면박을 던지지도 않은 낭군의 표정이 뭐랄까, 진지한 것 같으면서 넋이 나간 듯했다.

"륜."

송우가 작게 그를 불러서야 륜은 천천히 입술을 떼었다.

"달아."

"생뚱맞게 그게 무슨…… 말씀이신가요, 낭군님?"

"네가 너무 달아서 정신을 못 차리겠어."

송우는 샐쭉이 웃어 보이건만 여전히 진지한 표정인 채로 륜은 그녀를 침상 위에 밀어 눕혔다. 고개가 아플까, 송우의 머리 아래에 베개를 받쳐 준 그가 그녀의 저고리 매듭을 풀어 내리기 시작했다.

"얼마만큼이나 달아?"

점점 더 조급해지기 시작하는 륜의 어깨를 붙잡은 송우가 여유롭게 물었다.

"설명 못 해."

"해줘. 그렇지 않으면 나 지금 바로 돌아가?"

"그것만은 안 돼. 대신에 보여줄게."

자신을 달아오르게 만들어놓고 송우가 돌아가겠다고 하자 애가 탄 륜이 그녀의 쇄골에 깊게 입을 맞췄다. 입술을 조금 더 내려 가슴께를 희롱하자 옅은 신음을 흘린 송우가 더는 제 속을 끓이는 소리를 하지 않았다. 그제야 한숨 놓은 륜은 다시 유여히 그녀의 달큼

한 입술을 탐했다. 눈을 감은 송우가 그의 두 뺨을 손끝으로 살며시 더듬었다. 점점 더 서로에게 심취해 가는 두 남녀가 다른 그 무엇을 신경 쓸 수 있으랴. 그네들에게는 오직, 상대방의 체온과 숨결만이 중할 뿐이었다.

『몽환 한 자락』完

작가 후기

가장 뒷장에서 다시 만나게 되어 기쁩니다. 전체적으로 그다지 밝은 분위기였다 할 수 없는 이야기였음에도 끝까지 손에서 책을 놓지 않아주신 점을 감사하게 생각합니다.

〈몽환 한 자락〉은 무언지 모르게 굉장히 그려 나가기 힘든 이야기였습니다. 그럼에도 끝까지 잘 마무리할 수 있었던 것은 연재 당시 재미있게 읽어주시고 응원해 주신 독자분들 덕입니다. 또 한 번 감사드립니다. 제 이야기의 부족한 부분을 함께 채워주시고 교정해 주신 걸로 모자라 항상 친절하게 응대해 주신 전담 편집자님께도 존경을 표합니다.

〈몽환 한 자락〉에 모티브가 되어주시고 영감을 주신 실존 인물들.

수양대군(舊 진양대군), 한명회, 숙종, 인현왕후, 장희빈, 영조 분들께도 고마움을 표합니다.

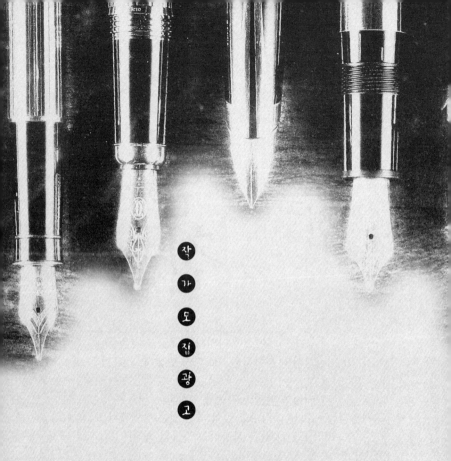

작
가
모
집
광
고

도서출판 청어람의 문은 항상 열려 있습니다.
실력있는 작가 분들의 많은 관심 부탁드립니다.

TEL:032-656-4452 • FAX:032-656-4453
http://www.chungeoram.com
e-mail:chungeorambook@daum.net